O LEGADO DE HUMBOLDT

A marca FSC® é a garantia de que a madeira utilizada na fabricação do papel deste livro provém de florestas que foram gerenciadas de maneira ambientalmente correta, socialmente justa e economicamente viável, além de outras fontes de origem controlada.

SAUL BELLOW

O legado de Humboldt

Tradução
Rubens Figueiredo

COMPANHIA DAS LETRAS

Copyright © 1973, 1974, 1975 by Saul Bellow

Grafia atualizada segundo o Acordo Ortográfico da Língua Portuguesa de 1990, que entrou em vigor no Brasil em 2009.

Título original
Humboldt's Gift

Capa
Elisa von Randow

Foto de capa
Ritmages/ Getty Images

Preparação
Silvia Massimini Felix

Revisão
Luciana Baraldi
Jane Pessoa

Os personagens e as situações desta obra são reais apenas no universo da ficção; não se referem a pessoas e fatos concretos, e sobre eles não emitem opinião.

Dados Internacionais de Catalogação na Publicação (CIP)
(Câmara Brasileira do Livro, SP, Brasil)

Bellow, Saul, 1915-2005.
 O legado de Humboldt / Saul Bellow ; tradução Rubens Figueiredo. — 1ª ed. — São Paulo : Companhia das Letras, 2013.

 Título original: Humboldt's Gift
 ISBN 978-85-359-2286-8

 1. Amizade — Ficção 2. Escritores — Ficção 3. Ficção norte-americana 4. Poetas — Ficção I. Título.

13-05396   CDD 813

Índice para catálogo sistemático:
1. Ficção : Literatura norte-americana 813

[2013]
Todos os direitos desta edição reservados à
EDITORA SCHWARCZ S.A.
Rua Bandeira Paulista, 702, cj. 32
04532-002 — São Paulo — SP
Telefone: (11) 3707-3500
Fax: (11) 3707-3501
www.companhiadasletras.com.br
www.blogdacompanhia.com.br

O LEGADO DE HUMBOLDT

O livro de poemas publicado por Von Humboldt Fleisher nos anos 30 foi um sucesso imediato. Humboldt era exatamente o que todos estavam esperando. Lá no distante Meio Oeste, sem dúvida eu também vinha esperando ansiosamente, posso garantir. Escritor de vanguarda, o primeiro de uma nova geração, era bonito, leal, grande, sério, espirituoso, e também culto. O cara tinha tudo isso. Todos os jornais resenharam o seu livro. Sua foto apareceu na *Time* sem insultos e na *Newsweek* com elogios. Li *Baladas de Arlequim* com entusiasmo. Eu era estudante na Universidade de Wisconsin e só pensava em literatura, dia e noite. Humboldt me revelou caminhos novos para fazer as coisas. Fiquei em êxtase. Eu tinha inveja da sua sorte, do seu talento e da sua fama, e em maio fui para o Leste a fim de vê-lo — quem sabe até chegar perto dele. O ônibus da viação Greyhound, que seguia pela estrada de Scranton, completou a viagem em mais ou menos cinquenta horas. Isso não tinha importância. As janelas do ônibus ficaram abertas. Eu nunca tinha visto montanhas de verdade. As árvores estavam florindo. Era como a *Pastorale* de Beethoven. Eu me senti banhado por dentro pelo verde. Manhattan também era bonita. Aluguei um quarto por três dólares por semana e arranjei um emprego como vendedor de escovas Fuller, de porta em porta. E fiquei loucamente empolgado com tudo. Depois de escrever uma comprida carta de fã a Humboldt, fui convidado a ir ao Greenwich Village para discutir literatura e ideias. Ele morava na Bedford Street, perto do Chumley's. Primeiro Humboldt me serviu um café puro e depois gim na mesma xícara. "Bem, você é um cara muito boa-pinta, Charlie", ele me disse. "Será que você não é meio dissimulado? Acho que está destinado a uma calvície precoce. E que olhos bonitos, grandes e emotivos. Mas é claro que você ama a literatura e isso é o que é importante. Tem sensibilidade", disse. Foi um pioneiro no emprego dessa palavra. Mais tarde, sensibilidade fez grande sucesso. Humboldt foi muito gentil. Apresentou-me a várias pessoas no Village e me arranjou livros para resenhar. Eu sempre o adorei.

O sucesso de Humboldt durou mais ou menos dez anos. No fim dos anos 40, ele começou a afundar. No início da década de 50, eu é que fiquei famoso. Cheguei a ganhar um monte de dinheiro. Ah, dinheiro, o dinheiro! Humboldt usou o dinheiro para me atacar. Nos últimos anos de vida, quando não estava deprimido demais para falar, e quando não estava trancado num hospício, ele rodava por Nova York dizendo coisas amargas sobre mim e meus "milhões de dólares". "Vejam o caso do Charlie Citrine. Ele veio de Madison, no Wisconsin, e foi bater na minha porta. Agora ganhou um milhão de dólares. Que tipo de escritor ou intelectual consegue ganhar tanta grana assim — um Keynes? Está bem, Keynes, uma figura mundial. Um gênio da economia, um príncipe em Bloomsbury", dizia Humboldt. "Casado com uma bailarina russa. O dinheiro vem a reboque. Mas quem diabos é esse tal de Citrine para ficar tão rico? Antigamente, nós éramos muito amigos", dizia Humboldt com exatidão. "Mas tem alguma coisa maligna nesse cara. Depois de ganhar a sua grana, por que ele foi se enfiar lá no interior? Por que diabos ele se mudou para Chicago? Está com medo de ser descoberto."

Toda vez que sua mente estava clara o bastante, ele usava seu dom para me atacar. Fazia um belo trabalho.

E dinheiro nem era o que eu tinha em mente. Ah, meu Deus, nem de longe. O que eu queria era fazer o bem. Eu andava louco para fazer algo de bom. E esse sentimento remontava a meu primeiro e peculiar sentimento de existência — afundado nas profundezas cristalinas da vida e tateando, comovido e desesperado, em busca de um sentido, uma pessoa com uma aguda consciência de véus pintados, de Maia, de abóbadas de vidro pintado de muitas cores que toldavam o esplendor da eternidade, palpitante no vazio intenso etc. Eu andava um bocado maluco a respeito dessas coisas. Humboldt sabia disso, na verdade, mas já no final ele não conseguia mais ter a menor compaixão por mim. Doente e magoado, ele não conseguia me deixar em paz. Apenas enfatizava a contradição entre os véus pintados e a riqueza. Mas quantias como as que ganhei se formavam sozinhas. O capitalismo as produzia por obscuras razões cômicas e próprias a ele. O mundo as formava. Ontem li no *Wall Street Journal* acerca da melancolia da riqueza. "Em todos os cinco milênios da história registrada da humanidade, nunca tantos foram tão ricos." As mentes formadas por cinco milênios de escassez foram distorcidas. O coração não consegue assimilar esse tipo de mudança. Às vezes, simplesmente se recusa a aceitar.

Nos anos 20, os meninos de Chicago andavam à caça do tesouro no degelo de março. Morrinhos de neve suja formavam-se junto ao meio-fio e, quando derretiam, a água corria brilhante e ondulada nos bueiros e podia-se encontrar pilhagens maravilhosas — tampinhas de garrafa, engrenagens de máquinas, moedas de um centavo com a cabeça de um índio em relevo. E na última primavera, agora já quase um cara crescido, descobri que eu havia deixado a calçada e estava seguindo o meio-fio e procurando. O quê? O que eu estava fazendo? Vamos supor que eu achasse uma moedinha de dez centavos. Vamos supor que eu achasse uma moedinha de cinquenta centavos. E aí? Não sei como a alma da criança havia voltado, mas havia. Tudo estava derretendo. Gelo, prudência, maturidade. O que Humboldt teria dito a respeito?

Quando chegavam notícias dos comentários perniciosos que Humboldt fazia, muitas vezes eu descobria que estava de acordo com ele. "Dão ao Citrine um prêmio Pulitzer pelo seu livro sobre Wilson e Tumulty. O Pulitzer é para pintos, para frangotes. Não passa de um prêmio de papagaiada para fazer publicidade no jornal, dado por picaretas e analfabetos. O cara vira um Pulitzer ambulante e então, até na hora em que bate as botas, as primeiras palavras do obituário são 'Faleceu vencedor de prêmio Pulitzer'." E ele tinha certa razão, eu pensava. "E o Charlie é um Pulitzer duplo. Primeiro veio aquela peça cafona. Que lhe rendeu uma fortuna na Broadway. Além dos direitos para o cinema. Ele ganhou uma porcentagem da receita bruta! E não quero dizer que, na verdade, ele cometeu um plágio nem nada, mas de fato roubou alguma coisa de mim — minha personalidade. Ele embutiu a minha personalidade no seu herói."

Ainda assim, embora parecesse alucinado, ele talvez tivesse certa razão.

Era um orador maravilhoso, um improvisador e monologuista de fôlego incansável, um campeão da maledicência. Ser espinafrado por Humboldt era, a rigor, uma espécie de privilégio. Era como ser o tema de um retrato feito por Picasso, com aquelas caras de dois narizes, ou uma galinha desventrada por Soutine. O dinheiro sempre foi uma fonte de inspiração para ele. Adorava falar sobre os ricos. Formado nas leituras dos tabloides de Nova York, muitas vezes ele mencionava os escândalos dourados do passado, Peaches e Daddy Browning, Harry Thaw e Evelyn Nesbitt, sem falar da Era do Jazz, Scott Fitzgerald e os Super-Ricos. Conhecia de cor e salteado as herdeiras de Henry James. Havia ocasiões em que ele mesmo elaborava planos cômicos para fazer fortuna. Mas sua verdadeira riqueza era literária. Tinha lido milhares de livros. Dizia que a história era um pesadelo durante o qual ele tentava gozar uma boa noite de repouso. A insônia fazia dele um homem mais culto. De madrugada, lia livros grossos — Marx e Sombart, Toynbee, Rostovtzeff, Freud. Quando falava de riqueza, tinha condições de comparar o *luxus* romano com a opulência protestante americana. Geralmente arranjava um jeito de falar dos judeus — os judeus de Joyce, de chapéu de seda na porta da Bolsa de Valores. E acabava se referindo ao crânio banhado em ouro ou à máscara mortuária de Agamêmnon escavados por Schliemann. Falar era mesmo com Humboldt.

Seu pai, imigrante judeu húngaro, tinha feito parte da cavalaria de Pershing em Chihuahua, caçando Pancho Villa no México das prostitutas e dos cavalos (muito diferente do meu pai, homem pequeno e galanteador, que evitava esse tipo de coisa). Seu velho mergulhou de cabeça nos Estados Unidos. Humboldt falava de botas, de clarins e de barracas de soldados. Mais tarde vieram as limusines, os hotéis de luxo, os palácios na Flórida. Seu pai morou em Chicago durante o boom. Trabalhava no ramo dos imóveis e tinha uma suíte no Hotel Edgewater Beach. Nos verões, mandava trazerem seu filho. Humboldt também conhecia Chicago. Nos tempos de Hack Wilson e Woody English, os Fleisher tinham um camarote em Wrigley Field. Eles iam ver um jogo num automóvel Pierce-Arrow ou num Hispano-Suiza (Humboldt era doido por carros). E havia o adorável John Held Jr., garotas, beldades, que usavam pantalonas. E também uísque, gângsteres e os bancos sombrios e macabros, providos de pilares, de La Salle Street, cheios do dinheiro da ferrovia, da carne de porco e das segadoras mecânicas trancado em cofres de aço. Dessa Chicago eu era totalmente ignorante, quando cheguei lá, vindo de Appleton. Eu brincava com as crianças polonesas embaixo dos viadutos onde passavam os bondes elétricos. Humboldt comia bolos de chocolate com coco e marshmallow no Henrici's. Eu nunca sequer vi o Henrici's por dentro.

Uma vez vi a mãe de Humboldt em seu apartamento escuro na West End Avenue. Seu rosto parecia bastante com o do filho. Era muda, gorda, de lábios grossos, usava um roupão de banho amarrado na cintura. Tinha o cabelo branco, espesso, fidjiano. A melanina estava nas costas das suas mãos, e em seu rosto escuro havia manchas ainda mais escuras, do tamanho dos seus olhos. Humboldt tinha de se curvar para falar com a mãe, e ela não respondia nada, apenas olhava fixo para a frente, com uma espécie de forte ressentimento feminino. Ele estava sombrio quando saiu do prédio e disse: "Antigamente ela me deixava ir para Chicago, mas eu tinha que espionar o velho e copiar os dados dos extratos bancários e os números das contas e também anotar os nomes das suas prostitutas. Ela ia entrar na justiça contra ele. Ela é louca, sabe? Mas aí ele perdeu tudo no *crash* da Bolsa. Morreu de ataque do coração lá na Flórida".

Esse era o pano de fundo daqueles poemas espirituosos e divertidos. Humboldt era um maníaco-depressivo (diagnóstico que ele mesmo fez). Possuía uma coleção de livros de Freud e lia revistas de psiquiatria. Depois que a gente lia a *Psicopatologia da vida cotidiana*, sabia que a vida cotidiana *era* psicopatologia. Isso não era problema para Humboldt. Muitas vezes ele citava para mim um trecho de *Rei Lear*: "Nas cidades, motins; no campo, discórdia; nos palácios, traição; e se rompeu o vínculo entre pai e filho...". Enfatizava "pai e filho". "Desordens nefastas nos acompanham sôfregas até a beira de nossos túmulos."

Bem, foi mesmo para lá que desordens nefastas o acompanharam, sete anos atrás. E agora, quando foram publicadas novas antologias, fui até o porão da livraria Brentano's e dei uma olhada. Os poemas de Humboldt foram omitidos. Os sacanas, os diretores do funeral literário e os políticos que reuniram essas coletâneas não enxergam nenhuma utilidade no ultrapassado Humboldt. E também todo o seu pensamento, seus escritos, seu sentimento, não serviam para nada, todas as suas investidas por trás das linhas inimigas para resgatar a beleza não produziram nenhum resultado, a não ser esgotá-lo. Ele caiu morto num hotel desolado na periferia da Times Square. Eu, escritor de um tipo diferente, segui em frente para cumprir o luto da sua morte, em meio à prosperidade, lá em Chicago.

A nobre ideia de ser um poeta americano certamente fazia Humboldt às vezes sentir-se como um excêntrico, um menino, um cômico, um bobo. Vivíamos como boêmios e estudantes de pós-graduação, num espírito de farra e de jogos. Talvez os Estados Unidos não precisassem de arte e de milagres íntimos. Já tinham tantos outros, exteriores. Os Estados Unidos eram um grande empreendimento, muito grande. Quanto mais *isso*, menos *nós*. Portanto Humboldt se comportava como um excêntrico e um tema cômico. Mas de vez em quando havia uma ruptura em sua excentricidade, quando ele parava e pensava. Tentava pensar em si mesmo à parte daquele mundo americano (eu fazia isso também). Eu podia perceber que Humboldt estava ponderando sobre o que fazer entre *agora* e *depois*, entre nascimento e morte, a fim de dar conta de certas questões importantes. Tais meditações não ajudavam a torná-lo mais são. Experimentou drogas e bebida. Por fim muitos procedimentos de terapias de choque tiveram de ser administrados. Da maneira como ele via as coisas, era Humboldt contra a loucura. A loucura era muito mais forte.

Eu mesmo não estava me saindo tão bem na ocasião em que Humboldt interveio do túmulo, por assim dizer, e provocou uma mudança fundamental em minha vida. Apesar da nossa grande briga e de quinze anos de desavença, ele me deixou algo em seu testamento. Entrei de posse de um legado.

Ele era um grande humorista, mas estava no caminho da loucura. O elemento patológico só podia deixar de ser notado por aqueles que riam tanto que não eram capazes de observar. Humboldt, pessoa simpática, inconstante e colossal, com seu rosto louro e largo, homem charmoso, fluente, profundamente compenetrado, a quem eu era tão ligado, viveu com paixão o tema do Sucesso. Naturalmente, morreu como um Fracasso. O que mais pode resultar quando atribuímos letras maiúsculas a tais substantivos? Eu mesmo. Eu sempre reprimi o bando das palavras sagradas. Em minha opinião, Humboldt tinha uma lista comprida demais de tais palavras — Poesia, Beleza, Amor, Terra Devastada, Alienação, Política, História, Inconsciente. E, é claro, Maníaco e Depressivo, sempre com letras maiúsculas. Segundo ele, o maior

Maníaco-Depressivo dos Estados Unidos foi Lincoln. E Churchill, o qual ele chamava de humor de Cão Negro, era um caso clássico de Depressão Maníaca. "Assim como eu, Charlie", dizia Humboldt. "Mas, pense bem — se Energia é Prazer e se Exuberância é Beleza, o Maníaco-Depressivo sabe mais que qualquer um sobre Prazer e Beleza. Quem mais tem tanta Energia e Exuberância? Talvez seja uma estratégia da Psique para aumentar a depressão. Freud não disse que a Felicidade não era nada mais que a remissão da Dor? Portanto, quanto mais Dor, mais intensa a Felicidade. Mas existe uma origem prévia para isso e a Psique faz a Dor de propósito. De todo modo, a Humanidade fica atônita com a Exuberância e a Beleza de certos indivíduos. Quando um Maníaco-Depressivo escapa das suas Fúrias, ele é irresistível. Ele captura a História. Acho que essa contrariedade é uma técnica secreta do Inconsciente. E quanto a grandes homens e reis serem escravos da História, acho que Tolstói estava fora dos trilhos. Não se iluda, reis são os doentes mais sublimes. Os heróis Maníaco-Depressivos empurram a humanidade para os seus ciclos e carregam todo mundo."

O pobre Humboldt não impôs seus ciclos por muito tempo. Nunca chegou a se tornar o centro radiante da sua época. A depressão capturou-o para sempre. Os períodos de poesia e de mania terminaram. Três décadas depois de *Baladas de Arlequim* terem feito dele um homem famoso, Humboldt morreu de ataque cardíaco numa pensão, na região entre as ruas Quarenta e Cinquenta Oeste, um daqueles redutos comerciais do Bowery. Naquela noite, calhou de eu estar em Nova York. Estava lá a trabalho — ou seja, não era para fazer nada de bom. Nenhum aspecto dos meus negócios era bom. Em desavença com todo mundo, Humboldt morava num lugar chamado Ilscombe. Mais tarde, fui lá dar uma olhada. O Serviço Social alojava uns velhos ali. Humboldt morreu numa noite quente como o diabo. Mesmo no Plaza, eu me sentia desconfortável. O monóxido de carbono estava espesso. Os palpitantes aparelhos de ar-refrigerado pingavam em cima da gente na calçada. Uma noite ruim. E no avião a jato 727, quando eu viajava de volta para Chicago na manhã seguinte, abri o *Times* e vi o obituário de Humboldt.

Sabia que Humboldt morreria logo, porque eu o vi na rua dois meses antes e a morte o cobria dos pés à cabeça. Ele não me viu. Estava grisalho, corpulento, doente, sujo, tinha comprado um palitinho de *pretzel* e estava comendo. Seu almoço. Escondido atrás de um carro estacionado, fiquei olhando. Não me aproximei. Senti que era impossível. Daquela vez, meus Negócios no Leste eram legítimos e eu não estava atrás de nenhuma garota, mas sim preparando uma matéria para uma revista. E exatamente naquela manhã, eu tinha sobrevoado Nova York num cortejo de helicópteros da guarda costeira, com os senadores Javits e Robert Kennedy. Depois tinha ido a um almoço político no Central Park, no Restaurante Tavern on the Green, onde todas as celebridades ficaram em êxtase ao ver umas às outras. Eu estava em "grande forma", como dizem. Quando não estou com bom aspecto, pareço um desastre. Mas eu sabia que estava com bom aspecto. Além do mais, eu tinha dinheiro nos bolsos e havia passeado diante de umas vitrines na Madison Avenue. Se alguma gravata Hermès ou Cardin me agradasse, poderia comprá-la sem perguntar o preço. Minha barriga estava reta, eu usava cuecas samba-canção feitas de algodão penteado de Sea Island, que custavam oito pratas cada uma. Tinha entrado para uma academia de ginástica em Chicago e, com um esforço maduro, mantinha-me em forma. Praticava um esporte rápido e pesado chamado *paddle ball*, uma forma de squash. Portanto, como é que eu poderia falar com Humboldt? Era demais. Enquanto estava no helicóptero ziguezagueando sobre Manhattan, vendo Nova York como se estivesse passeando num barco com fundo de vidro sobre recifes tropicais, na certa Humboldt estava tateando em meio às suas garrafas à cata de uma gota de suco para misturar com seu gim matinal.

Depois da morte de Humboldt, tornei-me um adepto ainda mais ferrenho dos exercícios físicos. No último Dia de Ação de Graças, consegui fugir de um assaltante em Chicago. Ele pulou de um beco escuro e eu caí fora rapidamente. Foi puro reflexo. Saltei para o lado e saí em disparada pelo meio da rua. Quando menino, eu não era um corredor muito bom. Como é que, já depois dos cinquenta anos, fiquei inspirado com a rapidez e capaz de grandes arrancadas de velocista? Mais tarde, naquela mesma noite, me vangloriei: "Ainda consigo ganhar de um drogado nos cem metros rasos". E para quem foi que contei vantagem sobre a força das minhas pernas? Para uma jovem chamada Renata. Estávamos deitados na cama. Contei a ela como corri — disparei feito um louco, voei. E ela me disse, como uma deixa (ah, a cortesia, a gentileza daquelas garotas lindas): "Você está em ótima forma, Charlie. Não é um sujeito grande, mas é vigoroso, resistente e também é elegante". Afagou meus flancos nus. E assim meu camarada Humboldt tinha partido. Na certa seus ossos tinham se esfarelado numa vala comum. Talvez não houvesse nada em seu túmulo a não ser uns torrões de fuligem. Mas Charlie Citrine continuava a fugir de criminosos nas ruas de Chicago e Charlie Citrine estava em ótima forma, deitado ao lado de uma amiga voluptuosa. Esse Citrine era agora perfeitamente capaz de executar um exercício de ioga e tinha aprendido a ficar de pernas para o ar e com a cabeça apoiada no chão para aliviar seu pescoço artrítico. Sobre minha taxa baixa de colesterol, Renata estava bem informada. Também repeti para ela os comentários do médico sobre minha próstata, admiravelmente jovem, e sobre meu eletrocardiograma supernormal. Fortificado na ilusão e na tolice por tais pareceres da medicina, abracei a peituda Renata naquele colchão ortopédico e anatômico. Ela me fitou com olhos piedosos de amor. Inalei sua umidade deliciosa, participando pessoalmente do triunfo da civilização americana (agora tingida com as cores orientais do Império). Porém, em algum calçadão fantasma de Atlantic City da mente, eu via um outro Citrine, já à beira da senilidade, de costas curvadas, e frágil. Muito, muito frágil, empurrado numa cadeira de rodas sobre pequenas ondulações salgadas, ondulações que, como eu mesmo, eram cheias de arestas abruptas. E quem é que estava empurrando minha cadeira de rodas? Seria Renata — a Renata que eu havia conquistado nas guerras da Felicidade, num rápido ataque de blindados à maneira do general Patton? Não, Renata era uma garota ótima, mas eu não era capaz de vê-la atrás de minha cadeira de rodas. Renata? Renata, não. Seguramente não.

Em Chicago, Humboldt tornou-se um dos meus mortos importantes. Eu passava muito tempo, tempo até demais, divagando sobre os mortos e comungando com eles. Além do mais, meu nome estava associado ao de Humboldt, pois, à medida que o passado recuava, os anos 40 começavam a se tornar valiosos para as pessoas que fabricavam tecidos culturais multicoloridos, e espalhou-se a notícia de que em Chicago havia um sujeito, ainda vivo, que antigamente tinha sido amigo de Von Humboldt Fleisher, um homem chamado Charlie Citrine. As pessoas que escreviam artigos, teses universitárias e livros entravam em contato comigo ou viajavam de avião só para conversar sobre Humboldt. E devo dizer que, em Chicago, Humboldt era um assunto natural de reflexão. Estendida na extremidade sul dos Grandes Lagos — vinte por cento do suprimento de água doce do mundo —, Chicago, com sua gigantesca vida exterior, continha todo o problema da poesia e da vida interior nos Estados Unidos. Aqui se podia examinar tais assuntos através de uma espécie de transparência de água doce.

"Sr. Citrine, como o senhor explica a ascensão e a queda de Von Humboldt Fleisher?"

"Jovens, o que vocês tencionam fazer com os fatos a respeito do Humboldt? Publicar artigos e dar impulso às suas carreiras? Isso é puro capitalismo."

Eu pensava em Humboldt com mais seriedade e sofrimento do que pode parecer nessa resposta. Eu não gostava de tanta gente assim. Não podia me dar ao luxo de perder alguém. Um sinal infalível de amor era o fato de eu sonhar muitas vezes com Humboldt. Toda vez que eu o via, ficava tremendamente comovido e chorava em meu sono. Certa vez sonhei que nos encontramos na Whelan's Drugstore, na esquina da rua Seis com a Oito, no Greenwich Village. Ele não era o homem inchado, pesado e alquebrado que eu tinha visto na rua 46, mas sim o mesmo Humboldt vigoroso e normal do meio da sua vida. Estava sentado a meu lado, diante da máquina de servir refrigerantes, com uma coca-cola. Eu desatei a chorar. Falei: "Por onde você andou? Pensei que tinha morrido".

Ele estava muito manso, calado, parecia extremamente satisfeito, e disse: "Agora compreendo tudo".

"Tudo? O que é tudo?"

Mas ele se limitou a dizer: "Tudo". Não consegui arrancar mais nada dele e chorei de felicidade. Claro que foi só um sonho do tipo que a gente tem quando a alma não está muito bem. Meu caráter em estado de vigília está longe de ser saudável. Jamais ganhei medalhas por caráter. E todas essas coisas devem estar completamente claras para os mortos. Afinal, eles deixaram para trás a nebulosa e terrena problemática esfera humana. Tenho o pressentimento de que na vida a gente olha, de dentro do ego, nosso centro. Na morte, ficamos na periferia olhando para dentro. Vemos nossos velhos camaradas no Whelan's ainda se debatendo com o peso opressivo da individualidade e os incentivamos, anunciando que, quando chegar a vez deles entrarem na eternidade, também começarão a compreender e, afinal, terão uma ideia do que foi que aconteceu. Como nada disso é científico, temos medo de pensar.

Então, tudo bem. Vou tentar resumir: aos vinte e dois anos, Von Humboldt Fleisher publicou seu primeiro livro de poemas. Era de imaginar que o filho de imigrantes neuróticos da rua 89 e do West End — seu pai extravagante caçando Pancho Villa e, na foto que Humboldt me mostrou, com a cabeça tão cheia de cabelos crespos que seu bibico de soldado estava tombado para o lado; sua mãe, de uma daquelas clamorosamente férteis famílias Potash e Perlmutter, do beisebol e dos negócios, obscuramente bonita a princípio, depois soturnamente louca e silenciosa —, era de imaginar que um rapaz como aquele seria canhestro, que sua sintaxe seria inaceitável a meticulosos críticos góis, em guarda contra o Poder Protestante Estabelecido e contra a Tradição Chique. Nada disso. Os poemas eram puros, musicais, espirituosos, radiantes, humanos. Acho que eram platônicos. Por platônico, entendo uma perfeição original a que todos os seres humanos almejam regressar. Sim, as palavras de Humboldt eram implacáveis. Os Estados Unidos chiques nada tinham com que se preocupar. Estavam numa confusão mental — esperavam que o anticristo irrompesse das favelas. Em vez disso, Humboldt Fleisher veio com uma dádiva de amor. Comportava-se como um cavalheiro. Era encantador. Assim, recebeu calorosas boas-vindas. Conrad Aiken elogiou-o, T.S. Eliot fez menções favoráveis a seus poemas e até Yvor Winters teve algo de bom a dizer sobre ele. Quanto a mim, pedi emprestados trinta dólares e, cheio de entusiasmo, fui para Nova York para conversar com ele na Bedford Street. Isso foi em 1938. Atravessamos o rio Hudson na balsa da Christopher Street para comer mariscos em Hoboken e conversamos sobre os problemas da poesia moderna. Quero dizer que Humboldt me fez uma preleção sobre o assunto. Santayana tinha razão? A poesia moderna era bárbara? Os poetas modernos tinham um material mais maravilhoso que Homero ou Dante. O que não tinham era uma idealização sadia e estável. Ser cristão era impossível, ser pagão também. Isso deixava você-sabe-o-quê.

 Eu havia começado a ouvir que as coisas grandes talvez fossem verdadeiras. Isso me foi dito na balsa da Christopher Street. Gestos maravilhosos tinham de ser feitos e Humboldt fez. Disse-me que os poetas deviam imaginar um modo de contornar os Estados Unidos pragmáticos. Despejou aquilo em cima de mim durante o dia todo. E lá estava eu, tendo êxtases, com minha sufocante roupa de vendedor de escovas Fuller, uma roupa feita de lã e de segunda mão, que era do meu irmão Julius. As calças eram largas na cintura e a camisa era folgada, pois Julius tinha um peito gordo. Eu enxugava meu suor com um lenço em que havia uma letra J bordada.

 O próprio Humboldt estava só começando a ganhar peso. Era farto nos ombros, mas ainda tinha a cintura fina. Mais tarde, ficou com a barriga proeminente, como Babe Ruth. Suas pernas eram incansáveis e os pés faziam movimentos nervosos. Embaixo, um embaralhamento de comédia; em cima, dignidade e um ar principesco, um certo charme amalucado. Uma baleia que subisse à superfície ao lado do nosso barco poderia olhar para nós do mesmo jeito que ele, com seus olhos cinzentos arregalados. Humboldt era fino e ao mesmo tempo grosso, pesado mas também leve, e o rosto era tanto pálido quanto escuro. O cabelo dourado acastanhado fluía para o alto — duas ligeiras cristas e uma entrada escura. Sua testa tinha uma cicatriz. Quando criança, havia caído em cima de uma lâmina de patins de gelo, o próprio osso ficou amassado. Os lábios pálidos eram proeminentes e a boca cheia de dentes de aspecto imaturo, como dentes de leite. Ele consumia seus cigarros até a última fagulha e polvilhava a gravata e o paletó com as cinzas.

O tema naquela tarde era o Sucesso. Eu era da roça e ele estava me apresentando aos fatos brutos. Por acaso eu conseguia imaginar, perguntou ele, o que significava causar um tremendo abalo no Village com seus poemas e depois repetir a dose com ensaios de crítica na *Partisan* e na *Southern Review*? Ele tinha um bocado a falar sobre modernismo, simbolismo, Yeats, Rilke, Eliot. Além disso, bebia que era uma beleza. E é claro que havia um monte de garotas. Além do mais, na época, Nova York era uma cidade muito russa, e então a gente tinha Rússia por todo lado. Como disse Lionel Abel, era o caso de uma metrópole que aspirava a pertencer a outro país. Nova York sonhava em deixar a América do Norte e fundir-se com a Rússia soviética. Humboldt, em sua conversa, passava facilmente de Babe Ruth a Rosa Luxemburgo, Béla Kun e Lênin. Imediatamente entendi que se eu não lesse Trótski logo, não seria uma pessoa digna de conversar com ninguém. Humboldt falava comigo sobre Zinóviev, Kámenev, Bukhárin e sobre o Instituto Smólni, os engenheiros de Chákhti, os processos de Moscou, o livro *De Hegel a Marx*, de Sidney Hook, *O Estado e a revolução*, de Lênin. Na verdade, ele se comparava a Lênin. "Eu sei como o Lênin se sentiu em outubro, quando exclamou: '*Es schwindelt!*'. Ele não queria dizer que estava *schwindlando* todo mundo, mas que se sentia exultante. Por mais duro que fosse, Lênin era que nem uma mocinha dançando uma valsa. Eu também. O sucesso me dá vertigem, Charlie. As minhas ideias não vão me deixar dormir. Vou para a cama sem tomar uma bebida nem nada e o quarto fica rodando. Vai acontecer com você também.

Estou dizendo isso para você já ficar preparado", disse Humboldt. Em matéria de lisonja, ele tinha um jeito maravilhoso.

Loucamente empolgado, mostrei-me tímido. É claro que eu me encontrava num estado de intensa preparação e tinha esperança de deixar todo mundo de queixo caído. Toda manhã, na reunião da equipe de vendedores de escovas Fuller, falávamos em uníssono: "Eu me sinto ótimo e elegante, e você, como vai?". Mas na verdade eu me sentia ótimo e elegante. Não precisava fingir. Eu não poderia estar mais ávido do que já estava — ávido de cumprimentar donas de casa, ávido de entrar em suas casas e ver aquelas cozinhas, ávido de ouvir as histórias delas e suas queixas. A hipocondria veemente das mulheres judias era uma novidade para mim; na época, eu estava louco para ouvir as histórias dos seus tumores e das suas pernas inchadas. Queria que me falassem sobre casamento, parto, dinheiro, doença e morte. Sim, eu tentava encaixá-las em categorias, enquanto ficava sentado com elas tomando café. Eram pequeno-burguesas, assassinas de maridos, alpinistas sociais, histéricas etc. Mas não adiantava nada, esse ceticismo analítico. Eu estava entusiasmado demais. Eu mascateava minhas escovas com muita empolgação, a mesma com que ia ao Village à noite e ouvia os melhores conversadores de Nova York — Schapiro, Hook, Rahv, Huggins e Gumbein. Debaixo da eloquência deles, eu ficava sentado feito um gato numa sala de concertos. Mas Humboldt era o melhor de todos. Era simplesmente o Mozart da arte da conversa.

Na balsa, Humboldt disse: "Fiquei famoso jovem demais, estou encrencado". Nessa altura, ele estava por baixo. Seu discurso tratava de Freud, Heine, Wagner, Goethe na Itália, o irmão assassinado de Lênin, as roupas de Wild Bill Hickok, os Giants de Nova York, o que Ring Lardner dizia sobre ópera, Swinburne e a flagelação e o que John D. Rockefeller dizia sobre religião. No meio dessas variações, o tema era sempre recapitulado de forma engenhosa e empolgante. Naquela tarde, as ruas pareciam cinzentas, mas o cais da balsa estava cinza brilhante. Humboldt estava desmazelado e majestoso, sua mente se agitava como a água, e as ondas de cabelo louro se erguiam em sua cabeça, o rosto branco e tenso, com os olhos cinzentos muito separados, as mãos enfiadas nos bolsos e os pés calçados em botas de jogar polo, muito perto um do outro.

Se Scott Fitzgerald tivesse sido protestante, disse Humboldt, o Sucesso não teria lhe causado tantos estragos. Olhe só para o Rockefeller pai, ele sabia como lidar com o Sucesso, simplesmente dizia que Deus havia lhe dado toda a sua grana. Estava claro que aquilo era uma forma de agir por procuração. Aquilo era calvinismo. E uma vez que Humboldt tinha falado em calvinismo, tinha de falar também de Graça e Depravação. De Depravação, passava para Henry Adams, que disse que em poucas décadas, de um jeito ou de outro, o progresso mecânico acabaria por partir nossos pescoços, e de Henry Adams ele passava para a questão da eminência numa era de revoluções, de caldos de cultura, de massas, e disso saltava para Tocqueville, Horatio Alger e Ruggles de Red Gap. Louco por cinema, Humboldt acompanhava a revista *Fofocas da Tela*. Lembrava-se pessoalmente de Mae Murray como uma deusa coberta de lantejoulas numa peça de Loew em que convidava as crianças para visitá-la na Califórnia. "Ela estrelou A *rainha da Tasmânia* e *Circe, a Feiticeira*, mas terminou velha encarquilhada num asilo de idosos. E aquele tal, o que se matou no hospital? Como se chamava mesmo? O que pegou um garfo e cravou no próprio coração, batendo com o salto do sapato, o pobre infeliz!"

Isso era triste. Mas na verdade não me importava quanta gente havia batido as botas. Eu estava maravilhosamente feliz. Nunca tinha visitado a casa de um poeta, nunca tinha bebido gim puro, nunca tinha comido mariscos cozidos, nunca tinha sentido o cheiro da maresia. Nunca tinha ouvido ninguém falar tais coisas a respeito dos negócios, do seu poder de petrificar a alma. Humboldt falava maravilhosamente dos maravilhosos e abomináveis ricos. Era preciso vê-los sob a blindagem da arte. Seu monólogo era um oratório em que ele cantava e representava todos os papéis. Atingindo alturas ainda maiores, começou a falar de Espinosa e de como a mente era alimentada com alegria por coisas eternas e infinitas. Esse era Humboldt, o estudante que tirou a melhor nota em filosofia no curso do grande Morris R. Cohen. Duvido que ele falasse assim com qualquer pessoa, exceto com um garoto recém-chegado da roça. Mas depois de Espinosa, Humboldt ficou um pouquinho deprimido e falou: "Tem uma porção de gente esperando por mim só para quebrar a minha cara. Tenho um milhão de inimigos".

"Você? Mas por quê?"

"Acho que você nunca leu nada sobre a Sociedade Canibal dos Índios Kwakiutl", disse o erudito Humboldt. "Quando o candidato executa a sua dança de iniciação, entra num estado de frenesi e come carne humana. Mas se comete um erro no ritual, a multidão faz o sujeito em pedacinhos."

"Mas por que a poesia levaria alguém a ter um milhão de inimigos?"

Ele disse que aquela era uma boa pergunta, mas era óbvio que não estava falando no sentido literal. Ficou sombrio e a voz tornou-se monótona — metálica —, como se houvesse um toque de lata em seu formidável teclado. Agora ele fez soar esta nota. "Eu posso pensar que estou levando uma oferenda ao altar, mas não é assim que eles encaram a coisa." Não, aquela não era uma boa pergunta, pois o fato de eu tê-la feito significava que não conhecia o Mal, e se eu não conhecia o Mal, minha admiração não tinha valor. Ele me perdoava porque eu era só um garoto. Mas quando ouvi o tilintar metálico, dei-me conta de que eu tinha de aprender a me defender. Humboldt havia aberto a torneira da minha afeição e admiração e ela estava fluindo numa escala perigosa. Aquela hemorragia de avidez me deixaria fraco e, quando estivesse fraco e indefeso, eu levaria na cabeça. E então imaginei: Ah, ah! Humboldt quer que eu me adapte a ele perfeitamente, dos pés à cabeça. Ele vai me dominar. É melhor eu prestar atenção.

Na noite opressiva em que alcancei *meu* sucesso, Humboldt fez piquete na porta do Teatro Belasco. Ele tinha acabado de sair de Bellevue. Um enorme letreiro, *Von Trenck, de Charles Citrine*, brilhava acima da rua. Havia milhares de lâmpadas elétricas. Cheguei de smoking e lá estava Humboldt, com um bando de amigos e torcedores. Saí ligeiro do táxi, com minha amiga, e fui colhido pela comoção na calçada. A polícia controlava a multidão. Os companheiros dele berravam e promoviam arruaça e Humboldt erguia seu cartaz de piquete como se fosse uma cruz. Em letras cursivas, mercurocromo sobre algodão, estava escrito O AUTOR DESSA PEÇA É UM TRAIDOR. Os manifestantes foram empurrados para trás pela polícia e Humboldt e eu não ficamos cara a cara. Você quer que a gente ponha esse cara para correr?, perguntou-me o assistente do produtor.

"Não", respondi, tremendo, magoado. "Antigamente eu era o seu protegido. Ele e eu éramos bons camaradas, esse maluco filho da mãe. Deixe-o em paz."

Demmie Vonghel, a dama que me acompanhava, disse: "Que homem bom! Isso mesmo, Charlie, você é um homem bom".

Von Trenck ficou em cartaz na Broadway por oito meses. Recebi as atenções do público durante quase um ano e não ensinei nada a eles.

Agora, sobre a morte real de Humboldt: morreu em Ilscombe, logo depois da esquina perto do Teatro Belasco. Em sua última noite, da maneira como eu a reconstituí, ele estava sentado na cama, em seu quarto sórdido, provavelmente lendo. Os livros no quarto eram de poemas de Yeats e a *Fenomenologia* de Hegel. Além desses autores visionários, lia o *Daily News* e o *Post*. Estava em dia com os esportes e com a vida noturna, com a alta sociedade e as atividades da família Kennedy, com os preços dos carros usados e os anúncios dos classificados. Por mais desolado que estivesse, conservava seus interesses americanos normais. Então, às três da manhã — no final, ele já não conseguia dormir grande coisa —, resolveu levar o lixo para baixo e sofreu um ataque do coração dentro do elevador. Quando a dor bateu, parece que ele tombou de encontro ao painel dos botões e apertou-os, inclusive o botão de alarme. As campainhas tocaram, a porta abriu, ele saiu aos trambolhões para o corredor e caiu, derramando latas, pó de café e garrafas do seu balde de lixo. Arquejante, com falta de ar, rasgou a camisa. Quando os guardas chegaram para levar o morto ao hospital, ele estava com o peito nu. O hospital não quis mais recebê-lo, por isso o levaram para o necrotério. Lá, não havia leitores de poesia moderna. O nome Von Humboldt Fleisher não significava nada. Assim, ele ficou lá estirado, mais um indigente.

Visitei seu tio Waldemar em Coney Island, não faz muito tempo. O velho apostador de cavalos estava num asilo. Ele me disse: "Os canas safados roubaram o Humboldt. Levaram o seu relógio de pulso e a grana, até a caneta-tinteiro surripiaram. Ele andava sempre com uma caneta-tinteiro. Não escrevia poesia com esferográfica".

"Tem certeza de que ele tinha dinheiro?"

"Nunca saía sem levar cem dólares no bolso, no mínimo. Você devia ver como ele era com dinheiro. Sinto falta do garoto. Que falta eu sinto!"

Eu me sentia exatamente igual a Waldemar. Fiquei mais comovido com a morte de Humboldt que com a ideia da minha própria morte. Ele havia se formado para ter sua morte lamentada e sua falta sentida. Humboldt pôs esse tipo de peso sobre si mesmo e elaborou na própria fisionomia todos os sentimentos humanos mais sérios e relevantes. Uma cara como aquela, a gente nunca esquece. Mas com que finalidade havia criado aquilo?

Muito recentemente, na primavera passada, eu me vi pensando sobre isso a partir de uma associação estranha. Estava num trem na França com

Renata, fazendo uma viagem que, como a maior parte das viagens, eu não precisava nem desejava fazer. Renata apontou para a paisagem e disse: "Não está lindo lá fora?". Olhei e ela tinha razão. Era mesmo lindo. Mas eu tinha visto a Beleza muitas vezes e assim fechei os olhos. Rejeitei os ídolos de gesso das Aparências. Junto com todos, eu havia aprendido a ver aqueles ídolos e estava farto da sua tirania. Até pensei assim: O véu pintado já não é mais o mesmo de antigamente. A porcaria está ficando gasta. Como uma toalha de rolo num banheiro masculino mexicano. Eu estava pensando no poder das abstrações coletivas e tudo isso. Mais que nunca, desejamos ardentemente a vivacidade radiante do amor ilimitado e, cada vez mais, os ídolos estéreis frustram isso. Um mundo de categorias desprovido de espírito espera que a vida regresse. Humboldt deveria ser um instrumento dessa retomada. Tal missão ou vocação se refletia em seu rosto. A esperança de uma beleza nova. A promessa, o segredo da beleza.

Nos Estados Unidos, por falar nisso, esse tipo de coisa confere às pessoas um aspecto bastante estrangeiro.

Era coerente que Renata voltasse minha atenção para a Beleza. Tinha um motivo pessoal para fazer aquilo. Ela era ligada à Beleza.

No entanto, a cara de Humboldt mostrava claramente que ele compreendia o que devia ser feito. Mostrava também que ele não tinha tempo para fazer aquilo. E ele também voltava minha atenção para paisagens. No final da década de 40, ele e Kathleen, recém-casados, haviam se mudado do Greenwich Village para a zona rural de Nova Jersey e quando eu o visitei então, ele era só terra, árvores, flores, laranjas, sol, Paraíso, Atlântida, Radamanto. Falou sobre William Blake em Felpham e sobre o Paraíso de Milton, e espinafrou a cidade. A cidade era nojenta. Para acompanhar o intrincado fio da sua conversa, era preciso conhecer seus textos básicos. Eu sabia quais eram: *Timeu*, de Platão, o que Proust escreveu sobre Combray, o que Virgílio escreveu sobre agricultura, o que Marvell escreveu sobre jardinagem, a poesia caribenha de Wallace Stevens etc. Um motivo de Humboldt e eu sermos tão ligados era o fato de eu querer aprender tudo o que ele tinha a ensinar.

Assim, Humboldt e Kathleen moravam num sítio, na roça. Algumas vezes por semana, Humboldt ia para a cidade a negócios — negócios de poeta. Estava no auge da sua reputação, mas não no auge do seu talento. Havia conseguido quatro sinecuras das quais eu tinha conhecimento. Podia haver mais algumas. Considerando normal viver com quinze pratas por semana, eu não tinha meios de avaliar as necessidades e a renda de Humboldt. Ele era muito reservado, mas deixava escapar alusões a grandes somas de dinheiro. E agora conseguira ser indicado para suceder o professor Martin Sewell em Princeton por um ano. Sewell ia ficar fora da universidade para dar palestras Fulbright sobre Henry James em Damasco. Seu amigo Humboldt o substituiria. Havia necessidade de um instrutor no curso e Humboldt me indicou. Fazendo bom uso das minhas oportunidades no boom cultural do pós-guerra, eu tinha resenhado toneladas de livros para a *The New Republic* e o *Times*. Humboldt disse: "O Sewell leu os seus textos. Acha que você é muito bom. Você *parece* simpático e inofensivo, com os seus olhos escuros e ingênuos e com as suas maneiras gentis do Meio Oeste. O velho quer dar uma olhada em você".

"Dar uma olhada em mim? Ele vive tão bêbado que mal consegue achar o caminho para sair de uma frase."

"Como eu disse, você *parece* um *ingenu* simpático, até o seu melindre ser melindrado. Não seja tão esnobe. É só uma formalidade. A encrenca já está armada."

"Ingênuo" era um dos palavrões de Humboldt. Debruçado em literatura psicológica, ele enxergava através dos meus atos. Minhas ruminações e meu desapego às coisas materiais não o enganavam nem por um minuto. Ele conhecia a esperteza e a ambição, conhecia a agressão e a morte. O espectro da sua conversação era o mais vasto de que ele era capaz, e quando ia para a roça em seu carro Buick de segunda mão, Humboldt despejava aquilo sem parar, enquanto os campos passavam voando lá fora — a doença napoleônica, Julien Sorel, os *jeunes ambitieux* de Balzac, o retrato de Luís Bonaparte feito por Marx, o Indivíduo Histórico Mundial de Hegel, o intérprete do Espírito, o líder misterioso que impunha à humanidade a tarefa de compreendê-lo etc. Esses tópicos eram bastante comuns no Village, mas Humboldt acrescentava uma inventividade peculiar e uma energia mágica a tais discussões, um fervor pela complexidade e também pelas alusões e pelos duplos sentidos finneganescos. "E nos Estados Unidos", dizia, "esse indivíduo hegeliano na certa proviria da esquerda. Nascido em Appleton, Wisconsin, talvez, como o Harry Houdini ou o Charlie Citrine."

"Por que começar logo comigo? Comigo você está muito longe do alvo."

Foi exatamente nessa ocasião que me senti chateado com Humboldt.

No campo, certa noite, ele advertiu minha amiga Demmie Vonghel a meu respeito, esbravejando durante o jantar: "É melhor você tomar cuidado com aquele tal de Charlie. Conheço garotas que nem você. Apostam demais num homem. O Charlie é um verdadeiro demônio". Horrorizado com o que havia vociferado, ele se levantou da mesa e correu para fora da casa. Ouvimos como pisava forte nos seixos na escura estrada rural. Demmie e eu ficamos calados por um tempo com Kathleen. Por fim, Kathleen disse: "Ele é doido por você, Charlie. Mas tem alguma coisa na cabeça dele. Que você tem uma missão, uma espécie de coisa secreta, e que pessoas como você não são exatamente confiáveis. E ele gosta da Demmie. Acha que a está protegendo. Mas nem é uma coisa pessoal. Você não está magoado, está?".

"Com o Humboldt? Ele é fantástico demais para eu me magoar. Ainda mais na condição de protetor de donzelas."

Demmie pareceu achar graça. E qualquer moça daria valor a uma solicitude como aquela. Mais tarde, perguntou-me em sua maneira abrupta:

"Que história é essa de missão?"

"Bobagem."

"Mas uma vez você me disse alguma coisa assim, Charlie. Ou foi o Humboldt falando pela sua boca?"

"Eu disse que às vezes tenho uma sensação engraçada, como se tivesse sido selado e carimbado e me tivessem enviado pelo correio e que, num endereço importante, estavam à espera da minha chegada. Eu posso até conter informações incomuns. Mas isso não passa do silêncio de costume."

Demmie — seu nome completo era Anna Dempster Vonghel — lecionava latim na escola Washington Irving, a leste da Union Square, e morava na Barrow Street. "Há um bairro holandês em Delaware", disse Demmie. "E foi de lá que vieram os Vonghel." Ela foi enviada de lá para terminar a faculdade, estudou letras clássicas na Bryn Mawr, mas também tinha sido delinquente juvenil e, aos quinze anos, fazia parte de uma gangue de ladrões de carros. "Como nos amamos, você tem o direito de saber", disse ela. "Tenho ficha na polícia — ladra de calotas de automóveis, maconha, delitos sexuais, roubo de carro, fuga da polícia, acidente, hospital, condicional, o pacote completo. Mas também sei três mil versículos da Bíblia. Fui criada no fogo do inferno e da danação." Seu pai, milionário no interior, desfilava em alta velocidade em seu Cadillac, cuspindo pela janela. "Escova os dentes com detergente de cozinha. Dá dízimos para a sua igreja. Dirige o ônibus dominical da escola. O último dos fundamentalistas dos velhos tempos. Só que há esquadrões inteiros dele, lá por aquelas bandas", disse.

Demmie tinha olhos azuis com a parte branca bem clara, nariz arrebitado que encarava a gente de um jeito quase tão expressivo e premente quanto os olhos. O comprimento dos dentes da frente mantinha sua boca ligeiramente aberta. Na cabeça comprida e elegante, havia cabelos dourados que ela dividia ao meio, como as cortinas numa casa bem-arrumada. Tinha o tipo de rosto que a gente poderia ver numa carroça de Conestoga, um século antes, uma cara de pioneira, um tipo de cara muito branca. Mas me apaixonei primeiro por suas pernas. Eram extraordinárias. E aquelas pernas lindas tinham um defeito excitante — os joelhos se tocavam e os pés eram virados para fora e assim, quando ela andava depressa, a seda esticada das suas meias emitia um ligeiro ruído de fricção. Na festa cheia de gente onde a conheci, eu mal conseguia entender o que ela estava dizendo, pois murmurava da maneira chique e incompreensível do Leste, como se estivesse com paralisia facial. Mas de camisola era a perfeita mocinha da roça, a filha de fazendeiro, e pronunciava as palavras de um jeito simples e com clareza. Regularmente, por volta das duas da manhã, seus pesadelos a acordavam. Seu cristianismo era de um tipo delirante. Tinha espíritos sujos para expulsar. Tinha medo do inferno. Resmungava enquanto dormia. Depois sentava na cama e soluçava. Eu mesmo, mais que meio adormecido, tentava acalmá-la e deixá-la tranquila. "Não existe inferno nenhum, Demmie."

"Eu sei que o inferno existe. *Existe* o inferno sim... *existe!*"

"Ponha a cabeça no meu braço. Vamos dormir de novo."

Num domingo, em setembro de 1952, Humboldt foi me pegar na frente do prédio onde Demmie morava, na Barrow Street, perto do Teatro Cherry Lane. Muito diferente do jovem poeta com quem eu ia a Hoboken para comer mariscos, agora ele estava largo e corpulento. A alegre Demmie me avisou, da escada de incêndio do terceiro andar, onde cultivava begônias — de manhã, não havia o menor vestígio dos pesadelos: "Charlie, lá vem o Humboldt dirigindo a sua lancha". E lá vinha ele pela Barrow Street, o primeiro poeta americano com freios hidráulicos, dizia Humboldt. Era dominado pela mística do automóvel, mas não sabia estacionar. Observei como tentava entrar de ré numa vaga. Minha própria teoria era de que a maneira como as pessoas estacionavam seus carros tinha muito a ver com sua autoimagem e revelava como se sentiam a respeito dos seus traseiros. Por duas vezes, Humboldt pôs uma roda traseira em cima da calçada e então desistiu, desligando a ignição. Então, num paletó esporte xadrez e com botas de polo amarradas com cadarços, ele saiu do carro e, com um movimento em arco, fechou a porta que parecia ter dois metros de comprimento. Sua saudação foi silenciosa, os lábios grandes estavam fechados. Os olhos cinzentos pareciam mais separados que nunca — a baleia na superfície ao lado do bote. O rosto bonito tinha ficado grosso e degradado. Era suntuoso, era budista, mas não era tranquilo. Eu, por meu lado, estava vestido para a entrevista formal para professor, todo enfatiotado. Estava me sentindo um guarda-chuva. Demmie tinha se encarregado de cuidar da minha aparência. Passou minha camisa, escolheu a gravata, escovou bem o cabelo preto que eu ainda tinha na época. Desci para o térreo. E lá estávamos nós, com os tijolos sem pintura, as latas de lixo, as calçadas desniveladas, as saídas de incêndio, Demmie acenando para mim lá do alto e seu cachorro terrier branco latindo no parapeito da janela.

"Tenham um bom dia."

"Por que a Demmie não vem? A Kathleen está à espera dela."

"Ela tem de corrigir os trabalhos de latim dos alunos. Fazer planos de aula", respondi.

"Se ela é assim tão conscienciosa, pode fazer tudo isso no campo. Posso levá-la para pegar o trem da manhã."

"Ela não vai. Além do mais, os gatos de vocês não vão gostar do cachorro dela."

Humboldt não insistiu. Era muito afeiçoado a seus gatos.

Assim, olhando do presente, vejo dois bonecos esquisitos no banco da frente do carrão barulhento e rangente. O Buick era só lama e parecia um carro de transportar funcionários de Flanders Field. As rodas estavam desalinhadas, os pneus grandes sacudiam no sentido excêntrico. Através da fina luz do sol do início do outono, Humboldt dirigia depressa, tirava proveito das ruas vazias no domingo. Era um motorista terrível, fazia curvas para a esquerda pelo lado direito, arrancava bruscamente, arrastava-se, colava no carro da frente. Eu desaprovava. É claro, eu me saía muito melhor na direção de um carro, mas comparações eram um despropósito, porque aquele era Humboldt e não um simples motorista. Na direção, ele se debruçava em cima do volante, tinha tremores infantis nas mãos e nos pés e ficava com a piteira do cigarro presa entre os dentes. Ele se agitava, falava sem parar, me distraía, me provocava, me informava e me bajulava. Humboldt não tinha dormido na noite anterior. Parecia mal de saúde. É claro que bebia e tomava doses de umas pílulas, um monte de pílulas. Em sua pasta, levava o *Manual Merck*. Era encadernado de preto, como a Bíblia, ele consultava o livro toda hora e havia farmacêuticos que lhe davam tudo o que ele quisesse. Era uma coisa que ele tinha em comum com Demmie. Ela também era uma consumidora de pílulas sem receita médica.

O carro avançava aos solavancos sobre a pavimentação, partiu rumo ao túnel Holland. Ao lado da forma volumosa de Humboldt, aquele motorista gigante, no estofamento luxuoso e horrendo do banco da frente, eu sentia as ideias e as ilusões que viajavam com ele. Humboldt andava sempre acompanhado por um enxame, uma enorme carga de ideias. Falou como os pântanos de Jersey estavam mudados, mesmo durante seu tempo de vida, com estradas, lixões, fábricas e tudo o que um Buick como aquele, com freio hidráulico e direção hidráulica, significava, mesmo cinquenta anos atrás. Imaginem Henry James dirigindo um carro, ou Walt Whitman, ou Mallarmé. Estávamos em outra: ele falava de mecânica, de luxo, de controle, de capitalismo, de tecnologia, de cobiça, de Orfeu e de poesia, das riquezas do coração humano, dos Estados Unidos, da civilização mundial. Sua tarefa era integrar tudo isso, cada vez mais. O carro seguia em frente, roncando e ganindo, através do túnel, e saiu de lá ao encontro da radiante luz do sol. Chaminés altas, uma artilharia imunda, disparavam em silêncio contra o céu de domingo, com lindas rajadas de fumaça. O cheiro ácido das refinarias de gás entrava em nossos pulmões feito esporas. Os bambuzais estavam tão marrons quanto uma sopa de cebola. Havia navios-tanque que iriam para o mar empacados nos canais, o vento roncava, as nuvens grandes estavam brancas. Ao longe, os chalés aglomerados pareciam um futuro cemitério. Através do sol pálido das ruas, os seres vivos seguiam rumo à igreja. Debaixo da bota de polo de Humboldt, o carburador engasgava, os pneus excêntricos sacolejavam aos trancos na junção dos pavimentos da pista. As rajadas de vento eram tão fortes que até aquele Buick pesado sacudia. Mergulhamos por baixo do elevado Pulaski enquanto as faixas das sombras das vigas caíam sobre nós através do para-brisa trepidante. No banco de trás havia livros, garrafas, latas de cerveja e sacos de papel — Tristan Corbière, eu me lembro, *Les Amours Jaunes*, numa capa amarela, *The Police Gazette*, cor-de-rosa, com fotos de guardas vulgares e de gatinhas depravadas.

A casa de Humboldt ficava no interior de Jersey, perto da divisa com a Pensilvânia. Aquelas terras marginais não serviam para nada a não ser criar galinhas. As vias de acesso não eram asfaltadas e viajávamos no meio da poeira. Arbustos espinhentos açoitavam o Buick Roadmaster enquanto sacolejávamos sobre molas enormes pelos campos cheios de entulho onde havia pedregulhos brancos. O amortecedor quebrado fazia tanto barulho que, embora o carro enchesse a pista, não havia necessidade de buzinar. Dava para ouvir de longe nossa chegada. Humboldt berrou: "Aqui está a nossa casa!", e deu uma guinada. Rolamos por cima de um morrinho ou de alguma falha tectônica em movimento. A dianteira do Buick subiu e depois mergulhou no mato rasteiro. Ele tocou a buzina, com medo de machucar os gatos, mas os gatos caíram fora e procuraram abrigo no telhado do depósito de madeira, que havia desmoronado sob o peso da neve no inverno anterior.

Kathleen estava esperando no pátio, grande, de pele bonita, e linda. Seu rosto, no vocabulário feminino de elogios, tinha "feições maravilhosas". Mas estava pálida e não tinha nem sombra da cor do campo. Humboldt disse que ela raramente saía ao ar livre. Ficava dentro de casa lendo livros. Ali era exatamente igual à casa da Bedford Street, exceto que a favela nos arredores era rural. Kathleen ficou feliz em me ver e apertou minha mão de modo gentil. Disse: "Bem-vindo, Charlie. Obrigada por ter vindo. Mas onde está a Demmie? Não pôde vir? Que pena."

Então, dentro da minha cabeça, uma chama branca se extinguiu. Havia uma iluminação de claridade curiosa. Vi a posição em que Humboldt pusera Kathleen e transpus aquilo em palavras: Fique quieta. Fique parada. Não se mexa. Minha felicidade pode ser peculiar, mas quando eu estiver feliz, farei você feliz, mais feliz do que jamais sonhou. Quando eu estiver satisfeito, as bênçãos da satisfação vão fluir para a humanidade inteira. Não era essa, pensei, a mensagem da poesia moderna? Essa era a voz do tirano louco falando, com peculiares desejos a ser consumados, em troca dos quais todo mundo tinha de ficar parado. Entendi aquilo na mesma hora. Depois pensei que Kathleen devia ter razões femininas secretas para concordar. Também se esperava que eu concordasse e, de outra maneira, eu também deveria ficar quieto.

Humboldt também tinha planos para mim, além de Princeton. Quando não era poeta, ele era um maquinador fantástico. E eu era peculiarmente suscetível à sua influência. Por que era assim, só recentemente eu havia começado a compreender. Mas ele vivia me entusiasmando. Tudo o que Humboldt fazia era delicioso. Kathleen parecia consciente disso e sorria consigo mesma, quando saí do carro. Fiquei parado sobre a grama pisada.

"Respire só este ar", disse Humboldt. "Diferente da Bedford Street, não é?" E fez uma citação: "Este castelo tem um pouso agradável. E também: Aqui, o hálito do paraíso tem um aroma tentador."

Então começamos a jogar futebol americano. Ele e Kathleen jogavam o tempo todo. Era por isso que a grama estava tão pisada. Kathleen passava a maior parte do dia lendo. Para compreender o que o marido estava falando, Kathleen tinha de correr atrás dele, explicou, e lia James, Proust, Edith Wharton, Karl Marx, Freud etc. "Tenho que fazer o maior drama para que ela saia de casa e jogue um pouco de futebol comigo", disse Humboldt. Ela dava um passe muito bom — a bola voava numa espiral firme, exata. A voz dela ondulava enquanto corria com as pernas de fora e apanhava a bola no ar, segurando de encontro ao peito. No voo, a bola abanava que nem a cauda de um pato. Voava por baixo dos bordos, por cima do varal. Depois do tempo de confinamento no carro, e em minhas roupas de entrevista, eu me senti feliz de poder jogar. Humboldt era um corredor pesado e brusco. Em seus suéteres, ele e Kathleen pareciam dois ex-jogadores que pararam no início da carreira, grandes, sensatos, balofos. Humboldt disse: "Olhe só para o Charlie, pula que nem o Nijinski."

Eu tinha tanto de Nijinski quanto a casa dele tinha do castelo de Macbeth. Os cruzamentos haviam comido boa parte do pequeno barranco sobre o qual ficava o sítio, e ele estava começando a se inclinar. Mais dia, menos dia, teriam de escorar o terreno. Ou processar a prefeitura, disse Humboldt. Ele estava disposto a processar qualquer um. Os vizinhos criavam galinhas naquelas terras cheias de casebres miseráveis. Bardanas, cardos, carvalhos--anões, algodão, buracos de calcário e poças esbranquiçadas por todo lado. Tudo estava pauperizado. Até os arbustos poderiam estar recebendo ajuda do serviço de bem-estar social. Do outro lado da pista, as galinhas estavam roucas — gritavam como mulheres imigrantes — e as árvores pequenas, carvalhos, sumagres, ailantos, eram empobrecidas, poeirentas, com ar de órfãos.

As folhas de outono estavam quase reduzidas a pó e o cheiro de folhas podres era agradável. O ar estava vazio, mas bom. À medida que o sol baixava, a paisagem parecia um quadro parado extraído de um filme antigo em cor sépia. Pôr do sol. Uma aquarela vermelha se derramando da remota Pensilvânia, sininhos de ovelha tilintando, cães em estábulos marrons. Em Chicago, eu tinha aprendido a fazer alguma coisa com um cenário escasso como aquele. Em Chicago, a gente virava um especialista do quase-nada. Com a visão aguçada, eu olhava uma cena clara, apreciava o sumagre vermelho, as pedras brancas, a ferrugem no mato rasteiro, a peruca de vegetação no alto do barranco acima do cruzamento.

Era mais que apreciar. Já era um apego. Era até amor. A influência de um poeta provavelmente contribuía para que o sentimento daquele lugar se consolidasse tão depressa. Não estou me referindo ao privilégio de ser aceito na vida literária, embora pudesse haver também uma pitada disso. Não, a influência era esta: um dos temas de Humboldt era o perene sentimento humano de que havia um mundo original, um mundo-lar, que se perdera. Às vezes ele se referia à poesia como a misericordiosa ilha de Ellis onde uma horda de estrangeiros começava sua naturalização, e dizia que este planeta era uma imitação estimulante, mas insuficientemente humanizada, daquele mundo-lar. Humboldt se referia à nossa espécie como náufragos. Mas o velho e peculiar Humboldt, eu pensava (e eu, por minha própria conta, era bastante peculiar), agora havia lançado o desafio dos desafios. Era preciso ter a confiança de um gênio para fazer o percurso cotidiano de ida e volta entre aquele Fim de Mundo, em Nova Jersey, e o mundo-lar da nossa origem gloriosa. Por que o maluco filho da mãe criava tantas dificuldades para si mesmo? Ele devia ter comprado aquela porcaria num acesso de loucura. Mas agora, enquanto eu corria mais para longe, para dentro do mato rasteiro, para pegar a bola que abanava o rabo quando voava por cima do varal sob a luz do pôr do sol, eu me sentia de fato muito feliz. Pensei: Talvez ele consiga dar a volta por cima. Talvez, estando perdido, a gente tenha de ficar mais perdido; quando já estamos muito atrasados para um compromisso, talvez seja melhor andar devagar, como recomendaria um dos meus adorados escritores russos.

Eu estava redondamente enganado. Não era um desafio e ele nem estava tentando dar a volta por cima.

Quando ficou escuro demais para a gente poder jogar, entramos na casa.

Era uma espécie de Greenwich Village rural. A mobília vinha das lojas barateiras, liquidações e bazares de igreja, e parecia estar construída sobre alicerces feitos de livros e jornais. Sentamos na sala e bebemos em potinhos de manteiga de amendoim. A grande pálida doentia leal adorável sardenta Kathleen, com seu busto flutuante, dava sorrisos gentis, mas na maior parte do tempo ficava calada. Mulheres fazem coisas maravilhosas para seus maridos. Ela amava um rei-poeta e permitia que ele a mantivesse cativa no campo. Tomava cerveja numa lata de Pabst. A sala tinha um tom grave. Marido e esposa eram grandes. Estavam sentados juntos no sofá. Não havia nas paredes espaço suficiente para as sombras dos dois. Elas transbordavam para o teto. O papel de parede era cor-de-rosa — o cor-de-rosa das roupas de baixo das senhoras ou das caldas de chocolate — e tinha um desenho de treliças e rosas. No local da parede onde, um dia, entrava o tubo da chaminé da estufa, havia uma extensão de tomada elétrica reforçada. Os gatos vinham e olhavam através da janela, de mau humor. Humboldt e Kathleen se revezavam para deixá-los entrar. Tinham de puxar antiquadas trancas na janela. Kathleen apoiava o peito no vidro e erguia a janela com a parte de dentro da mão, usando também o peito para apoiar. Os gatos entravam arrepiados pela estática da noite.

Poeta, pensador, bebedor problemático, ingestor de pílulas, homem de gênio, maníaco-depressivo, maquinador requintado, história de sucesso, no passado escreveu poemas de grande argúcia e beleza. Mas o que tinha feito ultimamente? Fizera soar as grandes letras e melodias que trazia dentro de si? Não. Poemas não escritos estavam matando Humboldt. Ele havia se retirado para aquele lugar que às vezes lhe parecia a Arcádia e às vezes parecia o inferno. Ali Humboldt ouvia as coisas ruins que seus detratores — outros escritores e intelectuais — diziam sobre ele. Humboldt tornou-se malicioso a respeito de si mesmo, mas parecia não escutar o que ele mesmo dizia sobre os outros, como os caluniava. Para esmiuçar e criar intrigas, ele era fantástico. Estava se tornando um dos grandes solitários da época. E nem pretendia ser solitário. Sua aspiração era ser uma criatura ativa, social. Seus planos e projetos revelavam isso.

Nessa época, ele aderiu ao candidato Adlai Stevenson. Achava que se Adlai vencesse Ike nas eleições presidenciais de novembro, a Cultura iria receber o que merecia em Washington. "Agora que os Estados Unidos são uma potência mundial, a vulgaridade está acabada. Acabada e também se torna uma coisa politicamente perigosa", disse. "Se o Stevenson ganhar, a literatura ganha — nós ganhamos, Charlie. O Stevenson lê os meus poemas."

"Como você sabe?"

"Não tenho permissão para revelar a você, mas estou em contato. O Stevenson leva as minhas baladas consigo na caravana da sua campanha. Os intelectuais estão subindo ao poder neste país. A democracia finalmente está prestes a criar uma civilização nos Estados Unidos. Foi por isso que Kathleen e eu saímos do Village."

Àquela altura, Humboldt tinha virado um homem de posses. Mudando-se para o interior árido, entre os roceiros, ele tinha a impressão de que estava penetrando no veio principal do país. De qualquer modo, esse era seu disfarce. Porque havia outras razões para sua mudança — inveja, desilusão sexual. Certa vez, contou-me uma história comprida e enrolada. O pai de Kathleen havia tentado tirá-la dele. Antes de casarem, o velho pegou Kathleen e vendeu-a para um dos Rockefeller. "Um dia ela sumiu", contou Humboldt. "Disse que ia à confeitaria francesa e desapareceu durante quase um ano inteiro. Contratei um detetive particular, mas você pode imaginar que tipo de medidas de segurança os Rockefeller devem ter tomado, com os seus milhões de dólares. Existem túneis por baixo da Park Avenue."

"Qual dos Rockefeller comprou a Kathleen?"

"Comprar é bem a palavra", disse Humboldt. "Foi vendida pelo pai. Nunca mais sorria, quando ler alguma coisa sobre escravas brancas nos suplementos dominicais."

"Suponho que tudo isso tenha sido contra a vontade dela."

"Ela é muito dócil. Você está vendo que pombinho ela é. Cem por cento obediente àquele velho safado. Ele disse: 'Vá', e ela foi. Talvez aquilo tenha sido um verdadeiro prazer para ela, que o seu pai cafetão apenas autorizou..."

Masoquismo, é claro. Aquilo fazia parte do Jogo da Psique que Humboldt havia estudado com seus mestres modernos, um jogo muito mais sutil e fértil que qualquer entretenimento de salão patenteado. Lá no interior, Humboldt ficava deitado em seu sofá lendo Proust, ponderando sobre os motivos de Albertine. Raramente permitia que Kathleen fosse sozinha de carro até o supermercado. Ele ligava a ignição para ela e, por assim dizer, a mantinha coberta com um véu indiano.

Ainda era um homem bonito, Kathleen o adorava. No entanto Humboldt sofria agudos terrores judaicos, no campo. Ele era um oriental, ela, uma donzela cristã, e Humboldt tinha medo. Temia que a Ku Klux Klan queimasse uma cruz em seu pátio e desse um tiro nele através da janela, quando estava deitado no sofá lendo Proust ou elucubrando uma calúnia. Kathleen me contou que ele vivia olhando embaixo do capô do carro, com medo de alguma bomba. Mais de uma vez, Humboldt tentou me fazer confessar que eu tinha terrores semelhantes a respeito de Demmie Vonghel.

Um fazendeiro da vizinhança tinha vendido lenha de madeira verde para ele. A lenha fumegava na pequena lareira enquanto jantávamos. Sobre a mesa, jazia o despojado esqueleto de um peru. O vinho e a cerveja corriam depressa. Havia um bolo de café e um sorvete de nozes que derretia. Um leve cheiro de esgoto se erguia da janela e os botijões de gás pareciam balas prateadas de canhões. Humboldt estava dizendo que Stevenson era um homem de verdadeira cultura. O primeiro na verdade, desde Woodrow Wilson. Mas naquele aspecto Wilson era inferior a Stevenson e a Abraham Lincoln. Lincoln conhecia Shakespeare muito bem e, nas crises da sua vida, o citava. "Não há nada sério na mortalidade. Tudo não passa de um brinquedo... Duncan está em sua cova. Depois da intermitente febre da vida, ele dorme bem..." Eram premonições de Lincoln, pouco antes de Lee se render. Pioneiros nunca tinham medo de poesia. Eram os Grandes Negócios, com seu temor da feminilidade, era o clérigo eunucoide que capitulava diante da masculinidade vulgar, que faziam da religião e da arte coisas para frescos. Stevenson compreendia isso. Se a gente conseguisse acreditar em Humboldt (e eu não conseguia), Stevenson era o grande homem de espírito de Aristóteles. Em seu governo, os membros do ministério citariam Yeats e Joyce. Os novos Chefes do Pedaço conheciam Tucídides. Humboldt seria consultado a respeito de todos os estados da União. Ele seria o Goethe do novo governo e construiria uma Weimar em Washington. "Pode ir pensando no que você gostaria de fazer, Charlie. Alguma coisa da Biblioteca do Congresso, para começar."

Kathleen disse: "Tem um programa bom no *Late Late Show*. Um filme antigo do Bela Lugosi".

Ela viu que Humboldt estava excitado demais. Ia acabar não conseguindo dormir de noite.

Muito bem. Ligamos no filme de terror. Bela Lugosi era um cientista louco que inventava uma carne sintética. Aplicava a carne sintética em si mesmo, fazendo uma máscara aterradora, e irrompia no quarto de donzelas lindas, que berravam e tombavam inconscientes. Kathleen, mais fabulosa que cientistas, mais linda que qualquer daquelas senhoritas, ficava quieta, com um meio sorriso sardento e distraído. Kathleen era sonâmbula. Humboldt a rodeava com toda a crise da cultura ocidental. Ela ia dormir. O que mais podia fazer? Eu compreendo aquelas décadas de sono. É um tema que conheço muito bem. Enquanto isso, Humboldt nos impedia de irmos para a cama. Tomou amital para combater o efeito da benzedrina e, ainda por cima de tudo isso, bebeu gim.

Saí e fiquei caminhando no frio. A luz se derramava do chalé nos sulcos e nas valas, sobre o emaranhado de cenoura silvestre e erva-de-santiago, à beira da estrada. Cães latiam, talvez algumas raposas, estrelas lancinantes. Os fantasmas da madrugada se alvoroçavam através das janelas, o cientista louco trocava tiros com a polícia, seu laboratório explodia e ele morria entre as chamas, a carne sintética em seu rosto derretia.

Na Barrow Street, Demmie estaria vendo o mesmo filme. Ela não tinha insônia. Tinha medo de dormir e preferia filmes de terror a pesadelos. Na hora de dormir, Demmie sempre ficava inquieta. Via o noticiário das dez, levava o cachorro para passear, jogava gamão e paciência. Depois ficávamos sentados na cama vendo Lon Chaney lançar facas com os pés.

Eu não havia esquecido que Humboldt tentara se tornar o protetor de Demmie, mas já não tinha mágoa dele por causa disso. Assim que se encontravam, Demmie e Humboldt começavam a conversar sobre filmes antigos e pílulas novas. Quando discutiam com fervor e erudição sobre dexamil, esqueciam-se de mim. Mas eu gostava que os dois tivessem tanta coisa em comum. "Ele é um grande homem", dizia Demmie.

E Humboldt dizia sobre Demmie: "Essa garota conhece a fundo os seus fármacos. É uma garota fora de série". Mas ficar sem interferir era algo que ele não conseguia suportar, e assim acrescentava: "Ela precisa eliminar algumas coisinhas do seu sistema".

"Deixe disso. Que coisinhas? Ela já foi delinquente juvenil."

"Isso não basta", disse Humboldt. "Se a vida não for intoxicante, não é nada. Aqui, ou pega fogo ou apodrece. Os Estados Unidos são um país romântico. Se você quer ficar sóbrio, Charlie, é só porque você é um indomável e vai experimentar qualquer coisa." Então ele baixou a voz e falou olhando para o chão. "E quanto à Kathleen? Ela parece ousada? Mas ela se deixou ser roubada e vendida para o Rockefeller pelo próprio pai..."

"Até agora não sei qual foi o Rockefeller que comprou a Kathleen..."

"Eu não faria nenhum plano a respeito da Demmie, Charlie. Essa garota ainda tem um monte de angústias para superar."

Ele estava se intrometendo, só se intrometendo. Mesmo assim, levei aquilo a sério. Pois em Demmie havia angústia demais. Algumas mulheres choravam baixinho, como um regador no jardim. Demmie chorava com paixão, como só são capazes de chorar as mulheres que acreditam no pecado. Quando chorava, a gente não só tinha pena dela, como também respeitava sua força de espírito.

Humboldt e eu ficamos acordados, conversando, metade daquela noite. Kathleen me emprestou um suéter; percebeu que Humboldt ia dormir muito pouco e talvez aproveitasse minha visita para repousar um tanto, prevendo uma semana inteira de noites alucinadas, quando não houvesse mais nenhuma visita para substituí-la.

Como um prefácio para essa Noite de Conversa com Von Humboldt Fleisher (pois foi uma espécie de recital), eu gostaria de apresentar um sucinto relato histórico: Houve um tempo (o Início da Modernidade) em que aparentemente a vida perdeu a capacidade de se organizar. Ela precisava *ser* organizada. Os intelectuais assumiram essa tarefa. Digamos, desde o tempo de Maquiavel até o nosso, tal organização constituiu o grandioso fascinante ilusório desastroso e único projeto. Um homem como Humboldt, inspirado, arguto, biruta, estava transbordando com a descoberta de que o empreendimento humano, tão formidável e infinitamente variado, tinha agora de ser conduzido por pessoas excepcionais. Ele era uma pessoa excepcional, portanto era um candidato elegível para o poder. Bem, por que não? Sussurros de sensatez lhe diziam com franqueza por que não e ele fazia disso uma comédia. Enquanto estávamos rindo, tudo bem. Àquela altura, eu mesmo também era mais ou menos um candidato. Também eu via grandes oportunidades, cenas de vitória ideológica e de triunfo pessoal.

Agora, uma palavra sobre a conversa de Humboldt. Como era de fato a conversa do poeta?

Tinha o aspecto de um pensador equilibrado quando começou, mas não era o retrato da sanidade. Eu mesmo adorava conversar com Humboldt e acompanhei o ritmo dele o máximo que pude. Por um tempo, foi um concerto duplo, mas logo fui tocado para fora do palco pelo som das trombetas e das cordas. Raciocinando, formulando, debatendo, fazendo descobertas, a voz de Humboldt aumentava, ficava abafada, aumentava de novo, sua boca se alargava, marcas escuras se formaram embaixo dos olhos. Os olhos pareciam turvados. Braços pesados, peito grande, calças presas com um cinto por baixo da barriga, a ponta de couro pendurada, Humboldt passava da exposição para o recitativo, do recitativo ele ascendia para a ária, e atrás dele tocava uma orquestra de insinuações, virtudes, amor por sua arte, veneração pelos grandes homens dessa arte — mas também desconfiança e trapaça. Diante dos nossos olhos, o homem recitava e cantava a plenos pulmões, enquanto entrava e saía da loucura.

Começou falando sobre o lugar da arte e da cultura no primeiro governo Stevenson — seu papel, *nosso* papel, pois iríamos fazer aquela bagunça juntos. Começou com uma análise de Eisenhower. Eisenhower não tinha nenhuma coragem na política. Veja o que ele deixou que Joe McCarthy e o senador Jenner falassem sobre o general Marshall. Ele não tem colhão. Mas brilhava nas relações públicas e na logística e também não tinha nada de bobo. Era o melhor tipo do oficial de baixa patente, tranquilão, jogador de bridge, gostava de garotas e lia as histórias de faroeste de Zane Grey. Se o público queria um governo relaxante, se o povo já se recuperara o bastante dos efeitos da Depressão e quisesse ter agora umas férias da guerra, e caso se sentisse forte o suficiente para conviver com os filhos do New Deal e se estivesse próspero o bastante para se mostrar ingrato, votaria em Ike, o tipo de príncipe que podia ser comprado num catálogo de produtos da loja Sears Roebuck. Talvez o povo já estivesse farto de grandes personalidades como Frank Delano Roosevelt e de homens ativos como Truman. Mas Humboldt não queria subestimar os Estados Unidos. Stevenson podia dar certo. Agora a gente ia ver até onde a arte podia chegar numa sociedade liberal, se ela era compatível com o progresso social. Enquanto isso, tendo mencionado Roosevelt, Humboldt insinuou que ele talvez tivesse alguma coisa a ver com a morte de Bronson Cutting. O avião do senador Cutting havia caído numa viagem de volta do seu estado natal, depois de uma recontagem de votos. Como foi que aconteceu? Talvez J. Edgar Hoover estivesse envolvido. Hoover mantinha seu poder fazendo o trabalho sujo dos presidentes. Lembre como ele tentou provocar um acidente com Burton K. Wheeler de Montana. Disso, Humboldt passou para a vida sexual de Roosevelt. Depois, de Roosevelt e J. Edgar Hoover para Lênin e Dzerjínski da GPU. Depois voltou para Sejanus e para a origem da polícia secreta no Império Romano. Depois falou das teorias literárias de Trótski e como era pesada a carga da grande arte no vagão bagageiro da Revolução. Depois voltou para Ike e para a vida dos soldados profissionais em tempos de paz na década de 30. Os hábitos de consumo de bebida entre os militares. Churchill e a garrafa. Medidas confidenciais para proteger os grandes de algum escândalo. Medidas de segurança nos bordéis masculinos de Nova York. Alcoolismo e homossexualidade. As vidas conjugais e domésticas dos pederastas. Proust e Charlus. Homossexualismo no Exército alemão antes de 1914. De madrugada, Humboldt lia história militar e memórias de guerra. Conhecia Wheeler-Bennett, Chester Wilmot, Lidlell Hart, os generais de Hitler. Também conhecia Walter Winchell e Earl Wilson, Leonard Lyons e Red Smith, e transitava com desenvoltura dos tabloides para o general Rommel e de Rommel para John Donne e T.S. Eliot. Sobre Eliot, ele parecia saber fatos estranhos que ninguém mais tinha ouvido falar. Era repleto de mexericos e alucinações, bem como de teoria literária. A distorção era inerente em toda poesia, sim. Mas o que vinha primeiro? E aquilo era despejado em cima de mim, em parte um privilégio, em parte um sofrimento, com exemplos dos clássicos, frases de Einstein e de Zsa Zsa Gabor, com referências ao socialismo polonês e às táticas do futebol americano de George Halas, os motivos secretos de Arnold Toynbee e (de algum jeito) o mercado de carros usados. Rapazes ricos, rapazes pobres, rapazes judeus, rapazes góis, garotas dançarinas, prostituição e religião, dinheiro velho, dinheiro novo, clubes só para cavalheiros, Back Bay, Newport, Washington Square, Henry Adams, Henry James, Henry Ford, são João da Cruz, Dante, Ezra Pound, Dostoiévski, Marilyn Monroe e Joe DiMaggio, Gertrude Stein e Alice, Freud e Ferenczi. No caso de Ferenczi, ele fazia sempre a mesma observação: nada podia ser mais distante do instinto que a racionalidade e, portanto, segundo Ferenczi, a racionalidade era a loucura suprema. Como prova, a que ponto de loucura chegou Newton! E nessa altura Humboldt falava, em termos gerais, de Antonin Artaud. Artaud, o dramaturgo, convidou os mais brilhantes intelectuais de Paris para uma palestra. Quando estavam todos reunidos, não houve palestra nenhuma. Artaud subiu no palco e berrou para eles feito uma fera selvagem. "Abriu a boca e berrou", disse Humboldt. "Berros enfurecidos, enquanto os intelectuais parisienses ficavam sentados, com medo. Para eles, foi um evento delicioso. E por quê? Artaud, como artista, era um sacerdote fracassado. Sacerdotes fracassados se especializam na blasfêmia. A blasfêmia tem como alvo uma comunidade de crentes. Naquele caso, que tipo de crença? A crença só no intelecto, que agora Ferenczi havia acusado de ser loucura. Mas o que isso significa, em sentido mais amplo? Significa que a única arte pela qual os intelectuais podem se interessar é a arte que celebra a primazia das ideias. Os artistas devem interessar aos intelectuais, essa classe nova. É por isso que o estado da cultura e a história da cultura se tornam o tema da arte. É por isso que uma plateia formada por franceses refinados escuta com respeito Artaud dar os seus berros. Para eles, todo o propósito da arte consiste em sugerir e inspirar ideias e discurso. As pessoas instruídas dos países modernos são uma ralé pensante no estágio que Marx chamou de acumulação primitiva. A função deles é reduzir obras-primas a discurso. O berro de Artaud é uma coisa intelectual. Primeiro, um ataque contra a 'religião da arte' do século XIX, que a religião do discurso quer substituir...

"E assim você pode ver por si mesmo, Charlie", disse Humboldt, depois de mais um bocado dessa conversa, "como é importante para mim que o governo Stevenson tenha um conselheiro cultural que, como eu, compreenda esse processo geral, mundial. Com certeza."

Acima de nós, Kathleen estava indo para a cama. Nosso teto era o chão dela. As tábuas eram nuas e dava para ouvir todos os movimentos. Eu tinha bastante inveja dela. Agora eu estava tremendo e adoraria me enfiar também embaixo do cobertor. Mas Humboldt chamava minha atenção para o fato de que estávamos a apenas quinze minutos de Trenton e a duas horas de Washington, de trem. Ele podia chegar lá num instante. Confidenciou-me que Stevenson já havia entrado em contato com ele e que seus assistentes estavam tomando providências para uma reunião. Humboldt pediu-me para ajudá-lo a preparar anotações para sua conversa e, até as três horas da manhã, conversamos sobre isso. Então fui para meu quarto e deixei Humboldt sozinho, tomando uma última xícara de gim.

No dia seguinte ele continuava embalado. Fiquei até meio tonto escutando tantas análises sutis e vendo tanta história mundial desabar em cima da minha cabeça logo no café da manhã. Humboldt não tinha dormido nada.

Para se acalmar, deu uma corrida. Com uns sapatos surrados, pisoteava o saibro. Coberto de poeira até a cintura, os braços dobrados na altura do peito, lá foi ele estrada abaixo. Pareceu afundar nos sumagres e nos carvalhos pequenos, entre tufos de capim quebradiço, cardos, serralhas, cogumelos. Quando voltou, tinha carrapichos agarrados às calças. Também para correr ele tinha um texto. Quando Jonathan Swift foi secretário de Sir William Temple, corria quilômetros todo dia para queimar as energias. Emoções densas demais, pensamentos ricos demais, necessidades sombrias e dispendiosas? Podia-se dar uma boa corrida. Além do mais, com isso a gente também transpirava o gim.

Levou-me para uma caminhada e os gatos nos acompanharam entre folhas mortas e mato baixo. Eles se exercitavam dando botes. Atacavam teias de aranha no chão. Com rabos de granadeiro, pulavam nas árvores para afiar as garras. Humboldt tinha muito carinho pelos gatos. O ar da manhã estava impregnado de algo muito bom. Humboldt entrou em casa e fez a barba e depois saímos no fatídico Buick rumo a Princeton.

Meu emprego estava no papo. Encontramos Sewell para almoçar — um homem de cara oca, inclinado para trás, sutilmente embriagado e que falava aos sussurros. Tinha pouco a me dizer. No restaurante francês, queria fofocar com Humboldt acerca de Nova York e Cambridge. Sewell, o maior cosmopolita que já existiu (a meus olhos), nunca tinha viajado para o exterior. Humboldt também não conhecia a Europa. "Se você quiser ir, meu velho amigo", disse Sewell, "podemos dar um jeito."

"Não me sinto preparado", disse Humboldt. Tinha medo de ser raptado por ex-nazistas ou por agentes da GPU.

E enquanto Humboldt me levava para pegar o trem, disse: "Eu te falei que era só uma formalidade, essa entrevista. Nós nos conhecemos há muitos anos e já escrevemos um sobre o outro, o Sewell e eu. E não existe nenhum rancor, nem sombra. Mas eu só queria entender o que é que Damasco quer saber a respeito de Henry James. Bem, Charlie, na certa será uma temporada alegre para nós. E se eu tiver que ir para Washington, sei que posso contar com você para cuidar de tudo por aqui".

"Damasco!", falei. "No meio daqueles árabes, ele será o Xeque da Apatia."

Pálido, Humboldt abriu a boca. Por entre os dentes miúdos, soltou sua risada quase silenciosa.

Na época, eu era um aprendiz e um café com leite, e Sewell me tratou como isso mesmo. Ele tinha visto, eu esperava, um jovem manso, bastante bonito, mas fraco, de olhos grandes e ar sonolento, um pouco acima do peso normal e com uma certa relutância (isso transpareceu em seu olhar) em se mostrar entusiástico a respeito das iniciativas alheias. O fato de ele não ter conseguido me dar valor me deixou sentido. Mas essas humilhações sempre me enchiam de energia também. E se mais tarde me transformei numa formidável massa de credenciais, foi porque fiz um bom uso de desfeitas como aquela. Vinguei-me fazendo progressos. Assim, eu devia muita coisa a Sewell e foi ingratidão da minha parte, anos depois, quando li num jornal de Chicago que ele tinha morrido, dizer, enquanto tomava um gole do meu uísque, aquilo que às vezes eu dizia em tais situações — a morte faz bem para certas pessoas. Recordei então meu dito espirituoso em minha conversa com Humboldt enquanto caminhávamos para o trem que saía de Princeton. As pessoas morrem e as coisas mordazes que eu disse sobre elas voltam voando para se agarrar em mim. E o que é que tem essa apatia? Paulo de Tarso acordou na estrada para Damasco, mas, lá, Sewell de Princeton vai dormir ainda mais profundamente. Assim era minha maledicência. Agora confesso que lamento ter falado aquilo. Sobre aquela entrevista, devo acrescentar que foi um erro deixar que Demmie Vonghel me vestisse num terno cinza carvão, camisa com as pontas do colarinho presas com botão, gravata de malha marrom, sapatos marrons de couro de cabra, um princetoniano instantâneo.

Seja como for, foi pouco tempo depois de eu ter lido o obituário de Sewell no *Daily News* de Chicago, encostado na pia da cozinha às quatro da tarde, com um copo de uísque e beliscando um bocadinho de arenque em conserva, que Humboldt, morto já fazia cinco ou seis anos, entrou novamente em minha vida. Ele veio do campo da esquerda. Não vou ser muito preciso quanto ao tempo em que aconteceu. Na época, eu estava ficando meio descuidado em relação a tempo, sintoma da minha crescente absorção em questões maiores.

E agora, o presente. Um outro lado da vida — inteiramente contemporâneo.

Foi em Chicago, e não faz muito tempo, no calendário, que saí de casa certo dia de manhã, em dezembro, para ver Murra, meu contador, e quando desci para o térreo, descobri que minha Mercedes-Benz havia sido atacada durante a noite. Não estou dizendo que ela foi batida e amassada por algum motorista imprudente ou bêbado, que depois fugiu sem deixar um bilhetinho preso embaixo do meu limpador de para-brisa. Quero dizer que meu carro foi destruído de uma ponta a outra, creio que com o uso de bastões de beisebol. Aquele automóvel de elite, já não tão novo, mas que valia dezoito mil dólares três anos atrás, tinha sido espancado com uma ferocidade difícil de apreender — quero dizer, apreender mesmo no sentido estético, pois aquelas Mercedes cupês eram lindas, em especial as cinza prata. Meu querido amigo George Swiebel chegou mesmo a dizer, uma vez, com certa admiração amarga: "Assassinar judeus e fazer carros, é isso que os alemães sabem fazer de verdade".

A agressão contra o carro me atingiu também com dureza, num sentido sociológico, pois eu sempre disse que conhecia minha Chicago e estava convencido de que os bandidos também respeitavam automóveis encantadores. Pouco tempo antes, um carro apareceu no fundo da lagoa do Washington Park e encontraram um homem dentro do porta-malas, que tinha tentado escapar usando as ferramentas que serviam para trocar pneus. Obviamente foi vítima de ladrões, que resolveram afogá-lo — livrar-se da testemunha. Mas me lembro de ter pensado que aquele carro não passava de um Chevrolet. Eles jamais fariam nada parecido com uma Mercedes 280 SL. Disse para minha amiga Renata que *eu* podia ser apunhalado ou pisoteado numa plataforma da ferrovia Illinois Central, mas aquele meu carro jamais sofreria uma agressão.

Portanto, naquela manhã, fui varrido do mapa como um psicólogo urbano. Reconheci que não tinha sido psicologia, mas apenas arrogância, ou talvez mágica defensiva. Eu sabia que o que a gente precisava ter numa grande cidade americana era um profundo cinturão de falta de sentimentos, uma massa crítica de indiferença. Teorias também eram muito úteis na construção dessa massa defensiva. A ideia, em todo caso, era manter a encrenca à distância. Mas agora o inferno da idiotia havia me alcançado. Meu carro sofisticado, minha brilhante e prateada sopeira a motor, que eu não tinha nenhum motivo para comprar — uma pessoa como eu, que não tinha estabilidade suficiente sequer para dirigir aquele tesouro —, estava mutilado. Tudo! O teto delicado, com sua janela solar, os para-lamas, o capô, a mala, as portas, as trancas, os faróis, o elegante emblema no radiador havia sido afundado à força de marretadas. As janelas à prova de estilhaçamento tinham resistido, mas pareciam estar cobertas de cusparadas. O para-brisa estava coalhado de flores brancas feitas de rachaduras. O vidro havia sofrido uma espécie de hemorragia interna cristalina. Horrorizado, quase sucumbi. Senti que ia desmaiar.

Alguém tinha feito com meu carro a mesma coisa que os ratos faziam, pelo que ouvi dizer, quando corriam aos milhares dentro dos armazéns e rasgavam sacos de farinha só pelo gosto de destruir. Eu senti um rasgão desse tipo em meu coração. O carro pertencia a uma época em que minha receita tinha uma folga de cem mil dólares. Esse dinheiro havia atraído a atenção da Receita Federal, que agora examinava todos os meus proventos, anualmente. Naquela manhã, eu me preparava para me encontrar com William Murra, aquele especialista elegante, que se vestia de modo primoroso, o contador público certificado que me defendia em dois processos contra o governo federal. Embora minha receita tivesse agora descido a seu nível mais baixo em muitos anos, eles continuavam no meu pé.

Na verdade eu tinha comprado aquela Mercedes 280 SL por causa da minha amiga Renata. Quando ela viu o Dodge compacto que eu estava dirigindo quando nos conhecemos, falou: "Que tipo de carro é esse para um homem famoso? Tem alguma coisa errada aqui". Tentei explicar que eu era muito suscetível à influência das coisas e das pessoas para dirigir um automóvel de dezoito mil dólares. A gente tinha de viver à altura de um carro tão fantástico e por isso eu acabaria não sendo mais eu mesmo ao volante. Mas Renata fez pouco-caso disso. Retrucou que eu não sabia como gastar dinheiro, que eu era descuidado comigo mesmo e que eu evitava as potencialidades do meu sucesso e que tinha medo disso. Era uma decoradora de interiores, e questões de estilo e ostentação eram naturais para ela. De repente, tive uma ideia. Entrei num estado de espírito que eu chamava de Antônio e Cleópatra. Deixe que venha Roma. Que o Tibre derreta. Que o mundo saiba que esse casal unido pode rolar por Chicago numa Mercedes prata, o motor fazendo tique-taque, como insetos milípedes de brinquedo feitos por um mágico, mais sutil que um relógio suíço Accutron — não, um Audemars Piguet, com asas de borboletas peruanas e pedras preciosas incrustadas! Noutras palavras, eu havia permitido que o carro se tornasse uma extensão do meu próprio ser (em sua face de insensatez e vaidade), de modo que um ataque contra ele era também um ataque contra mim mesmo. Foi um momento tremendamente fértil em reações.

Como tal coisa podia acontecer numa via pública? O barulho devia ter sido mais alto que o disparo de pistolas de rebite. É claro que aulas de táticas de guerrilha na selva estavam sendo ministradas em todas as grandes cidades do mundo. Bombas explodiam em Milão e em Londres. No entanto, meu bairro em Chicago era relativamente calmo. Eu estacionava perto do prédio de muitos andares, numa ruazinha transversal. Mas será que o porteiro não ouviria tamanho estrondo no meio da noite? Não, em geral as pessoas se escondem embaixo do cobertor quando ocorrem tumultos. Ouvir disparos de pistola, dizem elas entre si, é um tiro pela culatra. E quanto ao vigia noturno, ele fecha os portões à uma hora da manhã e vai lavar o piso. Troca de roupa no porão e veste um uniforme de brim cinzento, saturado de suor. Ao entrar no saguão já tarde, sentimos os cheiros misturados do sabão em pó e do almíscar da roupa de brim (como peras podres). Não, os criminosos que espancaram meu carro não teriam nenhum problema com o porteiro. Nem com a polícia. Assim que o carro patrulha passou, sabendo que não ia voltar senão dali a quinze minutos, eles pularam para fora dos seus esconderijos e se jogaram contra meu carro, munidos de bastões, porretes ou martelos.

Eu sabia muito bem quem era o responsável por aquilo. Eu tinha sido avisado muitas e muitas vezes. Tarde da noite, o telefone tocava com frequência. Voltando à consciência aos trambolhões, eu apanhava o telefone e, antes mesmo de poder encostar o fone no ouvido, escutava a pessoa do outro lado da linha berrando: "Citrine! Você mesmo! Citrine".

"Sim. Aqui é o Citrine. O que é?"

"Seu filho da mãe. Você vai me pagar. Olhe o que está fazendo comigo."

"Com você?"

"Comigo, sim! Isso mesmo, caralho! O cheque que você sustou era para mim. Libere, Citrine. Libere a porra daquele cheque de uma vez. Não me force a fazer alguma coisa."

"Eu estava dormindo..."

"*Eu* não estou dormindo, por que você tem que dormir?"

"Estou tentando acordar, senhor..."

"Nada de nomes! A única coisa que temos para falar é sobre um cheque sustado. Nada de nomes! Quatrocentos e cinquenta pratas. Esse é o meu único assunto."

Aquelas ameaças noturnas de gângsteres contra mim — eu! Logo eu!

Um espírito peculiar e, em meu próprio pensamento, quase comicamente inocente — me faziam dar risada. Muitas vezes criticavam meu jeito de rir. Pessoas bem-intencionadas se divertem com meu jeito de rir. Outras podem sentir-se ofendidas.

"Não ria", disse meu interlocutor noturno. "Pare com isso. Não é um som normal. Aliás, quem diabos você pensa que é para rir desse jeito? Escute aqui, Citrine. Você perdeu a grana para mim numa partida de pôquer. Vai dizer que foi só uma noitada em família, ou que você tinha bebido, mas isso tudo é papo furado. Recebi o seu cheque e não vou ficar olhando para ele com cara de bobo, enquanto riem de mim."

"Você sabe por que eu sustei o pagamento. Você e o seu comparsa estavam trapaceando."

"Você viu?"

"O anfitrião viu. O George Swiebel jura que vocês dois ficaram trocando cartas um com o outro."

"E por que ele não abriu o bico na hora, aquele babaca. Devia ter posto a gente para fora."

"Ele deve ter ficado com medo de mexer com vocês."

"Quem, aquele demônio de saúde, com toda aquela cor na cara? Pelo amor de Deus, ele parece uma maçã, correndo aqueles oito quilômetros por dia, sem falar nas vitaminas que vi na caixinha de remédios dele. Eram sete, oito pessoas jogando com a gente. Elas podiam muito bem cobrir a gente de porrada. O seu amigo é um cagão."

Falei: "Bem, não foi uma noite legal. Eu estava alto, embora você não acredite. Ninguém se comportou de maneira racional. Todo mundo estava meio fora de si. Vamos ser sensatos".

"Essa é boa, eu tenho que ouvir o meu banco dizer que você mandou sustar o cheque, o que é a mesma coisa que levar um pontapé na bunda, e ainda me vem com essa conversa de ser sensato? Acha que eu sou palhaço? Foi um erro se meter em todo aquele papo sobre educação e faculdades. Vi a cara que você fez quando eu disse o nome da faculdade agrícola onde estudei."

"O que é que as faculdades têm a ver com o caso?"

"Será que não entende o que está fazendo comigo? Você escreveu todas aquelas histórias. Você aparece em *Quem é quem*. Mas você é um cabeça de bagre que não entende porra nenhuma."

"Para mim, às duas da manhã, é difícil entender. Será que não podemos nos encontrar durante o dia, quando você estiver com as ideias no lugar?"

"Chega de papo. Acabou a conversa."

No entanto ele tinha dito aquilo muitas vezes. Eu devo ter recebido uns dez telefonemas como esse, de Rinaldo Cantabile. O falecido Von Humboldt Fleisher também havia usado as possibilidades dramáticas da noite para intimidar e assediar as pessoas.

George Swiebel tinha mandado que eu sustasse o cheque. Minha amizade com George remonta à quinta série e, para mim, camaradas desse tipo constituem uma categoria sagrada. Muitas vezes me preveniram contra aquela terrível fraqueza ou dependência em relação a relacionamentos antigos. Ex-ator, George abandonara o palco décadas antes e se tornara empreiteiro. Era um sujeito corpulento, com uma cor vermelha. Não havia nada de reprimido em suas maneiras, suas roupas, seu estilo pessoal. Durante anos, havia sido meu especialista autonomeado em assuntos do submundo. Mantinha-me informado sobre criminosos, prostitutas, corridas de cavalos, extorsões, narcóticos, política e operações do Sindicato. Tendo frequentado a televisão e o rádio, seus conhecimentos tinham uma abrangência fora do comum, "do pútrido ao puro", dizia ele. E eu figurava com destaque entre os puros. Não estou aqui reivindicando esse posto para mim. Isso é só para explicar como George me via.

"Você perdeu aquele dinheiro na mesa da minha cozinha e é melhor me escutar", disse. "Aqueles palhaços estavam trapaceando."

"Então você devia ter chamado a atenção deles. O Cantabile tem isso a seu favor."

"Não tem nada, e ele não é ninguém. Se ele te devesse três pratas, você teria que ficar correndo atrás dele para receber. Além do mais ele estava fora de órbita de tanta droga na cabeça."

"Não percebi."

"Você não percebe nada. Eu te fiz sinal com a mão uma porção de vezes."

"Não vi. Não consigo me lembrar..."

"O Cantabile ficou passando a perna em você o tempo todo. Ele te engambelou direitinho. Ele estava fumando maconha. Ficou falando de arte, cultura, psicologia, o Clube do Livro do Mês e contando vantagem sobre a sua formação universitária. Você apostava em qualquer carta que viesse parar na sua mão. E todos os assuntos que eu sempre te implorei para não discutir nunca, você desandou a falar livremente."

"George, os telefonemas dele de madrugada estão acabando comigo. Vou pagar para ele de uma vez. Por que não? Pago para todo mundo. Tenho que me livrar desse verme."

"Não pague!" Com sua experiência de ator, George tinha aprendido a inflar a voz de maneira teatral, olhar fixamente, mostrar-se assustado e produzir um efeito assustador. Gritou para mim: "Charlie, faça o que estou dizendo!".

"Mas estou lidando com um gângster."

"Não existem mais Cantabiles no ramo das extorsões. Todos eles foram banidos anos atrás. Já te falei..."

"Então ele sabe intimidar bem pra cacete. Às duas da manhã. Estou convencido de que é um verdadeiro facínora."

"Ele viu o filme *O poderoso Chefão* ou alguma coisa assim e deixou crescer um bigode de italiano. Não passa de um moleque fanfarrão e atrapalhado e de um estudante que abandonou a faculdade. Eu não devia ter deixado que ele e o primo entrassem em casa. Já sei que você se esqueceu disso. Eles estavam fazendo o papel de gângsteres e trapacearam nas cartas. Tentei impedir que você desse o cheque para ele. Então te falei para sustar o pagamento. Não vou deixar que você se renda. De todo jeito, a história toda — acredite em mim — está encerrada."

Assim, eu me submeti. Não podia contestar o julgamento de George. Agora Cantabile havia massacrado meu carro com toda a força que tinha. O sangue fugiu do meu coração quando vi o que ele havia feito. Encostei-me na parede do edifício para não cair. Numa noite, saí para me divertir em companhia de gente vulgar e acabei caindo no inferno da idiotia.

Companhia vulgar não era uma expressão pessoal minha. O que eu estava ouvindo de fato era a voz da minha ex-esposa. Era Denise que usava expressões como "gentalha" e "companhia vulgar". A sina da minha pobre Mercedes teria dado a ela uma profunda satisfação. Era uma coisa parecida com a guerra e Denise tinha uma personalidade intensamente marcial. Odiava Renata, minha amiga. Corretamente, identificaria Renata com o automóvel. Abominava George Swiebel. No entanto George tinha uma visão complexa de Denise. Dizia que era uma grande beleza, mas não inteiramente humana. Com certeza, os imensos olhos radiantes de ametista de Denise, combinados com a testa estreita e com os dentes afiados e sibilinos, contribuíam para respaldar tal interpretação. Ela é requintada e tremendamente brutal. O pragmático George não deixa de ter seus próprios mitos, sobretudo no que diz respeito a mulheres. Tem pontos de vista junguianos, que expressa de forma rude. Tem bons sentimentos que o frustram, porque mexem com seu coração, e ele reage de maneira exagerada com grosserias. De todo modo, Denise teria rido de felicidade ao ver aquele carro destroçado. E eu? Era de imaginar que, tendo me divorciado, eu havia escapado do "eu bem que avisei" conjugal. Mas lá estava eu, fornecendo aquilo a mim mesmo.

Pois Denise me falava continuamente a meu respeito. Dizia: "Não consigo acreditar que você está desse jeito. O homem que teve todas aquelas ideias incríveis, o autor de todos aqueles livros, respeitado por professores e intelectuais do mundo inteiro. Às vezes tenho até que me perguntar: 'Será mesmo esse o *meu* marido? O homem que *eu* conheço?'. Você deu aulas nas grandes universidades do Oriente e recebeu subvenções, bolsas, homenagens. De Gaulle nomeou-o cavaleiro da Legião de Honra e Kennedy nos convidou para a Casa Branca. Você teve uma peça de sucesso na Broadway. E *agora* que diabos você acha que está fazendo? Chicago! Você fica rodando por aí com os seus antigos camaradas de escola em Chicago, com uns malucos. É uma espécie de suicídio mental, desejo de morte. Você não terá mais nada para fazer com gente interessante de verdade, com arquitetos, psiquiatras ou professores universitários. Tentei organizar a vida para você, quando você insistia em se mudar e voltar para cá. Fiz das tripas coração. Você não quis saber de Londres, Paris ou Nova York, tinha que voltar para isto — este lugar fatal, vulgar, perigoso, feio. Porque no fundo você é uma criança das favelas. O seu coração pertence às antigas sarjetas do West Side. Eu me matei para ser uma anfitriã…".

Havia grandes bocados de verdade em tudo isso. As palavras da minha velha mãe sobre Denise seriam: "*Edel, gebildet, gelassen*", pois Denise era uma pessoa da classe mais alta. Cresceu em Highland Park. Estudou no Vassar College. O pai, juiz federal, também veio das sarjetas do West Side de Chicago. O pai *dele* tinha sido capitão da polícia sob Morris Eller, nos tempos tumultuosos de Big Bill Thompson. A mãe de Denise se ligou ao juiz quando ele não passava de um menino, o mero filho de um político trambiqueiro, e pôs o rapaz na linha, curou-o da sua vulgaridade. Denise esperava fazer a mesma coisa comigo. Porém, por estranho que pareça, sua herança paterna era mais forte que a materna. Nos dias em que Denise estava de pavio curto, com a voz tensa e aguda, a gente ouvia falar aquele capitão de polícia e mascate, o avô dela. Por causa dessa origem, talvez, Denise odiava George ferozmente. "Não traga esse homem para a nossa casa", dizia. "Não vou suportar ver a bunda dele em cima do meu sofá e os seus pés em cima do meu tapete." Denise dizia: "Você é que nem um desses cavalos de corrida que ficaram bravos demais e precisam ter um bode na sua baia para ficarem calmos. O George Swiebel é o seu bode de companhia."

"É um bom amigo que tenho, um velho amigo."

"O seu fraco pelos velhos camaradas de escola não é uma coisa em que a gente deva acreditar. Você tem a *nostalgie de la boue*. Ele te leva para encontrar piranhas?"

Tentei dar uma resposta digna. Mas na verdade eu queria que o conflito crescesse e provocava Denise ainda mais. Numa das noites em que a criada ficava de folga, levei George para jantar em nossa casa. A noite de folga da criada deixava Denise num estado de angústia espiritual. O trabalho doméstico era insuportável. Ter de cozinhar era uma coisa que matava Denise. Quis ir a um restaurante, mas respondi que eu não estava com vontade de sair para jantar. Então, às seis horas, ela misturou às pressas carne moída e tomate, feijão e pimenta em pó. Falei para George: "Venha compartilhar o nosso *chili con carne* esta noite. Podemos abrir umas garrafas de cerveja".

Denise fez sinal para que eu entrasse na cozinha. Disse: "Não vou comer isto". Ela estava belicosa e estridente. Sua voz era clara, cortante e articulada com rigor — os arpejos ascendentes da histeria.

"Ora, vamos lá. Denise, ele está te ouvindo." Baixei minha voz e disse: "Vamos servir esse *chili con carne* para o George".

"Não tem quantidade suficiente. São só duzentos e cinquenta gramas de hambúrguer. Mas a questão não é nem essa. A questão é que eu não vou servi-lo."

Ri. Em parte porque fiquei sem graça. Normalmente, sou barítono baixo, quase um baixo profundo, mas com certos tipo de provocação minha voz desaparece nos registros mais agudos, talvez no espectro da audição dos morcegos.

"Escute só esses guinchos", disse Denise. "Você se entrega completamente quando dá essas risadas. Você nasceu num cesto de carregar carvão. Foi criado numa gaiola de papagaio."

Seus grandes olhos violeta estavam indomáveis.

"Muito bem", respondi. Levei George para o Pump Room. Comemos *chachlik*, servido em chamas por mouros de turbante.

"Não quero me intrometer no seu casamento, mas notei que você parou de respirar", disse George.

George sente que pode falar pela Natureza. Natureza, instinto, coração, o guiam. Ele é biocêntrico. Vê-lo esfregar os vastos músculos, o tórax romano de Ben-Hur e os braços com azeite de oliva é uma aula de devoção ao organismo. Para concluir, ele toma um comprido gole direto da garrafa. Azeite de oliva é o sol e o antigo Mediterrâneo. Nada é melhor para as entranhas, o cabelo, a pele. George conserva seu corpo com uma afeição divina. É um sacerdote para a parte interna do seu nariz, os globos oculares, os pés. "Com aquela mulher, você está respirando mal, tem pouco ar. Parece que está sufocando. Os seus tecidos não estão recebendo oxigênio. Ela vai acabar te dando câncer."

"Ah", respondi. "Talvez ela ache que está me oferecendo as bênçãos de um casamento americano. Americanos de verdade têm que sofrer com as suas esposas, e as esposas com os maridos. Como o sr. e a sra. Abraham Lincoln. É o clássico sofrimento dos Estados Unidos, e um filho de imigrantes como eu deveria ficar agradecido. Para um judeu, é um passo adiante."

Sim, Denise ficaria exultante se ouvisse tamanha atrocidade. Tinha visto Renata passar voando na Mercedes prata. "E você, o passageiro", disse Denise, "que já está ficando tão careca como um poste de porta de barbearia, mesmo quando penteia os cabelos do lado por cima da cabeça para esconder a careca, e sorrindo. Ela vai te dar muita coisa para sorrir, seu gordão." Do insulto, Denise passou para a profecia. "A sua vida mental vai secar. Você a está sacrificando em troca das suas necessidades eróticas (se é esse mesmo o termo que serve para definir o que você tem). Depois do sexo, o que vocês dois podem conversar...? Pois é, você escreveu uns livros, escreveu uma peça famosa e mesmo essa peça foi mais ou menos escrita por outras pessoas. Você se associou com gente como Von Humboldt Fleisher. Você enfiou na cabeça a ideia de que era algum tipo de artista. *Nós* sabemos a verdade, não é? O que você quer na verdade é se livrar de todo mundo, desligar-se e ficar sob o seu próprio controle. Só você e o seu coração incompreendido, Charlie. Você não podia suportar um relacionamento sério, é por isso que se livrou de mim e das nossas filhas. Agora você tem essa vagabunda gorducha que não usa sutiã e exibe os mamilos grandes para o mundo inteiro. Você juntou à sua volta uma porção de judeus ignorantes e delinquentes. Você ficou louco com a sua própria modalidade de orgulho e de esnobismo. Não existe ninguém bom o bastante para você... *Eu* poderia ter te ajudado. Mas agora é tarde demais!"

Eu não queria discutir com Denise. Sentia uma espécie de afinidade com ela. Denise dizia que eu estava levando uma vida ruim. Eu concordava. Ela achava que eu não estava muito bom da cabeça e que eu teria de estar completamente maluco para negar isso. Dizia que eu andava escrevendo coisas que não faziam sentido para ninguém. Podia ser. Meu último livro, *Alguns americanos*, com o subtítulo *O sentido de viver nos Estados Unidos*, ficou rapidamente encalhado. Os editores imploraram para que eu não publicasse o livro. Propuseram-me esquecer uma dívida de vinte mil dólares que eu tinha com eles, caso pusesse o livro na gaveta. Mas agora, por maldade, eu estava justamente escrevendo a segunda parte do mesmo livro. Minha vida estava em grande desordem.

Todavia eu era leal a uma coisa. Eu tinha uma ideia.

"Por que foi que você me trouxe de volta para Chicago?", perguntou Denise. "Às vezes eu acho que fez isso porque os seus mortos estão enterrados aqui. É essa a razão? A terra onde os seus pais judeus morreram? E você me arrastou para o seu cemitério para poder se juntar ao coro do canto fúnebre? E o que isso quer dizer, afinal? Tudo isso é porque você tem ilusões sobre ser uma pessoa maravilhosa e nobre. O que você não é nem de longe!"

Tais agressões, para Denise, faziam mais bem que vitaminas. Quanto a mim, acho que certos tipos de mal-entendidos são repletos de dicas úteis. Mas minha dura e silenciosa resposta final para Denise era sempre a mesma. A despeito da sua inteligência, ela *havia sido* ruim para minha ideia. Desse ponto de vista, Renata era a melhor mulher — melhor para mim.

Renata tinha me proibido de dirigir um Dart. Tentei negociar com o vendedor de automóveis Mercedes um modelo 250 C de segunda mão, mas, na loja, Renata — excitada, ruborizada, perfumada, grande — pôs a mão sobre o capô prata e disse: "Este aqui, o cupê". O toque da palma da mão foi sensual. O que ela fez no carro eu até cheguei a sentir em mim mesmo.

* * *

Mas agora alguma coisa tinha de ser feita a respeito daqueles destroços. Fui até a recepção e agarrei Roland, o porteiro — preto, magricela, idoso, nunca fazia a barba. Roland Stiles, a menos que eu estivesse enganado (uma forte probabilidade), estava sempre do meu lado. Em minhas fantasias de morte solitária, era Roland quem eu via em meu quarto, enchendo um saco plástico com uns poucos objetos, antes de chamar a polícia. Fazia aquilo com minhas bênçãos. Ele tinha especialmente necessidade do meu barbeador elétrico. Seu rosto intensamente negro era esburacado e espinhento. Fazer barba com uma lâmina devia ser quase impossível.

Roland, em seu uniforme azul elétrico, se mostrou perturbado. Tinha visto o carro destruído quando chegou para trabalhar de manhã cedo, mas, disse ele: "Não podia ser eu, de jeito nenhum, que ia contar para o senhor, seu Citrine". Os moradores do prédio, quando saíram para trabalhar, tinham visto o automóvel. Sabiam a quem pertencia, é claro. "Isso é coisa dessas vagabundas", disse Roland muito sério, seu rosto velho e descarnado, torcido, a boca e o bigode pregueados. Espirituoso, sempre mexia comigo por causa das senhoras lindas que vinham me visitar. "Elas vêm de Volkswagen e de Cadillac, de bicicleta e de motocicleta, de táxi e a pé. Perguntam quando o senhor saiu e quando vai voltar e deixam bilhetinhos. E elas vêm toda hora, todo dia, não param. O senhor é um bocado mulherengo. Aposto que tem um monte de maridos querendo ver a sua caveira." Mas a graça tinha acabado. Não era à toa que Roland era um negro de sessenta anos. Ele conhecia os infernos da idiotia. Eu havia perdido a imunidade, o que tornava meus caminhos muito divertidos. "O senhor está encrencado", disse ele. Resmungou alguma coisa a respeito de "Miss Universo". Ele chamava Renata de Miss Universo. Às vezes ela pagava para que ele entretivesse seu filho pequeno na recepção. O menino brincava com a correspondência do prédio, enquanto a mãe estava deitada em minha cama. Eu não gostava daquilo, mas não se pode ser um amante ridículo só pela metade.

"E agora?"

Roland virou as mãos com as palmas para cima. Encolheu os ombros e disse: "Chame a polícia".

Pois é, eu tinha de dar parte, no mínimo por causa do seguro. A companhia de seguros ia achar aquele caso muito esquisito. "Então acene para o carro patrulha quando passar. Mostre para esses inúteis a ruína do meu carro", falei. "E depois mande que subam ao meu apartamento."

Dei-lhe um dólar por tamanho transtorno. Em geral eu fazia aquilo. E agora a corrente de malevolência tinha de ser invertida.

Através da porta do meu apartamento, ouvi o telefone tocando. Era Cantabile.

"Muito bem, seu babaca sabichão."

"Maluco!", exclamei. "Vandalismo! Espancar um automóvel...!"

"Você viu como o seu carro ficou — você viu o que me obrigou a fazer!" Estava berrando. Forçava a voz. No entanto ela vacilava.

"Como é que é? Está pondo a culpa em mim?"

"Você foi avisado."

"*Eu* fiz você destruir aquele automóvel maravilhoso?"

"Foi você que me fez agir desse jeito. Você, sim. Claro que foi você. Acha que não tenho sentimentos? Você nem acredita como eu me sinto por causa de um carro como esse. Você é muito burro. O único culpado que existe é você mesmo." Tentei responder, mas ele me calou com berros. "Você me obrigou! Você me forçou! Muito bem, a noite passada foi só o primeiro passo."

"O que isso quer dizer?"

"Não me pague e você vai ver só o que isso quer dizer."

"Que tipo de ameaça é essa? Isso já está saindo do controle. Está se referindo às minhas filhas?"

"Eu não vou procurar uma empresa de cobranças. Você não tem a menor ideia da coisa em que se meteu. Nem de quem eu sou. Acorde!"

Muitas vezes eu dizia a mim mesmo: "Acorde!", e muita gente também tinha gritado: "Acorde! Acorde!". Como se eu tivesse uma dúzia de olhos e, obstinadamente, os mantivesse fechados. "Você tem olhos e não enxerga." Isso, está claro, era absolutamente verdadeiro.

Cantabile continuava falando. Ouvi sua voz dizer: "Então agora vá lá e pergunte para o George Swiebel o que fazer. Ele te deu uns conselhos, não foi? Foi *ele* que ferrou com o seu carro."

"Vamos parar com isso. Quero resolver esse assunto."

"Nada de resolver. Pague. Desconte o cheque. O valor total. E em dinheiro. Nada de ordens de pagamento, nada de cheque ao portador, nada de enrolação. Dinheiro vivo. Telefono depois. Vamos marcar um encontro. Quero ver você."

"Quando?"

"Não interessa quando. Fique aí perto do telefone até eu ligar."

No instante seguinte, escutei o interminável miado eletrônico e universal do fone. E fiquei em desespero. Tinha de contar o que havia acontecido. Eu tinha de consultar alguém.

Um óbvio sinal de aflição: números de telefone ficaram rodando em minha cabeça — códigos de ligação à distância, dígitos. Eu tinha de telefonar para alguém. A primeira pessoa para quem telefonei foi George Swiebel, é claro; tinha de contar para ele o que havia acontecido. Também tinha de preveni-lo. Cantabile poderia atacá-lo. Mas George estava fora, com uma equipe. Estavam pondo alicerces de concreto em algum canto, disse Sharon, sua secretária. George, antes de se tornar homem de negócios, como eu disse, foi ator. Começou no Teatro Federal. Depois foi locutor de rádio. Tinha experimentado trabalhar na televisão e também em Hollywood. Entre gente do mundo dos negócios, ele falava da sua experiência no mundo dos espetáculos. Conhecia seu Ibsen e seu Brecht e muitas vezes viajava de avião a Minneapolis para ver peças no Teatro Guthrie. Na zona sul de Chicago, ele se identificava com a boemia e com as artes, com criatividade, com imaginação. E era vital, generoso, tinha uma natureza aberta. Era um bom sujeito. As pessoas ficavam muito apegadas a ele. Vejam aquela pequenina Sharon, sua secretária. Era uma caipira nanica de cara esquisita, parecia uma velhinha da Família Buscapé. Mas George era seu irmão, seu médico, seu padre, sua tribo. Por assim dizer, ela havia feito uma busca minuciosa na zona sul de Chicago e só encontrou um homem, George Swiebel. Quando falei com ela, tive presença de espírito suficiente para dissimular, pois se eu tivesse contado para Sharon em que pé estava a situação e como era chocante, ela não teria dado meu recado a George. O dia rotineiro de George, da maneira como ele e seu pessoal viam as coisas, era uma crise depois da outra. O trabalho de Sharon era protegê-lo. "Peça ao George para me telefonar", falei. Desliguei pensando no panorama de crise nos Estados Unidos, uma herança dos meus velhos tempos de pioneiro etc. Pensava nessas coisas pela força do hábito. Só porque a alma da gente está sendo despedaçada não quer dizer que a gente vá parar de analisar os fenômenos.

Refreei meu verdadeiro desejo, que era o de gritar. Admiti que eu teria de me recompensar por conta própria. Não telefonei para Renata. Ela não é especialmente boa quando se trata de consolar a gente pelo telefone. É preciso obter isso de Renata em pessoa.

Agora eu tinha de esperar o telefonema de Cantabile. E também a polícia. Tinha de explicar para Murra, o contador, que eu não iria ao encontro com ele. De todo modo, ele ia me cobrar aquela hora de consulta, segundo o costume de psiquiatras e outros especialistas. Naquela tarde, eu tinha de levar minhas filhas pequenas, Lish e Mary, à aula de piano. Pois, como dizia a Companhia de Pianos Gulbransen nas paredes de tijolos de Chicago, "A criança mais rica é pobre, sem educação musical". E as minhas eram filhas de um homem rico e seria uma catástrofe se crescessem sem saber tocar "Für Elise" e o "Fazendeiro Feliz".

Eu precisava recuperar minha calma. Em busca de estabilidade, fiz o único exercício de ioga que sei fazer. Tirei uns trocados e as chaves que estavam em meus bolsos, descalcei os sapatos, ajeitei-me no chão, voltei os dedos dos pés para a frente e, com uma cambalhota, fiquei com a cabeça apoiada no chão e os pés para o alto. O mais adorado dos meus carros, minha Mercedes prata 280 SL, minha pedra preciosa, minha dádiva de amor, estava na rua, mutilada. Dois mil dólares de lanternagem jamais seriam capazes de restaurar a lisura original da pele metálica. Os faróis estavam cegos e espatifados. Nem tive coragem de experimentar abrir as portas, deviam estar emperradas com os afundamentos na lataria. Tentei me concentrar no ódio e na fúria — vingança, vingança! Mas com isso não consegui chegar a lugar nenhum. Só conseguia enxergar o supervisor alemão na loja de carros, em seu comprido jaleco branco, que nem um dentista, me dizendo que certas peças teriam de ser importadas. E eu, em desespero, segurando entre as mãos minha cabeça meio careca, com os dedos entrecruzados, mantinha as pernas trêmulas e doloridas no ar, os tufos laterais do meu cabelo escorriam para o lado, e o tapete persa verde fluía embaixo de mim. Eu tinha sido ferido no coração. Estava desconsolado. A beleza do tapete era um dos meus confortos. Havia ficado profundamente ligado a tapetes e aquele era uma obra de arte. O verde era suave e matizado com grande sutileza. O vermelho era uma daquelas surpresas que parecem jorrar direto do coração. Stribling, meu especialista do centro da cidade, me explicou que eu poderia obter algo bem melhor com o dinheiro que eu havia pago por aquele tapete. Tudo o que não era produzido em massa estava com o preço nas alturas. Stribling era um excelente homem obeso, que criava cavalos, mas agora estava pesado demais para poder montar. Pouca gente parecia andar consumindo coisas boas hoje em dia. Olhem para mim. Eu não podia ser um sujeito sério, envolvendo-me nesse tipo de coisa grotesca e cômica, de Mercedes-Benz e submundo do crime. De pernas para o ar, no chão, eu sabia (eu *tinha* de saber!) que existia também uma espécie de impulso teórico por trás daquele grotesco todo, pois uma das poderosas teorias do mundo moderno era a de que a autocompreensão é necessária para abraçar a deformidade e o absurdo do ser interior secreto (nós *sabemos* que está lá!). Ser curado pela humilhante verdade que o inconsciente contém. Eu não engolia aquela teoria, mas isso não significava que eu estivesse livre dela. Eu tinha um dom para o absurdo e a gente não sai por aí jogando fora nenhum dos nossos talentos.

 Estava pensando que eu nunca iria ganhar um centavo da companhia de seguros com um pedido tão esquisito como aquele. Tinha comprado todo tipo de proteção que eles haviam sugerido, mas em algum ponto das letrinhas miúdas do contrato seguramente eles teriam introduzido as cláusulas marotas. Na era de Nixon, as grandes empresas ficaram ébrias de imunidade. As boas e velhas virtudes burguesas, até na decoração de vitrines, tinham saído de cena para sempre.

 Foi com George que eu aprendi a ficar naquela posição de pernas para o ar. George me preveniu de que eu estava sendo negligente com o próprio corpo. Alguns anos atrás, ele começou a me mostrar como meu pescoço estava ficando enrugado, minha cor estava sem brilho e como eu ficava facilmente sem fôlego. A certa altura, na meia-idade, a gente tem de tomar uma atitude, argumentou ele, antes que a parede abdominal ceda, as coxas fiquem fracas e finas, os peitos fiquem iguais aos de uma mulher. Havia um jeito de envelhecer com dignidade. George interpretava isso para si mesmo com um zelo peculiar. Imediatamente depois da sua cirurgia na vesícula biliar, ele saiu da cama e fez cinquenta flexões de braço — seu próprio naturopata. Por conta daquele esforço, ficou com peritonite e, durante dois dias, achamos que ia morrer. Mas as enfermidades pareciam inspirá-lo, e ele tinha seus próprios métodos de cura para tudo. Há pouco tempo, ele me disse: "Acordei anteontem e descobri um caroço embaixo do braço".

"Você já foi ao médico?"

"Não. Amarrei o caroço com fio dental. Amarrei com força, bem forte mesmo..."

"E o que foi que aconteceu?"

"Ontem, quando examinei, estava inchado do tamanho de um ovo. Mesmo assim não fui ao médico. Que se dane! Peguei mais fio dental e amarrei com mais força ainda, com toda força. E agora está curado, acabou-se. Quer ver?"

Foi quando lhe falei do meu pescoço artrítico que ele me prescreveu ficar de pernas para o ar, com a cabeça apoiada no chão. Embora eu sacudisse as mãos e chegasse a berrar de tanto rir (parecia uma das caricaturas de sapo do quadro *Visión burlesca* de Goya — a criatura com travas e parafusos), fiz como ele recomendou. Treinei e aprendi a ficar de pernas para o ar com a cabeça apoiada no chão e assim acabei me curando das dores no pescoço. Depois, quando fiquei com um estreitamento uretral, pedi que George me desse um remédio. Ele disse: "É a glândula da próstata. Você começa, depois para, depois goteja de novo, arde um pouco, você se sente humilhado, não é assim?".

"Tudo correto."

"Não se preocupe. Agora, quando ficar de pernas para o ar, contraia as nádegas. É só apertar bem uma contra a outra, como se estivesse querendo que as duas bochechas se juntem."

"Por que tenho que fazer isso quando estou de ponta-cabeça? Já estou me sentindo que nem o velho Pai William, de *Alice no país das maravilhas*."

Mas ele se mostrou inflexível e disse: "Fique de ponta-cabeça".

Mais uma vez, seu método deu certo. O estreitamento da uretra se foi. Outras pessoas podem ver em George um empreiteiro de obras sólido, decidido, bem-humorado; eu vejo um personagem hermético; vejo uma figura do tarô. Se eu agora estava de ponta-cabeça, estava invocando George. Quando estou desesperado, ele é sempre a primeira pessoa para quem telefono. Alcancei aquela idade em que dá para enxergar nossos impulsos neuróticos avançando em nossa direção. Não há muita coisa que eu possa fazer quando a atroz necessidade de ajuda me domina. Fico parado à beira de um lago psíquico e sei que, se jogar migalhas lá dentro, minha carpa vai subir à tona. Assim como acontece com o mundo exterior, temos nossos próprios fenômenos interiores. A certa altura, achei que a coisa civilizada a fazer era construir um parque e um jardim para eles, preservar esses traços da personalidade, nossas peculiaridades, como passarinhos, peixes e flores.

No entanto, o fato de que eu não tinha ninguém a não ser a mim mesmo para apelar era horrível. Esperar que os sinos toquem é um tormento. As garras suspensas sobre meu coração. De fato, ficar de ponta-cabeça me trouxe alívio. Voltei a respirar direito. Porém, de ponta-cabeça, eu via dois grandes círculos na minha frente, muito brilhantes. Eles aparecem de vez em quando durante o exercício. Apoiado sobre o crânio e de pernas para o ar, é claro que a gente logo pensa que vai ter uma hemorragia cerebral. Um médico que me preveniu dos riscos de ficar de ponta-cabeça me disse que uma galinha, quando a seguram de cabeça para baixo, morre em sete ou oito minutos. Mas obviamente isso é por causa do terror. A ave fica morrendo de medo. Imagino que os anéis brilhantes que vejo são decorrentes da pressão na córnea. O peso do corpo sobre o crânio força as córneas e produz a ilusão de grandes anéis transparentes. É como ver a eternidade. Para a qual, podem acreditar, eu estava pronto naquele dia.

Atrás de mim, eu tinha uma visão da minha estante de livros e, quando ajeitei a cabeça, com mais peso nos antebraços, os anéis translúcidos se dissiparam, e com eles a sombra de uma hemorragia fatal. Em troca, eu via fileiras e mais fileiras dos meus próprios livros. Eu os empilhara na parte detrás dos meus armários embutidos, mas Renata os trouxera para fora outra vez, para deixá-los em exposição. Quando estou de ponta-cabeça, prefiro ter a visão do céu e das nuvens. É uma boa distração observar as nuvens de cabeça para baixo. Mas agora eu estava olhando para os títulos que me haviam trazido dinheiro, reconhecimento, prêmios, minha peça teatral, *Von Trenck*, em muitas edições e em muitos idiomas, e alguns exemplares do meu livro predileto, o fracassado *Alguns americanos: O sentido de viver nos Estados Unidos*. Enquanto estava em cartaz, *Von Trenck* rendeu uns oito mil dólares por semana. O governo, que até então nunca demonstrara nenhum interesse por minha pessoa, imediatamente reclamou o preço de setenta por cento em virtude dos seus esforços criativos. Mas aquilo não deveria me abalar. A gente entregava a César o que era de César. Pelo menos a gente sabia que devia fazer isso. O dinheiro pertencia a César. Também tinha *Radix malorum est cupiditas*. Eu também sabia disso.

Sabia tudo o que era considerado conveniente saber e nada do que eu precisava saber de fato. Havia feito a maior bagunça com o dinheiro. Era altamente educativo, é claro, e a educação tornou-se a grande recompensa universal americana. Tinha até substituído a punição nas penitenciárias federais. Toda grande prisão era agora um seminário florescente. Os tigres da cólera se cruzaram com os cavalos da instrução, gerando um híbrido que nem o Apocalipse imaginou. Para não complicar demais a história, eu tinha gastado o dinheiro que Humboldt me acusara de ganhar. A grana se intrometeu entre nós dois imediatamente. Ele descontou em minha conta um cheque de milhares de dólares. Não contestei. Não queria entrar na justiça. Humboldt teria adorado furiosamente um processo na justiça. Era muito litigioso. Mas o cheque que ele descontou era de fato assinado por mim e eu teria muita dificuldade para explicar aquilo ao juiz. Além do mais, julgamentos enchem minha paciência. Juízes, advogados, oficiais de justiça, estenotipistas, os bancos dos jurados, a marcenaria, os tapetes, até os copos de água, tenho um ódio mortal de tudo isso. Ainda por cima, na verdade eu estava na América do Sul quando ele descontou o cheque. Na época, ele andava aprontando mil e uma em Nova York, depois que foi sido solto de Bellevue. Não havia ninguém para contê-lo. Kathleen tinha se escondido. Sua velha mãe doidinha estava num asilo. Seu tio Waldemar era um daqueles eternos meninos para quem as responsabilidades são uma coisa estranha. Humboldt andava fazendo o maior alarde com o papo de que Nova York havia enlouquecido. Talvez ele tivesse uma vaga consciência da satisfação que estava dando ao público culto, que não parava de fofocar sobre sua piração. Escritores desesperados, malditos, delirantes e malucos e pintores suicidas são valiosos em termos dramáticos e sociais. E naquela época ele era um Fracasso furioso e eu era um Sucesso recém-nascido. O sucesso me deixava tonto. Enchia-me de culpa e vergonha. A peça encenada todas as noites no Teatro Belasco não era a peça que eu havia escrito. Eu tinha apenas fornecido a matéria-prima bruta, da qual o diretor cortou, modelou, pespontou e costurou seu próprio Von Trenck. Taciturno, eu resmungava para mim mesmo que, afinal de contas, a Broadway é contígua ao bairro das confecções e se mistura com ele.

Policiais têm sua maneira peculiar de tocar a campainha da porta. Tocam como brutamontes. É claro, estamos entrando numa fase completamente nova da história da consciência humana. Os policiais têm cursos de psicologia e possuem certa sensibilidade com relação à comédia da vida urbana. Os homens pesadões que estavam parados em cima do meu tapete persa portavam armas, cacetetes, algemas, balas, walkie-talkies. Um caso tão fora do comum — uma Mercedes massacrada em plena rua — era uma diversão para eles. O par de gigantes negros tinha cheiro de carro patrulha, o cheiro dos lugares fechados. Seus equipamentos metálicos tilintavam, seus quadris e suas barrigas eram inchados e protuberantes.

"Nunca vi tamanho massacre contra um automóvel", disse um deles. "Você está encrencado com alguns caras muito maus mesmo." Estava testando, experimentando. Na realidade ele não queria nem ouvir falar da Máfia, de extorsionários ou de guerra de gangues. Nem uma palavra. Mas tudo estava bastante óbvio. Eu não *parecia* um cara metido com a criminalidade, mas podia ser, quem sabe? Até os policiais tinham visto os filmes O *poderoso Chefão*, *Operação França*, O *segredo da Cosa Nostra* e outros filmes de ação, com explosões e tiroteios. Eu mesmo tinha me envolvido naquela história de gangues criminosas, na condição de cidadão de Chicago, e disse: "Não sei de nada". Fiquei de bico calado e creio que a polícia aprovou isso.

"Você deixa o carro na rua?", perguntou um dos guardas — tinha volumes de músculos e uma cara grande e molenga. "Se eu não tivesse garagem, só teria um carro se fosse um monte de ferro-velho." Então viu minha medalha, que Renata havia emoldurado em veludo e pendurado na parede, e falou: "Esteve na Coreia?".

"Não", respondi. "O governo francês me deu essa medalha. A Legião de Honra. Sou um cavaleiro, um *chevalier*. O embaixador deles me condecorou."

Naquela ocasião, Humboldt me mandou um dos seus cartões-postais sem assinatura. "*Choveliê! Seu nome agora é legião!*"

Fazia anos que ele andava numa onda de *Finnegans Wake*. Eu me lembrava de muitas discussões que tivemos sobre a visão que Joyce tinha da língua, da paixão do poeta por impregnar o discurso de música e sentido, dos perigos que pairavam sobre todas as obras mentais, da beleza de cair em abismos de esquecimento, como os precipícios de neve da Antártica, sobre Blake e a Visão versus Locke e a *tabula rasa*. Enquanto eu levava os dois guardas até a porta para irem embora, recordava com tristeza no coração as adoráveis conversas que Humboldt e eu havíamos tido. O incompreensível divino da humanidade!

"É melhor você acertar essa situação", recomendou o guarda, em voz baixa e gentil. Seu peso grande e negro moveu-se rumo ao elevador. O *choveliê* agradeceu educadamente. Senti meus olhos doerem com um irreprimível desejo de pedir ajuda.

Sim, a medalha me fez lembrar de Humboldt. Sim, quando Napoleão dava aos intelectuais franceses condecorações, medalhas e outras bugigangas, sabia o que estava fazendo. Levou um monte de professores com ele para o Egito. Pôs todo mundo para trabalhar. Eles voltaram com a Pedra da Rosetta. Desde o tempo de Richelieu, e antes ainda, os franceses foram grandes no ramo da cultura. Ninguém pegava De Gaulle usando uma daquelas quinquilharias ridículas. Ele tinha autoestima demais para isso. A turma que comprou Manhattan dos índios não usava colares de contas. Com toda alegria, eu daria essa medalha de ouro a Humboldt. Os alemães tentaram lhe dar uma condecoração. Foi convidado para ir a Berlim em 1952 para dar uma palestra na Universidade Livre. Não quis ir. Temia ser raptado pela GPU ou pelo NKVD. Era um colaborador de longa data da *Partisan Review* e um destacado anti-stalinista, portanto temia que os russos tentassem raptá-lo e matá-lo. "Além do mais, se eu passasse um ano na Alemanha, só ia ficar pensando numa coisa", declarou publicamente (eu fui o único que escutei). "Durante doze meses, eu seria um judeu e mais nada. Não posso me dar ao luxo de consumir um ano inteiro desse modo." Mas acho que uma explicação melhor é que ele estava curtindo muito ficar maluco em Nova York. Consultava psiquiatras e fazia grandes cenas. Inventou um amante para Kathleen e depois tentou matar o sujeito. Bateu com o Buick Roadmaster e destruiu o carro. Acusou-me de roubar sua personalidade para construir o personagem de Von Trenck. Descontou em minha conta um cheque de 6763,58 dólares e com o dinheiro comprou um Oldsmobile, entre outras coisas. De todo modo, não quis ir para a Alemanha, país onde ninguém conseguia acompanhar uma conversa.

Pelos jornais, ele soube mais tarde que eu havia virado um *choveliê*. Eu tinha ouvido dizer que ele estava morando com uma garota negra deslumbrante, que estudava trompa na Juilliard School. Mas quando o vi pela última vez na rua 46, entendi que ele estava destruído demais para poder viver com quem quer que fosse. Estava destruído — não posso deixar de repetir. Usava um terno cinza e grande dentro do qual se debatia. Sua cara tinha uma cor cinza de morte. Cinza de East River. Sua cabeça parecia ter sido infestada pela praga da mariposa-cigana, que tinha feito um acampamento em seu cabelo. Mas eu devia ter me aproximado e falado com ele. Devia ter chegado perto, em vez de me esconder atrás dos carros estacionados. Mas como podia fazer isso? Eu havia tomado meu café da manhã no Salão Eduardiano do Plaza, servido por imitações de lacaios. Em seguida tinha voado num helicóptero com Javits e Bobby Kennedy. Estava zunindo em volta de Nova York como um inseto efemérida, meu paletó com festivos enfeites de um verde psicodélico. Eu estava vestido que nem Sugar Ray Robinson. Só que eu não tinha o espírito combativo e, ao saber que meu velho amigo íntimo era um moribundo, caí fora. Fui ao aeroporto de LaGuardia e peguei um 727 de volta para Chicago. Fiquei aflito na poltrona do avião, bebia uísque com gelo, dominado pelo horror, por ideias de Destino e de outro lero-lero humanístico — compaixão. Eu tinha dobrado a esquina e me perdi na Sexta Avenida. Minhas pernas tremiam e meus dentes estavam cerrados. Falei para mim mesmo: Humboldt, adeus, vejo você no outro mundo. E dois meses depois disso, no Hotel Ilscombe, que de lá para cá desabou, ele começou a descer com sua lata de lixo às três da manhã e morreu no corredor de serviço.

Numa festa no Village na década de 40, ouvi uma garota linda dizer a Humboldt: "Sabe o que você parece? Parece uma pessoa saída de uma pintura". Claro, mulheres que têm sonhos de amor podiam ter visões de Humboldt, aos vinte e poucos anos, descendo da moldura de uma obra-prima impressionista ou do Renascimento. Mas o retrato no obituário do *Times* era assustador. Abri o jornal, certa manhã, e lá estava Humboldt em ruínas, preto e cinza, uma desastrosa cara de jornal me fitando do território dos mortos. Naquele dia, também, eu estava viajando de Nova York para Chicago — disparava para lá e para cá, nem sempre sabendo por quê. Fui ao banheiro do avião e me tranquei. As pessoas bateram na porta, mas eu estava chorando e não queria sair.

Na verdade Cantabile não me fez esperar muito tempo. Telefonou logo depois do meio-dia. Talvez ele estivesse ficando com fome. Recordei que algumas pessoas, em Paris, no final do século XIX, viam muitas vezes Verlaine embriagado e inchado batendo ferozmente sua bengala na calçada, indo almoçar, e pouco depois o grande matemático Poincaré, vestido de maneira respeitável, percorrendo a imensa testa com os dedos que descreviam curvas, também a caminho do almoço. Hora do almoço é hora do almoço, seja você um poeta, um matemático ou um gângster. Cantabile disse: "Tudo bem, seu panaca, vamos nos encontrar logo depois do almoço. Leve o dinheiro vivo. E é só isso que você vai levar. Não tente mais nenhuma gracinha comigo".

"Eu não saberia mesmo o que nem como fazer", respondi.

"É verdade, contanto que não tente armar nenhuma besteira com a ajuda do George Swiebel. Venha sozinho."

"É claro. Nunca passou pela minha cabeça..."

"Bom, agora já falei, mas mesmo assim é melhor que não aconteça. Sozinho e leve notas novas. Vá ao banco e pegue dinheiro limpo. Nove notas de cinquenta. Novas. Não quero saber de manchas gordurosas nesses dólares. E fique contente de eu não te obrigar a mastigar aquele maldito cheque."

Que fascista! Mas talvez ele estivesse só se animando e se estimulando para poder manter o nível de selvageria. Por ora, no entanto, meu único propósito era livrar-me dele pela submissão e pela concordância. "Como preferir", falei. "Aonde devo levar o dinheiro?"

"Ao Banho Russo na Division Street", respondeu.

"Aquela espelunca velha? Pelo amor de Deus!"

"Fique na frente, às quinze para as duas, e espere. E sozinho!", disse.

Respondi: "Certo". Mas ele não esperou minha confirmação. Ouvi o sinal de discar, outra vez. Identifiquei aquele gemido interminável com o grau de ansiedade da alma separada do corpo.

Eu precisava me pôr em movimento. E não podia esperar que Renata fizesse nada por mim. Renata, trabalhando nesse dia, estava num leilão e ficaria zangada se eu telefonasse para o salão de leilões para pedir que me levasse até a zona noroeste da cidade. É uma mulher linda e prestativa, tem peitos maravilhosos, mas fica ofendida com certas besteiras e rapidamente se exalta. Bem, eu daria um jeito naquilo tudo. Talvez desse para dirigir a Mercedes até a oficina. Talvez não fosse necessário chamar um reboque. E então eu teria de arranjar um táxi ou ligar para a locadora de carros Emery Livery. Eu não ia pegar um ônibus. Existem muitos bêbados armados e usuários de heroína nos ônibus e nos metrôs. Mas, não, espere aí! Primeiro tenho de falar com Murra e depois correr até o banco. Também tinha de explicar que eu não poderia levar Lish e Mary para a aula de piano. Isso deixou meu coração especialmente pesado, porque tenho um certo medo de Denise. Ela ainda conserva um grau de poder. Denise fez daquelas aulas de piano um cavalo de batalha. Mas com ela tudo vira um cavalo de batalha, tudo é gravíssimo, crítico. Todos os problemas psicológicos relativos às nossas filhas eram apresentados com grande ênfase. Questões de desenvolvimento infantil eram desesperadoras, terríveis, mortais. Se aquelas meninas tivessem a vida arruinada, seria culpa minha. Eu as abandonara no momento mais perigoso da história da civilização, só para ficar com Renata. "Aquela piranha de peitos gordos" — era assim que Denise a chamava regularmente. Sempre se referia à linda Renata como uma vagabunda grossa e cabeça-dura. A tendência dos seus epítetos, pelo visto, era transformar Renata num homem e a mim, numa mulher.

Denise, a exemplo da minha riqueza, remonta ao Teatro Belasco. Trenck foi representado por Murphy Verviger e o astro tinha um séquito (um figurinista, um assessor de imprensa, um menino de recados). Denise, que morava com Verviger no St. Moritz, vinha diariamente com outros auxiliares dele, trazendo seu roteiro. Vestida num macacão de veludo cor de ameixa, ela usava o cabelo solto. Elegante, esguia, os peitos ligeiramente chatos, ombros altos, larga na parte de cima, como uma antiquada cadeira de cozinha, tinha olhos grandes e violeta, uma cor magnificamente sutil no rosto e um matiz misterioso, raramente perceptível, mesmo acima do nariz. Por causa do calor do mês de agosto, as grandes portas dos bastidores do palco estavam abertas para os becos de cimento e a luz do dia que se infiltrava exibia a aterradora nudez e o definhamento da antiga magnificência. O Teatro Belasco era como um enfeitado prato de bolo encardido de fuligem. Verviger, o rosto profundamente vincado na altura da boca, era grande e musculoso. Parecia um instrutor de esqui. Alguma noção de intenso refinamento o estava roendo por dentro. Sua cabeça tinha o formato daquele grande gorro de pelos usado pelos soldados ingleses, uma pedra alta, arrogante, sólida, recoberta por um musgo espesso. Denise fazia anotações de ensaio para ele. Anotava com tremenda concentração, como se fosse a aluna mais sabida da turma e o resto da quinta série estivesse muito para trás. Quando vinha me fazer uma pergunta, ela segurava o roteiro apertado contra o peito e me falava no estado de uma crise operística. Sua voz parecia deixar o próprio cabelo arrepiado e dilatar os olhos assombrosos. Ela disse: "Verviger quer saber como o senhor gostaria que ele pronunciasse esta palavra" — e me mostrou: FINITO. "Ele diz que pode dizer *fini*-to, ou fi-*nito*, ou *fin*-ito. Ele não aceitou minha opinião: fini-to!"

Respondi: "Para que tanta complicação?... Não me importa como ele fale". Não acrescentei que eu, de todo jeito, já havia perdido as esperanças quanto a Verviger. Ele tinha entendido a peça de modo errado de uma ponta a outra. Talvez estivesse entendendo bem as coisas no St. Moritz. Isso não era da minha conta, na ocasião. Fui para casa e contei à minha amiga Demmie Vonghel acerca da deslumbrante e arrepiante beldade do Teatro Belasco, a namora de Verviger.

Bem, dez anos depois, Denise e eu éramos marido e mulher. E fomos convidados para ir à Casa Branca pelo presidente e pela sra. Kennedy, em trajes de gala, para uma noite cultural. Denise consultou vinte ou trinta mulheres sobre vestidos, sapatos, luvas. Muito inteligente, ela sempre lia sobre os problemas nacionais e mundiais nos salões de beleza. Seu cabelo era espesso e penteado para cima. Não era fácil saber se ela havia feito um penteado, mas pela conversa no jantar eu sempre sabia se ela tinha ido ao cabeleireiro naquela tarde, porque Denise era uma leitora rápida e assimilava todos os aspectos da crise mundial com a cabeça no secador de cabelos. "Você sabe o que o Khruschóv fez em Viena?", perguntou. Assim, preparando-se para a Casa Branca no salão de beleza, ela estudou a *Time*, a *Newsweek* e *The U.S. News and World Report*. No voo para Washington, recapitulamos a questão da baía dos Porcos, a crise dos mísseis e o problema de Diem. A força nervosa de Denise é um elemento constitutivo. Depois do jantar, ela pegou o presidente pelo braço e conversou com ele em particular. Vi Denise encurralando o presidente no Salão Vermelho. Eu sabia que ela estava abrindo caminho rapidamente através das emaranhadas fronteiras que separavam seus próprios problemas — e todos eram tremendos! — das perplexidades e catástrofes da política mundial. Tudo forma uma só crise indivisível. Eu sabia que ela estava dizendo: "Senhor presidente, o que se pode fazer a respeito disso?". Bem, a gente usa tudo o que tem para cortejar uns aos outros. Sufoquei o riso quando vi os dois juntos. Mas JFK sabia se cuidar sozinho, e ele gostava de mulheres bonitas. Eu desconfiava que ele também lia *The U.S. News and World Report* e que seu nível de informação podia não ser muito melhor que o de Denise.

Ela poderia ser um excelente secretário de Estado para ele, se fosse possível encontrar um jeito de fazê-la acordar antes das onze da manhã. Pois Denise é maravilhosa. Além de ser linda. E muito mais litigiosa que Humboldt Fleisher. O que ele mais fazia era ameaçar. Mas depois do divórcio me vi envolvido em processos judiciais intermináveis e ruinosos. O mundo raramente viu uma querelante mais agressiva, sutil e fecunda que Denise. Da Casa Branca, o que mais ficou em minha memória foi a impressionante empáfia de Charles Lindbergh, a queixa de Edmund Wilson, que disse que o governo o deixou na miséria, a música de hotel de veraneio em Catskill tocada pela orquestra dos Fuzileiros Navais, e o sr. Tate com os dedos pousados demoradamente sobre os joelhos de uma senhora.

Uma das maiores mágoas de Denise era que eu não permitiria que ela levasse aquele tipo de vida. O grande capitão Citrine, que em outros tempos havia rompido as fivelas da sua armadura em heroicos combates corpo a corpo, agora apaziguava a luxúria cigana de Renata e, em sua senilidade, havia comprado uma Mercedes-Benz de luxo. Quando eu ia buscar Lish e Mary para a aula de piano, Denise perguntava se eu tinha certeza de que o sistema de ventilação do carro estava funcionando. Não queria que o carro ficasse com o cheiro de Renata. Guimbas de cigarro com manchas de batom tinham de ser removidas do cinzeiro. Uma vez, Denise saiu de casa e tratou de fazer isso pessoalmente. Disse que no carro não podia haver nenhum lenço de papel manchado com Deus-sabe-o-quê.

Apreensivo, disquei o número de Denise no telefone. Estava com sorte, a criada atendeu e eu lhe disse: "Não vou poder pegar as meninas hoje. O meu carro está com um problema".

No térreo, descobri que, espremendo-me todo, ainda dava para entrar na Mercedes e, embora o para-brisa estivesse ruim, achei que era possível dirigir o carro, contanto que a polícia não me detivesse no caminho. Fiz a experiência indo até o banco, onde saquei o dinheiro novo. Entregaram-me as notas dentro de um envelope de plástico. Não dobrei o envelope, mas deixei-o junto à minha carteira. Em seguida, de uma cabine telefônica, agendei um horário na concessionária da Mercedes — a gente não pode mais chegar numa oficina de carros a qualquer hora, sem pedir licença, como fazia na antiga era dos mecânicos. Então, ainda na cabine telefônica, tentei ligar de novo para George Swiebel. Parece que eu, durante aquele jogo de cartas, enquanto falava muito mais do que devia sobre uma porção de gente, deixei escapar que George gostava de ir com seu velho pai à sauna na Division Street, perto do que antes era a Robey Street. Provavelmente, Cantabile pretendia pegar George lá.

Quando era garoto, eu mesmo ia ao Banho Russo com meu pai. Aquele estabelecimento antigo funciona desde sempre, mais quente que os trópicos e se deteriorando suavemente. No porão, homens gemiam sobre as tábuas amolecidas pelo vapor, enquanto eram massageados de forma abrasiva com vassourinhas feitas de folhas de carvalho embebidas em baldes de salmoura. Os pilares de madeira eram lentamente consumidos por uma deterioração maravilhosa que os deixava com uma coloração suavemente castanha. Parecia pelo de castor no vapor dourado. Talvez Cantabile tivesse esperança de encurralar George ali, nu. Podia haver outra razão para ter escolhido aquele local de encontro? Cantabile podia espancá-lo, podia lhe dar um tiro. Por que não fiquei de bico calado?

Eu disse à secretária de George: "Sharon? Ele não voltou? Escute bem, diga para ele não ir ao *schwitz* na Division Street hoje. *Não pode!* É sério".

George havia me dito a respeito de Sharon: "Ela fica empolgada com as emergências". É compreensível. Dois anos atrás, um homem completamente estranho cortou sua garganta. Aquele negro desconhecido invadiu o escritório de George na zona sul de Chicago com a navalha aberta na mão. Correu a lâmina no pescoço de Sharon como um virtuose e desapareceu para sempre. "O sangue esguichou na cortina", disse George. Ele amarrou uma toalha em volta do pescoço de Sharon e levou-a correndo ao hospital. O próprio George também se empolgava com as emergências. Está sempre em busca do que é fundamental, "honesto", "pé no chão", primordial. Quando viu o sangue, uma substância vital, soube logo o que devia fazer. Mas é claro que George é também um teórico; é um primitivista. George, rubicundo, musculoso, mão pesada, com seus olhos castanhos abrangentes e humanos, não é nada burro, exceto quando proclama suas ideias. Faz isso em voz alta, com veemência. E então eu apenas sorrio para ele, porque sei como é amável. Cuida dos pais idosos, das irmãs, da ex-esposa e dos filhos já crescidos. Fala mal dos intelectuais, mas no fundo ama a cultura. Passa dias inteiros tentando ler livros difíceis, quebrando a cabeça. Não com grande sucesso. E quando o apresento a intelectuais como meu erudito amigo Durnwald, ele grita com eles e os atormenta e fala indecências, fica com a cara toda vermelha. Bem, é esse tipo de momento curioso na história da consciência humana em que a mente desperta de forma universal e a democracia nasce, uma era de tumulto e de confusão ideológica, o principal fenômeno da era atual. Humboldt, juvenil, amava a vida da mente e eu compartilhava seu entusiasmo. Mas os intelectuais que a gente encontra são outra coisa. Não me comportei bem com o *beau monde* mental de Chicago. Denise convidava todo tipo de pessoas superiores à nossa casa em Kenwood para conversar sobre política, raça, psicologia, sexo, criminalidade. Embora eu servisse as bebidas e risse muito, não me sentia exatamente alegre e hospitaleiro. Nem sequer me mostrava amigável. "Você tem desprezo por essas pessoas!", reclamava Denise. "A única exceção é o Durnwald, aquele ranzinza." A acusação era verdadeira. Eu gostaria de fazer picadinho de todos eles. De fato, esse era um dos meus sonhos mais acalentados e uma das minhas mais caras esperanças. Eles eram contra a Verdade, o Bem, o Belo. Eles negavam a luz. "Você é um esnobe", dizia Denise. Isso não era exato. Mas eu não queria ter nada a ver com aqueles sacanas, os advogados, deputados, psiquiatras, professores de sociologia e gente do meio artístico (em geral, donos de galerias) que ela convidava.

"Você tem que conhecer gente de verdade", George me disse depois. "A Denise cercou você de impostores e agora, dia sim, dia não, você fica sozinho com toneladas de livros e jornais dentro daquele apartamento, e garanto que desse jeito você vai acabar ficando maluco."

"Puxa, não", eu retrucava. "Tem você e o Alec Szathmar, e o meu amigo Richard Durnwald. E também a Renata. Sem falar da turma do Downtown Club."

"Qual é o grande bem que esse tal de Durnwald vai te fazer? Ele é o rei dos professores. E não se interessa por ninguém. Já leu tudo ou ouviu falar de tudo. Quando tento falar com ele, tenho a sensação de que estou jogando com o campeão de pingue-pongue da China. Dou o saque, ele rebate a bola com força e é o fim da história. Tenho que dar outro saque e num instante não tenho mais bola nenhuma."

Ele sempre pegava muito no pé de Durnwald. Existia certa rivalidade.

Ele sabia como eu era apegado a Dick Durnwald. Na bruta Chicago, Durnwald, que eu admirava e até adorava, era o único homem com quem eu trocava ideias. Mas Durnwald tinha ficado seis meses na Universidade de Edimburgo, dando aulas sobre Comte, Durkheim, Tönnies, Weber etc. "Esse papo abstrato é veneno para um cara como você", disse George. "Vou te apresentar a uns caras da zona sul de Chicago." Começou a gritar. "Você é exclusivo demais, assim vai acabar secando."

"Tudo bem", falei.

Assim se organizou o fatídico jogo de pôquer à minha volta. Mas os convidados sabiam que tinham sido convidados para exercer a função de companhia inferior. Hoje em dia as categorias são percebidas por aqueles que fazem parte delas. Ficaria óbvio para essas pessoas que eu era algum tipo de intelectual famoso, mesmo que George não tivesse alardeado que meu nome figurava em livros de referência e que eu havia ganhado um título de cavaleiro do governo francês. E daí? Não era como se eu fosse um Dick Cavett, uma autêntica celebridade. Eu era só mais um desses sujeitos cultos e meio birutas, e George estava me exibindo para eles, e os exibindo para mim. Foi gentileza da parte deles me perdoar aquele importante reforço no campo das relações públicas. Fui levado até lá para saborear os verdadeiros atributos americanos deles, suas peculiaridades. Só que eles enriqueceram a noite com sua própria ironia e inverteram a situação de modo que, no final, minhas peculiaridades se tornaram muito mais ostensivas. "À medida que o jogo avançava, eles gostaram cada vez mais de você", disse George. "Acharam você muito humano. Além do mais, havia o Rinaldo Cantabile. Ele e o primo ficaram trocando cartas às escondidas um com o outro, você foi ficando bêbado e nem desconfiava do que estava acontecendo."

"Portanto eu era apenas aquele tipo de pessoa favorecida pelo contraste com os outros", disse eu.

"Pensei que favorecido pelo contraste fosse o termo que você usava para mulheres casadas. Você gosta de uma senhora porque ela tem um marido, um verdadeiro escroto, que faz a mulher parecer bonita."

"É uma dessas expressões que contêm vários sentidos."

Não sou nenhum mestre do jogo de pôquer. Além do mais, estava interessado nos convidados. Um deles era lituano, trabalhava no ramo do aluguel de smokings, outro era um jovem polonês que estudava informática.

Havia um detetive à paisana do esquadrão de homicídios. A meu lado, um papa-defunto americano-siciliano e por último havia Rinaldo Cantabile e seu primo Emil. Esses dois, disse-me George, tinham entrado de penetras. Emil era um valentão de baixa categoria, nascido para torcer o braço dos outros e jogar tijolos em vitrines. Deve ter tomado parte no ataque contra meu carro. Rinaldo era extremamente bem-apessoado, com um bigode escuro, denso e macio como pelo de vison, e se vestia com elegância. Blefava feito um louco, falava alto, batia na mesa com os nós dos dedos e fingia ser um inflexível ignorante. No entanto não parava de falar de Robert Ardrey, do imperativo territorial, de paleontologia no desfiladeiro de Olduvai e das opiniões de Konrad Lorenz. Falava, em voz alta e rouca, que sua esposa instruída deixava os livros espalhados. O livro de Ardrey, ele havia pegado no banheiro. Deus sabe o que é que nos atrai para outras pessoas e nos faz ficar ligados a elas. Proust, autor ao qual Humboldt me apresentou e sobre cuja obra me deu orientações exaustivas, disse que muitas vezes sentia atração por pessoas cujo rosto tinha algo a ver com uma sebe de espinheiros em flor. O espinheiro não era a flor de Rinaldo. O lírio copo-de-leite branco tinha mais a ver com ele. Seu nariz era particularmente branco e suas narinas grandes, escuras por contraste, me faziam lembrar um oboé quando se dilatavam. Pessoas vistas de forma tão nítida exercem um poder sobre mim. Mas não sei o que é que vem primeiro, a atração ou a observação minuciosa. Quando me sinto meio tapado, banal, com a sensibilidade debilitada, uma percepção apurada que vem de súbito exerce uma influência importante.

Sentamos em redor de uma grande mesa com um pé só no centro e, enquanto as cartas limpas voavam e estalavam, George fazia os jogadores falarem. George era o empresário e eles atendiam à sua vontade. O detetive de homicídios falava sobre assassinatos na rua. "Agora está tudo muito diferente, matam o filho da mãe se não tiver um dólar no bolso e matam o filho da mãe se ele lhes dá cinquenta dólares. Eu pego e falo bem na cara deles: 'Seus sacanas, vocês matam por dinheiro, é? Por dinheiro? A coisa mais miserável que existe no mundo. Já matei mais caras que vocês, mas isso foi na guerra'."

O homem dos smokings estava de luto por sua companheira, uma captadora de anúncios por telefone do jornal *Sun Times*. Ele falava com estridente sotaque lituano. Brincava, contava vantagem, mas também ficava soturno. À medida que avançava em sua história, resplandecia de pesar, chegava bem perto de chorar. Às segundas-feiras, ele recolhia seus smokings alugados. Depois do fim de semana, contou, eles ficavam manchados de molho, de sopa, de uísque ou de sêmen, "Pode escolher". Às terças-feiras, ele saía em sua caminhonete para uma espelunca perto do Loop, onde punham os ternos de molho em tanques com um líquido próprio para limpar roupas. Depois passava a tarde com uma namorada. E os dois mal conseguiam esperar a hora de ir para a cama, de tão excitados que ficavam. Desabavam no chão. "Era uma garota de boa família. Era bem do meu tipo de gente, sabe? Mas ela fazia qualquer coisa. Eu lhe dizia para fazer uma coisa e ela fazia na mesma hora, não tinha discussão."

"E você só via a garota na terça-feira, nunca a levava para jantar, nunca ia visitá-la em casa nem nada?", perguntei.

"Ela ia para casa às cinco horas, ao encontro da velha mãe, e fazia o jantar. Juro que eu nem sabia seu sobrenome. Durante vinte anos, eu nunca tive mais nada, senão o número do telefone dela."

"Mas você amava a garota. Por que não casou com ela?"

Ele pareceu perplexo, olhou para os outros jogadores como se quisesse dizer: O que há com esse cara? Depois respondeu: "O quê? Casar com uma piranha safada que trepa em quartos de hotel?".

Enquanto todo mundo ria, o papa-defunto siciliano me explicou, no tom de voz especial em que a gente conta as verdades da vida para palhaços instruídos: "Escute aqui, professor, não misture as coisas não, o.k.? Uma esposa não é assim. E se aparece um sapato sem par, a gente tem que arranjar um pé para calçar nesse sapato. E se o sapato couber no pé, é melhor ficar usando".

"Mas nada disso adianta, a minha doçura está debaixo da terra."

Sempre fico feliz de aprender alguma coisa, sou grato por receber instruções, acho bom ser corrigido, se tudo isso parte de mim mesmo. Posso evitar oposição, mas sei quando existe amizade verdadeira. Ficamos juntos ali, com uísque, fichas de pôquer e charutos naquela cozinha na zona sul de Chicago, impregnados do hálito escuro das usinas de aço e das refinarias, debaixo de teias de fios de eletricidade. Muitas vezes observo alguns sobreviventes naturais no meio desses bairros densamente industriais. Carpas e lampreias ainda vivem em poços que fedem a benzina. Mulheres negras tentam pescá-los com iscas de miolo de pão. Marmotas e coelhos são vistos não muito longe dos depósitos de lixo. Melros de asas vermelhas, com suas abas nos ombros, voam como porteiros uniformizados por cima do capim do brejo. Algumas flores resistem.

Agradecido por aquela noite de convívio humano, relaxei. Perdi quase seiscentos dólares, contando com o cheque que dei para Cantabile. Mas estou tão acostumado a que tomem meu dinheiro que nem me importei com isso. Tive grande prazer aquela noite, bebendo, rindo bastante e conversando. Falei o tempo todo. Obviamente conversei a respeito dos meus interesses e projetos com certa minúcia e, mais tarde, me disseram que só eu não entendi o que estava acontecendo. Os outros jogadores caíram fora do jogo quando viram que os primos Cantabile estavam trapaceando. Ficaram trocando cartas, marcando o baralho e aumentando as apostas um para o outro.

"Eles não podem passar a perna nos outros dentro da minha casa", esbravejou George num dos seus teatrais rompantes de irracionalidade.

"Mas o Rinaldo é perigoso."

"O Rinaldo é um moleque!", berrou George.

Provavelmente era mesmo, mas na época de Capone os Cantabile tinham sido uma turma da pesada. Naquele tempo, o mundo inteiro identificava Chicago com sangue — havia os currais dos matadouros e as guerras de quadrilhas. Na hierarquia de sangue de Chicago, os Cantabile situavam-se mais ou menos na posição intermediária. Trabalhavam para a Máfia, dirigiam caminhões de uísque, espancavam pessoas e davam tiros. Eram criminosos e extorsionários de nível inferior. Mas nos anos 40 um tio Cantabile de cabeça oca, membro da polícia de Chicago, fez cair a desgraça sobre toda a família. Embriagou-se num bar e dois moleques metidos a engraçadinhos tomaram suas armas e fizeram misérias com ele. Obrigaram-no a rastejar de barriga no chão e a engolir lixo e poeira do piso, deram pontapés em sua bunda. Depois de atormentar e torturar o sujeito, e enquanto ele estava caído e chorando de raiva, os dois fugiram muito alegres, e largaram as armas. Esse foi seu grande erro. Ele os perseguiu e fuzilou os dois no meio da rua. Desde então, disse George, ninguém mais levava os Cantabile a sério. O velho Ralph (Vagabundo) Cantabile, agora ladrão de lojas em Joliet, arruinou o nome da família junto à Máfia, ao assassinar dois adolescentes. Era por isso que Rinaldo não podia suportar o fato de ser desprezado por um cara como eu, pessoa bem conhecida em Chicago, que perdeu para ele numa partida de pôquer e depois sustou seu cheque. Rinaldo, ou Ronald, podia não ter respaldo no submundo do crime, mas tinha feito coisas tenebrosas com minha Mercedes. Se sua raiva era a verdadeira raiva de um criminoso, natural ou inventada, quem é que podia saber? Mas obviamente era um desses sujeitos orgulhosos e sensíveis que criam muito problema porque se mostram passionais a respeito de questões particulares, de interesse muito tênue para qualquer pessoa sensata.

Eu não era tão completamente irrealista que deixasse de me perguntar se por "pessoa sensata" eu não estaria me referindo a mim mesmo. Ao voltar do banco, fiz a barba e notei como meu rosto, moldado para ser alegre, assumindo a premissa metafísica da generosidade universal, declarando que o aspecto da humanidade nesta terra era, em seu todo, uma coisa boa — como esse rosto, cheio de premissas derivadas da democracia capitalista, agora estava deprimido, retraído na infelicidade, taciturno, e notei como era desagradável para esse rosto fazer a barba. Seria eu mesmo a pessoa sensata mencionada acima?

Executei algumas operações impessoais. Fiz um pouco de ontogenia e de filogenia em mim mesmo. Recapitulação: a família se chamava Tsitrine e veio de Kiev. O nome foi anglicizado na ilha de Ellis. Nasci em Appleton, Wisconsin, terra natal também de Harry Houdini, com o qual creio ter algumas afinidades. Cresci na Chicago polonesa, frequentei a escola fundamental Chopin, passei meu oitavo ano na enfermaria de um hospital público para tuberculosos. Pessoas bondosas doavam para o hospital um monte de revistas infantis coloridas. Formavam pilhas bem altas ao lado de cada um dos leitos. As crianças acompanhavam as aventuras de Slim Jim e de Boob McNutt. Além disso, dia e noite, eu lia a Bíblia. Permitiam uma visita por semana, meus pais revezavam, minha mãe com seu peito coberto de sarja verde e velha, olhos grandes, nariz reto e pálida de preocupação — seus sentimentos profundos inibiam sua respiração —, e meu pai, o imigrante batalhador desesperado que veio do frio, o paletó impregnado de fumaça de cigarro. Crianças tinham hemorragia de noite, sufocavam no próprio sangue e morriam. De manhã, era preciso encarar a geometria branca das camas feitas. Ali me tornei muito pensativo e acho que minha doença pulmonar se converteu numa perturbação emocional, de modo que às vezes eu me sentia, e ainda me sinto, envenenado pela ansiedade, uma congestão de impulsos afetuosos, junto com febre e uma tonteira de entusiasmo. Devido à tuberculose, associei a respiração à alegria, e devido à penumbra da enfermaria, associei a alegria à luz, e devido à minha irracionalidade, associei a luz nas paredes à luz dentro de mim. Pareço ter me transformado num tipo desses que fica gritando Aleluia e Glória. Além do mais (para concluir), os Estados Unidos são um país didático cujo povo sempre oferece suas experiências pessoais numa lição útil para o resto, na esperança de animar as pessoas e lhes fazer algum bem — um tipo de projeto intensivo de relações públicas pessoais. Há momentos em que vejo isso como idealismo. Há outros momentos em que me parece puro delírio. Se todo mundo só quer saber do bem, como é que acontece tanto mal? Quando Humboldt me chamava de ingênuo, não era disso que estava falando? Ao cristalizar muitos males em si mesmo, pobre sujeito, ele acabou morrendo como um exemplo, seu legado é uma pergunta dirigida ao público. A própria questão da morte, que Walt Whitman via como a pergunta principal.

De todo modo, minha aparência no espelho não me importava nem um pouco. Via sedimentações angelicais condensadas em hipocrisia, sobretudo ao redor da boca. Portanto terminei de fazer a barba apenas na base do tato e só abri os olhos quando comecei a me vestir. Escolhi uma gravata e um terno discretos. Não queria provocar Cantabile com um aspecto muito chamativo.

Não tive de esperar muito tempo pelo elevador. Já havia passado da hora de passear com o cachorro em meu edifício. Nesse horário, não tem jeito, a gente tem de usar a escada mesmo. Saí para pegar meu carro amassado que, só em manutenção, me consumia mil e quinhentos dólares por ano. Na rua, o ar estava ruim. Era a temporada que antecede o Natal, dezembro escuro, e um ar marrom, mais gás que ar, atravessava o lago vindo do grande complexo siderúrgico e petrolífero no sul de Chicago, em Hammond e em Gary, Indiana. Entrei e dei partida, também liguei o rádio. Quando a música começou, eu desejei que houvesse mais botões para ligar, pois de certo modo ainda não era o bastante. As estações culturais em FM apresentavam concertos de feriado de Corelli, Bach e Palestrina — Musica Antiqua, regida pelo falecido Greenberg, com Cohen na viola de gamba e Levi no cravo. Executavam cantatas piedosas e lindas em instrumentos antigos, enquanto eu tentava enxergar através do para-brisa espatifado por Cantabile. Tinha as notas novinhas de cinquenta dólares no bolso, dentro de um envelope, junto com meus óculos, a carteira de dinheiro e o lenço. Ainda não tinha resolvido em que ordem eu devia proceder. Nunca decido esse tipo de coisas, prefiro esperar que elas mesmas se revelem e, na Outer Drive, me ocorreu de fazer uma parada no Downtown Club. Minha cabeça se encontrava num dos seus estados de Chicago. Como devo descrever esse fenômeno? Num estado de Chicago, eu sinto uma falta infinita de alguma coisa, meu coração incha, sinto uma ansiedade dilacerante. A parte sensível da alma quer se expressar. Existem alguns dos sintomas de uma superdose de cafeína. Ao mesmo tempo, tenho a sensação de ser o instrumento de poderes exteriores. Estão me usando ou como um exemplo do equívoco humano ou como a mera sombra de coisas desejáveis que estão para vir. Dirigi o carro. O grande e pálido lago estendeu-se para a frente. A leste, havia um céu branco siberiano e o McCormick Place, como um porta-aviões, atracado na margem. A vida tinha fugido do capim. Ele estava com sua coloração amarelada de inverno. Motoristas desviavam-se a fim de dar uma olhada na Mercedes, tão incrivelmente mutilada.

Eu queria falar com Vito Langobardi no Downtown Club para saber sua opinião, se é que tinha alguma, a respeito de Rinaldo Cantabile. Vito era um bandido do primeiro time, parceiro do falecido Murray Camelo e dos Battaglia. Muitas vezes jogávamos *paddle ball* juntos, eu gostava de Langobardi. Gostava muito dele e achava que ele tinha afeição por mim. Era uma figura importantíssima no submundo do crime, tinha uma posição tão elevada na organização que se diluíra num cavalheiro respeitável e só conversávamos sobre sapatos e camisas. Entre os membros do clube, só ele e eu usávamos camisas feitas sob medida, com pequenas alças para a gravata por baixo do colarinho. Por meio dos colarinhos, ficávamos unidos, de certa maneira. Como numa tribo selvagem sobre a qual li certa vez, em que, por causa de um terrível tabu do incesto, depois da infância, o irmão e a irmã não se veem mais, senão no limiar da velhice, quando as proibições subitamente cessam... Não, a comparação não é boa. Mas eu havia conhecido muitas crianças violentas na escola, crianças terríveis cuja vida adulta era completamente diferente da minha, e agora podíamos bater papo sobre pescarias na Flórida e camisas feitas sob medida com alças por baixo do colarinho, ou sobre os problemas do dobermann de Langobardi. Depois das partidas, na nua democracia do vestiário, bebíamos socialmente suco de fruta e batíamos papo sobre filmes pornô. "Nunca vou ver esses filmes", dizia ele. "Já pensou se a polícia dá uma batida e os caras me prendem? Como é que isso vai ficar nos jornais?" O que a gente precisa para ter qualidade são alguns milhões de dólares, e Vito, com milhões na poupança, era a qualidade em pessoa. O papo pesado ele deixava por conta dos advogados e dos corretores. Na quadra, ele capengava só um pouquinho quando corria, pois os músculos da panturrilha não eram muito fortalecidos, um defeito comum também em crianças nervosas. Mas jogava de modo sutil. Sempre me superava taticamente, porque sempre sabia com exatidão o que eu estava fazendo pelas costas dele. Eu era muito ligado a Vito.

O *paddle ball*, ao qual fui apresentado por George Swiebel, é um jogo extremamente rápido e que machuca bastante. A gente se choca com os outros jogadores ou tromba em velocidade de encontro à parede. A raquete do adversário pode acertar a gente e muitas vezes nossa própria raquete bate em nossa cara. O jogo me custou um dente da frente. Eu mesmo quebrei meu dente, tive de fazer tratamento de canal e pôr uma coroa. Primeiro fui uma criança mirrada, um paciente com tuberculose, depois ganhei força, depois degenerei, depois George me obrigou a recuperar o tônus muscular. Em certas manhãs me sinto um incapaz, mal consigo pôr as costas em posição ereta quando saio da cama, mas ao meio-dia estou na quadra jogando e saltando e me atirando no chão com o corpo inteiro a fim de rebater bolas rasteirinhas e sacudindo as pernas e rodopiando entrechats como um bailarino russo. No entanto não sou bom jogador, tenho o coração confuso, sobrecarregado. Entro num exaustivo frenesi competitivo. Depois, espancando a bola, digo sem parar a mim mesmo: "Dance, dance, dance!", convencido de que o domínio do jogo depende da dança. Mas gângsteres e homens de negócio, traduzindo seu estilo ocupacional naquelas partidas, dançam melhor que eu e vencem. Digo a mim mesmo que quando alcançar a clareza mental e espiritual e as traduzir em jogo, ninguém será capaz de encostar em mim. Ninguém. Vou vencer todo mundo. Enquanto isso, apesar do estado espiritual nublado que me impede de vencer, jogo com violência, porque me sinto desesperado sem uma atividade vigorosa. Simplesmente fico em desespero. E de vez em quando um dos atletas de meia-idade cai duro no chão. Levados às pressas para o hospital, alguns jogadores nunca voltam de lá. Langobardi e eu jogávamos o "corta-garganta" (com três jogadores na quadra) com um homem chamado Hildenfisch, que sucumbiu a um ataque do coração. Notamos que Hildenfisch estava ofegante. Depois ele foi descansar na sauna e alguém saiu de lá correndo e disse: "Hildenfisch desmaiou". Quando os atendentes negros o deitaram no chão, ele esguichou água. Eu sabia o que significava aquela perda do controle do esfíncter. Trouxeram o equipamento de ressuscitação mecânica, mas ninguém sabia como usá-lo.

Às vezes, quando eu forçava demais o jogo, Scottie, o diretor atlético, me dizia para interromper. "Pare e dê uma olhada em você mesmo, Charlie. Está todo roxo." No espelho, eu parecia pavoroso, o suor jorrava, eu estava escuro, preto, meu coração dava marretadas dentro do peito. Eu me sentia ligeiramente ensurdecido. As trompas de Eustáquio! Eu fazia meu próprio diagnóstico. Devido à pressão sanguínea, minhas trompas estavam retinindo. "Caminhe, vamos", mandava Scottie. Eu ficava andando para um lado e para o outro sobre o chão atapetado, identificado para sempre com o pobre Hildenfisch, o ranzinza e inferior Hildenfisch. Diante da visão da morte, eu não era nem um pouco melhor que Hildenfisch. E certa vez, quando eu tinha exagerado na quadra e estava deitado, ofegante, sobre a maca vermelha de plástico, Langobardi veio até meu lado e olhou para mim. Quando ele pensava alguma coisa, seus olhos ficavam meio vesgos. Um olho parecia passar por cima do outro, como a mão de um pianista sobre o teclado. "Por que você força tanto, Charlie?", disse ele. "Na sua idade, uma partida curta já dá e sobra. Por acaso você me vê jogar mais que isso? Um dia desses você acaba perdendo a aposta. Lembre-se do Hildenfisch."

Sim. Perder a aposta. Certo. Eu podia lançar os dados e perder. Eu tinha de parar de fazer aquelas provocações com a morte. Fiquei comovido com a preocupação de Langobardi. Porém seria aquilo uma solicitude pessoal? Essas fatalidades em academias de ginástica eram ruins e duas coronárias seguidas fariam dali um local macabro. Mesmo assim, Vito desejava fazer por mim o que pudesse. Havia pouca coisa de substância que pudéssemos dizer um para o outro. Quando ele falava ao telefone, às vezes eu o observava. À sua maneira, era um executivo americano. O bem-apessoado Langobardi vestia-se muito melhor que qualquer alto executivo. Até as mangas do seu paletó eram engenhosamente forradas e as costas do seu colete eram feitas com um lindo tecido de lã escocesa estampado. Havia telefonemas para Finch, o engraxate "...Johnny Finch, Johnny Finch, telefone, linha cinco...", e Langobardi atendia esses telefonemas para Finch. Ele era viril, tinha poder. Com sua voz grave, dava instruções, definia regras. Decisões, penalidades, provavelmente. E então, por acaso ele poderia me dizer alguma coisa a sério? Mas eu poderia dizer a ele o que eu tinha na cabeça? Poderia dizer que, naquela manhã, estava lendo a *Fenomenologia* de Hegel, as páginas sobre liberdade e morte? Poderia dizer que eu estava pensando sobre a história da consciência humana com ênfase especial na questão do tédio? Poderia dizer que fazia anos que eu andava preocupado com aquele tema e que havia discutido sobre o assunto com o falecido poeta Von Humboldt Fleisher? Nunca. Mesmo com astrofísicos, com professores de economia e de paleontologia, era impossível discutir tais assuntos. Havia coisas lindas e comoventes em Chicago, mas a cultura não era uma delas. O que tínhamos era uma cidade sem cultura, no entanto permeada pela Mente. Mente sem cultura era o nome do jogo, não era? Que tal isso? É exato. Eu havia aceitado aquela condição muito tempo antes.

Os olhos de Langobardi pareciam possuir o poder de periscópio de enxergar pelos lados e pelas costas.

"Fique ligado, Charlie. Faça do jeito que eu faço", disse.

Agradeci a ele com sinceridade por aquele interesse bondoso. "Estou tentando", respondi.

Então estacionei o carro embaixo das colunas frias nos fundos do clube. Depois subi de elevador e fui à barbearia. Lá, a agitação de sempre — os três barbeiros: o grande Sueco, com cabelo tingido, o Siciliano, sempre ao natural (nem fazia a barba), e o Japonês. Todos usavam o mesmo penteado esvoaçante, todos de colete amarelo com botões dourados por cima de uma camisa de manga curta. Os três empunhavam pistolas secadoras de cabelo com canos azuis e modelavam o cabelo de três clientes. Entrei no clube pelo lavatório, onde lâmpadas lançavam uma luz fraca sobre as pias e Finch, o verdadeiro Johnny Finch, enchia os urinóis com montes de cubos de gelo. Langobardi estava lá, madrugador. Ultimamente costumava usar o cabelo com uma franjinha, que nem um diácono inglês da zona rural. Estava nu, sentado, passando os olhos pelo *Wall Street Journal*, e me dirigiu uma espécie de sorriso. E agora? Será que eu poderia ingressar num novo tipo de relacionamento com Langobardi? Puxar uma cadeira mais para perto, sentar com os cotovelos apoiados nos joelhos, fitá-lo nos olhos e abrir minhas feições ao calor do impulso? Olhos dilatados de dúvida, com ar de confidência, poderia eu dizer: "Vito, estou precisando de uma ajudinha"? Ou: "Vito, esse tal de Rinaldo Cantabile é capaz de fazer muita maldade?". Meu coração batia com violência — como batia décadas antes, quando eu estava prestes a fazer uma proposta a alguma mulher. De vez em quando, Langobardi havia me prestado alguns pequenos favores, reservava mesas em restaurantes onde era difícil conseguir uma mesa vaga. Mas perguntar-lhe a respeito de Cantabile já seria uma consulta profissional. Não se faz esse tipo de coisa num clube. Certa vez, Vito havia berrado com Alphonse, um dos massagistas, por me fazer uma pergunta a respeito de livros. "Não aporrinhe o homem, Al. O Charlie não vem aqui para falar de trabalho. Todos nós vimos para cá a fim de esquecer o trabalho." Quando contei isso a Renata, ela disse: "Então vocês dois têm um relacionamento". Agora eu via que Langobardi e eu tínhamos um relacionamento, da mesma forma que o Empire State Building tinha um sótão.

"Quer jogar uma partida curtinha?", perguntou.

"Não, Vito. Vim pegar uma coisa no meu armário."

As escapatórias de costume, fiquei pensando quando voltava para a Mercedes espancada. Como aquilo era típico em mim. A ansiedade de costume. Estava em busca de ajuda. Queria que alguém percorresse os passos da cruz comigo. Assim como o papai. E onde estava o papai? Estava no cemitério.

Na oficina da concessionária da Mercedes, o funcionário e técnico de jaleco branco naturalmente ficou curioso, mas me recusei a responder às suas perguntas. "Não sei o que aconteceu, Fritz. Encontrei o carro desse jeito. Conserte. Também não quero ver a conta. Mande para o Continental Illinois. Eles vão pagar." Fritz cobrava caro como um cirurgião cerebral.

Acenei chamando um táxi na rua. O motorista tinha uma cara desvairada, com um enorme penteado afro que parecia uma moita dos jardins de Versalhes. A parte detrás do táxi estava suja de cinza de cigarro e tinha cheiro de taberna. Havia uma divisória transparente à prova de balas entre nós. Ele fez uma curva em velocidade e tomou a direção oeste para a Division Street. Eu podia ver pouco por causa da placa de resina embaçada e por causa do penteado afro, mas na verdade eu nem precisava olhar nada, sabia tudo de cor. Grandes partes de Chicago estão decadentes e desmoronando. Algumas são reconstruídas, outras simplesmente estão no chão mesmo. É como a montagem de um filme de ascensão e queda e ascensão. A Division Street, onde fica o antigo Banho Russo, era no passado uma zona de poloneses e agora é quase totalmente porto-riquenha. Nos tempos dos poloneses, os pequenos chalés de tijolos eram pintados de vermelho vivo, marrom e verde de confeitaria. Os terrenos de capim eram cercados com canos de ferro. Sempre achei que deviam existir cidades bálticas com aquele mesmo aspecto, Gdynia por exemplo, e a diferença estaria no fato de que o prado de Illinois irrompia em terrenos baldios e bolas de erva seca emaranhada rolavam pelas ruas. Isso era muito melancólico.

Nos velhos tempos das carroças de gelo e das carroças de carvão, os chefes de família cortavam ao meio caldeiras estouradas, punham nos terrenos cheios de capim e enchiam de flores. Polonesas grandalhonas com bonés enfeitados com fitas saíam ao ar livre na primavera com latas de sapólio e limpavam aquelas jardineiras feitas de caldeiras, de modo que elas ficavam brilhando como prata, em contraste com o vermelho gritante dos tijolos. As filas duplas de rebites sobressaíam como os desenhos feitos em relevo na pele dos nativos das tribos africanas. Ali as mulheres cultivavam gerânios, cravinas e outras flores poeirentas de baixa qualidade. Mostrei tudo aquilo a Humboldt Fleisher anos atrás. Ele veio a Chicago dar uma palestra para a revista *Poetry* e me pediu para fazer um tour pela cidade. Naquela época, éramos muito amigos. Eu tinha voltado a encontrar meu pai e estava dando os últimos retoques em meu livro, *Personalidades do New Deal*, na biblioteca Newberry. Levei Humboldt de trem para ver os currais dos matadouros. Ele viu o Loop. Fomos à beira do lago e ouvimos as buzinas de nevoeiro. Elas baliam melancólicas por cima da água doce lilás sedosa mole e sufocante. Mas Humboldt reagiu melhor aos bairros antigos. Os prateados canteiros de flores feitos de caldeiras cortadas e os radiantes gerânios poloneses o encantaram. Pálido e comovido, escutou o zunido das rodas dos patins sobre o cimento áspero. Também sou sentimental quando se trata da feiura urbana. De acordo com o espírito moderno de resgatar o lugar-comum, todo esse lixo e ruína, por meio da arte e da poesia, da força superior da alma.

Mary, minha filha de oito anos, descobriu isso em mim. Conhece meu fraco pela ontogenia e filogenia. Sempre pede para que eu conte como era a vida naquele tempo muito antigo.

"A gente usava forno a carvão", eu contava. "O fogão na cozinha era preto, com uma beirada de níquel... era enorme. A estufa da sala tinha uma cúpula como uma igrejinha e dava para a gente ver o fogo através da janelinha. Eu tinha que levar o balde de carvão para cima e depois levar as cinzas para baixo."

"Como você se vestia?"

"Um quepe de couro falso igual ao de um aviador da guerra, com abas laterais de pele de coelho, botas de cano alto com uma bainha para guardar um canivete enferrujado, meias compridas e pretas e calças abotoadas nas canelas. Por baixo, ceroulas de lã que deixavam bolinhas de fiapos dentro do meu umbigo e em outros lugares também."

"E o que mais tinha?", queria saber minha filha caçula. Lish, que tem dez anos, é mais bem-comportada e tais informações não lhe interessam. Mas Mary é menos bonita, embora para mim seja mais atraente (parece mais com o pai). É reservada e ávida. Mente e rouba mais que a maioria das meninas pequenas e isso também é amável. Esconde chicletes e chocolates com uma inventividade comovente. Encontro suas balas enterradas embaixo dos estofados ou dentro do meu arquivo. Ela aprendeu que eu não olho muito em minhas pastas de pesquisa. Ela me lisonjeia e me abraça muito. E quer ouvir histórias sobre os velhos tempos. Tem seus próprios propósitos quando provoca e manipula minhas emoções. Mas papai gosta muito de exprimir os sentimentos dos velhos tempos. Na verdade eu devo transmitir tais sentimentos. Pois tenho planos para Mary. Ah, nada tão definido quanto planos propriamente, talvez. Tenho a impressão de que sou capaz de penetrar na mente da criança com meu espírito, de tal modo que mais tarde ela vai assumir o trabalho para o qual estou ficando velho demais, ou fraco demais, ou tolo demais. Ela sozinha, ou talvez ela e seu marido. Com alguma sorte. Eu me preocupo com a menina. Numa gaveta fechada à chave em minha escrivaninha, guardo anotações e recordações para ela, muitas escritas sob a influência do álcool. Prometo a mim mesmo que, um dia, vou censurar esses escritos, antes que a morte me apanhe desprevenido na quadra de *paddle ball* ou no colchão ortopédico de uma ou outra Renata da vida. Mary com toda segurança será uma mulher inteligente. Interpreta "Für Elise" muito melhor que Lish. Ela sente a música. No entanto meu coração muitas vezes fica agitado por causa de Mary. Vai ser uma garota magra, de nariz reto, que sente a música. E pessoalmente prefiro as carnudas, com peitos bonitos. Portanto, desde já, tenho pena dela. Quanto ao projeto ou propósito que desejo que ela leve adiante, trata-se de um panorama muito pessoal da Comédia Intelectual da mente moderna. Ninguém poderia fazer isso de maneira abrangente. No final do século XIX, aquilo que haviam sido os vastos romances da Comédia Humana de Balzac já tinha sido reduzido a contos por Tchékhov, em sua *Comédie Humaine* russa. Agora é menos possível ainda ser abrangente. Eu nunca tive em mente uma obra de ficção, mas uma outra forma de projeção imaginativa. Diferente também de *Aventura das ideias*, de Whitehead... Este não é o momento para explicar. Seja lá o que for, eu o concebi quando ainda era bem jovem. Na verdade foi Humboldt quem me emprestou o livro de Valéry que o sugeria. Valéry escreveu que Leonardo *"Cet Apollon me ravissait au plus haut degré de moi-même"*. Eu também fiquei empolgado, com um efeito permanente — talvez para além dos meus recursos mentais. Mas Valéry acrescentou uma nota na margem: *"Trouve avant de chercher"*. Essa história de encontrar antes de procurar era meu dom especial. Se é que eu tinha algum dom.

No entanto minha filha caçula me dizia, com uma precisão de instinto implacável: "Me conte o que a sua mãe fazia naquele tempo. Era bonita?".

"Acho que era muito bonita. Não pareço com ela. E sabia cozinhar, fazer bolo, lavar e passar roupa, sabia fazer conservas e salmoura. Sabia ler o futuro da gente nas cartas e cantar músicas russas vibrantes. Ela e o meu pai se revezavam para me visitar no hospital de tuberculosos, cada um ia numa semana. Em fevereiro, o sorvete de baunilha que eles compravam ficava tão duro que não dava para partir nem com a faca. E o que mais... ah, sim, em casa, quando caía um dente da minha boca, ela o jogava atrás da estufa e pedia ao camundongo que trouxesse um outro dente melhor. E agora você está vendo que tipo de dentes aqueles camundongos desgraçados arranjaram para meter na minha boca."

"Você amava a sua mãe?"

Um sentimento aflito e crescente me dominou de súbito por dentro. Esqueci que estava conversando com uma criança e falei: "Ah, eu os amava tremendamente, anormalmente. Ficava todo dilacerado de tanto amor. Lá no fundo do coração. Eu chorava no hospital de tuberculosos porque talvez nunca ficasse curado, nunca fosse voltar para casa e vê-los outra vez. Tenho certeza de que eles nunca souberam como eu os amava. Mary, eu tinha a febre da tuberculose e também a febre do amor. Um garotinho ardorosamente mórbido. Na escola, eu vivia apaixonado. Em casa, se era o primeiro a acordar de manhã cedo, eu sofria porque eles continuavam dormindo. Queria que acordassem para que toda aquela coisa maravilhosa continuasse. Eu também amava o Menasha, o pensionista, e o Julius, o meu irmão, o seu tio Julius".

Tenho de deixar de lado esses dados emocionais.

Naquele momento, dinheiro, cheques, bandidos, automóveis, me preocupavam.

Havia um outro cheque em minha cabeça. Tinha sido enviado por meu amigo Thaxter, aquele que Huggins acusou de ser agente da CIA. Vejam, Thaxter e eu estávamos preparando o lançamento de uma revista, A *Arca*. Já tínhamos tudo pronto. Coisas maravilhosas seriam impressas — páginas oriundas das minhas reflexões imaginativas sobre um mundo transformado pela Mente, por exemplo. Porém, nesse meio-tempo, Thaxter havia dado o calote num certo empréstimo.

É uma história comprida e que eu prefiro não explicar, nesta altura. Por dois motivos. Um é que eu gosto de Thaxter, não importa o que ele faça. O outro é que eu, de fato, penso demais em dinheiro. Não adianta tentar esconder. Existe e é indigno. Mais acima, quando contei como George salvou a vida de Sharon no dia em que cortaram a garganta dela, mencionei o sangue como uma substância vital. Pois bem, dinheiro também é uma substância vital. Thaxter devia devolver parte do empréstimo. Falido, mas pomposo, ele tinha pedido a seu banco italiano, o Banco Ambrosiano, um cheque para mim. Por que esse banco? Por que Milão? Mas todos os esquemas de Thaxter eram fora do comum. Tivera uma formação do outro lado do Atlântico e sentia-se igualmente em casa quer na França, quer na Califórnia. A gente podia mencionar qualquer região, por mais remota que fosse, que Thaxter tinha um tio por lá, ou alguma participação numa mina, ou algum velho *château* ou uma *villa*. Com suas maneiras exóticas, Thaxter era mais uma das minhas dores de cabeça. Mas eu não conseguia resistir a ele. Todavia isso também tem de esperar. Só uma última palavra: Thaxter queria que as pessoas acreditassem que ele havia sido agente da CIA. Era um boato maravilhoso e ele fazia tudo para incentivar os rumores. Aumentava bastante seu mistério, e mistério era um dos seus pequenos expedientes fraudulentos. Aquele era inofensivo e, na verdade, amável. Chegava a ser filantrópico, como é sempre o charme — até certo ponto. O charme é sempre um expediente fraudulento.

O táxi parou na frente do Banho Russo vinte minutos antes do horário combinado e eu não queria ficar matando tempo ali, por isso falei através das perfurações da tela à prova de balas: "Vá em frente, siga para oeste. Fique calmo, eu só quero dar uma olhada por aí". O taxista me escutou e fez que sim com seu penteado afro. Parecia um enorme dente-de-leão preto dando sementes, desabrochado, suas hastezinhas macias eriçadas e apontadas para fora.

Nos últimos seis meses, mais alguns marcos de referência dos bairros antigos haviam sido derrubados. Isso não deveria ter muita importância. Não consigo dizer por que era tão importante. Porém eu me encontrava num certo estado. Eu quase tinha a impressão de que podia ouvir a mim mesmo piando e esvoaçando no banco de trás do táxi, como um passarinho passeando pelo manguezal da sua juventude, agora convertido em depósito de carros abandonados. Eu contemplava com uma agitação palpitante através das janelas encardidas. Um quarteirão inteiro havia sido posto abaixo, o restaurante húngaro de Levi tinha sido varrido do mapa, bem como o bilhar de Ben e a velha garagem de ônibus de tijolos e a agência funerária de Gratch, que cuidara do enterro do meu pai e da minha mãe. Aqui, a eternidade não abria nenhum intervalo pitoresco. As ruínas do tempo tinham sido terraplanadas, raspadas, removidas para dentro da caçamba de caminhões e despejada longe, para servir de aterro. Novas vigas de aço estavam sendo erguidas. Já não havia mais o salsichão defumado polonês pendurado nas vitrines dos açougues. Os embutidos na *carnicería* eram caribenhos, roxos e enrugados. Os velhos letreiros das lojas tinham sumido. Os novos diziam HOY, MUDANZAS, IGLESIA.

"Continue seguindo para oeste", pedi ao motorista. "Passe pelo parque. Vire à direita na Kedzie."

O antigo bulevar agora era uma ruína desmoronada, à espera dos catadores de entulhos. Através de grandes buracos, eu podia olhar o interior de apartamentos onde eu havia dormido, comido, feito meus deveres de casa, beijado garotas. Seria preciso ter um ódio vivo de si mesmo para ignorar tamanha destruição, ou, pior ainda, para regozijar-se com a devastação da sede daqueles sentimentos de classe média, para ficar feliz ao ver que a história tinha transformado tudo aquilo em entulho. Na verdade, conheço caras durões capazes disso. Aquele mesmo bairro produziu vários. Informantes da polícia histórico-metafísica contra sujeitos como eu, cujos corações doem ante a destruição do passado. Mas eu *tinha vindo* ali para ficar melancólico, para ficar triste com as ruínas das paredes e janelas, os portais sem porta, os canos arrancados e os cabos telefônicos roubados e vendidos como ferro-velho. Mais especialmente, fui até lá para ver se a casa onde Naomi Lutz havia morado continuava de pé. Não continuava. Isso me deixou muito abatido.

Em minha adolescência extremamente emocional, eu tinha amado Naomi Lutz. Acho que foi a garota mais perfeita e linda que já vi. Eu a amava e o amor trouxe à tona minhas peculiaridades mais profundas. Seu pai era um respeitado podólogo. Assumia elevados ares de médico, o doutor, dos pés à cabeça. Sua mãe era uma mulher amável, relaxada, bagunceira, com o queixo muito recuado, mas tinha olhos românticos, grandes e radiantes. Noite após noite, eu tinha de jogar baralho com o dr. Lutz e aos domingos eu o ajudava a lavar e encerar seu carro Auburn. Mas isso não tinha problema. Quando eu amava Naomi Lutz, eu estava em segurança *dentro da vida*. Os fenômenos da vida se encaixavam, faziam sentido. A morte era, depois de tudo, uma parte aceitável da proposição. Eu tinha meu próprio e pequeno Lake Country, o parque onde eu perambulava com meus livros da editora Modern Library, Platão, Wordsworth, Swinburne e *Un Couer simple*. Mesmo no inverno, Naomi me namorava atrás das roseiras. Entre os ramos congelados, eu me aquecia dentro do casaco de pelo de guaxinim que ela usava. Havia uma deliciosa mistura de pele de guaxinim e de odor de donzela. Respirávamos a geada e nos beijávamos. Até eu conhecer Demmie Vonghel, muitos anos depois, nunca amei tanto alguém como amava Naomi Lutz. Mas Naomi, enquanto eu estava fora, em Madison, no Wisconsin, lendo poesia e estudando o jogo de bilhar no Rathskeller, casou-se com o dono de uma casa de penhores. Ele também fazia negócios com consertos de equipamentos de escritório e tinha um monte de dinheiro. Eu era jovem demais para lhe dar o crédito de que ela precisava nas lojas Field's e Saks, e além disso creio que os fardos mentais e as responsabilidades da esposa de um intelectual haviam assustado Naomi. Eu vivia falando sobre os livros da Modern Library, de poesia e de história, e Naomi tinha medo de me decepcionar. Chegou a me dizer isso. Eu disse a ela: Se uma lágrima era algo intelectual, o amor puro era muito mais intelectual ainda. Não precisava de nenhum aditivo cognitivo. Mas ela apenas se mostrou perplexa. Foi por causa desse tipo de conversa que acabei perdendo Naomi. Não me procurou nem quando seu marido perdeu todo o dinheiro e a deixou. Era um homem que gostava de jogo, de apostas. Acabou tendo de fugir e se esconder, porque os cobradores da Máfia estavam atrás dele. Acho que chegaram até a quebrar seus tornozelos. De todo modo, ele mudou de nome e foi, ou mancou, para o Sudoeste. Naomi vendeu sua casa chique de Winnetka e mudou-se para o Marquette Park, onde a família possuía um chalé. Conseguiu um emprego no departamento de cama e mesa da loja Field's.

Enquanto o táxi voltava para a Division Street, eu traçava um paralelo irônico entre os problemas que o marido de Naomi teve com a Máfia e meus próprios problemas. Ele também havia metido os pés pelas mãos. E eu não podia deixar de imaginar que vida de ventura eu poderia ter tido ao lado de Naomi Lutz. Quinze mil noites abraçando Naomi e eu teria sorrido para a solidão e o tédio da sepultura. Eu não precisaria de nenhuma bibliografia, nenhuma carteira de investimentos, nenhuma medalha da Legião de Honra.

Assim passamos de novo por aquilo que se convertera numa favela tropical das Índias Ocidentais, semelhante a partes de San Juan situadas ao lado de lagoas que borbulham e exalam um cheiro igual ao de tripas cozidas. Havia o mesmo emboço esmigalhado, os vidros espatifados, o lixo nas ruas, e nas lojas havia os mesmos letreiros amadores e brutos, escritos com giz azul.

Porém o Banho Russo, local onde eu deveria encontrar Rinaldo Cantabile, continuava mais ou menos sem alterações. Era também um hotel proletário, ou albergue. No segundo andar, sempre haviam morado trabalhadores braçais idosos, avôs ucranianos sozinhos, empregados de fábricas de carros aposentados, um confeiteiro famoso por seus sorvetes que teve de se aposentar por causa da artrite nas mãos. Eu conhecia o lugar desde a infância. Meu pai, assim como o velho sr. Swiebel, acreditava que era saudável e bom para o sangue ser esfregado com folhas de carvalho embebidas em velhos baldes de salmoura. Esse tipo de gente retrógrada ainda existe, resiste à modernidade, arrastando os pés no chão. Como Menasha, o pensionista, um físico amador (mas o que mais desejava na vida era ser um tenor dramático e tinha aulas de canto lírico: havia trabalhado na empresa fonográfica Brunswick, como operador de prensa furadora), me explicou certa vez: os seres humanos poderiam facilmente afetar a rotação da Terra. Como? Bem, se toda a espécie humana combinasse de, num determinado momento, arrastar os pés no chão, a rotação do planeta teria sua velocidade reduzida. Isso também poderia provocar um efeito na lua e nas marés. É claro que o assunto verdadeiro de Menasha não era a física, mas o entendimento geral, a unidade. Acho que alguns, por burrice, e outros, por maldade, iam esfregar os pés na direção errada. Todavia os caras velhos da sauna parecem de fato estar empenhados inconscientemente num esforço coletivo de brecar a história.

Aqueles banhistas de vapor da Division Street não se parecem com a gente orgulhosa e elegante do centro da cidade. Até o velho Feldstein, que pedala sua bicicleta ergométrica no Downtown Club aos oitenta anos, ficaria deslocado na Division Street. Quarenta anos atrás, Feldstein era uma pessoa que vivia a mil por hora, apostava sem ligar para o que perdia, um grande parceiro de farras na Rush Street. A despeito da idade, é um homem de hoje, ao passo que os clientes do Banho Russo são moldados numa fôrma antiga. Têm bundas grandes e peitos gordos, amarelos como manteiga. Mantêm-se de pé sobre pernas grossas como colunas, acometidas por uma espécie de azinhavre ou de mofo esverdeado de queijo que sobe pelas canelas com um matiz mosqueado. Depois de ficarem no vapor, esses velhos comem enormes petiscos de pão com arenque salgado, ou grandes fatias ovais de salame, abas de filé gotejantes e bebem aguardente. Podiam derrubar paredes com suas barrigas duras, volumosas e antiquadas. Aqui as coisas são muito elementares. Temos a sensação de que essa gente é quase consciente da própria obsolescência, de uma linha evolutiva abandonada pela natureza e pela cultura. Portanto, lá embaixo, nos subporões superaquecidos, todos esses homens das cavernas eslavônicos e demônios da floresta, com abas pendentes de banha, pernas de pedra e líquen, fervem a si mesmos e espirram água gelada sobre as próprias cabeças com um balde. No andar de cima, na tela da televisão do vestiário, uns pirralhos metidos e umas garotas sorridentes conversam com palavras bonitas ou ficam pulando. São ignorados. Mickey, que tem a concessão da comida, frita postas de carne e panquecas de batata e, com facas imensas, pica repolho para fazer salada e corta laranjas em quatro (para serem comidas na mão). Os velhos corpulentos em seus lençóis, quando saem do calor escaldante, ficam com um apetite tremendo. Embaixo, o assistente Franush faz fumaça jogando água sobre as pedras brancas de tão quentes. Elas ficam empilhadas como munição de canhões romanos. Para evitar que o cérebro cozinhe, Franush usa um chapéu de feltro molhado, com a aba arrancada. A não ser por isso, está nu. Ele rasteja como uma salamandra vermelha, com uma vara na mão a fim de levantar o ferrolho da fornalha, que fica quente demais para ele encostar os dedos, e depois fica de quatro, com os testículos balançando num comprido tendão e o ânus limpo despontando, e recua tateando o chão em busca do balde. Despeja a água e as pedras brilham e chiam. Não é possível que existam aldeias nos Cárpatos onde tais costumes ainda sobrevivam.

Leal a esse lugar, Myron Swiebel, o pai, ia lá todos os dias da sua vida. Trazia seu próprio arenque defumado, pão preto amanteigado, cebolas cruas e uísque de milho. Dirigia um Plymouth, embora não tivesse carteira de motorista. Conseguia enxergar bem em linha reta, para a frente, mas por causa da catarata nos dois olhos, raspava de lado em muitos carros e causava grandes estragos no estacionamento.

Entrei para fazer um reconhecimento do território. Estava muito aflito por causa de George. Seu conselho tinha me metido naquela encrenca. Mas naquela altura eu já sabia que havia sido um mau conselho. Por que aceitei? Será que foi porque ele havia erguido a voz com tanta autoridade? Ou porque ele se apresentara como um especialista em assuntos do submundo do crime e eu tinha deixado que ele fizesse aquele papel? Bem, eu não tinha usado meu bom senso. Mas meu bom senso agora estava alerta e eu achava que ia conseguir lidar com Cantabile. Eu calculava que Cantabile já havia descarregado sua raiva contra a Mercedes e achei que a dívida já estivesse paga, em grande parte.

Perguntei ao concessionário Mickey, que estava no meio da fumaça atrás do balcão retalhando gordos bifes e fritando cebolas: "O George apareceu por aí? O pai dele não está esperando?".

Achei que, se George estivesse ali, não seria provável que Cantabile fosse entrar às pressas no vapor da sauna, todo vestido, para esmurrar, bater ou chutar. É claro que Cantabile era uma incógnita. Não dava para adivinhar o que ele podia fazer. Quer num estado de raiva, quer de caso pensado.

"O George não está aqui. O velho está no vapor."

"Ótimo. Está esperando o filho?"

"Não. O George esteve aqui no domingo, portanto não deve vir de novo. Só vem uma vez por semana, com o pai."

"Ótimo. Excelente!"

Com o corpo de um leão de chácara, com enormes braços de vergalhões e um avental amarrado muito alto embaixo das axilas, Mickey tem o lábio torcido. Durante a Depressão, teve de dormir em praças e parques e a terra fria lhe causou uma paralisia parcial na face. Isso lhe dá o aspecto de quem está zombando dos outros. Uma impressão enganosa. É uma pessoal séria, gentil e pacífica. Amante da música, compra a assinatura para toda a temporada no Teatro Lírico.

"Faz um bom tempo que não vejo você, Charlie. Vá lá fazer sauna com o velho, ele vai ficar contente com a companhia."

Mas saí depressa de novo passando pelo guichê do caixa, com os compartimentos de aço onde os clientes deixavam seus pertences. Passei pelo retorcido poste de barbearia e, quando cheguei à calçada, que estava tão densa quanto a galáxia, com estrelas de vidros quebrados, um Thunderbird branco estacionou na frente da salsicharia porto-riquenha do outro lado da rua e Ronald Cantabile saiu. Pulou para fora do carro, melhor dizendo. Logo vi que se encontrava num estado terrível. Vestido num paletó marrom de mangas raglã, com um chapéu que combinava com o paletó e botas bege de criança, era alto e bem-apessoado. Eu já havia reparado em seu bigode escuro e espesso na partida de pôquer. Parecia feito de pelos finos. Mas através da elegância crepitante da roupa havia uma corrente, um fluxo de desespero, de modo que o homem veio, por assim dizer, afogado em raiva. Embora ele estivesse do outro lado da rua, pude ver como estava furiosamente pálido. Tinha se preparado para me intimidar, achei. Mas também dava seus passos de um jeito estranho. Os pés se comportavam de forma anormal. Carros e caminhões se intrometeram entre mim e ele naquele instante e assim Cantabile não pôde atravessar a rua. Por trás dos carros, pude vê-lo tentando se esquivar do trânsito e avançar. As botas eram sofisticadas. Na primeira breve pausa do tráfego, Cantabile abriu para mim seu paletó de mangas raglã. Estava usando um esplêndido cinto largo. Mas sem dúvida não era o cinto que ele queria exibir. Ao lado da fivela, algo sobressaía. Ele pôs a mão ali. Queria que eu soubesse que estava trazendo um revólver. O trânsito aumentou e Cantabile ficou pulando para lá e para cá, olhando fixo para mim por cima do teto dos carros. Sob uma tensão suprema, gritou para mim quando o último caminhão passou: "Veio sozinho?".

"Sozinho. Estou sozinho."

Encolheu-se para dentro dos ombros com uma torção peculiar e brusca. "Tem alguém escondido?"

"Não. Só eu. Ninguém mais."

Ele abriu a porta do carro e apanhou dois bastões de beisebol que estavam no piso do Thunderbird. Com um bastão em cada uma das mãos, partiu ao meu encontro. Uma van surgiu entre nós. Agora eu não conseguia ver nada, senão seus pés movendo-se depressa naquelas botas extravagantes. Pensei: Ele está vendo que vim para pagar. Por que ele ia querer me espancar? Deve saber que não estou em condições de inventar nenhuma gracinha. Ele já deu prova da eficiência dos seus argumentos com o que fez com o carro. E eu tinha visto o revólver. Será que eu devia sair correndo? Como no Dia de Ação de Graças eu havia descoberto que era capaz de correr muito, eu parecia estranhamente ávido de pôr à prova aquela capacidade. A velocidade era um dos meus recursos. Para algumas pessoas, a rapidez é seu próprio infortúnio, como Asael, no Livro de Samuel. No entanto me ocorreu que eu podia subir correndo a escada do Banho Russo e procurar abrigo no guichê do caixa, onde ficavam os compartimentos de aço. Podia me agachar no chão e pedir ao caixa que passasse os quatrocentos e cinquenta dólares para Cantabile, através da grade da janelinha do guichê. Eu conhecia o caixa muito bem. Mas ele nunca me deixaria entrar. Não podia. Eu não estava autorizado. Certa vez, num bate-papo que tivemos, ele havia mencionado essa circunstância especial. Mas eu não conseguia acreditar que Cantabile fosse me espancar agora. Não no meio da rua. Não enquanto eu esperava e baixava a cabeça. E foi naquele exato momento que me lembrei da discussão de Konrad Lorenz a respeito dos lobos. O lobo derrotado oferecia a garganta e o vencedor a segurava entre os dentes, mas não mordia. Assim eu estava baixando a cabeça. Sim, mas minha memória era uma porcaria. O que foi mesmo que Konrad Lorenz disse? A humanidade era diferente, mas em que aspecto? Como? Eu não conseguia lembrar. Meu cérebro estava se desintegrando. Um dia antes, no banheiro, eu não havia conseguido encontrar a palavra para designar o isolamento do paciente com uma doença contagiosa e fiquei agoniado. Pensei: Para quem é que vou telefonar para perguntar isso? Minha mente está indo para o espaço! E então fiquei de pé e agarrei a pia com força, até que a palavra "quarentena" voltou misericordiosamente à minha memória. Sim, quarentena, mas eu estava perdendo o controle. Levo essas coisas a sério demais. Na velhice, a memória do meu pai também fraquejava. Então fiquei abalado. A diferença entre o homem e as outras espécies como os lobos nunca mais voltou à minha memória. Talvez o lapso seja perdoável, numa situação como aquela. Mas serviu para mostrar como eu andava lendo de maneira descuidada, ultimamente. A falta de atenção e a falha de memória não pressagiavam nada de bom.

Quando o último carro de uma fila passou, Cantabile deu um passo comprido com os dois bastões de beisebol, como se fosse se atirar em cima de mim sem fazer nenhuma pausa. Mas berrei: "Pelo amor de Deus, Cantabile!".

Ele parou. Eu abri os braços de mãos abertas. Então ele jogou um dos bastões dentro do Thunderbird e partiu em minha direção com o outro.

Falei: "Eu trouxe o dinheiro. Você não precisa esmigalhar a minha cabeça".

"Está armado?"

"Não tenho nada."

"Venha para cá", disse ele.

Obediente, comecei a atravessar a rua. Mas ele mandou que eu parasse no meio.

"Fique aí mesmo", disse ele. Eu estava no meio do trânsito pesado, carros buzinavam e os motoristas, provocados, baixavam o vidro da janela, já loucos, querendo brigar. Ele jogou o segundo bastão de beisebol dentro do carro. Em seguida avançou até onde eu estava e me segurou com brutalidade. Tratou-me como se eu merecesse a pena máxima. Mostrei-lhe o dinheiro, ofereci a ele ali mesmo. Mas Cantabile recusou e nem quis olhar para o dinheiro. Furioso, empurrou-me para cima da calçada e na direção da escada do Banho Russo, passamos pelos cilindros retorcidos da barbearia, vermelhos, brancos e azuis. Entramos afobados, passamos pelo guichê do caixa e seguimos pelo corredor sujo.

"Vá em frente, vá em frente", disse Cantabile.

"Aonde quer ir?"

"Ao banheiro. Onde fica?"

"Não quer a grana?"

"O banheiro, já falei! O banheiro!"

Então compreendi, seus intestinos estavam em atividade, ele tinha sido apanhado de surpresa e precisava ir correndo ao banheiro, e eu iria com ele. Não ia deixar que eu ficasse esperando na rua. "Está bem", respondi. "Fique calmo que eu vou te levar até lá." Cantabile seguiu-me através do vestiário. Na entrada do banheiro não havia porta, só os compartimentos individuais das privadas é que tinham. Abri caminho para ele seguir adiante e já me preparava para sentar num dos bancos do vestiário, próximos do banheiro, mas ele me deu um empurrão forte no ombro e me forçou a ir em frente. Aqueles banheiros são o que o Banho Russo tem de pior. Os aparelhos de calefação exalam um calor seco e atordoante. O piso nunca está lavado, nunca é desinfetado. Um cheiro quente de urina bate nos olhos como o hálito de cebolas cortadas. "Meu Deus!", disse Cantabile. Abriu a porta de um compartimento com um chute, ainda me obrigando a ficar na sua frente. E falou: "Você entra primeiro".

"Vamos entrar nós dois?", perguntei.

"Depressa."

"Só tem espaço para um."

Ele puxou a arma e sacudiu a coronha para mim. "Você quer levar isto aqui nos dentes?" O pelo preto do seu bigode se espalhava quando o lábio do seu rosto distorcido se esticava. Suas sobrancelhas estavam unidas acima do nariz, como o punho de uma grande adaga. "No canto, você!" Fechou a porta batendo com força e, ofegante, tirou as roupas. Jogou o paletó e o chapéu em meus braços, embora houvesse um gancho na parede. Havia até um equipamento que eu nunca tinha visto. Preso à porta, havia um suporte de metal, um sulco com a etiqueta *Charuto*, um toque de classe dos velhos tempos. Agora Cantabile estava sentado com o revólver seguro nas duas mãos, que estavam entre os joelhos, e seus olhos primeiro fecharam e depois se dilataram muito.

Numa situação como aquela, sempre sou capaz de me desligar e pensar na condição humana em geral. É claro que ele queria me humilhar. Porque eu era um *chevalier* da *Légion d'Honneur*? Não acho que ele soubesse daquilo, na verdade. Mas estava consciente de que eu era o que em Chicago chamavam de *cérebro*, um homem de atividades culturais ou intelectuais. Seria por tal motivo que eu tinha de ficar ouvindo Cantabile rosnando e ofegando, além de sentir seu fedor? Talvez fantasias de selvagerias e monstruosidades, de esmigalhar meus miolos, tivessem debilitado suas tripas. A humanidade é repleta de invenções nervosas desse tipo e (para me distrair) comecei a pensar em todos os volumes sobre o comportamento dos macacos que eu tinha lido em minha vida, de Kohler, de Yerkes, de Zuckerman, de Marais sobre os babuínos e de Schaller sobre os gorilas, e sobre o rico repertório de sensibilidades viscerais-emocionais no ramo antropoide. Era até possível que eu fosse uma pessoa mais limitada que um sujeito como Cantabile, a despeito da minha concentração em trabalhos intelectuais. Pois nunca me ocorrera descarregar a raiva contra qualquer pessoa usando tais meios. Aquilo podia ser um sinal de que seu talento vital ou sua imaginação natural era mais pródiga e fértil que a minha. Desse modo, enquanto pensamentos aprimoravam pensamentos, eu aguardava com compostura enquanto ele se mantinha agachado ali, com suas contraídas sobrancelhas de punho de adaga. Era um homem esguio e bem-apessoado, cujo cabelo tinha um cacheado natural. Estava cortado tão curto que dava para ver as raízes dos seus cachos e observei a forte contração do seu couro cabeludo naquele momento de tensão. Cantabile queria me infligir uma punição, mas o resultado foi apenas o de nos tornar mais íntimos.

Enquanto ele ficava de pé e se limpava, e depois enfiava as abas da camisa para dentro da calça, prendia o cinto fechando a grande fivela oval e enfiava o revólver de novo na cintura (eu torcia para que a trava de segurança estivesse acionada), como eu ia dizendo, quando ele enfiou a aba da camisa para dentro da calça e fechou a fivela do cinto chique, meteu o revólver na cintura baixa da calça, deu a descarga na privada com a ponta da bota, escrupuloso demais para tocar na alavanca com a própria mão — ele disse: "Meu Deus, se eu pegar piolhos aqui!...". Como se fosse culpa minha. Obviamente ele era um acusador violento e descuidado. Falou: "Você não sabe como detestei ter que me sentar aqui. Esses velhos devem mijar na tábua". Também isso ele debitou em minha conta. Em seguida, falou: "Quem é dono dessa espelunca?".

Aquela sim era uma pergunta fascinante. Nunca havia me ocorrido, entendem? O Banho Russo era tão antigo, era que nem as pirâmides do Egito, ou os jardins de Assurbanipal. Era como a água que sempre se nivela, ou como a força da gravidade. Mas na verdade quem era seu proprietário? "Nunca ouvi falar de um dono", respondi. "Até onde sei, é um cara velho lá na Colúmbia Britânica."

"Não banque o espertinho comigo. Você ainda vai quebrar a cara com essa história de bancar o sabido. Só pedi uma informação. Vou descobrir."

Para abrir a torneira, ele usou um pedaço de toalha de papel. Lavou as mãos sem sabonete, a gerência não fornecia nenhum sabão para pôr na pia. Naquele momento, eu lhe ofereci de novo as nove notas de cinquenta dólares. Ele não quis nem olhar para elas. Falou: "As minhas mãos estão molhadas". Não queria usar a tolha de rolo do banheiro. Devo admitir que ela estava repugnantemente imunda, melada, com uma certa originalidade em sua imundície. Peguei meu lenço no bolso e lhe ofereci, mas Cantabile o ignorou. Ele não queria que sua raiva amainasse. Abrindo bem os dedos, sacudiu-os no ar para secar. Dominado pela sordidez do lugar, perguntou: "É isto o que chamam de sauna?".

"Bem", respondi, "as saunas propriamente ficam lá embaixo."

Eles tinham duas compridas fileiras de chuveiros, embaixo, que iam dar nas pesadas portas de madeira da sauna. Havia também uma pequena cisterna, o poço de água fria. Não trocavam a água ao longo dos anos e o poço era um habitat para crocodilos, pelo que eu sabia daqueles animais.

Cantabile agora se apressou em sair na direção do balcão de almoço e eu o segui. Lá, enxugou as mãos com guardanapos de papel que puxou com raiva de um porta-guardanapos de metal. Embolou aquelas papéis finos estampados e jogou no chão. Falou para Mickey: "Por que não põe sabonete e toalha no banheiro? Por que não lava a porcaria do banheiro? Será que aqui não tem desinfetante?".

Mickey era muito manso e respondeu: "Não? O Joe é que tem que cuidar disso. Compro para ele Top Job, Lysol". Virou-se para Joe: "Você não tem posto mais as bolinhas de naftalina?". Joe era negro e velho e não respondeu nada. Estava encostado na cadeira de engraxate, com seus pedestais de metal, as pernas viradas para cima e os pés duros (faziam lembrar minhas próprias pernas e meus próprios pés na hora em que eu fazia o exercício de ioga e ficava de pernas para o ar). Ele estava ali para lembrar a todos nós algumas considerações remotas, sublimes, e não ia responder a nenhuma pergunta temporal.

"Vocês vão comprar suprimentos comigo", disse Cantabile. "Desinfetante, sabonete líquido, toalhas de papel, tudo. O nome é Cantabile. Tenho uma loja de material de limpeza na Clybourne Avenue." Pegou uma carteira comprida, furada, de pele de avestruz, e despejou alguns cartões de apresentação sobre o balcão.

"Não sou o chefe", disse Mickey. "Só tenho a concessão do restaurante." Mas apanhou um cartão com respeito. Seus dedos grandes estavam cobertos de marcas de faca.

"Espero que tome alguma providência."
"Vou passar para a administração. Eles ficam no centro da cidade."
"Mickey, quem é o dono do Banho Russo?", perguntei.
"Só conheço a administração, no centro da cidade."
Seria curioso, pensei, se a sauna afinal pertencesse ao Sindicato.
"O George Swiebel está aqui?", perguntou Cantabile.
"Não."
"Bem, eu queria deixar um recado para ele."
"Vou arranjar um papel para você escrever", disse Mickey.
"Não tem nada para escrever. É só dizer que ele não passa de um babaca tapado. Diga que fui eu que falei."

Mickey tinha posto os óculos para procurar um papel e agora virou a cara de óculos em nossa direção, como que para dizer que sua função ali era só fazer salada de repolho, bifes de filé e postas de peixe. Cantabile não perguntou pelo velho pai Myron, que estava lá embaixo fazendo sauna.

Fomos para a rua. O tempo tinha clareado de repente. Eu não conseguia decidir se o tempo sombrio combinava melhor com aquele ambiente que o céu brilhante. O ar estava frio, a luz estava clara e as sombras lançadas pelos prédios enegrecidos dividiam as calçadas.

Falei: "Bem, agora me deixe lhe dar este dinheiro. Trouxe notas novas. Isto aqui deve encerrar todo esse assunto, sr. Cantabile".

"O quê? Só isso? Você acha que é assim tão fácil?", disse Rinaldo.
"Bem, desculpe. Não devia ter acontecido. Estou arrependido de verdade."
"Está arrependido! Está arrependido do seu carro ter sido feito em pedacinhos. Você sustou um cheque meu, Citrine. Todo mundo fez fofoca do assunto. Todo mundo sabe. Acha que posso permitir uma coisa dessas?"
"Sr. Cantabile, quem sabe… quem é todo mundo? Será que foi mesmo algo tão sério assim? Eu cometi um erro…"
"Um erro, seu macaco desgraçado…!"
"Tudo bem, fui burro."
"O seu parceiro George diz para você sustar um cheque e você vai e

susta na mesma hora. Você faz tudo o que aquele babaca manda? Por que ele não denunciou a mim e o Emil ali na hora do jogo? Ele te fez usar esse truque pelas minhas costas e depois você, ele, o empreiteiro e o cara de smoking e os outros cretinos saíram por aí espalhando a fofoca de que Ronald Cantabile é um panaca. Cara! Não dá de jeito nenhum para vocês saírem por aí espalhando isso. Não entende?"

"Sim, agora entendo."

"Não. Você não sabe de nada. Eu estava observando o jogo de cartas e não trapaceei com você. Quando é que você vai fazer uma coisa *e saber o que está fazendo?*" Espaçou bem as últimas palavras, enfatizou com veemência e falou com a boca bem perto da minha cara. Depois puxou seu paletó, que eu continuava segurando para ele, o chique paletó de mangas raglã com seus botões grandes. Circe devia ter botões assim em sua caixa de costura. Eram muito bonitos, de fato, verdadeiros botões de um tesouro oriental.

A última peça de vestuário que vi parecida com aquela era usada pelo coronel McCormick. Eu tinha na época uns doze anos. A limusine dele havia parado na frente da Tribune Tower, e dois homens baixos saíram. Cada um segurava duas pistolas e os dois deram uma volta pela calçada, meio agachados. Então, naquele cenário com quatro armas, o coronel saiu na frente do carro num paletó tabaco igual ao de Cantabile, com um chapéu que tinha as abas um pouco levantadas dos lados, um chapéu feito de um tecido felpudo, áspero e lustroso. O vento era cortante, o ar, translúcido, o chapéu reluzia como um canteiro de urtigas.

"Você acha que não sei o que faço, sr. Cantabile?"

"Você não sabe. Não é capaz de achar a própria bunda, nem usando as duas mãos."

Bem, talvez ele tivesse razão. Mas pelo menos eu não estava crucificando ninguém. Ao que parecia, a vida não tinha acontecido comigo da mesma forma como acontecia com outras pessoas. Por alguma razão indiscernível, acontecia de um jeito diferente com elas e, portanto, eu não era um juiz capacitado para avaliar as preocupações e os desejos dos outros. Ciente disso, eu acatava aqueles desejos mais do que seria conveniente. Eu me submeti ao conhecimento especializado de George no campo da vida dos bandidos. Agora eu estava me submetendo a Cantabile. Meu único recurso era tentar lembrar-me de coisas úteis encontradas em minhas leituras etológicas sobre ratos, gansos, tilápias e moscas dançarinas. De que adianta toda essa leitura, se não se pode utilizá-la na hora H? Tudo o que eu pedia era um pequeno lucro mental.

"Mesmo assim, e quanto a estas notas de cinquenta dólares?", perguntei.

"Vou te avisar quando eu estiver pronto para receber o dinheiro", respondeu. "Você não gostou do que aconteceu com o seu carro, gostou?"

Respondi: "É um carro maravilhoso. Foi de fato uma coisa desalmada fazer aquilo".

Aparentemente os bastões de beisebol com que ele me ameaçou foram os instrumentos que havia usado na Mercedes e provavelmente havia outras armas de assalto no banco traseiro do Thunderbird. Ele me obrigou a entrar naquele carro vistoso. Tinha bancos estofados em couro, vermelhos como cusparadas de sangue, e um imenso painel de instrumentos. Girou a ignição e arrancou em alta velocidade, como um adolescente que faz um pega, os pneus cantando loucamente.

No carro, tive uma impressão dele ligeiramente distinta. Visto de perfil, seu nariz terminava numa espécie de bulbo branco. Era intensa e anormalmente branco. Lembrava-me gesso e tinha linhas escuras. Os olhos eram maiores do que deveriam, talvez artificialmente dilatados. A boca era larga, com um lábio inferior emocional em que havia o toque de uma luta precoce para ser considerado como uma pessoa amadurecida. Os pés grandes e os olhos escuros também indicavam que ele aspirava a algum ideal e que aquela conquista, ou aquele fracasso, parcial do ideal era para ele uma violenta mágoa. Desconfiei que o próprio ideal talvez fosse vacilante.

"Foi você ou o seu primo Emil que combateu no Vietnã?"

Estávamos andando ligeiro rumo ao leste pela Division Street. Ele segurava o volante com as duas mãos como se fosse uma britadeira pneumática usada para retalhar o asfalto. "O quê? O Emil, no Exército? Aquele garoto, não. Ele era psiquicamente incapaz de servir, quase maluco. Não, o máximo de guerra de que o Emil participou foi nas revoltas de 1968, na frente do Hilton. Ele foi apanhado no meio da confusão e nem sabia de que lado estava. Não, eu é que estive no Vietnã. Os meus pais me mandaram para aquela faculdade católica fedorenta perto de St. Louis de que falei durante o nosso jogo de cartas, mas acabei largando a faculdade e me alistei no Exército. Isso já faz algum tempo."

"E chegou a lutar?"

"Vou contar o que você quer saber. Roubei um tanque de gasolina — o caminhão, o motorista e tudo. Vendi para uns caras no mercado negro. Fui apanhado, mas a minha turma fez um acordo. O senador Dirksen ajudou. Fiquei na cadeia só oito meses."

Ele tinha sua própria folha corrida. Queria que eu soubesse que era um verdadeiro Cantabile, alguém digno dos anos 20, e não um mero ladrão de galinhas. Uma prisão militar — ele tinha pedigree criminal e era capaz de causar medo só com suas credenciais. E também os Cantabile atuavam obviamente no ramo da extorsão de comerciantes em pequena escala, no baixo escalão da Máfia, como dá testemunho o tal comércio de desinfetantes de banheiro na Clybourne Avenue. Talvez também tivesse uma ou duas casas de câmbio — casas de câmbio, muitas vezes, eram de propriedade de antigos extorsionários de segundo escalão. Ou no ramo do extermínio, outra atividade muito apreciada. Mas obviamente Cantabile jogava nos times da segunda divisão. Talvez até não estivesse em divisão nenhuma. Como habitante de Chicago, eu tinha uma certa ideia dessas coisas. Um cara de fato importante usava braços contratados. Um Vito Langobardi não ia andar por aí com bastões de beisebol no banco traseiro do carro. Um Langobardi viajava para a Suíça a fim de praticar esportes de inverno. Até seu cachorro viajava na primeira classe. Fazia décadas que Langobardi não participava pessoalmente de atividades violentas. Não, aquele inquieto e litigioso Cantabile, de alma fumegante, estava do lado de fora da festa e fazia força para ir para o lado de dentro. Era o tipo de empreendedor inaceitável que o departamento de saneamento ainda fisgava nas galerias de águas pluviais, depois de três meses de decomposição. Algumas pessoas daquele tipo eram encontradas de vez em quando dentro do porta-malas de automóveis estacionados no aeroporto O'Hare. O peso do cadáver na traseira do carro era contrabalançado por um bloco de cimento depositado sobre o motor.

De propósito, na esquina seguinte, Rinaldo atravessou com o sinal fechado. Avançou o para-choque do carro e obrigou os outros motoristas a amarelarem e abrirem caminho. Ele era elegante, vistoso. Os bancos do Thunderbird tinham um estofamento especial, em couro macio — tão macio, tão vermelho! Ele usava luvas do tipo que são vendidas para equitadores na Abercrombie & Fitch. Na via expressa, ele dobrou à direita e disparou ladeira acima, correndo para dentro do tráfego que se fundia num único fluxo. Carros freavam atrás de nós. Seu rádio tocava rock. Eu reconheci o perfume de Cantabile. Era Canoe. Certa vez, eu ganhara um frasco no Natal, de uma mulher cega chamada Muriel.

No sórdido banheiro no Banho Russo, quando suas calças estavam arriadas e eu pensava nos macacos de Zuckerman no zoológico de Londres, ficara claro que o que estava envolvido ali eram os talentos plásticos e histriônicos da criatura humana. Noutras palavras, eu estava envolvido numa dramatização. Não teria, porém, trazido grande benefício à imagem dos Cantabile se ele tivesse de fato disparado o revólver que mantinha seguro entre os joelhos. O efeito seria muito parecido com o que sofrera o tio maluco que havia causado a desgraça da família. Aquilo, pensei, era tudo o que importava.

Eu tinha medo de Cantabile? Na verdade, não. Não sei o que ele pensava, mas o que eu pensava estava perfeitamente claro para mim. Concentrado em determinar o que é um ser humano, eu o acompanhei. Cantabile talvez acreditasse que estava ofendendo um homem passivo. Nem de longe. Eu fui um homem ativo em outro lugar. No jogo de pôquer, tive um relance visionário desse Cantabile. Claro, eu estava muito alto naquela noite, ou até completamente de porre, mas vi a ponta do seu espírito se erguer de dentro dele, por trás dele. Assim, quando Cantabile berrava e ameaçava, eu não reagia em termos de orgulho pessoal — "Ninguém trata Charlie Citrine desse jeito, vou à polícia", e assim por diante. Não, a polícia não tinha coisas assim para me mostrar. Cantabile havia causado em mim uma impressão muito forte e peculiar.

O que é um ser humano — sempre tive minha estranha ideia pessoal a respeito disso. Pois eu não tinha de viver da terra dos cavalos, como o dr. Gulliver, e minha noção de humanidade já era bastante estranha, sem ter feito viagens. Na verdade eu viajava não para procurar esquisitices no exterior, mas para fugir delas. Também era atraído por idealistas filosóficos porque eu tinha absoluta certeza de que *aquilo* não podia ser *isso*. Platão, no mito de Er, confirmou minha ideia de que essa não era a primeira vez que eu circulava por aqui. Todos nós já estivemos aqui antes e em breve estaremos de novo. Havia um outro lugar. Talvez um homem como eu nascesse de forma imperfeita. A alma deve ser bloqueada pelo esquecimento antes do seu regresso à vida terrena. Seria possível que meu esquecimento fosse ligeiramente defeituoso? Nunca fui um platônico perfeito. Jamais consegui acreditar que a gente pode reencarnar como um pássaro ou um peixe. Nenhuma alma que foi humana acabou trancada dentro de uma aranha. Em meu caso (que desconfio não ser tão raro assim), pode ter havido um esquecimento incompleto da pura vida da alma, de modo que a condição mineral ou a reencarnação pareciam algo anormal, e desde a infância eu me admiro muito ao ver olhos que se movem no rosto, narizes que respiram, peles que suam, cabelos que crescem etc., e acho tudo isso cômico. Às vezes isso era ofensivo para pessoas nascidas com um esquecimento completo da sua imortalidade.

Isso me leva a recordar e revelar um maravilhoso dia de primavera e um meio-dia repleto das nuvens brancas e pesadas mais silenciosas que já se viu, nuvens como touros, monstros e dragões. O lugar é Appleton, Wisconsin, e eu sou um homem adulto, de pé, em cima de um caixote, tentando olhar dentro do quarto onde nasci no ano de 1918. Provavelmente também fui concebido ali e encaminhado pela sabedoria divina a aparecer na vida com isso e aquilo (C. Citrine, Prêmio Pulitzer, Legião de Honra, pai de Lish e Mary, marido de A, amante de B, pessoa séria e excêntrica). E por que essa pessoa estaria trepada numa caixa, parcialmente oculta pelos galhos retos e pelas folhas lustrosas de um lilás em flor? E sem pedir permissão à senhora da casa? Eu tinha batido na porta e tocado a campainha, mas ela não atendeu. E agora o marido dela estava parado atrás de mim. Ele era dono de um posto de gasolina. Expliquei a ele quem eu era. No início ele ficou de cara muito amarrada. Mas expliquei que eu tinha nascido ali e perguntei pelos vizinhos antigos mencionando seus nomes. Ele se lembrava dos Saunder? Ora, eram primos dele. Isso me livrou de um murro na cara por estar espiando pela janela do quarto da mulher dele. Eu não podia dizer: "Estou aqui em cima deste caixote no meio desses lilases porque quero resolver o enigma do homem e não para espiar sua esposa gorducha de calcinha". O que foi de fato o que vi. Nascimento é dor (uma dor que pode ser anulada por intercessão), mas no quarto onde ocorreu meu nascimento, eu contemplava com uma dor própria uma mulher gorda de calcinha. Com grande presença de espírito, ela fingiu não ver meu rosto na janela, mas lentamente saiu do quarto e ligou para o marido. Ele veio correndo das bombas de gasolina e me pegou em flagrante, pondo as mãos oleosas em meu terno cinzento chique — eu estava no auge da minha fase elegante. Mas consegui explicar que eu estava em Appleton para preparar aquele artigo sobre Harry Houdini, também nativo dali — como mencionei de forma obsessiva — e senti um desejo repentino de olhar dentro do quarto onde eu havia nascido.

"E o que você conseguiu foi dar uma boa espiada na minha patroa."

Ele não ficou muito zangado. Acho que compreendeu. Essas questões de espírito são apreendidas de modo abrangente e imediato. Exceto, é claro, por pessoas que se encontram em posições muito fortificadas, oponentes mentais treinados para resistir àquilo que todo mundo já nasce sabendo.

Assim que vi Rinaldo Cantabile sentado à mesa da cozinha de George Swiebel, dei-me conta de que existia entre nós um vínculo natural.

Agora fui conduzido ao Playboy Club. Rinaldo era sócio. Saiu do seu supercarro, o Bechstein dos automóveis, entregando-o ao manobrista. A coelhinha da portaria o conhecia. A julgar por seu comportamento ali, comecei a compreender que minha tarefa era fazer uma retratação pública. Os Cantabile haviam sido afrontados. Talvez Rinaldo tivesse recebido ordens de um conselho de família para entrar em ação e remediar o estrago feito contra seu bom nome ruim. E a questão da sua reputação iria consumir um dia — um dia inteiro. E havia tantas necessidades prementes, eu já tinha tantas dores de cabeça que poderia, justificadamente, suplicar ao destino que me desse uma dispensa temporária. Eu tinha ótimos motivos.

"O pessoal está aqui?"

Cantabile jogou seu paletó para ela. Também atirei o meu. Penetramos na opulência, na penumbra, pisamos no tapete espesso do bar onde as garrafas cintilavam, e formas femininas sensuais iam e vinham na luz cor de âmbar. Ele me segurou pelo braço, levou-me para o elevador e subimos imediatamente para o último andar. Cantabile disse: "Vamos encontrar umas pessoas. Quando eu te der o sinal, você me dá o dinheiro e pede desculpas".

Estávamos de pé diante de uma mesa.

"Bill, eu queria te apresentar o Charlie Citrine", disse Ronald para Bill.

"Oi, Mike, este é o Ronald Cantabile", disse Bill, como se já estivesse combinado.

O resto foi: Ei, como é que vai, sente aí, o que vão beber?

Eu não conhecia Bill, mas Mike era Mike Schneiderman, o jornalista que tinha uma coluna de fofocas. Era grande pesado forte bronzeado taciturno cansado, o cabelo com um estilo de corte à navalha, as abotoaduras eram tão grandes quanto os olhos, a gravata era uma fralda desengonçada de seda com brocados. Ele parecia arrogante, amarrotado e sonolento, como certos velhos índios ricos americanos de Oklahoma. Tomava uma bebida antiquada e segurava um cigarro. Seu negócio era ficar sentado com gente em bares e restaurantes. Eu era volúvel demais para um trabalho sedentário como aquele e não conseguia entender como se podia fazer tal coisa. Mas acontece que eu também não conseguia entender o trabalho de escritório em geral, burocracia ou qualquer rotina ou ocupação em confinamento. Muitos americanos definiam-se como artistas ou intelectuais que deviam apenas dizer que eram incapazes de fazer tal trabalho. Muitas vezes discuti esse assunto com Von Humboldt Fleisher e de vez em quando com Gumbein, o crítico de arte. Um trabalho que consistia em ficar um tempo sentado com as pessoas para descobrir *o que era interessante* não parecia tampouco combinar com Schneiderman. Em certos momentos, ele parecia vazio e quase doente. Ele me conhecia, é claro, uma vez eu apareci em seu programa de televisão, e ele disse: "Oi, Charlie". Depois, ele falou para Bill: "Você não conhece o Charlie? É um cara famoso que mora incógnito em Chicago".

Comecei a valorizar o que Rinaldo Cantabile tinha feito. Havia tido um enorme trabalho para organizar aquele encontro, teve de puxar muitos cordões. Aquele Bill, um conhecido dele, talvez devesse um favor aos Cantabile e tinha concordado em trazer Mike Schneiderman, o colunista. Cobravam-se favores de todos os lados naquele lugar. A contabilidade devia ser bastante complexa e eu podia perceber que Bill não estava contente. Bill tinha um ar de Cosa Nostra. Havia algo de corrupto em seu nariz. Com uma curva acentuada nas narinas, era um nariz vigoroso, porém vulnerável. Tinha um nariz torpe. Num contexto diferente, eu teria apostado que ele era um violinista que ficara desgostoso com a música e entrara no ramo das bebidas alcoólicas. Tinha acabado de voltar de Acapulco e sua pele estava escura, mas ele não estava propriamente radiante de saúde e de bem-estar. Não dava bola para Rinaldo; parecia ter desprezo por ele. Naquele momento, minha solidariedade foi para Cantabile. Ele havia tentado organizar o que devia ser um encontro belo e animado, digno da Renascença, e só eu reconhecia seu esforço. Cantabile estava tentando entrar de penetra na coluna de Mike. Claro que Mike estava acostumado com aquilo. Os pretensos membros da alta sociedade viviam atrás dele e desconfiei que havia um bocado de transações por trás dos panos, *quid pro quo*. Você dava um item de mexerico para Mike e ele estampava seu nome em letras grandes. A coelhinha pegou nosso pedido de bebidas. Ela era arrebatadora até a linha do queixo. Daí para cima, reinava uma ansiedade comercial. Minha atenção se dividia entre a fenda suave entre seus peitos e o ar de dificuldade de negociação em seu rosto.

Estávamos num dos locais mais chiques de Chicago. Concentrei-me no cenário. A visão da beira do lago era deslumbrante. Eu não conseguia ver aquilo, mas a conhecia bastante e sentia seus efeitos — a estrada luminosa ao lado da radiante e dourada extensão vazia do lago Michigan. O homem tinha superado o vazio daquela terra. Mas o vazio lhe deu em troca algumas boas oportunidades. E lá estávamos sentados em meio às lisonjas da riqueza e do poder, com lindas donzelas, bebidas e ternos feitos sob medida, e os homens usavam joias e perfumes. Schneiderman estava esperando, de modo extremamente cético, por algum ingrediente que pudesse usar em sua coluna. No contexto correto, eu era um bom assunto para jornalistas. As pessoas em Chicago ficam impressionadas com o fato de eu ser levado a sério em outros lugares. De vez em quando, pessoas em ascensão e culturalmente ambiciosas me convidam para festas e coquetéis e eu experimentei a sina de ser um símbolo. Algumas mulheres me disseram: "Você *não pode* ser Charles Citrine!". Muitos anfitriões acham divertido o contraste que lhes ofereço. Ora, eu pareço um homem que pensa intensamente, porém de maneira incompleta. Meu rosto não é páreo para suas caras urbanas e argutas. E são especialmente as senhoras que não conseguem mascarar sua decepção, quando veem como é ao vivo o tão conhecido sr. Citrine.

Serviram uísque entre nós. Sofregamente, sorvi meu uísque duplo e, como a bebida logo me deixava expansivo, dei uma risada. Ninguém riu comigo. O feio Bill falou: "Qual é a graça?".

Respondi: "Bem, eu apenas lembrei que aprendi a nadar logo ali adiante, na Oak Street, antes de construírem aqueles arranha-céus, o orgulho arquitetônico de Chicago. Era a costa dourada, na época, e a gente vinha das favelas no bonde. O bonde da Division só ia até a Wells. Eu tinha vindo com um gorduroso saco de sanduíches. Minha mãe havia comprado para mim uma roupa de banho de menina, numa liquidação. Tinha um saiotezinho com uma aba colorida. Fiquei horrorizado e tentei tingir com tinta de caneta. Os guardas davam murros nas costelas da gente para nos enxotar para o outro lado da Drive Avenue, na beira do lago. E agora eu estou aqui, tomando uísque...".

Cantabile me deu um cutucão por baixo da mesa com seu pé inteiro, deixando uma marca de poeira em minha calça. Franziu tanto as sobrancelhas que elas subiram até o crânio, formando rugas na pele por baixo dos cachinhos de cabelo aparados bem curtos, enquanto seu nariz ficava branco feito cera de vela.

Falei: "A propósito, Ronald...". E peguei as cédulas. "Estou te devendo um dinheiro."

"Que dinheiro?"

"O dinheiro que perdi para você naquele jogo de pôquer — faz um tempo. Acho que você até esqueceu. Quatrocentos e cinquenta dólares."

"Não sei do que você está falando", disse Rinaldo Cantabile. "Que jogo foi esse?"

"Não lembra? A gente jogou uma partida de pôquer no apartamento do George Swiebel."

"E desde quando caras de livros como você jogam pôquer?", perguntou Mike Schneiderman.

"Por quê? Também temos o nosso lado humano. Sempre jogaram pôquer na Casa Branca. Perfeitamente respeitável. O presidente Harding jogava. Também durante o New Deal. Morgenthau, Roosevelt etc."

"Você fala que nem um garoto criado na zona oeste de Chicago", disse Bill.

"Escola Chopin, Rice Street e Western Avenue", falei.

"Bem, guarde a sua grana, Charlie", disse Cantabile. "Estamos na hora de beber. Nada de negócios. Pague-me depois."

"Por que não agora, quando estou com o assunto na cabeça e com as notas na mão? Você sabe como esqueci a história toda, e na noite passada, sem mais nem menos, me voltou a lembrança com um choque: Puxa, esqueci de pagar ao Rinaldo aquela grana. Caramba, eu podia estourar os meus miolos."

Cantabile retrucou com brutalidade: "Está certo, está certo, Charlie!".

Tomou o dinheiro da minha mão e enfiou-o, sem contar, no bolso do peito. Dirigiu-me um olhar irritado. Por quê? Não consegui imaginar o motivo. O que eu sabia de fato era que Mike Schneiderman tinha o poder para te pôr no jornal e, se você saía no jornal, não havia vivido em vão. Não era uma mera criatura bípede vista por uma breve hora na Clark Street, maculando a eternidade com ações e pensamentos detestáveis. Você era...

"O que anda fazendo ultimamente, Charlie?", perguntou Mike Schneiderman. "Talvez uma outra peça de teatro? Um filme? Você não sabia?", perguntou para Bill. "O Charlie é um cara famosíssimo. Fizeram um filme incrível com o sucesso dele na Broadway. Escreveu uma porção de coisas."

"Tive meu momento de glória na Broadway", falei. "Não consegui mais repetir e, então, para que tentar?"

"Agora estou me lembrando. Alguém disse que você ia publicar uma espécie de revista para intelectuais. Quando é que vai sair? Vou dar uma notinha na minha coluna."

Mas Cantabile fitou-me e disse: "Temos de ir embora".

"Terei prazer de ligar quando tiver uma informação segura. Vai ser muito útil", falei, e lancei um olhar expressivo para Cantabile.

Mas ele já tinha saído. Fui atrás e, dentro do elevador, Cantabile disse: "Porra, o que é que há com você, cara?".

"Não estou entendendo, não fiz nada de errado."

"Você disse que queria estourar os miolos e você sabe muito bem, seu verme, que o cunhado do Mike Schneiderman estourou os miolos dois meses atrás."

"Não!"

"Você deve ter lido a notícia no jornal, toda aquela história sobre as ações falsificadas, os títulos forjados que ele deu como garantia."

"Ah, *aquilo*, você está falando do Goldhammer, o cara que imprimia os seus próprios títulos, o falsário!"

"Você sabe muito bem, não finja", disse Cantabile. "Você falou de propósito, só para ferrar comigo, para estragar os meus planos."

"Não, eu juro, não foi isso. Estourar os miolos? É uma expressão comum, todo mundo usa."

"Não num caso como esse. Você sabia", disse ele com brutalidade. "Você sabia. Você sabia que o cunhado dele tinha se matado."

"Não fiz a associação. Deve ter sido um lapso freudiano. Absolutamente involuntário."

"Você sempre finge que nunca sabe o que está fazendo, não é? Aposto que também não sabe quem era o sujeito de nariz grande."

"Bill?"

"É! Bill! Bill é Bill Lakin, o banqueiro que foi indiciado junto com o Goldhammer. Ele aceitou os títulos forjados como garantia."

"E por que ele seria indiciado por uma coisa dessa? O Goldhammer impingiu as suas falsificações a ele."

"Porque, seu cabeça de bagre, será que você não compreende o que lê nos jornais? Ele comprou Lekatride do Goldhammer por um dólar a ação, quando estava valendo seis dólares. Também não ouviu falar do Kerner, não é? Todos aqueles júris de instrução, todos aqueles julgamentos? Mas você não está nem aí para essas coisinhas à toa por que as outras pessoas sofrem e suam sangue, não é? Você tem desprezo por tudo isso. Você é um arrogante, Citrine. Tem desprezo por nós."

"Nós, quem?"

"Nós! As pessoas do mundo...", disse Cantabile. Falava enfurecido. Não era hora de discutir. Minha função era respeitá-lo e temê-lo. Seria uma provocação se Cantabile tivesse a impressão de que eu não tinha medo dele. Não acho que ele chegaria a me dar um tiro, mas uma surra era possível, sem a menor dúvida, talvez até uma perna quebrada. Quando saímos do Playboy Club, ele jogou o dinheiro de novo em minha mão.

"Vamos ter que repetir tudo isso?", perguntei. Ele não explicou nada. Ficou parado com a cabeça furiosamente inclinada para a frente, até o Thunderbird aparecer na esquina. Mais uma vez, tive de entrar no carro.

Nossa próxima parada foi no Hancock Building, em algum ponto entre os andares sessenta e setenta. Parecia um apartamento particular e no entanto parecia também um local de trabalho. Era mobiliado com o estilo de um decorador, com plástico, peças de arte penduradas nas paredes, formas geométricas do tipo *trompe-l'oeil* que deixam intrigadas as pessoas de negócio. Elas são peculiarmente vulneráveis a trambiqueiros da arte. O cavalheiro que ali residia era idoso, vestia paletó esporte marrom de linho grosso, com riscas douradas, e camisa listrada por cima da barriga indisciplinada. O cabelo branco estava puxado para trás por cima da cabeça estreita. As manchas de cor castanha nas mãos eram grandes. Embaixo dos olhos e em todo o nariz, ele não parecia estar nada bem. Quando sentou no sofá baixo, que, a julgar pela maneira como cedeu sob seu peso, era estofado com penas, seus mocassins feitos de pele de crocodilo estenderam-se bem afastados e afundaram nos densos pelos do tapete cor de marfim. A pressão da sua barriga fazia ressaltar a forma do falo em sua coxa. Nariz comprido, lábio caído e papada combinavam com todo aquele veludo, o pano de linho grosso com riscas douradas, os brocados, o cetim, a pele de crocodilo e os objetos de *trompe-l'oeil*. Pela conversa, entendi que seu ramo de negócio eram as joias e que ele fazia transações com o submundo. Talvez fosse também um receptador — como é que eu ia saber? Rinaldo Cantabile e sua esposa iam comemorar um aniversário e ele queria lhe dar um bracelete. Um criado japonês serviu bebidas. Não sou de beber muito, mas naquele dia, compreensivelmente, eu queria tomar uísque e bebi mais uma dose dupla de Black Label. Do arranha-céu, eu podia contemplar o ar de Chicago naquela breve tarde de dezembro. Um esfarrapado sol poente espalhava uma luz laranja sobre as formas escuras da cidade, por cima das ramificações do rio e das treliças negras das pontes. O lago, prateado, dourado e cor de ametista, estava pronto para receber sua capa de gelo do inverno. Calhou de eu estar pensando que, se Sócrates tinha razão quando disse que a gente não pode aprender nada com as árvores, que só os homens que a gente encontra na rua podem nos ensinar alguma coisa sobre nós mesmos, eu devia estar em mau caminho, dispersando-me no cenário, em vez de dar atenção a minhas companhias humanas. Obviamente eu não tinha um estômago muito bom para companhias humanas. Para me aliviar do incômodo ou do peso no coração, fiquei meditando a respeito da água. Sócrates teria me dado uma nota baixa. Eu parecia estar mais do lado Wordsworth das coisas — árvores, flores, água. Mas a arquitetura, a engenharia, a eletricidade e a tecnologia haviam me levado àquele sexagésimo quarto andar. A Escandinávia tinha posto aquele copo em minha mão, a Escócia tinha enchido o copo de uísque e fiquei ali sentado recordando alguns fatos maravilhosos a respeito do sol, a saber, que a luz de outras estrelas quando entra no campo gravitacional do sol tem de se curvar. O sol usa um xale feito daquela luz universal. Assim Einstein, parado e pensando nas coisas, tinha vaticinado. E as observações feitas por Arthur Eddington durante um eclipse provaram que era verdade. Descobrir antes de procurar.

Enquanto isso o telefone tocava continuamente e nenhuma das ligações parecia ser local. Eram todas de Las Vegas, Los Angeles, Miami e Nova York. "Mande o seu garoto para Tiffany e descubra quanto estão pagando por uma peça como aquela", disse nosso anfitrião. Depois ouvi o homem falar sobre joias de uma herança e sobre um príncipe indiano que tentava vender uma porção de joias nos Estados Unidos e que estava recebendo propostas de compradores.

Num intervalo, enquanto Cantabile remexia numa bandeja de diamantes (bem feio, aquele bolo branco me pareceu), o velho cavalheiro se dirigiu a mim. Disse: "Conheço o senhor de algum lugar, não é?".

"Sim", respondi. "Da piscina de hidromassagem na academia Downtown Health Club, eu creio."

"Ah, sim, claro, encontrei o senhor com aquele advogado. Ele é um tremendo conversador."

"O Szathmar?"

"Alec Szathmar."

Cantabile, enquanto remexia os diamantes com a ponta dos dedos, sem erguer o rosto do brilho deslumbrante da bandeja de veludo, disse: "Conheço aquele filho da puta do Szathmar. Ele gosta de dizer que é um velho amigo seu, Charlie".

"É verdade", respondi. "Fomos colegas na escola, quando crianças. O George Swiebel também."

"Isso deve ter sido lá na Idade da Pedra", disse Cantabile.

Pois é, eu havia conhecido aquele velho cavalheiro no banho químico quente na academia, a piscina circular e borbulhante onde as pessoas ficavam sentadas e suavam, enquanto fofocavam sobre esportes, impostos, programas de televisão, livros de sucesso, ou sobre Acapulco e contas numeradas nas ilhas Cayman. Eu só não sabia que aquele velho receptador tinha uma daquelas mal-afamadas *cabañas* perto da piscina, para as quais jovens gatinhas eram convidadas para a *siesta*. Houve um certo escândalo e alguns protestos por esse motivo. O que se fazia por trás das cortinas dentro das *cabañas* não era da conta de ninguém, é claro, mas alguns dos caras mais velhos, exibicionistas e expansivos, também ficavam acariciando suas bonequinhas no terraço de pegar sol. Um deles tirou sua dentadura em público para dar beijos de língua numa garota. Eu tinha lido no jornal *Tribune* uma carta muito interessante sobre o assunto. Uma professora de história aposentada que morava num andar alto e de frente para o prédio do clube havia escrito uma carta dizendo que Tibério — a velhota estava mesmo a fim de se mostrar —, nem mesmo Tibério, nas grutas ornamentais de Capri, havia cometido nada semelhante a tais devassidões grotescas. Mas afinal por que aqueles coroas oriundos das falcatruas criminosas ou da pré-história da política iriam se importar com professorinhas indignadas ou com alusões clássicas? Se tinham ido ver o *Satiricon* de Fellini no Woods Theater, era só para ter mais algumas ideias de sexo, e não porque quisessem aprender alguma coisa sobre a Roma imperial. Eu mesmo tinha visto alguns daqueles velhotes barrigudos no deck ensolarado apanhando na palma da mão os seios de piranhas adolescentes. Ocorreu-me que o criado japonês também devia ser um especialista em judô ou caratê, como nos filmes de 007, pois afinal havia muitos bens de valor naquele apartamento. Quando Rinaldo disse "Eu gostaria de ver mais relógios de pulso Accutron", o cara trouxe logo uma dúzia, chatos como wafers. Podiam ser roubados ou não. Também não se podia confiar em minha imaginação superaquecida para julgar aquilo. Eu estava excitado, admito, com aquelas correntes de criminalidade. Podia sentir como a necessidade de rir crescia dentro de mim, aumentava, sempre um sinal de que meu fraco pelo sensacional, minha ansiedade americana, de Chicago (bem como minha mesmo, pessoal) de estímulos fortes, de incongruências e coisas drásticas, estava num nível elevado. Eu sabia que o roubo chique era uma coisa importante em Chicago. Diziam que se a gente conhecesse um daqueles super-ricos parecidos com o personagem Fagin, de Dickens, a gente podia conseguir objetos de luxo pela metade do preço do varejo. O furto em lojas era um crime praticado por viciados. Eles eram pagos com heroína. Quanto à polícia, diziam que já estava comprada em bloco. Eles impediam que os comerciantes fizessem muito alarde. De todo modo, tinham o seguro. Havia também o chamado "encolhimento", ou a perda anual comunicada ao Departamento da Receita. Quando a gente cresce em Chicago, é fácil aceitar essas informações sobre corrupção. Elas até satisfaziam a uma certa necessidade. Harmonizavam com a visão da sociedade que as pessoas de Chicago tinham. A ingenuidade era um luxo que não se podia admitir.

Item por item, tentei avaliar o que Cantabile estava vestindo, enquanto fiquei sentado naquele estofamento macio, com meu uísque com gelo, seu chapéu paletó terno botas (as botas podiam ser de couro de feto de bezerro), suas luvas de equitador, e fiz um esforço para imaginar como ele havia obtido aquelas peças de roupa por meio dos canais criminosos, das lojas Field's, Saks Fifth Avenue, Abercrombie & Fitch. Até onde eu podia ver, ele não era levado inteiramente a sério pelo velho receptador.

Rinaldo ficou intrigado com um dos relógios e experimentou-o no próprio pulso. Jogou seu relógio velho para o japonês, que o apanhou no ar. Achei que havia chegado o momento de recitar minha fala e disse: "Ah, a propósito, Ronald, estou devendo uma grana para você, daquela noite".

"De quê?", perguntou Cantabile.

"Do jogo de pôquer no apartamento do George Swiebel. Acho que você esqueceu o assunto."

"Ah, eu conheço esse Swiebel, todo musculoso", disse o velho cavalheiro. "É uma companhia tremenda. E sabia que ele cozinha uma excelente *bouillabaisse*? Isso eu tenho que reconhecer."

"Eu induzi o Ronald e o primo dele, o Emil, a jogarem comigo", falei. "Foi culpa minha, na verdade. De todo modo, o Ronald deu um banho em nós dois. O Ronald é uma verdadeira fera no pôquer. Terminei perdendo uns seiscentos dólares ao todo e ele teve que levar uma nota promissória minha... Estou com o dinheiro aqui, Ronald, e é melhor te dar agora, enquanto nós dois ainda lembramos."

"Está bem." De novo Cantabile, sem olhar, amassou as notas e enfiou no bolso do paletó. Seu desempenho foi melhor que o meu, embora eu estivesse dando o melhor de mim. Mas também ele tinha ficado do lado de honra da transação, a afronta. Ficar zangado era seu direito e essa não era uma vantagem nada desprezível.

Quando saímos do prédio, falei: "Não foi legal?".

"Foi sim, foi sim! Muito legal!", respondeu em tom alto e amargo. Obviamente, ainda não estava disposto a me liberar. Ainda não.

"Imagino que aquele velho língua de trapo vai espalhar a notícia de que eu te paguei. Não era esse o objetivo?"

Acrescentei, quase para mim mesmo: "Eu queria saber quem é que faz calças como as que o velhote estava usando. Só a braguilha deve ter quase um metro de comprimento".

Mas Cantabile continuava alimentando sua raiva. "Meu Deus!", disse ele. E não gostei do jeito como estava olhando para mim, por baixo das sobrancelhas retas, cortadas a estilete.

"Bem, então estamos quites", falei. "Posso pegar um táxi."

Cantabile me agarrou pela manga. "Espere aí", disse. Eu não sabia o que fazer. Afinal, ele estava armado. Fazia muito tempo que eu vinha pensando em andar armado também, sendo Chicago do jeito que é. Mas nunca me deram autorização. Cantabile, sem autorização nenhuma, andava com uma pistola. Aquilo era um indício da diferença que havia entre nós. Só Deus sabe que resultados tais diferenças poderiam trazer. "Não está gostando da nossa tarde juntos?", perguntou Cantabile, e sorriu.

Ao tentar rir daquilo, não consegui. A sensação histérica de ter um bolo na garganta não permitiu. Minha garganta chegou a doer.

"Entre, Charlie."

Sentei-me de novo no banco vermelho e fofo (a suave fragrância do couro continuava me fazendo lembrar de sangue, sangue pulmonar) e remexi a mão no lado do corpo, em busca do cinto de segurança — a gente nunca consegue encontrar os malditos fechos.

"Deixe o cinto para lá, a gente não vai para longe."

Daquela informação, extraí todo o alívio que pude. Estávamos no Michigan Boulevard, seguindo rumo ao sul. Paramos ao lado de um arranha-céu em construção, um tronco sem cabeça que subia aceleradamente, fervilhante de luzes. Embaixo da escuridão precoce que agora se fechava com a velocidade de dezembro acima do oeste resplandecente, o sol, como uma raposa de pelo eriçado, saltou atrás do horizonte. Nada restou, senão um reflexo vermelho. Eu o avistava entre os pilares do viaduto da ferrovia. Enquanto as colossais treliças do arranha-céu em construção ficavam negras, o interior oco enchia-se com milhares de pontos elétricos, que pareciam bolhas de champanhe. O prédio completo nunca seria tão bonito quanto estava agora. Saímos do carro, batemos as portas e fui atrás de Cantabile, caminhando por cima de tábuas estendidas no chão para a passagem dos caminhões. Ele parecia conhecer o caminho. Talvez tivesse clientes entre peões da obra. Se andava de fato metido em agiotagem. Mas se ele fosse mesmo usurário, não iria se meter ali já de noite e correr o risco de ser empurrado de uma viga por um daqueles caras parrudos. Eles devem ser bem atrevidos. Bebem e gastam sem pensar. Gosto do jeito como esses limpadores de chaminé pintam o nome da namorada em vigas inacessíveis. Lá de baixo, muitas vezes, a gente vê escrito DONNA ou SUE. Imagino que tragam suas damas aos domingos para verem aquelas dádivas de amor a duzentos e quarenta metros de altura. De vez em quando, algum deles cai e morre. De todo modo, Cantabile tinha trazido seus próprios peões. Pôs todos em ação. Tudo estava combinado de antemão. Disse que era aparentado com uma parte do pessoal da supervisão. Mencionou também que fazia uma porção de negócios por ali. Disse que tinha ligações com o empreiteiro e com o arquiteto. Contava-me as coisas tão depressa que eu nem tinha tempo para desacreditar de algumas delas. No entanto subimos num daqueles elevadores grandes e abertos, lá para cima.

Como devo descrever meus sentimentos? Medo, emoção, admiração, divertimento — sim, eu admirava sua inventividade. Entretanto, parecia-me que estávamos subindo alto demais, tempo demais. Onde estávamos? Que botão ele havia apertado? À luz do dia, muitas vezes eu admirava os grupos de guindastes como se fossem gafanhotos, com a ponta pintada de laranja. As lâmpadas pequenas, que vistas de baixo pareciam densas, estavam penduradas em fios de maneira esparsa. Na verdade, nem sei quanto subimos, mas sei que foi muito. Tínhamos tanta luz à nossa volta quanto aquela hora do dia ainda podia nos dar, metálica e gelada, cortante, com o vento zunindo nos quadrados vazios de ferrugem cor de ferida e se chocando nas lonas penduradas. No leste, a água estava brutalmente rígida, congelada, arranhada, como um platô de pedra sólida, e do outro lado havia uma tremenda efusão de cor bem rasteira, o fulgor derradeiro, a contribuição do veneno industrial para a beleza do anoitecer de Chicago. Saímos. Uns dez peões que estavam esperando entraram no elevador ao mesmo tempo. Eu quis dizer a eles: "Esperem!". Desceram num grupo, deixando-nos no meio do nada. Cantabile parecia saber aonde estava indo, só que eu não tinha a menor confiança nele. Cantabile era capaz de fingir qualquer coisa. "Vamos", disse ele. Fui atrás, mas eu andava devagar. Ele esperava por mim. Havia uns poucos quebra-ventos ali no quinquagésimo ou sexagésimo andar e mesmo aquelas barreiras o vento sacudia com força. Meus olhos lacrimejavam. Agarrei-me numa coluna e ele disse: "Vamos lá, vovô, vamos lá, seu sustador de cheques!".

Respondi: "Meus sapatos têm salto de couro. Estão escorregando".

"É melhor não amarelar agora."

"Não, chega", respondi. Abracei a coluna. Eu não ia mais me mexer.

Na verdade já tínhamos ido longe o bastante para contentá-lo. "Agora", disse ele, "quero te mostrar a importância que dou para a sua grama. Está vendo isto aqui?" Segurou uma nota de cinquenta dólares. Encostou-se numa peça de aço vertical, retirou suas luvas chiques de equitador e começou a dobrar o dinheiro. De início, foi algo incompreensível. Depois entendi. Estava fazendo um aviãozinho de papel com a nota. Arregaçou sua manga raglã e atirou no ar o aviãozinho de papel com a ponta de dois dedos. Observei a nota ganhando velocidade através das lâmpadas penduradas em fios, com o vento por trás, penetrando na atmosfera de aço, cada vez mais escura lá para baixo. No Michigan Boulevard, já tinham arrumado os enfeites natalinos, pequeninas bolhas de vidro sinuosas entre uma árvore e outra. Elas fluíam lá embaixo como células sob a lente de um microscópio.

Minha preocupação principal era como descer. Embora os jornais subestimem essas coisas, as pessoas vivem caindo. Mas, por mais apavorado e perturbado que eu estivesse, minha alma amante de sensações também estava gratificada. Eu sabia que era preciso muita coisa para me gratificar. O critério de gratificação da minha alma havia se tornado muito rigoroso. Tenho de relaxar um pouco esse critério outra vez. Eu estava exagerando. Eu sei, tenho de mudar tudo.

Cantabile fez decolar mais algumas notas de cinquenta. Pequeninos aviões de papel. Origami (minha mente culta não fazia por menos, em seu pedantismo incansável — minha mente lexical intrometida!), a arte japonesa de dobrar papel. Um congresso internacional de fanáticos por aviõezinhos de papel foi promovido no ano passado, eu acho. Parece que foi ano passado. Os adeptos eram matemáticos e engenheiros.

As notas verdes de Cantabile decolavam feito tentilhões, feito andorinhas, feito borboletas, todos elas com a imagem de Ulysses S. Grant. Levavam uma fortuna crepuscular para as pessoas nas ruas lá embaixo.

"As duas últimas eu vou guardar", disse Cantabile. "Para torrar em bebidas e num jantar para nós."

"Se eu conseguir descer vivo daqui."

"Você se saiu muito bem. Vamos lá, me mostre o caminho, vá na frente."

"Esses saltos de couro são tremendamente traiçoeiros. Outro dia pisei num pedaço de papel de seda na rua e caí. Talvez fosse melhor ficar descalço."

"Não seja maluco. Vá na ponta dos pés."

Se a gente não pensasse que ia cair, as passarelas seriam mais que adequadas. Fui me arrastando, lutando contra a paralisia das panturrilhas e das coxas. Minha cara estava suando mais depressa do que o vento conseguia secar, quando cheguei à última coluna. Pensei que Cantabile estava me seguindo de perto demais. Outros peões, à espera do elevador, na certa nos tomaram por gente do Sindicato ou por arquitetos. Já estava de noite e o hemisfério estava gelado até o golfo. Feliz, afundei no banco do Thunderbird quando chegamos lá embaixo. Ele tirou o capacete da sua cabeça e da minha também. Segurou o volante e deu a partida. Agora ele devia me deixar ir embora de verdade. Eu já lhe dera satisfação de sobra.

Mas ele arrancou com o carro de novo, em velocidade. Correu até o sinal seguinte. Minha cabeça tombou para trás sobre o encosto do banco e ficou na posição em que a gente se põe quando quer parar um sangramento nasal. Eu não sabia exatamente onde estávamos. "Olhe, Rinaldo", falei. "Você já conseguiu o que queria. Destruiu o meu carro, me carregou para lá e para cá o dia inteiro e me deixou morto de medo. Muito bem, já entendi que não foi o dinheiro que te deixou aborrecido. Vamos jogar o resto dessa história pelo ralo e me deixe ir para casa."

"Você aprendeu a lição?"

"Foi um dia inteiro de duro aprendizado."

"Você viu bastante daquilo, como é que chamam mesmo?... Aprendi uma porção de palavras novas naquela partida de pôquer com você."

"Que palavras?"

"Proletários", disse ele. "*Lump. Lumpenproletariat.* Você deu uma palinha para a gente sobre o Karl Marx."

"Meu Deus, eu me empolguei mesmo, não foi? Fiquei totalmente desarvorado. O que foi que deu em mim?"

"Você quis se misturar com a ralé e com o mundo do crime. Você se meteu com gente inferior, Charlie, e se divertiu para burro jogando cartas com a gente, uns boçais e o rebotalho da sociedade."

"Entendo. Fui ofensivo."

"Mais ou menos. Mas você até que foi interessante, aqui e ali, quando falou da ordem social e como a classe média é obcecada pelo *Lumpenproletariat*. Os outros caras não tinham a mínima ideia do que você estava falando." Pela primeira vez, Cantabile falava comigo de maneira mais amena. Ergui a cabeça e avistei o rio refletindo as luzes da noite à direita e o Merchandise Mart decorado para o Natal. Estávamos indo para a velha churrascaria Gene & Georgetti, logo depois do elevado do trem. Estacionamos no meio de outros carros sinistramente luxuosos e entramos no velho edifício sem graça onde — viva a intimidade opulenta! — um estrondo musical de uma máquina de tocar discos desabou sobre nós como uma onda do oceano Pacífico. O bar de altos executivos estava lotado com executivos bebedores e companhias amáveis. O espelho suntuoso estava povoado de garrafas e parecia uma fotografia de grupo de bacharéis celestiais.

"Giulio", Rinaldo chamou o garçom. "Uma mesa sossegada, e não queremos ficar perto do toalete."

"No primeiro andar, sr. Cantabile?"

"Por que não?", respondi. Eu estava abalado e não queria ficar no bar, esperando que vagasse uma mesa. Além do mais, só serviria para prolongar ainda mais aquela noite interminável.

Cantabile olhou fixamente, como se quisesse dizer: Quem foi que perguntou alguma coisa para você? Mas em seguida admitiu. "Tudo bem, no primeiro andar. E duas garrafas de Piper Heidsieck."

"Imediatamente, sr. Cantabile."

Nos tempos de Capone, os criminosos travavam batalhas de mentira com champanhe, nos banquetes. Sacudiam as garrafas para cima e para baixo e disparavam rolhas e vinho espumante uns contra os outros, todos de smoking, como um massacre simulado.

"Agora quero te contar uma coisa", disse Rinaldo Cantabile, "e é um assunto completamente diferente. Sou casado, você sabe."

"Sim, eu lembro."

"Com uma mulher linda, maravilhosa e inteligente."

"Você mencionou a sua esposa na zona sul de Chicago. Naquela noite... Você tem filhos? O que ela faz?"

"Ela não é nenhuma dona de casa, meu chapa, e é melhor você entender bem isso. Acha por acaso que eu ia me casar com uma perua bunduda que fica em casa de rolinhos no cabelo vendo televisão? Ela é uma mulher de verdade, tem cabeça, tem cultura. Dá aula no Mundelein College e está preparando a sua tese de doutorado. E sabe onde?"

"Não."

"Em Radcliffe, Harvard."

"Isso é ótimo", respondi. Esvaziei a taça de champanhe e enchi de novo.

"Não tire o seu time de campo não. Me pergunte qual é o assunto. O assunto da tese dela."

"Está bem, qual é o assunto?"

"Está escrevendo um estudo sobre aquele poeta que era seu amigo."

"Está brincando. Von Humboldt Fleisher? Como é que você sabe que era meu amigo?... Já entendi. Falei sobre ele no apartamento do George. Alguém devia ter me trancado no banheiro naquela noite."

"Você nem precisava ser passado para trás, Charlie. Você não sabia o que estava fazendo. Ficou tagarelando feito um pirralho de nove anos, falou de processos na justiça, advogados, contadores, investimentos ruins e sobre a revista que vai lançar — um autêntico perdedor, é o que parecia. Você disse que ia gastar o seu dinheiro para realizar as suas próprias ideias."

"Nunca discuto esses assuntos com desconhecidos. Chicago deve ter causado um ataque de loucura ártica em mim."

"Agora, escute aqui. Tenho muito orgulho da minha esposa. A família dela é rica, gente de classe alta..." Contar vantagem deixa as pessoas com uma cor maravilhosa, eu já notei isso, e as bochechas de Cantabile reluziam. Ele disse: "Você agora está se perguntando o que uma mulher dessas está fazendo com um marido feito eu".

Balbuciei: "Não, não", embora aquela fosse certamente a pergunta natural. Entretanto não havia propriamente nenhuma novidade no fato de mulheres com alto grau de instrução ficarem excitadas com facínoras delinquentes e pirados, e que esses facínoras etc. sentissem atração pela cultura, pelo pensamento. Diderot e Dostoiévski nos familiarizaram com tal circunstância.

"Eu quero que ela consiga terminar o doutorado", disse Cantabile. "Compreende? Quero muito mesmo. E você foi amigão do tal Fleisher. Você vai dar umas informações para a Lucy."

"Veja bem, espere um minuto..."

"Dê uma olhada nisto aqui." Entregou-me um envelope, pus os óculos e passei os olhos pelo documento que estava ali dentro. Estava assinado por Lucy Wilkins Cantabile e era a carta de uma aluna de pós-graduação exemplar, educada, detalhada, perfeitamente organizada, com os circunlóquios acadêmicos de costume — três páginas em espaço simples, repletas de perguntas, perguntas dolorosas. O marido dela me vigiava atentamente, enquanto eu lia. "Bem, o que você acha dela?"

"Incrível", respondi. A situação me encheu de desespero. "O que vocês dois querem de mim?"

"Respostas. Informação. Queremos que você escreva as respostas. Qual a sua opinião sobre o projeto dela?"

"Acho que vivemos à custa dos mortos."

"Não fique tentando me enrolar, Charlie. Não gostei dessa sua tirada."

"Isso não é da minha conta", respondi. "O coitado do Humboldt, o meu amigo, foi um grande espírito que acabou destruído... deixe isso para lá. A extorsão praticada no nível do doutorado é uma extorsão muito bonita, mas eu não quero ter nada a ver com isso. Além do mais, nunca respondo a questionários. Idiotas aparecem na nossa frente e nos impõem os seus documentos. Não suporto esse tipo de coisa."

"Está chamando a minha esposa de idiota?"

"Eu não tive o prazer de conhecê-la."

"Vou te dar um desconto. Levou um murro no estômago por causa da Mercedes e isso te deixou com raiva. Mas não seja mal-educado quando falar da minha esposa."

"Há certas coisas que eu não faço. Essa é uma delas. Não vou escrever as respostas. Eu ia levar semanas para responder."

"Escute aqui!"

"Estou mostrando qual é o meu limite."

"Espere um minuto!"

"Pode me matar a sangue-frio. Vá para o inferno."

"Tudo bem, não esquente. Tem coisas que são sagradas, eu entendo. Mas a gente pode dar um jeito. No jogo de pôquer, eu ouvi bem e sei que você está todo enrolado. Precisa de uma pessoa firme e prática para dar um jeito na sua situação. Pensei um bocado nesse assunto e tenho uma porção de ideias para te dar. Vamos fazer um negócio."

"Não, eu não quero fazer negócio nenhum. Para mim chega. O meu coração está estourando e quero ir para casa."

"Vamos comer um bife e terminar o vinho. Você precisa de carne vermelha. Está cansado, é só. Você vai fazer isso."

"Não vou."

"Vamos fazer os pedidos, Giulio", disse ele.

* * *

Eu gostaria de entender por que sinto tamanha lealdade pelos mortos. Ao saber das suas mortes, muitas vezes dizia a mim mesmo que devia assumir o fardo deles e levar adiante seu trabalho, terminar sua obra. E isso, é claro, eu não podia fazer. Em troca, descobria que certas características deles estavam começando a aderir em mim. À medida que o tempo passava, por exemplo, eu me vi ficando absurdo, à maneira de Von Humboldt Fleisher. Aos poucos, tornou-se visível que ele tinha se comportado como se fosse meu agente. Eu mesmo, uma pessoa agradavelmente tranquila, vi Humboldt se manifestar ferozmente em meu favor, satisfazendo a alguns dos meus desejos. Isso explicava o fato de eu gostar de certos indivíduos — Humboldt, ou George Swiebel, ou mesmo alguém como Cantabile. Esse tipo de delegação psicológica pode ter suas origens no governo representativo. No entanto, quando um amigo expressivo morria, as tarefas delegadas voltavam para mim. E como eu era também o delegado expressivo de outras pessoas, a coisa acabava virando um verdadeiro inferno.

Continuar os passos de Humboldt? Humboldt queria recobrir o mundo com resplendor, mas não tinha pano suficiente para tanto. Sua tentativa terminou na altura da barriga. Dali para baixo, restou a nudez peluda que conhecemos muito bem. Era um homem adorável, e generoso, com um coração de ouro. Todavia sua bondade era do tipo que as pessoas hoje consideram ultrapassada. O resplendor com que ele lidava era do tipo antigo e que agora andava escasso. Aquilo de que precisávamos era de um resplendor completamente novo.

E agora Cantabile e sua esposa doutoranda estavam em meus calcanhares para chamar de volta os tempos mortos e queridos do Village, e seus intelectuais, poetas, pirados, suicidas e casos de amor. Não me importo muito com essas coisas. Ainda não tenho nenhuma imagem clara da sra. Cantabile, mas eu via Rinaldo como a nova ralé mental do mundo dos instruídos e, de todo modo, eu não estava nem um pouco a fim de que torcessem meu braço. Não era que eu me importasse de dar informações para pesquisadores honestos, ou até para gente jovem e muito a fim de fazer carreira no ramo, mas acontece que eu andava muito ocupado na ocasião, feroz e dolorosamente ocupado — pessoal e impessoalmente ocupado: pessoalmente, com

Renata, Denise e Murra, o contador, com os advogados e o juiz, e com uma multidão de tormentos emocionais; impessoalmente, ao participar da vida do meu país, da Civilização Ocidental e da sociedade global (uma mistura de realidade e ficção). Como editor de uma revista importante, A *Arca*, que provavelmente jamais seria publicada, eu vivia pensando em teses que deviam ser apresentadas e em verdades sobre as quais o mundo precisava ser lembrado. O mundo, identificado por uma série de datas (1789-1914-1917-1939) e por palavras-chave (Revolução, Tecnologia, Ciência etc.), era outro motivo de eu andar tão ocupado. A gente tinha um dever com aquelas datas e com aquelas palavras. Tudo era tão monumental, avassalador, trágico que no final o que eu queria de fato era me deitar e dormir. Sempre tive um dom fantástico para ficar inconsciente. Olho para fotografias instantâneas tiradas em alguns dos momentos mais sinistros da humanidade e vejo que tenho um monte de cabelo e que sou sedutoramente jovem. Estou vestindo ternos que caem mal em mim, com duas fileiras de botões na frente, típicos dos anos 30 e 40, fumando cachimbo, parado embaixo de uma árvore, de mãos dadas com uma garota bonita e carnuda — e adormeço na hora, desligo. Já cochilei em meio a muitas crises (enquanto milhões morriam).

Isso tudo é tremendamente relevante. Por um lado, posso muito bem admitir que voltei a morar em Chicago com a motivação secreta de escrever uma obra importante. Essa minha letargia tem relação com aquele projeto — tive a ideia de fazer alguma coisa usando a guerra crônica entre sono e consciência que se trava na natureza humana. Meu tema, nos anos finais do governo Eisenhower, era o tédio. Chicago era o lugar ideal para escrever meu ensaio magistral — "Tédio". Na bruta Chicago, era possível examinar o espírito humano sob o industrialismo. Se alguém ia aparecer com uma visão nova da Fé, do Amor e da Esperança, essa pessoa ia querer compreender para quem estava oferecendo essa nova visão — teria de compreender esse tipo de sofrimento profundo que chamamos de tédio. Eu ia tentar fazer com o tédio aquilo que Malthus e Adam Smith e John Stuart Mill ou Durkheim tinham feito com a população, a saúde ou a divisão do trabalho. A história e o temperamento me puseram numa posição peculiar e eu ia tirar vantagem disso. Não era em vão que eu tinha lido os grandes especialistas modernos do tédio, Stendhal, Kierkegaard e Baudelaire. Ao longo dos anos, eu havia trabalhado bastante naquele ensaio. A dificuldade era que eu continuava sendo esmagado pelos dados, assim como um minerador sofre com os vapores gasosos da mina. Mas eu não ia parar. Eu dizia a mim mesmo que até Rip van Winkle tinha dormido só durante vinte anos e que portanto eu o superara em pelo menos duas décadas e estava decidido a fazer o tempo perdido se transformar em iluminação. Portanto eu não parava de fazer um trabalho mental avançado em Chicago e também me exercitava na academia, jogava bola com investidores da bolsa de mercado futuro e com cavalheiros criminosos, num esforço de revigorar as forças da minha consciência. Então meu respeitável amigo Durnwald mencionou, de brincadeira, que o famoso, porém mal compreendido, dr. Rudolf Steiner tinha muita coisa a dizer sobre os aspectos mais profundos do sono. Os livros de Steiner, que comecei a ler ao me deitar, me davam vontade de levantar. Ele afirmava que entre a concepção de um ato e sua realização pela vontade havia um lapso de sono. Podia ser breve, mas era profundo. Pois uma das almas do homem era uma alma do sono. Nela, os seres humanos se assemelhavam às plantas, cuja existência é toda sono. Isso causou uma profunda impressão em mim. A verdade sobre o sono só podia ser vista da perspectiva de um espírito imortal. Nunca duvidei de que eu tivesse tal coisa. Mas muito cedo eu havia deixado tal fato de lado. Eu o mantinha escondido embaixo do chapéu. Essas crenças, quando ficam escondidas embaixo do chapéu, acabam pressionando o cérebro e afundam a gente no reino vegetal. Mesmo hoje, para um homem de cultura como Durnwald, eu hesitava em falar do espírito. Ele não dava a menor bola para Steiner, é claro. Durnwald era um cara vermelho, idoso, mas vigoroso, corpulento e careca, um solteirão de hábitos excêntricos, um homem gentil. Tinha maneiras peremptórias, abruptas, bruscas e até intimidantes, mas se me repreendia com aspereza era porque me amava — de outro modo, nem teria se dado tanto trabalho. Um grande pesquisador, uma das pessoas mais cultas da face da terra, era um racionalista. Não estreitamente racionalista, de maneira nenhuma. Todavia eu não podia conversar com ele acerca dos poderes de um espírito separado de um corpo. Ele não ia querer nem ouvir. Tinha falado de Steiner só de brincadeira. Eu não estava brincando, mas não queria que achassem que eu era pirado.

Havia começado a pensar muito sobre o espírito imortal. No entanto, noite após noite, eu não parava de sonhar que tinha me transformado no melhor jogador do clube, um demônio da raquete, que meus lances de boleio passavam raspando na parede esquerda da quadra e iam cair em cheio no cantinho, muito ao estilo inglês. Eu sonhava que vencia todos os melhores jogadores — todos aqueles caras magrelos, cabeludos, rapidinhos, que na realidade evitavam jogar comigo porque eu era um zé-ninguém. Fiquei tremendamente frustrado com os interesses rasteiros que tais sonhos traíam. Até meus sonhos estavam adormecidos. E quanto ao meu dinheiro? O dinheiro é necessário para a proteção de quem dorme. As despesas levam a gente para a vigília. À medida que a gente elimina do olho o filme interior e se alça a uma consciência mais elevada, menos dinheiro se faz necessário.

Nas circunstâncias (e agora deve estar mais claro o que eu entendo por circunstâncias: Renata, Denise, filhos, tribunais, advogados, Wall Street, sono, morte, metafísica, carma, a presença do universo dentro de nós, nossa presença no universo em si), eu não tinha parado para pensar em Humboldt, um amigo precioso, oculto na noite indeterminada da morte, um companheiro de uma existência anterior (quase), bem-amado, mas morto. Às vezes eu imaginava que poderia revê-lo na outra vida, junto com minha mãe e meu pai. Demmie Vonghel também. Demmie era um dos mortos mais importantes, lembrada todos os dias. Mas eu não esperava que Humboldt ressurgisse para mim tal como era em vida, dirigindo seu Buick Roadmaster a cento e quarenta quilômetros por hora. Primeiro, ri. Depois dei um grito. Fiquei paralisado. Ele me pressionava. Atacava-me com bênçãos. O legado de Humboldt exterminava muitos problemas imediatos.

O papel representado nisso por Ronald e Lucy Cantabile era uma outra coisa, de novo.

Caros amigos, embora eu estivesse prestes a deixar a cidade e tivesse muitas coisas para resolver, decidi suspender todas as minhas atividades práticas durante uma manhã. Fiz isso para impedir que eu pirasse sob a pressão do estresse. Vinha praticando alguns exercícios de meditação recomendados por Rudolf Steiner em *O conhecimento dos mundos superiores*. Até então, eu não havia conquistado grande coisa, mas minha alma estava bastante castigada pelos anos e muito manchada e machucada, e eu tinha de ser paciente. De forma bem característica, eu andei tentando com empenho demais e me lembrei de novo daquele esplêndido conselho dado por um escritor francês: *"Trouve avant de chercher"* — Valéry, era ele. Ou talvez Picasso. Há ocasiões em que a coisa mais prática a fazer é deitar-se.

E assim, na manhã seguinte ao dia que passei com Cantabile, tirei uma folga. O tempo estava bonito e claro. Puxei as cortinas enfeitadas que encobrem os detalhes de Chicago e deixei entrar o sol brilhante e o azul elevado (que em sua claridade rebrilhava e dominava de cima mesmo uma cidade como esta). Alegre, fui desencavar os escritos de Humboldt. Empilhei cadernos, cartas, diários e manuscritos na mesinha de centro e sobre o aparelho de calefação atrás do sofá. Depois me deitei, suspirando, e tirei os sapatos. Embaixo da cabeça, pus uma almofada bordada em pontos bem finos por uma jovem senhora (que vida levei, sempre cheia de mulheres. Ah, que século este, tão conturbado sexualmente!), uma certa srta. Doris Scheldt, filha de um antroposofista que eu consultava de vez em quando. Ela me dera aquele presente de Natal feito à mão um ano antes. Pequenina e adorável, inteligente, de uma força impressionante em seu perfil, para uma mulher tão bonita e jovem, ela gostava de usar vestidos antiquados que a deixavam parecida com Lillian Gish ou Mary Pickford. Seus calçados, porém, eram provocativos, muito avançados. Em meu vocabulário privado, ela era um pouco *noli me tangerine*. Ela queria e não queria ser tocada. Ela mesma sabia bastante a respeito de antroposofia e passamos um bocado de tempo juntos, no ano passado, quando Renata e eu tivemos uma briga. Eu a acomodava na cadeira de balanço, feita de madeira curvada no calor, e ela punha suas botinhas de couro envernizado em cima de uma almofada própria para ajoelhar, e ficava bordando a tal almofadinha vermelha e verde, capim fresco e brasas vivas. Batíamos longos papos etc. Era uma relacionamento agradável, mas terminou. Renata e eu voltamos a viver juntos.

Isso é para explicar que tomei Von Humboldt como tema da minha meditação naquela manhã. Tal meditação supostamente revigorava a vontade. Então, aos poucos, revigorado por esses exercícios, a vontade poderia se transformar num órgão da percepção.

Um cartão-postal caiu no chão, um dos últimos que Humboldt me enviara. Li os rabiscos fantasmas, como um confuso garrancho feito pelas luzes do norte:

Os ratos se escondem quando os falcões voam lá no alto;
Os falcões têm medo dos aviões;
Os aviões temem a artilharia antiaérea;

Todo mundo tem medo de alguma coisa.
Só os leões incautos
Sob a árvore bulu
Cochilam nos braços uns dos outros
Depois do seu repasto de sangue...
Isso eu chamo de vida boa!

Oito ou nove anos atrás, ao ler esse poema, pensei: Pobre Humboldt, aqueles médicos que aplicaram o tratamento de choque elétrico acabaram lobotomizando meu amigo, arruinaram o cara. Mas agora vi aquilo como um comunicado e não como um poema. A imaginação não deve se consumir na tristeza — essa era a mensagem de Humboldt. Deve reafirmar que a arte manifesta o poder interior da natureza. Para a faculdade redentora da imaginação, dormir era dormir, e acordar era o verdadeiro despertar. Era isso que Humboldt me parecia estar dizendo, agora. Se era assim, Humboldt nunca esteve mais são e mais destemido que no final da sua vida. E eu fugi dele na rua 46, exatamente na hora em que ele tinha mais a me dizer. Como já expliquei, eu havia passado aquela manhã vestido com luxo e revoluteando em elipses por cima da cidade de Nova York, a bordo do tal helicóptero da guarda costeira, com os dois senadores americanos, o prefeito e as autoridades de Washington, de Albany, além de jornalistas de ponta, todos afivelados em coletes salva-vidas, cada colete com faca embainhada. (Eu nunca esqueci aquelas facas.) E mais tarde, depois do almoço no Central Park (sou compelido a repetir), saí andando e avistei Humboldt, um homem moribundo, comendo um palitinho de *pretzel* junto ao meio-fio, a poeira da sepultura já polvilhada sobre seu rosto. Então fugi depressa. Foi um daqueles momentos dolorosos e extasiantes em que eu não conseguia ficar parado. Tive de correr. Falei: "Ah, garoto, adeus. A gente se vê no outro mundo!".

Não havia mais nada a fazer por ele neste mundo, concluí. Mas seria mesmo verdade? O cartão-postal enrugado agora me fez pensar melhor. Chocava-me a ideia de que eu havia cometido um pecado contra Humboldt. Deitado no sofá de penas de ganso a fim de meditar, vi-me incendiado pela autocrítica e pela vergonha, ruborizado e suando. Tirei a almofada de Doris Scheldt de debaixo da cabeça e esfreguei nela minha cara. De novo, eu me vi escondendo-me atrás dos carros estacionados na rua 46. E Humboldt, como um arbusto tomado por lagartas, definhando. Fiquei atônito ao ver meu velho amigo morrendo e fugi, voltei para o Plaza e telefonei para o gabinete do senador Kennedy para dizer que eu tinha sido chamado de surpresa para voltar a Chicago. Eu voltaria a Washington na semana seguinte. Então peguei um táxi até o aeroporto de LaGuardia e embarquei no primeiro avião para o aeroporto O'Hare. Relembro sem parar aquele dia porque foi terrível. Dois drinques, o máximo que se permite no voo, não me ajudaram nada — nada! Quando aterrissei, bebi várias doses duplas de uísque Jack Daniel's no bar do aeroporto O'Hare, para ganhar força. Era um fim de tarde muito quente. Telefonei para Denise e disse: "Voltei".

"Voltou com vários dias de antecedência. O que houve, Charlie?"

Respondi: "Tive uma experiência ruim".

"Onde está o senador?"

"Continua em Nova York. Vou voltar para Washington daqui a um ou dois dias."

"Bem, então venha logo para casa."

A revista *Life* havia me encomendado uma matéria sobre Robert Kennedy. Eu tinha acabado de passar cinco dias com o senador, ou melhor, perto dele, sentado num sofá, no prédio dos escritórios do Senado, observando-o. De todos os pontos de vista, era uma inspiração singular, mas o senador me permitira ficar perto dele e parecia até gostar de mim. Digo "parecia" porque sua tarefa consistia em causar essa impressão num jornalista que ia escrever sobre ele. Eu gostava dele também, talvez contra minha própria vontade. Ele tinha um jeito curioso de olhar para a gente. Os olhos eram azuis como o vácuo e havia um ligeiro rebaixamento na pele das pálpebras, uma dobra extra. Depois do passeio de helicóptero, fomos de carro do aeroporto de LaGuardia até o Bronx numa limusine, e eu estava a seu lado. No Bronx, o calor era desolador, mas estávamos numa espécie de gabinete de cristal. Seu desejo era ser continuamente informado. Fazia perguntas para todos no grupo. De mim, queria informações históricas — "O que devo saber a respeito de William Jennings Bryan?", ou "Fale-me sobre H. L. Mencken" — e recebia o que eu dizia com uma espécie de resplendor que não revelava o que estava pensando ou o que pretendia fazer com tais dados. O carro parou num parque de recreação do Harlem. Havia Cadillacs, guardas de motocicleta, guarda-costas, equipes de televisão. Um terreno baldio entre dois prédios de apartamentos havia sido cercado, pavimentado, provido de escorregadores e caixas de areia. O diretor do parque de recreação, em seu penteado afro, numa bata africana colorida e de contas no cabelo, recebeu os dois senadores. Câmeras pairavam acima de nós, sobre tripés. O diretor negro, radiante, cerimonioso, segurou uma bola de basquete e ficou entre os dois senadores. Abriu-se um espaço. Duas vezes, o esbelto Kennedy, de uma elegância descontraída, jogou a bola na direção da cesta. Ele fez que sim com a cabeça avermelhada, ruiva, o cabelo alto, e sorriu quando errou. O senador Javits não podia se dar ao luxo de errar. Compacto e careca, também sorria, mas tomou posição, fez pontaria para a cesta, trouxe a bola para junto do peito e concentrou sua força de vontade para ser objetivo. Fez dois arremessos certeiros. A bola não descreveu um arco. Voou em linha reta na direção do aro e entrou. Soaram aplausos. Que aflição, que esforço para se equiparar a Bobby. Mas o senador republicano saiu-se muito bem.

E era com isso que Denise queria que eu me ocupasse. Denise tinha providenciado tudo aquilo para mim, telefonara para o pessoal da revista *Life* e havia supervisionado toda a transação. "Venha para casa", disse ela. Mas não estava satisfeita. Não me queria em Chicago, agora.

Meu lar era uma casa grande em Kenwood, na zona sul. Judeus alemães ricos tinham construído mansões vitorianas e eduardianas ali, no início do século. Quando os magnatas do comércio por via postal e outros ricaços foram embora, professores universitários, psiquiatras, advogados e negros muçulmanos mudaram-se para lá. Como eu havia insistido em voltar para ser o Malthus do tédio, Denise comprou a casa dos Kahnheim. Tinha feito aquilo sob protesto, dizendo: "Por que Chicago? Podemos morar onde quisermos, não é? Meu Deus!". Tinha em mente uma casa em Georgetown, ou em Roma, ou em Londres, na sw3. Mas eu fui teimoso e Denise disse que esperava que aquilo não fosse um sinal de que eu estava a caminho de um colapso nervoso. O pai dela, o juiz federal, era um advogado arguto. Sei que Denise o consultava muitas vezes, no centro da cidade, para tratar de assuntos relativos a propriedades, condomínios, direitos das viúvas no estado de Illinois. Ele recomendou que comprássemos a mansão do coronel Kahnheim. Diariamente, no café da manhã, Denise me perguntava quando eu ia fazer meu testamento.

Agora já estava de noite e Denise me esperava no quarto principal da casa. Detesto ar-condicionado. Eu não deixava Denise instalar os aparelhos.

A temperatura estava na casa dos trinta graus e, em noites quentes, os habitantes de Chicago sentem o corpo e a alma da cidade. Os currais de matadouros foram embora, Chicago não é mais uma cidade de matadouros, mas os odores antigos renascem no calor da noite. Os muitos quilômetros de linhas de trem que antigamente corriam à margem das ruas viviam cheios de vagões de gado vermelhos, os animais à espera para entrar nos currais, mugindo e fedendo. O odor antigo continua a assombrar o local. Regressa às vezes, suspira do solo desocupado, para nos lembrar a todos que Chicago, um dia, ocupou o posto de líder mundial na tecnologia dos matadouros e que bilhões de animais morreram aqui. Naquela noite as janelas estavam todas abertas e o fedor familiar, deprimente e disposto em diversas camadas, o cheiro ruim de carne, sebo, sangue, ossos pulverizados, couro, sabão, carne defumada e pelos queimados voltou. A antiga Chicago respirava de novo, através das folhas e das telas. Eu ouvia os caminhões dos bombeiros e a sirene das ambulâncias, histéricos e viscerais. Nas favelas negras em torno, o ímpeto incendiário se exalta no verão, um indicador, dizem alguns, de psicopatologia. Embora o amor às chamas seja também algo religioso. No entanto, Denise estava sentada, nua, sobre a cama, e escovava os cabelos com rapidez e com força. Por cima do lago, usinas de aço cintilavam. A luz das lâmpadas mostrava a fuligem já pousada sobre as folhas da hera na parede. Naquela ano, tivemos uma estiagem prematura. Naquela noite, Chicago estava arquejante, as grandes engrenagens urbanas giravam, os prédios de apartamentos reluziam em Oakwood, com grandes xales de chamas, as sirenes se esgoelavam sinistras, os carros de bombeiro, as ambulâncias e os carros da polícia — cão louco, clima cortante, uma noite de estupro e de assassinato, milhares de hidrantes abertos, espirrando água pelos dois peitos. Engenheiros andavam cambaleantes para verificar a queda do nível do lago Michigan, enquanto aquelas toneladas de água eram despejadas em vão. Bandos de garotos vagavam munidos de facas e revólveres. E — meu Deus! — esse homem de mente mansa e de luto, o sr. Charlie Citrine, tinha visto seu velho companheiro, um moribundo que comia *pretzel* em Nova York, por isso abandonou a revista *Life*, a guarda costeira, os helicópteros e os dois senadores e fugiu correndo para casa para ser consolado. Com tal propósito, sua esposa havia tirado toda a roupa e esfregava o cabelo extraordinariamente denso. Seus olhos enormes e violeta acinzentados estavam impacientes, sua ternura estava misturada com um olhar ferino. Tacitamente, ela me perguntava quanto tempo eu ia ficar sentado na *chaise longue*, de meias, com o coração ferido e repleto de uma suscetibilidade obsoleta. Pessoa nervosa e crítica, ela achava que eu sofria de aberrações mórbidas acerca da dor, que eu era pré-moderno ou barroco acerca da morte. Muitas vezes ela declarava que eu tinha voltado para Chicago porque meus pais estavam enterrados aqui. Às vezes ela dizia, com uma vivacidade repentina: "Ah, lá vem a cena do cemitério!". E o pior era que muitas vezes Denise tinha razão. Logo eu mesmo podia ouvir a monotonia de minha voz grave, que parecia arrastar correntes. Amor era o remédio para esses humores fúnebres. E lá estava Denise, impaciente, mas prestativa, sentada nua na cama, e eu nem tirava a gravata. Sei que esse sofrimento pode ser enlouquecedor. E Denise ficava cansada de me amparar emocionalmente. Ela não levava muito a sério aquelas minhas emoções. "Ah, está *nesse* clima de novo, é? Você devia largar toda essa lorota operística. Vá conversar com um psiquiatra. Por que fica agarrado ao passado, sempre se lamentando por causa desse ou daquele sujeito que morreu?" Com um forte clarão no rosto, sinal de que tivera um lampejo de compreensão, Denise ressaltava que, enquanto eu derramava lágrimas por meus mortos, eu também batia com minha pá na terra das suas sepulturas. Pois eu, de fato, escrevia biografias e os mortos eram meu feijão com arroz. Os mortos pagaram minha condecoração francesa e me levaram para a Casa Branca. (A perda das nossas ligações na Casa Branca depois da morte de JFK foi um dos desgostos mais amargos de Denise.) Não me entendam mal, sei que amor e repreensão muitas vezes andam lado a lado. Durnwald também fez isso por mim. Aqueles que Deus ama, Ele também castiga. O negócio todo se misturava com afeição. Quando cheguei em casa abalado por causa de Humboldt, ela estava pronta para me consolar. Só que Denise tinha a língua afiada, sem dúvida nenhuma. (Às vezes eu a chamava de Rebukah.) É claro que o fato de eu ficar ali sentado, tão triste, com o coração tão ferido, era provocador. Além do mais ela já desconfiava que eu nunca iria terminar a matéria para a revista *Life*. Nisso também tinha razão.

Se eu tinha de ficar tão abalado com a morte, por que então não *fazia* alguma coisa a respeito disso? Aquela suscetibilidade interminável era terrível. Tal era a opinião de Denise. Eu concordava com ela também.

"Então quer dizer que você está se sentindo triste por causa do seu velho amigo Humboldt, não é?", disse ela. "Mas então como é que não foi procurar por ele? Teve anos para fazer isso. E por que não falou com ele hoje?"

Eram perguntas difíceis, muito inteligentes. Ela não me deixava escapar de maneira nenhuma.

"Acho que eu até poderia ter dito: 'Oi, Humboldt, sou eu, o Charlie. Que tal a gente almoçar de verdade? O Blue Ribbon fica logo ali na esquina'. Mas eu acho que ele poderia ter um ataque de raiva na hora. Uns anos atrás, ele tentou bater com um martelo na secretária de um reitor. Ele a acusou de cobrir a cama dele com revistas de mulher pelada. Seria algum tipo de complô erótico contra ele. Tiveram que pôr o Humboldt para fora outra vez. O coitado estava maluco. E não adianta voltar para Saint Julien ou abraçar leprosos."

"Quem foi que falou em leprosos aqui? Você vive pensando aquilo que nem passa pela cabeça de ninguém, nem de longe."

"Está certo, muito bem, mas ele tinha um aspecto medonho e eu estava todo alinhado, bem vestido. E vou te contar uma coincidência curiosa. No helicóptero hoje de manhã, eu estava ao lado do dr. Longstaff, que prometeu arranjar para Humboldt uma bolsa enorme da Fundação Belisha. Isso foi quando ainda estávamos em Princeton. Alguma vez já te contei sobre aquela catástrofe?"

"Acho que não."

"Tudo voltou à minha memória."

"O Longstaff continua tão bonitão e elegante quanto antes? Deve estar velho. E aposto que você ficou enchendo o saco dele com histórias dos velhos tempos."

"Foi, falei das minhas recordações."

"Era de esperar. E imagino que foi desagradável."

"O passado não é desagradável para aqueles que se justificaram plenamente."

"Eu queria saber o que Longstaff estava fazendo no meio daquele bando de gente de Washington."

"Levantando dinheiro para as suas filantropias, espero."

Assim correu minha meditação no sofá verde. Entre todos os métodos meditativos recomendados pela literatura, o que mais me agradava era aquele novo. Muitas vezes eu ficava sentado no fim do dia lembrando tudo o que havia acontecido, em detalhes minuciosos, tudo o que tinha sido visto, feito e dito. Eu conseguia recuar no tempo através do dia, ver a mim mesmo por trás ou pelo lado, fisicamente sem nenhuma diferença em relação a ninguém. Se eu havia comprado uma gardênia para Renata num quiosque ao ar livre, podia lembrar que tinha pago setenta e cinco centavos pela flor. Eu via os desenhos em relevo nas três moedas prateadas de vinte e cinco centavos. Eu via a lapela do casaco de Renata, a cabeça branca do alfinete comprido. Recordava até as duas dobras que o alfinete fazia no pano e o rosto farto de mulher de Renata, seu olhar satisfeito para a flor e o odor da gardênia. Se isso era o caminho para a transcendência, então estava no papo, eu podia fazer aquilo o resto da vida, o tempo todo, e recuar até o princípio dos tempos. Assim, deitado no sofá, agora eu trouxe de volta à mente a página dos obituários do *Times*.

O *Times* ficou muito alvoroçado com a morte de Humboldt e lhe concedeu um espaço de duas colunas. A fotografia era grande. Pois afinal de contas Humboldt tinha feito aquilo que os poetas deveriam fazer, nos obtusos Estados Unidos. Perseguiu a ruína e a morte com ainda mais força do que havia perseguido as mulheres. Detonou seu talento, sua saúde, e tomou o rumo do lar, a sepultura, por uma rampa coberta de pó. Ele se enterrou, sumiu. Muito bem. O mesmo fez Edgar Allan Poe, encontrado numa sarjeta de Baltimore. E Hart Crane, no canto de um navio. E Jarrell, que caiu na frente de um carro. E o pobre John Berryman, que pulou do alto de uma ponte. Por algum motivo, essa atrocidade é apreciada de modo peculiar pelos Estados Unidos dos negócios e da tecnologia. O país se orgulha dos seus poetas mortos. Extrai uma satisfação terrível com o testemunho dos poetas de que os Estados Unidos são duros demais, grandes demais, rudes demais, mais demais, que a realidade americana é avassaladora. E ser poeta é coisa de crianças de escola, coisa de meninas, coisa de igreja. A fraqueza dos poderes espirituais é provada pela infantilidade, loucura, embriaguez e desespero daqueles mártires. Orfeu movia pedras e árvores. Mas um poeta não pode fazer uma histerectomia ou mandar um veículo para fora do sistema solar. Milagre e poder não pertenciam mais a ele. Assim, poetas são amados, mas são amados porque simplesmente não podem tomar a dianteira aqui. Existem para iluminar a imensidão de tremendo emaranhado e justificar o cinismo daqueles que dizem: "Se *eu* não fosse um sacana, corrupto, insensível, cretino, ladrão e abutre, também não ia conseguir isso. Olhem para os homens mansos e bondosos e ternos, os *melhores* de nós. Eles sucumbiram, pobres maluquinhos". Então, eu refletia, é assim que exultam as pessoas bem-sucedidas, de cara dura, amargas e canibalescas. Tal era a atitude refletida na foto de Humboldt que o *Times* escolheu para publicar. Era uma dessas fotos de majestades loucas e apodrecidas — fantasmagórico, sem humor, olhos que fitam furiosos, de lábios tensos, bochechas emburradas e escrofulosas, cicatriz na testa e uma expressão de raiva, de infantilidade devastada. Esse era o Humboldt das conspirações, dos golpes de Estado, das acusações, dos acessos de raiva, o Humboldt do Hospital Bellevue, o Humboldt dos litígios na justiça. Pois Humboldt era litigioso. O mundo era feito para ele. Várias vezes ameaçou me processar.

Pois é, o obituário era terrível. E o recorte do jornal estava em algum lugar no meio dos papéis que me rodeavam, mas eu não queria ver aquilo. Podia lembrar textualmente o que o *Times* havia escrito. Em seu estilo de montar quebra-cabeças, de joguinho de armar, dizia que Von Humboldt Fleisher havia começado de forma brilhante. Nasceu na alta zona oeste de Nova York. Aos vinte, marcou um estilo novo na poesia americana. Apreciado por Conrad Aiken (que certa vez teve de chamar a polícia para retirá-lo da sua casa). Aprovado por T.S. Eliot (sobre o qual, numa ocasião em que andava muito doido, viria a espalhar um chocante e improvável escândalo sexual). O sr. Fleisher também foi crítico, ensaísta, escritor de ficção, professor, intelectual literário de destaque, uma personalidade de salão. As pessoas íntimas elogiavam sua conversa. Era um grande conversador e muito espirituoso.

Agora, não mais meditativo, controlei-me. O sol ainda brilhava muito bonito, o azul era de inverno, de uma altivez emersoniana, mas eu me sentia maldoso. Parecia que eu estava cheio de coisas hostis para dizer, enquanto o céu estava cheio de um azul gélido. Muito bem, Humboldt, você marcou a cultura americana, assim como Hart Schaffner & Marx deixaram sua marca nos capotes e nos ternos, assim como o general Sarnoff deixou sua marca nas comunicações, assim como Bernard Baruch deixou sua marca no banco de um parque. Assim como, segundo o dr. Johnson, os cachorros conseguiam se superar ficando de pé nas patas traseiras e as senhoras, em cima de um púlpito — ultrapassando curiosamente seus limites naturais. Orfeu, filho de Greenhorn, apareceu no Greenwich Village com suas baladas. Ele amava a literatura, as conversas e os debates intelectuais, amava a história do pensamento. Um rapaz grande, bonito e gentil, fez sua própria combinação de simbolismo e linguajar da rua. Nessa mistura, entraram Yeats, Apollinaire, Lênin,

Freud, Morris R. Cohen, Gertrude Stein, estatísticas de beisebol e fofocas de Hollywood. Trouxe Coney Island para o Egeu e uniu Buffalo Bill e Rasputin. Ele queria juntar o Sacramento da Arte e os Estados Unidos Industriais como forças iguais. Como nasceu (como insistia em dizer) numa plataforma de metrô em Columbus Circle, e como sua mãe entrou em trabalho de parto num vagão do metrô, ele almejava ser um artista divino, um homem de estados visionários e encantamentos, de possessão platônica. Teve educação racionalista e naturalista no City College de Nova York. Não era fácil conciliar isso com o lado órfico. Mas todos os seus desejos eram contraditórios. Queria ser mágica e cosmicamente expressivo e articulado, capaz de dizer *qualquer coisa*; também queria ser sábio, filosófico, descobrir o território comum da poesia e da ciência, provar que a imaginação era tão poderosa quanto as máquinas, para libertar e abençoar a humanidade. Mas ele também almejava ser rico e famoso. E é claro que havia as garotas. O próprio Freud acreditava que a fama era perseguida em função das garotas. Mas as próprias garotas, por sua conta, estavam procurando alguma coisa. Humboldt dizia: "Elas estão sempre procurando o que é autêntico. Elas foram engambeladas por mil impostores e, assim, agora rezam para encontrar o que é autêntico e se regozijam quando o autêntico aparece. É por isso que amam os poetas. Essa é a verdade sobre as garotas". Humboldt era autêntico, sem dúvida nenhuma. Mas aos poucos foi deixando de ser um jovem muito bonito e o príncipe dos conversadores. Ficou barrigudo, com a cara grande. Uma expressão de decepção e de dúvida surgiu embaixo dos olhos.

Círculos marrons começaram a aparecer mais fundos em torno dos olhos e ele adquiriu uma espécie de palidez machucada nas bochechas. Foi isso que sua "profissão frenética" lhe rendeu. Pois ele sempre disse que a poesia era uma das profissões frenéticas em que o sucesso depende da opinião que a pessoa tem de si mesma. Pense de maneira favorável sobre si mesmo e você vencerá. Perca a autoestima, e você está acabado. Por esse motivo se desenvolve uma perseguição complexa, porque as pessoas que não falam bem de você estão matando você. Cientes disso, ou sentindo isso, críticos e intelectuais têm você na mão. Goste disso ou não, você acaba arrastado para uma luta de forças contrárias. Assim a arte de Humboldt definhava, enquanto seu furor aumentava. As garotas eram caras a ele. Elas o tomavam por algo autêntico, depois que ele já havia se dado conta de que não tinha sobrado nada de autêntico no mundo e que ele as estava ludibriando. Tomava mais pílulas, ingeria mais gim. Mania e depressão levaram-no ao hospício. Ora estava são, ora estava louco. Virou professor de inglês no interior. Lá, era uma figura literária importante. Fora dela, em suas próprias palavras, era nada. Mas aí morreu e vieram boas notícias. Ele sempre valorizara a proeminência e o *Times* era o topo. Depois de perder o talento e a razão, depois de se afastar e morrer na miséria, ele se ergueu de novo na cotação da bolsa cultural e desfrutou brevemente o prestígio do fracasso significativo.

Para Humboldt, a vitória esmagadora de Eisenhower nas eleições de 1952 foi uma catástrofe pessoal. Encontrou-me, na manhã seguinte à eleição, com uma forte depressão. Sua grande cara loura estava loucamente soturna. Levou-me a seu escritório, o escritório de Sewell, que estava abarrotado de livros — minha sala era contígua. Debruçado sobre a escrivaninha, o *Times* aberto sobre a mesa com o resultado da eleição, ele segurava um cigarro, mas suas mãos também estavam contraídas de desespero. Seu cinzeiro, uma lata de café Savarin, já estava cheio. Não era simplesmente o fato de que suas esperanças foram frustradas ou que a evolução cultural dos Estados Unidos havia sido interrompida de supetão. Humboldt estava com medo. "O que vamos fazer?", disse ele.

"Vamos ter que ganhar tempo", respondi. "Talvez o governo seguinte nos deixe entrar na Casa Branca."

Humboldt não queria saber de conversas amenas naquela manhã.

"Mas escute aqui", falei. "Você é o editor de poesia da *Arcturus*, faz parte da equipe da Hildebrand & Co., é conselheiro remunerado da Fundação Belisha, além de dar aulas em Princeton. Tem um contrato para escrever um livro didático sobre poesia moderna. A Kathleen me contou que, se você vivesse até os cento e cinquenta anos, não conseguiria dar cabo de todos os adiantamentos que arrancou dos editores."

"Não seja ciumento, Charlie. Se soubesse como a minha situação é difícil. Parece que tenho muita coisa a meu favor, mas é tudo uma bolha de sabão. Estou em perigo. Você, sem absolutamente nenhuma perspectiva, está numa situação muito mais sólida. E agora vem essa catástrofe política." Senti que ele temia seus vizinhos da roça. Em seus pesadelos, ateavam fogo à sua casa, ele dava tiros contra eles, que depois o linchavam e raptavam sua esposa. Humboldt disse: "O que é que vamos fazer agora? Qual será o nosso próximo passo?".

Tais perguntas foram feitas apenas como introdução para o esquema que ele já tinha em mente.

"O nosso passo?"

"Ou vamos embora dos Estados Unidos durante esse governo, ou vamos para a clandestinidade."

"Poderíamos pedir asilo ao Harry Truman no Missouri."

"Não brinque comigo, Charlie. Tenho um convite da Universidade Livre de Berlim para lecionar literatura americana."

"Parece excelente."

Ele retrucou rapidamente: "Não, não! A Alemanha é perigosa. Não vou me arriscar indo à Alemanha".

"Então só resta a clandestinidade. Onde você vai se esconder?"

"Falei *nós*. A situação é muito insegura. Se você tivesse algum bom senso, pensaria da mesma forma. Você acha que, por ser um rapaz muito bonito, inteligente e de olhos grandes, ninguém vai te fazer mal."

E aí Humboldt passou a atacar Sewell. "O Sewell é mesmo um rato", disse.

"Achei que vocês eram velhos amigos."

"Um conhecimento de muitos anos não é a mesma coisa que uma amizade. E *você* gosta dele? Ele te *recebeu*. Ele te tratou com condescendência, foi arrogante, você foi tratado como se fosse pó. Ele nem mesmo chegou a falar com você, só comigo. Fiquei chateado com isso."

"Mas você não me disse nada."

"Não queria deixar você irritado logo de saída, começar tudo já debaixo de uma nuvem pesada. Você acha que ele é um bom crítico?"

"Um surdo pode afinar pianos?"

"Mas ele é sutil. É um homem delicado, num sentido sujo. Não o subestime. E é um osso duro na luta corpo a corpo. Mas tornar-se professor universitário sem ter sequer o bacharelado... isso já fala por si. O pai dele era só um pescador de lagostas. A mãe lavava roupa para fora. Ela lavava os colarinhos do Kittredge em Cambridge e cavou privilégios na biblioteca para o filho. Entrou nas estantes de Harvard um fracote e saiu de lá um verdadeiro titã. Agora é um cavalheiro de família americana tradicional e tira onda em cima da gente. Você e eu elevamos o status dele. Com dois judeus, ele surge como um magnata ou um príncipe."

"Por que você quer que eu fique chateado com o Sewell?"

"Você mesmo é presunçoso demais para se sentir ofendido. É ainda mais esnobe que o Sewell. Acho que você pode ser, psicologicamente, um tipo como o Axel, que só se importa com a inspiração interior, sem nenhuma relação com o mundo real. O mundo real pode fazer picadinho de você", disse Humboldt, em tom feroz. "Você acha que pobres coitados sem pai e sem mãe como eu é que têm que ficar pensando em questões de dinheiro e posição e sucesso e fracasso e problemas sociais e políticos. Você não dá a menor bola para essas coisas."

"Se for verdade, por que seria tão ruim?"

"Porque você *me* enfia pela goela abaixo todas essas responsabilidades nada poéticas. Você fica reclinado feito um rei, relaxado, e deixa que todos esses problemas humanos aconteçam. Sobre Jesus, não pousam moscas. Charlie, você não é determinado pelo lugar, pelo tempo, pelos góis, pelos judeus. Pelo que você é determinado? Que os outros suportem a nossa questão. Vós sois livres! Para você, o Sewell fede. Ele te desdenhou e você está magoado com ele também, não negue. Mas você não consegue prestar atenção. Está sempre devaneando, no íntimo da sua mente, sobre algum tipo de destino cósmico. Diga-me, o que é essa coisa grandiosa em que você vive trabalhando?"

Agora eu continuava deitado em meu sofá de pelúcia cor de brócolis, empenhado numa meditação a respeito daquela gélida manhã azul de dezembro. Os aparelhos de calefação do grande prédio de Chicago emitiam um forte zunido. Eu poderia passar sem aquilo. Porém eu também devia favores ao maquinário moderno. Humboldt, no gabinete em Princeton, continuava de pé em minha mente e minha concentração era intensa.

"Vá logo ao que interessa", disse a ele.

Sua boca parecia seca, mas não havia nada para beber. Pílulas deixam a gente com sede. Em vez disso, fumou mais e falou: "Você e eu somos amigos. O Sewell me trouxe para cá. E eu trouxe você".

"Sou grato a você. Mas você não é grato a ele."

"Porque é um filho da puta."

"Pode ser." Não me importei de ouvir Sewell ser xingado daquele jeito.

Ele tinha feito pouco de mim. Mas, com seu ar depauperado, seu bigode cor de cereal seco, sua cara de beberrão, as sutilezas de Prufrock, a suposta elegância das mãos entrelaçadas e das pernas cruzadas, com seus murmúrios literários enrolados, ele não constituía um inimigo perigoso. Embora eu parecesse estar refreando o impulso de Humboldt, no fundo adorava a maneira como ele estava espinafrando Sewell. A extravagante fertilidade pirada de Humboldt, quando ele se soltava, satisfazia a um dos meus apetites vergonhosos, não há a menor dúvida.

"Sewell está se aproveitando de nós", disse Humboldt.

"Como você chegou a essa conclusão?"

"Quando ele voltar, seremos demitidos."

"Mas eu sempre soube que era um emprego de um ano."

"Ah, você não se importa de ser como uma mercadoria alugada na Hertz's, como uma cama sobre rodinhas ou um troninho com pinico para bebês?", disse Humboldt.

Por baixo da capa de pastor de ovelhas formada pelo paletó do tamanho de um cobertor, as costas de Humboldt começavam a parecer corcundas (um sinal familiar). Aquele volume da força de um bisão em suas costas significava que ele não estava preparando nada de bom. O ar de perigo aumentou em torno da boca e dos olhos e as duas cristas de cabelo se ergueram mais que o habitual. Ondas pálidas quentes radiantes surgiram em seu rosto. Pombos, de penas cinzentas e creme, caminhavam com pés carmins sobre o parapeito de arenito da janela. Humboldt não gostava de pombos. Via-os como pombos de Princeton, pombos de Sewell. Arrulhavam para Sewell. Às vezes, Humboldt dava a impressão de que os encarava como agentes e espiões de Sewell. Afinal de contas, estávamos no gabinete de Sewell e Humboldt estava sentado na escrivaninha de Sewell. Os livros nas paredes eram de Sewell. Ultimamente, Humboldt andara jogando os livros dentro de caixas. Ele empurrou um punhado de volumes de Toynbee para fora das prateleiras e pôs no lugar seus próprios livros de Rilke e Kafka. Abaixo Toynbee; abaixo Sewell também. "Você e eu somos dispensáveis aqui, Charlie", disse Humboldt. "Por quê? Vou te dizer. Somos judeus. Aqui em Princeton não somos ameaça nenhuma para o Sewell."

Lembro que pensei muito nisso, franzindo a testa. "Receio que ainda não compreendi aonde você quer chegar."

"Então experimente pensar em si mesmo como Sheeny Solomon Levi. É seguro ceder o seu lugar para Sheeny Solomon e ir para Damasco por um ano para debater Os espólios de Poynton. Quando você voltar, a sua classuda vaga de professor universitário estará à sua espera. Você e eu não representamos ameaça nenhuma."

"Mas eu não quero ser uma ameaça a ele. E além do mais, por que o Sewell iria se preocupar com ameaças?"

"Porque ele está em guerra com o pessoal das antigas, todos aqueles metidos de costeletas, os aristocratas cagões da turma do Hamilton Wright Mabie que nunca foram com a cara dele. Sewell não sabe grego nem anglo-saxão. Para eles, Sewell é um arrivista nojento."

"E daí? É um autodidata. Nisso, estou do lado dele."

"É um corrupto, é um sacana, cobriu a mim e você de desprezo. Eu me sinto ridículo quando caminho pela rua. Em Princeton, você e eu somos dois dos Três Patetas, uma cena de vaudevile judeu. Nós somos uma piada — meros bonecos de história em quadrinhos. Inimagináveis como membros da comunidade de Princeton."

"E quem é que precisa da comunidade deles?"

"Ninguém confia naquele trambiqueiro. Tem alguma coisa humana que está faltando nele. A pessoa que o conhecia melhor, a sua esposa... quando o deixou, a esposa levou os passarinhos dela. Você viu aquelas gaiolas todas. Ela não queria nem uma gaiola vazia que a fizesse lembrar do Sewell."

"Ela foi embora com os passarinhos pousados em cima da cabeça e dos braços? Ora, vamos lá, Humboldt, que história é essa?"

"Quero que você se sinta tão ofendido quanto eu, que você não me faça carregar tudo isso nas costas sozinho. Por que você não sente nenhuma indignação, Charlie?... Ah, você não é um americano de verdade. Você é grato. Você é um estrangeiro. Tem essa gratidão de imigrante judeu do tipo 'beijo o solo da ilha de Ellis'. E também é um filho da Grande Depressão. Você nunca achou que ia ter um emprego, com escritório, escrivaninha, gavetas particulares só para si. Para você, ainda é uma coisa tão hilariante que não consegue parar de rir. Você é um camundongo ídiche nas mansões dos cristãos. Ao mesmo tempo, é esnobe demais para tomar qualquer um como um exemplo."

"Essas guerras sociais não significam nada para mim, Humboldt. E não vamos esquecer todas as coisas duras que você falou sobre os judeus das grandes universidades americanas. E ainda na semana passada você estava do lado de Tolstói — está na hora de simplesmente nos recusarmos a ficar dentro da história e representarmos a comédia da história, o feio jogo social."

Não adiantava nada discutir. Tolstói? Tolstói foi a conversa da semana anterior. O grande e desordenado rosto inteligente de Humboldt estava branco e quente, com turbulentas emoções ocultas e lampejos de ideias repentinas. Eu tinha pena de nós, de nós dois, de todos nós, organismos tão estranhos debaixo do sol. Mentes grandes em contato estreito demais com almas em expansão. E almas banidas que aspiravam a seu mundo natal. Todos os vivos lamentavam a perda do seu mundo natal.

Afundado na almofada do meu sofá verde, tudo ficou claro para mim. Ah, o que era esta existência! O que era o ser humano!

A piedade dos absurdos de Humboldt me deixava num estado de ânimo cooperativo. "Você ficou acordado a noite inteira pensando", falei.

Humboldt respondeu com uma ênfase fora do comum: "Charlie, você confia em mim ou não?".

"Meu Deus, Humboldt! Por acaso eu confio na corrente do Golfo? Em que é que eu tenho que confiar, afinal?"

"Você sabe como me sinto ligado a você. Entrelaçado. Irmão e irmão."

"Não precisa ficar me enrolando com conversa mole. Desembuche de uma vez, Humboldt, pelo amor de Deus."

Ele fazia a escrivaninha parecer pequena. Tinha sido fabricada para pessoas menores. Seu tronco se alçava muito acima dela. Humboldt parecia um zagueiro de futebol americano de cento e trinta quilos ao lado de um carrinho de bebê. Seus dedos de unhas roídas seguravam os restos em cinzas de um cigarro. "Primeiro vamos conseguir um cargo para mim aqui", disse ele.

"Quer ser professor em Princeton?"

"Uma cátedra em literatura moderna, é o que eu quero. E você vai me ajudar. Assim, quando Sewell voltar, vai descobrir que já estou instalado. E com estabilidade no emprego. O governo americano enviou-o para deslumbrar e oprimir os pobres bugres sírios com Os espólios de Poynton. Pois bem, quando ele concluir um ano tomando porres e balbuciando frases compridas sem fôlego para chegar ao fim, vai voltar e descobrir que os velhos cretinos que não lhe diziam sequer que horas eram fizeram de mim um professor e catedrático. O que acha?"

"Não acho grande coisa. Foi isso que te deixou sem dormir até tarde da noite?"

"Puxe pela imaginação, Charlie. Você está relaxado demais. Capte o insulto. Fique magoado. Ele te contratou como se fosse um lustrador de escarradeiras. Você tem que cortar de si as últimas virtudes da moralidade dos escravos que ainda te amarravam à classe média. Vou introduzir alguma dureza em você, algum ferro."

"Ferro? Este vai ser o seu quinto emprego... o quinto que eu saiba. Suponha que eu fosse duro. Eu ia pedir para você aquilo que é a minha parte. Onde é que eu entro nessa história?"

"Charlie!" Ele tinha intenção de sorrir; não foi um sorriso. "Eu tenho um plano."

"Eu sei. Você é que nem aquele cara, como é que se chama? O tal que não conseguia tomar uma xícara de chá sem elaborar uma estratégia... como Alexander Pope."

Humboldt deu a impressão de receber aquilo como um elogio e riu entre dentes, em silêncio. Depois, disse: "Aqui está o que você vai fazer. Procure o Ricketts e diga: 'Humboldt é uma pessoa muito importante. Poeta, pesquisador, crítico, professor, editor. Tem uma reputação internacional e terá um lugar na história literária dos Estados Unidos'. Tudo isso é verdade, aliás. 'E esta é a sua chance, professor Ricketts, pois por acaso eu sei que o Humboldt está cansado de viver como um boêmio, ao deus-dará. O mundo literário se movimenta depressa. A vanguarda é uma lembrança. Está na hora do Humboldt levar uma vida mais digna e estável. Agora está casado. Sei que admira Princeton, adora estar aqui, e se o senhor lhe oferecesse um cargo ele seguramente daria muita atenção à sua proposta. Posso tentar convencê-lo. Eu detestaria ver o senhor perder esta oportunidade, professor Ricketts. Princeton teve Einstein e Panofsky. Mas no terreno literário e criativo, os senhores são fracos. A tendência futura é ter artistas no campus. Amherst tem o Robert Frost. Não fique para trás. Agarre o Fleisher. Não deixe que vá embora, do contrário o senhor pode acabar com alguém de terceiro escalão.'"

"Não vou mencionar Einstein e Panofsky. Vou começar logo com Moisés e os profetas. Que trama mais descarada! O Ike deve ter inspirado você. É isso que eu chamo de artimanha barata imbuída de elevados princípios morais."

No entanto, ele não riu. Seus olhos estavam vermelhos. Tinha ficado acordado a noite inteira. Primeiro assistiu ao resultado das eleições. Depois ficou vagando pela casa e pelo quintal, dominado pelo desespero, pensando no que ia fazer. Depois planejou seu golpe de Estado. Depois, cheio de inspiração, saiu dirigindo seu Buick, o amortecedor quebrado estrondeava nas alamedas rurais e o carro grande e comprido desembestava perigosamente nas curvas. Sorte das marmotas por já estarem hibernando. Sei quais eram as figuras que povoavam seus pensamentos — Walpole, conde Mosca, Disraeli, Lênin. Enquanto refletia também, com uma sublimidade nada contemporânea, sobre a vida eterna. Ezequiel e Platão não estavam ausentes. O homem era nobre. Ele era todo fogo e chama, e a loucura também o tornava vil e engraçado. Mão pesada, cara abatida de cansaço, ele pegou um frasco de remédio em sua pasta e ingeriu algumas pílulas que depositou na palma da mão. Tranquilizantes, talvez. Ou quem sabe anfetaminas para acelerar. Engoliu a seco. Ele se automedicava. Como Demmie Vonghel. Ela se trancava no banheiro e tomava um monte de pílulas.

"Então você vai falar com o Ricketts", disse-me Humboldt.

"Eu achava que ele era só um testa de ferro."

"É verdade. É só um bobo que contracena com o cômico principal. Mas a velha guarda não pode renegá-lo. Se a gente passar a perna nele, os outros terão de apoiá-lo."

"Mas por que o Ricketts iria dar a menor atenção ao que eu lhe dissesse?"

"Porque, meu amigo, eu espalhei para todo mundo a notícia de que a sua peça vai ser produzida."

"Você fez isso?"

"No ano que vem, na Broadway. Eles te encaram como um dramaturgo de sucesso."

"Mas por que diabos você foi fazer isso? Vou fazer papel de palhaço."

"Não vai não. Nós transformaremos isso em realidade. Pode deixar o assunto por minha conta. Dei para o Ricketts ler o seu último ensaio sobre *Kenyon* e ele acha que você é promissor. E não finja para mim. Eu te conheço. Ama a intriga e a maldade. Neste exato momento, seus dentes estão palpitantes de prazer. Além do mais, não é só uma intriga..."

"O que é? Feitiçaria! *Um maldito sortilégio!*"

"Não é um *sortilégio*. É ajuda mútua."

"Não me venha com esse papo furado."

"Primeiro eu, depois você", disse ele.

Recordo nitidamente que minha voz subiu de tom. Gritei: "O quê?", depois ri e disse: "Você também fará de mim um professor em Princeton? Acha que eu ia aguentar uma vida inteira nessa bebedeira, nesse tédio, nessas conversinhas fiadas e nessa puxação de saco? Agora que você perdeu Washington por causa da derrota clamorosa nas eleições, rapidinho passou a dar corda nessa caixinha de música do mundo acadêmico. Muito obrigado, vou encontrar a desgraça sozinho mesmo, e à minha maneira. Concedo a você dois anos desse privilégio de gói."

Humboldt abanou as mãos para mim. "Não envenene a minha mente. Que língua afiada você tem, Charlie. Não diga essas coisas. Vou ficar esperando que elas aconteçam. Elas vão infectar o meu futuro."

Calei-me um pouco e refleti sobre sua proposta peculiar. Então fitei o próprio Humboldt. Sua mente estava executando algum labor estranho e compenetrado. Pulsava e inflava de maneira estranha, dolorosa. Humboldt tentou rir e assim diluir aquilo por completo em seu riso ofegante. Eu mal conseguia ouvir sua respiração.

"Afinal, você não estaria dizendo nenhuma mentira para o Ricketts", disse Humboldt. "Onde é que eles vão encontrar outra pessoa como eu?"

"Certo, Humboldt. Essa é uma pergunta difícil."

"Bem, eu sou uma das figuras literárias de proa neste país."

"Claro que é, nos seus melhores momentos."

"É preciso fazer alguma coisa por mim. Sobretudo neste momento Ike, enquanto as trevas descem sobre a terra."

"Mas por que isso?"

"Bem, para ser franco, Charlie, estou temporariamente fora de forma. Tenho que voltar à condição em que poderei de novo escrever poesia. Mas onde está o meu equilíbrio? Existem ansiedades demais. Elas me deixam completamente seco. O mundo não para de interferir. Tenho que recuperar o encantamento. Tenho a impressão de que estou morando num subúrbio da realidade e todo dia viajo para o trabalho e depois volto para casa. Isso tem de parar. Tenho que me situar. Estou aqui" (aqui na Terra, ele queria dizer) "para fazer alguma coisa, alguma coisa boa."

"Eu sei, Humboldt. Aqui também não é Princeton tampouco e todo mundo está esperando essa coisa boa."

Seus olhos ficaram ainda mais vermelhos e Humboldt disse: "Sei que você me ama, Charlie".

"É verdade. Mas vamos falar isso só uma vez."

"Tem razão. Mas também sou um irmão para você. A Kathleen também sabe disso. É óbvio o que nós sentimos em relação um ao outro, inclusive a Demmie Vonghel. Me incentive, Charlie. Não se importe se parecer muito ridículo. Me incentive, é importante. Procure o Ricketts e diga que tem um assunto para tratar com ele."

"Está bem, eu vou."

Humboldt pôs as mãos sobre a pequena escrivaninha amarela de Sewell e recostou-se na cadeira, de modo que os rodízios de aço soltaram um ganido medonho. As pontas do seu cabelo estavam desbotadas por causa da fumaça de cigarro. Sua cabeça estava baixa. Humboldt me observou como se ele tivesse acabado de emergir de profundezas abissais.

"Você tem conta em banco, Charlie? Onde guarda o seu dinheiro?"

"Que dinheiro?"

"Você não tem uma conta bancária?"

"No Chase Manhattan. Tenho uns doze paus."

"Meu banco é o Corn Exchange", disse ele. "Agora, onde está o seu talão de cheques?"

"No bolso do meu casaco."

"Vejamos."

Puxei os cheques vazios, verdes e esvoaçantes, com os cantinhos enrugados.

"Agora vejo que o meu saldo é só de oito dólares."

Então Humboldt enfiou a mão em seu paletó xadrez, pegou seu talão de cheques e tirou a tampa de uma das suas muitas canetas. Tinha canetas-tinteiro e esferográficas por todo o corpo, como um bandoleiro com suas cartucheiras.

"O que está fazendo, Humboldt?"

"Vou te dar *carte blanche* para sacar da minha conta. Vou assinar um cheque em branco no seu nome. E você faz um cheque assim também para mim. Sem data, sem quantia. Só: 'Pagar a Von Humboldt Fleisher'. Sente-se, Charlie, e preencha o cheque."

"Mas que história é essa? Não estou gostando disso. Tenho que entender o que está acontecendo."

"Com oito dólares no banco, o que importa para você?"

"A questão não é o dinheiro..."

Ele estava muito agitado e disse: "Exatamente. Não é. Essa é a questão. Se você estiver em apuros, preencha com qualquer quantia de que precisar e saque. O mesmo se aplica a mim. Faremos um juramento de amigos e irmãos para jamais abusar desse direito. Guardar o cheque só para a pior das emergências. Quando falei em ajuda mútua, você não me levou a sério. Pois bem, agora está vendo". Então se recurvou sobre sua escrivaninha, com todo o seu peso, e numa letra miúda preencheu meu nome com força trêmula.

Meu autocontrole não era muito melhor que o dele. Meu braço parecia cheio de nervos e sacudia enquanto eu assinava. Então Humboldt, grande, delicado e manchado, ergueu-se da sua cadeira giratória e me entregou o cheque do banco Corn Exchange. "Não, não enfie no seu bolso apenas", disse ele. "Quero te ver guardar esse cheque muito bem guardado. É perigoso. Quero dizer, é valioso."

Apertamos nossas mãos — as quatro. Humboldt disse: "Isso nos transforma em irmãos de sangue. Ingressamos num pacto. Isto é um pacto".

Um ano depois, tive uma peça de sucesso na Broadway, ele preencheu meu cheque em branco e sacou-o. Disse que eu o traí, que eu, seu irmão de sangue, havia rompido um pacto sagrado, que eu estava conspirando com Kathleen, que eu tinha lançado a polícia atrás dele e que eu o enganei. Eles o amarraram numa camisa de força e o trancaram em Bellevue, e isso também foi considerado culpa minha. Por tal motivo eu tinha de ser castigado. Ele me cobrou uma indenização. Sacou 6763,58 dólares da minha conta no Chase Manhattan.

Quanto ao cheque que ele me dera, guardei numa gaveta embaixo de umas camisas. Em poucas semanas, desapareceu e nunca mais foi visto.

Aqui as meditações começam a ficar ásperas de fato. Por quê? Por causa das invectivas de Humboldt e das suas denúncias, que agora voltam à minha memória, junto com distrações ferozes e aflições contundentes, densas como fogo antiaéreo. Por que eu estava ali deitado? Tinha de me preparar para pegar o avião para Milão. Tinha de ir para a Itália com Renata. Natal em Milão! E eu tinha de comparecer a uma audiência no gabinete do juiz Urbanovich, preparando-me antes com Forrest Tomchek, o advogado que me representava no processo movido por Denise para arrancar até o último centavo que eu tivesse. Também precisava discutir com Murra, o contador, o processo do pessoal da Receita Federal contra mim. Além disso Pierre Thaxter ia chegar da Califórnia para conversar comigo a respeito da revista A *Arca* — na verdade, para mostrar por que ele tivera razão em não pagar aquele empréstimo do qual eu era o fiador — e desnudar sua alma e, ao fazê-lo, desnudar minha alma também, pois quem eu era afinal para ter a alma encoberta? Havia até uma questão relativa à Mercedes, se eu devia vender o carro ou pagar o conserto. Eu estava até disposto a abandoná-lo ao ferro-velho. Quanto a Ronald Cantabile, que se dizia representante do espírito novo, eu sabia que iria receber notícias dele a qualquer momento.

No entanto, fui capaz de me opor a essa irritante avalanche de distrações. Rechacei o impulso de ficar de pé, como se fosse uma tentação maligna. Continuei onde estava, sobre o sofá, afundando nas penas pelas quais os gansos foram massacrados, e me aferrei a Humboldt. Os exercícios para revigorar a vontade que eu vinha fazendo não tinham sido em vão. Como regra, eu tomava as plantas como tema: ou um botão de rosa específico evocado do passado, ou a anatomia das plantas. Arranjei um livro grande de botânica de uma mulher chamada Esau e me afundei na morfologia, nos protoplastos e nas substâncias do ergastoplasma, de modo que meus exercícios pudessem ter um conteúdo real. Eu não queria ser um desses visionários ociosos e fortuitos.

Sewell era antissemita? Absurdo. Convinha a Humboldt inventar essa acusação. Quanto a pactos e irmãos de sangue, isso era um pouco mais autêntico. A fraternidade de sangue dramatizava um desejo real. Mas não era tão autêntico assim. E então tentei recordar nossas infindáveis consultas e deliberações antes de ir falar com Ricketts. Afinal, falei para Humboldt: "Chega. Já sei como vou fazer isso. Nem mais uma palavra". Demmie Vonghel me deu instruções também. Ela achava Humboldt muito engraçado. Na manhã da entrevista, ela cuidou para que eu estivesse vestido de maneira adequada e me levou de táxi até a Penn Station.

Nessa manhã em Chicago descobri que eu conseguia recordar Ricketts sem a mínima dificuldade. Era jovem, mas de cabelo branco. Seu cabelo cortado à escovinha descia um pouco na testa. Era corpulento, forte, de pescoço vermelho, um cara bonito do tipo que carrega armários em mudanças. Anos depois da guerra, continuava a usar a gíria dos pracinhas, um sujeito robusto e encantador. Um pouco duro para galhofas, em seu terno de flanela cinza carvão, ele tentou adotar um jeito ameno comigo. "Ouvi dizer que vocês estão indo muito bem no programa do Sewell, é a fofoca que está rolando."

"Ah, o senhor devia ter ouvido o Humboldt falar sobre *Navegando para Bizâncio*."

"O pessoal comentou comigo. Não pude ir. Administração. Falha minha. Mas e quanto a você, Charlie?"

"Estou adorando cada minuto que passo aqui."

"Excelente. E está tocando adiante o seu próprio trabalho, espero, não é mesmo? O Humboldt me contou que você vai ter uma peça produzida na Broadway no ano que vem."

"Ele é um pouco empolgado."

"Ah, é um grande sujeito. Uma coisa maravilhosa para todos nós. Maravilhosa para mim, o meu primeiro ano como diretor."

"É mesmo, agora?"

"Puxa, sim, é o meu voo de teste como piloto, também. Estou contente de ter vocês dois aqui. Aliás, você me parece muito alegre."

"Em geral, eu sou alegre. As pessoas veem nisso uma falha. Na semana passada, uma senhora bêbada me perguntou qual era o meu problema, afinal. Ela disse que sou do tipo *bem-humorado* compulsivo."

"É mesmo? Acho que nunca ouvi essa expressão."

"Para mim também foi novidade. Depois me disse que eu estava existencialmente fora do compasso. E a última coisa que ela falou foi: 'Parece que você está curtindo a vida adoidado, mas a vida te esmaga como se fosse uma lata de cerveja vazia'."

Debaixo do cabelo cortado à escovinha, os olhos de Ricketts estavam perturbados pela vergonha. Talvez também se sentisse oprimido por meu bom humor. Na realidade, eu estava apenas tentando tornar a entrevista mais fácil. Porém comecei a me dar conta de que Ricketts estava sofrendo. Ele percebia que eu tinha vindo para perpetrar alguma maldade. Pois por que razão eu estava ali, que tipo de reunião era aquela? Era óbvio que eu representava o papel de um emissário de Humboldt. Eu tinha trazido uma mensagem e uma mensagem de Humboldt não podia significar nada senão problemas.

Com pena de Ricketts, dei minha cartada o mais depressa possível. Humboldt e eu éramos camaradas, um grande privilégio para mim poder passar tanto tempo com ele aqui. Ah, Humboldt! Sábio, afetuoso, talentoso Humboldt! Poeta, crítico, pesquisador, professor, editor, original...

Ansioso para me ajudar naquela provação, Ricketts disse: "É simplesmente um homem de gênio".

"Obrigado. É nisso que se resume a questão. Pois bem, aqui está o que quero lhe dizer. O próprio Humboldt não diria isso. É uma ideia exclusivamente minha. Eu estou aqui só de passagem, mas seria um erro não manter o Humboldt aqui. O senhor não deve permitir que ele vá embora."

"É uma ideia a considerar."

"Há coisas que só poetas podem dizer a respeito da poesia."

"Sim, Dryden, Coleridge, Poe. Mas por que o Humboldt iria querer ficar preso a um cargo acadêmico?"

"Não é assim que o Humboldt encara as coisas. Acho que ele necessita de uma comunidade intelectual. Pode imaginar como seria opressiva a grande estrutura social do país para homens inspirados como ele. Para onde se voltar, eis a questão. Agora a tendência nas universidades é adotar poetas e vocês também farão isso, mais cedo ou mais tarde. Aqui está a chance de ficar com o melhor."

Tornando minha meditação o mais detalhada possível, considerando que nenhum fato era pequenino demais para ficar esquecido, pude ver qual era o aspecto de Humboldt, enquanto ele me instruía na melhor maneira de lidar com Ricketts. Com um persuasivo sorriso talhado na madeira da sua cara de pau, o rosto de Humboldt se aproximou tanto do meu rosto que até senti o calor febril em suas bochechas. Humboldt disse: "Você tem talento para esse tipo de missão. Eu sei disso". Será que ele queria dizer que eu era um picareta nato? Humboldt disse: "Um homem como o Ricketts não podia ter grande sucesso num sistema protestante. Não é talhado para representar os papéis principais — presidente de empresa, diretor de conselho administrativo, grandes bancos, Comitê Republicano Nacional, diretor executivo, Comissão de Orçamento, Banco Central dos Estados Unidos. Ser um professor universitário do tipo que ele é significa ser o irmão caçula e mais fraco. Ou talvez até a irmã. Tem alguém que cuida deles. Na certa ele é membro do Century Club. Tudo bem dar aula sobre *A balada do velho marinheiro* para jovens Firestone ou Ford. Humanista, pesquisador, chefe de escoteiros, bonzinho, mas cabeça de bagre".

Talvez Humboldt tivesse razão. Eu podia ver que Ricketts era incapaz de me enfrentar de igual para igual. Seus sinceros olhos castanhos pareciam estar doendo. Esperava que eu terminasse de uma vez com aquilo, terminasse logo a entrevista. Não gostei de deixá-lo encurralado, sem saída, mas atrás de mim eu tinha Humboldt. Porque Humboldt não havia dormido na noite em que Ike foi eleito presidente, porque ele vivia drogado sob o efeito de pílulas e embriagado ou intoxicado com resíduos metabólicos, porque sua psique não se refrescava sonhando, porque ele renunciara a seus dons, porque carecia de força espiritual, ou era frágil demais para encarar o poder antipoético dos Estados Unidos, eu tive de ir lá e atormentar Ricketts. Eu tive pena de Ricketts. E não conseguia enxergar como Princeton podia ser uma coisa tão boa como Humboldt pintava. Entre a ruidosa Newark e a sórdida Trenton, aquilo era uma reserva natural, um zoológico, um spa, com seu próprio trenzinho de criança, seus olmos, suas lindas jaulas verdes. Parecia um lugar que, tempos mais tarde, eu iria visitar como turista — um balneário sérvio chamado Vrnatchka Banja. Mas talvez não pudesse mesmo esperar mais de Princeton. Não era a fábrica ou a loja de departamentos, nem o grande escritório empresarial, ou a grande burocracia do serviço público, não era a rotina do mundo do trabalho. Se a pessoa conseguia evitar aquela rotina do mundo do trabalho, era um intelectual ou um artista. Inquieto demais, turbulento e agitado demais, doido demais para ficar sentado atrás de uma escrivaninha oito horas por dia, era preciso uma instituição — uma instituição superior.

"Uma cátedra de poesia para Humboldt", falei.

"Uma cátedra de poesia! Uma cátedra! Ah! Que grande ideia!", exclamou Ricketts. "Adoraríamos. Falo por todos. Todos nós votaríamos a favor. O único problema é a grana! Quem dera tivéssemos grana suficiente! Charlie, estamos pobres de verdade. Além do mais, esta organização, como qualquer organização, tem o seu planejamento estratégico."

"Planejamento estratégico? Traduza, por favor."

"Uma cátedra como essa teria que ser criada. É uma coisa complicada."

"Como é que se faz para criar uma cátedra?"

"Em regra, é preciso uma dotação de verba especial. Quinze ou vinte mil dólares por ano, durante uns vinte anos, mais ou menos. Meio milhão de dólares, incluindo o fundo de aposentadoria. E a gente simplesmente não tem a verba, Charlie. Meu Deus, como adoraríamos ter o Humboldt. Fico de coração partido, você sabe disso." Agora Ricketts estava esplendidamente alegre. Observadora minuciosa, minha memória trouxe de volta, sem que eu tivesse feito nenhum pedido especial, o friso branco em seu vigoroso cabelo curto, seus olhos castanhos e meio cor de cereja, o frescor do seu rosto, suas bochechas felizes e fartas.

Entendi que o assunto estava encerrado quando apertamos as mãos. Depois de se livrar de nós, Ricketts mostrou-se entusiasticamente simpático. "Quem dera tivéssemos a grana!", ficou repetindo.

E embora Humboldt estivesse febril à minha espera, reivindiquei um momento para mim ao ar livre. Fiquei embaixo de um arco de arenito pardo, sobre uma pedra gasta por pés que ali pisaram, enquanto esquilos mendicantes acudiam a mim de todas as direções, através dos pátios lisos e retangulares, das trilhas adoráveis. Estava frio e enevoado, o sol louro e mortiço de novembro enfaixava os ramos em círculos de luz. O rosto de Demmie Vonghel tinha essa mesma palidez loura. Em seu casaco, com a gola de pelo de marta, com seus sublimes joelhos sensuais que se tocavam, e apoiada na pontinha dos pés como uma princesa, e as narinas dilatadas que se apresentavam de forma tão emocional quanto os olhos, e respirando com uma certa fome, ela me beijara com seu rosto quente e me apertara com a mão envolta numa luva justa, dizendo: "Você será um sucesso, Charlie. Um grande sucesso". Despedimo-nos na Penn Station naquela manhã. O táxi dela estava esperando.

Eu não acreditava que Humboldt fosse ver o resultado com bons olhos.

Mas eu estava espantosamente enganado. Quando apareci na porta, ele despachou seus alunos. Ele os mantinha a todos num estado de exaltação acerca da literatura. Os alunos viviam gravitando em torno de Humboldt, à sua espera no corredor, com seus manuscritos. "Cavalheiros", declarou Humboldt, "aconteceu uma coisa. Os compromissos estão cancelados — adiados por uma hora. Onze agora são doze. Duas e meia são três e meia." Entrei. Ele trancou a porta do escritório quente, enfumaçado, atulhado de livros. "E então?", perguntou.

"Ele não tem dinheiro."

"Ele não disse que não?"

"Você é famoso, ele te adora, te admira, te deseja, mas não pode criar uma cátedra sem a grana."

"E foi isso que ele disse?"

"Exatamente."

"Então acho que estou com ele na palma da mão! Charlie, ele está na palma da minha mão! Conseguimos!"

"Como ele está na palma da sua mão? Como nós conseguimos?"

"Porque... ho! ho! Ele tentou se esquivar atrás do orçamento. Ele não disse: 'Nada feito'. Ou: 'Em outras circunstâncias...'. Ou: 'Ponha-se daqui para fora, já!'." Humboldt estava rindo daquilo, quase em silêncio, com seu riso ofegante. Naquele momento, parecia a Mamãe Ganso. A vaca saltou por cima da lua. O cachorrinho riu ao ver uma coisa tão engraçada. Humboldt disse: "O capitalismo monopolista tratou os homens criativos como ratos. Pois bem, essa fase da história está chegando ao fim...". Não entendi de maneira nenhuma como aquilo era relevante, mesmo que fosse verdade. "Nós vamos subir na vida."

"Então me explique."

"Vou explicar mais tarde. Mas você se saiu esplendidamente." Humboldt começou a fazer as malas, enfiou uma porção de coisas na pasta, como fazia em todos os momentos decisivos. Desatou as fivelas, jogou para trás a aba solta e começou a retirar alguns livros, manuscritos e frascos de pílulas. Fazia estranhos movimentos com os pés, como se seus gatos estivessem enfiando as garras na bainha da sua calça. Encheu de novo a maleta de couro esfolado com outros livros e papéis. Ergueu do cabideiro o chapéu de aba larga. Como o herói de um filme mudo que leva sua invenção para a cidade grande, ele ia partir para Nova York. "Deixe um recado para a garotada. Estarei de volta amanhã", disse.

Levei-o até o trem, mas ele não me revelou mais nada. Mergulhou no antigo vagão Dinkey. Acenou para mim com os dedos, através da janela suja. E partiu.

Eu podia ter voltado com ele para Nova York, porque eu só tinha descido para a entrevista com Ricketts. Mas Humboldt estava na fase maníaca e era melhor deixá-lo sozinho.

Assim, eu, Citrine, confortável, no meio da vida, estirado num sofá, em meias de casimira (pensando em como os pés das pessoas sepultadas murchavam como folhas de tabaco — os pés de Humboldt), reconstituía a maneira como meu corpulento camarada inspirado cumpriu seu declínio e sua queda. Seu talento havia se degradado. E agora eu tinha de pensar no que fazer com o talento hoje em dia, em nossa era. Como evitar a lepra das almas. De certo modo, aquele parecia ser meu papel.

Meditei profundamente. Segui Humboldt em minha mente. Ele estava fumando no trem. Eu o vi passando ligeiro e desvairado pelo colossal salão da Penn Station, com sua abóbada poeirenta de vidro de uma cor só. E depois o vi pegar um táxi — em geral, o metrô daria para o gasto. Mas naquele dia cada movimento era fora do comum, sem precedentes. Aquilo acontecia porque ele não podia contar com a razão. A razão ia e vinha em ciclos mais breves e mais dia, menos dia, ela não voltaria nunca mais. E aí o que Humboldt iria fazer? Se perdesse a razão de uma vez por todas, ele e Kathleen precisariam de um monte de dinheiro. E como ele também me disse, um dia, será que a gente podia ficar gagá numa cátedra vitalícia em Princeton sem ninguém perceber? Ah, pobre Humboldt! Ele podia ter sido... não, ele *foi* tão legal!

Agora ele estava voando alto. Sua ideia de momento era subir direto ao topo. Quando chegou lá, esse espírito assinalado, o topo entendeu o sentido. Humboldt recebeu o interesse e a consideração.

Wilmoore Longstaff, o famoso Longstaff, arquiduque do mais elevado saber nos Estados Unidos, era o homem com quem Humboldt foi falar. Longstaff tinha sido nomeado diretor da nova Fundação Belisha. A Belisha era mais rica que a Rockefeller ou a Carnegie, e Longstaff tinha milhões para gastar em ciência e pesquisa, em artes e em programas sociais. Humboldt já tinha uma sinecura na fundação. Seu bom amigo Hildebrand havia conseguido aquilo para ele. Hildebrand, o editor playboy de vanguarda que publicava poetas, ele mesmo poeta, era o mecenas de Humboldt. Havia descoberto Humboldt no City College de Nova York, admirava sua obra, adorava suas conversas, protegia-o, mantinha-o na folha de pagamentos da Hildebrand & Co. como editor. Isso fazia Humboldt baixar a voz quando o difamava. "Ele rouba dos cegos, Charlie. Quando a Associação dos Cegos manda lápis pelo correio, Hildebrand guarda para si aqueles lápis de caridade. Nunca doa um centavo sequer."

Lembro que falei: "O rico sovina é só um excêntrico comum".

"Sim, mas ele exagera. Tenta jantar em casa. Mata a gente de fome. E por que o Longstaff contratou o Hildebrand por trinta mil dólares para organizar um programa para escritores? Contratou-o por minha causa. Se você é uma fundação, não lida com poetas, procura o homem que é dono de um haras de poetas. Assim eu faço todo o trabalho e ganho só oito mil dólares."

"Oito mil por um trabalho de meio expediente não é mau negócio, é?"

"Charlie, é vulgaridade da sua parte impingir em mim essa imparcialidade. Digo que sou um pobre-diabo e então você insinua que sou um privilegiado, querendo dizer que você é um superpobre-diabo. O Hildebrand obtém o máximo de mim. Ele nunca lê um manuscrito. Está sempre viajando num cruzeiro ou esquiando em Sun Valley. Sem os meus conselhos, ele ia publicar papel higiênico. Eu o salvo de ser um milionário cafona. Só chegou a Gertrude Stein graças a mim. E Elliot também. Graças a mim ele tem alguma coisa a oferecer ao Longstaff. Mas estou absolutamente proibido de falar com o Longstaff."

"Não."

"Sim! Estou te dizendo", disse Humboldt. "O Longstaff tem um elevador privativo. Ninguém dos escalões inferiores vai à cobertura dele. Eu o vejo de longe quando entra e sai, mas tenho instruções para me manter longe dele."

Anos depois, eu, Citrine, sentei-me ao lado de Wilmoore Longstaff naquele helicóptero da guarda costeira. Ele já estava muito velho, na ocasião, acabado, decaído da sua glória. Eu o tinha visto no tempo das vacas gordas, parecia um astro do cinema, parecia um general de cinco estrelas, o Príncipe de Maquiavel, o homem de grande alma de Aristóteles. Longstaff tinha combatido a tecnocracia e a plutocracia com os clássicos. Obrigou algumas das pessoas mais poderosas do país a discutir a respeito de Platão e Hobbes. Fez presidentes de companhias aéreas, presidentes de conselhos administrativos, diretores da Bolsa de Valores representarem *Antígona* em salas de reuniões de negócios. No entanto é verdade que Longstaff era, em muitos aspectos, uma pessoa de primeira classe. Era um destacado educador, até um nobre. Sua vida talvez tivesse sido mais fácil se sua aparência fosse menos impressionante.

De todo modo, Humboldt fez um gesto destemido típico dos filmes antigos, com aqueles personagens dinâmicos e enérgicos. Sem autorização, entrou no elevador privativo de Longstaff e apertou o botão. Materializando-se enorme e delicado na cobertura, deu seu nome à recepcionista. Não, ele não tinha um horário agendado (vi o sol em suas faces, em suas roupas surradas

— o sol brilhava, como brilha através do ar mais puro nos arranha-céus), mas ele *era* Von Humboldt Fleisher. O nome bastava. Longstaff mandou-o entrar. Estava muito contente de ver Humboldt. Isso ele me contou durante o voo, e eu acreditei. Estávamos no helicóptero presos por um cinto em coletes salva-vidas, laranja e inflados, armados com aquelas facas compridas. Para que as facas? Talvez para lutar contra tubarões, se caíssemos na baía. "Eu tinha lido as baladas de Humboldt", contou-me Longstaff. "Eu achava que ele tinha um grande talento." Eu já sabia, é claro, que para Longstaff o *Paraíso perdido* era o último poema de verdade em inglês. Longstaff era um fã da grandiosidade. O que ele queria dizer era que Humboldt, sem dúvida nenhuma, era um poeta e um homem encantador. E isso ele era. No gabinete de Longstaff, Humboldt deve ter se mostrado num êxtase de perversidade e de astúcia, inflado de energia maníaca, com pontinhos brilhando diante dos olhos e máculas do coração. Ele ia persuadir Longstaff, puxar o tapete de Sewell, passar a perna em Ricketts, ferrar com Hildebrand e sacanear o destino. Naquele momento, ele parecia um empregado da desentupidora Roto Rooter que chega para desentulhar os canos de esgoto. No entanto, estava fadado a ter uma cátedra em Princeton. Ike tinha ganho as eleições, Stevenson tinha ido para o buraco, mas Humboldt estava se projetando a coberturas e para além.

Longstaff também estava subindo bem alto. Martirizava seus gestores com Platão, Aristóteles e Tomás de Aquino, ele tinha posto um feitiço em cima deles. E talvez Longstaff tivesse contas antigas a acertar com Princeton, uma casamata fortificada da instituição educacional contra a qual ele apontava seu lança-chamas radical. Eu sabia, pelos *Diários* de Ickes, que Longstaff tinha feito campanha em favor de Frank Delano Roosevelt. Ele queria o lugar de Wallace na chapa eleitoral, e de Truman, mais tarde. Sonhava ser vice-presidente e presidente. Mas Roosevelt deu uma enrolada em Longstaff, deixou-o esperando na ponta dos pés, mas nunca lhe deu um beijo. Esse era bem o jeito de Roosevelt. Nesse aspecto, eu me sentia solidário com Longstaff (um homem ambicioso, um déspota, um tsar no íntimo do meu coração).

Assim, enquanto o helicóptero oscilava para lá e para cá acima de Nova York, eu examinava aquele envelhecido e bonito dr. Longstaff e tentava compreender como Humboldt devia ter parecido aos olhos dele. Em Humboldt, ele talvez tivesse visto os Estados Unidos Caliban, ofegando e latindo, escrevendo odes no papel seboso da peixaria. Pois Longstaff não tinha nenhuma simpatia por literatura. Mas ficara encantado quando Humboldt explicou que queria que a Fundação Belisha financiasse uma cátedra para ele, em Princeton. "É exatamente isso!", disse Longstaff. "Bem na mosca!" Chamou a secretária no interfone e ditou uma carta. Na mesma hora, Wilmoore Longstaff comprometeu a Fundação Belisha a fornecer uma subvenção de vulto. Em breve, Humboldt, vibrando, segurava na mão uma cópia assinada daquela carta, e ele e Longstaff beberam martínis, enquanto contemplavam Manhattan do sexagésimo andar e conversaram sobre a imagística avícula em Dante.

Assim que deixou o gabinete de Longstaff, Humboldt correu para o centro da cidade de táxi a fim de visitar uma certa Ginnie, no Village, uma garota de Bennington a quem Demmie Vonghel e eu o havíamos apresentado. Bateu na porta do apartamento dela e disse: "Sou eu, Von Humboldt Fleisher. Preciso falar com você". Ao entrar no vestíbulo, foi logo se atirando para cima dela. Ginnie contou: "Ele me perseguiu pelo apartamento inteiro e foi uma coisa de louco. Mas eu estava preocupada em não pisar nos cachorrinhos". Sua cadela *dachshund* tinha acabado de parir uma ninhada. Ginnie se trancou no banheiro. Humboldt berrou: "Você não sabe o que está perdendo. Eu sou um poeta. Tenho um pau grande". E Ginnie contou para Demmie: "Eu estava rindo tanto, mas tanto, que nem conseguiria fazer nada mesmo".

Quando indaguei Humboldt acerca desse incidente, ele disse: "Tive a sensação de que precisava celebrar e havia obtido informações de que as garotas de Bennington tinham um fraco por poetas. Foi uma grande pena, aquela Ginnie. É muito bonita, mas é mel guardado na geladeira, se entende o que quero dizer. A doçura fria não se espalha".

"E você foi a outro lugar?"

"Desisti do alívio erótico. Fiquei rodando e visitei uma porção de gente."

"E mostrou a elas a carta do Longstaff."

"É claro."

Em todo caso, o plano deu certo. Princeton não poderia recusar a doação da Belisha. Ricketts foi vencido em sua estratégia. Humboldt foi nomeado. O *Times* e o *Herald Tribune* publicaram a notícia. Durante dois ou três meses, as coisas correram suaves que nem veludo e casimira. Os novos colegas de Humboldt ofereceram coquetéis e festas para ele. Em sua felicidade, Humboldt também não esqueceu que nós éramos irmãos de sangue. Quase todo dia, ele repetia: "Charlie, hoje tive uma ideia genial para você. Para o protagonista da sua peça, o personagem que dá título à peça... O Victor McLaglen é um fascista, é claro. Não pode ser ele. Mas... Vou entrar em contato com o Orson Welles para você...".

Mas então, em fevereiro, os curadores de Longstaff se rebelaram. Já estavam fartos, suponho, e se mobilizaram em defesa da honra do capital monopolista americano. O orçamento proposto por Longstaff foi recusado e ele foi obrigado a renunciar. Não foi demitido de mãos vazias, longe disso. Ganhou algum dinheiro, mais ou menos vinte milhões, para começar uma pequena fundação própria. Mas na verdade ele foi posto no olho da rua. A verba para a cátedra de Humboldt era um item minúsculo naquele orçamento recusado. Quando Longstaff caiu, Humboldt caiu junto. "Charlie", disse Humboldt quando, afinal, sentiu-se capaz de falar sobre o assunto, "foi igual à experiência do meu pai quando foi varrido do boom da Flórida. Mais um ano e teríamos conseguido. Perguntei a mim mesmo, fiquei pensando se, quando mandou a carta, o Longstaff já sabia que estava a caminho do olho da rua..."

"Não posso acreditar nisso", respondi. "O Longstaff é certamente astuto, mas não é perverso."

O pessoal de Princeton se comportou bem e se propôs a fazer um gesto de cavalheirismo. Ricketts disse: "Agora você é um de nós, Hum, sabia? Não se preocupe, de algum jeito vamos conseguir a grana para a sua cátedra". Mas Humboldt resignou-se. Então, em março, numa estrada vicinal em Nova Jersey, ele tentou atropelar Kathleen no Buick. Ela pulou para dentro de uma vala e salvou-se.

Neste momento devo dizer, quase em forma de depoimento, sem discussão, que não acredito que meu nascimento deu início à minha primeira forma de existência. Nem o de Humboldt. Nem o de ninguém. Por razões estéticas, quando não por outras, não posso aceitar a visão da morte adotada pela maioria de nós, e adotada por mim durante a maior parte da minha vida — por razões estéticas, portanto, sou obrigado a negar que uma coisa tão extraordinária como uma alma humana possa ser varrida do mundo para sempre. Não, os mortos estão conosco, banidos em virtude da nossa negação metafísica da sua presença. Quando nos deitamos toda noite em nossos hemisférios adormecidos aos bilhões, nossos mortos se aproximam de nós. Nossas ideias devem ser o alimento deles. Nós somos seus campos de cereais. Mas estamos estéreis e os deixamos à míngua. Mas não se deixem enganar, somos observados pelos mortos, vigiados nesta terra, que é nossa escola de liberdade. No reino vindouro, onde as coisas são mais claras, a claridade consome a liberdade. Somos livres na terra por causa da nebulosidade, por causa do erro, por causa da limitação maravilhosa e, na mesma medida, por causa da beleza e da cegueira do mal. Isso anda sempre junto com a bênção da liberdade. Mas isso é tudo o que tenho a dizer sobre o assunto, por ora, porque estou com pressa, sob pressão — quanta coisa inacabada!

Enquanto eu estava meditando sobre Humboldt, a campainha da saleta de entrada disparou. Eu tenho uma saletinha escura onde aperto um botão e recebo, de baixo, gritos abafados no interfone. Era Roland Stiles, o porteiro. Meus caminhos, as disposições da minha vida, distraíam Stiles um bocado. Era um velho negro espirituoso e magrelo. Por assim dizer, estava nas semifinais da vida. Em sua opinião, eu também estava. Mas parece que eu não encarava a situação dessa maneira, por alguma estranha razão de homem branco, e eu continuava a tocar o barco como se ainda não estivesse na hora de pensar na morte. "Ponha o seu telefone no gancho, seu Citrine. Está entendendo? A sua senhora número um está tentando falar com você." Ontem, meu carro foi devastado. Hoje, minha linda amante não pôde entrar em contato comigo. Para ele, eu era tão bom quanto um circo. De noite, a esposa de Stile preferia ouvir as histórias da minha vida a ver televisão. Ele mesmo me contou isso.

Disquei o número de Renata e disse: "O que é?".

"O que é! Pelo amor de Deus! Já telefonei dez vezes para você. Tem que se encontrar com o juiz Urbanovich à uma e meia. O seu advogado está louco atrás de você, também. E ele acabou telefonando para o Szathmar, que telefonou para mim."

"Uma e meia! Então mudaram meu horário sem eu saber! Durante meses eles me ignoram e aí, sem mais nem menos, me avisam com duas horas de antecedência, os desgraçados!" Meu espírito começou a dar pulos. "Que inferno, como odeio essa gente, esses artistas excêntricos."

"Talvez você consiga dar cabo de todo esse assunto de uma vez. Hoje."

"Como? Já concordei com eles cinco vezes. Toda vez que concordo, a Denise e o seu parceiro aumentam as exigências."

"Daqui a uns poucos dias, graças a Deus, vou te tirar daqui. Você está fazendo corpo mole porque não quer ir, Charlie, mas acredite em mim, você ainda vai me agradecer muito quando estivermos na Europa de novo."

"Forrest Tomchek nem teve tempo de discutir o assunto comigo. Um advogado que o Szathmar recomendou."

"Escute, Charlie, como é que você vai ao centro da cidade sem o seu carro? Estou admirada da Denise não ter tentado te pedir carona para ir ao tribunal."

"Vou pegar um táxi."

"Tenho que levar a Fannie Sunderland ao Mart, de todo modo, para ela olhar pela décima vez um tecido para o estofamento da porcaria de um sofá." Renata riu, mas era de uma paciência incomum com seus clientes. "Tenho que cuidar disso, antes de partirmos para a Europa. Vamos passar e te pegar à uma hora em ponto. Esteja pronto, Charlie."

Muito tempo atrás, li um livro intitulado *Ils ne m'auront pas* (Eles não vão me pegar) e em certos momentos eu dizia baixinho: *"Ils ne m'auront pas"*. Assim fiz naquele momento, decidido a pôr fim em meu exercício de contemplação ou de recordação do espírito (cujo propósito era penetrar nas profundezas da alma e reconhecer a ligação entre o eu e os poderes divinos). Deitei-me de novo no sofá. Deitar-se não era um gesto de liberdade insignificante. Estou sendo apenas factual em relação a isso. Eram onze e quinze e se eu me concedesse cinco minutos para um copo de iogurte puro e cinco minutos para fazer a barba, poderia continuar a pensar a respeito de Humboldt durante duas horas. Era a hora certa de fazer isso.

Pois bem, Humboldt tentou atropelar Kathleen no volante do seu carro. Estavam indo juntos para casa, no carro, depois de uma festa em Princeton, e ele estava dando murros na mulher com a mão direita, enquanto dirigia com a esquerda. Num sinal de trânsito, perto de uma loja de bebidas, ela abriu a porta e correu para lá, com os pés calçados só em meias — tinha perdido os sapatos em Princeton. Humboldt partiu atrás dela no Buick. Ela pulou para dentro de uma vala e o carro bateu de frente numa árvore. Os guardas tiveram de vir soltar Humboldt, porque as portas tinham emperrado com a batida.

De todo modo, os curadores haviam se rebelado contra Longstaff e a cátedra de poesia foi desintegrada. Mais tarde, Kathleen me contou que, naquele dia, Humboldt escondeu dela o fato. Ele desligou o telefone e, com os pés arrastando no chão e com sua barriga de lutador de sumô, entrou na cozinha e serviu-se de um vidro de geleia cheio de gim. Parado junto à pia suja, de tênis, bebeu tudo como se fosse leite.

"O que foi esse telefonema?", perguntou Kathleen.

"Foi o Ricketts."

"E o que ele queria?"

"Nada. Só rotina", respondeu Humboldt.

"Ele ficou com uma cor esquisita embaixo dos olhos depois que bebeu aquele gim todo", contou-me Kathleen. "Uma espécie de roxo claro e esverdeado. A gente às vezes vê esse tom de roxo no coração da alcachofra."

Um pouco mais tarde, na mesma manhã, parece que ele teve outra conversa com Ricketts. Foi quando Ricketts lhe disse que Princeton não ia desistir. Eles iriam arranjar o dinheiro. Mas aquilo deixava Ricketts numa posição moralmente superior. Um poeta não podia deixar que um burocrata o ultrapassasse. Humboldt trancou-se em seu escritório com uma garrafa de gim e, durante o dia inteiro, escreveu rascunhos de uma carta de demissão.

Mas naquela manhã, na estrada, a caminho de uma festa na casa de Littlewood, Humboldt começou a atazanar Kathleen. Por que ela deixou que o pai a vendesse para Rockefeller? Sim, o velhote queria se fazer passar por um sujeito simpático, um boêmio da velha Paris, membro da galera de Closerie des Lilas, mas era um criminoso internacional, um dr. Moriarty, um Lúcifer, um cafetão, e será que não tentou ter relações sexuais com a própria filha? Bem, e que tal foram as coisas com Rockefeller? O pênis de Rockefeller não a deixou mais excitada? Os bilhões não entraram na conta? Será que Rockefeller tinha de tomar a esposa de um poeta para conseguir ter uma ereção? E assim os dois seguiram no Buick, que derrapava na pista de saibro e disparava através das nuvens de poeira. Humboldt começou a gritar que a encenação de Kathleen de mulher calma e amorosa não o enganava nem um pouco. Ele sabia tudo sobre esse tipo de coisa. Do ponto de vista livresco, ele de fato conhecia aquilo muito bem. Conhecia os ciúmes do rei Leontes no *Conto de inverno*. Mario Praz, ele conhecia. E Proust — ratos engaiolados torturados até a morte, Charlus açoitado por um zelador assassino, um brutamontes de matadouro com um flagelo munido de pregos nas pontas. "Eu conheço todo esse lixo de luxúria", disse ele. "E sei que esse jogo tem que ser praticado com a cara mais calma do mundo, feito a sua. Eu conheço muito bem toda essa história do masoquismo feminino. Compreendo as suas emoções e sei que você está só me usando!"

    Assim chegaram à casa de Littlewood, e Demmie e eu estávamos lá. Kathleen estava branca. Seu rosto parecia densamente coberto de pó de arroz. Humboldt entrou em silêncio. Não estava falando. Na verdade, aquela era sua última noite como professor de poesia da Fundação Belisha em Princeton. No dia seguinte, a notícia iria se espalhar. Talvez já tivesse se espalhado. Ricketts se comportava de maneira digna, mas talvez não tivesse conseguido resistir à tentação de contar logo a novidade para todo mundo. Porém Littlewood parecia não saber de nada. Estava empenhado com afinco em tornar sua festa um sucesso. Suas bochechas estavam vermelhas e radiantes. Parecia o sr. Tomate com uma cartola na cabeça, no anúncio de suco de tomate. Tinha o cabelo ondulado e maneiras finas e experientes. Quando segurava a mão de uma senhora, as pessoas se perguntavam o que iria fazer com a mão dela. Littlewood era um mau menino da classe mais alta, um assanhado filho de ministro. Conhecia Londres e Roma. Conhecia especialmente o famoso bar de Shepheard no Cairo e lá havia adquirido sua gíria do Exército inglês. Tinha afetuosos e simpáticos intervalos entre os dentes. Adorava sorrir e, em todas as festas, fazia imitações de Rudy Vallee. A fim de alegrar Humboldt e Kathleen, eu o convenci a cantar "Sou só um amante vagabundo". Não deu muito certo.

    Eu estava presente na cozinha na hora em que Kathleen cometeu um grave erro. Segurando sua bebida e um cigarro apagado, ela enfiou a outra mão no bolso de um homem para pegar um fósforo. Não era nenhum estranho, nós o conhecíamos muito bem, seu nome era Eubanks e era um compositor negro. Sua esposa estava do lado dele. Kathleen começava a recuperar seu humor e estava também ligeiramente alta. Mas na hora em que estava tirando os fósforos do bolso de Eubanks, Humboldt entrou. Vi que ele estava entrando. Primeiro, parou de respirar. Depois agarrou Kathleen com uma violência espetacular. Torceu o braço da mulher por trás das costas e empurrou-a às pressas para fora da cozinha, para o quintal. Coisas desse tipo não eram raras numa festa na casa de Littlewood, e os outros resolveram não dar atenção, mas Demmie e eu corremos para a janela. Humboldt esmurrou Kathleen na barriga, o que a fez dobrar o corpo. Depois a puxou pelos cabelos para dentro do Buick. Como havia um carro atrás dele, Humboldt não podia dar marcha a ré. Então dirigiu o carro por cima do gramado mesmo e pela calçada, arrancando o amortecedor de uma vez ao bater no meio-fio. Vi o amortecedor caído ali na manhã seguinte, como a carapaça de um superinseto, cheio de flocos de ferrugem e com um tubo apontando para fora. Achei também os sapatos de Kathleen com os saltos enterrados na neve. Havia neblina, gelo, frio sujo, os arbustos vitrificados, os ramos dos olmos pálidos, a neve de março bordada de fuligem.

E agora recordei que o resto da noite tinha sido uma dor de cabeça, porque Demmie e eu tínhamos sido convidados para passar a noite na casa e, quando a festa terminou, Littlewood me levou para um canto e me propôs, de homem para homem, fazer uma troca de esposas. "Uma transação com esposas como fazem os esquimós. Que tal uma farra?", disse ele. "Uma gandaia."

"Não, obrigado, não está tão frio assim para esse negócio de esquimó."

"Você está recusando por si mesmo? Não vai nem perguntar para a Demmie?"

"Ela sairia daqui voando, depois de me dar um tapa. Talvez você queira tentar falar com ela. Nem imagina a força dos socos que ela dá. Parece uma garota fina, chique, elegante, mas na verdade é uma caipira honesta."

Eu tinha meus próprios motivos para lhe dar uma resposta branda. Tínhamos sido convidados a passar a noite ali. Eu não queria voltar para casa às duas da manhã e ficar no saguão da estação Pensilvânia. Tendo o direito às minhas oito horas de alheamento e decidido a desfrutá-las, fui para a cama no gabinete enfumaçado através do qual a festa, horas antes, havia rodado num torvelinho. Mas agora Demmie tinha vestido sua camisola e era uma pessoa transformada. Uma hora antes, num vestido preto de chiffon, o cabelo dourado e escovado, comprido e preso com um adorno, ela era uma jovem senhora de muitas boas maneiras. Humboldt, quando se encontrava num estado de equilíbrio, adorava citar as categorias sociais americanas importantes, e Demmie pertencia a todas elas. "Ela é pura descendente do Tronco Protestante Principal, Escolas de Quaker, Bryn Mawr. De primeira classe", dizia Humboldt. Ela havia batido papo com Littlewood, cujo assunto era Plauto, tradução do latim e o Novo Testamento em grego. Eu amava tanto a filha de fazendeiro que habitava Demmie quanto a garota de sociedade. Agora estava sentada na cama. Os dedos dos pés estavam deformados por causa dos sapatos baratos. Suas grandes clavículas formavam espaços ocos. Quando meninas, ela e a irmã, de constituição semelhante, enchiam aquele vão nas clavículas com água e apostavam corrida.

Qualquer coisa para adiar o sono. Demmie tomava pílulas, mas morria de medo de dormir. Disse que tinha uma pontinha de unha solta e sentou-se na cama e começou a lixar, a lixa comprida e flexível ziguezagueava. Subitamente animada, ela olhou para mim de pernas cruzadas, com os joelhos redondos e uma parte da coxa à mostra. Nessa posição, Demmie exalava o odor feminino salgado, o pano de fundo bacteriano do amor profundo. Disse: "Kathleen não devia ter enfiado a mão no bolso do Eubanks para pegar fósforos. Tomara que o Humboldt não a machuque, mas ela não devia ter feito aquilo."

"Mas o Eubanks é um velho amigo."

"Velho amigo do Humboldt? Ele o conhece há muito tempo… tem uma diferença. Se uma mulher mete a mão no bolso de um homem, isso não é uma bobagem qualquer. E a gente viu que a Kathleen fez isso… Não condeno o Humboldt completamente."

Muitas vezes, Demmie era assim. Quando eu já estava prestes a fechar os olhos para dormir, já farto da minha consciência e do meu eu operante, Demmie quis falar. Naquela hora, ela preferia temas empolgantes — doenças, assassinato, suicídio, castigo eterno e fogo do inferno. Entrava num estado diferente. Seu cabelo se arrepiou, os olhos ficaram fundos de pânico e os deformados dedos dos pés se torceram em todas as direções. Então ela fechou as mãos compridas em cima dos peitos miúdos. Com tremores de bebê no lábio, às vezes ela afundava num estado pré-verbal de bebê. Àquela altura eram três horas da manhã e achei ter ouvido os depravados Littlewood transando acima da gente, no quarto principal, talvez para nos dar uma ideia do que estávamos perdendo. Provavelmente era só minha imaginação.

De todo modo, eu me levantei e tirei a lixa de unha das mãos de Demmie. Abracei-a. Sua boca estava ingenuamente aberta quando entregou a lixa de unha. Eu a fiz deitar-se, mas ela estava perturbada. Pude perceber isso. Quando pousou a cabeça sobre o travesseiro, de perfil, um olho grande e adorável me fitava com ar infantil. "Agora durma", falei. Ela fechou o olho que me fitava. Seu sono foi instantâneo e pareceu profundo.

Mas em poucos minutos ouvi o que eu já esperava ouvir — sua voz da noite. Era rouca e grave, quase masculina. Ela gemia. Falava palavras quebradas. Fazia aquilo quase todas as noites. A voz exprimia seu terror deste lugar estranho, a terra, e deste estado estranho, a existência. Esforçando-se e gemendo, ela tentava sair daquilo. Era a Demmie primordial, por baixo da filha do fazendeiro, por baixo da professora, por baixo da elegante equitadora de família protestante tradicional, latinista, exímia bebedora de coquetéis em roupas de chiffon preto, de nariz arrebitado, experiente nas conversas chiques. Pensativo, ouvi aquilo. Deixei-a falar por um tempo, tentando entender. Tinha pena dela e a amava. Mas então pus um fim naquilo. Beijei-a. Ela sabia quem era. Apertou os dedos dos pés em minhas canelas e abraçou-me com braços de mulher forte. Gritou "Amo você", com a mesma voz grave, mas os olhos continuavam fechados, cegos. Acho que na verdade, até o fim, ela não acordou.

Em maio, quando o período letivo em Princeton terminou, Humboldt e eu nos encontramos pela última vez como irmãos de sangue.

Tão profundamente quanto a enorme calota azul de dezembro que, atrás de mim, entrava pela janela com distorções térmicas causadas pelo sol, eu estava deitado em meu sofá de Chicago e revia tudo o que tinha acontecido. O coração da gente se magoa com esse tipo de coisa. A gente pensa assim: Como é triste, todo esse absurdo humano que encobre de nós a grande verdade. Mas talvez eu consiga ultrapassar tudo isso de uma vez por todas fazendo aquilo que estou fazendo agora.

Muito bem, Broadway era um fato, então. Eu tinha um produtor, um diretor e um agente. Eu era parte do mundo do teatro, aos olhos de Humboldt. Havia atrizes que diziam "querido" e me beijavam quando me encontravam. Houve uma caricatura de mim feita por Hirschfield no *Times*. Boa parte do crédito de tudo aquilo era de Humboldt. Ao me levar para Princeton, ele me pusera entre os grandes. Por meio dele, conheci pessoas úteis nas principais universidades do país. Além disso, ele percebeu que eu havia criado Von Trenck, meu herói prussiano, inspirado nele. "Mas, cuidado, Charlie", disse Humboldt. "Não se deixe levar pelo glamour da Broadway e pelas bobagens comerciais."

Humboldt e Kathleen me tomaram de assalto no Buick consertado. Eu estava num sítio no litoral de Connecticut, queimando as pestanas por causa de Lampton, o diretor, fazendo revisões sob sua orientação — a bem dizer, escrevendo a peça que ele queria ver escrita, pois tudo redundava nisso. Demmie ficava comigo todos os finais de semana, mas os Fleisher chegaram numa quarta-feira, quando eu estava sozinho. Humboldt tinha acabado de dar uma palestra em Yale e eles estavam voltando para casa. Estávamos sentados na pequena cozinha de pedra, reunidos para tomar café e gim. Humboldt estava sendo "bom", sério, elevado. Andara lendo *De Anima* e estava cheio de ideias sobre as origens do pensamento. Percebi, no entanto, que não perdia Kathleen de vista. Ela era obrigada a lhe dizer aonde ia. "Vou só ali pegar o meu cardigã." Até para ir ao banheiro, precisava de permissão. Parecia também que ele tinha dado um soco no olho da esposa. Ela ficava calada e murcha na cadeira, os braços cruzados e as pernas compridas também cruzadas, mas tinha o olho roxo. Por fim, o próprio Humboldt falou sobre o assunto. "Dessa vez não fui eu", disse ele. "Você nem vai acreditar, Charlie, mas ela bateu com a cara no painel do carro quando dei uma freada brusca. Um palerma num caminhão saiu de uma estrada vicinal a toda a velocidade e tive que pisar fundo no freio."

Talvez ele não tivesse esmurrado a mulher, mas o fato é que a vigiava o tempo todo; ele a vigiava como um delegado que acompanha um prisioneiro transferido de uma cadeia para outra. Enquanto fazia sua preleção sobre *De Anima*, movia a cadeira toda hora, a fim de ter certeza de que nós não trocávamos sinais com os olhos. E se empenhava nisso a tal ponto que éramos obrigados a tentar passar a perna nele. E conseguíamos. Afinal, demos um jeito de trocar algumas palavras perto do varal no jardim. Kathleen havia lavado as meias e levou-as para o sol a fim de pendurá-las para secar. Na certa, Humboldt estava satisfazendo a uma necessidade natural.

"Ele deu um soco em você?"

"Não, bati com a cara no painel do carro. Mas está tudo um inferno, Charlie. Pior que nunca."

O cordão do varal era velho e estava cinzento escuro. Tinha rompido sua camada externa e estava soltando o miolo branco.

"Ele diz que ando transando com um crítico, um cara jovem, sem importância, totalmente inocente, chamado Magnasco. Muito simpático, mas, meu Deus! E já estou farta de ser tratada como uma ninfomaníaca e ouvir

Humboldt dizer que fico transando na saída de incêndio ou de pé nos cantos, em vestiários, sempre que tenho uma chance. E em Yale ele me obrigou a ficar sentada no palco durante a palestra. Depois me criticou porque mostrei as pernas. Em todo posto de gasolina, ele entra à força no banheiro feminino junto comigo. Não posso voltar com ele para Nova Jersey."

"O que vai fazer?", perguntou ansioso o preocupado Citrine, com o coração na mão.

"Amanhã, quando chegarmos a Nova York, vou me perder. Eu amo o Humboldt, mas não consigo mais suportar. Estou dizendo isso para te preparar, porque vocês dois se amam e você terá de ajudá-lo. Ele tem algum dinheiro. O Hildebrand o demitiu. Mas ele conseguiu uma bolsa da Guggenheim, você sabe."

"Eu nem sabia que ele havia se candidatado a uma bolsa."

"Ah, ele se candidata a tudo o que aparece... Agora está nos vigiando da cozinha."

E, de fato, lá estava Humboldt nos observando de olhos arregalados por trás da rede acobreada da tela da porta da cozinha, como se fosse uma estranha armadilha de pescador.

"Boa sorte."

Enquanto ela voltava para dentro da casa, suas pernas recebiam as batidas sôfregas do capim de maio. Através das listras de sombras formadas pelos arbustos e pelo sol do campo, o gato andava devagar. O cordão do varal renunciava ao miolo da sua alma e as meias de Kathleen, penduradas na ponta, agora continham uma sugestão de luxúria. Tal era o efeito de Humboldt. Ele veio direto falar comigo, no varal, e me ordenou contar-lhe o que Kathleen e eu estávamos conversando.

"Ah, deixe disso, Humboldt, está bem? Não me obrigue a entrar nesse superdrama neurótico." Fiquei apavorado com o que antevi. Queria que fossem embora — que se enfiassem em seu Buick (mais que nunca, um carro de serviço da funerária Flanders Field) e fossem embora, deixando-me em paz com meus problemas de Trenck, a tirania de Lampton e o puro litoral do oceano Atlântico.

Mas eles ficaram. Humboldt não dormiu. Os degraus de madeira da escada de serviço rangeram a noite toda sob seu peso. A torneira abria e a porta da geladeira batia. Quando entrei na cozinha de manhã, vi que a garrafa de gim Beefeater, o presente que me trouxeram, estava vazia em cima da mesa. Os chumaços de algodão dos seus frascos de pílulas estavam espalhados por todo lado, como excrementos de coelho.

Então Kathleen desapareceu no Restaurante Rocco, na Thompson Street, e Humboldt ficou doido. Disse que ela fugiu com Magnasco, que Magnasco a mantinha escondida dentro do quarto no Hotel Earle. De algum jeito, Humboldt conseguiu uma pistola e martelou a porta de Magnasco com a coronha da arma até romper a madeira. Magnasco chamou a recepção do hotel e a recepção chamou a polícia, e Humboldt foi embora. Mas no dia seguinte ele pulou na frente de Magnasco na Sexta Avenida, na frente do Hotel Howard Johnson. Um grupo de lésbicas vestidas como estivadores salvou o jovem rapaz. Elas estavam tomando sorvete, vieram para a calçada e apartaram a briga, segurando e torcendo os braços de Humboldt pelas costas. Era uma tarde radiosa e as mulheres prisioneiras no centro de detenção na Greenwich Avenue berravam nas janelas abertas, jogavam no ar rolos de papel higiênico como se fossem serpentinas.

Humboldt telefonou para mim, no campo, e disse: "Charlie, onde está a Kathleen?".

"Não sei."

"Charlie, acho que você sabe. Vi vocês dois conversando."

"Mas ela não me contou."

Ele desligou. Depois Magnasco ligou. Disse: "Sr. Citrine? O seu amigo vai acabar me machucando. Vou ter que dar parte na polícia e pedir a prisão dele".

"É tão grave assim?"

"O senhor sabe como é, as pessoas acabam indo além do que pretendem, e aí o que vai ser da gente? Quero dizer, o que vai ser de mim? Estou telefonando porque ele me ameaça no seu nome. Diz que o senhor vai me pegar, se ele não conseguir... é o seu irmão de sangue."

"Não vou tocar um dedo em você", respondi. "Por que não deixa a cidade por um tempinho?"

"Sair da cidade?", exclamou Magnasco. "Mas acabei de chegar aqui. Vim de Yale para cá."

Eu compreendi. Ele estava querendo fazer carreira em Nova York. Direto de Yale.

"A *Trib* está fazendo uma experiência comigo, como resenhador de livros."

"Sei como é. Uma peça minha vai estrear na Broadway. A minha primeira vez."

Quando me encontrei com Magnasco, vi que tinha excesso de peso, cara redonda, jovem só nos anos do calendário, sóbrio, imperturbável, nascido para alcançar sucesso no mundo cultural de Nova York. "Não vou ser expulso a tapas da cidade", disse ele. "Vou obrigá-lo a pagar uma fiança na justiça a fim de garantir que não vai me fazer nenhum mal."

"Bem, e para isso precisa da minha autorização?", perguntei.

"Fazer isso com um poeta não me tornará uma pessoa exatamente popular em Nova York."

Depois falei para Demmie: "O Magnasco está com medo de ficar mal com o mundo da cultura de Nova York se chamar a polícia."

Demmie, que gemia de noite, tinha medo do inferno e um vício em pílulas, era também uma pessoa extremamente prática, uma supervisora e planejadora de gênio. Quando se encontrava num estado de ânimo ativo, protegendo-me e me governando de forma tirânica, eu imaginava que generalíssimo de bonecas ela devia ter sido quando criança. "E quando alguma coisa envolve você", dizia ela, "sou uma verdadeira mãe tigre e uma autêntica Fúria. Faz mais ou menos um mês que você viu o Humboldt pela última vez, não é? Ele está se mantendo afastado. Isso significa que está começando a pensar mal de você. Coitado do Humboldt, ficou doido, não é? Temos de ajudá-lo. Se ficar atacando o pobre do Magnasco, vai acabar trancafiado numa prisão. Se a polícia trancá-lo no hospício de Bellevue, o que você terá que fazer é se preparar para pagar a sua fiança. Ele vai ter que ficar sóbrio, calmo e esfriar os ânimos. O melhor lugar para isso é Payne Whitney. Escute, Charlie, o primo de Ginnie, Albert, é o médico que seleciona os pacientes no Hospital Payne Whitney. Bellevue é um inferno. A gente precisa levantar o dinheiro necessário para transferi-lo para o Payne Whitney. Talvez a gente arranje para ele algum tipo de subvenção."

Demmie foi falar com o tal Albert, primo de Ginnie, e em meu nome telefonou para pessoas e angariou dinheiro para Humboldt, cuidando de tudo, porque eu andava muito ocupado com *Von Trenck*. Tínhamos voltado de Connecticut e íamos começar os ensaios no Teatro Belasco. A eficiente

Demmie logo conseguiu levantar cerca de três mil dólares. Só Hildebrand contribuiu com dois mil, mas continuava magoado com Humboldt. Determinou que o dinheiro tinha de ser usado somente para tratamento psiquiátrico e necessidades básicas. Um advogado da Quinta Avenida, Simkin, mantinha aquele fundo sob caução. Hildebrand sabia, àquela altura todos nós sabíamos, que Humboldt havia contratado um detetive particular, um homem chamado Scaccia, e que Scaccia já havia embolsado a maior parte dos subsídios fornecidos a ele pela Fundação Guggenheim. A própria Kathleen tinha feito uma coisa que não era característica sua. Ao partir de Nova York, na mesma hora seguiu para Nevada para dar entrada num pedido de divórcio. Mas Scaccia continuava dizendo a Humboldt que ela ainda estava em Nova York e fazendo coisas lascivas. Humboldt elaborou um novo escândalo proustiano e sensacional envolvendo, dessa vez, atividades ilegais com sexo e drogas de um grupo de corretores da Bolsa de Nova York. Se conseguisse apanhar Kathleen num flagrante de adultério, ele ficaria com a "propriedade", o chalé em Nova Jersey, no valor de mais ou menos oito mil dólares, com uma hipoteca de cinco, como me contou Orlando Huggins — Orlando era um desses boêmios radicais que entendiam de dinheiro. Na Nova York de vanguarda, todo mundo entendia de dinheiro.

O verão passava depressa. Em agosto começaram os ensaios. As noites eram quentes, tensas e cansativas. Toda manhã eu já acordava esgotado e Demmie me servia algumas xícaras de café e, na mesa do desjejum, também me dava uma boa dose de conselhos sobre o teatro, sobre Humboldt, sobre a maneira de proceder na vida em geral. O cachorrinho terrier, Cato, mendigava migalhas de pão e estalava os dentes, enquanto dançava de marcha a ré, de pé nas patinhas traseiras. Eu pensava que eu também preferia dormir o dia inteiro na almofadinha dele, perto da janela, perto das begônias de Demmie, a ficar sentado na imundície de relíquia do Teatro Belasco e escutar as falas de atores medonhos. Comecei a sentir ódio do teatro, dos sentimentos perversamente distendidos pelo histrionismo teatral, todos os velhos gestos, arrebatamentos, lágrimas e súplicas. Além disso, *Von Trenck* não era mais minha peça. Pertencia ao esbugalhado Harold Lampton, para o qual eu, obediente, escrevia diálogos novos nos camarins. Seus atores eram um bando de tapados. Todo o talento em Nova York parecia estar no melodrama encenado pelo febril e delirante Humboldt. Camaradas e admiradores eram sua plateia na

Casa Branca ou na Hudson Street. Lá, ele dava palestras e erguia seu chamado. Também consultava advogados, além de ter sessões com um ou dois psiquiatras.

Demmie, parecia-me, conseguia compreender Humboldt melhor que eu, porque ela também engolia pílulas misteriosas. (Além de outras afinidades.) Criança obesa, ela chegara a pesar cento e vinte quilos aos catorze anos. Mostrou-me fotografias nas quais eu mal conseguia acreditar. Deram-lhe injeções de hormônio e pílulas, e ela começou a emagrecer. A julgar pela protuberância exoftálmica, deve ter sido tiroxina que injetaram em Demmie. Ela achava que seus lindos seios foram desfigurados em virtude da rápida perda de peso. As insignificantes rugas que havia neles causavam grande sofrimento em Demmie. Às vezes, ela gritava: "Machucaram meus peitinhos com aqueles malditos remédios". Embrulhos em papel pardo continuavam a chegar da farmácia Mount Coptic. "Mesmo assim sou uma mulher atraente." E era de fato. Seu cabelo liso e ruivo, sem dúvida, lhe dava um brilho. Às vezes ela o usava penteado para o lado, às vezes com franjas, conforme a maneira como ela mesma havia arranjado a risca do cabelo, usando as próprias unhas. Muitas vezes, ela se arranhava. Seu rosto ou ficava infantilmente arredondado ou com a magreza de uma pioneira dos velhos tempos. Às vezes, era uma beldade de Van der Weyden, às vezes um Mortimer Snerd, às vezes uma garota de Ziegfeld. O leve roçar de seda dos seus joelhos que batiam um no outro quando andava depressa, eu repito, me agradava imensamente. Eu pensava que, se eu fosse um gafanhoto, um som como aquele me faria disparar voando por cima de cadeias de montanhas. Quando o rosto de Demmie, com o bonito nariz arrebitado, era coberto por uma camada de maquiagem, seus olhos grandes, ainda mais ágeis e claros por ela ter se coberto de tanto pó, revelavam duas coisas: uma era que Demmie tinha um coração verdadeiro e a outra, que ela era uma sofredora dinâmica. Mais de uma vez, saí correndo na Barrow Street para pegar um táxi e levar Demmie ao pronto-socorro no Hospital St. Vincent. Ela tomava banho de sol no terraço e se queimava tanto que chegava a ficar delirante. Uma vez, ao cortar bifes finos de carne de vitela, cortou o próprio dedo até o osso. Outra vez, desceu para jogar lixo no incinerador do prédio e uma labareda saltou da portinhola aberta da fornalha e a chamuscou. Como boa menina, fazia seus planos de aula de latim para um período letivo inteiro, guardava echarpes e luvas em caixas com etiquetas, esfregava o chão de casa. Como má menina, bebia uísque, tinha ataques histéricos, dava-se com ladrões ou facínoras. Ela me afagava como uma princesa de contos de fadas ou me dava murros nas costelas como uma vaqueira. No calor, ficava nua para passar cera no chão, de joelhos. Então apareciam grandes tendões, braços descarnados, pés laboriosos. E, visto detrás, o órgão que eu adorava em diferentes contextos como pequeno, requintado, complexo, rico em deliciosas dificuldades de acesso, sobressaía como um primitivo membro do corpo. Mas depois de encerar o chão, um surto de trabalho que a fazia suar, ela sentava com as lindas pernas cobertas com um guarda-pó azul e tomava um martíni. O fundamentalista pai Vonghel era dono da farmácia Mount Coptic. Era um homem violento. Na cabeça de Demmie, havia uma cicatriz no lugar onde ele tinha batido com um aquecedor de ambientes, quando ela era criança. Havia outra cicatriz em seu rosto, no lugar contra o qual ele tinha espremido uma lata de lixo — o funileiro teve de ser chamado para soltar Demmie. Com tudo isso, ela sabia de cor os Evangelhos, tinha sido uma estrela no time de hóquei de grama, sabia amansar cavalos do Oeste e escrevia encantadores bilhetes cotidianos em papel Tiffany. No entanto, quando tomava uma colherada do seu pudim de baunilha predileto, de novo se tornava uma criança gorda. Saboreava a sobremesa na pontinha da língua, de boca aberta, e com os grandes olhos azuis de meados de verão e de bruma de oceano ficava num transe, de tal modo que se mostrava surpresa quando eu dizia: "Engula seu pudim". De noite, jogávamos gamão, traduzíamos Lucrécio, ela me explicava Platão. "As pessoas querem ter o crédito pelas suas próprias virtudes. Mas *ele* vê — o que mais a gente *pode* ser, senão virtuoso: *Não existe* mais nada além disso."

 Pouco antes do Dia do Trabalho, Humboldt ameaçou Magnasco de novo e Magnasco procurou a polícia e convenceu um guarda à paisana a acompanhá-lo de volta ao hotel. Ficaram esperando no saguão. Então Humboldt entrou aos berros e partiu para cima de Magnasco. O policial se interpôs e Humboldt disse: "Guarda, ele está com a minha esposa trancada no quarto dele". A coisa razoável a fazer era dar uma busca. Subiram, os três. Humboldt espiou dentro de todos os armários, procurou a camisola da mulher embaixo dos travesseiros, correu a mão embaixo dos papéis que forravam o fundo das gavetas. Não havia nenhuma roupa íntima. Nada.

 O policial à paisana disse: "E aí, onde está ela? Foi você que ficou batendo com a coronha da sua pistola nessa porta até arrebentar?".

Humboldt respondeu: "Não tenho arma nenhuma. Quer me revistar?". Levantou os braços. Depois disse: "Venha comigo até o meu quarto e dê uma busca, se quiser. Veja por si mesmo".

Mas quando chegaram à Greenwich Street, Humboldt pôs a chave na fechadura e disse: "Você não pode entrar". Gritou: "Você tem um mandato de busca e apreensão?". Depois entrou agilmente, bateu a porta e a trancou com o ferrolho.

Foi então que Magnasco deu queixa na polícia ou pediu que Humboldt pagasse uma fiança como garantia de que não faria nada contra ele — não sei direito — e numa noite sufocante de neblina a polícia foi atrás de Humboldt. Ele lutou como um touro. Brigou também na delegacia de polícia. Uma cabeça ungida rolou sobre o chão imundo. Alguém tinha uma camisa de força? Magnasco jurou que não tinha. Mas havia algemas e Humboldt chorou. A caminho de Bellevue, ele teve diarreia e deixaram-no trancado durante a noite inteira no meio da imundície.

Magnasco deixou vazar a informação de que ele e eu tínhamos resolvido fazer aquilo para evitar que Humboldt cometesse um crime. Então todo mundo saiu dizendo que a pessoa responsável por aquilo era Charles Citrine, o irmão de sangue e *protégé* de Humboldt. De uma hora para outra, eu tinha uma porção de detratores e inimigos, desconhecidos para mim.

E vou lhes dizer que assisti a isso da decadência de luxo e da escuridão aquecida do Teatro Belasco. Vi Humboldt açoitando suas parelhas de mulas e de pé em sua carroça maluca, como um grileiro de Oklahoma. Ele invadiu o território dos excessos a fim de fazer valer seus direitos. Esses direitos eram uma inflada e trêmula miragem do coração.

Eu não pensava assim: O poeta ficou doido... Chamem a polícia e danem-se os clichês. Não, eu sofri quando a polícia o agarrou, aquilo me mergulhou no desespero. Mas então como é que eu pensava *de fato*? Talvez alguma coisa assim: suponha que o poeta foi derrubado no chão à força pela polícia, amarrado numa camisa de força ou preso em algemas, e levado às pressas e energicamente num camburão como um cachorro louco, chegou lá todo emporcalhado e foi trancado feito uma fera! Seria isso a Arte contra os Estados Unidos? Para mim, Bellevue era como a Bowery: dava um testemunho negativo. A brutal Wall Street proclamava o poder e a Bowery, tão perto dali, era o símbolo acusatório da fraqueza. E o mesmo valia para Bellevue, para onde iam os pobres e ferrados. E assim também com Payne Whitney, onde ficavam os refugos endinheirados. E os poetas, a exemplo dos bêbados, desajustados ou psicopatas, a exemplo dos desgraçados, pobres ou ricos, afundavam na fraqueza — seria isso? Sem dispor de nenhuma máquina, de nenhum conhecimento transformador comparável com o conhecimento da Boeing, Sperry Rand, IBM ou RCA? Pois poderia um poema pegar a gente em Chicago e levar para Nova York num intervalo de duas horas? Ou calcular o lançamento de um foguete espacial? Um poema não tinha tais poderes. E o interesse geral estava voltado para onde houvesse tal poder. Em tempos antigos, a poesia era uma força, o poeta tinha uma força verdadeira no mundo material. É claro, na época o mundo material era diferente. Mas que interesse Humboldt poderia suscitar? Ele se jogou na fraqueza e tornou-se um herói da desgraça. Consentiu no monopólio do poder e do interesse detido pelo dinheiro, pela política, pela lei, pela racionalidade, pela tecnologia, porque não conseguia achar o que vem depois, a coisa nova, aquilo que é necessário que os poetas façam. Em vez disso, fazia a coisa antiga, anterior. Arranjou uma pistola, como Verlaine, e foi atrás de Magnasco.

Ele me telefonou de Bellevue, no Teatro Belasco. Ouvi sua voz tremer, furiosa mas rápida. Berrou: "Charlie, você sabe onde estou, não sabe? Muito bem, Charlie, isto não é literatura. Isto é a vida".

No teatro, eu estava no mundo da ilusão, ao passo que ele, Humboldt, tinha fugido... era isso?

Mas não, em vez de ser poeta ele era apenas a imagem de um poeta. Estava representando "A agonia do artista americano". E não era Humboldt, eram sim os Estados Unidos que estavam apresentando suas razões: "Irmãos americanos, escutem. Se abandonarem o materialismo e as necessidades normais da vida, vão acabar no hospício de Bellevue, como esse pobre maluco".

Agora ele era cortejado por bajuladores e fazia cenas de loucura em Bellevue. Lançava a culpa em mim abertamente. Amantes de escândalos vibravam quando meu nome era mencionado.

Então o detetive particular Scaccia foi ao Teatro Belasco com um bilhete de Humboldt. Queria o dinheiro que eu havia angariado e queria recebê-lo já. Então o sr. Scaccia e eu nos encaramos na lúgubre e bolorenta saída de cimento, do lado de fora da porta dos fundos do teatro. O sr. Scaccia calçava sandálias abertas e meias brancas de seda, muito encardidas. Nos cantos da boca, havia um depósito de algo pegajoso.

"Os fundos estão depositados em caução sob o controle de um advogado, o sr. Simkin, na Quinta Avenida. É só para pagar despesas médicas", expliquei.

"Quer dizer psiquiátricas. Acha que o sr. Humboldt está biruta?"

"Não faço diagnóstico. Apenas diga ao Humboldt para falar com o Simkin."

"Estamos falando de um homem de gênio. Quem foi que disse que um gênio precisa de tratamento?"

"Você leu os poemas dele?", perguntei.

"Já sei qual é a sua sacanagem. Não vou tolerar gracinhas da sua parte. Afinal, você não é amigo dele? O cara te adora. Ainda adora. Você adora o Humboldt?"

"E o que você tem a ver com isso?"

"Ele me contratou. E por um cliente eu vou até o fim da linha."

Se eu não desse o dinheiro ao detetive particular, ele iria para Bellevue e diria para Humboldt que eu achava que ele estava louco. Meu impulso era de matar Scaccia naquele beco escuro. A justiça natural estava ao meu lado. Podia agarrar aquele chantagista pela garganta e estrangulá-lo. Ah, seria delicioso! E quem poderia me condenar por isso? Um ímpeto de sentimento homicida me fez olhar recatadamente para o chão. "O sr. Fleisher terá que explicar para o Simkin para que ele quer o dinheiro", expliquei. "O fundo não foi levantado para você."

Depois disso, veio uma série de telefonemas de Humboldt. "A polícia me enfiou numa camisa de força. Você tem alguma coisa a ver com isso? O meu irmão de sangue? Eles me agrediram também, seu Thomas Hobbes filho da mãe!"

Compreendi a referência. Queria dizer que eu só me importava com o poder.

"Estou tentando ajudar", expliquei. Ele desligou. Imediatamente, o telefone tocou de novo.

"Onde está Kathleen?", perguntou.

"Não sei."

"Ela conversou com você perto do varal. Você sabe muito bem onde ela está. Escute aqui, bonitão, você está sentado em cima do meu dinheiro. É meu. Quer usar os baixinhos de jaleco branco para me deixar fora de circulação?"

"Você precisa se acalmar, só isso."

Horas depois ele telefonou, quando a tarde estava cinzenta e quente. Eu estava comendo um sanduichezinho gostoso de atum desfiado com molho no Greek's, do outro lado da rua, quando vieram me chamar para atender o telefone. Recebi a ligação no camarim das estrelas.

"Falei com um advogado", berrou Humboldt. "Estou pronto para te processar por causa do dinheiro. Você é um trambiqueiro. É um traidor, um mentiroso, um impostor e um judas. Me deixou aqui trancado enquanto aquela prostituta da Kathleen fica por aí em orgias. Vou te processar por peculato."

"Humboldt, eu apenas ajudei a levantar o dinheiro. Eu não tenho o dinheiro comigo."

"Me diga onde a Kathleen está que eu retiro o processo contra você."

"Ela não me disse para onde ia."

"Você quebrou o seu juramento comigo, Citrine. E agora quer me deixar fora de circulação. Tem inveja de mim. Sempre teve inveja. Vou meter você na cadeia. Quero que você saiba como é ficar preso, como é quando a polícia vem buscar a gente e como é ficar dentro de uma camisa de força." Depois, *bam*! Desligou o telefone e eu fiquei suando, sentado no encardido camarim das estrelas, a salada de atum podre subindo dentro de mim, uma sensação de ptomaína verde, uma cólica, um ponto de dor forte no lado do corpo. Naquele dia, os atores estavam experimentando os figurinos e passavam pela porta do camarim metidos em bombachas, vestidos, chapéus de três pontas. Eu queria ajudar, mas me sentia como um sobrevivente do Ártico num pequeno bote, um Amundsen fazendo sinais para navios no horizonte, que depois ele via que na verdade eram só icebergs. Trenck e o tenente Schell passaram com seus floretes e suas perucas. Não podiam me dizer que eu *não* era um óbvio impostor, um trambiqueiro e um judas. Eu não era capaz de dizer a eles o que eu achava que estava errado comigo: a saber, que eu sofria de uma ilusão, talvez uma ilusão maravilhosa, ou talvez apenas uma ilusão preguiçosa, que, devido a uma espécie de levitação inspirada, eu conseguia pôr em suspenso e me projetar direto rumo à verdade. Direto rumo à verdade. Pois eu era esnobe demais para me importar com o marxismo, o freudianismo, o modernismo, a vanguarda ou qualquer uma dessas coisas a que Humboldt, como um judeu de cultura, atribuía tanta importância.

"Vou ao hospital visitá-lo", falei para Demmie.

"Não vai não. É a pior coisa que poderia fazer."
"Mas olhe só o estado em que ele se encontra. Tenho que ir lá, Demmie."
"Não vou permitir. Ele vai te agredir. Não posso tolerar que você se meta numa briga, Charlie. Ele vai bater em você, tem duas vezes o seu tamanho, é forte e está maluco. Além do mais, não quero que você seja incomodado quando está trabalhando na sua peça. Escute bem", e sua voz ficou mais grave, "deixe que eu cuido disso. Eu mesma irei lá. E proíbo que você vá."

Na verdade, ela nunca chegou a ver Humboldt. Àquela altura, havia uma porção de gente envolvida na história. O drama em Bellevue atraía multidões do Greenwich Village e do Morningside Heights. Eu os comparava aos habitantes de Washington que saíram em carruagens para assistir à batalha de Bull Run e então ficaram no caminho das tropas da União. Como eu já não era mais seu irmão de sangue, o barbudo e gaguejante Orlando Huggins tornou-se o principal amigo de Humboldt, pois Huggins conseguiu a soltura dele. Então Humboldt foi para o Hospital Mount Sinai e fez o registro de entrada. Agindo conforme minhas instruções, o advogado Simkin pagou uma semana de internação adiantada. No entanto Humboldt saiu do hospital logo no dia seguinte e recebeu do hospital o saldo do adiantamento não usado de mais ou menos oitocentos dólares. Com isso pagou a última conta de Scaccia. Depois abriu processos contra Kathleen, contra Magnasco, contra a polícia e contra Bellevue. Continuou a me ameaçar, mas na verdade não abriu nenhum processo. Estava esperando para ver se *Von Trenck* ia render algum dinheiro.

Eu continuava no bê-á-bá no que se refere a entender de dinheiro. Ignorava que havia muita gente, pessoas persistentes inventivas fervorosas, para as quais era uma coisa completamente óbvia que *elas* tinham de ficar com todo o dinheiro dos outros. Humboldt tinha a convicção de que havia uma riqueza no mundo — uma riqueza que não era dele — sobre a qual tinha um direito soberano e da qual estava destinado a tomar posse. Certa vez me contou que era seu destino ganhar um processo na justiça de grandes proporções, de um milhão de dólares. "Com um milhão de dólares", disse ele, "estarei livre para pensar só em poesia e mais nada."

"E como é que isso vai acontecer?"
"Alguém vai praticar uma fraude contra mim."
"Uma fraude de um milhão de dólares contra você?"

"Se sou obcecado por dinheiro, como um poeta não deve ser, existe uma razão para isso", foi o que Humboldt me disse. "A razão é que, no final das contas, somos americanos. Que tipo de americano seria eu se fosse um inocente a respeito de dinheiro? É o que pergunto a você. As coisas têm de ser combinadas, como Wallace Stevens as combinava. Quem diz 'O dinheiro é a raiz dos males'? Não é o Perdoador? Pois bem, o Perdoador é o pior dos homens em Chaucer. Não, eu estou de acordo com Horace Walpole. Walpole disse que é natural para homens livres pensar em dinheiro. Por quê? Porque dinheiro *é* liberdade, é por isso."

Nos encantadores dias em que tínhamos essas conversas maravilhosas, havia apenas um leve toque de paranoia e de estado bipolar. Mas agora a luz tinha ficado escura e a escuridão, mais escura ainda.

Ainda recostado, firme em meu sofá acolchoado, revia em pensamento aquelas semanas espalhafatosas.

Turbulento, Humboldt fez piquete na porta do teatro onde representavam *Von Trenck*, mas a peça foi um sucesso. Para ficar mais perto do Teatro Belasco e da minha celebridade, aluguei uma suíte no Hotel St. Regis. Os elevadores em estilo art nouveau tinham portas douradas. Demmie estava dando aulas sobre Virgílio. Kathleen estava em Nevada, jogando vinte e um. Humboldt tinha voltado para seu posto de comando na Taberna da Casa Branca. Lá, praticava exercícios literários, artísticos, eróticos e filosóficos, até bem tarde da noite. Cunhou um novo epigrama que me revelaram na parte chique da cidade: "Até hoje, nunca toquei numa folha de figueira sem que ela se convertesse numa etiqueta de preço". Isso me deu esperança. Ele ainda era capaz de criar boas tiradas de espírito. Dava a impressão de que a normalidade estava voltando.

Mas não. Todo dia, Humboldt se barbeava de maneira superficial, tomava café, ingeria pílulas, estudava suas anotações e ia ao centro da cidade falar com seus advogados. Ele tinha um monte de advogados — colecionava advogados e psicanalistas. O objetivo das suas visitas aos analistas não era um tratamento. Queria falar, queria se expressar. O ambiente teórico dos consultórios o estimulava. Quanto aos advogados, Humboldt os mandava elaborar documentos e discutia estratégias com eles. Não é comum que advogados se encontrem com escritores. Como é que um advogado ia entender o que estava acontecendo? Um poeta famoso marca uma consulta. Foi indicado por fulano de tal. O escritório todo fica agitado, as datilógrafas cuidam da maquiagem. Aí o poeta chega, corpulento e doente, mas ainda bonito, pálido, com ar de magoado, tremendamente nervoso, tímido de certo modo, com gestos ou tremores chocantemente pequenos para um homem tão grande. Mesmo sentado, tem tremores nas pernas, seu corpo vibra. De início, a voz vem de um outro mundo. Ao tentar sorrir, o homem só consegue estremecer. Dentes miúdos e estranhos controlam um lábio trêmulo. Embora atarracado, de fato um cara bom de briga, é também uma planta delicada, um Ariel etc. Não consegue cerrar o punho. Nunca ouviu falar em agressão. E ele desdobra uma história — até parece o pai de Hamlet: fraude, logro, traição e penhores; por fim, enquanto dormia no jardim, alguém se aproxima sorrateiro com um frasco para verter o conteúdo dentro do seu ouvido. De início, ele recusa dar o nome dos seus falsos amigos e supostos assassinos. São apenas X e Y. Depois se refere a "Essa Pessoa". "Eu estava com X Pessoa", diz ele. Em sua inocência, ele fez acordos, trocou promessas com X, essa Pessoa Claudius. Dizia sim a tudo. Assinou um documento sem ler, sobre a propriedade comum da casa de Nova Jersey. Também se decepcionou com um irmão de sangue que se revelou um escroque. Shakespeare tinha razão. Não existia arte capaz de descobrir a configuração na mente a partir do rosto de uma pessoa: tratava-se de um cavalheiro no qual eu depositava confiança total. Mas então, recuperando-se do choque, ele estava abrindo um processo contra o dito cavalheiro. Abrir processos era uma das principais preocupações dos seres humanos. Tinha razões seguras contra Citrine — Citrine se apoderou do seu dinheiro. Mas tudo o que ele pede é a restituição. À medida que ele luta, ou parece lutar, a fúria aumenta. O tal Citrine é uma figura enganosamente simpática. Mas Jakob Boehme estava errado, o exterior não é o interior visível. Humboldt diz que está lutando pela decência. Seu pai não tinha amigos, ele não tem amigos — essa é a matéria do ser humano. Fidelidade é para os fonógrafos. Mas é melhor ser controlado. Nem tudo se transforma em ratos venenosos que se mordem uns aos outros. "Não quero machucar o filho da mãe. Tudo o que quero é justiça." Justiça! Ele queria as entranhas do cara dentro de uma sacola de compras.

Sim, ele passava muito tempo com advogados e médicos. Advogados e médicos saberiam apreciar melhor o drama das injúrias e o drama da morbidez. Agora não queria ser poeta. O simbolismo, sua escola, estava esgotado.

Não, naquela época ele era o artista cênico que estava sendo *real*. De volta à experiência direta. Para dentro do vasto mundo. Chega de arte substituta da vida real. Processos na justiça e psicanálise eram reais.

Quanto aos advogados e psiquiatras, ficavam encantados com ele não porque representasse o mundo real, mas porque era poeta. Ele não pagava — jogava as notas fora. Mas aquelas pessoas, curiosas acerca do gênio (que tinham aprendido a estimar em Freud e em filmes como *Moulin Rouge* ou *The Moon and Sixpence*), estavam famintas de cultura. Escutavam com alegria enquanto ele contava sua história de infelicidade e perseguição. Cuspia poeira, espalhava escândalo e metáforas absolutamente poderosas. Que combinação! Fama, fofoca, ilusão, sujeira e invenção poética.

Ainda assim o astuto Humboldt sabia do seu valor na Nova York dos advogados e médicos. Intermináveis correias transportadoras de doença e de demandas judiciais despejavam clientes e pacientes naqueles consultórios e gabinetes no centro da cidade, como se fossem lúgubres batatas de Long Island. Aquelas batatas sem graça sufocavam os corações dos psicanalistas com maçantes problemas de personalidade. Então de repente apareceu Humboldt. Ah, Humboldt! Ele não era uma batata! Era um mamão uma cidra um maracujá. Era maravilhoso profundo eloquente fragrante original — mesmo quando parecia estar com a cara machucada, contundido embaixo dos olhos, semidestruído. E que repertório ele tinha, que mudanças de estilo e de andamento. No início era manso — tímido. Depois se tornava infantil, confiante, depois fazia confidências. Sabia, dizia ele, o que maridos e esposas falavam quando discutiam, brigas tão importantes para eles e tão maçantes para todo mundo. As pessoas diziam *han-han* e olhavam para o teto, quando a gente começava com aquilo. Americanos! Com suas ideias burras sobre amor e suas tragédias domésticas. Como alguém conseguia suportar escutar tais coisas depois da pior guerra de todas e das revoluções mais arrasadoras, a destruição, os campos de morte, a terra encharcada de sangue e a fumaça dos crematórios ainda no ar da Europa. O que importavam os problemas pessoais dos americanos? Será que eles sofriam de fato? O mundo fitava os rostos dos americanos e dizia: "Não venha me dizer que essa gente alegre e bem de vida está sofrendo!". No entanto a abundância democrática tinha suas dificuldades peculiares. Os Estados Unidos eram uma experiência de Deus. Muitas das dores antigas da humanidade foram retiradas de cena, o que tornava as dores novas ainda mais peculiares e misteriosas. Os Estados Unidos não gostavam de valores especiais. Costuma-se abominar gente que representa valores especiais. E no entanto, *sem* aqueles valores especiais — vejam bem o que eu quero dizer, dizia Humboldt. A antiga grandeza da humanidade foi criada na escassez. Mas o que podemos esperar da plenitude? Em Wagner, o gigante Fafnir — ou será um dragão? — dorme num anel mágico. Será que os Estados Unidos estão dormindo, então, e sonhando com a justiça equitativa e com amor? De todo modo, não vim aqui para discutir os adolescentes mitos de amor americanos — era assim que Humboldt falava. Contudo, dizia ele, eu gostaria que prestassem atenção ao seguinte. Então começava a narrar em seu estilo original, descrevia e bordava de maneira complexa. Dissertava sobre o divórcio, apoiado em Milton, e sobre mulheres, apoiado em John Stuart Mill. Depois vinha a revelação, a confissão. Então acusava, fulminava, gaguejava, soltava fogo, berrava. Atravessava o universo como se fosse a luz. Revelava radiografias dos fatos verdadeiros. Fraquezas, mentiras, traição, perversão vergonhosa, luxúria desvairada, a depravação de certos bilionários (os nomes eram pronunciados). A verdade! E todo esse melodrama de impureza, todos aqueles mamilos rosados e endurecidos, os dentes à mostra, uivos, ejaculações! Os advogados tinham ouvido aquilo mil vezes, mas queriam ouvir de novo, da boca de um homem de gênio. Teria Humboldt se convertido no pornógrafo deles?

Ah, Humboldt tinha sido grandioso — bonito, espirituoso, exuberante, engenhoso, elétrico, nobre. Estar com ele nos levava a sentir a doçura da vida. Discutíamos as coisas mais sublimes — o que Diotima disse para Sócrates sobre o amor, o que Espinosa entendia por *amor dei intellectualis*. Conversar com ele era revigorante, estimulante. Mas, quando mencionava pessoas que, um dia, haviam sido amigos seus, eu pensava que seria só uma questão de tempo antes de eu também ser largado pelo caminho. Ele não tinha nenhum velho amigo, só ex-amigos. Ele podia se tornar terrível, mudando de direção sem nenhum aviso. Quando isso acontecia, era como ser apanhado dentro de um túnel pelo trem expresso. A única coisa que se podia fazer era encostar-se bem à parede, ou deitar-se entre os trilhos e rezar.

Para meditar e conseguir enxergar por trás das aparências, era preciso ficar calmo. Eu não me senti calmo depois daquele resumo do caso apresentado por Humboldt, mas pensei numa coisa que ele mesmo gostava de mencionar quando estava de bom humor e estávamos terminando o jantar, com um amontoado de pratos e garrafas entre nós. O falecido filósofo Morris R. Cohen do City College de Nova York ouviu uma pergunta de um aluno no curso de metafísica: "Professor Cohen, como sei que eu existo?". O velho e arguto professor respondeu: "E *quem* está perguntando?".

Eu dirigia essa pergunta contra mim mesmo. Depois de penetrar tão fundo na personalidade e na carreira de Humboldt, era perfeitamente justo que eu olhasse mais profundamente para mim mesmo, a questão não era julgar um homem morto que não podia modificar nada, mas manter o mesmo passo dele, um mortal por outro, se entendem o que quero dizer. Quero dizer que eu o amava. Então, muito bem, *Von Trenck* foi um triunfo (eu me encolhia de vergonha por isso) e me tornei uma celebridade. Humboldt agora era só um louco sans-culotte que fazia piquete na porta do teatro, embriagado, com um cartaz pintado com mercurocromo, enquanto colegas mal-intencionados aplaudiam. Na Casa Branca na Hudson Street, Humboldt ganhava fácil. Mas o nome nos jornais, o nome que Humboldt, borbulhando de inveja, via na coluna de Leonard Lyons, era Citrine. Era minha vez de ser famoso e de ganhar dinheiro, receber muitas cartas, ser reconhecido por pessoas influentes, ser convidado para jantar no Sardi's, levar cantadas em compartimentos acolchoados de restaurantes chiques por mulheres que se borrifavam com almíscar, comprar cuecas de algodão de Sea Island e usar malas de couro, viver a excitação intolerável do desagravo (Eu estava certo desde o início!). Experimentei a alta voltagem da publicidade. Era como segurar um fio perigoso e fatal para pessoas comuns. Era como as cobras cascavéis manipuladas por caipiras num estado de exaltação religiosa.

Demmie Vonghel, que me assessorou o tempo todo, agora me conduzia e se comportava como se fosse minha treinadora, minha agente, minha cozinheira, minha amante, minha capataz. Ela estava assoberbada de trabalho, vivia tremendamente ocupada. Não deixava que eu visitasse Humboldt em Bellevue. Brigávamos por causa disso. Ela precisava de um pouco de ajuda naquilo tudo e achou que seria boa ideia que eu também consultasse um psiquiatra. Ela disse: "Aparentar tanta serenidade como você aparenta, quando sei que está desmoronando e morrendo de irritação, não é nada bom". Mandou-me para um homem chamado Ellenbogen, uma celebridade também, que aparecia numa porção de programas de tevê, autor de livros de liberação a respeito de sexo. A cara comprida e seca de Ellenbogen tinha tendões grandes e sorridentes, faces de pele vermelha, dentes como os do cavalo que se esgoela no *Guernica* de Picasso. Atacava um paciente com firmeza a fim de libertá-lo. A racionalidade do prazer era seu martelo ideológico. Ele era duro, a dureza de Nova York, mas sorria, e nos explicava, com ênfase de Nova York, como tudo aquilo fazia sentido. Nosso raio de alcance é pequeno e temos de compensar a brevidade do dia humano com frequentes e intensas satisfações sexuais. Ele nunca ficava magoado, nunca ficava ofendido, repudiava a raiva e a agressão, a servidão da consciência etc. Todas essas coisas eram ruins para a cópula. Estatuetas de bronze de casais fazendo amor eram seus apoios para livros nas estantes. O ar em seu escritório era abafado. Lambris escuros nas paredes, o conforto do couro em estofamentos macios. Durante as sessões, ele se mantinha todo estirado, os pés descalços apoiados sobre um escabelo, a mão comprida embaixo da cintura. Será que ficava remexendo as partes íntimas? Completamente relaxado, ele expelia muitos gases, que se dissolviam e impregnavam o ar confinado do consultório. De todo modo, suas plantas vicejam naquela atmosfera.

 Ele me fazia suas preleções assim: "Você é um homem ansioso e culpado. Depressivo. Uma formiga que aspira a ser um gafanhoto. Não consegue suportar o sucesso. Melancolia, eu diria. Interrompida por acessos de humor. As mulheres devem andar atrás de você. Quem dera eu tivesse as suas oportunidades. Atrizes. Bem, dê às mulheres uma chance para lhe dar prazer, é isso o que elas querem na verdade. Para elas, o ato em si é muito menos importante que o momento de ternura". Talvez para aumentar minha autoconfiança, ele me contou suas experiências maravilhosas. Uma mulher no extremo Sul o viu na televisão e veio até o Norte para ir para a cama com ele, e quando conseguiu o que queria disse com um suspiro de luxúria: "Quando vi você na televisão, eu sabia que ia ser bom. E você *é* bom". Ellenbogen não gostou nem um pouco de Demmie Vonghel quando soube dos seus hábitos. Suspirou com força e disse: "Ruim, um caso ruim. Pobre criança. Fazendo pressão para casar, eu imagino. Desenvolvimento imaturo. Uma bela pequena. E pesava cento e trinta quilos aos treze anos. Uma dessas criaturas vorazes. Dominadora. Ela vai te engolir".

 Demmie não tinha consciência de que me enviara para seu inimigo. Todo dia me dizia: "Temos que nos casar, Charlie", e planejava um grande casamento na igreja. A fundamentalista Demmie virou episcopal em Nova York. Falava comigo sobre vestido de noiva, véu, grinalda de lírios, padrinhos, fotógrafos, convites impressos em relevo, casacos matutinos. Como padrinho do noivo e dama de honra, ela queira os Littlewood. Eu nunca lhe contei a respeito da festa de arromba particular ao estilo esquimó que Littlewood havia me proposto em Princeton, dizendo: "A gente pode fazer um negócio sensacional, Charlie". Se eu tivesse contado, Demmie ficaria antes aborrecida com Littlewood que escandalizada. Àquela altura, ela já havia se adaptado a Nova York. A sobrevivência milagrosa da bondade era o tema da sua vida. Navegação perigosa, monstros atraídos por seu ilimitado magnetismo feminino — feitiços encantamentos preces proteção divina garantida por força interior e pureza de coração —, era assim que ela via as coisas. O inferno bafejava das portas sobre os pés dela quando passava, mas Demmie seguia adiante a salvo. Caixas de pílulas continuavam a chegar pelo correio, mandadas pela farmácia da cidade natal. O garoto de entregas da Sétima Avenida vinha com cada vez mais frequência com garrafas de Johnnie Walker Black Label. Ela bebia o melhor. Afinal de contas, era uma herdeira. Mount Coptic pertencia a seu pai. Ela era uma princesa fundamentalista que gostava de beber. Depois de algumas doses, Demmie ficava mais elevada, mais solene, os olhos viravam grandes círculos azuis, seu amor ficava mais forte. Rosnava ao estilo de Louis Armstrong, "Você é o meu homem". Depois falava mais séria: "Eu te amo com todo o meu coração. Nenhum outro homem me experimenta e me toca melhor". Quando ela cerrava o punho, ficava surpreendentemente grande.

Tentativas de tocá-la eram feitas com frequência. Quando trabalhava em suas obturações, o dentista de Demmie pegava a mão dela e punha no que ela imaginava ser o descanso do braço da cadeira. Não era nada disso. Era o membro excitado do dentista. Seu médico concluía um exame lhe dando um beijo violento, na parte do corpo que conseguisse alcançar. "Não posso dizer que eu condeno o homem por se deixar levar pelo impulso, Demmie. Você tem um traseiro igual a um cartão de Dia dos Namorados em branco."

"Eu dei um murro em cheio no pescoço dele", disse Demmie.

Num dia quente em que o ar-refrigerado quebrara, o psiquiatra disse a ela: "Por que não tira o seu vestido, srta. Vonghel". Um anfitrião milionário em Long Island falou através do duto de ventilação de seu banheiro para o banheiro dela: "Preciso de você. Me dê o seu corpo...". Falava com voz sufocada, agonizante. "Me dê o seu corpo! Estou morrendo. Me salve, me salve... me salve!" E tratava-se de um homem forte robusto alegre que pilotava seu próprio avião.

Ideias sexuais haviam deformado a mente de pessoas que estavam submetidas a juramento, que eram quase padres. Por acaso você tem alguma propensão para acreditar que mania, crime e catástrofe eram o destino da humanidade neste século vil? Por sua inocência, pela beleza e pela virtude, Demmie atraía do meio ambiente montanhas de indícios para apoiar essa tese. Um estranho demonismo se revelou diante dela. Mas Demmie não ficou intimidada. Contou-me que, sexualmente, não tinha medo nenhum. "E eles tentaram de tudo para cima de mim", disse. Eu acreditei nela.

O dr. Ellenbogen disse que ela era um casamento de grande risco. Não achou graça das anedotas que contei sobre o pai e a mãe de Vonghel. Os Vonghel haviam feito uma viagem de turismo de ônibus pela Terra Santa, a obesa mamãe Vonghel levou seus vidros de manteiga de amendoim e o papai Vonghel, suas latinhas de pêssegos em calda Elberta. Mamãe Vonghel se espremeu toda para conseguir entrar no túmulo de Lázaro, mas depois não conseguiu sair. Tiveram de chamar uns árabes para soltá-la. Porém, apesar dos avisos de Ellenbogen, eu ficava encantado com as esquisitices de Demmie e da sua família. Quando ela ficava deitada, sofrendo, as olheiras fundas cheias de lágrimas, e apertava convulsivamente o dedo médio da mão esquerda com os outros dedos. Tinha forte atração por leitos de enfermos, hospitais, cânceres terminais e enterros. Mas sua bondade era genuína e profunda. Comprava para mim selos de correio e bilhetes de metrô, preparava bifes com carne do peito do boi e panelas de paella para mim, forrava as gavetas do meu camiseiro com papel de seda, punha naftalina para proteger meu cachecol das traças. Era incapaz de fazer cálculos aritméticos elementares, mas sabia consertar máquinas complicadas. Guiada pelo instinto, enveredava pelos fios e tubos coloridos do rádio e fazia o aparelho tocar de novo. Raramente parava de tocar música rural e cultos religiosos de tudo quanto é lugar. De casa, ela recebia *O Campanário, Guia de preces e devoção para uso pessoal e familiar*, com seu pensamento do mês: "O poder renovador de Cristo". Ou: "Leia e reflita: Habacuc 2,2-4". Eu mesmo lia essas publicações. O Cântico dos Cânticos 8,7: "As águas da torrente jamais poderão apagar o amor, nem os rios afogá-lo". Eu amava suas canhestras articulações dos dedos, seu comprido cabelo dourado que crescia sem parar. Ficávamos sentados na Barrow Street jogando baralho. Ela juntava e embaralhava as cartas, enquanto rosnava: "Vou te limpar, seu babaca". Dava as cartas estalando na mesa e gritava: "Bati! Pode contar!". Os joelhos dela ficavam separados.

"É a visão descortinada de Shangri-la que afasta a minha mente dessas cartas, Demmie", falei.

Também jogávamos paciência a dois e damas chinesas. Ela me levava a antiquários de joias. Adorava broches e anéis antigos, ainda mais porque senhoras mortas tinham usado aquilo um dia. Mas o que ela mais queria, é claro, era a aliança de casamento. Não fazia nenhum segredo disso. "Compre isto para mim, Charlie. Aí posso mostrar para a minha família que o negócio é para valer."

"Eles não vão gostar mais de mim, por maior que seja a opala que você use", disse eu.

"Não, estou falando sério. Vão ficar loucos de raiva. Você tem tudo quanto é pecado. Eles não vão ficar nem um pouco impressionados com a história da Broadway. Você escreve coisas que não servem. Só a Bíblia é verdadeira. Mas o papai está de partida para a América do Sul para passar o Natal na sua missão. Aquela para a qual faz grandes doações, lá no meio da Colômbia, perto da Venezuela. Vou viajar com ele e então vou contar que nós dois vamos casar."

"Ah, não vá, Demmie", pedi.

"Lá no meio daquela selva, com selvagens em volta, você vai parecer muito mais normal aos olhos dele", disse Demmie.

"Diga para o seu pai o que estou fazendo. O dinheiro deve ajudar em tudo isso", falei. "Mas na verdade não quero que você vá. A sua mãe também vem para cá?"

"Aqui, não. Eu não ia conseguir suportar isso. Não, ela vai ficar mesmo lá em Mount Coptic, vai dar uma festa de Natal para as crianças no hospital. *Elas* vão ter muito o que lamentar."

Essas reflexões deveriam me deixar tranquilo. Para enxergar por trás das aparências, é preciso cultivar uma serenidade absoluta. E agora eu não me sinto lá muito calmo. A sombra pesada de um jato do aeroporto Midway atravessou o quarto e me fez lembrar a morte de Demmie Vonghel. Pouco antes do Natal, no ano do meu sucesso, ela e o papai Vonghel morreram num acidente de avião na América do Sul. Demmie levou meu álbum de recortes da Broadway. Talvez ela tivesse apenas começado a mostrar o álbum para o pai, quando aconteceu o desastre. Ninguém soube com exatidão onde foi — em algum ponto nas proximidades do rio Orinoco. Passei meses na selva à procura dela.

Foi nessa época que Humboldt descontou o cheque de irmão de sangue que eu havia lhe dado. A soma devastadora de 6763,58 dólares. Mas não era o dinheiro que importava. Minha sensação era que Humboldt devia ter respeitado minha dor. Pensei: Que hora ele foi escolher para dar esse passo! Como pôde fazer isso? Dane-se o dinheiro. Mas ele lê jornal. Sabe que ela se foi!

Agora estou deitado e aflito. De novo! Não era o que eu pretendia quando deitei. Na verdade, fiquei grato quando marteladas atrevidas na porta me fizeram levantar. Era Cantabile batendo a aldrava da porta, querendo entrar à força em meu reduto sagrado. Fiquei irritado com o velho Roland Stiles. Paguei para Stiles manter afastados os intrusos e os chatos enquanto eu meditava, mas ele não estava em seu posto na recepção nesse dia. Pouco antes do Natal, os moradores queriam ajuda para armar suas árvores e outras coisas. Ele era muito requisitado, suponho.

Cantabile trouxe consigo uma jovem.

"A sua esposa, suponho?"

"Não suponha nada. Não é a minha esposa. Esta é a Polly Palomino. É amiga minha. Da família, é uma amiga. Foi colega de quarto da Lucy no Colégio para Moças em Greensboro. Antes de Radcliffe."

Pele branca, sem sutiã, Polly entrou no raio de alcance da luz e começou a andar lentamente pela sala. O vermelho do cabelo era inteiramente natural. Sem meias (em dezembro, em Chicago), em trajes mínimos, caminhava sobre saltos plataforma de espessura máxima. Homens da minha geração nunca se acostumaram com a força, o tamanho, a beleza das pernas das mulheres, antigamente sempre cobertas.

Cantabile e Polly examinaram meu apartamento. Ele tocava nos móveis, ela parava a fim de sentir a grossura do tapete, virava o cantinho para ler a etiqueta. Sim, era um Kirman autêntico. Ela observou as pinturas. Então Cantabile sentou-se no sedoso sofá com estofamento de luxo e disse: "*Isto é o luxo de um puteiro*".

"Não fique à vontade demais. Tenho que ir ao tribunal."

Cantabile disse a Polly: "A ex-esposa do Charlie não para de abrir processos e mais processos contra ele."

"Por quê?"

"Por tudo. Você já deu muito para ela, não foi, Charlie?"

"Muito mesmo."

"Ele é acanhado. Tem vergonha de dizer quanto", explicou Cantabile para Polly.

Falei para Polly: "Parece que contei toda a história da minha vida para o Rinaldo durante uma partida de pôquer."

"A Polly sabe disso. Contei para ela o que houve ontem. Você falou muito mais depois da partida de pôquer." Virou-se para Polly. "O Charlie estava num porre tão grande que nem conseguia dirigir seu 280 SL, por isso eu o levei para casa e o Emil dirigiu o carro dele. Você me contou mesmo um monte de coisas, Charlie. Onde foi que arranjou esses palitos de dente gozados que parecem pena de ganso? Estão espalhados por tudo quanto é lado. Parece que você é muito neurótico mesmo com esse negócio de ficar com pedacinhos de comida entre os dentes."

"Vieram de Londres."

"Assim como as suas meias de casemira e o seu sabonete de rosto de Floris?"

Sim, eu devia estar mesmo doido para falar. Tinha dado uma porção de informações para Cantabile e ele ainda havia feito uma investigação exaustiva, obviamente com o intuito de estabelecer um relacionamento comigo. "Por que deixa a sua ex-esposa te aporrinhar desse jeito? E você tem um advogado metido a besta que não serve para nada. Forrest Tomchek. Está vendo que andei fazendo umas perguntinhas por aí. O Tomchek é a fina flor na área dos divórcios. Trata do divórcio dos magnatas das grandes empresas. Mas para ele, você não é ninguém. Foi o seu amigo Szathmar que te meteu nessa roubada, não foi? Agora me diga: Quem é o advogado da sua ex-esposa?"

"Um cara chamado Maxie Pinsker."

"Iiih! O Pinsker, aquele judeu canibal! Ela foi mesmo escolher o pior de todos. Ele vai fazer picadinho do seu fígado e comer com ovo e cebola. Puxa, Charlie! Esse lado da sua vida é um troço nojento. Você se recusa a ficar alerta a respeito dos seus interesses. Deixa as pessoas pisarem em você. A começar pelos seus amigos. Sei de uma coisa a respeito do seu amigo Szathmar. Ninguém te convida para jantar, convidam a ele, e o Szathmar conhece a bagunçada rotina do Charlie. Fornece as informações confidenciais sobre você para os colunistas de fofocas, sempre puxando o saco do Schneiderman, que fica num nível tão baixo, mas tão baixo, que é preciso se enfiar numa cova para poder alcançar. Ele vai ganhar uma gorda propina do Tomchek. O Tomchek vai te vender para o canibal do Pinsker. O Pinsker vai te jogar no colo do juiz. O juiz vai te entregar de bandeja para a sua esposa... como se chama ela?"

"Denise", respondi, sempre solícito.

"Ele vai tirar o seu couro e dar para a Denise, e ela vai pendurar na parede da sua toca para todo mundo ver. Pois bem, Polly, o Charlie tem o aspecto que o Charlie devia ter?"

Estava claro que Cantabile não conseguia suportar o próprio júbilo. Na noite anterior, ele naturalmente teve de contar para alguém o que havia feito. A exemplo de Humboldt que depois do seu triunfo com Longstaff correu direto para o Village para pular em cima de Ginnie, também Cantabile saiu rodando com estardalhaço em seu Thunderbird para passar a noite com Polly, a fim de comemorar seu triunfo e minha humilhação. Fez-me pensar na força tremenda que tem nos Estados Unidos democráticos o desejo de ser interessante. É por isso que os americanos não conseguem guardar segredos. Na Segunda Guerra Mundial, éramos um desespero para os ingleses porque não conseguíamos ficar de boca fechada. Felizmente os alemães não conseguiam acreditar que éramos tão faladores assim. Achavam que estávamos disseminando informações falsas de propósito. E tudo isso é só para provar que não somos tão maçantes quanto parecemos, mas estamos afundados até o pescoço em charme e em informações sigilosas. Portanto eu disse a mim mesmo: Muito bem, fique contente, seu sacana de bigodinho de vison. Pode se vangloriar sobre o que fez comigo e com o 280 SL. Vou te pegar. Ao mesmo tempo, fiquei feliz por Renata estar me levando embora, obrigando-me a ir para o exterior outra vez. Renata teve a ideia correta. Pois Cantabile estava obviamente fazendo planos para nosso futuro. Eu não estava nem um pouco seguro de que conseguiria me defender daquele ataque singular.

Polly estava pensando como ia responder à pergunta de Cantabile e o próprio Cantabile, pálido e bonito, me observava quase com afeição. Ainda com o paletó de raglã abotoado e com chapéu, as lindas botas apoiadas sobre minha mesinha de centro de laca chinesa, Cantabile estava todo cheio de si, ostentava um ar de cansaço e satisfação. Agora não se apresentava mais com aquele frescor, estava fedorento, mas era evidente que tinha muitos planos.

"Acho que o sr. Citrine ainda é um homem de boa aparência", disse Polly.

"Obrigado, minha jovem."

"Deve ter sido, um dia. Magro, mas sólido, com grandes olhos orientais e, provavelmente, tem o pau grosso. Agora, não passa de uma beleza exaurida", disse Cantabile. "Sei que isso está acabando com ele. Está perdendo a linha fina do queixo. Observe as dobras da papada e as rugas no pescoço. As narinas estão ficando grandes e com ar esfomeado, e têm uns pelinhos brancos. É o mesmo sinal que a gente vê nos cavalos e nos beagles, o pelo vai ficando branco em torno do focinho. Ah, ele está numa forma fora do comum. Um animal raro. Como o último flamingo laranja. Devia ser protegido por uma instituição nacional. E é um sacaninha sensual. Já dormiu com tudo quanto é mulher debaixo do sol. Tremendamente vaidoso, também. O Charlie e o seu amigão George fazem ginástica e correm que nem dois jóqueis adolescentes. Plantam bananeira apoiados com a cabeça no chão, tomam vitamina E e jogam tênis. Se bem que me disseram que nas quadras você é um pereba, Charlie."

"Já é um pouco tarde para os jogos olímpicos."

"O trabalho dele é sedentário, por isso precisa de exercício", disse Polly. Tinha o nariz ligeiramente torto e o cabelo reluzente e viçoso. Eu estava começando a gostar dela — desinteressadamente, só por suas qualidades humanas.

"A razão principal para tanto exercício físico é que ele tem uma namorada jovem e garotas novinhas, a menos que tenham um senso de humor muito louco, não gostam de ser espremidas por um barrigudo."

Expliquei para Polly: "Faço exercícios físicos porque tenho artrite no pescoço. Ou tinha. À medida que fui ficando mais velho, a minha cabeça parecia se tornar mais pesada e o meu pescoço, mais fraco".

A tensão ficava em grande parte por cima. No ninho de corvo de onde a pessoa autônoma moderna vigia o mundo. Mas é claro que Cantabile tinha razão. Eu era vaidoso e não tinha alcançado a idade da renúncia. Seja lá o que isso for. No entanto eu não era só vaidade. A falta de exercício me deixava doente. Antigamente eu tinha esperança de que, quando eu fosse ficando mais velho, houvesse menos energias disponíveis para minhas neuroses. Tolstói achava que as pessoas se metiam em problemas porque comiam carne e tomavam vodca, café e fumavam cigarro. Sobrecarregadas de calorias e de estimulantes e sem fazer nenhum trabalho útil, as pessoas caem na carnalidade e em outros pecados. Nesse ponto eu sempre me lembrava de que Hitler tinha sido vegetariano, portanto a culpa não era necessariamente da carne. Energia do coração, mais provavelmente, ou uma alma perversa, talvez até o carma — pagar nesta vida pelo mal praticado numa vida anterior. Segundo Steiner, que agora eu andava lendo freneticamente, o espírito aprende com a resistência — o corpo material resiste e se opõe. Ao longo do processo, o corpo se esgota. Mas eu não obtive um bom valor em troca da minha degradação. Ao me ver com minhas filhas jovens, pessoas tolas às vezes me perguntavam se eram minhas netas. Eu! Como é possível! E vi que eu estava ficando com o aspecto de um troféu de caça mal empalhado, ou de um espécime exposto, o que eu sempre associei à velhice, e fiquei horrorizado. Pelas fotografias, percebi também que eu não era mais o homem que havia sido. Deveria ser capaz de dizer: "Sim, talvez eu pareça estar com o pé na cova, mas vocês deviam dar uma olhada no balanço da minha contabilidade espiritual". Mas por enquanto eu ainda não estava também em condições de dizer isso. Meu aspecto é melhor que o dos mortos, é claro, mas às vezes é só por muito pouco.

Falei: "Bem, obrigado por esta visita, sra. Palomino. Mas vai ter que me perdoar. Tenho um compromisso e ainda não fiz a barba nem almocei".

"Como é que você faz a barba? Com barbeador elétrico ou de lâmina?"

"Remington."

"O barbeador elétrico Abercrombie & Fitch é o único aparelho que presta. Acho que também vou fazer a barba. E o que temos para o almoço?"

"Vou tomar iogurte. Mas não posso te oferecer nada."

"Acabamos de comer. Iogurte puro? Não põe nada nele? E que tal um ovo cozido? A Polly pode cozinhar um ovo para você. Polly, vá à cozinha e prepare um ovo para o Charlie. De que maneira você disse que ia chegar ao centro da cidade?"

"De carona."

"Não fique irritado por causa da Mercedes. Vou te arranjar três 280 SL.

Você é um homem grande demais para ficar chateado comigo por causa de um carro. As coisas vão ser diferentes. Olhe, por que a gente não se encontra depois do julgamento e toma uma bebida? Você vai precisar. Além disso, você devia falar mais. Você escuta demais. Não é bom para você."

Relaxou de maneira ainda mais ostensiva, apoiando os dois braços estendidos, um de cada lado, no encosto arredondado do sofá, como se quisesse mostrar que não era um homem que eu pudesse enxotar da minha casa. Também queria transmitir uma impressão de intimidade confortável com a bonita e plenamente satisfeita Polly. Eu tinha lá minhas dúvidas a respeito disso. "Este tipo de vida é muito ruim para você", disse ele. "Vi caras saírem do confinamento na solitária e sei quais são os sinais. Por que você mora na zona sul, cercado por favelas? É porque tem uns amigos intelectuais por perto? Você andou falando do tal professor Richard Sei Lá das Quantas."

"Durnwald."

"Esse mesmo. Mas você também me contou que um açougueiro te perseguiu no meio da rua. Devia alugar um apartamento na zona norte, num edifício de alta segurança, com garagem subterrânea. Ou você está aqui por causa das esposas desses professores? É fácil roubar as damas do Hyde Park." Depois falou: "Pelo menos você tem um revólver?".

"Não, não tenho."

"Meu Deus, mais um exemplo do que estou querendo dizer. Vocês todos são muito moles com as realidades da vida. Esta é uma situação crítica, o forte apache está cercado, não sabia? Só os peles-vermelhas têm armas e machadinhas. Você não leu a notícia sobre o tal taxista na semana passada, que levou um tiro no rosto? Vai demorar um ano de cirurgias plásticas para pôr tudo no lugar. Quando você ouve uma história como essa não fica com sede de vingança? Ou será que você já não tem mais sangue nas veias? Se for assim, então não sei como é que a sua vida sexual pode ser boa, também! Não venha me dizer que não tem o impulso de dar cabo do búfalo que correu atrás de você — só dar meia-volta e meter uma bala bem no meio da cabeça do idiota. Se eu te der um revólver, você vai andar com ele? Não? Vocês, Jesuses liberais, me dão nojo. Hoje você vai ao centro da cidade e vai outra vez acontecer a mesma coisa com esse tal de Forrest Tomchek e o Canibal Pinsker. Eles vão fazer picadinho de você. Mas você diz para si mesmo que eles são uns grossos, ao passo que você tem classe. Não quer um revólver?" Enfiou a mão ligeira embaixo do paletó. "Pronto, tome, pegue este revólver."

Eu tinha um fraco por figuras como Cantabile. Não era por acaso que o barão Von Trenck de meu sucesso na Broadway, a fonte do dinheiro da venda para o cinema — o cheiro de sangue que atraiu os tubarões de Chicago que agora estavam me esperando no centro da cidade —, também era um sujeito exuberante exibido destrutivo impulsivo e desatinado. Esse tipo, o impulsivo-desatinado, agora estava flertando com a classe média. Rinaldo estava pegando no meu pé por causa da minha decadência. Malditos instintos. Eu não ia me defender. Suas ideias na certa remontavam a Sorel (atos de violência exaltada praticados por ideólogos para chocar a burguesia e regenerar sua coragem moribunda). Embora ele nem soubesse quem era Sorel, essas teorias acabam se espalhando e encontram pessoas que as exemplificam — sequestradores de aviões, raptores, terroristas políticos que matam hóspedes de um hotel ou disparam contra multidões, os Arafat sobre os quais a gente lê nos jornais ou vê nas notícias de televisão. Cantabile estava manifestando essas tendências em Chicago, exaltava turbulentamente algum princípio humano — ele nem sabia qual. E eu mesmo, à minha maneira antiquada, também não sabia. Por que eu não apreciava nenhuma relação com pessoas do meu próprio nível mental? Em vez disso, tinha atração por tipos arrogantes e turbulentos. Eles tinham alguma coisa a me oferecer. Talvez isso fosse em parte um fenômeno da sociedade capitalista moderna, com seu compromisso com a liberdade pessoal para todos, pronta a se solidarizar com os inimigos mortais da classe dirigente, e até a subvencioná-los, como diz Schumpeter, ativamente solidária com o sofrimento real ou fingido, pronta a aceitar fardos e peculiares distorções de caráter. Era verdade que as pessoas tinham a sensação de que ser pacientes com criminosos ou psicopatas lhes conferia uma distinção moral. Compreender! Nós adoramos compreender, ter compaixão! E lá estava eu. E quanto às massas pobres, milhões de pessoas nascidas pobres agora possuíam casas, utensílios elétricos, aparelhos e equipamentos e suportavam as turbulências sociais, ficavam de bico calado, aferradas a seus bens mundanos. Seus corações estavam revoltados, mas elas toleravam os desordeiros e não formavam bandos de justiceiros pelas ruas. Assistiam a todas as violências, esperando obstinadamente que terminassem. Nada de fazer o barco balançar. Pelo visto, eu compartilhava o mesmo estado deles. E não conseguia enxergar que bem poderia me trazer dar tiros com um revólver. Como se eu pudesse me livrar das minhas perplexidades abrindo caminho à bala — ainda mais porque minha maior perplexidade era meu próprio caráter!

Cantabile tinha investido muito atrevimento e engenho em mim e agora parecia ter a sensação de que nós dois nunca deveríamos nos separar. Também queria que eu o levasse para o alto, que o conduzisse a coisas elevadas. Ele havia chegado ao estágio alcançado por andarilhos, vagabundos e vigaristas, parasitas e criminosos na França do século XVIII, o estágio do teórico e intelectual criativo. Talvez ele achasse que era o sobrinho de Rameau ou até Jean Genet. Não encaro isso como a onda do futuro. Eu não queria nenhuma participação naquilo. Ao criar Von Trenck, é claro, eu dera minha cota de contribuição para isso. No *Late Late Show*, Von Trenck ainda era visto frequentemente travando duelos, escapando da prisão, seduzindo mulheres, mentindo e contando vantagem, tentando incendiar a casa de campo do seu cunhado. Sim, eu tinha feito minha parte. Também é possível que eu desse continuamente dicas de um novo interesse por coisas mais elevadas, de um desejo de avançar no terreno do espírito, de modo que era simplesmente justo que Cantabile me pedisse para contar alguma coisa disso, para dividir com ele, lhe dar pelo menos uma indicação. Ele estava ali para me fazer bem, disse ele. Estava ansioso para me ajudar. "Posso te pôr numa jogada legal", disse ele. Começou a me descrever um dos seus negócios. Tinha investido dinheiro nisso e naquilo. Era presidente de uma empresa que fazia voos fretados, talvez uma dessas companhias que haviam desembarcado milhares de pessoas na Europa no verão passado. Também tinha uma clínica de aborto de referência e publicava anúncios em jornais de faculdades do país inteiro, como se fosse um amigo desinteressado. "*Procure-nos se acontecer essa infelicidade. Daremos a orientação e a ajuda de que você precisa, sem nenhum custo.*" E aquilo era a pura verdade, disse Cantabile. Não havia custo nenhum, mas os médicos pagavam por fora um percentual dos seus honorários. Era um negócio normal.

 Polly não pareceu chateada com aquilo. Achei que ela era boa demais para Cantabile. Mas afinal em todo casal existe um contraste que beneficia um dos dois. Dava para ver que Polly, com sua pele branca, seu cabelo ruivo, as pernas bonitas, achava Cantabile divertido. Era por isso que estava com ele. Polly se divertia bastante com Cantabile. De sua parte, ele me pressionava para admirar Polly. Ele também se vangloriava do nível de instrução da sua esposa — que grande empreendedora era ela — e encheu minha bola para Polly. Ele se sentia orgulhoso de todos nós. "Olhe só a boca do Charlie", disse para Polly. "Note que ele mexe a boca mesmo quando não está falando.

Isso é porque está pensando. Ele pensa o tempo todo. Olhe, vou te mostrar o que estou dizendo." Agarrou um livro, o maior que estava em cima da mesa. "Pegue só este monstro — *Enciclopédia de religião e ética* —, meu Deus, que diabo será isto? Pois bem, Charlie, diga para a gente o que você estava lendo nisto aqui."

"Eu estava dando uma conferida sobre Orígenes de Alexandria. A opinião de Orígenes era de que a Bíblia não devia ser tomada como uma coletânea de meras histórias. Será que Adão e Eva de fato se esconderam embaixo de uma árvore quando Deus entrou no jardim no final do dia? Será que os anjos de fato subiam e desciam pelos degraus de uma escada? Será que Satã levou Jesus para o alto de uma grande montanha e submeteu-o a tentações? Obviamente essas histórias devem ter um sentido mais profundo. O que significa dizer 'Deus andou'? Por acaso Deus tem pés? Foi assim que os pensadores começaram a tomar a frente e..."

"Chega, já chega. E agora o que é que diz este livro aqui, *O triunfo da terapêutica?*"

Por razões particulares minhas, eu não relutava em ser testado dessa maneira. De fato, eu lia bastante. Mas eu sabia realmente o que estava lendo? Logo veríamos. Fechei os olhos e recitei: "Diz que os psicoterapeutas podem se tornar os novos líderes espirituais da humanidade. Uma catástrofe. Goethe temia que o mundo moderno pudesse se transformar num hospital. Todos os cidadãos adoentados. A mesma ideia está na peça *Knock, ou o triunfo da medicina*, de Jules Romains. Será que a hipocondria é uma criação da profissão médica? Segundo esse autor, quando a cultura não consegue dar conta do sentimento de vazio e do pânico a que o homem é propenso (e ele diz de fato "propenso"), outros agentes se apresentam para colar os nossos cacos com terapia, com cola, ou slogans, ou cuspe, ou como diz o tal Gumbein, o crítico de arte, os pobres coitados são reciclados no divã. Essa visão é até mais pessimista que a defendida pelo Grande Inquisidor de Dostoiévski, que disse: a humanidade é frágil, precisa de pão, não consegue suportar a liberdade, mas exige o milagre, o mistério e a autoridade. Uma propensão natural para o sentimento de vazio e de pânico é pior que isso. Muito pior. O que isso significa de fato é que nós, seres humanos, somos loucos. A última instituição que controlava tal loucura (na opinião dele) era a Igreja...".

Ele me deteve outra vez. "Polly, está vendo o que eu quero dizer? Agora, me conte o que é isto aqui: *Entre a morte e o renascimento?*"

"Steiner? Um livro fascinante sobre a viagem da alma através dos portões da morte. Diferente do mito de Platão..."

"Puxa, espere aí", disse Cantabile, e chamou a atenção de Polly. "Basta fazer uma pergunta que ele logo dispara. Você consegue encarar isto como um número num espetáculo de variedades numa boate? A gente podia arranjar uma vaga para ele se apresentar no show do sr. Kelly."

Polly desviou os olhos dele e me fitou com os olhos grandes e castanhos avermelhados, e disse: "Ele não ia gostar".

"Vai depender de quanto ele vai ser massacrado no centro da cidade hoje. Charlie, eu tive outra ideia no caminho para cá. A gente podia gravar numa fita você lendo um dos seus ensaios ou artigos e alugar as fitas para faculdades e universidades. Você ia faturar uma grana bem legal com isso. Como aquele texto sobre o Bobby Kennedy que li em Leavenworth, na *Esquire*. E o negócio intitulado 'Homenagem a Harry Houdini'. Mas não 'Grandes tédios do mundo moderno'. Esse eu não consegui ler de jeito nenhum."

"Bem, não queira dar passos maiores que as pernas, Cantabile", falei.

Eu estava perfeitamente consciente de que, nos negócios, Chicago era uma verdadeira prova de amor quando as pessoas queriam conduzir a gente para planos mirabolantes de ganhar dinheiro. Mas eu não conseguia acompanhar o clima de Cantabile naquele presente estado de espírito, nem conseguia uma referência de navegação, ou uma leitura do seu espírito, que estava se derramando por todo o apartamento. Ele estava muito excitado e, naquele hospital goethiano, era um cidadão enfermo. Talvez eu mesmo não estivesse numa forma tão maravilhosa assim. Ocorreu-me que no dia anterior Cantabile me levara a um lugar elevado, não exatamente para me submeter a tentações, mas para surrupiar minhas notas de cinquenta dólares. Será que agora ele não estaria encarando um desafio da imaginação — quer dizer, como iria ele dar sequência àquela encenação? No entanto ele parecia achar que os acontecimentos do dia anterior nos haviam unido num laço quase místico. Existiam palavras gregas para isso — *philia, agape* etc. (Eu tinha ouvido um famoso teólogo, Tillich, o Trabalhador, expor seus diversos significados, de modo que agora eu ficava sempre confuso com essas palavras). Quero dizer que a *philia*, naquele momento específico na carreira da humanidade, exprimia-se em ideias promocionais americanas e em acordos comerciais. A isso, nas beiradas, eu acrescentava meus próprios bordados peculiares. Eu elaborava os motivos das pessoas muito profusamente.

Olhei para o relógio. Renata não viria nos próximos quarenta minutos. Ia chegar perfumada, maquiada, e até majestosa num dos seus chapéus grandes e moles. Eu não queria que Cantabile a visse. Nesse aspecto, eu não sabia se era uma ideia muito boa deixar Renata se encontrar com Cantabile. Quando ela olhava para um homem que a interessava, tinha um jeito vagaroso de desprender dele seu olhar. Não queria dizer grande coisa. Era sua criação. Renata havia sido instruída na ciência do charme por sua mãe, a Señora. Embora eu suponha que se a gente nasce com olhos tão bonitos como os dela, a gente pode perfeitamente criar métodos próprios. No método de Renata de comunicação feminina, devoção e fervor eram coisas importantes. O principal, no entanto, era que Cantabile ia ver um velho com uma garota nova, e ele podia tentar, como dizem, tirar vantagem disso.

Porém quero deixar claro que falo como uma pessoa que recentemente recebeu ou experimentou a luz. Eu não me refiro a "A Luz". Refiro-me a uma espécie de luz na existência, uma coisa difícil de explicar de maneira precisa, ainda mais num relato como este, onde tantos objetos, ações e fenômenos extravagantes, errôneos, tolos e enganosos estão em primeiro plano. E essa luz, como quer que seja definida, era agora um elemento real em mim, como o próprio ar que a vida respira. Experimentei-o de maneira breve, mas tinha durado o bastante para se mostrar de forma convincente e também provocar um tipo de alegria completamente irracional. Ademais, o histérico, o grotesco que há mim, o ofensivo, o injusto, essa loucura da qual muitas vezes fui um participante ativo e receptivo, o aflitivo, agora encontraram um contraste. Digo "agora", mas sabia desde muito tempo o que era aquela luz. Só que eu parecia ter esquecido que na primeira década da vida eu conhecia aquela luz e sabia até como inspirá-la. Mas esse talento prematuro ou esse dom ou inspiração, que renunciei em nome da maturidade ou do realismo (senso prático, autopreservação, luta pela sobrevivência), agora estava recuperando o terreno perdido. Talvez a natureza vã da autopreservação comum tivesse afinal se tornado flagrante demais para ser negada. Preservação para quê?

Naquela altura, Cantabile e Polly não prestavam lá grande atenção em mim. Ele estava explicando a ela como uma empresa pequena e simples podia ser montada a fim de proteger meus rendimentos. Ele falava de "planejamento patrimonial" com um sorrisinho com o canto da boca. Na Espanha, mulheres da classe trabalhadora cutucam a bochecha com três dedos e torcem a cara para denotar a mais extrema ironia. Cantabile fazia caretas daquele mesmo jeito. Era uma questão de defender os bens contra as investidas do inimigo, ou seja, Denise e seu advogado, Canibal Pinsker, e talvez até o próprio juiz Urbanovich.

"As minhas fontes me dizem que o juiz está do lado da mulher. Como é que vamos saber que ele não está recebendo uma grana por baixo dos panos? Acontece uma porção de coisas gozadas quando essa gente se cruza. Lá em Cook County é diferente? Charlie, já pensou em se mudar para as ilhas Cayman? É a nova Suíça, sabia? Eu jamais poria a minha grana em bancos suíços. Depois que os russos conseguiram de nós o que queriam com essa história de détente, eles vão avançar para a Europa. E sabe o que vai acontecer com a grana amontoada na Suíça — toda aquela grana de iranianos e de vietnamitas e de coronéis gregos e do petróleo árabe? Não, Charlie, é melhor se mudar para um condomínio com ar-refrigerado nas ilhas Cayman. Junte um bom suprimento de borrifador desodorante para o sovaco e viva feliz."

"E onde está a grana para fazer isso?", perguntou Polly. "Ele tem?"

"Isso eu não sei. Mas se não tem dinheiro, por que esses caras lá no centro da cidade estão querendo arrancar a pele dele, da cabeça até os dedões do pé? Sem anestesia? Charlie, posso te arranjar um negócio bem legal. Compre uns contratos no mercado futuro de commodities. Tenho tudo organizado."

"Só no papel. Se aquele tal de Stronson for um cara direito", disse Polly.

"Do que é que você está falando? O Stronson? Um multimilionário. Não viu a mansão do cara em Kenilworth? O diploma de bacharel da Faculdade de Administração de Harvard pendurado na parede? Além do mais, ele faz negócios para a Máfia e você sabe que esses caras não gostam de ser tapeados. Eles mesmos fazem o sujeito andar na linha. Só que ele é um completo kosher. Tem uma cadeira no conselho do Mid-America Commodity Exchange. Os vinte mil dólares que deixei com ele cinco meses atrás, ele já dobrou para mim. Vou trazer para você a literatura da empresa dele. De todo modo, basta o Charlie levantar a mão para fazer fortuna. Não esqueça que um dia ele teve um sucesso na Broadway e um grande filme campeão de bilheteria. Por que não vai acontecer de novo? Olhe só toda essa papelada espalhada por aqui. Esses textos e outras porcarias podiam render a maior grana. Provavelmente há bem aqui diante de nós uma verdadeira mina de ouro, quer apostar? Por exemplo, sei que você e o seu amigão Von Humboldt Fleisher uma vez escreveram um roteiro de cinema juntos."

"Quem foi que te contou isso?"

"A minha esposa pesquisadora."

Ri daquilo, e bem alto. Um roteiro de cinema!

"Você lembra?", perguntou Cantabile.

"Sim, lembro. Como foi que a sua esposa soube? Foi a Kathleen quem contou?"

"A sra. Tigler em Nevada. A Lucy agora está em Nevada, entrevistando a mulher. Está lá faz uma semana, hospedada no hotel fazenda da tal sra. Tigler. Ela está cuidando do hotel sozinha."

"Por quê? Existe um sr. Tigler. Ou ele está fora?"

"Está fora, para sempre. O cara morreu."

"Morreu? Ela ficou viúva. Pobre Kathleen. Não teve sorte mesmo, pobre mulher. Tenho muita pena da Kathleen."

"Ela também é meio sentimental em relação a você. A Lucy contou para ela que eu te conheço e ela mandou lembranças. Quer que eu mande algum recado para ela? A Lucy e eu nos falamos por telefone todo dia."

"Como foi que o Tigler morreu?"

"Levou um tiro por acidente numa caçada."

"Dá para imaginar. Adorava caçar. Era um caubói."

"E também um chato de galochas?", disse Cantabile.

"Podia ser."

"Você o conhecia pessoalmente, então. Sem grandes mágoas, hein? Tudo o que você diz é 'pobre Kathleen'. E agora fale do tal filme que você e o Fleisher escreveram juntos."

"Ah, sim, conte para a gente", disse Polly. "Do que é que tratava? Duas cabeças como as de vocês, colaborando... puxa!"

"Era uma bobagem. Não valia nada. Em Princeton, a gente se distraía assim. Puro passatempo."

"Por acaso não tem uma cópia do texto? Talvez você seja a pessoa menos qualificada para saber o que ele vale, comercialmente falando", disse Cantabile.

"Comercialmente? Os dias milionários de Hollywood terminaram. Não existem mais aqueles valores fantásticos."

"Essa parte da questão você pode deixar por minha conta", disse Cantabile. "Se tivermos na mão um verdadeiro patrimônio, eu saberei como promovê-lo — diretor, estrela, financiamento, o pacote completo. Você tem uma ficha corrida bem gorda, não esqueça, e o nome do Fleisher ainda não foi completamente esquecido. Vamos fazer a tese da Lucy ser publicada e isso vai fazer o nome dele renascer."

"Mas afinal qual era a história do filme?", perguntou Polly, de nariz torto, perfumada, mexendo de leve as pernas.

"Tenho que fazer a barba. Tenho que almoçar. Estou esperando um amigo da Califórnia."

"Quem é ele?", perguntou Cantabile.

"O nome dele é Pierre Thaxter e editamos juntos uma revista chamada A Arca. Na verdade, não é da sua conta..."

Mas é claro que era da conta dele sim, porque ele era um demônio, um agente da distração. Seu trabalho era fazer barulho, interceptar, mostrar a direção errada e me enviar aos trambolhões para pântanos e atoleiros.

"Muito bem, conte-nos um pouco sobre o tal filme", disse Cantabile.

"Vou tentar. Só para ver se a minha memória está boa", respondi. "A coisa começava com Amundsen, o explorador das regiões polares, e Umberto Nobile. Na época do Mussolini, o Nobile era oficial da Força Aérea, engenheiro, comandante de um dirigível, um homem corajoso. Na década de 20, ele e Amundsen lideraram uma expedição para o polo Norte e voaram da Noruega para Seattle. Mas os dois eram rivais e chegaram a se odiar mutuamente. Na expedição seguinte, com apoio de Mussolini, Nobile foi sozinho. Só que a sua nave mais leve que ar sofreu um acidente no oceano Ártico e a tripulação ficou à deriva sobre placas de gelo flutuantes. Quando Amundsen soube do fato, disse: 'O meu camarada Umberto Nobile', que ele detestava, vejam bem, 'está perdido no mar. Tenho que ir salvá-lo'. Então fretou um avião francês e carregou-o com equipamentos. O piloto advertiu-o de que o avião estava com excesso de carga e não ia voar. Como Sir Patrick Spens, me lembro de que falei isso para o Humboldt."

"Que Spens é esse?"

"É só um poema", disse Polly para Cantabile. "E Amundsen foi o cara que levou a melhor sobre a expedição do Scott para o polo Sul."

Contente de ter uma boneca tão culta para esclarecê-lo no ato, Cantabile assumiu a atitude de um aristocrata que acha que os servos e as traças de livros lhe darão toda e qualquer insignificante informação histórica de que ele precise.

"O piloto francês advertiu-o, mas Amundsen disse: 'Você não vai querer me ensinar como organizar uma expedição de salvamento'. E assim o avião decolou da pista, mas caiu no mar. Todos morreram."

"Esse é o filme? Mas e os tais caras que ficaram no gelo?"

"Os homens no gelo mandaram mensagens pelo rádio e foram salvos pelos russos. Um quebra-gelo chamado *Krassin* foi enviado para encontrá-los. O navio atravessou os blocos de gelo flutuantes e salvou dois homens, um italiano e um sueco. Tinha havido um terceiro sobrevivente — onde estava ele? As explicações foram duvidosas e o italiano acabou suspeito de canibalismo. O médico russo a bordo do *Krassin* fez uma lavagem no estômago dele e, com um exame de microscópio, identificou tecidos humanos. Bem, houve um escândalo terrível. Um vidro com amostras retiradas do estômago do tal sujeito foi exposto na praça Vermelha com uma placa enorme que dizia: 'É assim que os cães imperialistas fascistas capitalistas se devoram uns aos outros. Só o proletariado conhece a fraternidade, a moralidade e o autossacrifício'."

"Mas que raio de filme poderia sair disso tudo?", perguntou Cantabile. "Pelo que vejo, parece que é uma ideia inteiramente maluca."

"Mas eu avisei que era."

"Sim, mas agora você está sentido comigo, e está todo cheio de si. Acha que eu sou um retardado, no seu departamento. Não sou um sujeito artístico e não estou apto a ter uma opinião."

"Isso é só uma questão de formação", falei. "O filme, da maneira como Humboldt e eu o elaboramos, começava numa cidadezinha da Sicília. O canibal, que Humboldt e eu chamamos de Signor Caldofreddo, é então um velho e vende sorvete, a garotada o adora, ele só tem uma filha, que é linda e querida por todos. Ali, ninguém se lembra da expedição do Nobile. Mas aparece um jornalista dinamarquês que quer entrevistar o velho. O jornalista está escrevendo um livro sobre o salvamento feito pelo navio *Krassin*. O velho o encontra em segredo e diz: 'Deixe-me em paz. Sou vegetariano há cinquenta anos. Faço sorvete. Sou um velho. Não venha me trazer desgraça agora. Encontre um outro assunto para pesquisar. A vida é cheia de situações históricas. Você não precisa da minha vida. Meu Deus, permita que este Seu servidor parta em paz...'."

"Então a história do Amundsen e do Nobile serve de fundo para isso?", perguntou Polly.

"Humboldt admirava o Preston Sturges. Adorava o filme *O milagre do córrego de Morgan* e também *O homem que se vendeu*, com o Brian Donlevy e o Akim Tamiroff, e a ideia do Humboldt era mexer com Mussolini, Stálin, Hitler e até com o papa."

"Como assim com o papa?", perguntou Cantabile.

"O papa entregou para Nobile uma grande cruz para ele deixar no polo Norte. E nós dois encarávamos o filme como um vaudevile e uma farsa, mas com alguns elementos da tragédia *Édipo em Colono*. Pecadores violentos e espetaculares em idade avançada adquirem poderes mágicos e, quando morrem, têm a faculdade de amaldiçoar e abençoar."

"Se a intenção é ser engraçado, é melhor deixar o papa de lado", disse Cantabile.

"Encurralado, o velho Caldofreddo é dominado pela ira. Atenta contra a vida do jornalista. Chega a soltar um enorme pedregulho na encosta de uma montanha. Mas na última hora muda de ideia e se joga para conter a pedra, luta com ela até que o carro do jornalista passe pela estrada lá embaixo. Depois disso, o Caldofreddo destrói a sua barraquinha de vender sorvetes na praça da cidade, convoca todo mundo e faz uma confissão pública para o povo do lugarejo. Chorando, conta que ele é um canibal..."

"O que joga água fria no romance da filha, suponho", disse Polly.

"Exatamente o contrário", respondi. "Os habitantes do vilarejo fazem uma assembleia. O jovem namorado da filha diz: 'Pensem só no que os nossos ancestrais comiam. Como os macacos, como os animais inferiores, como os peixes. Pense no que os animais comeram desde o início dos tempos. E todos nós devemos a nossa existência a eles'."

"Não, não me parece que vá ser um campeão de bilheteria", disse Cantabile.

Falei que estava na hora de fazer a barba e os dois me acompanharam ao banheiro.

"Não", disse Cantabile outra vez. "Acho que não vai dar em nada. Mesmo assim, você tem uma cópia desse troço?"

Eu tinha ligado o barbeador elétrico, mas Cantabile tomou-o da minha mão. Disse a Polly: "Não sente. Vá preparar o ovo cozido para o almoço do Charlie. Vá logo, já, para a cozinha". Em seguida, falou: "Eu vou me barbear primeiro. Não gosto de usar um aparelho que esteja quente. A temperatura do outro cara me deixa incomodado". Ficou passando o aparelho ruidoso e brilhante para cima e para baixo, apertando sua pele e torcendo a cara. "Ela vai preparar a sua refeição. Bonita garota, não é? O que achou dela, Charlie?"

"Uma garota impressionante. Sinais de inteligência, também. Vejo pela mão esquerda que é casada."

"Sim, com um pentelho que faz anúncios na televisão. Ele dá um duro danado. Nunca está em casa. Eu vejo muito a Polly. Todo dia de manhã, quando a Lucy sai para trabalhar em Mundelein, a Polly chega e vai para a cama comigo. Estou vendo que isso causou uma impressão ruim em você, Charlie. Mas não se faça de bobo comigo, você ficou todo aceso assim que pôs os olhos na garota, e ficou só tentando impressionar a menina, ficou se exibindo. Aquele esforçozinho extra, sabe como é. Você não age assim quando está entre homens apenas."

"Admito que eu gosto de brilhar quando há senhoras presentes."

Ele ergueu o queixo para alcançar o pescoço com o barbeador. A ponta do seu nariz pálido ficou delineada com uma linha escura. "Você gostaria de transar com a Polly?", perguntou.

"Eu? Esta é uma pergunta abstrata?"

"Nada de abstrato. Você faz coisas para mim, eu faço coisas para você. Ontem triturei o seu carro, corri atrás de você pela cidade. Hoje nos relacionamos em bases diferentes. Sei que você deve ter uma namorada bonita. Mas eu não me importo em saber quem ela é nem o que ela sabe, comparada com a Polly ela não passa de um zé-ninguém. A Polly faz as outras garotas parecerem uma porcaria."

"Nesse caso, tenho que agradecer a você."

"Isso quer dizer que você não está a fim. Está recusando. Pegue o seu barbeador, já terminei." Pôs o aparelhinho quente em minha mão com uma pancadinha de leve. Depois recuou da pia e encostou-se na parede do banheiro, de braços cruzados e com um pé apoiado na ponta do dedão. Falou: "É melhor você não me rejeitar".

"Por quê?"

Seu rosto, do tipo sem cor e vigoroso, encheu-se de um calor pálido. Mas ele falou: "Tem uma coisa que nós três podemos fazer juntos. Você fica deitado de costas. Ela fica em cima de você e ao mesmo tempo faz sexo oral comigo."

"Vamos parar com essas coisas sórdidas. Chega. Eu nem consigo visualizar um negócio desses."

"Não se faça de bobo comigo. Não banque o superior." Explicou de novo. "Eu fico na cabeceira da cama, de pé. Você fica deitado. A Polly fica montada em cima de você, inclinada para a frente na minha direção."

"Pare com essas propostas nojentas. Não quero fazer parte do seu circo sexual."

Ele me dirigiu um olhar homicida, mas eu não dei a menor bola para isso. Havia uma porção de gente melhor que ele na categoria do olhar homicida — Denise e Pinsker, Tomchek e o tribunal, o Departamento da Receita Federal. "Você não é nenhum puritano", disse Cantabile, emburrado. Mas percebendo meu estado de espírito, mudou de assunto. "O seu amigo George Swiebel ficou falando na hora do jogo a respeito de uma mina de berilo na África Oriental — que negócio é esse de berilo?"

"É necessário para ligas metálicas usadas em naves espaciais. O George diz que tem amigos no Quênia..."

"Ah, ele tem contatos privilegiados com a galera da floresta. Aposto que eles adoram o sujeito. É tão natural, saudável e humano. Aposto que é um homem de negócios horroroso. Você estaria mais bem servido com o Stronson e o mercado futuro de commodities. Ele é que é um cara sabido. Sei que você não acredita, mas estou tentando te ajudar. Eles vão moer os seus ossos no tribunal. Será que você não guardou alguma grana em algum canto? Não é possível que seja assim tão tapado. Será que você não tem alguma conta fantasma em algum canto deste mundo?"

"Nunca pensei em fazer isso."

"Quer que eu acredite que você não tem nada nos seus pensamentos a não ser anjos, escadas, espíritos imortais, mas pela maneira como você vive percebo muito bem que isso não pode ser verdade. Em primeiro lugar, você é um cara chique. Sei qual é o seu alfaiate. Em segundo lugar, você é um velho garanhão..."

"Naquela noite, por acaso, falei com você sobre o espírito imortal?"

"Pode apostar que falou. Disse que depois que ele atravessa os portões da morte — estou citando — a sua alma se desdobra e olha para trás, na direção do mundo. Charlie, hoje de manhã tive uma ideia sobre você — feche a porta. Vamos, feche logo. Agora, escute bem, a gente podia fingir um sequestro de uma das suas filhas. Você paga o resgate e eu ponho a grana nas ilhas Cayman para você."

"Agora me deixe ver a sua arma", falei.

Ele me entregou a arma e eu a apontei para ele. Falei: "Usarei isto aqui contra você, sem hesitar, se tentar uma coisa dessas".

"Baixe essa Magnum. É só uma ideia. Não fique assim tão abalado."

Retirei as balas, joguei na lata de lixo e devolvi a pistola. O fato de ele ter feito tal sugestão para mim, reconheci, foi culpa minha mesmo. O arbitrário pode tornar-se o bichinho de estimação do racional. Cantabile parecia admitir que ele era meu arbitrário de estimação. De certo modo, ele tirava partido disso. Era melhor ser o arbitrário de estimação que um mero maluco. Mas será que *eu* era tão racional assim?

"A ideia do sequestro é espalhafatosa demais, tem razão", disse ele. "Bem, e que tal fazer uma pressãozinha no juiz? Afinal, um juiz de condado tem que entrar na lista de candidatos para ser reeleito. Os juízes fazem política também e é melhor você ter isso em mente. Existem alguns carinhas na organização que botam e tiram os juízes das listas de candidatos. Por trinta ou quarenta mil dólares, o cara certo vai fazer uma visitinha ao juiz Urbanovich."

Bufei e soprei para longe os pelinhos nas lâminas do barbeador.

"Você também não topa fazer isso, não é?"

"Não."

"Talvez o outro lado já tenha apertado os parafusos em cima dele. Para que ser tão cavalheiro assim? É uma espécie de paralisia. Absolutamente irreal. Por trás do vidro no Museu Field de História Natural, é lá que você devia estar. Acho que você ficou estacionado na infância. Se eu te dissesse: 'Liquide tudo por aqui e vá para o exterior', o que você responderia?"

"Responderia que a gente não precisa sair dos Estados Unidos só por causa de dinheiro."

"Isso mesmo. Você não é nenhum Vesco nem nada. Você ama o seu país. Bem, você não é talhado para ter esse dinheiro todo. Talvez os outros devam mesmo tomar o dinheiro de você. Pessoas como o presidente fingiam ser americanos muito certinhos no *Saturday Evening Post*. Eram uns escoteiros, entregavam o jornal de casa em casa antes do sol nascer. Mas eles eram fraudes. O americano verdadeiro é um doidão feito você, um judeu intelectual da zona oeste de Chicago. *Você* é que devia ser posto lá na Casa Branca."

"Estou inclinado a concordar."

"Você ia adorar a proteção do Serviço Secreto." Cantabile abriu a porta do banheiro para ver o que Polly estava fazendo. Ela não estava escutando às escondidas atrás da fechadura. Cantabile fechou a porta de novo e disse, em voz baixa: "A gente podia encomendar um servicinho para a sua esposa. Ela quer briga, não é? Então ela vai ter briga. Podia acontecer um acidente de carro. Ela podia morrer na rua. Podia ser empurrada na frente de um trem. Podia ser arrastada para o fundo de um beco e esfaqueada. Brutamontes malucos andam pegando mulheres por aí a torto e a direito, e então quem é que ia saber? Ela está te matando aos poucos... pois bem, e se fosse *ela* que morresse? Sei que você vai dizer que não e tratar tudo isso como uma piada — Cantabile, um maluco, um palhaço."

"É melhor que você esteja só brincando."

"Estou te lembrando de que isto aqui, afinal, é Chicago."

"Noventa e oito por cento de pesadelo e então você acha que eu devia totalizar cem por cento de uma vez? Prefiro pensar que você está só brincando. Lamento que a Polly não tenha ouvido nada disso. Muito bem, agradeço muito seu grande interesse no meu bem-estar. Não me ofereça mais nenhuma sugestão. E não me mande nenhum horrendo presente de Natal, Cantabile. Você está atirando a esmo para causar uma impressão de dinamismo. Não faça mais nenhuma sugestão criminosa, compreendeu? Se eu ouvir mais uma sílaba nessa linha, vou te denunciar à delegacia de homicídios."

"Relaxe. Eu não levantaria um dedo contra ela. Apenas pensei que devia te mostrar todo o espectro de opções. Ajuda a gente visualizar tudo, de ponta a ponta. Clareia a mente. Você sabe muito bem que ela vai ficar feliz da vida quando você morrer, seu crápula."

"Não sei de nada disso", respondi.

Eu estava mentindo. Ela mesma tinha dito para mim exatamente aquilo. Na verdade, travar uma conversa como aquela me trazia um grande benefício. Eu mesmo havia provocado aquilo. Eu tinha criado raízes e aberto meu caminho na humanidade experimentando decepções e mais decepções. Qual era minha decepção? Eu tinha, ou supunha que tinha, necessidades e percepções de ordem shakespeariana. Mas só muito esporadicamente elas eram de ordem tão elevada. E então me vi fitando os olhos pensativos de Cantabile. Ah, minha vida elevada! Quando era jovem, eu achava que ser um intelectual me garantiria uma vida elevada. Nesse ponto, Humboldt e eu éramos exatamente iguais. Ele também teria respeitado e adorado a sensatez, a racionalidade, a força analítica de um homem como Richard Durnwald. Para Durnwald, a única vida corajosa, apaixonada, viril, era uma vida de pensamento. Eu concordava, na época, mas já não pensava mais assim. Tinha resolvido dar ouvidos à voz da minha própria mente que falava dentro de mim, das minhas profundezas, e essa voz dizia que existia meu corpo, na natureza, e que também eu existia. Eu estava relacionado com a natureza por meio de meu corpo, mas tudo o que eu era não estava contido no corpo.

Por causa desse tipo de ideia, agora me vi sob o olhar de Cantabile. Ele me examinava. Ele também parecia terno preocupado ameaçador punitivo e até letal.

Falei: "Anos atrás, tinha um garoto nas histórias em quadrinhos chamado Ambrósio Desesperado. Antes de você nascer. Não vá bancar o Ambrósio Desesperado comigo. Me deixe sair daqui".

"Só um minuto. E quanto à tese da Lucy?"

"Que se dane a tese dela."

"Ela vai voltar de Nevada daqui a alguns dias."

Não respondi nada. Dali a alguns dias, eu estaria a salvo, no exterior, longe daquele maluco, embora na certa estaria misturado com outros malucos.

"Mais uma coisa", disse ele. "Você pode transar com a Polly por meu intermédio. Só nessa condição. Não tente nada por conta própria."

"Fique sossegado", respondi.

Ele ficou no banheiro. Suponho que tenha pego as balas de volta na lixeira.

Polly tinha preparado para mim o ovo e o iogurte.

"Vou te dizer uma coisa", disse ela. "Não se meta no mercado de commodities. Ele está perdendo sem parar."

"E ele sabe disso?"

"O que você acha?", perguntou Polly.

"Então ele está atraindo novos investidores talvez para recuperar uma parte dos seus prejuízos."

"Não sei. Isso não está ao meu alcance", respondeu Polly. "Ele é uma pessoa muito complicada. O que é aquela linda medalha na parede?"

"É a minha condecoração francesa, foi a minha namorada quem emoldurou. Ela é decoradora de interiores. Na verdade, a medalha é uma espécie de falsificação. As condecorações importantes são vermelhas, e não verdes. Me deram o tipo de coisa que dão para criadores de porcos e pessoas que inventam aprimoramentos para as latas de lixo. Um francês me disse ano passado que a minha fita verde deve ser o nível mais baixo da Legião de Honra. Na verdade, ele nunca tinha visto uma fita verde antes. Achou que devia ser o *Mérite Agricole*."

"Não acho que tenha sido legal da parte dele te dizer isso", comentou Polly.

Renata foi pontual e estava com o motor do velho Pontiac amarelo ligado no ponto morto, à minha espera. Apertei a mão de Polly e disse a Cantabile: "A gente vai se ver". Não os apresentei para Renata. Os dois fizeram muito esforço para dar uma olhada nela, mas entrei no carro, bati a porta e disse: "Vamos embora!". Ela deu partida. O topo do chapelão de Renata chegava a tocar no teto do carro. Era de feltro cor de ametista e com o feitio dos chapéus do século XVII que a gente vê nos quadros de Frans Hals. Ela deixou o cabelo comprido solto para baixo. Eu preferia preso num coque, deixando à mostra a forma do pescoço.

"Quem são os seus amigos e por que toda essa pressa?"

"Era o Cantabile, o tal que massacrou o meu carro."

"Foi ele? Eu gostaria de conhecer. E aquela era a esposa dele?"

"Não, a esposa está fora da cidade."

"Observei vocês vindo pelo corredor do prédio. Ela é um espetáculo. E ele é um homem atraente."

"Ele estava louco para te conhecer... ficou tentando dar uma espiada pela fresta da janela."

"E por que você ia ficar tão perturbado por causa disso?"

"Ele acabou de se oferecer para dar um jeito de fazer a Denise sumir do mapa."

Renata, rindo, gritou: "O quê?".

"Um matador de aluguel, um mecânico, ele sugeriu um contrato com alguém. Todo mundo conhece esse linguajar hoje em dia."

"Deve ter sido de brincadeira."

"Tenho certeza que era. Por outro lado, o meu 280 SL está lá na oficina."

"Não que a Denise não mereça", disse Renata.

"Ela é uma peste capaz de deixar qualquer um maluco, isso é a pura verdade, e eu sempre ria quando lia como o velho Karamázov correu desembestado para a rua quando soube que a sua esposa tinha saído gritando 'A safada morreu!'... Mas a Denise", disse Citrine, o palestrante, "é uma personalidade cômica, e não trágica. Além do mais, ela não deve morrer para *eu* ficar satisfeito. O mais importante são as meninas, elas precisam de uma mãe. De todo modo, é uma idiotice ouvir as pessoas falarem matar, assassinar, morte — elas não têm a menor ideia do que estão falando. Não existe uma pessoa em dez mil que compreende as coisas mais elementares a respeito da morte."

"O que você supõe que vai acontecer no centro da cidade hoje?"

"Ah, o mesmo de sempre. Vão me ameaçar e pegar no meu pé. Eu vou fazer o papel da dignidade humana. E eles vão me fazer comer o pão que o diabo amassou."

"Bem, você tem mesmo que representar o papel da dignidade? Você fica sempre tão preso a isso, enquanto eles ficam com toda a diversão. Se você encontrasse um jeito de esmagá-los seria tão legal... Bem, ali está a minha cliente parada na esquina. Ela não tem o jeitão de um leão de chácara na porta de um inferninho? Você não precisa participar da nossa conversa, já basta que ela me aporrinhe e encha o meu saco. É melhor você desligar e ficar meditando. Se ela não escolher hoje o tecido do estofamento, vou cortar a garganta dela."

Imensa e perfumada, em seda preta e branca, pontinhos grandes cobrindo o peito (que eu podia visualizar e visualizava de fato), Fannie Sunderland entrou no carro. Retirei-me para o banco de trás e a adverti a respeito do buraco no chão, coberto por uma folha de lata. As pesadas amostras transportadas por seu ex-marido vendedor haviam de fato gastado bastante o metal do Pontiac de Renata. "Infelizmente", disse Renata, "a nossa Mercedes está na oficina passando por reparos."

Na disciplina mental que eu havia recentemente começado a praticar, e da qual eu já sentia os efeitos positivos, estabilidade, equilíbrio e tranquilidade eram os pré-requisitos. Eu dizia a mim mesmo: "Tranquilidade, tranquilidade". Assim como na quadra de tênis eu dizia a mim mesmo: "Dance, dance, dance!". E sempre produzia algum resultado. A vontade é um elo que liga a alma ao mundo tal como ele é. Por meio da vontade, a alma se liberta da distração e dos meros sonhos. Mas quando Renata me disse para eu desligar e meditar, ela fez vibrar na voz uma ponta de malícia. Ela estava me alfinetando por causa de Doris, a filha do dr. Scheldt, o antroposofista de quem eu vinha recebendo orientações. Renata morria de ciúmes de Doris. "Aquela piranha bebê!", berrava Renata. "Eu sei que ela mal pode esperar a hora de pular para a cama com você." Mas isso era culpa da própria Renata, uma criação dela mesma. Ela e a mãe, a Señora, tinham resolvido que eu precisava ter uma lição. Elas fecharam a porta na minha cara. Atendendo a um convite, fui ao apartamento de Renata para jantar certa noite e me vi do lado de fora, sem poder entrar. Havia outra pessoa com ela. Durante alguns meses, eu me senti deprimido demais para ficar sozinho. Fui morar com George Swiebel e dormia no sofá da casa dele. No meio da noite, eu me sentava de repente com um ataque de choro, às vezes acordava George, que saía do quarto e acendia a luz, seu pijama amarrotado deixava à mostra pernas musculosas. Ele fez o seguinte comentário ponderado: "Um homem com cinquenta e tantos anos que é capaz de perder a cabeça e chorar por causa de uma garota é um homem que eu respeito".

Falei: "Ah, droga! Do que é que você está falando? Sou um débil mental. É uma desgraça viver desse jeito".

Renata tinha relações com um cara chamado Flonzaley...

Mas eu estou andando depressa demais. Fiquei sentado atrás das duas senhoras perfumadas e faladeiras. Dobramos a esquina da rua 47, a fronteira entre a Kenwood dos ricos e a Oakwood dos pobres, passamos pela taverna fechada que tinha perdido sua licença porque um cara havia levado vinte facadas lá dentro por causa de oito dólares. Era isso o que Cantabile chamava de "brutamontes malucos". Onde estava a vítima? Onde tinha sido enterrado? Quem era ele? Ninguém sabia dizer. E agora outros, olhando com o ar mais natural do mundo, passavam na frente do lugar em seus automóveis, ainda pensando num "eu", no passado e nas perspectivas desse "eu". Se não existe nisso tudo nada além de um cômico egoísmo, de alguma ilusão de que o destino esteja sendo ludibriado, de evasão da realidade da sepultura, talvez não valha a pena se dar a tanto trabalho. Mas isso era algo que ainda teria de ser verificado no futuro.

George Swiebel, o adorador da vitalidade, achava uma coisa maravilhosa o fato de um velho ainda manter uma vida erótica ativa e uma vida emocional fluente e vivaz. Eu não concordava. Mas quando Renata me telefonou chorando e disse que nunca tinha sentido nada pelo tal Flonzaley, e disse que queria que eu voltasse, falei: "Ah, graças a Deus, graças a Deus!". E voltei correndo para ela. Foi o fim da srta. Doris Scheldt, de quem eu havia gostado muito. Mas gostar não era o bastante. Eu era um homem atormentado pelas ninfas e uma pessoa de anseios frenéticos. Talvez os anseios não fossem nem especificamente pelas ninfas. Mas, fossem lá o que fossem, uma mulher como Renata os fazia vir à tona. Outras damas se mostravam críticas em relação a ela. Algumas diziam que era uma grossa. Talvez fosse, mas também era deslumbrante. E é preciso ter em mente o estranho ângulo ou viés que os raios do amor haviam de tomar a fim de conseguir alvejar um coração como o meu. Do jogo de pôquer de George Swiebel, no qual eu bebi tanto e fiquei tão tagarela, extraí uma ideia útil — para um pé atípico, é preciso achar um sapato atípico. Se além de ser atípico a gente é meticuloso — bem, aí a gente já tem meio caminho andado. Mas será que ainda existe um pé atípico? Quero dizer que pusemos tanta ênfase no erótico que toda a excentricidade da alma acabou jorrando para os pés. Os efeitos são tão distorcidos, a carne assume curvas tão floreadas que nada mais vai calçar direito. Assim, a deformidade suplantou o amor e o amor é uma força que não consegue nos deixar em paz. E não consegue porque devemos nossa existência a atos de amor praticados antes de nós, porque o amor é uma dívida permanente da alma. Essa é a situação, como eu a vejo. A interpretação dada por Renata, que tinha algo de astróloga, era que a culpa dos meus problemas era do meu signo. Ela nunca havia topado com um geminiano mais dividido, sofrido e ferrado, tão incapaz de se recuperar. "Não sorria quando falo das estrelas. Sei que para você sou uma linda desmiolada, uma boazuda débil mental. Você gostaria que eu fosse a sua garota dos sonhos do *Kama Sutra*."

Mas eu não tinha sorrido dela. Tinha sorrido só porque, na literatura astrológica de Renata, eu ainda não havia lido nenhuma explicação sobre o tipo geminiano que não fosse incorreta, pelo menos em parte. Fiquei impressionado com um livro em particular: falava de Gêmeos como uma usina de sentimento mental, onde a alma é tosquiada e retalhada. Quanto a ela ser minha garota do *Kama Sutra*, Renata era uma mulher direita, ainda digo isso, mas de maneira nenhuma se sentia inteiramente à vontade no sexo. Às vezes ficava triste e calada e falava dos seus "grilos". Agora estávamos de partida para a Europa na sexta-feira, nossa segunda viagem naquele ano. Havia razões pessoais sérias para aquelas viagens para a Europa. E se eu não conseguisse oferecer solidariedade madura para uma mulher jovem, o que eu teria para oferecer? Aconteceu que passei a ter um interesse autêntico pelos problemas dela, sentia-me inteiramente solidário.

No entanto eu devia ao realismo comum ver as coisas tal como os outros as viam — um velho devasso e confuso estava levando uma piranha oportunista para a Europa a fim de fazer a mulher se divertir bastante. Por trás disso, para completar a imagem clássica, havia a velha e ardilosa mãe, a Señora, que dava aulas de espanhol comercial numa escola de secretariado na State Street. A Señora era uma pessoa de certo charme, uma dessas mulheres que prosperam no Meio Oeste porque são estrangeiras e amalucadas. A beleza de Renata não era herdada da mãe. E no aspecto biológico ou evolucionário, Renata era perfeita. Como um leopardo ou um cavalo de corrida, ela era um "animal nobre" (vejam Santayana, *O senso da beleza*). O misterioso pai de Renata (e nossas viagens para a Europa tinham o propósito de descobrir apenas quem era ele) deve ter sido um daqueles Hércules de circo dos velhos tempos, que vergavam barras de ferro, puxavam locomotivas com os dentes e suportavam o peso de vinte pessoas em cima de uma prancha sobre as costas, um homem de grande porte, um modelo para Rodin. A Señora, acho que na verdade era húngara. Quando contava anedotas de família, dava para ver que estava fazendo uma transposição dos Bálcãs para a Espanha. Eu estava convencido de que a compreendia e, para tal crença, dava a mim mesmo uma estranha razão; era que eu compreendia a máquina de costura Singer da minha mãe. Aos dez anos, eu havia desmontado a máquina de costura e montado tudo de novo, peça por peça. A gente empurrava o pedal de ferro decorado. Isso fazia girar a silenciosa polia, a agulha subia e descia. A gente levantava uma plaquinha lisa de aço e ali dentro descobria as peças pequeninas e complicadas que exalavam um odor de óleo de máquina. Para mim, a Señora era uma pessoa feita de peças complicadas e tinha um leve cheiro de óleo. No conjunto, era uma associação positiva. Mas faltavam determinadas peças em sua mente. A agulha subia e baixava, havia linha na carretilha, mas os pontos de costura não davam certo.

O principal argumento em favor da sanidade da Señora se apoiava na maternidade. Tinha uma porção de planos para Renata. Eram extravagantes a longo prazo, mas a curto prazo eram bastante práticos. Havia investido um bocado na formação de Renata. Deve ter gastado uma fortuna em ortodontia. Os resultados eram de ordem muito elevada. Era um privilégio ver Renata abrir a boca e, quando brincava comigo e ria de forma exuberante, eu ficava pasmo de admiração. Tudo o que minha mãe podia fazer por meus dentes nos velhos tempos de ignorância era amarrar uma flanela na tampa do forno a lenha, ou então pôr trigo-sarraceno seco e quente dentro de um saco de tabaco Bull Durham e aplicar em meu rosto, quando eu tinha dor de dente. Daí meu respeito por aqueles dentes maravilhosos. Além disso, para uma garota já crescida, Renata tinha uma voz leve. Quando ria, ventilava todo o seu ser — até o útero, eu pensava. Ela erguia o cabelo com lenços de seda, deixando à mostra as linhas de um pescoço feminino lindamente gracioso, e seu jeito de caminhar... ah, como ela caminhava! Não admira que sua mãe não quisesse desperdiçá-la comigo, com minha papada e minha medalha francesa. Mas como Renata tinha de fato um fraco por mim, por que não estabelecer uma vida doméstica? A Señora era assim. Renata já estava à beira de fazer trinta anos, divorciada, com um filho bonito chamado Roger, de quem eu gostava muito. A velha (a exemplo de Cantabile, pensem só nisso) me pressionava para comprar um apartamento num condomínio nas proximidades da zona norte. Ela não se incluía nesses planos e sugestões. "Preciso de privacidade. Eu tenho os meus *affaires de coeur*. Porém", dizia a Señora, "Roger deve viver num lar onde haja uma figura masculina."

Renata e a Señora reuniam recortes de jornal sobre casamentos com grande diferença de faixa etária. Mandavam-me recortes de jornal sobre maridos velhos e entrevistas com suas noivas. Num ano, elas perderam Steichen, Picasso e Casals. Mas ainda tinham Chaplin, o senador Thurmond e o juiz Douglas. Das colunas de sexo do *News*, a Señora até separava afirmações de caráter científico a respeito do sexo para idosos. E até George Swiebel me disse: "Talvez fosse um bom negócio para você. A Renata quer casar. Ela já rodou bastante e já viu muita coisa. Já aprendeu a lição. Está pronta".

"Bem, sem dúvida ela não é uma dessas pequenas *noli me tangerines*", falei.

"É uma boa cozinheira. É animada. Tem plantas, bugigangas, as luzes estão acesas, a cozinha está com fumaça de comida no fogo, a vitrola toca música de góis. Ela se molha por você? Ela fica molhadinha quando você toca a mão nela? Trate de ficar longe dessas peruas secas e mentais. Tenho que ser bem elementar ao falar com você, de outro modo você vai ficar hesitante. Vai acabar mais uma vez aprisionado por uma mulher que diz que compartilha os seus interesses mentais ou que compreende os seus propósitos mais elevados. Esse tipo já encurtou bastante a sua vida. Mais uma dessas pode até te matar! De todo modo, sei que você quer transar com a Renata."

É claro que eu queria! Era difícil para mim parar de elogiar Renata. De chapéu e de casaco de pele, ela dirigia seu Pontiac. Suas pernas abertas, de meias compridas e colantes, em tecido cintilante, compradas numa loja especializada em figurinos para teatro. Suas emanações pessoais afetavam até as peles dos animais que compunham seu casaco. Eles não só cobriam seu corpo como continuavam ali presentes, tentando alguma coisa. Havia uma certa similaridade aqui. Eu também estava tentando. Sim, eu desejava muito transar com Renata. Ela estava me ajudando a consumar meu ciclo terreno. Renata tinha seus momentos irracionais, mas também era gentil. De fato, como artista carnal, Renata era tão desoladora quanto excitante, porque, pensando nela como esposa por interesse, eu tinha de perguntar onde ela teria aprendido tudo aquilo e se havia feito seu doutorado por conta própria ou se já nascera sabendo. Além do mais, nosso relacionamento me fazia nutrir ideias fúteis e indignas. Um oftalmologista me disse no clube Downtown que uma simples incisão retiraria as bolsas que eu tinha embaixo dos olhos. "É apenas uma hérnia de um desses músculos miudinhos que existem aí", disse o dr. Klosterman, e descreveu como era a cirurgia plástica e como a pele era cortada e dobrada para dentro. Acrescentou que eu tinha cabelo de sobra na parte de trás da cabeça, o qual podia ser transplantado para a parte de cima. O senador Proxmire tinha feito aquilo e, por um tempo, ficou usando um turbante na cabeça, no plenário do Senado. Ele tinha pedido uma dedução, rejeitada pela Receita Federal — mas era possível tentar de novo. Refleti acerca de tais sugestões, mas acabei me dando conta de que eu tinha de parar com aquela besteira! Tinha de concentrar toda a minha atenção nos temas grandiosos e tremendos que durante décadas haviam acalentado meu sono. Além do mais, alguma coisa até podia ser feita na parte da frente da pessoa, mas e quanto à parte de trás? Mesmo que consertassem as bolsas dos olhos e fizessem um reparo nos cabelos, ainda não restaria a nuca? Algum tempo antes, eu estava experimentando um casaco chique na loja Sacks e, no espelho triplo, vi como eu estava profundamente entalhado e fissurado no intervalo entre uma orelha e outra.

Comprei o casaco assim mesmo, Renata me pressionou para comprá-lo, e naquele dia eu o estava vestindo. Quando cheguei ao prédio do tribunal e saí do carro, a gigantesca sra. Sunderland disse: "Puxa vida! Que casaco bacana!".

Renata e eu tínhamos nos conhecido naquele mesmo arranha-céu, o novo prédio da prefeitura, quando servíamos de jurados num julgamento.

Porém havia entre nós uma ligação anterior e indireta. O pai de George Swiebel, o velho Myron, conhecia Gaylord Koffritz, ex-marido de Renata. Os dois tinham tido um encontro fora do comum no Banho Russo da Division Street. George me contou a respeito.

Era uma pessoa simples e discreta, o pai de George. A única coisa que desejava era viver para sempre. George herdou seu vitalismo diretamente do pai. Herdou isso de Myron, que o possuía numa forma um tanto mais primitiva. Myron afirmava que devia sua longevidade ao calor e ao vapor, ao pão preto integral à cebola crua ao uísque de milho ao arenque à salsicha ao baralho aos bilhares às corridas de cavalo e às mulheres.

Então, na sauna, com suas arquibancadas de madeira, suas pedras chiantes e seus baldes de água gelada, a distorção visual era considerável. De trás, quando a gente via um vulto frágil, com a bunda pequena, pensava logo que era uma criança, mas ali não havia nenhuma criança e, vendo de frente, a gente descobria um homem velho, rosado e encolhido. O papai Swiebel, de rosto barbeado e que visto de trás era igualzinho a um menino, encontrou um homem barbado no vapor e, por causa do brilho da barba, achou que *ele* devia ser muito mais velho. No entanto era apenas um homem de trinta e poucos anos, e de corpo muito vigoroso. Sentaram-se juntos nas bancadas de madeira, dois corpos recobertos por gotas de umidade, e o papai Swiebel disse: "O que o senhor faz?".

O homem barbado não se mostrou disposto a dizer o que fazia. O papai Swiebel insistiu, forçando-o a falar. Isso foi um erro. No jargão demente das pessoas instruídas, aquilo era contra o "éthos" do lugar. Ali, como no Clube

Downtown, ninguém conversava sobre negócios. George gostava de dizer que a sauna era como o derradeiro refúgio na floresta em chamas onde animais hostis observavam uma trégua e a lei de comer ou ser comido estava suspensa. Receio que ele tenha extraído isso de alguma coisa de Walt Disney. A questão que ele queria sublinhar para mim era que estava errado tentar vender seu peixe ou promover seu negócio enquanto se fazia sauna. O papai Swiebel deu uma mancada e sabia disso. "O cara barbudo não queria falar. Eu provoquei o sujeito. E assim ele acabou me dando o que eu queria."

Num lugar onde homens ficam pelados como os trogloditas da Idade da Pedra nas cavernas do Adriático e sentam-se juntos, gotejantes e vermelhos como um pôr do sol em meio à neblina, e, como naquele caso, um deles tem barba espessa, castanha e cintilante, e os olhos fitam os olhos através do vapor e do suor que escorre sem parar, coisas estranhas podem ser faladas. Revelou-se que o tal homem era vendedor, no ramo das criptas, sepulturas e mausoléus. Quando papai Swiebel ouviu aquilo, quis recuar. Mas agora já era tarde. Com sobrancelhas arqueadas, dentes brancos e lábios ressaltados pelo espesso emaranhado da barba, o homem falou:

"Por acaso o seu último repouso já está organizado? Há um plano da família? O senhor está preparado? Não? Mas por que não? Sabe quanto pode custar essa negligência? Sabe como eles vão enterrar o senhor? Espantoso! Ninguém conversou com o senhor sobre as condições nos novos cemitérios? Ora, não passam de verdadeiras favelas. A morte merece dignidade. Nesse terreno, a exploração é tremenda. Trata-se de uma das maiores falcatruas em curso no ramo dos imóveis. Eles enganam as pessoas. Não fornecem a quantidade obrigatória de metros. O senhor terá que ficar encolhido para sempre. O desrespeito é feroz. Mas o senhor sabe o que são a política e o crime organizado. Em toda parte, todo mundo pratica a bandalheira geral. Mais dia, menos dia, vai haver uma grande investigação e vai estourar um grande escândalo. Muita gente irá para a cadeia. Mas será tarde demais para os mortos. Ninguém vai abrir a sua sepultura e enterrar o senhor outra vez. Portanto o senhor vai ficar lá, deitado numa lata de sardinha. Espremido. Como uma dessas brincadeiras que a garotada faz com as camas dos colegas nas colônias de férias. E lá está o senhor com centenas de milhares de corpos, num alojamento coletivo horizontal, com os joelhos dobrados. Será que o senhor não tem o direito de ficar com as pernas estendidas? E nesses cemitérios eles nem sequer permitem que o senhor tenha uma lápide própria. Tem que se conformar com uma placa de metal com o seu nome e as suas datas. Depois vêm as máquinas de aparar a grama. Usam um trator para cortar a grama. É a mesma coisa que estar enterrado num campo de golfe público. As lâminas do cortador raspam as letras da placa de metal. Muito em breve elas serão obliteradas. Os seus filhos não vão mais conseguir encontrar o lugar. O senhor vai estar perdido para sempre..."

"Pare!", disse Myron. O cara continuou:

"Agora, num mausoléu, é completamente diferente. Não custa tanto quanto a gente imagina. Essas peças novas são pré-fabricadas, mas são cópias dos melhores modelos, começando pelos túmulos etruscos, passando por Bernini e chegando até Louis Sullivan, art nouveau. Hoje em dia as pessoas andam loucas por art nouveau. Pagam milhares de dólares por uma luminária Tiffany ou por uma sanca no teto. Em comparação, um túmulo art nouveau pré-fabricado sai bem barato. E com isso o senhor se destaca da multidão. Está instalado na sua propriedade particular. O senhor não vai querer ficar para toda a eternidade numa espécie de engarrafamento de trânsito ou num vagão de metrô na hora do rush, vai?"

O papai Swiebel disse que Koffritz parecia muito sincero e que, no vapor, via apenas um rosto barbudo, respeitoso, compassivo e preocupado — um expert, um especialista, imparcial, sensato. Mas as insinuações subjacentes eram devastadoras. A imagem também me impressionou — a morte fervilhando embaixo de um campo de golfe sem árvores e a opacidade de placas de metal sem nomes. O tal Koffritz, com sua diabólica poesia de vendedor, cravou suas garras no coração do papai Swiebel. E no meu também. Pois na época em que me contaram tudo isso, eu sofria de violentas angústias de morte. Eu nem ia aos velórios. Não suportava ver o caixão ser fechado, e a ideia de ser aparafusado dentro de uma caixa me deixava em desespero. Isso foi agravado quando li no jornal uma notícia sobre uns moleques de Chicago que encontraram uma pilha de caixões vazios perto do crematório de um cemitério. Arrastaram os caixões até um lago e ficaram brincando, como se fossem botes. E já que estavam lendo *Ivanhoé* na escola, montaram nos caixões como se fossem cavaleiros, com lanças em punho. Um garoto capotou e ficou preso no forro de seda. Salvaram o menino. Mas ficou gravada em minha cabeça a imagem de um desfile de caixões forrados com tafetá cor-de-rosa acolchoado e com cetim verde-claro, todos abertos como mandíbulas de crocodilos. Eu me vi a mim mesmo enfiado ali dentro, para sufocar e apodrecer sob o peso de argila e de pedras — ou melhor, debaixo de areia. Chicago foi construída sobre praias e pântanos da Idade do Gelo (Pleistoceno posterior). Para aliviar, eu tentava converter isso num tema intelectual sério. Acredito que eu fazia muito bem esse tipo de coisa — pensar como o problema da morte é o problema burguês, relacionado com a prosperidade material e com a concepção da vida como algo prazeroso e confortável, e aquilo que Max Weber escreveu sobre a concepção moderna de vida como uma infinita série de segmentos, proveitosos, vantajosos e "prazerosos", que não conseguem proporcionar o sentimento de um ciclo de vida, de modo que a pessoa não consegue morrer "cheia de anos". Porém tais exercícios cultos de classe alta não afastaram de mim a maldição da morte. Eu só podia concluir que era muito burguês o fato de eu ter de ser tão neurótico a respeito de ficar sufocado dentro de um túmulo. E senti muita raiva de Edgar Allan Poe por ter escrito sobre esse assunto de maneira tão exata. Seus contos sobre catalepsia e sepultamento em vida envenenaram minha infância e continuavam a me torturar. Eu não conseguia suportar nem o lençol em cima do rosto, de noite, ou sentir meus pés presos embaixo do cobertor embolado. Perdi um bocado de tempo tentando imaginar como seria ser um morto. O sepultamento no mar talvez fosse a resposta.

As amostras de mercadorias que haviam aberto um furo no piso do Pontiac de Renata eram, portanto, de criptas e de túmulos. Quando eu a conheci, não só andava remoendo no pensamento ideias sobre morte (será que ajudaria ter uma divisória de madeira dentro do caixão, um mezanino logo acima do caixão a fim de conter o peso sufocante direto?), como eu também tinha desenvolvido uma esquisitice nova. Em missões de trabalho em La Salle Street, subindo ou descendo em elevadores rapidíssimos, toda vez que sentia um ajuste do controlador de velocidade e a porta do elevador estava à beira de abrir, meu coração tomava a palavra. Totalmente por conta própria. Exclamava: "Meu destino!". Parece que eu esperava que houvesse uma mulher ali à minha espera. "Finalmente! Você!" Tornando-me consciente desse degradante e faminto fenômeno do elevador, eu tentava agir de maneira correta e voltar ao estado de uma pessoa amadurecida. Chegava até a tentar ser científico. Mas a única coisa que a ciência consegue fazer pela gente é afirmar, mais uma vez, que quando acontece uma coisa assim tem de haver uma necessidade natural para tanto. O fato de isso ser sensato não me levava a lugar nenhum. Como é que se podia ser sensato se, como me parecia, eu tinha esperado muitos milhares de anos para que Deus mandasse minha alma para esta terra? Aqui eu deveria capturar uma palavra verdadeira e pura, antes de regressar, quando terminassem meus dias humanos. Eu temia ter de voltar de mãos vazias. Ser sensato não podia fazer absolutamente nada para mitigar esse medo de perder o barco. Qualquer um podia ver isso.

Convocado para ser membro de um júri popular, resmunguei de início que era uma perda de tempo. Mas depois me tornei um jurado feliz e entusiasmado. Sair de casa de manhã, como todo mundo, era uma bênção. Com um crachá de metal numerado, sentei-me alegremente com centenas de outras pessoas na sala de seleção de jurados, lá no alto do novo arranha-céu da prefeitura, um cidadão entre outros cidadãos. As paredes de vidro, as vigas de aço avermelhadas, ocre, eram muito bonitas — o céu vasto, o espaço regrado, os distantes tambores de tanques de armazenamento, as remotas favelas imundas e delicadas, o verde do rio riscado por pontes pretas. Olhando para fora pelas janelas do salão dos jurados, comecei a ter Ideias. Comprei livros e jornais no centro da cidade (para que não fosse um desperdício total de tempo). Pela primeira vez li as cartas que meu colega Pierre Thaxter vinha me enviando da Califórnia.

Não sou um leitor de cartas cuidadoso e as cartas de Thaxter eram muito compridas. Ele as compunha e ditava em seu pomar de laranjeiras perto de Palo Alto, onde ficava sentado, pensando, numa cadeira dobrável de lona. Vestia um capote preto de carabineiro, pés descalços, bebia pepsi-cola, tinha oito ou dez filhos, devia dinheiro para todo mundo e era um estadista cultural. Mulheres que o adoravam o tratavam como um homem de gênio, acreditavam em tudo o que ele lhes dizia, datilografavam seus manuscritos, davam à luz seus filhos, traziam-lhe pepsi-cola para beber. Ao ler aqueles caudalosos memorandos que tratavam do primeiro número da revista A *Arca* (havia três anos na fase de planejamento, e os custos já eram descomunais), dei-me conta de que ele me pressionava para completar um grupo de estudos sobre "Grandes Tédios do Mundo Moderno". Ele não parava de sugerir possíveis linhas de abordagem. Certos tipos eram óbvios, é claro — tédios políticos, filosóficos, ideológicos, educacionais, terapêuticos —, mas havia outros, frequentemente subestimados, por exemplo, tédios inovadores. No entanto eu tinha perdido o interesse pelas categorias e passei a me preocupar apenas pelo aspecto geral e teórico do projeto.

Passei momentos animados no vasto salão dos jurados revendo minhas anotações sobre os tédios. Vi que me mantive afastado de problemas de definição. Bom para mim. Não queria me embrenhar em questões teológicas sobre *accidia* e *tedium vitae*. Achei necessário apenas dizer que, desde o início, a humanidade experimentava fases de tédio, mas ninguém se aproximava do assunto de frente e pelo centro, como um tema em si mesmo. Nos tempos modernos, a questão foi tratada sob o nome de *anomia* ou Alienação, como um efeito das condições de trabalho capitalistas, como resultado da nivelação da Sociedade de Massas, como consequência do encolhimento da fé religiosa ou do uso gradual dos elementos carismáticos ou proféticos, ou da negligência em relação aos poderes do Inconsciente, ou do aumento da Racionalização numa sociedade tecnológica, ou do crescimento da burocracia. Parecia-me, no entanto, que a gente podia começar com essa crença do mundo moderno — ou a gente queimava, ou apodrecia. Isso tem relação com a descoberta do velho Binet, o psicólogo, para quem as pessoas histéricas têm cinquenta vezes mais energia, resistência, força de desempenho, agudeza das faculdades e criatividade em seus ataques histéricos que em seus períodos de tranquilidade. Ou, como diz William James, os seres humanos viviam de verdade quando estavam no ápice das suas energias. Algo como *Wille zur Macht*. Vamos supor então que a gente comece com a tese de que o tédio é um tipo de dor causada por faculdades não utilizadas, a dor de talentos e possibilidades desperdiçadas, e é acompanhado por expectativas de uma utilização ótima das capacidades. (Nesses momentos mentais, tento evitar uma recaída no estilo das ciências sociais.) Nada corresponde de fato à expectativa pura, e tal pureza de expectativa é uma grande fonte de tédio. Pessoas com muitas capacidades no campo dos sentimentos sexuais, dos pensamentos e das invenções — todas as pessoas altamente dotadas veem-se alijadas por décadas, em zonas mortas de tédio, banidas, exiladas, aprisionadas em viveiros de pássaros. A imaginação até tentou superar os problemas obrigando o próprio tédio a render algum interesse. Devo essa abordagem a Von Humboldt Fleisher, que me mostrou como James Joyce tinha feito isso, mas qualquer pessoa que lê livros pode facilmente descobrir tal coisa por conta própria. A literatura moderna francesa é especialmente preocupada com o tema do tédio. Stendhal falava disso em todas as páginas, Flaubert dedicou livros inteiros ao assunto e Baudelaire foi seu maior poeta. Qual o motivo para essa sensibilidade francesa especial? Será porque o *ancien régime*, temendo outra Fronde, criou uma corte que esvaziou as províncias de todo talento? Fora do centro, onde arte, filosofia, ciências, costumes e conversação vicejavam, não existia nada. No reinado de Luís XIV, as classes superiores desfrutavam uma sociedade refinada e, além do mais, as pessoas não precisavam ficar sozinhas. Excêntricos como Rousseau faziam a solidão parecer glamorosa, mas pessoas sensatas concordavam em dizer que se tratava realmente de uma coisa terrível. Portanto, no século XVIII, o fato de estar na prisão começou a adquirir sua importância moderna. Pense só quantas vezes Manon e Des Grieux ficaram na cadeia. E Mirabeau e meu próprio Von Trenck e, é claro, o marquês de Sade. O futuro intelectual da Europa foi determinado por pessoas impregnadas de tédio, pelos escritos de prisioneiros. Então, em 1789, foram jovens da roça, advogados plumitivos e oradores da província que tomaram de assalto e capturaram o centro de interesse. O tédio teve mais a ver com a revolução política moderna que a justiça. Em 1917, o tedioso Lênin que escreveu tantos livretos e cartas maçantes sobre questões de organização foi, por um breve intervalo, só paixão, só interesse radiante. A Revolução Russa prometeu à humanidade uma vida de interesse permanente. Quando Trótski falava de revolução permanente, na verdade queria dizer interesse permanente. Nos primeiros dias, a revolução foi uma obra de inspiração. Trabalhadores, camponeses e soldados se encontravam num estado de empolgação e de poesia. Quando essa fase breve e brilhante terminou, o que veio a seguir? A sociedade mais maçante da história. Desleixo degradação embotamento produtos sem graça prédios maçantes desconforto maçante supervisão maçante imprensa embotada educação embotada burocracia maçante trabalho forçado perpétua presença da polícia presença penal maçantes congressos do partido etc. O que era permanente era a derrota do interesse.

 O que poderia ser mais tedioso que os demorados jantares que Stálin servia, como Djilas os descreve? Até eu, pessoa curtida no tédio por meus anos em Chicago, marinado, *imunizado* pelos Estados Unidos, fiquei horrorizado com o relato de Djilas sobre aqueles banquetes de doze pratos que duravam a noite toda. Os convidados bebiam e comiam, bebiam e comiam, e então, às duas da manhã, tinham de sentar-se para assistir a filmes de caubói americanos. As bundas doíam. Havia terror em seus corações. Stálin, enquanto conversava e fazia piadas, estava mentalmente escolhendo aqueles que iam ser esganados e, enquanto mastigavam a comida, bufavam e bebiam sofregamente, eles sabiam disso e esperavam ser fuzilados em breve.

Noutras palavras, o que seria o tédio moderno sem o terror? Um dos mais tediosos documentos de todos os tempos é o grosso volume das *Conversas informais* de Hitler. Também gostava de pôr as pessoas para assistir a filmes, comer tortas e beber café com *Schlag*, enquanto entediava as pessoas e discorria teorizava expunha. Todo mundo estava morrendo de mofo, de medo, com receio de ir ao banheiro. Essa combinação de poder e tédio nunca foi devidamente estudada. O tédio é um instrumento de controle social. O poder é o poder de impor tédio, de comandar a imobilidade, de combinar essa imobilidade com a angústia. O tédio real, o tédio profundo, é temperado com terror e com morte.

Havia até questões mais profundas. Por exemplo, a história do universo seria muito entediante se a gente tentasse pensar nela da maneira habitual da experiência humana. Todo aquele tempo sem acontecimentos! Gases e mais gases rodando, e calor e partículas de matéria, as ondas solares e os ventos, de novo o desenvolvimento rastejante, pedacinhos somados a pedacinhos, acidentes químicos — eras inteiras em que quase nada acontece, mares sem vida, apenas uns poucos cristais, poucos compostos de proteínas se desenvolvendo. A morosidade da evolução é tão irritante de contemplar. Os erros canhestros que a gente vê nos fósseis dos museus. Como tais ossos conseguiam rastejar, andar, correr? É agoniante pensar no tatear às cegas das espécies — todos aqueles movimentos desajeitados, os rastejamentos nos pântanos, a ruminação, a rapina e a reprodução, a lentidão entediante com que tecidos, órgãos e membros se desenvolveram. E então também o tédio da emergência dos tipos mais elevados e por fim a humanidade, a vida embotada das florestas do Paleolítico, a demoradíssima incubação da inteligência, a morosidade da invenção, a idiotice das eras dos camponeses. Elas só são interessantes retrospectivamente, em pensamento. Ninguém conseguiria suportar essa experiência. A necessidade atual é de um movimento rápido para a frente, direto, para a vida na velocidade do pensamento mais intenso que existe. À medida que nos aproximamos, por meio da tecnologia, da fase da realização instantânea, da realização dos eternos desejos humanos de fantasias, de abolir o tempo e o espaço, o problema do tédio só pode se tornar cada vez mais poderoso. O ser humano, cada vez mais oprimido pelos termos peculiares da sua existência — uma vez só para cada um, nada além de uma vida para cada cliente —, não pode deixar de pensar no tédio da morte. Ah, as eternidades da não existência! Para as pessoas que sentem o anseio do interesse contínuo e da diversidade, ah!, como a morte será entediante! Ficar deitado dentro da sepultura, num só lugar, que coisa aterradora!

Sócrates tentou nos acalmar, é bem verdade. Disse que só havia duas possibilidades. Ou a alma era imortal ou, depois da morte, as coisas seriam de novo tão vazias quanto eram antes de nascermos. Isso também não é absolutamente reconfortante. De todo modo, era natural que a teologia e a filosofia se interessassem profundamente pelo assunto. Elas devem a nós não serem, elas mesmas, entediantes. Elas nem sempre se saem bem no cumprimento dessa obrigação. Todavia Kierkegaard não era um tédio. Eu tinha feito planos de examinar sua contribuição em meu ensaio capital. Na visão dele, a primazia do ético sobre o estético era necessária a fim de restaurar o equilíbrio. Mas chega dessa conversa. Dentro de mim mesmo, eu podia observar as seguintes fontes de tédio: 1) A falta de um vínculo *pessoal* com o mundo exterior. Tempos antes, notei que quando eu viajava pela França de trem na primavera passada, eu olhava pela janela e pensava que o véu de Maia estava desgastado e fino. E por que era assim? Eu não estava vendo o que existia de fato à minha frente, mas apenas aquilo que todo mundo vê, sob uma diretriz comum. Isso implica que nossa visão de mundo esgotou a natureza. A regra de tal visão é que eu, um sujeito, vejo os fenômenos, o mundo dos objetos. Eles, no entanto, não são necessariamente, em si mesmos, objetos tal como a racionalidade moderna define objetos. Pois no espírito, diz Steiner, um homem é capaz de sair de si mesmo e deixar que as coisas falem para ele acerca de si mesmas, falem sobre aquilo que tem sentido não só para ele, mas também para elas. Assim, o sol a lua as estrelas vão falar para quem não é astrônomo, apesar da sua ignorância da ciência. De fato, está mais que na hora de isso acontecer. A ignorância da ciência não deveria manter as pessoas aprisionadas no setor mais baixo e mais exaurido da existência, proibidas de manter relações independentes com a criação como um todo. As pessoas instruídas falam do mundo desencantado (tedioso). Mas não se trata do mundo, desencantada é minha própria cabeça. O mundo *não pode* ser desencantado. 2) Para mim, o ego consciente é a sede do tédio. A autoconsciência crescente, inflada, dominadora, dolorosa é o único rival dos poderes políticos e sociais que governam minha vida (negócios, poderes tecnológico-burocráticos, o Estado). Temos um vasto movimento organizado de vida e temos o eu singular, consciente de forma independente, orgulhoso do seu distanciamento e da sua imunidade absoluta, da sua estabilidade e da sua capacidade de se manter livre da influência do que quer que seja — dos sofrimentos dos outros ou da sociedade ou da política ou do caos externo. De certo modo, ele não está nem ligando. Ele é convocado a não ligar para nada e nós muitas vezes o pressionamos para não ligar mesmo, porém a maldição de não ligar repousa sobre essa consciência dolorosamente livre. É livre do apego a crenças e a outras almas. Cosmologias, sistemas éticos? Ele pode atravessar dúzias dessas coisas. Pois ser plenamente consciente de si como indivíduo é também estar separado de tudo o mais. Esse é o reino de Hamlet do espaço infinito numa casca de noz, de "palavras, palavras, palavras", de "a Dinamarca é uma prisão".

Essas eram algumas das anotações que Thaxter queria que eu expandisse. Todavia eu me encontrava num estado instável demais. Várias vezes por semana, eu ia ao centro da cidade para me encontrar com meus advogados e discutir meus problemas. Eles me explicavam como eram complexos meus apuros. As notícias que me davam eram cada vez piores. Eu disparava para cima e para baixo em elevadores em busca da salvação em forma feminina toda vez que a porta abria. Uma pessoa em meu estado deveria se trancar no quarto e, se não tivesse a firmeza de caráter para seguir o conselho de Pascal de ficar parado num lugar, deveria jogar a chave pela janela. Então a porta do elevador abriu no edifício da prefeitura e vi Renata Koffritz. Ela também trazia um crachá de aço numerado. Éramos ambos contribuintes, eleitores, cidadãos. Mas, ah, que cidadãos! E onde estava a voz que dizia, "Ó fortuna!"? Silenciou. Então seria mesmo ela? Certamente era uma tremenda mulher, delicada e lindamente sólida, de minissaia e sapatos de pré-escolar amarrados com cadarço. Pensei: Ah, Deus me ajude. Pensei: É melhor pensar duas vezes. Cheguei até a pensar: Na minha idade, um budista já estaria pensando em desaparecer para sempre na floresta. Mas não adiantava. Talvez ela não fosse o Destino que eu estava esperando, mas apesar de tudo era um Destino. Ela até sabia meu nome. "O senhor deve ser o sr. Citrine", disse ela.

Um ano antes, eu tinha ganho um prêmio no Clube Zig-Zag, uma sociedade cultural de Chicago de executivos de bancos e corretores da Bolsa de Valores. Não fui convidado a me tornar membro do clube. No entanto me deram uma plaquinha pelo livro que escrevi sobre Harry Hopkins e minha fotografia foi publicada no *Daily News*. Talvez aquela senhora a tivesse visto ali. Mas ela falou: "O seu amigo, o sr. Szathmar, é o meu advogado no processo de divórcio, e ele achou que nós podíamos nos conhecer".

Ah, ela me pegou de jeito. Com que rapidez me informou que estava se divorciando. Aqueles olhos devotos do amor já mandavam mensagens de amor e depravação para o setor rapaz-de-Chicago da minha alma. Uma lufada da malária do sexo da antiga zona oeste de Chicago bateu em mim.

"O sr. Szathmar é um admirador do senhor. Ele o adora. Praticamente fecha os olhos e toma um ar poético quando fala sobre o senhor. E é um homem tão robusto, a gente não espera isso. Contou-me sobre o seu amor que desapareceu num acidente de avião na selva. E também sobre o seu primeiro caso de amor... com a filha do médico."

"Naomi Lutz."

"É um nome estranho."

"Sim, é mesmo, não acha?"

É verdade que meu amigo de infância Szathmar me adorava, mas também adorava arranjar namoradas e bancar o alcoviteiro. Tinha uma verdadeira paixão por promover casos de amor. Era uma coisa útil para ele, profissionalmente, pois assim arranjava diversos clientes, que se julgavam presos a ele. Em casos especiais, Szathmar se encarregava de todos os detalhes práticos — o aluguel de um apartamento para a amante, o carro dela, as contas das suas despesas, os honorários do dentista dela. Chegava até a cuidar de tentativas de suicídio. Até de velórios e enterros. Sua vocação verdadeira não era o direito, mas combinar pessoas. E nós dois, amigos de infância, íamos continuar luxuriosos até o fim, se dependesse dele. Szathmar tornava tudo isso algo respeitoso. Fazia tudo isso com filosofia, poesia, ideologia. Citava, tocava discos e teorizava a respeito de mulheres. Tentava se manter em dia com a gíria erótica, sempre em rápida mutação, nas sucessivas gerações. Assim, será que terminaríamos nossas vidas como galanteadores senis embasbacados com xoxotas, saídos de uma farsa de Goldoni? Ou que nem o barão Hulot d'Ervy, de Balzac, cuja esposa no leito de morte ouve o velho declarar-se para a criada de quarto?

Alec Szathmar, alguns anos atrás, passando por grande estresse nos cofres-fortes do First International Bank, teve um ataque do coração. Eu adorava as tolices de Szathmar. Preocupava-me tremendamente com ele. Assim que saiu da UTI, fui visitá-lo no quarto e descobri que já estava com suas iniciativas sexuais. Depois de ataques do coração, isso é comum, ao que parece. Embaixo da volumosa coroa de cabelos brancos, peludo na altura das maçãs do rosto, no novo estilo de ornamento facial, seus olhos soturnos se dilataram assim que a enfermeira entrou no quarto, embora o rosto de Szathmar continuasse arroxeado. Meu velho amigo, que agora estava corpulento, volumoso, não ficava quieto na cama. Rodava para um lado e para o outro, chutava as cobertas, expunha-se como se fosse por um acidente causado pela irritação. Se eu estava fazendo uma visita de solidariedade, ele não precisava da droga da minha solidariedade. Aqueles olhos estavam implacáveis e alertas. Por fim, falei: "Escute, Alec, pare com essa agitação. Você sabe do que estou falando — pare de descobrir as suas partes íntimas toda vez que uma pobre senhora idosa entra no quarto para passar o esfregão embaixo da cama".

Ele me olhou firme. "O quê? Seu burro!", disse.

"Muito bem. Pare de levantar o seu avental."

Maus exemplos podem nos elevar — podemos ganhar uma promoção rápida de gosto e dizer: "Pobre e velho Alec, se exibindo. Pela graça de Deus, eu jamais faria isso". No entanto lá estava eu no banco dos jurados com uma ereção por causa de Renata. Estava excitado, alegre, estava ligeiramente mortificado. Diante de nós havia um caso de ofensa impessoal. A rigor, eu deveria ter falado com o juiz e pedido para ser desqualificado. "Excelentíssimo, não consigo me concentrar no julgamento por causa da deslumbrante senhora ao meu lado. Desculpe por ser tão adolescente…" (Desculpe! Ora, eu estava no sétimo céu.) Além disso, o caso era só um desses processos leves contra uma companhia de seguros aberto por uma senhora que era passageira de um táxi acidentado. Meu negócio pessoal era mais importante. O julgamento era só o fundo musical. Eu contava o tempo com pulsações metronômicas.

Dois andares abaixo, eu mesmo era réu numa ação de agravo de sentença para me despojar de todo o meu dinheiro. Era de imaginar que algo assim fosse me deixar mais sóbrio. Nem de longe!

Dispensado para o almoço, corri à La Salle Street para obter informações com Alec Szathmar sobre aquela garota maravilhosa. Quando mergulhei na multidão de Chicago, senti minhas cravelhas se soltando, as cordas mais frouxas, meu tom ficando mais grave. Mas o que eu ia fazer de mãos nuas contra uma força que havia se apoderado do mundo inteiro?

No escritório de Alec havia um ar requintado e quase de Harvard, embora ele fosse um advogado formado numa faculdade noturna. A decoração era principesca. Coleções de códigos e estatutos, uma atmosfera de elevada jurisprudência, fotografias de Justice Holmes e de Learned Hand. Antes da Grande Depressão, Alec era um menino rico. Não era podre de rico, só um rico comum. Mas eu conhecia meninos ricos. Tinha estudado meninos ricos na escala mais alta da sociedade — como no caso de Bobby Kennedy. Von Humboldt Fleisher, que sempre dizia ter sido um deles, não era um autêntico menino rico, ao passo que Alec Szathmar, que tinha sido um menino rico, dizia para todo mundo que na verdade era poeta. Na faculdade, ele provava isso em termos de posses. Possuía as obras de Eliot, Pound e Yeats. Sabia de cor o poema "Prufrock", que se tornou um dos seus trunfos. Mas a Depressão atingiu Szathmar em cheio e ele acabou não recebendo a educação de luxo que seu velho pai coruja e cheio de planos esperava oferecer a ele. No entanto, assim como na infância Alec tivera bicicletas, caixas com equipamentos de químico infantil, espingardas de ar comprimido, floretes de esgrima, raquetes de tênis, luvas de boxe, patins e uqueleles, agora ele possuía todos os equipamentos mais novos da IBM, telefones para teleconferência, computadores de mesa, relógios de pulso transistorizados, máquinas de xerox, gravadores de fita e centenas de grossos livros de direito.

Tinha ganho peso depois do seu acidente coronariano, quando deveria ter afinado o corpo. Sempre conservador no vestir, tentava cobrir seu barril volumoso com paletós enfeitados com duas aberturas na aba. Assim ele ficava parecendo um tordo gigante. O rosto excessivamente humano desse pássaro era emoldurado por costeletas tempestuosamente brancas. Os olhos quentes e castanhos, cheios de amor e amizade, não eram especialmente honestos. Uma das observações de C. G. Jung me ajudava a compreender Szathmar. Certas mentes, disse Jung, pertencem a fases mais antigas da história. Entre nossos contemporâneos, havia babilônicos e cartagineses, ou tipos da Idade Média. Para mim, Szathmar era um cavaleiro do século XVIII, adepto de Pandour von Trenck, primo do meu sortudo Trenck. Suas bochechas trigueiras e acolchoadas, seu nariz romano, suas suíças encarneiradas, o peito gordo os quadris largos os pés bem tratados e o queixo viril marcado por uma covinha atraíam as mulheres. Quem as mulheres irão abraçar é um dos mistérios mais insondáveis que existe. Mas é claro que a raça tem de ir em frente. De todo modo, ali estava Szathmar à minha espera. Na cadeira, sua postura sugeria uma habilidade equestre canhestra, mas inabalável, a cavaleiro sobre belas senhoras. Tinha os braços cruzados, como os braços do *Balzac* de Rodin. Infelizmente, ainda parecia um pouco enfermo. Quase todo mundo no centro da cidade me parecia um pouco adoentado naqueles dias.

"Alec, quem é essa tal de Renata Koffritz? Me dê as informações." Szathmar demonstrava um interesse cordial por seus clientes, sobretudo pelas mulheres atraentes. Elas recebiam sua solidariedade, orientação psiquiátrica, conselhos práticos e até toques de arte e filosofia. E ele me deu as informações: um só filho; mãe avulsa; nenhum pai à vista; fugiu para o México com seu professor de arte do colégio; foi localizada e trazida de volta; depois fugiu para Berkeley; foi encontrada num desses grupos de terapia de toque da Califórnia; casou-se com Koffritz, um vendedor no ramo das criptas e sepulturas...

"Pare aí. Você o conhece? Um cara alto? Barba castanha? Puxa, foi ele que deu um bote de vendedor no velho Myron Swiebel, dentro do Banho Russo, na Division Street."

Szathmar não ficou impressionado com a coincidência. Disse: "Ela é simplesmente a mais linda joia para quem já consegui um divórcio. Tem um filho pequeno que é um doce de criança. Pensei em você. Podia conseguir um arranjo com essa mulher."

"Você já experimentou?"

"O quê? O advogado dela?"

"Não banque o ético comigo. Se você ainda não deu em cima dela é porque a mulher ainda não pagou o seu adiantamento."

"Sei qual é a sua opinião sobre a nossa profissão. Para você, todo o nosso negócio não passa de uma fraude."

"Desde quando a Denise ficou em pé de guerra, eu tenho visto negócios de sobra nesse terreno. Você me encaminhou para o Forrest Tomchek, um dos maiores nomes nesse ramo do direito. Foi a mesma coisa que jogar um punhadinho de confetes na frente de um aspirador de pó gigante."

Enorme e reluzente, Szathmar disse: "Puf!". E cuspiu ar para o lado, de maneira simbólica. "Seu burro idiota, eu tive que implorar para o Tomchek aceitar o seu caso. Ele me fez um favor como colega. Um homem como aquele! Ora, Tomchek nem sequer te deixaria ficar no seu aquário de peixinhos ornamentais. Os mais altos executivos e presidentes de bancos têm que implorar para conseguir um pouco do tempo dele, seu cretino. Tomchek! Tomchek pertence a uma família de campeões do direito. E também foi um dos ases entre os pilotos na guerra do Pacífico."

"Com tudo isso, continua sendo um escroque, além de ser incompetente. A Denise é mil vezes mais esperta. Estudou os documentos e o apanhou com as calças na mão num minuto. Ele nem fez um levantamento de rotina nas propriedades para ver quem possuía o quê, em termos legais. Não me venha com esse papo de dignidade da justiça, meu amigo! Mas não vamos discutir. Me fale sobre essa garota."

Ele se levantou da cadeira de escritório. Eu estive na Casa Branca, sentei-me na cadeira presidencial no Salão Oval, e a cadeira de Szathmar, eu juro, é forrada com um couro mais chique. Retratos emoldurados do pai e do avô na parede trouxeram-me à memória os velhos tempos da zona oeste de Chicago. Meu sentimento por Szathmar era semelhante a qualquer sentimento familiar.

"Eu a escolhi para você assim que ela atravessou aquela porta. Você ficou na minha cabeça, Charlie. A sua vida não tem sido feliz."

"Não exagere."

"Infeliz", insistiu. "Talento desperdiçado, vantagens desperdiçadas, obstinado feito o diabo, orgulhoso, petulante, cagando e andando para tudo. Todos os conhecimentos pessoais que você tem em Nova York, Washington, Paris, Londres e Roma, todas as suas realizações, o seu dom para as palavras, a sua sorte — porque você tem tido sorte. Ah, o que eu não teria feito com tudo isso! E você tinha logo que casar com aquela perua sabichona da zona oeste, de uma família de políticos de bairro, de apostadores em jogos de azar, de judeus de lojas de balas e de inspetores de esgoto. Aquela pretensiosa garota de Vassar! Porque ela falava como um catedrático e você estava louco por compreensão e por conversação e a mulher tinha cultura. E eu, que te adoro, que sempre te adorei, seu filho da mãe, seu burro, eu, que tive esse grande entusiasmo por você desde os nossos dez anos, e fico acordado de noite pensando: o que posso fazer para salvar o Charlie agora; como vou proteger a grana dele; encontrar paraísos fiscais para ele; conseguir para ele a melhor defesa jurídica possível; arranjar boas mulheres para ele? Ora, você, seu mentecapto, seu débil mental, você nem sabe o que significa um amor como esse."

Devo confessar que eu apreciava Szathmar quando ele enveredava por esse caminho. Na hora em que me dava um esporro como aquele, seus olhos não paravam de virar para a esquerda, onde não havia ninguém. Se houvesse alguém ali, alguma testemunha objetiva, ele faria o papel do Szathmar indignado. A querida mãe de Szathmar tinha aquele mesmo traço. Também ela evocava a justiça no espaço vazio daquele mesmo jeito ofendido, com as mãos espalmadas sobre o peito. No peito de Szathmar havia um grande coração viril e verdadeiro, ao passo que eu não tinha coração nenhum, só uma espécie de miúdo de galinha — era assim que ele via as coisas. Szathmar via a si mesmo como uma pessoa de vitalidade heroica, madura, sensata, pagã, tritonesca. Mas seus pensamentos reais eram todos de ir para o topo, de intromissão, de todos os truques sujos a que ele chamava de liberdade sexual. Mas Szathmar também tinha de pensar em como fechar as contas mensais. Suas despesas eram altas. Como combinar essas diferentes necessidades, essa era a questão. Certa vez, ele me disse: "Eu já estava na revolução sexual antes que qualquer um tivesse ouvido falar do assunto".

Mas tenho outra coisa para dizer a vocês. Eu sentia vergonha de nós dois. Eu não tinha a menor condição de menosprezar Szathmar. Todas as coisas que eu havia lido me ensinaram uma ou duas coisinhas, afinal. Compreendo um pouco do esforço de dois séculos da classe média para ficar bem na foto, para preservar certa inocência de donzela — a inocência de Clarissa que se defende contra a lascívia de Lovelace. É inútil! Pior ainda é a descoberta de que a gente tem vivido sentimentos de cartão de boas-festas, com condecorações de virtude de classe média amarradas com fitinhas em torno de nosso coração. Esse tipo de abominável inocência americana é corretamente detestado pelo mundo, que sentiu o cheiro disso em Woodrow Wilson em 1919. Quando criancinhas na escola, ensinaram-nos a honra, a bondade e a cortesia de escoteiros; estranhos fantasmas da nobreza vitoriana ainda pairam sobre os corações das crianças de Chicago, hoje na faixa dos cinquenta e sessenta anos. Isso se manifestava na crença de Szathmar em sua própria generosidade e grandeza de coração, e também no fato de eu dar graças a Deus por nunca vir a ser tão vulgar como Alec Szathmar. Para me penitenciar, deixei-o ir em frente e me denunciar à vontade. Mas quando achei que ele já me tripudiara bastante, falei: "Como vai a sua saúde?".

Ele não gostou disso. Não reconhecia nenhuma enfermidade. "Vou bem", disse ele. "Mas você não veio direto do tribunal até aqui só para me perguntar isso. Preciso só perder um pouco de peso."

"Raspe as suas costeletas também, enquanto vai fazendo outras melhorias. Elas te deixam com a cara dos vilões dos antigos filmes de caubói — um daqueles sujeitos que vendiam espingardas e bebida alcoólica para os peles-vermelhas."

"Está bem, Charlie. Eu não passo de um aspirante a devasso. Sou um mulherengo decadente, ao passo que você vive só nas coisas mais elevadas. Você é um nobre. Eu sou um verme. Mas você veio aqui para perguntar sobre a tal mulher ou não?"

"É verdade, vim sim", respondi.

"Não precisa se martirizar por causa disso. Pelo menos é um sinal de vida, e você não anda tendo tantos sinais desse tipo assim. Eu quase desisti de você quando deu as costas para a Felicia, com aqueles lindos peitões. É uma gentil mulher de meia-idade e ficaria muito grata a você. O marido anda aprontando por aí. Ela te adorou. Ela te abençoaria até o fim dos seus dias por tratá-la direito. É mãe e dona de casa decente, tomaria conta de você com esmero, dos pés à cabeça, ia lavar, cozinhar, assar, fazer compras e até faria a sua contabilidade, e seria boazinha com você na cama. Ela ficaria de bico calado, porque é uma mulher casada. Perfeito. Mas para você ela era só mais uma das minhas ideias vulgares." Fitou-me revoltado. Em seguida falou: "Muito bem, vou acertar tudo com essa gatinha. Leve-a para tomar um drinque na Palmer House amanhã. Vou cuidar dos detalhes".

Se eu era suscetível à malária do sexo da zona oeste, Szathmar não conseguia resistir à febre das maquinações. Seu único propósito agora era fazer Renata e eu irmos para a cama, lugar onde ele estaria presente em espírito. Talvez tivesse esperança de que aquilo, mais dia, menos dia, fosse se desenvolver num triângulo amoroso. A exemplo de Cantabile, ele de vez em quando sugeria combinações fantasiosas. "Agora, escute bem", disse ele. "Durante as horas de dia claro, é possível conseguir um quarto de hotel pelo que chamam de 'preço de congresso'. Vou reservar um quarto. Tenho um dinheiro para você, num contrato de caução, e eles podem faturar a conta no meu nome."

"Se vamos só tomar um drinque, como sabe que a coisa vai alcançar esse estágio de precisar de um quarto?"

"Isso depende de você. O garçom vai estar com a chave do quarto. Dê a ele cinco dólares por baixo do balcão e ele vai te entregar o envelope."

"O envelope vai estar em nome de quem?"

"Não no imaculado nome de Citrine, certo?"

"Que tal Crawley? É um bom nome?"

"O nosso antigo professor de latim. O velho Crawley! *Est avis in dextra melior quam quattuor extra.*"

E assim, no dia seguinte Renata e eu fomos tomar um drinque juntos num bar escuro situado abaixo do nível da rua. Prometi a mim mesmo que aquela seria decididamente minha última besteira. Para mim mesmo, pintava aquilo tudo da maneira mais inteligente possível: não podemos fugir da História e era aquilo que a História estava fazendo com todo mundo. A História havia decretado que os homens e as mulheres tinham de se familiarizar com esses abraços. Eu ia descobrir se Renata era de fato meu Destino, se estava nela a verdadeira *anima* junguiana. Renata podia acabar se revelando algo completamente diferente. Mas um toque sexual me mostraria isso, pois mulheres tinham efeitos peculiares em mim, e se eles não me deixavam em êxtase, deixavam-me doente. Não havia outra opção.

Naquele dia sombrio e chuvoso, o elevado Wabash estava gotejante, mas Renata redimia o mau tempo. Vestia uma capa de chuva plástica dividida em faixas vermelhas, brancas e pretas, um desenho de Rothko. Nessa capa lustrosa de superfície dura, sentou-se toda abotoada atrás da mesa, numa baia, no escuro. Um chapéu largo, de aba curva, fazia parte da indumentária. O batom com perfume de banana em sua linda boca combinava com o vermelho de Rothko. Seus comentários faziam pouco sentido, mas ela falava pouco. Ria consideravelmente e, bem depressa, ficava extremamente pálida. Uma vela num copo de fundo bojudo, envolto numa espécie de rede de peixe, fornecia uma diminuta quantidade de luz. Logo seu rosto se acomodou, mais baixo, junto ao plástico duro, glamoroso e afivelado da sua capa e ficou bastante arredondado. Eu não conseguia acreditar que o tipo de mulher descrito por Szathmar — tão pronta para entrar em ação, tão experiente, entornaria de cara quatro martínis e que seu rosto ficaria tão branco, mais branco que a lua vista às três da manhã. Eu me perguntava a princípio se ela não estaria fingindo timidez só por cortesia com um homem de uma geração anterior, mas uma fria umidade de gim brotou em seu lindo rosto e ela deu a impressão de estar pedindo para eu fazer alguma coisa. Em tudo aquilo, até ali, havia um elemento de déjà-vu, pois afinal de contas eu havia passado por tudo aquilo mais de uma vez. O diferente agora era que eu me sentia solidário e até protetor em relação àquela jovem, em sua inesperada fraqueza. Pensei que eu entendia muito bem por que me encontrava naquele bar escuro num porão. As condições eram bastante árduas. Não era possível levar aquilo a cabo sem amor. Por que não? Eu era incapaz de afastar essa crença. Talvez ela contivesse o grande peso da burrice. Essa necessidade de amor (num estado tão generalizado) era um estorvo tremendo. Se um dia tivesse de ser publicamente conhecido o fato de eu ter sussurrado as palavras "Meu Destino!" quando as portas do elevador se abriram, a Legião de Honra poderia com toda justiça pedir de volta sua medalha. E a interpretação mais edificante que eu podia fornecer na ocasião era a explicação platônica, que Eros estava usando meus desejos para me retirar do lugar horrível em que eu me encontrava e me guiar rumo à sabedoria. Isso era bonito, tinha classe, mas acho que não era nem um pouquinho verdadeiro (para começar, talvez nem tivesse sobrado tanto Eros assim). O grande nome, se é que devo mencionar algum, se é que alguma força sobrenatural se dava ao trabalho de prestar atenção em mim, não era Eros, mas sim provavelmente Ariman, o principal potentado do Mundo das Trevas. Seja como for, estava na hora de tirar Renata daquela espelunca.

 Fui até o balcão e me inclinei discretamente para a frente. Enfiei-me entre os clientes. Num dia comum, eu descreveria aquelas pessoas como beberrões e pinguços, mas naquele momento seus olhos pareceram-me tão grandes quanto vigias de navio e emitiam uma luz moral. O garçom veio falar comigo. Entre os dedos da minha mão esquerda havia uma nota de cinco dólares dobrada. Szathmar explicou-me com minúcias como devia fazer aquilo. Perguntei se havia um envelope em nome de Crawley. Imediatamente ele apanhou os cinco dólares. O homem tinha o tipo de atenção concentrada que a gente só encontra numa cidade grande. "Explique melhor", pediu ele, "que envelope é esse."

 "Deixaram para Crawley."

 "Não tenho nada de Crawley aqui."

 "Deve estar aí, Crawley. Olhe de novo, por favor."

Ele revirou seus envelopes outra vez. Cada um continha a chave de um quarto.

"Qual é o seu nome, meu chapa? Me dê outra pista."

Atormentado, falei em voz baixa: "Charles".

"Assim é melhor. Será que este aqui não é você: C-I-T-R-I-N-E?"

"Sei como se soletra o meu nome, pelo amor de Deus", respondi, com voz fraca, mas enfurecida. "Aquele orangotango imbecil do Szathmar. Nunca na vida fez nada direito. E eu! Eu continuo dependendo dele para fazer os meus arranjos." Então tomei consciência de que alguém tentava chamar minha atenção, atrás de mim, e me virei. Vi uma mulher de meia-idade sorrindo. Obviamente ela me conhecia e estava estourando de felicidade. Era uma senhora robusta e gentil, de nariz arrebitado, busto alto. Dirigia-me um apelo para que eu a reconhecesse, mas ao mesmo tempo, tacitamente, confessava que os anos a haviam transformado. Mas será que ela havia mudado tanto assim? Perguntei: "Sim?".

"Você não me conhece, estou vendo. Mas continua o mesmo velho Charlie."

"Jamais entendi por que os bares têm que ser tão escuros assim", comentei.

"Mas Charlie, sou a Naomi, a sua namorada dos tempos de colégio."

"Naomi Lutz!"

"Que ótimo te encontrar, Charlie."

"Como é que você veio parar aqui, no bar deste hotel?"

Uma mulher sozinha num bar é, em regra, uma prostituta. Naomi estava velha demais para trabalhar naquele ramo. Além disso, era inconcebível que Naomi, que havia sido minha namorada aos quinze anos, se transformasse numa prostituta de bar.

"Ah, não", respondeu ela. "O meu pai está aqui. Ele vai voltar daqui a pouco. Eu o trago para cá, lá do asilo de idosos, pelo menos uma vez por semana, para tomar uma bebida. Você lembra como ele sempre adorava ir ao Loop."

"O velho Doc Lutz... quem diria!"

"Pois é, está vivo. Muito velho. E nós ficamos aqui te observando com aquela coisinha encantadora ali na mesa. Me perdoe, Charlie, mas a maneira como vocês, homens, continuam na ativa é uma injustiça com as mulheres.

Que ótimo te ver. O papai estava me dizendo que não devia ter atrapalhado o nosso namoro de adolescentes."

"Para mim, foi mais que um namoro de adolescentes", falei. "Eu te amei com toda a minha alma, Naomi." Ao dizer isso, eu tinha consciência de que havia trazido uma mulher ao bar e estava fazendo uma apaixonada declaração de amor a outra. No entanto essa era a verdade, a verdade involuntária e espontânea. "Muitas vezes pensei, Naomi, que perdi totalmente a minha personalidade porque não pude passar a minha vida com você. Isso me distorceu de todo, me tornou ambicioso, astuto, complexo, burro, vingativo. Se eu tivesse sido capaz de te manter presa nos meus braços todas as noites desde os quinze anos, eu nunca teria tanto medo da sepultura."

"Ah, Charlie, deixe de conversa fiada! Sempre foi maravilhoso o jeito que você falava. Bem enervante também! Você perdeu a chance com uma batelada de mulheres. Posso ver pelo seu comportamento."

"Ah, claro, conversa fiada!". Senti-me grato por aquela gíria antiga. Antes de tudo, punha um freio em minha efusividade, que acabaria não levando ninguém a lugar nenhum. Em segundo lugar, aliviou-me do peso de outra impressão que estava se acumulando no bar escuro. Eu associava aquilo à ideia de que pouco depois da morte, quando o corpo sem vida entrava em deterioração e se transformava outra vez num punhado de minerais, a alma despertava para uma nova existência e, um instante depois da morte, eu esperava me ver num lugar escuro semelhante àquele bar. Onde todos que um dia se amaram poderiam se encontrar de novo etc. E essa era minha impressão ali no bar. Com a chave do "quarto de congresso" na mão, as argolinhas do chaveiro tilintando, eu sabia que tinha de voltar para Renata. Se ela ainda estivesse bebendo seu martíni, estaria alta demais para ficar de pé outra vez e sair da baia onde ficava nossa mesa. Mas agora eu tinha de esperar o dr. Lutz. E lá veio ele do banheiro masculino, muito debilitado e careca, o nariz arrebitado como o da filha. Seu vigor chique da década de 20 havia se transformado em boas maneiras antiquadas. Ele havia exigido de nós uma cortesia estranha, pois embora nunca tivesse sido médico de verdade, só um podólogo (tinha consultórios no centro da cidade e também em casa), fazia questão de ser chamado de doutor e ficava enraivecido se alguém dissesse sr. Lutz. Fascinado com a ideia de ser médico, tratava diversos tipos de doenças, do joelho para baixo. Se cuidava dos pés, por que não das pernas? Recordo que me pediu para ajudá-lo quando aplicava uma geleia roxa, misturada por ele mesmo, em feridas medonhas que afloravam nas pernas de uma senhora que trabalhava na fábrica de biscoitos National Biscuit. Eu segurava o vidro e os aplicadores para ele e, enquanto ia enchendo os buracos, o dr. Lutz despejava uma confiante conversa fiada de médico. Eu tinha apreço por aquela mulher porque sempre trazia para o médico uma caixa de sapatos cheia de bombas de chocolate e marshmallow e barrinhas de chocolate cremoso. Quando me lembrei disso, pulsações da doçura do chocolate subiram-me ao céu da boca. E então me vi em êxtase, sentado na cadeira de tratamento do dr. Lutz, enquanto uma tempestade de neve enegrecia o pequenino consultório pintado de branco hospitalar e eu lia *Herodes*. Comovido com a decapitação de João Batista, entrei no quarto de Naomi. Estávamos sozinhos durante a nevasca. Tirei o delicado pijama atoalhado que ela vestia e a vi nua. Essas eram as lembranças que ficaram gravadas em meu coração. O corpo de Naomi não era um estranho para mim. Era nada menos que isso. Não havia nada de desconhecido em Naomi. Meu sentimento por ela alcançava suas células, as próprias moléculas que, sendo delas, tinham as propriedades de Naomi. Porque eu havia concebido Naomi sem alteridade e, por causa dessa paixão, acabei aprisionado pelo velho dr. Lutz num relacionamento tipo Jacó e Labão. Eu tinha de ajudá-lo a lavar seu Auburn, um carro azul-celeste com pneus de banda branca. Eu esguichava a mangueira e esfregava com o pano, enquanto o doutor, de tênis branco de lona de jogar golfe, observava parado, fumando um charuto Cremo.

"Ah, Charlie Citrine, você se deu bem na vida mesmo", disse o velho cavalheiro. Sua voz continuava lírica, aguda e bastante vazia. Ele jamais conseguiu dar a sensação de que estava dizendo alguma coisa minimamente substancial. "Embora eu mesmo fosse um republicano da linha de Coolidge e Hoover, mesmo assim, quando o Kennedy te levou para a Casa Branca, fiquei muito orgulhoso."

"Aquela jovem faz o seu tipo?", perguntou Naomi.

"Com toda franqueza, não posso dizer que sim nem que não. E o que você tem feito na vida, Naomi?"

"O meu casamento não foi nada bom e o meu marido anda por aí, sem rumo. Acho que você sabe disso. Mesmo assim, criei dois filhos. Por acaso não leu algum artigo do meu filho no *Southwest Township Herald*?"

"Não. Eu não saberia mesmo que era do seu filho."

"Ele escreveu sobre como se livrar do vício das drogas, com base na sua experiência pessoal. Eu gostaria que você me desse a sua opinião sobre o que ele escreve. A minha filha é um anjo, mas o rapaz é um problema."

"E você, minha querida Naomi?"

"Não faço mais muita coisa. Tenho um namorado. Parte do dia, sou guarda de trânsito no sinal em frente à escola primária."

O velho dr. Lutz parecia não escutar nada disso.

"É uma pena", falei.

"O quê? Você e eu? Não, não é uma pena não. Você e a sua vida mental teriam sido uma fonte de tensão sobre mim. Sou ligada em esportes. Gosto de ver futebol americano na televisão. É uma festa quando conseguimos ingressos para assistir a uma partida de hóquei ou para ir ao Soldiers' Field. Jantamos cedo no Como Inn, pegamos o ônibus para o estádio e na verdade fico torcendo para que aconteçam brigas bem feias no gelo e para que eles berrem muito e quebrem os dentes uns dos outros. Receio que eu não passe de uma mulher comum."

Quando Naomi dizia "comum" e o dr. Lutz dizia "republicano", queriam dizer que haviam aderido ao grande público americano, e assim encontravam diversão e satisfação. Ter sido podólogo no Loop na década de 30 dava alegria ao velho. A filha enviava uma mensagem semelhante a respeito de si mesma. Eles estavam contentes consigo mesmos, um com o outro, e felizes com a semelhança entre ambos. Apenas eu, misteriosamente desajustado, me interpunha entre os dois com minha chave na mão. Obviamente o que me afligia era minha diferença. Eu era um velho amigo, só que eu não era plenamente americano.

"Tenho que ir embora", falei.

"Será que poderíamos tomar uma cerveja um dia? Eu adoraria te ver", disse Naomi. "Você, melhor que ninguém, pode me dar conselhos sobre o Louie. Você não teve filhos hippies, teve?" E, quando peguei o número do seu telefone, ela disse: "Ah, olhe só, papai, que caderninho bonito ele usa para anotar os telefones. Tudo no Charlie é tão elegante. Você está virando um coroa muito bonito. Mas é do tipo que nenhuma mulher consegue amarrar". Enquanto os dois observavam, voltei para a mesa e ajudei Renata a se levantar. Pus o chapéu na cabeça, vesti o casaco e fingi que íamos para a rua. Senti à minha volta o descrédito de todo mundo.

O quarto com preço de congresso era apenas aquilo que adúlteros e libertinos merecem. Não muito maior que um armário de vassouras, a janela dava para a área de ventilação interna. Renata tombou numa cadeira e pediu mais dois martínis ao serviço de quarto. Baixei a persiana, não por uma questão de privacidade — não havia nenhuma janela voltada para nós —, e não como um sedutor, mas apenas porque detesto olhar para o paredão de tijolos de uma área de ventilação interna. Encostado na parede, havia um sofá-cama coberto com uma colcha verde de chenile. Assim que vi essa peça de mobília, entendi que ela ia me derrotar. Eu tinha certeza de que jamais conseguiria abrir o sofá-cama. Uma vez previsto, tal desafio não ia mais sair da minha cabeça. Eu tinha de enfrentá-lo de imediato. As almofadas estofadas com espuma em forma trapezoide não pesavam nada. Empurrei-as para longe e puxei a colcha arrumada. Os lençóis por baixo dela estavam absolutamente limpos. Em seguida me ajoelhei e tateei embaixo do sofá, em busca de uma alavanca. Renata manteve silêncio enquanto meu rosto ficava tenso e vermelho. Agachei-me e puxei, furioso com os fabricantes que haviam montado aquela porcaria e com a gerência por tirar dinheiro à tarde de participantes de congressos e crucificá-los em espírito.

"Este negócio parece um teste de QI", falei.

"E então?"

"Estou sendo reprovado. Não consigo abrir essa porcaria."

"E daí? Deixe para lá."

Só havia espaço para uma pessoa naquela cama estreita. Mas para dizer a verdade eu não estava com a mínima vontade de deitar.

Renata entrou no banheiro. No quarto, havia duas cadeiras. Sentei-me no fauteuil. Tinha braços. Entre meus sapatos havia um tapete colonial americano quadrado com os cantos meio levantados. O sangue rumorejava ao circular perto dos meus ouvidos. O tosco serviço de quarto trouxe os martínis. A gorjeta de um dólar foi apanhada sem agradecimentos. Então Renata saiu do banheiro, a capa lustrosa ainda abotoada de ponta a ponta. Sentou-se no sofá-cama, tomou só um ou dois goles do seu martíni e desmaiou. Através do plástico, tentei ouvir seu coração. Será que ela sofria de alguma doença cardíaca? Imagine se for alguma coisa grave. Seria possível chamar uma ambulância? Tomei seu pulso, enquanto olhava meu relógio estupidamente e perdia a conta dos batimentos. Apenas por comparação. Tomei o meu pulso. Não tive como coordenar os resultados. Seu pulso não parecia pior que o meu. Inconsciente, ela na verdade ficava ainda melhor. Estava úmida e com frio. Esfreguei-a para afastar o frio usando um canto do lençol e tentei pensar no que George Swiebel, meu consultor de saúde, faria numa emergência como aquela. Eu sabia exatamente o que ele faria — ajeitaria as pernas esticadas de Renata sobre o sofá, tiraria seus sapatos e desabotoaria a capa a fim de facilitar a respiração. Fiz tudo isso.

Embaixo da capa, Renata estava nua. Tinha ido ao banheiro e tirado a roupa. Depois de abrir o botão de cima, eu devia ter parado, mas não parei. É claro que eu havia apreciado Renata e tentara adivinhar como ela seria. Minhas previsões generosas estavam muito aquém da realidade. Não esperava que tudo fosse tão grande e irretocável. Na bancada dos jurados, eu tinha observado que a primeira articulação dos seus dedos era carnuda e começava a inchar de leve, antes de se afunilar. Minha conjectura era de que suas lindas coxas também deviam crescer uma em direção da outra, em harmonia com aquilo. Descobri que era mesmo esse o caso, absolutamente, e me senti antes um amante da arte que um sedutor. Minha rápida impressão, pois não a mantive descoberta por muito tempo, foi de que cada tecido de Renata era uma perfeição, cada fio de cabelo brilhava. Um profundo odor feminino emanava de Renata. Quando vi como eram as coisas, abotoei sua capa, por puro respeito. Repus tudo em seu devido lugar, tão bem quanto eu era capaz. Em seguida, abri a janela. Infelizmente o ar de fora apagou o magnífico aroma de Renata, mas ela precisava de ar fresco. Peguei suas roupas atrás da porta do banheiro e enfiei-as numa bolsa grande, tomando cuidado para não esquecer o crachá de jurado de Renata. Depois, de sobretudo, chapéu e luvas na mão, esperei que ela voltasse a si.

Fazemos as mesmas coisas várias vezes seguidas, com uma previsibilidade terrível. A gente pode ser perdoado, em vista disso, por desejar pelo menos associar-se à beleza.

E agora — com seu casaco de pele e seu maravilhoso chapéu de aba mole, versátil, flexível, cor de ametista, com a barriga e as coxas embaixo de um revestimento intermediário de seda —, Renata deixou-me em frente ao prédio da prefeitura. E ela e sua cliente, a grande senhora de aspecto robusto, uma roupa de popeline com bolinhas, disseram: "*Ciao*, até logo". E lá estava o ruivo arranha-céu envidraçado, e lá estava a insignificante escultura de Picasso com suas escoras e sua chapa metálica, sem asas, sem vitória, apenas um símbolo, um lembrete, apenas a *ideia* de uma obra de arte. Muito semelhante, pensei, a outras ideias e símbolos mediante os quais vivíamos — não mais maçãs, mas sim a ideia, a reconstrução feita por um pomólogo daquilo que uma maçã foi um dia, não mais o sorvete, mas a ideia, a recordação de algo delicioso feito de sucedâneos, de amido, de glucose, e outros produtos químicos, não mais o sexo, mas a ideia ou a reminiscência daquilo, e a mesma coisa com o amor, a crença, o pensamento etc. Nesse clima, subi num elevador para ver o que o tribunal, com seus espectros de equidade e justiça, queria de mim. Quando a porta do elevador abriu, ela simplesmente abriu, nenhuma voz disse: "Meu Destino!". Ou Renata de fato havia preenchido os requisitos ou a voz tinha perdido a coragem de falar.

Saí e vi meu advogado Forrest Tomchek e seu assistente Billy Srole me esperando no final de um corredor largo, aberto, iluminado e cinzento, contíguo à sala de audiências do juiz Urbanovich — dois homens enganosos, de aspecto honesto. Segundo Szathmar (que nem sequer conseguia lembrar um nome simples como Crawley), eu estava sendo representado pelo maior talento jurídico de Chicago.

Perguntei a ele: "Então por que é que não me sinto seguro com o Tomchek?".

"Porque você é hipercrítico, nervoso, e um tremendo palerma", disse Szathmar. "No seu ramo do direito, ninguém é mais respeitado e influente. O Tomchek é um dos caras mais poderosos na comunidade legal. Em matéria de divórcio e de apelação, os caras formam uma espécie de clube. Eles vão juntos para o trabalho, saem para jogar golfe juntos, viajam para Acapulco juntos. Nos bastidores, ele conta para os caras como é que tudo será feito. Compreende? Isso inclui os honorários, os impostos devidos. Tudo."

"Quer dizer", perguntei, "que eles vão estudar a minha declaração de renda e tudo isso, para depois decidirem como vão me retalhar?"

"Meu Deus!", exclamou Szathmar. "A sua opinião sobre os advogados não me interessa." Ele ficava profundamente ofendido, furioso na verdade, com meu desrespeito por sua profissão. Ah, eu concordava com ele que não devia expressar meus sentimentos assim. Eu fazia todo o esforço possível para me mostrar simpático e respeitoso com Tomchek, mas não me saía muito bem. Quanto mais tentava, exprimindo em voz baixa meu apoio às pretensões de Tomchek, pronunciando as palavras convenientes, menos ele acreditava em mim, menos gostava de mim. Ele ficava sempre com o pé atrás. No final, eu ia pagar um preço altíssimo, um honorário colossal, eu sabia disso. Portanto, lá estava Tomchek. Com ele, estava Billy Srole, o assistente. Assistente é uma palavra magnífica, uma categoria magnífica. Srole era gorducho, pálido, uma atitude extremamente profissional. Tinha o cabelo comprido e deixava a cabeleira solta, toda hora alisava os cabelos com a mão branca e pesada e empurrava os fios para trás da orelha. Os dedos curvavam-se para trás, nas pontas. Era um sujeito brigão. Aqueles eram requintes de um brigão. Eu conheço os brigões.

"Como andam as coisas?", perguntei.

Tomchek pôs o braço em cima de meu ombro e começamos uma breve conversa particular.

"Não há nada com que se preocupar", disse Tomchek. "O Urbanovich de repente arranjou tempo para se reunir com ambas as partes."

"Ele quer promover um acordo. Tem orgulho do seu currículo de negociador", disse-me Srole.

"Escute, Charlie", disse Tomchek. "Veja só a técnica que o Urbanovich usa. Ele vai meter o maior medo em você. Vai dizer quanto mal pode te causar e vai te empurrar à força para um acordo. Não entre em pânico. Legalmente, nós o deixamos numa posição boa."

Vi as rugas saudáveis e sinistras no rosto de Tomchek, recém-barbeado. Seu hálito era acremente viril. Exalava um odor que eu associava a freios de bondes antigos, a metabolismo, a hormônios masculinos. "Não, não vou mais ceder terreno nenhum", respondi. "Não dá certo. Se eu atendo às exigências dela, logo inventa outras, novinhas em folha. Desde a proclamação da abolição da escravatura, tem ocorrido uma luta secreta neste país para restaurar a escravidão por outros meios." Era o tipo de afirmação que deixava Tomchek e Srole desconfiados de mim.

"Muito bem, puxe a linha e aguente firme", disse Srole. "E deixe o resto por nossa conta. A Denise faz as coisas ficarem difíceis para ela e o seu próprio advogado. O Pinsker não quer briga. Só quer a sua grana. Ele não gosta da situação. Ela está recebendo orientação jurídica por fora com aquele tal Schwirner. Completamente antiético."

"Detesto o Schwirner! Grande filho da puta", disse Tomchek de modo violento. "Se eu pudesse provar que ele anda trepando com a reclamante e interferindo no meu caso, ele ia comer o pão que o diabo amassou. Eu o levaria à Comissão de Ética."

"Mas será possível que o Gumballs Schwirner continua comendo a esposa do Charlie?", disse Srole. "Eu achei que ele tinha acabado de casar."

"Mas se ele casou, o que é que tem a ver uma coisa com a outra? Ainda não parou de se encontrar em motéis com aquela perua maluca. Ela pega dele, na cama, ideias de estratégia e depois passa tudo para o Pinsker. Eles estão deixando o Pinsker maluquinho. Como eu gostaria de apanhar aquele Schwirner e lhe dar uma boa lição."

Não fiz nenhum comentário e quase não dei sinal de estar ouvindo o que diziam. Tomchek queria que eu sugerisse contratarmos um detetive particular para pegar Schwirner com a boca na botija. Lembrei-me de Von Humboldt Fleisher e Scaccia, o detetive particular. Eu não ia tomar parte naquilo. "Espero que vocês consigam frear o Pinsker", falei. "Não deixem que ele faça picadinho de mim."

"O quê? Na sala de audiências? Ele vai se comportar direito. Ele pode tripudiar de você no banco de testemunhas, mas na audiência as coisas são diferentes."

"Ele é um animal", falei.

Os dois não deram nenhuma resposta.

"É um monstro, um canibal."

Isso causou uma impressão ruim. Tomchek e Srole, a exemplo de Szathmar, eram sensíveis no que dizia respeito à sua profissão. Tomchek ficou calado. Cabia a Srole, o assistente e uma espécie de coadjuvante do palhaço de circo, lidar com o capcioso Citrine. Comedido, distante, Srole disse: "O Pinsker é um homem muito tenaz. Um oponente tenaz. Um advogado combativo".

Muito bem, eles não iam permitir que eu ficasse pichando os advogados. Pinsker era do mesmo clube que eles. E afinal, quem eu pensava que era? Um efêmero figurante do mundo do cinema, um excêntrico e um metido a besta. Eles detestavam meu estilo, de forma categórica. Tinham ódio. Mas, afinal, por que haveriam de gostar? De repente vi as coisas do ponto de vista deles. E fiquei extremamente satisfeito. De fato, fui iluminado. Talvez essa minha súbita iluminação fosse um efeito das mudanças metafísicas que eu estava sofrendo. Sob a influência recente de Steiner, eu raramente pensava na morte de um jeito horrendo. Agora, eu não estava experimentando a sepultura sufocante ou o pavor de uma eternidade de tédio. Em vez disso muitas vezes me sentia invulgarmente leve e ágil nos movimentos, como se eu estivesse numa bicicleta sem peso correndo pelo mundo das estrelas. De vez em quando me via com uma objetividade exultante, literalmente como um objeto entre objetos no universo físico. Um dia esse objeto ia deixar de se mover e, quando o corpo desmoronasse, a alma simplesmente se transferiria. Assim, para falar de novo dos advogados, eu me encontrava entre eles e lá estávamos nós, três egos nus, três criaturas pertencentes ao nível mais baixo da racionalidade e do cálculo modernos. No passado, o eu se paramentava, usava as roupas da estação, da nobreza ou da inferioridade, e cada eu tinha sua carruagem, sua aparência, usava o revestimento adequado. Agora, não havia revestimentos e era o eu nu com o eu nu, queimando de forma intolerável e causando terror. Eu enxergava isso agora, num ataque de objetividade. Eu me sentia em êxtase.

    Afinal, o que eu era para aqueles caras? Um doidão e uma curiosidade. Para se engrandecer, Szathmar se vangloriava de mim, enchia minha bola até não poder mais, e as pessoas ficavam horrivelmente incomodadas, porque Szathmar dizia a elas para me venerarem em livros de referência, falava dos meus troféus, das minhas medalhas e dos meus prêmios. Martelava essas coisas na cabeça das pessoas, dizia que tinham de se orgulhar de ter um cliente como eu e então, é claro, elas me detestavam de cara, antes mesmo de me ver. A quintessência do seu preconceito era expressa pelo próprio Szathmar, quando perdia a paciência comigo e berrava: "Você não passa de um idiota com uma caneta na mão!". Ficava tão magoado que ia além de si mesmo e esbravejava mais alto ainda: "Com ou sem caneta, você é um palerma!". Mas eu não ficava ofendido. Achava que aquele era um epíteto formidável e ria. Se a pessoa encontrasse o jeito certo de falar, podia dizer o que quisesse a meu respeito. No entanto eu sabia exatamente como eu fazia Tomchek e Srole se sentirem. Por seu lado, eles me inspiravam uma ideia fora do comum. A ideia de que a história havia criado algo novo nos Estados Unidos, a saber, a desonestidade provida de respeito próprio ou a dubiedade com honra. Os Estados Unidos sempre foram muito retos e morais, um modelo para o mundo inteiro, portanto levaram à morte a própria ideia de hipocrisia e obrigavam a si mesmos a viverem com esse novo imperativo de sinceridade e estavam conseguindo um resultado impressionante. Pensem só em Tomchek e Srole: eles pertenciam a uma profissão de prestígio e honrada; essa profissão tinha seus próprios padrões elevados e tudo andava às mil maravilhas, até que um exótico e maluco como eu, que não conseguia nem mesmo manter a esposa na linha, um cretino com um fraco por entrelaçar frases umas nas outras, aparecia e disseminava uma sensação de transgressão. Eu trazia comigo um velho cheiro acusatório. Isso era, se entendem o que quero dizer, uma coisa completamente a-histórica de minha parte. Por tal motivo, eu tinha uma visão nebulosa e indireta de Billy Srole, como se ele estivesse perplexo com todas as coisas que podia fazer comigo, sob o amparo da lei, ou nas proximidades da lei, caso eu porventura saísse da linha. Cuidado! Ele ia me retalhar todinho, ia me fazer em pedacinhos com seu cutelo legal. Os olhos de Tomchek, diferentes dos de Srole, não precisavam de nenhum revestimento nebuloso, pois suas opiniões mais profundas jamais alcançavam seu olhar. E eu era completamente dependente daquele par temível. De fato, aquilo era parte do meu êxtase. Era tenebroso. Tomchek e Srole eram simplesmente aquilo que eu merecia. Era apenas correto que eu pagasse caro por chegar tão cheio de inocência e esperar receber proteção de pessoas menos puras, pessoas absolutamente à vontade no mundo decaído. Onde foi que eu saltei fora, deixando todos os outros no mundo decaído? Humboldt havia tirado proveito do seu crédito como poeta quando já não era mais poeta e vivia enlouquecido com seus planos mirabolantes. E eu estava, em grande parte, fazendo a mesma coisa, pois era sagaz demais para querer tamanho entrosamento com as coisas mundanas. Acredito que a palavra seja insincero. Mas Tomchek e Srole iam me pôr na linha. Contavam com a assistência de Denise, de Pinsker, de Urbanovich e de um elenco de milhares de pessoas.

"Quem dera eu soubesse que diabo fez com que você ficasse com essa cara de contente", disse Srole.

"Foi só uma ideia."

"Sorte sua, com as suas belas ideias."

"Mas quando vamos entrar?", perguntei.

"Quando o outro lado sair."

"Ah, a Denise e o Pinsker estão falando com o Urbanovich agora? Então acho que vou relaxar na sala de audiências. Os meus pés estão começando a doer." Um pouco de Tomchek e Srole já tinha me enchido as medidas. Eu não ia ficar ali de conversa fiada com eles até sermos convocados para entrar na sala de audiências. Minha consciência não conseguia mais aguentar aqueles dois. Eles me cansavam rapidamente.

Refiz-me sentado num banco de madeira. Não tinha nenhum livro para ler, então aproveitei a oportunidade para meditar brevemente. O objeto que escolhi para a meditação foi uma moita coberta de rosas. Muitas vezes, eu procurava aquela moita com os olhos, mas em certas ocasiões ela se apresentava por conta própria. Era cheia, era densa, estava sufocada de tantas rosas pequeninas, escuras, roxas, e com folhas tenras e saudáveis. Assim, por ora, pensei "rosa" — "rosa" e mais nada. Visualizei os ramos, as raízes, a penugem áspera da nova brotação endurecendo em forma de espinhos, e todos os detalhes de botânica que fui capaz de lembrar: floema xilema câmbio cloroplastos terra sol água química, tentando me projetar para o interior da própria planta e pensar em como seu sangue produzia uma flor vermelha. Ah, mas os ramos novos nas roseiras eram sempre vermelhos antes de ficar verdes. Recordei com muita minúcia a ordem espiral de inseto das pétalas de rosa, a florescência débil e esbranquiçada por cima do vermelho e a lenta abertura que revelava o núcleo germinante. Eu concentrava todas as faculdades da minha alma nessa visão e a imergia nas flores. Depois vi, perto daquelas flores, uma figura humana de pé. A planta, disse Rudolf Steiner, exprimia as leis puras e impassíveis do crescimento, mas o ser humano, com o propósito de alcançar uma perfeição mais elevada, assumia um fardo maior — instintos, desejos, emoções. Portanto uma moita era uma vida adormecida. Mas a humanidade tentava a sorte com as paixões. A aposta era que os poderes mais elevados da alma poderiam purificar as paixões. Uma vez purificadas, elas poderiam renascer numa forma mais bela. O vermelho do sangue era um símbolo desse processo de purificação. Porém, ainda que nada fosse desse jeito, contemplar as rosas sempre me deixava numa espécie de êxtase.

Depois de um tempo, passei a contemplar outra coisa. Visualizei um velho poste de luz de Chicago, feito de ferro, de quarenta anos antes, aquele tipo que tinha uma tampa igual a um chapéu de toureiro ou um címbalo. Agora já era noite, caía uma nevasca. Eu era um garoto e olhava pela janela do meu quarto. Era um vendaval de inverno, o vento e a neve bombardeavam o poste de iluminação feito de ferro e as rosas giravam embaixo da luz. Steiner recomendava a contemplação de uma cruz revestida com rosas, mas, por razões talvez de origem judaica, eu preferia um poste de luz. O objeto não importava, contanto que a gente saísse do mundo sensível. Quando a gente saía do mundo sensível, podia sentir que despertavam partes da alma que nunca antes haviam despertado.

Eu tinha feito um tremendo progresso naquele exercício quando Denise saiu da sala de audiências, atravessou o portão giratório e veio para junto de mim.

Aquela mulher, a mãe das minhas filhas, embora tivesse criado tanta encrenca para mim, muitas vezes me trazia à memória algo que Samuel Johnson havia dito sobre senhoras bonitas: elas podem ser tolas, podem ser maldosas, mas a beleza é, por si só, muito estimável. Desse modo, Denise era estimável. Tinha grandes olhos violeta e nariz esguio. A pele era ligeiramente penugenta — dava para enxergar isso quando a luz batia no ângulo correto. O cabelo estava amontoado no alto do crânio e dava à cabeça um peso excessivo. Se ela não fosse linda, a gente nem perceberia a desproporção. O próprio fato de ela não ter consciência do efeito de peso do seu penteado parecia, às vezes, uma prova de que ela era um pouquinho biruta. No tribunal, como havia me arrastado para lá com seu processo, ela queria sempre se mostrar íntima. E como naquele dia estava extraordinariamente simpática, imaginei que tivera uma conversa exitosa com o juiz Urbanovich. O fato de que ela estava prestes a me surrar como a um cachorro liberava suas afeições. Pois Denise tinha afeição por mim. Disse: "Ah, você está aí esperando?". E sua voz estava aguda e trêmula, ligeiramente instável, mas também militante. Os fracos, na guerra, nunca sabem com que força estão batendo nos outros. Claro, ela não era tão fraca assim. A força da ordem social estava do lado dela. Mas Denise sempre se sentia fraca, era uma mulher sobrecarregada. Levantar da cama para preparar o café era quase mais do que conseguia suportar. Pegar um táxi para ir ao cabeleireiro também era uma tarefa muito árdua. A linda cabeça era um fardo para o lindo pescoço. Assim, sentou-se ao meu lado, suspirando. Não tinha ido ao salão de beleza nos últimos dias. Quando seu cabelo ficava rarefeito pelas manobras da cabeleireira, Denise não parecia ter olhos tão grandes nem ficava com aquela cara de pateta. Havia furos nas meias, pois quando ia ao tribunal sempre vestia molambos. "Estou absolutamente exausta", disse ela. "Nunca consigo dormir antes dos dias em que tenho que vir para o tribunal."

Murmurei: "Lamento tremendamente".

"Você também não parece lá muito bem."

"As meninas às vezes me dizem a mesma coisa. 'Pai, você está parecendo um milhão de dólares: todo verde e enrugado.' Como é que vão elas, Denise?"

"Vão o melhor que podem. Sentem a sua falta."

"Isso é normal, suponho."

"Nada é normal para elas. Sentem muito a sua falta."

"Você é para a dor aquilo que Vermont é para o melado."

"O que você quer que eu diga?"

"Só 'está certo', ou 'está errado'", respondi.

"Melado! Assim que alguma coisa entra na sua cabeça, na mesma hora você fala sem sequer pensar. Essa é a sua grande fraqueza, a sua pior tentação."

Aquele era mesmo meu dia para enxergar o ponto de vista dos outros. Como é que alguém se fortalece? Denise sabia das coisas, vocês entendem — sobrepujar a tentação persistente. Houve ocasiões em que, só porque fiquei de bico calado e não disse o que eu estava pensando, senti minha força aumentar. Mesmo assim, parece que não sei o que penso, até ver aquilo que estou dizendo.

"As meninas estão fazendo planos para o Natal. Você terá de levá-las para assistir ao espetáculo natalino no Teatro Goodman."

"Não, nada feito. Isso é ideia sua."

"Será que você é assim tão importante para levá-las a um espetáculo como faria qualquer pai comum? Você disse a elas que levaria."

"Eu? Nunca. Você mesma fez isso e agora imagina que fui eu que disse a elas."

"Você vai estar na cidade, não vai?"

Na verdade, eu não estaria. Ia partir na sexta-feira. Não tivera tempo de comunicar isso a Denise e, naquela hora, também não contei nada.

"Ou será que tem planos para viajar com a Renata Teta Gorda?"

Naquele patamar, eu não era páreo para Denise. De novo, Renata! Ela não deixaria nem que as meninas brincassem com o pequeno Roger Koffritz. Uma vez, Denise disse: "Mais tarde, elas ficarão imunes a esse tipo de influência nefasta de vadias. Mas um dia elas voltaram para casa sacudindo os traseirinhos e logo vi que você havia quebrado a sua promessa de manter as duas longe da Renata". A rede de informações de Denise era de uma eficiência fora do comum. Sabia tudo sobre Harold Flonzaley, por exemplo. "Como vai o seu rival, o papa-defunto?", Denise às vezes me perguntava. Pois Flonzaley, o pretendente de Renata, possuía uma rede de salões de velório. Um dos conhecidos de negócios do ex-marido de Renata, Flonzaley possuía uma tonelada de dinheiro, mas seu diploma na universidade, isso não se podia negar, era de embalsamador. Isso conferia ao nosso romance um toque sombrio. Uma vez discuti com Renata porque seu apartamento estava cheio de flores, e eu sabia que eram flores que sobraram de velórios, abandonadas por pessoas de luto e de coração partido e trazidas no Cadillac especial para flores usado por Flonzaley. Eu a obriguei a jogar tudo aquilo pelo duto da lixeira do prédio. Flonzaley continuava cortejando Renata.

"Você tem trabalhado, por pouco que seja?", perguntou Denise.

"Não demais."

"Fica só jogando *paddle ball* com o Langobardi, relaxando com a Máfia, não é? Sei que você nem tem mais visto nenhum dos seus amigos sérios no Midway. O Durnwald faria qualquer coisa por você, mas está na Escócia. É uma pena. Sei que ele não gosta da Fulaninha Teta Gorda mais do que eu gosto. E uma vez ele me disse que desaprovava o seu amigo Thaxter e o fato de você ter se envolvido com a revista *A Arca*. Você provavelmente já gastou um barril de dinheiro nessa revista, e quando vai sair o primeiro número? *Nessuno sa*." Denise era uma amante de ópera e comprava a assinatura para toda a temporada no Lyric e muitas vezes citava óperas de Mozart e Verdi. "Nessuno sa" era de *Così fan tutte*. Onde é que se encontra a fidelidade da mulher, canta o sábio mundano de Mozart — *Dove sia? Dove sia? Nessuno sa!* Mais uma vez, ela estava se referindo à curiosa delinquência de Renata e eu sabia disso perfeitamente.

"De fato, estou à espera do Thaxter. Talvez hoje mesmo."

"Claro, ele vai irromper na cidade como o elenco completo de *Sonho de uma noite de verão*. Você prefere pagar as faturas dele a dar dinheiro para as suas filhas."

"As minhas filhas têm bastante dinheiro. Você tem a casa e centenas de milhares de dólares. Ficou com todo o dinheiro de *Trenck*, você e os advogados."

"Não consigo manter aquele estábulo. Os tetos com quatro metros de pé direito. Você nem imagina como são as contas de combustível para a calefação. Mas você podia desperdiçar o seu dinheiro com gente pior que o Thaxter, e é o que você faz. O Thaxter pelo menos tem algum estilo. Levou-nos para Wimbledon com toda a pompa. Lembra? Com um cesto grande de piquenique. Com champanhe e salmão defumado da Harrods. Até onde sei, ele era um agente da CIA, que, naquele tempo, estava bancando tudo. Por que não faz a CIA bancar a revista *A Arca*?"

"Por que a CIA?"

"Eu leio os seus prospectos. Achei que era exatamente o tipo de revista intelectual séria que a CIA podia usar no exterior para propaganda. Imagine que você é uma espécie de líder cultural."

"Nos prospectos, tudo o que eu quis dizer é que os Estados Unidos não precisam lutar contra a escassez e todos nos sentimos culpados em relação aos povos que precisam lutar para ter o que comer e para ter liberdade, à maneira antiga, as velhas questões básicas. Nós não passamos fome, não somos grampeados no telefone pela polícia, não somos trancados em hospícios por causa das nossas ideias, não somos presos, deportados, não somos trabalhadores escravos enviados para morrer em campos de concentração. Somos poupados de holocaustos e de noites de terror. Com as nossas vantagens, deveríamos formular as novas questões básicas para a humanidade. Mas em vez disso dormimos. Apenas dormimos e dormimos, e comemos e brincamos e nos agitamos e dormimos de novo."

"Quando você fica solene, se torna muito engraçado, Charlie. E agora anda se metendo no campo do misticismo também, além de sustentar aquela vadia gorda, e quer virar um atleta, e ainda por cima se veste feito um esnobe metido a besta. Tudo isso são sintomas de declínio físico e mental. Desculpe, francamente. Não é só porque sou a mãe das suas filhas, mas porque, um dia, você tinha talento e miolos na cabeça. Talvez você se mantivesse produtivo se os Kennedy tivessem sobrevivido. O tipo de atividade deles te mantinha responsável e são."

"Você está falando que nem o falecido Humboldt. Ele ia ser o tsar da Cultura no governo do Stevenson."

"O velho e frustrado Humboldt também. Você ainda teve isso. Foi o último amigo sério que você teve", disse ela.

Naquelas conversas, sempre meio parecidas com um sonho, Denise acreditava ser preocupada, solícita, até amorosa. O fato de ter permanecido na sala de audiências com o juiz e cavado mais uma armadilha legal para eu cair era irrelevante. Do ponto de vista dela, éramos como Inglaterra e França, caros inimigos. Para ela, tratava-se de um relacionamento especial que permitia uma troca inteligente.

"As pessoas têm me falado sobre esse tal dr. Scheldt, o seu guru antroposófico. Dizem que é um sujeito muito gentil e direito. Mas a filha dele é uma verdadeira periguete. Uma oportunistazinha. Mais uma que quer casar com você. Você se transformou num temível desafio para mulheres que alimentam sonhos de glória a seu respeito. Mas você pode sempre se esconder atrás da pobre Demmie Vonghel."

Denise estava me apedrejando com a munição que armazenava dia após dia, em sua mente e em seu coração. De novo, porém, suas informações eram exatas. A exemplo de Renata e da velha Señora, a srta. Scheldt também falava de casamentos com disparidade etária, ou casamentos de "Maio com Dezembro", falava da felicidade e da criatividade dos anos de declínio de Picasso, Casals, Charlie Chaplin e Justice Douglas.

"A Renata não quer que você vire um místico, não é?"

"A Renata não se mete nas minhas coisas desse jeito. Não sou místico. De todo modo, não sei por que místico deveria ser uma palavra tão ruim assim. Não significa muito mais que a palavra religião, que algumas pessoas ainda pronunciam com respeito. O que diz a religião? Diz que existe algo nos seres humanos para além do corpo e do cérebro e que temos maneiras de conhecer o que se passa para além do organismo e dos seus sentidos. Sempre acreditei nisso. A minha infelicidade provém, talvez, de ignorar as minhas próprias premonições metafísicas. Completei a faculdade, portanto conheço as respostas educadas para essa questão. Pode me testar na visão de mundo científica que vou tirar uma nota alta. Mas são só coisas da cabeça."

"Você é um excêntrico nato, Charlie. Quando disse que ia escrever o tal ensaio sobre o tédio, pensei logo: Lá vai ele de novo! Agora, sem mim, você está em acelerado processo de degradação. Às vezes sinto que você talvez esteja com as faculdades mentais comprometidas e deva ser internado. Por que não volta para o livro sobre Washington na década de 60? Os troços que você publicava nas revistas eram legais. Você me falou um monte de coisa que nunca foi impressa. Se por acaso tiver perdido as suas anotações, posso repetir tudinho para você. Ainda sou capaz de dar um jeito em você, Charlie."

"Acha mesmo que consegue?"

"Compreendo os erros que nós dois cometemos. E a maneira como você vive é grotesca demais — todas essas garotas, os exercícios atléticos e as viagens, e agora essa história de antroposofia. O seu amigo Durnwald está chateado com você. E sei que o seu irmão Julius anda preocupado. Escute, Charlie, por que não casa comigo de novo? Para começar, a gente podia parar com essa briga legal. Nós nos uniríamos outra vez."

"É uma proposta séria?"

"É o que as meninas mais desejam. Pense bem. Você não está levando uma vida exatamente alegre, não é? Está em má forma. Eu correria o risco." Levantou-se e abriu a bolsa. "Tome aqui umas cartas que chegaram ao antigo endereço."

Olhei para os carimbos do correio. "São de meses atrás. Devia ter me entregado antes, Denise."

"Qual é a diferença? Você já recebe correspondência demais mesmo. E não responde à maioria das cartas. E, afinal, que bem elas fazem a você?"

"Você abriu esta aqui e fechou outra vez. É da viúva do Humboldt."

"A Kathleen? Os dois se divorciaram muitos anos antes de ele morrer. De todo modo, olhe, lá vem o seu talento jurídico."

Tomchek e Srole entraram na sala de audiências e, do outro lado, veio o Canibal Pinsker de terno amarelo brilhante espalhafatoso, com duas pregas, e uma gravata grande e amarela que repousava sobre a camisa como uma omelete de queijo, e sapatos bege em dois tons. A cabeça era brutalmente cabeluda. Estava grisalho e se portava como um velho pugilista. Pensei: O que teria sido ele numa encarnação anterior? E pensei o mesmo sobre todos nós.

Afinal, não tínhamos ido lá para nos encontrar com Denise e Pinsker, mas para falar com o juiz. Tomchek, Srole e eu entramos na sala de audiências. O juiz Urbanovich, um croata, talvez sérvio, era balofo e careca, um gorducho de cara meio achatada. Mas era cordial, muito civilizado. Ofereceu-nos uma xícara de café. Atribuí sua cordialidade ao Departamento de Vigilância. "Não, obrigado", respondi.

"Tivemos agora uma bela sessão na corte", começou Urbanovich. "Esse litígio é danoso às duas partes — não aos advogados das partes, é claro. Estar no banco das testemunhas é algo temível para pessoas sensíveis e criativas como o sr. Citrine..." O juiz queria que eu sentisse o peso irônico das suas palavras. Num nativo de Chicago maduro, se for autêntico, sensibilidade era uma forma tratável de patologia, mas um homem cuja receita ultrapassava duzentos mil dólares nos anos de pico querer tirar onda de sensível já era demais. Plantas sensíveis não ganhavam essa grana toda. "Não pode ser nada agradável", disse-me então o juiz Urbanovich, "ser interrogado pelo sr. Pinsker. Ele pertence a uma escola bruta do direito. Não consegue pronunciar os títulos das obras do senhor nem os nomes das empresas francesas, italianas e até inglesas com as quais o senhor trata. Além disso, o senhor não gosta do alfaiate dele, do gosto dele de camisas e gravatas..."

Em suma, era ruim demais deixar aquele bruto e feio retardado do Pinsker me atacar, mas se eu continuasse a me mostrar pouco cooperativo, o juiz ia soltar da coleira aquele cachorro bravo em cima de mim.

"Três, quatro, cinco vezes distintas já negociamos com a sra. Citrine", disse Tomchek.

"As suas propostas não foram boas."

"Sua Excelência, a sra. Citrine recebeu grandes quantias de dinheiro", falei. "Oferecemos mais e ela sempre aumenta as suas exigências. Se eu capitular, o senhor garante que não terei que voltar ao tribunal no ano que vem?"

"Não, mas posso tentar. Posso tornar o caso *res judicata*. O seu problema, sr. Citrine, é a sua comprovada capacidade de ganhar vultosas somas de dinheiro."

"Não ultimamente."

"É só porque está abalado com o litígio. Se eu puser um fim no litígio, liberto o senhor e não há limite para o que senhor poderá fazer. O senhor será grato a mim..."

"Juiz, sou antiquado e talvez até obsoleto. Nunca aprendi os métodos de produção em massa."

"Não fique tão nervoso com isso, sr. Citrine. Temos confiança no senhor. Lemos os seus artigos nas revistas *Look* e *Life*."

"Mas a *Life* e a *Look* pararam de circular. Também ficaram obsoletas."

"Temos a sua declaração de renda. Ela nos conta uma história bem diferente."

"Mesmo assim", disse Forrest Tomchek, "em termos de um negócio de prognóstico seguro, como pode o meu cliente prometer produzir?"

Urbanovich disse: "O que quer que aconteça, é inconcebível que o sr. Citrine fique algum dia abaixo da alíquota de cinquenta por cento de imposto de renda. Portanto, se ele pagar à sra. Citrine trinta mil dólares por ano, isso vai custar a ele apenas quinze mil, em dólares reais. Até a maioridade da filha menor."

"Então, durante os próximos catorze anos, ou até eu ter setenta anos, vou ter que ganhar cem mil dólares por ano. Não posso deixar de ficar um pouco surpreso com isso, Sua Excelência. Ora! Não acho que o meu cérebro tenha força suficiente, e ele é o meu único patrimônio real. Outras pessoas possuem terras, aluguéis, inventários, ganhos de capital, administração, subvenções, pensões alimentícias, subsídios federais. Eu não conto com nenhuma dessas vantagens."

"Ah, mas o senhor é uma pessoa inteligente, sr. Citrine. Mesmo em Chicago, isso é uma coisa óbvia. Portanto não há necessidade de apresentar a situação como um caso especial. Na divisão de propriedades realizada por ocasião da sentença, a sra. Citrine recebeu menos que a metade, e ela alega que os registros foram falsificados. O senhor é um pouco sonhador e pode ser que não tivesse ciência disso. Talvez os registros tenham sido falsificados por outras pessoas. Todavia, aos olhos da lei, o senhor é o responsável."

Srole disse: "Negamos qualquer espécie de fraude".

"Bem, não acho que fraude seja uma questão importante por aqui", disse o juiz e fez um gesto de desdém com as mãos abertas. Peixes era obviamente o signo astrológico dele. Usava pequeninas abotoaduras em forma de peixe, viradas para trás.

"Quanto à baixa produtividade do sr. Citrine nos últimos anos, pode ser algo deliberado para esquivar-se das pressões da parte autora do processo. Ou pode ser, de fato, que esteja numa transição mental." O juiz estava se divertindo a mil, dava para perceber. Era óbvio que não gostava nem um pouco de Tomchek, o Campeão dos Divórcios, e concordava comigo em que Srole não passava de um coadjuvante de palhaço de circo, e estava se divertindo comigo também. "Tenho simpatia pelos problemas dos intelectuais e sei que vocês podem enveredar por preocupações especiais que nada têm de lucrativas. Mas sei que esse tal de Maharishi se tornou multimilionário ensinando as pessoas a virar a língua para trás contra o palato de forma a conseguir enfiar a ponta da língua na própria cavidade nasal. Muitas ideias são vendáveis e talvez as preocupações especiais do senhor sejam mais lucrativas do que o senhor mesmo imagina", disse.

A antroposofia estava produzindo efeitos incontestáveis. Eu não conseguia levar nada daquilo a sério demais. Coisas do outro mundo matizavam tudo aquilo e, de vez em quando, meu espírito parecia dissociar-se de mim mesmo. Abandonava-me e saía pela janela para flutuar acima da praça cívica. Ou então as rosas meditativas começavam a brilhar dentro da minha cabeça, num verde orvalhado. Mas o juiz estava me dando um sermão, reinterpretava o século XX para mim, caso eu tivesse esquecido como era, e decidia como o resto da minha vida teria de ser vivida. Eu tinha de abrir mão de ser um artesão à moda antiga e adotar os métodos da manufatura sem alma (Ruskin). Tomchek e Srole, cada um de um lado da mesa, aceitavam e consentiam no fundo dos seus corações. Não falavam quase nada. Sentindo-me abandonado, humilhado, tomei a iniciativa de falar por minha própria conta.

"Então é uma questão de mais meio milhão de dólares. E mesmo se ela voltar a casar, a Denise quer receber uma renda garantida de dez mil dólares?"

"É verdade."

"E o sr. Pinsker está cobrando honorários de trinta mil dólares — dez mil dólares por mês que trabalhou no caso?"

"Não é nada tão absurdo assim, na verdade" disse o juiz. "O senhor não foi muito afetado no terreno dos honorários advocatícios."

"Não dá mais que quinhentos dólares por hora. É o que eu calculo que valha o meu próprio tempo, sobretudo quando tenho que fazer aquilo de que não gosto", falei.

"Sr. Citrine", disse-me o juiz, "o senhor tem levado uma vida mais ou menos boêmia. Agora sentiu o gosto do casamento, da família, das instituições da classe média, e quer deixar tudo isso para trás. Mas nós não podemos permitir que o senhor faça uma tamanha desfeita."

De repente, meu alheamento terminou e me vi presente ali. Compreendi quais emoções haviam dilacerado o coração de Humboldt quando o agarraram e o amarraram e o empurraram aos trambolhões para o hospício de Bellevue. O homem de talento lutava contra policiais e auxiliares de enfermagem. E na esfera da ordem social, ele teve de lutar contra seus anseios shakespearianos também — a ânsia de discursos apaixonados. Era preciso resistir a isso. Agora eu poderia ter gritado. Eu poderia ter sido eloquente e tocante. Mas o que aconteceria se eu esbravejasse como o rei Lear para suas filhas, como Shylock repreendendo os cristãos? Não me levaria a parte alguma proferir palavras ardentes. As filhas e os cristãos compreendiam. Tomchek, Srole e o juiz não. Suponhamos que eu fosse bradar a respeito da moralidade, da carne e do sangue e da justiça e do mal e de como era sentir-me como eu era, Charlie Citrine. Afinal, aquilo não era um tribunal de justiça, um fórum da consciência? E eu não havia tentado, à minha maneira confusa, trazer algo de bom ao mundo? Sim, e depois de ter procurado um propósito mais elevado, embora não tenha sequer me aproximado disso, agora que estava ficando velho, fraco, desanimado, com dúvidas sobre minha capacidade de resistir e até sobre minha sanidade mental, agora queriam atrelar a mim um fardo ainda mais pesado por mais uma década, aproximadamente. Denise não estava certa ao dizer que eu saía falando logo de cara tudo o que passava por minha cabeça. Não, senhor. Eu cruzei os braços no peito e fiquei de boca fechada, dando uma chance para ter um ataque do coração, enquanto reprimia minha língua. Além do mais, à medida que o sofrimento avançava, eu me situava apenas na escala intermediária, ou até mais baixo. Portanto, por mero respeito pela realidade, eu me fechei. Desviei meus pensamentos por uma trilha diferente. Pelo menos, tentei. Fiquei pensando no que Kathleen Fleisher Tigler teria escrito para mim em sua carta.

Aqueles caras ali eram muito durões. Eu recebia a atenção deles por causa dos meus bens mundanos. De outro modo eu já estaria atrás das grades de aço da cadeia municipal. Quanto a Denise, a maravilhosa lunática com seus olhos violeta, o nariz esguio e penugento, a voz marcial instável — suponhamos que eu lhe oferecesse todo o meu dinheiro; isso não faria a menor diferença, ela ia querer ainda mais. E o juiz? O juiz era um político nativo de Chicago e seu ramo de negociatas era a justiça igual perante a lei. Um governo de leis? Era, isto sim, um governo de advogados. Mas, não, não, o coração em chamas e as palavras inflamadas só serviriam para agravar a situação. Não, o nome do jogo era silêncio, firmeza e silêncio. Eu não ia falar. Uma rosa, ou algo que brilhava como uma rosa, se intrometeu, aventurou-se por um instante para dentro do meu crânio e senti que minha decisão foi endossada.

O juiz, então, começou a me metralhar a sério. "Eu soube que o sr. Citrine tem viajado para fora do país muitas vezes e está planejando fazer isso de novo."

"É a primeira vez que ouço essa informação", disse Tomchek. "O senhor vai a algum lugar?"

"Para passar o Natal", respondi. "Há algum motivo para eu não ir?"

"Nenhum", disse o juiz, "se não for tentar escapar da nossa jurisdição. A autora do processo e o sr. Pinsker sugeriram que o sr. Citrine tem planos de deixar o país para sempre. Dizem que ele não renovou o aluguel do seu apartamento e está vendendo a sua valiosa coleção de tapetes orientais. Imagino que não exista nenhuma conta numerada na Suíça. O que o impede de levar a sua cabeça, que é o seu maior patrimônio, para a Irlanda ou a Espanha, países com os quais não temos acordos de extradição?"

"Existe algum indício de que vou fazer isso, Sua Excelência?", perguntei.

Os advogados começaram a discutir o assunto e me perguntei como Denise soube que eu ia viajar. Renata, é claro, contou tudo para a Señora e a Señora, que tagarelava em jantares por toda Chicago, precisava de assuntos palpitantes para tagarelar. Se não conseguisse encontrar algo interessante para dizer numa mesa de jantar, talvez já tivesse morrido de fome. No entanto era também possível que a rede de espionagem de Denise tivesse contatos com a agência de viagens de Poliakoff.

"Esses voos frequentes à Europa têm supostamente algum propósito." O juiz Urbanovich estava agora com a mão no botão de controle e aumentou mais ainda o nível de calor. Seu olhar cordial dizia, de forma brilhante: "Cuidado!". E de repente Chicago não era mais minha cidade, absolutamente. Era algo de todo irreconhecível. Eu apenas imaginava que tinha sido criado ali, que eu conhecia o lugar, que eu era conhecido pela cidade. Em Chicago, meus objetivos pessoais eram picaretagens, meu ponto de vista era uma ideologia estrangeira e eu compreendi o que o juiz estava me dizendo. Era que eu tinha evitado todos os Canibais Pinsker e me libertado de realidades desagradáveis. Ele, Urbanovich, como homem inteligente, a exemplo de mim mesmo, com tanta perspicácia quanto eu e com uma aparência bem melhor, careca ou não, havia pago seus impostos para fins sociais integralmente, tinha jogado golfe com todos os Pinsker do mundo, tinha almoçado com eles. Tivera de sujeitar-se a tudo isso como homem e cidadão, enquanto eu me mantinha em liberdade para subir e descer no elevador à espera de que uma criatura adorável — "Meu Destino!" — surgisse sorrindo para mim na próxima vez que a porta abrisse. Eles sim me dariam o Destino.

"A autora solicitou mais uma ordem de *ne exeat*. Estou pensando se não convém exigir um depósito em fiança", disse Urbanovich. "Duzentos mil dólares, digamos."

Indignado, Tomchek disse: "Sem nenhuma prova de que o meu cliente está fugindo?".

"Ele é um sujeito muito distraído, Sua Excelência", disse Srole. "Para ele, não renovar o contrato de aluguel é um descuido normal."

"Se o sr. Citrine possuísse um pequeno negócio varejista, uma fabricazinha, se tivesse um escritório profissional ou um cargo numa instituição", disse Urbanovich, "não haveria nenhum problema em fazer uma repentina viagem de avião." Com uma terrível claridade em seus olhos redondos, ele me fitava com ar especulativo.

Tomchek argumentou: "O Citrine é um habitante de Chicago desde que nasceu, uma figura típica desta cidade".

"Compreendo que uma grande quantidade de dinheiro se escoou neste ano. Evito usar a palavra desperdiçar — o dinheiro é dele." Urbanovich consultou um memorando. "Grandes prejuízos num empreendimento chamado *A Arca*. Um colega, o sr. Thaxter... dívidas pesadas."

"Está sugerindo que não se trata de prejuízos reais e que ele esteja desviando dinheiro para fora do país? Essas são alegações e suspeitas da sra. Citrine", disse Tomchek. "A corte acredita que sejam verdadeiras?"

O juiz disse: "Esta é uma conversa em caráter privado na sala de audiências e apenas isso. No entanto, em vista do fato incontestável de que tanto dinheiro está indo embora de repente, acho que o sr. Citrine devia me apresentar um extrato completo das suas finanças no momento, para que eu possa determinar uma quantia razoável para ficar depositada em fiança, caso isso seja necessário. O senhor não vai me negar isso, não é, sr. Citrine?"

Ah, como era ruim! Muito ruim! Quem sabe Cantabile não havia tido uma boa ideia, afinal — que ela fosse atropelada por um caminhão, matar aquela cachorra.

"Vou ter que me reunir com o meu contador, Sua Excelência", respondi.

"Sr. Citrine, o senhor está com uma fisionomia ligeiramente atormentada. Espero que entenda que sou imparcial, tenho que ser justo para ambas as partes." Quando o juiz sorriu, certos músculos que pessoas sem sutileza jamais desenvolvem tornaram-se visíveis. Era interessante. Qual o destino que a natureza dera originalmente a tais músculos? "Eu pessoalmente não acho que o senhor pense em deixar o país. A sra. Citrine reconhece que o senhor é um pai muito afetuoso. Porém as pessoas podem ficar desesperadas e então podem ser persuadidas a fazer coisas drásticas."

Ele queria que eu soubesse que minhas relações com Renata não constituíam nenhum segredo.

"Espero que o senhor, a sra. Citrine e o sr. Pinsker deixem comigo ainda um pouco, o suficiente para eu poder me alimentar, senhor juiz."

Então nós, o grupo do réu, fomos de novo para o corredor iluminado, cinzento, manchado, de pedra polida, e Srole disse: " Charles, é como nós te dissemos, essa é a técnica do sujeito. Agora ele espera que você fique apavorado e nos implore para aceitar as condições exigidas e te salvar, para que não seja trucidado e feito em pedacinhos."

"Pois é, e está dando certo", respondi. Eu gostaria de poder saltar daquele arranha-céu oficial, com seus múltiplos quadrados, rumo a uma outra vida, e nunca mais ser visto. "Estou apavorado", falei. "E estou morrendo de vontade de aceitar as condições que ela exige."

"Sim, mas não pode. Não vamos aceitar", disse Tomchek. Ela vai só fingir. Não vai dar ouvidos nem vai fazer acordo. Está tudo explicado nos livros e, em todas as mesas de jantar, todos os psicanalistas com quem já conversei me disseram a mesma coisa — castração, é só essa a questão, quando uma mulher fica atrás do dinheiro de um homem."

"Para mim não está claro por que o Urbanovich está tão propenso a ajudá-la."

"Para ele, parece uma coisa extremamente divertida", disse Srole. "Muitas vezes, é o que me parece."

"E no final a maior parte do dinheiro acabará indo para as custas judiciais", falei. "Às vezes eu me pergunto por que não desistir de tudo e fazer um voto de pobreza..." Mas isso era teorização fútil. Sim, eu podia render-me, abrir mão da minha pequena fortuna e viver e morrer num quartinho de hotel, como Humboldt. Eu estava mais bem equipado que ele para levar uma vida mental, pois não era maníaco-depressivo, e poderia me adaptar àquilo muito bem. Mas não daria certo. Pois aí não haveria mais Renatas, não haveria mais vida erótica e nenhuma das inquietações estimulantes associadas à vida erótica, que eram talvez ainda mais importantes para mim que o próprio sexo. Um voto de pobreza não era o tipo de voto que Renata esperava.

"O depósito em fiança... o depósito em fiança é que é ruim. É um golpe baixo", falei. "Sinceramente, tive a impressão de que vocês deviam ter feito mais objeções. Oferecido resistência."

"Mas como poderíamos resistir?", perguntou Billy Srole. "É tudo um blefe. Ele não tem nada para se respaldar. Você esqueceu de renovar o seu contrato de aluguel. Você vai fazer uma viagem para a Europa. Devem ser viagens profissionais. Escute, como é que aquela mulher fica sabendo de cada um dos seus passos?"

Eu tinha certeza de que a sra. Da Cintra, na agência de viagens, aquela que usava turbante de lã escocesa, transmitia informações a Denise, porque Renata era indelicada e até arrogante com ela. Quanto ao conhecimento que Denise tinha dos meus passos, eu tinha uma analogia para aquilo. No ano passado, levei minhas filhas pequenas para um acampamento no extremo Oeste do país e visitamos um lago de castores. Junto à margem, o Serviço Florestal fincou cartazes com a descrição dos ciclos da vida dos castores. Os animais não tinham ciência disso e continuavam roendo, represando, alimentando e procriando. Meu próprio caso era semelhante. Com Denise, no italiano mozartiano de que ela tanto gostava, era *Tutto tutto già si sa*. Tudo tudo sobre mim era sabido.

Então me dei conta de que eu havia ofendido Tomchek ao criticar seu modo de enfrentar a questão do depósito em fiança. Não, eu o havia enfurecido. No entanto, para proteger o relacionamento com o cliente, ele descarregou sua raiva em cima de Denise. "Como é que você foi capaz de casar com tamanha safada e vagabunda?", exclamou. "Onde é que estava o seu bom senso? Você devia ser um homem inteligente. E se uma mulher como essa resolve te infernizar até a morte, o que espera que dois advogados possam fazer?" Já sem fôlego de tanta raiva, ele não conseguiu falar mais nada, porém, num gesto impetuoso, com um forte estalo, enfiou a pasta do caso embaixo do braço e nos deixou. Eu gostaria que Srole fosse embora também, mas ele achou que devia me explicar como minha posição legal era sólida, na verdade (graças a ele). Ficou na minha frente repetindo que Urbanovich não podia confiscar meu dinheiro. Não tinha respaldo legal para isso. "Mas se a situação tomar, de fato, o pior dos caminhos e ele obrigar o senhor a fazer um depósito em fiança, conheço um sujeito que pode conseguir para o senhor um tremendo abatimento em impostos municipais, de modo que o senhor não perderá a renda do dinheiro imobilizado."

"Bem pensado", falei.

A fim de cair fora, fui ao banheiro masculino. Como ele me seguiu, entrei num dos compartimentos das privadas e por fim me vi livre para ler a carta de Kathleen.

Como era de esperar, Kathleen me informava da morte do seu segundo marido, Frank Tigler, num acidente de caça. Eu o conhecia bem, pois quando passei seis semanas em Nevada a fim de me qualificar para um divórcio, fui hóspede, pago, no hotel fazenda de Tigler. Era um canto solitário e degradado, perdido num fim de mundo, no lago Volcano. Minhas relações com Tigler eram memoráveis. Eu tinha até mesmo o direito de afirmar que havia salvado sua vida, pois, quando caiu de um bote, pulei na água para resgatá-lo. Resgatá-lo? Aquele acontecimento nunca pareceu digno de ser descrito dessa maneira. Mas ele era um vaqueiro que não sabia nadar, um aleijado quando não estava sobre a sela de um cavalo. No chão, de botas e chapéu de caubói, parecia ter os joelhos lesionados, e quando entrava na água aos tropeções — o rosto bronzeado e corajoso, com sobrancelhas ruivas em densos tufos —, eu ia logo atrás dele, porque a água não era seu elemento. Era um homem de terra firme, no grau máximo. Então por que estávamos dentro de um bote? Porque Tigler adorava pescar. Não era um bom pescador nem nada, mas sempre se interessava, quando se tratava de conseguir alguma coisa sem ter de dar nada em troca. E era primavera e os peixes *toobie* estavam correndo por todo lado. Os *toobies* eram uma antiguidade biológica, aparentados com o celacanto do oceano Índico, viviam no lago Volcano e subiam de uma grande profundidade a fim de desovar. Uma multidão de pessoas, na maioria índios, os capturava com arpões. Era um peixe desajeitado, estranho de se olhar, parecia um fóssil vivo. Eram defumados ao sol e deixavam a aldeia indígena empestada com seu cheiro. Palavras como "translúcidas" e "voltaicas" podem ser aplicadas às águas do lago Volcano. Quando Tigler caiu, na mesma hora tive medo de que eu nunca mais o visse, pois os índios haviam me contado que o lago tinha quilômetros de profundidade e que os corpos raramente eram recuperados. Assim, pulei na água e o frio foi como um choque elétrico. Empurrei Tigler de volta para dentro do bote. Ele não admitia que não sabia nadar. Não admitiu nada, não disse nada, mas apanhou o arpão e fisgou seu chapéu, que boiava. Suas botas de caubói tinham ficado cheias de água. Nada se disse ou comentou, em sinal de agradecimento. Era um incidente entre dois homens. Quer dizer, tive a impressão de que aquilo era o Oeste másculo e calado. Os índios seguramente deixariam que ele se afogasse. Não queriam homens brancos no lago, em seus botes, cheios daquela febre de pegar qualquer coisa em troca de nada, e ainda por cima apanhando os *toobies* deles. Além do mais, detestavam Tigler por trapacear nos preços e outras vigarices, e por deixar seus cavalos pastarem em toda parte. Não bastasse isso, e foi o próprio Tigler quem me contou, os peles-vermelhas não interferiam na morte, pareciam apenas ficar olhando enquanto acontecia. Certa vez, contou-me ele, presenciou quando um índio chamado Winnemucca levou um tiro na frente da agência do correio. Ninguém foi chamar o médico. O homem sangrou até morrer na rua, enquanto homens, mulheres e crianças, sentados em bancos ou em seus automóveis velhos, olhavam em silêncio. Mas naquele momento, lá no alto do edifício da prefeitura, pude visualizar a figura de Velho Oeste do falecido Tigler como se fosse cunhada em bronze, rodando sem parar dentro da água gélida e elétrica, e depois vi a mim mesmo, que tinha aprendido a nadar num pequeno tanque de água clorada em Chicago, indo atrás dele como uma lontra.

Pela carta de Kathleen, soube que ele havia morrido em ação. "Dois caras de Mill Valley, na Califórnia, queriam caçar cervos usando bestas", escreveu Kathleen. "Frank serviu de guia e levou-os às montanhas. Houve uma discussão com o guarda-florestal. Acho que você conheceu esse guarda-florestal, um índio chamado Tony Calico, um veterano da Guerra da Coreia. Aconteceu que um dos caçadores tinha antecedentes criminais. O pobre Frank, você sabe, adorava ficar um pouco fora da lei. Naquele caso, não estava, mas ainda assim havia um pitada disso. Dentro da Land Rover havia espingardas. Não vou entrar nos detalhes, são muito penosos. O Frank não atirou, mas foi o único que levou um tiro. Sangrou até morrer, antes que o Tony conseguisse levá-lo ao hospital."

"Sofri muito com isso, Charlie", prosseguiu ela. "Estávamos casados havia doze anos, você sabe. Para não me prolongar muito mais nesse assunto, o seu enterro foi um acontecimento. Vieram criadores de cavalo de raça de três estados. Parceiros de negócios de Las Vegas e de Reno. Ele era muito querido."

Eu sabia que Tigler havia sido peão de rodeio e domador de cavalos, vencedor de muitos prêmios, e desfrutava de certa estima no mundo dos cavalos, mas duvido que fosse uma pessoa querida, exceto para Kathleen e a velha mãe de Tigler. A renda do hotel fazenda, por assim dizer, ele investia na criação de cavalos de raça. Alguns daqueles cavalos eram registrados com documentos falsos, seus ascendentes machos apareciam assinalados com um traço, como forjados ou adulterados. As regras que cancelavam as prerrogativas da linhagem dos cavalos eram muito rigorosas. Tigler era obrigado a tentar contornar aquilo por meio de documentos forjados. Portanto ele vivia viajando, de uma pista de cavalos para outra, e deixava que Kathleen cuidasse dos negócios do hotel fazenda. Não havia muitos negócios para cuidar, na verdade. Ele sugava toda a receita para comprar forragem e trailers. Os chalés de hóspedes vergaram e tombaram. Traziam à minha memória os galinheiros desmoronados de Humboldt. Kathleen estava exatamente no mesmo apuro em Nevada. O Destino — o destino visto de dentro — era poderoso demais para ela. Tigler incumbiu-a do hotel fazenda e lhe disse para não pagar nada, senão as contas relativas aos cavalos e aquelas que fossem cobradas de forma violenta.

Eu já tinha problemas de sobra por minha própria conta, mas a dupla solidão da vida de Kathleen — primeiro em Nova Jersey, depois no Oeste — me comoveu fortemente. Encostei-me na divisória do sanitário no edifício da prefeitura, tentando fazer a luz do teto incidir na folha de papel da carta, datilografada com uma fita gasta. "Sei que você gostava do Tigler, Charlie. Vocês dois se divertiam bastante pescando trutas e jogando pôquer. Aquilo afastava os seus pensamentos dos problemas."

Era mesmo verdade, embora ele tenha ficado furioso quando fui eu quem pegou a primeira truta. Puxamos a rede de dentro do seu bote e eu tinha usado sua isca, por isso ele disse que a truta era dele. Fez o maior escândalo e acabei jogando a truta em seu colo. O ambiente era fantasmagórico. Não era um cenário de pescaria — só havia pedras nuas, nenhuma árvore, cheiro picante de artemísia e pó de marga que flutuava quando passava um caminhão.

Todavia não foi para discutir a respeito de Tigler que Kathleen me escreveu. Escreveu porque Orlando Huggins estava me chamando. Humboldt deixara alguma coisa para mim. Huggins era seu testamenteiro. Huggins, o velho playboy de esquerda, era um homem decente, no fundo, uma pessoa honrada. Ele também tinha afeição por Humboldt. Depois que fui denunciado como um falso irmão de sangue, Huggins foi convocado para organizar as finanças de Humboldt. Pôs mãos à obra com entusiasmo. Depois Humboldt acusou-o de trapacear e ameaçou processá-lo também. Mas a mente de Humboldt acabou clareando no final. Humboldt tinha identificado seus amigos verdadeiros e nomeou Huggins como administrador do seu espólio. Kathleen e eu fomos lembrados no testamento. O que recebeu dele, Kathleen não me disse, mas Humboldt não podia ter muito para deixar. Kathleen mencionou, no entanto, que Huggins lhe entregou uma carta póstuma de Humboldt. "Ele falava de amor e das oportunidades humanas que perdeu", escreveu ela. "Mencionou velhos amigos, a Demmie e você, e os bons e velhos tempos no Village e na zona rural."

Não consigo imaginar o que podia haver de tão bom naqueles velhos tempos. Duvido que Humboldt tenha tido um único dia bom em toda a sua vida. Entre flutuações e as ânsias sombrias da mania e da depressão, ele tinha alguns períodos bons. Talvez não tantos que pudessem formar horas consecutivas de tranquilidade. Mas Humboldt teria apelado para Kathleen por caminhos que eu, vinte e cinco anos atrás, era demasiado imaturo para compreender. Kathleen era uma mulher grande e sólida cujos sentimentos profundos eram invisíveis, porque sua atitude era muito discreta. Quanto a Humboldt, ele tinha certa nobreza, mesmo quando estava louco. Mesmo nessas ocasiões, ele era de fato fiel a certas coisas elevadas. Recordo o brilho dos seus olhos quando baixou a voz para pronunciar a palavra "reacender", dita por um sujeito à beira de se suicidar, ou quando pronunciava as palavras de Cleópatra: "Tenho dentro de mim aspirações imortais". O homem amava a arte profundamente, nós o amávamos por isso. Mesmo quando a decadência grassava feroz, havia em Humboldt locais incorruptíveis que não estavam nem um pouco deteriorados. Mas acho que ele queria que Kathleen o protegesse, quando entrasse nas condições em que um poeta precisa ficar. Tais condições de sonhos elevados, como são sempre perfuradas e rasgadas pela artilharia antiaérea americana, eram justamente aquilo que Humboldt queria que Kathleen preservasse para ele. Encantamento. Ela fez o melhor que pôde para ajudá-lo com o encantamento. Mas ele jamais conseguiu produzir encantamento suficiente ou material de sonho bastante para revestir a si mesmo. Não dava para cobri-lo. Porém eu vi o que Kathleen havia tentado fazer e a admirava por isso.

A carta continuava. Ela me recordava as longas conversas sob as árvores no hotel fazenda do rancho Tigler. Suponho que eu tenha falado com ela a respeito de Denise, preocupado em me justificar. Consigo lembrar-me das árvores a que ela se referia, uns poucos sabugueiros e choupos. Tigler alardeava a formosura da sua pousada, mas as tábuas descascadas estavam soltas e caíam dos alojamentos, a piscina estava toda cheia de rachaduras e coberta de folhas e espuma. As cercas haviam tombado e as éguas de Tigler vagavam livremente, como lindas matronas nuas. Kathleen usava macacão de brim e sua blusa de algodão grosso tinha sido lavada até beirar a condição de um ectoplasma. Recordo-me de Tigler agachado, repintando seus patinhos de armadilha. Naquela ocasião, ele não estava falando porque seu queixo havia sido quebrado por alguém dominado pela fúria, por causa do pagamento atrasado de uma quantia de forragem, e agora a mandíbula estava amarrada e fechada. Também naquela semana a luz, o gás e a água tinham sido cortados, os hóspedes estavam morrendo de frio, não tinham água. Tigler disse que aquele era o Oeste que os caubóis amavam de verdade. Afinal, eles não tinham ido até lá para ser papariçados. Queriam vivenciar o ambiente hostil, agreste. Mas para mim, Kathleen disse: "Desse jeito, só vou conseguir me virar por mais um ou dois dias, no máximo".

Felizmente uma produtora de cinema apareceu para fazer um filme sobre as hordas de mongóis e Tigler foi contratado para ser o especialista em cavalos. Recrutou índios para vestirem trajes asiáticos acolchoados, galopar dando gritos e fazer acrobacias sobre as selas. Foi um tremendo acontecimento no lago Volcano. O crédito daquele lance de sorte coube ao padre Edmund, o ministro episcopal que, na juventude, tinha sido astro do cinema mudo, e um homem muito bonito. No púlpito, vestia lindas túnicas velhas. Todos os índios eram fãs de cinema. Entre si, cochichavam que as roupas do padre tinham sido doadas por Marion Davies ou Gloria Swanson. O padre Edmund disse que, graças a seus conhecimentos em Hollywood, convencera a produtora a filmar no lago Volcano. De todo modo, Kathleen era conhecida do pessoal do cinema. Menciono isso porque, em sua carta, falava em vender o hotel fazenda, deixar a mamãe Tigler hospedada com outros idosos em Tungsten City, enquanto ela mesma arranjaria um emprego na indústria do cinema. Pessoas em situação de transição sempre demonstram interesse por cinema. Ou isso ou começam a falar em voltar a estudar para tirar um diploma. Deve haver vinte milhões de americanos que sonham em voltar para a faculdade. Até Renata vivia querendo se matricular em De Paul.

Voltei à sala de audiências para pegar meu sobretudo cor de prímula superjovial, enquanto refletia a fundo no que fazer para arranjar dinheiro, caso o juiz Urbanovich me obrigasse a deixar um depósito em fiança. Que grande sacana, aquele juiz croata americano e careca. O juiz não conhecia minhas filhas, nem Denise, nem a mim, e que direito tinha ele de tomar dinheiro ganho à custa de febre e pensamentos, mediante operações cerebrais tão peculiares? Ah, sim, eu também sabia como ter pensamentos elevados acerca de dinheiro. Dane-se, podem ficar com tudo! E eu era capaz de responder de ponta a ponta um questionário psicológico e me sair bem melhor que o melhor entre eles, tinha certeza de que ia ficar classificado entre os dez primeiros no quesito magnanimidade. Mas Humboldt — eu estava farto de Humboldt naquele dia — sempre me acusava de tentar desperdiçar minha vida inteira nos últimos andares da consciência mais elevada. A consciência mais elevada, dizia Humboldt quando me passava um sermão, era "inocente, não tinha a menor noção do mal em si mesmo". Quando a gente tentava viver inteiramente no nível mais elevado da consciência, de forma puramente racional, só enxergava o mal nos outros, nunca em si mesmo. A partir dessa ideia, Humboldt insistia em afirmar que no inconsciente, no núcleo irracional das coisas, o dinheiro era uma substância vital, como o sangue ou os fluidos que banham os tecidos do cérebro. Como ele sempre se mostrava tão sério em se tratando da suprema importância do dinheiro, quem sabe não tinha agora me devolvido meus 6760 dólares em seu testamento final? É claro que não, como poderia? Humboldt morrera falido, numa pensão sórdida. Mas seis mil dólares também não iam ajudar grande coisa nessa altura. Só Szathmar me devia mais que isso. Eu havia emprestado dinheiro para ele comprar um apartamento num condomínio. Além do mais, havia Thaxter. Ao não pagar um empréstimo, Thaxter me custara cinquenta ações da IBM, deixadas em fiança. Depois de muitas cartas de advertência, o banco, com gestos de remorsos e pruridos éticos, quase chorando ao me ver tão cruelmente espoliado por um amigo relapso, arrebatou aquelas ações. Thaxter explicou que se tratava de um prejuízo dedutível. Ele e Szathmar muitas vezes tentavam me consolar dessa maneira. E também apelando à dignidade e ao valor absoluto. (Afinal, eu mesmo não almejava a magnanimidade? E a amizade não era muito mais importante que o dinheiro?) As pessoas me deixavam sempre duro, falido. E agora, o que eu ia fazer? Devia aos editores cerca de setenta mil dólares em adiantamentos por livros que eu, paralisado, não conseguia escrever. Tinha perdido todo e qualquer interesse por aquilo. Podia vender meus tapetes orientais. Disse a Renata que estava farto deles e ela conhecia um comerciante armênio que estava disposto a vendê-los em consignação. O valor das moedas estrangeiras estava subindo rapidamente e os persas enriquecidos pelo petróleo não queriam mais trabalhar nos teares. Compradores japoneses, alemães e até árabes invadiam o Meio Oeste, levando todos os tapetes que encontravam. Quanto à Mercedes, talvez fosse melhor me livrar dela. Eu sempre ficava profundamente abalado quando me via obrigado a preocupar-me com dinheiro. Sentia-me como um pintor que cai do andaime ou um lavador de janela pendurado numa corda, preso pelas axilas por seu cinturão de segurança. Sentia uma tensão no peito e parecia estar com falta de oxigênio. Às vezes eu pensava em guardar um cilindro de oxigênio no armário de roupas exatamente para esses acessos de preocupação. É claro que eu devia ter aberto uma conta numerada num banco na Suíça. Como é que, tendo vivido a maior parte da vida em Chicago, eu não tinha pensado em providenciar um laranja para mim? E agora o que eu tinha para vender? Thaxter estava segurando dois artigos meus, uma reminiscência da Washington de Kennedy (agora tão remota no tempo quanto a fundação da Ordem dos Capuchinhos) e um artigo da série inacabada "Grandes Tédios do Mundo Moderno". Não havia nenhum dinheiro nisso. Era excelente, mas quem ia querer publicar um estudo sério sobre o tédio?

    Naquela hora, eu até fiquei disposto a pensar melhor no plano de George Swiebel de explorar uma mina de berilo na África. Escarneci da ideia quando George propôs, mas ideias insanas podem ser comercialmente sadias e ninguém jamais soube que forma o gato de Dick Whittington podia assumir. Um homem chamado Ezekiel Kamuttu, o guia de George no desfiladeiro de Oduvai dois anos antes, dizia ser proprietário de uma montanha de berilo e de pedras semipreciosas. Um exótico saco de aniagem estava, naquele momento, guardado embaixo da cama de George, cheio de minerais peculiares. George me dera uma meia de ginástica cheia daquelas pedras e pediu-me que levasse o material para ser examinado no Museu Field de História Natural, por Ben Isvolsky, um dos seus colegas de colégio, hoje geólogo. O sóbrio Ben disse que as pedras tinham valor. Na mesma hora, perdeu sua pose de professor e passou a me fazer perguntas de negócios. Será que conseguíamos obter aquelas pedras em quantidade comercializável? E com que maquinário, e como fazer para entrar na mata e sair de lá? E quem era aquele tal de Kamuttu? Kamuttu, explicou George, arriscaria a própria vida por ele. Tinha proposto que George casasse com alguém da sua família. Quis vender a irmã para George. "Mas", falei para Ben, "você conhece o complexo de estreita camaradagem do George, não é? Tomou umas bebidas com uns nativos, eles perceberam que ele falava a sério e que o seu coração é maior que o rio Mississippi. E é mesmo. Mas como é que podemos ter certeza de que esse tal de Kamuttu não é um picareta? Quem sabe ele roubou aquelas amostras de berilo? Ou vai ver é um maluco. No mundo, tem isso de sobra."

Como eu conhecia os problemas domésticos de Isvolsky, compreendi por que ele sonhava em ganhar uma bolada de um só golpe com minerais preciosos. Ele disse: "Topo qualquer coisa para ficar longe de Winnetka por um tempo". Depois falou: "Tudo bem, Charlie. Sei o que está passando pela sua cabeça. Quando você voltar aqui para falar comigo, vai querer que eu te mostre aqueles pássaros". Referia-se à grande coleção de aves do museu, açambarcadas ao longo de décadas e armazenadas em gavetas classificadas em ordem alfabética. As enormes oficinas e laboratórios nos bastidores do museu, os galpões, depósitos e grutas eram infinitamente mais fascinantes que as exposições públicas apresentadas ali. Os pássaros empalhados estavam em péssimas condições, com etiquetas presas nas pernas. E eu gostava sobretudo de ver os beija-flores, milhares e milhares de corpos diminutos, alguns do tamanho da ponta do meu dedo, infinitas variedade de beija-flores, todos minuciosamente borrifados com um Louvre inteiro de cores iridescentes. Então Ben me levou para examiná-los outra vez. Ele era bochechudo e tinha o cabelo igual a lã, tinha a pele ruim, mas o rosto era agradável. Agora os tesouros do museu o entediavam e ele disse: "Se o tal de Kamuttu possui de fato uma montanha de berilo, a gente devia ir lá e apanhar tudo".

"Vou partir para a Europa daqui a alguns dias", respondi.

"Perfeito. O George e eu podemos te encontrar. De lá, podemos pegar um avião juntos para Nairóbi."

Pensamentos de berilo e de tapetes orientais mostravam como eu estava nervoso e sem senso prático. Quando eu ficava nesse estado, só um homem no mundo inteiro podia me ajudar, meu prático irmão Julius, corretor de imóveis em Corpus Christi, no Texas. Eu adorava meu irmão corpulento e agora idoso. Talvez ele também gostasse de mim. Em princípio, Julius não era favorável a fortes laços de família. Talvez visse o amor fraternal como uma porta para a exploração. Meus sentimentos por ele eram bem vivos, quase histericamente intensos, e eu não podia condená-lo por tentar resistir a tais sentimentos. Ele desejava ser um homem plenamente do seu tempo e tinha esquecido, ou tentava esquecer, o passado. Sem ajuda, não conseguia lembrar-se de nada, dizia ele. De minha parte, não havia nada que eu fosse capaz de esquecer. Muitas vezes, ele me dizia: "Você herdou a tremenda memória do velho. E antes dele, houve aquele velho sacana, o pai dele. O nosso avô era um dos dez caras na galera dos judeus que sabiam de cor o Talmude babilônico. Imagine como isso era útil. Eu nem sei o que é esse troço. Mas foi daí que veio a memória que você tem". A admiração não era totalmente genuína. Não creio que ele tenha sido sempre grato a mim por ter uma memória tão boa. Minha própria crença era que, sem a memória, a existência era algo metafisicamente prejudicado, mutilado. E não conseguia conceber meu próprio irmão, o insubstituível Julius, com um entendimento metafísico diferente do meu. Portanto eu falava com ele a respeito do passado e ele dizia: "É isso mesmo? Aconteceu de fato? E você sabe que não sou capaz de me lembrar de nada, nem mesmo da cara da mamãe, e olhe que eu era o predileto dela, afinal".

"Você deve se lembrar da cara dela. Como poderia esquecer? Não acredito nisso", eu respondia. Meus sentimentos de família às vezes atormentavam meu corpulento irmão. Ele me considerava uma espécie de retardado. Ele mesmo, um mágico com o dinheiro, construía shoppings, condomínios, motéis e contribuía amplamente para a transformação da sua parte do Texas. Julius não ia se recusar a me ajudar. Mas isso era puramente teórico, pois embora a ideia de ajuda estivesse sempre no ar entre nós, eu nunca de fato pedia que ele me desse nada. Na verdade, eu era extremamente reservado para fazer tais pedidos. Se posso me exprimir assim, eu estava meramente obcecado, dominado pela necessidade de fazer aquilo.

Na hora em que estava pegando meu sobretudo, o meirinho de Urbanovich se aproximou de mim e tirou um pedaço de papel do bolso do seu cardigã. "O escritório do Tomchek deixou esse recado por telefone", disse ele. "Há um sujeito com nome estrangeiro... é Pierre?", perguntou o velho.

"Pierre Thaxter?"

"Anotei o que me disseram. Ele quer que você o encontre às três horas no Instituto de Arte. Também veio um casal e perguntou por você. Um sujeito de bigode. A garota tinha cabelo vermelho e usava minissaia."

"Cantabile", falei.

"Ele não deixou o nome."

Eram duas e meia. Muita coisa havia acontecido num curto espaço de tempo. Fui à loja de conveniência e comprei esturjão e pão fresco, além de chá Twinings próprio para o café da manhã e geleia de laranja Cooper de primeira. Se Thaxter ia pernoitar aqui, eu queria lhe oferecer o café da manhã com que estava habituado. Ele sempre me alimentava extremamente bem. Orgulhava-se da sua mesa e me dizia, em francês, o que eu estava comendo. Eu não comia meros tomates, mas *salade de tomates*, não comia pão com manteiga, mas *tartines*, e aquela história continuava, com *boulli, brûlé, farci, fumé* e vinhos excelentes. Ele negociava com os melhores comerciantes e nada desagradável para comer ou beber era servido à minha frente.

Na verdade, eu esperava com ansiedade a visita de Thaxter. Sempre ficava encantado de vê-lo. Talvez eu tivesse até a ilusão de que podia abrir para ele meu coração oprimido, embora de fato eu soubesse muito bem que não devia fazer nada disso. Ele chegava de repente, vindo da Califórnia, com os cabelos compridos como um cortesão do tempo da dinastia Stuart e, por baixo da sua capa de carabineiro, vestia um charmoso terno esporte de veludo azul comprado na King's Road. Seu chapéu de aba larga foi comprado numa loja para negros chiques. No pescoço, trazia correntes pelo visto valiosas e também uma faixa de seda manchada, mas tingida de modo exclusivo, e presa com um nó. As botas de um bege claro, que batiam nos tornozelos, eram engenhosamente revestidas com lona e, nos dois lados da lona, havia uma engenhosa flor de lis feita de couro. Seu nariz era bastante torto, o rosto moreno era ardente, e quando vi seus olhos de leopardo, exclamei a mim mesmo um aplauso em segredo. Havia uma razão para eu gastar imediatamente cinco dólares em esturjão, quando o meirinho me avisou que Thaxter estava na cidade. Eu tinha muita afeição por Thaxter. Então, estava na hora da grave pergunta: ele sabia ou não sabia o que estava fazendo? Numa palavra, será que era um picareta? Era uma pergunta que um homem astuto devia ser capaz de responder, e eu não conseguia fazer isso. Renata, quando me fazia a honra de me tratar como seu futuro marido, muitas vezes dizia: "Não entregue nenhum dinheiro para o Thaxter. Charme? Muito charme. Talento? Para dar e vender. Mas é um impostor".

"Não é, na verdade."

"O quê? Tenha um pouco de respeito próprio, Charlie, em relação ao que você engole. Por que ele fica mencionando tantas vezes os seus conhecimentos com pessoas das famílias tradicionais da sociedade?"

"Ah! Pois é, mas as pessoas gostam de contar vantagem. Podem até morrer se não puderem dizer coisas boas sobre si mesmas. As coisas boas *precisam* ser ditas. Tenha dó."

"Está certo, mas e o guarda-roupa especial dele? O seu guarda-chuva especial. O único guarda-chuva com classe é um guarda-chuva com cabo de madeira. Você não compra um guarda-chuva com o cabo feito à mão e curvado com vapor. Pelo amor de Deus, ele precisa crescer já pronto, desse jeito. Além do mais, tem a sua adega de vinhos especiais e a sua pasta de executivo feita de couro que só é possível comprar numa única loja de Londres, e o seu colchão de água especial com lençóis de cetim especial, onde ele estava deitado em Palo Alto com a sua queridinha fofa, os dois vendo a Copa Davis de tênis num televisor especial a cores. Sem falar num panaca especial chamado Charlie Citrine, que banca tudo isso. Caramba, o cara é delirante."

A conversa citada acima aconteceu quando Thaxter telefonou para dizer que estava a caminho de Nova York para fazer uma viagem a bordo do *France* e que passaria por Chicago a fim de conversar sobre A *Arca*.

"Por que ele está indo à Europa?", perguntou Renata.

"Bem, ele é um jornalista brilhante, você sabe."

"Mas por que um jornalista brilhante vai viajar de primeira classe a bordo do *France*? São cinco dias. Ele tem tanto tempo assim para desperdiçar?"

"Deve ter um pouco, sim."

"E nós vamos viajar de avião na classe econômica", disse Renata.

"Sim, mas ele tem um primo que é diretor da empresa de navegação francesa. O primo da mãe dele. Eles nunca pagam nada. A velha conhece todos os plutocratas do mundo. Ela apresenta à sociedade as filhas debutantes deles."

"Pelo que vejo, o Thaxter não fica dando facadas nesses plutocratas nem arrancando deles cinquenta por cento de participação de qualquer coisa. Os ricos conhecem os seus caloteiros. Como você pôde fazer uma coisa tão estúpida?"

"Na verdade, o banco poderia ter esperado mais alguns dias. O cheque dele estava a caminho, vinha do Banco Ambrosiano de Milão."

"E como foi que os italianos se meteram nessa história? Ele não te disse que os fundos da família estavam em Bruxelas?"

"Não, na França. Veja, a parte dele do patrimônio da tia estava no Crédit Lyonnais."

"Primeiro ele te passa a perna, depois despeja em cima de você um monte de explicações fajutas, que você sai por aí repetindo para todo mundo. Todos esses conhecimentos que ele diz ter na alta sociedade europeia saíram direto dos filmes antigos de Hitchcock. Portanto agora ele está vindo para Chicago e o que é que ele faz? Manda a secretária te telefonar e pedir que você espere no telefone. Está abaixo do nível dele discar um número no telefone ou atender ele mesmo uma ligação. Mas você atende em pessoa e a esparra dele diz: 'Espere na linha, o sr. Thaxter vai falar'. Então você fica esperando com o fone encostado no ouvido. E, veja bem, tudo isso vai vir na conta que você vai pagar. Depois ele te avisa que vai chegar, mas só mais tarde vai dizer quando."

A bem dizer, tudo aquilo era verdade. Eu não contava tudo sobre Thaxter para Renata, de jeito nenhum. Havia também escândalos e listas negras em clubes campestres, além de rumores sobre acusações de apropriação indébita. O gosto por encrencas do meu amigo era antiquado. Não existia mais no mundo nenhum salafrário, a menos que, por puro amor a antiguidades, alguém como Thaxter fizesse renascer o tipo. Mas eu também tinha impressão de que algo profundo estava em curso e que as excentricidades de Thaxter acabariam, mais cedo ou mais tarde, revelando ter um propósito espiritual especial. Sabia que era arriscado ser seu fiador, por que eu tinha visto Thaxter dar o cano em outras pessoas. Mas não ia fazer isso comigo, pensava eu. Tinha de haver *uma* exceção. Assim, apostei a imunidade e perdi. Thaxter era um amigo querido. Eu adorava Thaxter. Também sabia que eu era o último dos homens do mundo a quem ele desejaria fazer algum mal. Mas no final foi isso mesmo que aconteceu. Ele havia deixado na mão pessoas perigosas. Como não tinha sobrado mais ninguém, era a amizade contra seu princípio de sobrevivência. Além disso, eu podia então denominar a mim mesmo de patrono da forma de arte que Thaxter praticava. É preciso pagar por coisas assim.

Ele tinha acabado de perder sua casa em Bay Area, com piscina, quadra de tênis, o pomar de laranjeiras que ele havia plantado, o jardim com plantas podadas em formas geométricas, o carro esporte MG, a caminhonete e a adega de vinhos.

No mês de setembro, fui de avião até a Califórnia para descobrir por que nossa revista, A *Arca*, não estava sendo publicada. Foi uma visita esplendidamente afetuosa e agradável. Caminhamos para inspecionar a propriedade sob o sol da Califórnia. Na ocasião, eu começava a desenvolver um novo sentimento cosmológico em relação ao sol. Era em parte nosso criador. Havia em nosso espírito um laço com o sol. A luz do sol não era apenas uma glória exterior revelada à nossa sensibilidade escura e, assim como a luz estava para o olho, o pensamento estava para a mente. Portanto, era nesse pé que estavam as coisas. Um dia esplêndido e feliz. O sol proporcionava seu maravilhoso calor temperado, azul, pulsante, com laranjas penduradas à nossa volta. Thaxter vestia seu traje de passeio predileto, a capa preta, e os dedos dos pés descalços estavam bem juntos, como figos de Esmirna. Agora tinha mandado que plantassem rosas e pediu-me para não falar com o jardineiro ucraniano. "Foi guarda de um campo de concentração e continua alucinadamente antissemita. Não quero que ele tenha um ataque de raiva." Assim, naquele lugar lindo, senti que eus-diabos e eus-tolos e eus-amorosos se misturavam. Alguns dos filhos mais jovens de Thaxter, belos e inocentes, tinham permissão de brincar com facas perigosas e com frascos que continham um pó rosado venenoso. Ninguém se machucava. O almoço era uma grande produção, oferecido junto à piscina cintilante, havia dois vinhos servidos por ele mesmo com uma dignidade soturna e um fervoroso conhecimento de especialista, isso tudo com a capa, o cachimbo curvado e os dedos dos pés descalços se remexendo. Sua jovem esposa, de beleza morena, ajudava em todos os preparativos com alegria e, discretamente, presidia na prática os trabalhos. Estava completamente encantada com sua vida, e não havia grana, absolutamente nenhuma. O posto de gasolina da esquina se recusou a aceitar um cheque de Thaxter de cinco dólares. Tive de pagar com meu cartão de crédito. E nos bastidores a jovem mulher continha os ânimos do pessoal da quadra de tênis, da piscina, do vinho, do carro, do piano de cauda, do banco.

A *Arca* seria produzida num novo equipamento da IBM, sem a necessidade de dispendiosos tipógrafos. Jamais algum país forneceu a seu povo tantos brinquedos para se distrair, ou encaminhou tantos indivíduos altamente dotados para os recantos mais remotos do ócio, o mais próximo possível das fronteiras da dor. Thaxter estava construindo uma ala para abrigar A *Arca*. Nossa revista precisava ter instalações próprias e não interferir na vida privada dele. Thaxter recrutou alguns estudantes universitários em bases de um Tom Sawyer para escavar as fundações. Ele circulava em seu MG visitando canteiros de obras a fim de obter informações úteis com os peões de obra e surrupiar pedaços de compensado. Aquela era uma expansão que eu me recusei a financiar. "Prevejo que a sua casa vai desmoronar dentro desse buraco", falei. "Tem certeza de que está de acordo com o código de obras municipal?" Mas Thaxter tinha aquela propensão para experimentar que produz marechais de campo e ditadores. "Vamos empenhar vinte mil homens neste setor e, se perdermos mais de metade, tomaremos outro rumo."

Na revista A *Arca*, iríamos publicar coisas incríveis. Onde encontraríamos tanta coisa incrível? Sabíamos que devia existir. Seria um insulto a uma nação civilizada e à humanidade supor que isso não existia. Era preciso fazer todo o possível para recuperar o crédito e a autoridade da arte, a seriedade do pensamento, a integridade da cultura, a dignidade do estilo. Renata, que devia ter dado uma espiada sem autorização em meus extratos bancários, pelo visto sabia quanto eu estava gastando como mecenas. "Quem é que precisa dessa *Arca* que você inventou, Charlie? E quem são esses animais que você vai salvar? Na verdade você não é assim tão idealista — é cheio de hostilidade, morre de vontade de atacar um bando de gente na sua própria revista e sair xingando todo mundo para tudo quanto é lado. A arrogância do Thaxter não é nada comparada à sua. Você deixa o Thaxter acreditar que tem o rei na barriga e que é o dono do pedaço, mas na verdade é porque você tem duas vezes mais arrogância que ele."

"Seja como for, o meu dinheiro está acabando. Prefiro gastar com isso a..."

"Não é gastar, mas jogar fora", retrucou Renata. "Por que você banca aquela presepada toda lá na Califórnia?"

"É melhor que dar dinheiro para advogados e para o governo."

"Quando você começa a falar sobre *A Arca*, me deixa tonta. Por favor, só dessa vez, me explique simplesmente... o quê? Por quê?"

Na verdade, fiquei grato por aquele desafio. Como uma ajuda para me concentrar, fechei os olhos a fim de dar uma resposta. Falei: "As ideias dos últimos séculos estão esgotadas".

"Quem foi que disse? Está vendo só o que eu chamo de arrogância?", interrompeu Renata.

"Mas então me ajude. Elas estão esgotadas. Ideias sociais, políticas, teorias filosóficas, ideias literárias (pobre Humboldt), as sexuais e, suspeito, até as científicas."

"O que é que você sabe sobre todas essas coisas, Charlie? Você está com meningite."

"Quando as massas do mundo alcançam o estágio da consciência, tomam as ideias esgotadas por ideias novas. Como poderiam saber que não são novas? E os debates do povo estão coalhados desses projetos."

"Isso é sério demais para fazer trocadilhos."

"Mas eu *sou* sério. As coisas mais importantes, as coisas mais necessárias para a vida, já saíram de cena. Na verdade as pessoas estão morrendo por causa disso, estão perdendo toda vida pessoal, e a existência interior de muitos e muitos milhões de pessoas desapareceu. Podemos compreender que em muitas partes do mundo não exista a menor esperança disso por causa da fome endêmica e de ditaduras policiais, mas aqui no mundo livre, que desculpa podemos ter? Sob a pressão do público em crise, a esfera privada está se rendendo. Admito que essa esfera privada tornou-se tão repulsiva que até ficamos contentes de nos livrar disso. Mas aceitamos o desastre atribuído a ela e as pessoas encheram as suas vidas com as chamadas 'questões públicas'. O que ouvimos quando essas tais questões públicas são discutidas? As ideias fracassadas de três séculos. De todo modo, o fim do indivíduo, de quem todo mundo parece escarnecer e que todo mundo parece odiar, tornará supérfluas a nossa destruição e as nossas superbombas. Quer dizer, se só existirem mentes tolas e corpos sem mente, não haverá nada de sério para ser aniquilado. Nos postos mais elevados do governo, há décadas que não se veem seres humanos, em nenhuma parte do mundo. A humanidade precisa recuperar a sua faculdade imaginativa, recuperar o pensamento vivo e a existência real, não aceitar mais esses insultos dirigidos à alma, e precisa fazer isso logo. Do contrário...! E é por isso que um homem como o Humboldt, fiel a ideias fracassadas, perdeu o barco e perdeu a sua poesia."

"Mas ele ficou louco. Você não pode pôr toda a culpa em cima dele. Nunca vi o sujeito, mas às vezes acho que você é severo demais quando o critica", disse Renata. "Sei que você acha que ele levou a vida horrível de um poeta exatamente da maneira que a classe média esperava e aprovava. Mas ninguém consegue ser aprovado por você. Thaxter é só o seu bichinho de estimação particular. Ele seguramente não consegue também."

Claro que Renata tinha razão. Thaxter sempre dizia: "O que queremos são ideias elevadas". Ele desconfiava que, debaixo da manga, eu trazia prontas essas ideias elevadas.

Eu lhe dizia: "Você está falando de alguma coisa como a reverência pela vida, iogues e comissários. Você tem um fraco por essas coisas horríveis. Você daria tudo para ser um Malraux e falar sobre o Ocidente. E o que é que você tem a ver com essas ideias seminais? Ideias elevadas são vapor. A desordem veio para ficar". E assim é ela: rica, desconcertante, atormentadora e variada. Quanto a esforçar-se para ser excepcional, tudo já era estranho demais.

Pierre Thaxter era completamente louco por cultura. Era um classicista, recebera de monges ensinamentos profundos em grego e latim. Estudou francês com professores particulares e também estudou na faculdade. Estudou também árabe por conta própria, lia livros esotéricos e esperava deixar todo mundo pasmo publicando artigos em revistas intelectuais da Finlândia e da Turquia. Falava com um respeito especial acerca de Panofsky ou Momigliano. Via a si mesmo como Burton da Arábia ou T. E. Lawrence. Às vezes, tinha um gênio púrpura do tipo de Baron Corvo, sordidamente quebrado em Veneza, escrevendo algo estranho e arrebatado, raro e notável. Não suportava deixar nada de lado. Tocava Stravinsky no piano, sabia muita coisa sobre o Ballets Russes. Sobre Matisse e Monet, ele era uma verdadeira autoridade. Tinha opiniões firmes a respeito de zigurates e de Le Corbusier. Era capaz de dizer, e muitas vezes dizia, que produtos comprar e onde era melhor comprar. Era disso que Renata estava falando. Por exemplo, nenhuma pasta de executivo decente fechava por cima, o fecho tinha de estar do lado. Era um admirador ferrenho de pastas de executivo e guarda-chuvas. No Marrocos, havia plantações onde cresciam os melhores cabos de guarda-chuva. E além de tudo isso, Thaxter definia a si mesmo como um tolstoiano. Se a gente o pressionasse, diria que era um pacifista cristão anarquista e confessava sua fé na simplicidade e na pureza do coração. Portanto é claro que eu amava Thaxter. Como poderia evitar? Além do mais, a febre que atormentava sua pobre cabeça fazia dele um editor ideal. A diversidade de interesses, vejam bem, e sua bisbilhotice cultural. Era um jornalista excelente. Isso era amplamente reconhecido. Havia trabalhado em boas revistas. Foi demitido de todas elas. Ele precisava de um editor paciente e habilidoso que o encaminhasse para tarefas adequadas.

Thaxter estava me aguardando entre os leões, na frente do instituto, exatamente como se esperava, de capa, terno de veludo azul, botas com laterais de lona. A única alteração estava no cabelo, que ajeitara no estilo diretório, as pontas desciam sobre a testa. Por causa do frio, o rosto estava muito vermelho. Tinha a boca comprida e cor de amora, estatura impressionante, verrugas, nariz torto e olhos de leopardo. Nossos encontros eram sempre felizes e nos abraçamos. "Alô, meu velho, como é que vai? Está fazendo um dia típico de Chicago. Na Califórnia, senti saudades do ar frio. É tremendo! Não é? Bem, podemos começar logo com alguns daqueles maravilhosos Monet." No guarda-volumes, deixamos a pasta de executivo, o guarda-chuva, o esturjão, os pãezinhos e a geleia. Paguei dois dólares pelos ingressos e subimos até a sala da coleção de impressionistas. Havia uma paisagem de inverno norueguês, de Monet, que íamos sempre ver em primeiro lugar: uma casa, uma ponte e a neve caindo. Através da capa de neve, surgia o rosado da casa, e a cor da geada era um encanto. Todo o peso da neve, do inverno, era erguido sem esforço pela força espantosa da luz. Olhando para aquela luz pura, rosada e enevoada, Thaxter firmava seu *pince-nez* sobre a vigorosa ponte do seu nariz torto com uma cintilação de vidro e prata, e sua cor se tornava mais viva. Ele sabia o que estava fazendo. Com aquela pintura, sua visita começava no tom certo. Porém, familiarizado com todo o espectro dos seus pensamentos, eu tinha certeza de que ele também estava pensando em como uma obra-prima como aquela poderia ser roubada do museu e que sua mente rapidamente recapitulava vinte audaciosos roubos de peças de arte, de Dublin até Denver, completados com carros de fuga e despistamentos. Talvez até sonhasse com algum multimilionário fanático por Monet, que tinha construído um reduto secreto num abrigo fortificado de concreto e que estaria disposto a pagar um caminhão de dinheiro em troca daquela paisagem. Ampliar seu raio de ação, era isso o que Thaxter queria (eu também, por falar nisso). Mesmo assim ele era um enigma para mim. Era um homem gentil e também brutal, e decidir entre os dois era um tormento. Mas agora ele deixou cair o falso *pince-nez*, virou-se para mim com o rosto vermelho e moreno, seu olhar de gato grande mais denso que antes, sombrio, e até um pouquinho vesgo.

"Antes que as lojas fechem", disse ele, "tenho uma tarefa no Loop. Vamos sair. Não sou capaz de olhar mais nada depois desse quadro." Portanto apanhamos de volta nossas coisas e passamos pela porta giratória. No edifício Mallers, havia um comerciante de nome Bartelstein, que vendia antigos garfos e facas para peixe. Thaxter queria comprar um jogo daqueles talheres. "Existe certa controvérsia a respeito da prata", disse ele em tom resoluto. "Hoje em dia, supõe-se que peixe e prata juntos produzem um sabor ruim. Mas eu acredito na prata."

Por que facas para peixe? E com que e para quem? O banco ia botá-lo para fora da sua casa em Palo Alto e no entanto seus recursos nunca se esgotavam. De vez em quando falava de outras casas que possuía, uma nos Alpes italianos, outra na Bretanha.

"O edifício Mallers?", perguntei.

"O Bartelstein tem uma reputação mundial. Minha mãe o conhece. Ela precisa das facas para um dos seus clientes da alta sociedade."

Nesse momento, Cantabile e Polly se aproximaram de nós, ambos bafejando o vapor de dezembro, e vi o Thunderbird branco encostado no meio-fio, a porta aberta e os estofados vermelho sangue. Cantabile estava sorrindo e seu sorriso era um tanto forçado, menos uma expressão de prazer que alguma outra coisa. Talvez fosse uma reação à capa de Thaxter e a seu chapéu e seus sapatos berrantes e seu rosto radiante. Eu senti também meu rosto vermelho.

Cantabile, por outro lado, estava peculiarmente branco. Respirava como se estivesse roubando o ar. Tinha um aspecto de ansiedade e perturbação. O Thunderbird, bafejando fumaça, começava a bloquear o trânsito. Como eu tinha ficado boa parte do dia imerso na vida de Humboldt e como Humboldt, por sua vez, tinha estado imerso em T.S. Eliot, pensei da mesma forma como ele poderia ter pensado acerca do momento de transição em que o motor humano aguarda como um táxi parado, palpitante. Mas tirei aquilo da cabeça. O momento requeria minha presença por completo.

Fiz uma apresentação rápida de ambos, à esquerda e à direita. "Sra. Palomino, sr. Thaxter... e Cantabile."

"Depressa, vamos, entre logo no carro", disse Cantabile, um homem a quem se devia obedecer.

Eu não queria saber daquilo. "Não", respondi. "Temos uma porção de coisas para discutir e prefiro andar a pé os dois quarteirões até o edifício Mallers a ficar preso no trânsito com você."

"Pelo amor de Deus, entre logo no carro." Ele estava curvado em minha direção. Mas gritou aquilo tão alto que se pôs ereto com o esforço.

Polly levantou seu rosto bonito. Estava gostando daquilo tudo. Seu cabelo liso, japonês na textura, mas muito vermelho, cortado como uma cachoeira, tinha um aspecto denso e uniforme contra o fundo formado por seu casaco verde impermeável. As faces agradáveis significavam que a gente podia se gratificar sexualmente com Polly. Seria gratificante, seria um sucesso. Por que razão alguns homens sabiam como encontrar mulheres que naturalmente gratificavam e podiam ser gratificadas? Por suas bochechas e sorrisos, até eu podia identificá-las — depois que haviam sido descobertas. Nesse meio-tempo, fragmentos de neve caíam da invisibilidade cinzenta que se estendia acima dos arranha-céus e algo semelhante a um trovão ressoou atrás de nós. Podia ser um estrondo causado por um avião supersônico ou o barulho de um jato sobre o lago, pois um trovão significava calor e a friagem era cortante em nossos rostos avermelhados. Naquele cinza escuro e profundo, a superfície do lago ficava cor de pérola e sua orla polar tinha se formado bem cedo naquele inverno, branca — suja, mas branca. Em matéria de beleza natural, Chicago possuía seu quinhão, a despeito do fato do seu destino histórico geral ter tornado a cidade materialmente bruta, o ar bruto, o solo bruto. O problema era que a água cor de pérola, com sua orla ártica e sua neve cinzenta, não podia ser desfrutada enquanto os Cantabile estivessem em atividade, empurrando-me rumo ao Thunderbird e fazendo gestos com as mais requintadas luvas de caçadores de raposas. Todavia a gente vai a um concerto para contemplar os próprios pensamentos contra o belo pano de fundo da música de câmara e era possível fazer um uso semelhante de um Cantabile. Um homem que durante anos ficara rigorosamente calado, esquadrinhando seu eu mais profundo, com uma reiteração penosa, julgando que o futuro humano dependia das suas explorações espirituais, totalmente frustrado em seus esforços para atingir um entendimento com os representantes do intelecto moderno que ele tentara alcançar e que, em vez disso, resolveu seguir os fios do espírito que ele havia descoberto dentro de si para ver aonde podiam levar, descobria um estímulo peculiar num sujeito que nem aquele tal de Cantabile.

"Vamos logo!", berrou para mim.

"Não. O sr. Thaxter e eu temor negócios para resolver."

"Ah, tem muito tempo para fazer isso depois... tempo de sobra", disse Thaxter.

"E quanto às facas de peixe? De repente você não está mais tão ansioso para adquirir as facas de peixe", falei para Thaxter.

A voz de Cantabile estava rascante de exasperação: "Estou tentando fazer algo de bom para você, Charlie! Quinze minutos do seu tempo e pronto, depois te solto no edifício Mallers para cuidar da merda dessas facas. Como é que foi no tribunal, meu chapa? Eu já sei como é que você se saiu! Eles estão com uma caixa cheia de garrafas limpas e bonitas à espera do seu sangue. Você até já parece ter sido sugado. Está com um aspecto tremendamente acabado. Envelheceu dez anos desde a hora do almoço. Mas eu tenho a resposta para você e vou provar. Charlie, dez mil dólares hoje vão virar quinze na quinta-feira. Se não der certo, eu deixo você cobrir minha cabeça de porrada com aquele bastão de beisebol que usei na sua Mercedes. O Stronson está à minha espera. Ele precisa demais desse dinheiro vivo."

"Não quero ter nada a ver com esse assunto. Não sou agiota", respondi.

"Não seja burro. Temos que ir lá depressa."

Lancei um olhar para Polly. Ela me prevenira contra Cantabile e Stronson e, em silêncio, conferi com ela se era mesmo aquilo. Seu sorriso confirmou a advertência que me fizera antes. Mas Polly estava achando muito divertida a determinação de Cantabile de nos levar para dentro do seu Thunderbird, de nos amontoar sobre o estofamento de couro vermelho do carro aberto e palpitante. Ele dava àquilo o aspecto de um sequestro. Estávamos na calçada larga na frente do Instituto e os amantes de lendas do crime podem dizer a vocês que o célebre Dion O'Banion antigamente dirigia sua Bugatti a cento e sessenta quilômetros por hora naquele mesmo local onde estávamos parados, enquanto os pedestres passavam ligeiros. De fato, eu havia mencionado isso a Thaxter. Aonde quer que ele fosse, Thaxter desejava experimentar o que havia de característico do lugar, sua essência. Tendo captado a essência de Chicago, ele estava encantado, sorria, e disse: "Se não der tempo para vermos Bartelstein agora, podemos passar lá de novo amanhã de manhã, a caminho do aeroporto".

"Poll", disse Cantabile, "se esconda atrás da roda. Estou vendo o carro da polícia." Ônibus tentavam se espremer e passar pelo Thunderbird estacionado. O tráfego estava engarrafado. Os guardas já estava disparando suas luzes azuis piscantes na Van Buren Street. Thaxter seguiu Polly até o carro e falei para Cantabile: "Ronald, vá embora, me deixe em paz".

Ele me dirigiu um olhar de aberta e terrível franqueza. Vi um espírito em luta contra complicações tão densas quanto as minhas, num outro terreno, distante.

"Eu não queria ter de usar isso contra você, mas você está me obrigando a torcer o seu braço." Seus dedos, metidos nas luvas de cavaleiro, muito justas sobre a pele, me seguraram pela manga. "O seu amigo de toda a vida, o Alec Szathmar, está metido na maior encrenca, ou pode estar numa tremenda encrenca... depende de você."

"Por quê? O que houve?"

"Estou explicando. Tem aquela moça bonita... o marido dela é do meu pessoal... e ela é cleptomaníaca. Foi presa na Field's pegando um cardigã de casimira. E o Szathmar é advogado dela, sacou? Fui eu quem recomendou o Szathmar. Ele foi ao tribunal e disse ao juiz para não mandar a garota para a cadeia, ela precisava de tratamento psiquiátrico e garantiu que ele pessoalmente cuidaria para que ela seguisse o tratamento. Por isso o juiz soltou a garota e deixou sob a custódia dele. Então o Szathmar levou a tal garota direto para um motel e tirou as suas roupas, mas antes que pudesse trepar, ela fugiu. A única roupa que ela estava usando quando caiu fora era aquela tirinha de papel que põem em cima do assento do vaso sanitário quando está fechado, nos hotéis. Há uma porção de testemunhas. Agora a garota está limpa. Não tem que prestar contas à justiça por causa do rolo no motel. A sua encrenca é só com o roubo. Por sua causa, Charlie, estou segurando o marido dela."

"Cantabile, tudo o que você me diz é absurdo, são absurdos e mais absurdos. O Szathmar é capaz de agir como um idiota, mas não é nenhum monstro."

"Está certo, vou soltar o marido. Você acha que o seu amigo não vai ser impedido de exercer a advocacia? Pois vai sim, não tem a menor dúvida."

"Você inventou toda essa história por algum motivo bem cretino", falei. "Se você tivesse alguma coisa contra o Szathmar, já estaria chantageando o cara neste momento."

"Então faça como quiser, não coopere, eu vou massacrar e fazer picadinho do filho da puta."

"Não estou nem aí."

"Nem precisa me dizer isso. Sabe o que você é? Um isolacionista, é isso o que você é. Não quer saber no que os outros andam metidos nem nada."

Todo mundo fica me dizendo toda hora quais são meus defeitos, enquanto eu fico parado com olhos grandes e famintos, acreditando em tudo e guardando rancor de tudo. Sem estabilidade metafísica, um homem como eu é o são Sebastião da crítica. O estranho é que eu fico parado. Como naquele instante, seguro pela manga do meu casaco xadrez, com Cantabile fumegando intrigas e julgamentos para mim pelos dutos do seu nariz branco. Comigo, a questão não é como todas as ocasiões de fato se consorciam contra mim, mas sim como eu emprego todas as ocasiões para extrair informações enterradas. A mais recente informação parecia ser a de que eu, por inclinação, era o tipo de pessoa que precisava de ideias microcósmicas-macrocósmicas, ou da crença de que tudo o que acontece a um homem tem uma relevância mundial. Tal crença aquecia o ambiente para mim e ressaltava as folhas doces e lustrosas, as laranjas penduradas nos pés das laranjeiras nas alamedas onde o eu impoluto estava em estado virginal e agradecidamente em comunhão com seu criador, e assim por diante. Era possível que esse fosse o único meio para eu estar com meu próprio eu verdadeiro.

Mas, no momento presente, estávamos na calçada larga e gélida, no bulevar Michigan, com o Instituto de Arte às nossas costas e bem à nossa frente todas as luzes coloridas do trânsito de Natal e as fachadas brancas do prédio da companhia de gás e de outras empresas.

"Seja eu o que for, Cantabile, o meu amigo e eu não iremos com você." Fui depressa até o Thunderbird a fim de tentar impedir que Thaxter entrasse no carro. Ele já estava ajeitando sua capa e afundando no estofamento maleável. Parecia muito contente. Enfiei a cabeça na janela e disse: "Saia daí. Você e eu vamos a pé".

Mas Cantabile empurrou-me para dentro do carro ao lado de Thaxter. Pôs a mão em meu traseiro e empurrou-me para dentro do carro. Em seguida puxou o banco da frente para trás a fim de me prender ali. No movimento seguinte, fechou a porta com um puxão e disse: "Polly, pegue o volante". E Polly fez o que ele mandou.

"Mas que diabos você acha que está fazendo? Para que me empurrou e me prendeu aqui?", perguntei.

"A polícia está coladinha na gente. Eu não tive tempo para te explicar", disse Cantabile.

"Pois bem, isto não passa de um sequestro", eu lhe disse. E assim que pronunciei a palavra "sequestro", meu coração inchou no mesmo instante com a sensação infantil de uma ofensa terrível. Mas Thaxter estava rindo, de leve, com sua boca larga, e seus olhos se contraíam e cintilavam. Falou: "Puxa, não fique tão nervoso, Charlie. É um momento muito divertido. Desfrute".

Thaxter não poderia estar mais feliz. Estava experimentando uma sessão da verdadeira Chicago. Em honra a Thaxter, a cidade estava fazendo jus à sua reputação. Observando isso, fiquei um pouco mais frio. Acho que eu adoro mesmo entreter meus amigos. Afinal, eu não tinha ido comprar o esturjão, os pãezinhos e a geleia de laranja quando o meirinho me disse que Thaxter estava na cidade? Eu continuava segurando o saco de papel da loja de conveniência.

O trânsito andava lento, mas Polly dirigia com uma perícia extraordinária. Conduzia o Thunderbird branco na faixa da esquerda sem tocar no freio, sem dar o menor tranco, com uma competência destemida, uma esplêndida motorista.

O inquieto Cantabile virou o corpo para trás a fim de nos encarar e me disse: "Olhe só o que trago aqui. Um exemplar antecipado no jornal matutino de amanhã. Comprei de um cara na gráfica. Me custou a maior grana. Quer saber da maior? Você e eu estamos na coluna de Mike Schneiderman. Escute só". Leu: "'Charlie Citrine, o Chevrolet da Legião Francesa e escritor de Chicago, que *autorou* o sucesso *Von Trenck*, saldou uma dívida pesada que tinha com um personagem do submundo do crime no Playboy Club. É melhor fazer um curso de pôquer na universidade, Charles'. Que tal, Charlie? É uma pena que o Mike não saiba de todos os fatos a respeito do seu carro, do arranha-céu e todo o resto. O que é que você acha?".

"O que eu acho? Não vou admitir um texto que tenha o verbo *autorar*. Além disso, quero descer na Wabash Avenue."

Chicago se tornava mais suportável se a gente não lesse os jornais. Viramos para oeste na Madison Street e passamos por baixo dos pilares pretos do elevado.

"Não pare, Polly", disse Cantabile.

Fomos em frente, rumo aos enfeites natalinos na State Street, os Papais Noéis e as renas. O único elemento de estabilidade naquele momento estava no maravilhoso domínio que Polly tinha do carro.

"Fale-me sobre a Mercedes", disse Thaxter. "O que aconteceu com ela? E que história é essa de arranha-céu, sr. Cantabile? Será que o personagem do submundo do crime no Playboy Club é o senhor?"

"Quem estiver por dentro vai logo saber", respondeu Cantabile. "Charlie, quanto vão cobrar pelo serviço de lanternagem no seu carro? Você o devolveu à loja? Espero que fique longe daqueles especialistas esfoladores. Pagar quatrocentos paus por dia pelo trabalho de um mecânico! Que safados! Eu conheço uma oficina boa e barata."

"Muito obrigado", respondi.

"Não seja irônico comigo. Mas o mínimo que você pode fazer é recuperar uma parte do dinheiro que isso vai custar."

Não respondi nada. Meu coração martelava na mesma questão: eu queria a todo custo estar em outro lugar. Eu simplesmente não queria estar ali. Era uma completa desgraça. Não era o momento para recordar certas palavras de John Stuart Mill, mas eu as recordei, de todo modo. Diziam mais ou menos o seguinte: As tarefas de espíritos nobres num tempo em que as obras que a maioria de nós somos designados para fazer são triviais e desprezíveis... etc. Bem, a única coisa de valor nessas obras desprezíveis é o espírito de que elas são feitas. Eu não conseguia enxergar absolutamente nenhum valor nas proximidades. Mas se as tarefas do *durum genus hominum*, disse o grande Mill, forem executadas por uma instância sobrenatural e não houver nenhuma exigência de sabedoria ou virtude, ah!, então haverá no homem pouca coisa que ele pode prezar. Era exatamente esse o problema que os Estados Unidos traçaram para si mesmos. O Thunderbird faria o papel da instância sobrenatural. E o que mais o homem estava prezando? Polly estava nos transportando. Sob aquela massa de cabelo vermelho, havia um cérebro que seguramente sabia o que devia prezar, se alguém se desse ao trabalho de perguntar. Mas ninguém estava perguntando e ela não precisava de muita inteligência para dirigir o carro.

Passamos então pela grandiosa e imponente fachada do First National Bank, que continha camadas e mais camadas de luzes douradas. "O que é essa linda estrutura?", perguntou Thaxter. Ninguém respondeu. Pegamos a Madison Street. Naquele passo, seguindo firme para oeste, chegaríamos ao cemitério Waldheim nos arredores da cidade num intervalo de quinze minutos. Lá, meus pais jaziam debaixo de lápides e da grama respingada de neve; os objetos ainda seriam vagamente visíveis no crepúsculo do inverno etc. Mas é claro que não íamos para o cemitério. Dobramos em La Salle Street, onde fomos retidos por táxis e caminhões de jornais, Jaguares, Lincolns e Rolls-Royces de corretores da Bolsa de Valores e de advogados de empresas — dos ladrões mais radicais e dos políticos mais eminentes, da elite espiritual dos negócios americanos, as águias nas alturas, muito acima dos destinos diários, transitórios e momentâneos do homem.

"Diabos, vamos perder a hora e não vamos conseguir encontrar o Stronson. Aquele gordinho filho da mãe sempre sai em disparada no seu Aston-Martin assim que pode fechar o seu escritório", disse Cantabile.

Mas Polly se mantinha calada diante do volante. O trânsito estava engarrafado. Thaxter enfim conseguiu atrair a atenção de Cantabile. Dei um suspiro e, entregue a mim mesmo, me desliguei do mundo. Da mesma forma que havia feito no dia anterior, quando fui obrigado, quase que sob a mira de armas de fogo, a entrar no fedorento banheiro do Banho Russo. O que pensei foi o seguinte: sem dúvida, as outras três almas na cálida penumbra daquele automóvel reluzente, palpitante e laqueado tinham pensamentos tão peculiares quanto os meus. Mas, aparentemente, estavam menos conscientes dos seus pensamentos que eu mesmo. Contudo, afinal, do que é que eu estava assim tão consciente? Estava consciente de que eu costumava pensar que sabia onde estava (tomando o universo como um quadro de referência). Mas eu estava enganado. No entanto eu podia pelo menos dizer que tinha sido espiritualmente eficiente o bastante para não ser esmagado pela ignorância. Todavia agora era evidente para mim que eu nem era de Chicago nem estava suficientemente além da cidade, e que o material de Chicago e seus interesses e fenômenos cotidianos não eram nem reais e vívidos o bastante nem simbolicamente claros o bastante para mim. Portanto eu não tinha nem realidade vívida nem clareza simbólica e, por enquanto, eu não me encontrava absolutamente em lugar nenhum. Por isso eu havia tido longas e misteriosas conversas com o professor Scheldt, pai de Doris, sobre assuntos esotéricos. Ele me dera livros para ler sobre coisas etéreas e os corpos astrais, a Alma Intelectual e a Alma da Consciência, e os Seres do Além cujo fogo, sabedoria e amor criaram e guiavam o universo. Fiquei muito mais empolgado com o discurso do dr. Scheldt que por meu namoro com sua filha. Ela era de fato uma boa menina. Atraente e alegre, uma jovenzinha honesta, de personalidade forte, ótima no conjunto. De fato, ela insistia em me servir pratos pomposos como bife wellington e a casquinha do bolo que fazia estava sempre mal cozida, assim como a carne, mas esses são assuntos menores. Eu só a namorava por causa de Renata e porque a mãe dela me expulsara e pusera Flonzaley em meu lugar. Doris não poderia sequer segurar uma vela para Renata. Renata? Puxa, Renata não precisava nem da chave de ignição para ligar o motor de um carro. Um beijo dela no capô já daria partida no motor. O carro rugiria alto por Renata. Além do mais a srta. Scheldt era socialmente ambiciosa. Em Chicago, maridos com interesses mentais mais elevados não são fáceis de encontrar e era óbvio que Doris queria ser madame Chevalier Citrine. O pai dela tinha sido físico no antigo Instituto Armour, executivo da IBM, um consultor da NASA que ajudou a aprimorar o metal utilizado nas naves. E também era antroposofista. Ele não queria chamar isso de misticismo. Fazia questão de dizer que Steiner tinha sido um cientista do Invisível. Mas Doris, com relutância, falava do pai como um excêntrico. Contou-me muitos fatos sobre ele. Era rosacrucianista e gnóstico, lia para os mortos em voz alta. E também, numa época em que as garotas tinham de fazer coisas eróticas, tivessem ou não o talento para isso, sendo a situação recente o que é, Doris se comportava com bastante bravura em relação a mim. Só que estava tudo errado, eu simplesmente não era eu mesmo com ela e, no momento mais inconveniente possível, eu gritava: "Renata! Ah, Renata!". Depois ficava deitado, imóvel, em choque comigo mesmo, envergonhado. Mas Doris nem de longe se ofendia com minhas exclamações. Era completamente compreensiva. Essa era sua força principal. E quando minhas conversas com o professor começaram, ela também se mostrou decente a respeito disso, compreendendo que eu dormiria com a filha do meu guru.

Na limpa sala de estar do professor — raramente estive numa sala tão absolutamente limpa, o piso de assoalho feito de madeira clara, reluzente de cera, com os tapetes orientais pequenos sem nenhum fiapo solto, e o parque lá embaixo com a estátua equestre do general Sherman empinando seu cavalo no ar puro — ali, eu ficava inteiramente feliz. Eu respeitava o dr. Scheldt. As coisas estranhas que ele dizia pelo menos eram profundas. Hoje em dia, as pessoas pararam de dizer coisas assim. Ele era de outro tempo, inteiramente. Chegava a se vestir como o sócio de um clube campestre da década de 1920. Já carreguei tacos de golfe para homens desse tipo. Um certo sr. Masson, um dos meus clientes constantes em Sunset Ridge, em Winnetka, era naquele tempo a imagem exata do professor Scheldt. Eu supunha que o sr. Masson, muito tempo antes, havia reunido as hostes dos mortos e que, em todo o universo, só eu lembrava como ele era quando subia numa ondulação de areia do campo de golfe.

"Dr. Scheldt..." O sol brilha forte, a água mais além está tão lisa quanto a paz interior que não atingi, tão enrugada quanto a perplexidade, o lago, com seus poderes inumeráveis, é sinuoso, forte, hidromuscular. Na sala, há um vaso de cristal polido cheio de anêmonas. Tais flores não são capazes de nada, exceto de graça, e são coloridas com um intraduzível fogo derivado do infinito. "Pois bem, dr. Scheldt", digo eu. Falo direto para seu rosto franco e interessado, sereno como a cara de um boi, e tento determinar até que ponto sua inteligência é confiável — ou seja, se somos mesmo, de verdade, ou se somos loucos. "Vejamos se compreendi alguma coisa disso tudo: o pensamento na minha cabeça é também o pensamento no mundo exterior. A consciência no eu cria uma falsa distinção entre sujeito e objeto. Estou indo bem?"

"Sim, acho que sim, senhor", responde o homem forte.

"A saciedade da minha sede não é uma coisa que começa na minha boca. Começa com a água e a água está lá fora, no mundo exterior. O mesmo vale para a verdade. A verdade é algo que todos dividimos. Dois mais dois para mim é dois mais dois para todo mundo e nada tem a ver com o meu ego. Isso eu compreendo. E também a resposta ao argumento de Espinosa de que, se a pedra deslocada tivesse consciência, poderia pensar: 'Estou voando no ar', como se estivesse fazendo isso livremente. Mas, se fosse consciente, não seria uma simples pedra. Ela também poderia dar origem a movimento. Pensar, a capacidade de pensar e de saber, é uma fonte de liberdade. Pensar tornará óbvio que o espírito existe. O corpo físico é um agente do espírito e seu espelho. É um motor e um reflexo do espírito. É um engenhoso memorando para si mesmo e o espírito vê a si mesmo no meu corpo, assim como vejo o meu próprio rosto num espelho. Os meus nervos refletem isso. A terra é, literalmente, um espelho de pensamentos. Os próprios objetos são pensamentos corporificados. A morte é o fundo negro de que um espelho necessita, se quisermos ver nele alguma coisa. Toda percepção causa uma certa quantidade de morte dentro de nós e tal escuridão é uma necessidade. O vidente pode de fato ver isso quando sabe como alcançar a visão interior. Para tanto, ele precisa sair de si e manter-se longe de si."

"Tudo isso está nos textos", diz o dr. Scheldt. "Não posso ter certeza de que você tenha apreendido de fato tudo isso, mas está sendo bastante exato."

"Bem, compreendo em parte, eu acho. Quando a nossa compreensão quiser, a sabedoria divina irá fluir na nossa direção."

Então o dr. Scheldt começa a falar sobre o texto *Eu sou a luz do mundo*. Para ele, essa luz é compreendida também como o próprio sol. Em seguida, fala do evangelho de são João como inspirado pelos querubins cheios de sabedoria, ao passo que o evangelho de são Lucas é inspirado pelo amor ardente dos serafins, dos querubins e dos tronos, os três níveis mais elevados da hierarquia espiritual. Não tenho nenhuma certeza de estar acompanhando suas ideias. "Não tenho nenhuma experiência nesses assuntos avançados, dr. Scheldt, mas mesmo assim acho peculiarmente bom e reconfortante ouvir tudo isso. Não sei nem de longe qual é a minha posição. Um dia desses, quando a minha vida estiver mais tranquila, vou meter a cara de verdade no curso de iniciação e estudar a sério."

"Quando a vida ficará mais tranquila?"

"Não sei. Mas suponho que as pessoas tenham lhe dito antes como a alma se sente muito mais forte depois de uma conversa como esta."

"Você não devia esperar até as coisas ficarem mais tranquilas. É melhor tomar a decisão de tornar as coisas mais tranquilas."

Ele viu que eu continuava bastante cético. Eu não conseguia acertar meus ponteiros com coisas como a Evolução da Lua, os espíritos do fogo, os Filhos da Vida, Atlântida, os órgãos da percepção espiritual da flor de lótus ou a estranha mistura de Abraão e Zaratustra, ou a fusão de Buda e Jesus. Era demais para mim. No entanto, toda vez que a doutrina tratava daquilo que eu desconfiava ou esperava ou sabia a respeito do eu, ou da morte, sempre me parecia verdadeira.

De mais a mais, tinha de pensar nos mortos. A menos que eu tivesse perdido completamente o interesse por eles, a menos que eu me contentasse em sentir apenas uma melancolia secular a respeito da minha mãe e de meu pai, ou de Demmie Vonghel ou Von Humboldt Fleisher, eu era obrigado a investigar, a me conformar com a ideia de que a morte era o final, que os mortos estavam mortos. Ou eu admitia a finitude da morte e me recusava a sugestões adicionais, condenava meus anseios e meu sentimentalismo infantis, ou procedia a uma investigação adequada e completa. Porque eu simplesmente não enxergava como é que eu poderia me recusar a investigar. Sim, eu podia me obrigar a pensar naquilo tudo como a irremediável perda de companheiros de viagem para os vorazes ciclopes. Podia pensar no cenário humano como um campo de batalha. Os que tombam são postos em buracos na terra ou são queimados até as cinzas. Depois disso, ninguém acha que temos de indagar a respeito do homem que nos deu a vida, da mulher que nos deu à luz, a respeito de uma certa Demmie a quem eu vi pela última vez embarcando num avião em Idlewid, com suas grandes pernas louras, sua maquiagem e seus brincos, ou a respeito do genial mestre de ouro da conversação, Von Humboldt Fleisher, que vi pela última vez comendo um *pretzel* na região das ruas Quarenta Oeste. É possível simplesmente supor que eles foram apagados para sempre, como você mesmo será um dia. E assim, se os jornais diários falavam de homicídios cometidos nas ruas diante de multidões de testemunhas neutras, não havia nada de ilógico nessa neutralidade. Nas hipóteses metafísicas acerca da morte que, pelo visto, todo mundo atingiu, todos seriam apanhados e arrebatados pela morte, sufocados, estrangulados. Tal terror e tal morticínio eram as coisas mais naturais do mundo. E as mesmas conclusões eram incorporadas à vida da sociedade e ao presente em todas as suas instituições, na política, na educação, nos bancos, na justiça. Convencido disso, eu não via nenhuma razão para não procurar o dr. Scheldt e conversar sobre serafins e querubins e tronos e domínios e *exousiai* e *archai* e anjos e espíritos.

Em nosso último encontro, disse ao dr. Scheldt: "Senhor, estudei o folheto intitulado *A força propulsora dos poderes espirituais na história do mun-

do e nele há um trecho fascinante sobre o sono. Parece dizer que a humanidade não sabe mais como dormir. Que durante o sono deveria acontecer algo que simplesmente não está mais acontecendo e que esse é o motivo por que acordamos nos sentindo tão envelhecidos e fatigados, estéreis, amargos e tudo o mais. Portanto, vejamos se entendi direito. O corpo físico dorme e o corpo etéreo dorme, mas a alma se extravia".

"Sim", respondeu o professor Scheldt. "A alma, quando dormimos, entra no mundo suprassensível, ou pelo menos numa das suas regiões. Para simplificar, entra no seu próprio elemento."

"Eu gostaria de pensar assim."

"E por que não pensa?"

"Bem, vou pensar, só para ver se entendo. No mundo suprassensível, a alma encontra as forças invisíveis que eram conhecidas pelos iniciados no mundo antigo nos seus mistérios. Nem todos os seres da hierarquia são acessíveis aos vivos, apenas alguns, mas esses são indispensáveis. Pois bem, enquanto dormimos, diz o folheto, as palavras que falamos durante o dia todo ficam vibrando e ecoando à nossa volta."

"Não as palavras literalmente", corrigiu o dr. Scheldt.

"Não, mas os tons-sentimentos, a alegria da dor, o propósito das palavras. Mediante as vibrações e os ecos daquilo que pensamos e sentimos e dissemos, comungamos durante o sono com os seres da hierarquia. Mas agora as nossas palhaçadas cotidianas são tamanhas, as nossas preocupações são tão rasteiras, a linguagem se tornou tão degradada, as palavras tão embotadas e estropiadas, falamos tantas coisas cretinas e maçantes que os seres mais elevados só ouvem balbucios, grunhidos e anúncios de tevê — o nível ração de cachorro das coisas. Isso não lhes diz nada. Que prazer podem ter tais seres elevados com esse tipo de materialismo, desprovido de pensamento elevado e de poesia elevada? Em resultado, tudo o que conseguimos ouvir no sono são rangidos, assovios, esguichos, o roçar das plantas e o ar-refrigerado. Portanto somos incompreensíveis aos seres elevados. Eles não conseguem nos influenciar e eles mesmos sofrem uma privação correspondente. Será que entendi direito?"

"Sim, em linhas gerais."

"Isso me faz pensar num amigo meu que já morreu e que se queixava de insônia. Era poeta. E agora consigo entender por que tinha tanto problema com o sono. Talvez sentisse vergonha. Por causa da sensação de que não dispunha de palavras adequadas para levar para o sono. Talvez até preferisse de fato a insônia a experimentar tamanha vergonha e tamanho desastre toda noite."

Agora o Thunderbird estacionou ao lado do Rookery em La Salle Street. Cantabile pulou para fora do carro. Segurou a porta aberta para Thaxter sair. Falei para Polly: "Vamos, Polly, me diga alguma coisa providencial".

"Esse tal de Stronson é encrenca das grandes", disse ela. "Encrenca grande, grande, grande mesmo. Dê só uma olhada no jornal de amanhã."

Atravessamos o saguão do Rookery, ladrilhado e cercado por balaustradas, subimos num elevador veloz, enquanto Cantabile repetia, como se quisesse me hipnotizar: "Dez mil dólares hoje vão te render quinze, na quinta-feira. São cinquenta por cento em três dias. Cinquenta por cento". Saímos do elevador num corredor branco e depois paramos diante de duas imponentes portas de cedro com uma placa que dizia Empresa de Investimentos do Hemisfério Ocidental. Nessas portas, Cantabile deu umas batidas em código com a mão fechada: três vezes; pausa; uma vez; pausa; depois uma batida final. Era estranho que aquilo fosse necessário, mas afinal de contas um homem capaz de proporcionar tamanho retorno financeiro devia selecionar muito bem seus clientes. Uma linda recepcionista nos fez entrar. A antessala era atapetada de forma suntuosa.

"Ele está aqui", disse Cantabile. "Esperem só alguns minutos, pessoal."

Thaxter sentou-se numa espécie de divã baixinho de cor laranja. Um homem com jaleco de zelador passava um aspirador de pó perto de nós e o aparelho fazia muito barulho. Thaxter tirou seu chapéu largo e chique e alisou as pontas ao estilo diretório sobre sua testa de formato irregular. Pôs a haste do seu cachimbo curvado entre os lábios retos e disse: "Sente-se". Dei a ele o esturjão e a geleia e alcancei Cantabile na porta do escritório particular de Stronson. Puxei o jornal do dia seguinte que estava debaixo do braço de Cantabile. Ele o segurou e nós dois disputamos o jornal. Seu paletó se abriu e vi a pistola em seu coldre, mas aquilo não era mais capaz de me deter. "O que é que você quer?", perguntou.

"Só quero dar uma olhada na coluna do Schneiderman."

"Tome aqui, vou recortar para você."

"Faça isso e vou embora daqui."

Ele então empurrou o jornal com violência em minha direção e entrou no escritório de Stronson. Folheando afobado, achei na seção de economia a matéria que descrevia as dificuldades do sr. Stronson e da Empresa de Investimentos do Hemisfério Ocidental. A Comissão de Valores Mobiliários havia apresentado uma queixa contra ele. Era acusado de violar os regulamentos federais de valores mobiliários. Tinha usado o correio para cometer fraudes e fazia transações com ações que não estavam registradas. Uma investigação feita pela justiça por exigência da Comissão de Valores Mobiliários sugeria que Guido Stronson era um rematado impostor, não tinha se formado em Harvard, não passava de um estudante que abandonara o ensino médio no meio do curso em Nova Jersey, um frentista de posto de gasolina e, até pouco tempo antes, um empregado insignificante numa empresa de cobrança de títulos em Plainfield. Havia abandonado a esposa e quatro filhos. Agora estavam vivendo graças aos programas de assistência social no Leste do país. Vindo para Chicago, Guido Stronson abriu um grande escritório em La Salle Street e inventou credenciais formidáveis, entre elas um diploma da Business School de Harvard. Dizia ter feito um sucesso esplêndido em Hartford como executivo da área de seguros. Sua empresa de investimentos logo formou uma vasta clientela fazendo negócios com lombinho de porco, cacau e minas de ouro. Comprou uma mansão em North Shore e disse que queria se dedicar à caça à raposa. Queixas abertas pelos clientes acabaram levando àquelas investigações federais. A matéria terminava com os boatos que corriam em La Salle Street de que Stronson tinha muitos clientes na Máfia. Pelo visto, ele havia custado a esses clientes vários milhões de dólares.

    Quando a noite terminasse, os figurões de Chicago iam ficar sabendo desses fatos e no dia seguinte o escritório estaria apinhado de investidores tapeados e Stronson precisaria de proteção policial. Mas quem o protegeria da Máfia dois dias depois? Examinei a fotografia do sujeito. Os jornais distorcem os rostos de maneira peculiar — eu sabia disso por experiência própria, mas aquela fotografia, se é que em alguma medida fazia justiça a Stronson, não inspirava a menor simpatia. Alguns rostos ganham por efeito da deturpação.

    No entanto, por que Cantabile me levou até lá? Prometeu-me lucros rápidos, mas eu conhecia *alguma coisa* da vida moderna. Quero dizer, eu era capaz de ler um pouquinho no grande livro misterioso dos Estados Unidos urbanos. Eu era meticuloso e detalhista de sobra para estudar aquilo a fundo — eu usara as condições da vida a fim de pôr à prova meu poder de imunidade; a consciência soberana adestrava a si mesma para evitar os fenômenos e ficar imune a seus efeitos. No entanto eu sabia, mais ou menos, como operavam caloteiros do tipo de Stronson. Escondiam uma boa parte dos seus dólares roubados, eram condenados a oito ou dez anos de prisão e, quando saíam, aposentavam-se discretamente nas Índias Ocidentais ou nos Açores. Talvez Cantabile estivesse tentando pôr as mãos numa parte do dinheiro que Stronson tinha escondido — na Costa Rica, talvez. Ou, quem sabe, se estivesse perdendo vinte mil dólares (uma parte, provavelmente, dinheiro da família Cantabile), ele tinha intenção de fazer uma grande cena. Podia querer que eu presenciasse aquela cena. Ele gostava de que eu estivesse presente. Por minha causa, ele havia ido parar na coluna de Mike Schneiderman. Devia estar pensando em algo ainda mais radiante, mais sensacionalmente inventivo. Precisava de mim. E por que, com tanta frequência, eu me envolvia com essas coisas? Szathmar também fazia isso comigo; George Swiebel tinha promovido uma festa com jogo de pôquer a fim de me mostrar algumas coisas; naquela tarde, até o juiz Urbanovich tinha saído do sério na sala de audiências, por minha causa. Em Chicago, era para eu estar associado com o mundo da arte e do pensamento, com certos valores elevados. Não era eu, afinal, o autor de *Von Trenck* (o filme), condecorado pelo governo francês e pelo Zig-Zag Club? Na carteira, eu ainda trazia comigo um pedaço amassado de fita de seda para prender na lapela do paletó. E, oh! Nós, pobres almas, todos nós instáveis, ignorantes, perturbados, tão inquietos. Não conseguíamos sequer ter uma boa noite de sono. Incapazes de fazer contato, de noite, com os misericordiosos e regeneradores anjos e arcanjos que existiam para nos revigorar com seu calor, seu amor e sua sabedoria. Ah, pobres corações que tínhamos, como estávamos agindo mal e como eu desejava promover mudanças ou reparos ou correções. Alguma coisa!

Cantabile se fechara na sala para conversar com o sr. Stronson, e o tal Stronson, representado no jornal com uma cara brutalmente boçal e o cabelo penteado com uma franjinha na testa, estava provavelmente desesperado. Talvez Cantabile estivesse oferecendo negócios — negócios sobre negócios e mais negócios. E conselhos sobre como chegar a um acordo com seus furiosos clientes da Máfia.

Thaxter estava com as pernas levantadas para deixar que o empregado passasse o aspirador de pó embaixo dos seus pés.

"Acho melhor a gente ir embora", falei.

"Ir embora? Como?"

"Acho que a gente devia cair fora daqui."

"Ora, vamos lá, Charlie, não me faça ir embora. Quero ver o que vai acontecer. Nunca mais terei uma ocasião como esta. Esse homem, o Cantabile, é absolutamente desvairado. É fascinante."

"Eu preferia que você não tivesse entrado correndo no Thunderbird dele sem me perguntar se devia ou não fazer isso. Você ficou tão empolgado com a bandidagem de Chicago que nem pôde esperar. Suponho que você pretenda fazer algum uso dessa experiência, mandar para o *Reader's Digest* ou algum despropósito como esse — você e eu temos uma porção de coisas para resolver."

"Tudo isso pode esperar, Charles. Você sabe que sou mais ou menos impressionado por você. Você sempre se queixa de que vive isolado e aí venho a Chicago e te encontro no meio de um tremendo alvoroço." Ele me lisonjeava. Sabia como eu gostava que me considerassem um expert em Chicago. "O Cantabile é um dos jogadores de beisebol no seu clube?"

"Não acho que o Langobardi deixaria que ele entrasse no clube. Ele não vê com bons olhos esses valentões pé de chinelo."

"E o Cantabile é isso?"

"Não sei exatamente o que ele é. O certo é que se comporta como se fosse um Don da Máfia. É uma espécie de palhaço. A esposa dele está fazendo doutorado."

"Você se refere àquela ruiva deslumbrante com sapatos de salto plataforma?"

"Não é ela."

"Não foi fantástico quando ele deu aquelas batidas em código na porta? E a linda recepcionista que atendeu? Notou aquelas caixas de vidro com peças de arte pré-colombiana e a coleção de leques japoneses? Charles, vou te dizer uma coisa, ninguém conhece de verdade este país. Este é um país fora de série. Os intérpretes de ponta do fedor dos Estados Unidos. Eles não fazem nada senão ficar trocando fórmulas educadas sobre o país. Você, sim, *você mesmo*, Charles, devia escrever sobre isso, descrever a sua vida dia a dia e aplicar algumas das suas ideias a respeito!"

"Thaxter, eu já te contei como levo as minhas filhas pequenas para ver os castores no Colorado. Em volta do lago, o serviço florestal fixou placas com informações sobre o ciclo de vida dos castores. Os castores não têm a menor ideia disso. Ficam apenas roendo, nadando e levando a sua vida de castores. Mas nós, castores humanos, ficamos todos alvoroçados com descrições de nós mesmos. Afeta-nos ouvir o que ouvimos. De Kinsey ou Masters ou Eriksen. Lemos sobre a crise de identidade, a alienação etc., e tudo isso nos afeta."

"E você não quer contribuir para a deformação dos seus semelhantes com dados novos? Meu Deus, como detesto palavras desse tipo. Mas você mesmo não para de fazer análises de alto nível. Veja por exemplo o texto que você me mandou para A *Arca* — acho que está bem aqui, na minha pasta. Nele você propõe uma interpretação econômica para as excentricidades pessoais. Vejamos, tenho certeza de que está aqui comigo. Você argumenta que, no atual estágio do capitalismo, pode haver um elo entre a retração das oportunidades de investimento e a busca de novos papéis ou de investimentos da personalidade. Chegou até a citar Schumpeter, Charlie. Sim, aqui está: 'Os dramas podem parecer puramente interiores, mas são, talvez, economicamente determinados... quando as pessoas acham que estão sendo sutilmente inventivas ou criativas, meramente refletem a necessidade geral da sociedade de crescimento econômico'."

"Jogue fora essa porcaria", falei. "Pelo amor de Deus, não cite para mim as minhas grandes ideias. Se há uma coisa que eu não estou a fim de ouvir hoje é isso."

De fato, para mim era muito fácil fabricar grandes pensamentos desse tipo. Em vez de lamentar essa fraqueza de falastrão que havia em mim, Thaxter a invejava. Desejava ser um membro da intelligentsia, figurar no panteão e ser um marco importante, a exemplo de Albert Schweitzer ou Arthur Koestler ou Sartre ou Wittgenstein. Ele não entendia por que eu desconfiava daquilo. Eu era pretensioso demais; esnobe demais, até, disse ele, profundamente invejoso. Mas o fato era que eu simplesmente não queria ser um líder da intelligentsia do mundo. Humboldt havia perseguido aquilo com todo o seu vigor. Acreditava em análise vitoriosa, preferia as "ideias" à poesia, estava pronto a renunciar ao próprio universo em troca do submundo dos valores culturais mais elevados.

"De todo modo", disse Thaxter, "você devia rodar por Chicago, como fez Restif de la Bretonne pelas ruas de Paris, e escrever uma crônica. Seria sensacional."

"Thaxter, eu quero conversar com você sobre A *Arca*. Você e eu vamos dar um novo impulso à vida mental do país e superar a *American Mercury* e a *The Dial*, ou a *Revista de Occidente* etc. Há anos que estamos discutindo e planejando a revista. Gastei uma montanha de dinheiro com isso e já paguei todas as contas por dois anos e meio. Pois bem, e onde é que está A *Arca*? Acho que você é um grande editor, um editor nato, e eu acredito em você. Anunciamos a nossa revista e as pessoas mandaram textos. Faz um tempão que estamos com esse material nas mãos. Vivo recebendo cartas cheias de rancor e até ameaças. Você fez de mim o bode expiatório. Todos estão pondo a culpa em mim e todos eles te citam. Você criou uma reputação de expert em matéria de Citrine e fica me interpretando por aí, para tudo quanto é lado, como eu funciono, como eu compreendo pouco as mulheres, todas as fraquezas do meu caráter. Eu não fico muito chateado com isso. Mas bem que eu gostaria que você não me interpretasse tanto assim. E as palavras que você põe na minha boca... fulano é um retardado, ou sicrano é um imbecil. Não tenho nenhum preconceito contra fulano ou sicrano. Quem não vai com a cara deles é você."

"Com toda franqueza, Charles, a razão por que o primeiro número da nossa revista não saiu é que você me mandou muito material antroposófico. Você não é nada bobo, portanto deve haver alguma coisa que preste na antroposofia. Mas, pelo amor de Deus, não podemos estrear com todo esse papo sobre a alma."

"Por que não? As pessoas vivem falando da psique. Por que não falar da alma?"

"Psique é científico", retrucou Thaxter. "Você tem que acostumar as pessoas ao emprego dessas suas palavras aos poucos."

Perguntei: "E por que você comprou uma provisão de papel tão volumosa?".

"Eu queria estar pronto para publicar cinco números seguidos, sem me preocupar com o abastecimento de papel. Além do mais, conseguimos um bom preço."

"E onde estão todas essas toneladas de papel agora?"

"No depósito. Mas não acho que seja A *Arca* que está te perturbando. Na verdade, é a Denise que está te devorando, o processo na justiça, os dólares e todo o desgosto e os aborrecimentos."

"Não, não é disso que se trata", respondi. "Às vezes sou até grato à Denise. Você acha mesmo que eu devia ser como Restif de la Bretonne e andar pelas ruas? Bem, se a Denise não estivesse me processando, eu nunca iria sair de casa. Por causa dela eu tenho que ir ao centro da cidade. Isso me mantém em contato com as coisas do mundo. Certamente tem sido esclarecedor."

"Como assim?"

"Bem, eu me dou conta de como o desejo de fazer mal ao próximo é universal. Acho que é a mesma coisa nas democracias e nas ditaduras. Só que aqui o governo das leis e dos advogados põe uma cerca em volta. Eles podem ferir a gente um bocado, podem tornar a nossa vida uma coisa medonha, mas não podem matar a gente de fato."

"O seu amor à educação é mesmo um ponto a seu favor, Charles. Sem brincadeira. Ainda posso me admirar com você depois de vinte anos de amizade", disse Thaxter. "A sua personalidade é muito peculiar, mas existe um certo... não sei como chamar... uma certa dignidade que você de fato possui. Se você diz alma e diz psique, você tem as suas razões para isso, provavelmente. Você provavelmente tem uma alma, Charles. E isso é um fato sem dúvida surpreendente para qualquer pessoa."

"Você também tem alma. De todo modo, acho melhor a gente desistir do nosso plano de publicar *A Arca* e liquidar os ativos que restaram, se houver algum."

"Escute, Charles, não tenha tanta pressa. Podemos acertar os negócios com muita facilidade. Já estamos com quase tudo resolvido."

"Não posso pôr mais nenhum centavo nisso. Financeiramente, não estou muito bem das pernas."

"Não pode comparar a sua situação com a minha", disse Thaxter. "Fui depenado lá na Califórnia."

"Como é que está a situação?"

"Bem, reduzi os seus encargos ao mínimo. Você prometeu pagar o salário da Blossom. Lembra-se da Blossom, a secretária? Você a conheceu em setembro, lembra?"

"Os meus encargos? Em setembro, nós resolvemos demitir a Blossom."

"Ah, mas ela era a única que de fato sabia como operar a máquina da IBM."

"Mas a máquina nunca chegou a funcionar."

"Não foi culpa dela. Não estávamos preparados. Eu estava com tudo pronto para entrar em ação a qualquer momento."

"O que você quer dizer, na verdade, é que você é uma personalidade importante demais para trabalhar sem uma equipe."

"Tenha coração, Charles. Assim que você partiu, o marido dela morreu num acidente de carro. Você não ia querer que eu a demitisse numa ocasião como essa. Conheço o seu coração, Charles, antes de qualquer outra coisa. Portanto tomei a iniciativa de interpretar qual seria a sua atitude. São só mil e quinhentos dólares. E, de fato, há uma outra coisa que devo mencionar: a conta da serraria que forneceu a madeira para a ala que começamos a construir."

"Eu não te mandei construir nada. Sempre fui francamente contrário a isso."

"Bem, nós concordamos em que devia haver um escritório à parte. Você não ia querer que eu levasse toda aquela confusão editorial para dentro da minha casa."

"Deixei bem claro e disse com todas as letras que eu não queria ter nada a ver com isso. Cheguei até a te prevenir que, se cavasse aquele buracão ao lado da sua casa, ia acabar solapando os alicerces."

"Bem, não é uma coisa tão grave assim", disse Thaxter. "A serraria pode perfeitamente desmontar tudo o que foi feito e levar as madeiras embora. Muito bem, agora me desculpe pelo rombo nos bancos... Lamento profundamente o que aconteceu, mas não foi culpa minha. O pagamento que vem do Banco Ambrosiano di Milano atrasou. São essas burocracias horrorosas! Além do mais, a Itália hoje em dia está o maior caos e anarquia. De todo modo, você tem o meu cheque..."

"Não tenho."

"Não tem? Devia ter ido pelo correio. O serviço postal é uma coisa medonha mesmo. Era a minha última parcela de mil e duzentos dólares para o Fundo de Palo Alto. Eles já liquidaram a minha conta. Estão te devendo mil e duzentos dólares."

"Não existe a possibilidade de que eles nunca tenham recebido isso? Quem sabe foi enviado da Itália, transportado no dorso de golfinhos?"

Ele não sorriu. O momento era grave. Afinal estávamos falando a respeito do dinheiro dele.

"Aqueles párias da Califórnia deveriam reemitir o cheque e te enviar um cheque ao portador."

"Talvez o cheque do Banco Ambrosiano ainda não tenha sido descontado", sugeri.

"Pois bem", e ele pegou um caderno de contabilidade em sua pasta. "Elaborei um cronograma para reembolsar o dinheiro que você perdeu. Você precisa ter o valor original do estoque. Insisto nisso, faço absoluta questão. Creio que você comprou por quatrocentos. Pagou caro, você sabe, agora não adianta mais. No entanto, não é culpa sua. Digamos que, quando você me remeteu, o valor chegasse a dezoito mil dólares. Agora, vou deixar de lado os dividendos."

"Não precisa incluir dividendos, Thaxter."

"Não, mas eu faço questão. É bastante fácil descobrir que tipo de dividendo a IBM está pagando. Você me manda o valor e eu te envio o cheque."

"Em cinco anos, você pagou menos de mil dólares desse empréstimo. Você pagou os juros e pouco mais."

"A taxa de juros foi a perder de vista."

"Em cinco anos, você reduziu o volume do principal da dívida a duzentos dólares ao ano."

"Os números exatos não me vêm à memória neste momento", disse Thaxter. "Mas sei que o banco vai te dever alguma coisa depois que vender o estoque."

"A IBM agora está abaixo de duzentos a ação. O banco também fica magoado. Não que eu me importe com o que acontece com os bancos."

Mas Thaxter agora estava ocupado, explicando como faria para devolver o dinheiro, com dividendos e tudo, num período de cinco anos. As pupilas negras e fendidas dos seus compridos olhos cor de uva verde moviam-se diante das cifras. Ele faria tudo de forma elegante, com dignidade, aristocraticamente, com absoluta sinceridade, sem fazer o menor corpo mole com seus deveres em relação a um amigo. Eu podia ver que ele estava falando inteiramente a sério. Mas eu também sabia que aquele plano complicado para agir honestamente comigo já era, em sua mente, o equivalente a agir de forma honesta. As páginas amarelas e compridas do caderno de contabilidade cheias de números, os termos generosos de reembolso, o cuidado com os detalhes, as expressões de amizade, tudo isso já bastava para resolver nosso negócio de uma vez por todas. Era feito assim, de maneira mágica.

"É uma boa ideia ser escrupulosamente preciso com você nesses detalhes insignificantes. Para você, as pequenas somas são mais importantes que as grandes. O que às vezes me surpreende é que você e eu tenhamos de consumir nosso tempo com tamanhas ninharias. Você poderia ganhar quanto dinheiro quisesse. Você ignora as suas próprias possibilidades. Estranho, não é? Bastava você girar uma manivela e o dinheiro ia cair no seu colo."

"Que manivela?", perguntei.

"Você poderia procurar um editor, apresentar um projeto e determinar o valor do seu próprio adiantamento."

"Já peguei adiantamentos bem volumosos."

"Ninharias. Você poderia conseguir muito mais. Eu mesmo ando com algumas ideias na cabeça. De saída, você e eu podíamos lançar aquele guia Baedeker cultural sobre o qual vivo te falando, um guia para americanos cultos que viajam para a Europa e ficam fartos de fazer compras de couros florentinos e de linhos irlandeses. Eles já estão cheios de conviver com as trovejantes turbas de turistas comuns. Por exemplo, esses tais americanos cultos estão em Viena? No nosso guia poderão encontrar listas de institutos de pesquisas para visitarem, pequenas livrarias, coleções de arte particulares, grupos praticantes de música de câmera, os nomes dos cafés e dos restaurantes onde é possível encontrar matemáticos ou violinistas, e haveria também listas de endereços de poetas, pintores, psicólogos etc. Iriam visitar os seus ateliês e laboratórios. Conversariam com eles."

"Poderíamos também levar um pelotão de fuzilamento e fuzilar todos esses poetas, pois é a mesma coisa que pôr tal tipo de informação na mão de turistas metidos a intelectuais."

"Não há na Europa um só ministério da cultura que não vá se empolgar com a ideia. Todos eles irão cooperar integralmente. Quem sabe podem até injetar algum dinheiro no projeto? Charlie, a gente podia fazer isso para todos os países da Europa, para todas as capitais e cidades importantes. É uma ideia que vale um milhão de dólares para você e para mim. Vou me encarregar da organização e da pesquisa. Farei a maior parte do trabalho. Você vai cuidar da atmosfera e das ideias. Vamos precisar de uma equipe para cuidar dos detalhes. Podíamos começar por Londres e depois passar para Paris e Viena e Roma. Diga uma só palavra e irei logo a uma das grandes editoras. Basta o seu nome para arrancarmos um adiantamento de duzentos e cinquenta mil dólares. Vamos dividir meio a meio e as suas preocupações estão terminadas."

"Paris e Viena! Por que não Montevidéu e Bogotá? Lá tem tanta cultura quanto nessas cidades. E por que você vai para a Europa de navio e não de avião?"

"É a minha maneira predileta de viajar, profundamente repousante. Um dos prazeres remanescentes na vida para a minha mãe é organizar essas viagens para o filho único. Dessa vez, ela fez ainda mais. Os campeões de futebol brasileiros estão fazendo uma turnê pela Europa e ela sabe que eu adoro futebol. Eu me refiro a futebol de primeira. Portanto ela me arranjou ingressos para quatro partidas. Além do mais tenho razões de negócios para viajar. E também quero ver alguns dos meus filhos."

Contive minha vontade de perguntar como ele podia viajar de primeira classe no navio *France*, quando estava falido. Perguntar não me levaria a lugar nenhum. Eu jamais conseguia assimilar suas explicações. Eu me lembrava, de fato, de que ele me dissera que o terno de veludo com a echarpe de seda azul tricotada à maneira de Ronald Colman constituía uma vestimenta vespertina perfeitamente aceitável. Na verdade, em comparação, milionários de black tie pareciam andrajosos. E as mulheres adoravam Thaxter. Certa noite, durante seu último cruzeiro, se acreditarmos no que ele contava, uma senhora do Texas largou no colo dele uma bolsa de camurça cheia de pedras preciosas, por baixo da toalha de mesa. Discretamente, ele a devolveu à senhora. Ele não prestava serviços a peruas ricas e velhas do Texas, disse-me. Nem mesmo as que se mostravam magnânimas, ao estilo oriental ou renascentista. Porque, afinal de contas, prosseguiu ele, aquilo era um grande gesto apropriado a um grande oceano e a um grande personagem. Porém ele era de uma dignidade notável, honrado e fiel à esposa — a todas as esposas. Era calorosamente devotado à sua família, aos filhos numerosos que tivera com várias mulheres. Se não conseguisse nenhuma realização intelectual importante, pelo menos teria deixado no mundo sua marca genética.

"Se eu não tivesse nenhum dinheiro, pediria à minha mãe para me pôr na terceira classe. Quanto você dá de gorjeta quando desembarca do *France* em Le Havre?", perguntei.

"Dou cinco pratas para o chefe dos camareiros."

"Você tem sorte de conseguir desembarcar vivo."

"É perfeitamente adequado", disse Thaxter. "Eles molestam os americanos ricos e os desprezam por causa da sua covardia e ignorância."

Em seguida me disse: "Os meus negócios no exterior são com um consórcio internacional de editores para os quais estou trabalhando numa determinada ideia. Originalmente, peguei a ideia de você, Charlie, mas você não se lembra mais. Você me disse como seria interessante sair pelo mundo entrevistando uma porção de ditadores de segunda, terceira e quarta categoria, os generais Amins, os Qaddafis e toda essa laia."

"Eles mandariam afogar você no seu laguinho de peixes ornamentais, se soubessem que os está chamando de ditadores de terceira categoria."

"Não seja tolo. Eu jamais faria uma coisa dessas. São líderes do mundo em desenvolvimento. Mas realmente é um assunto fascinante. Alguns anos atrás, eram prosaicos estudantes estrangeiros que viviam na boemia, futuros chantagistas ordinários, e agora ameaçam as grandes nações, ou ex-grandes nações, com a ruína. Líderes mundiais dignos ficam bajulando essa turma."

"O que o leva a pensar que vão aceitar falar com você?", perguntei.

"Estão morrendo de vontade de ver alguém como eu. Estão secos para receber um toque da primeira classe, e eu tenho credenciais impecáveis. Todos eles querem ouvir falar de Oxford, Cambridge, Nova York e Londres, discutir Karl Marx e Sartre. Se quiserem jogar golfe, tênis ou pingue-pongue, posso fazer tudo isso. A fim de me preparar para escrever esses artigos, andei lendo umas coisas legais para pegar o tom certo — o livro de Marx sobre Luís Napoleão é maravilhoso. Também dei uma olhada em Suetônio, Saint-Simon e Proust. Aliás, vai haver um congresso internacional de poesia em Taiwan. Eu posso cobrir o evento. A gente precisa ficar com as antenas ligadas, colar o ouvido na terra."

"Toda vez que tento isso, só consigo ficar com a orelha doendo."

"Quem sabe eu consigo entrevistar Chiang Kai-chek antes que ele bata as botas?"

"Não consigo imaginar o que ele pode ter para te dizer."

"Ah, eu posso resolver esse problema", disse Thaxter.

"E que tal cairmos fora deste escritório?", perguntei.

"Por que você, para variar, só dessa vez, não faz as coisas ao meu estilo? Não se proteja exageradamente. Deixe que as coisas interessantes aconteçam. Que grande mal pode haver? Nós podemos conversar aqui tão bem quanto em qualquer outro lugar. Conte-me o que anda acontecendo no plano pessoal, o que há com você?"

Toda vez que Thaxter e eu nos encontrávamos, tínhamos pelo menos uma conversa íntima. Eu falava livremente com ele e me soltava. Apesar dos seus despropósitos excêntricos, e dos meus próprios, existia um vínculo entre nós. Eu era capaz de falar com Thaxter. Às vezes eu chegava a me dizer que falar com ele era tão bom para mim quanto a psicanálise. No conjunto, ao longo dos anos, o custo tinha sido mais ou menos o mesmo. Thaxter podia facilmente inferir o que eu estava de fato pensando. Um amigo mais erudito e compenetrado como Richard Durnwald não me dava ouvidos quando eu tentava discutir as ideias de Rudolf Steiner. "Absurdo!", dizia ele. "Puro absurdo! Já examinei a fundo esse assunto." No mundo intelectual, a antroposofia não era coisa respeitável. Durnwald descartava o tema com ênfase porque desejava proteger a estima que tinha por mim. Mas Thaxter dizia: "O que é essa tal de Alma da Consciência e como é que você explica a teoria de que os nossos ossos são cristalizações do próprio cosmos?".

"Estou contente que tenha me perguntado isso", respondi. Mas antes que eu pudesse começar, vi que Cantabile se aproximava. Não, ele não se aproximava, ele desabava sobre nós daquele seu jeito peculiar, como se não estivesse usando o chão coberto de carpete, mas tivesse descoberto uma outra base material.

"Me empreste isto aqui", disse ele, e apanhou o chapéu preto e chique, com a aba virada. "Muito bem", disse, em tom promocional e tenso. "Levante-se, Charlie. Vamos fazer uma visita ao homem." Levantou meu corpo de maneira brusca. Thaxter também se levantou do divã laranja, mas Cantabile o empurrou para baixo e obrigou-o a sentar de novo, dizendo: "Você não. Um de cada vez". Levou-me com ele rumo à porta presidencial. Ali, se detém. "Escute bem", disse ele. "Deixe que eu fale. É uma situação especial."

"Isto tudo é mais uma das suas produções especiais, pelo que estou vendo. Mas dinheiro nenhum vai mudar de mãos aqui."

"Ah, na verdade eu não faria uma coisa dessas com você. Quem mais a não ser um sujeito em sérios apuros daria para a gente três em troca de dois? Você viu a reportagem no jornal, não viu?"

"Claro que vi", respondi. "E se eu não tivesse visto?"

"Eu não ia permitir que você fosse prejudicado. Você passou no meu teste. Somos amigos. Mas vamos lá falar com o sujeito. Imagino que seja o seu dever examinar a sociedade americana, desde a Casa Branca até as favelas.

Agora, tudo o que eu quero que você faça é que fique quieto enquanto eu falo algumas palavras. Ontem você foi um cara tremendamente correto. E isso não fez mal nenhum, não foi?" Enquanto falava, ele abotoava bem meu casaco e punha o chapéu de Thaxter em minha cabeça. A porta do escritório de Stronson abriu antes que eu pudesse fugir.

O financista estava de pé atrás da escrivaninha, uma dessas escrivaninhas grandes de executivo, do tipo usado por Mussolini. A fotografia no jornal era enganosa apenas num ponto — eu esperava um homem mais alto. Stronson era um rapaz gordo, cabelo castanho claro e rosto meio amarelo. No porte, parecia Billy Srole. Cachos castanhos encobriam seu pescoço curto. A impressão que causava não era agradável. Havia algo de nádegas em suas bochechas. Vestia uma camisa de gola rolê e ornamentos pendentes, correntinhas e berloques pendurados no pescoço. O penteado com franja na testa lhe dava o aspecto de um porquinho com peruca, um boneco de desenho animado. Sapatos de salto plataforma aumentavam sua estatura.

Cantabile me levara até lá a fim de ameaçar o homem. "Olhe bem para o meu sócio, Stronson", disse. "É a pessoa de quem falei para você. Observe bem. Você vai ver este sujeito de novo. Num restaurante, numa oficina, num cinema, num elevador." Para mim, disse: "É só isso. Vá lá para fora". Acenou com a cabeça, apontando a porta.

Eu fiquei gelado. Depois, fiquei horrorizado. Mesmo ser um espantalho que personifica um assassino já era uma coisa medonha. Mas antes que pudesse negar aquilo com indignação, tirar o chapéu, pôr um fim naquele blefe de Cantabile, soou no aparelho de intercomunicação embutido na mesa a voz da recepcionista de Stronson, incrivelmente amplificada e tomando todo o espaço do escritório. "Agora?", perguntou ela. E ele respondeu: "Agora!".

Imediatamente, o zelador de jaleco cinzento entrou no escritório, empurrando Thaxter à sua frente. Sua carteira de identificação aberta na mão. Ele disse: "Polícia, Homicídios!". E empurrou-nos, nós três, contra a parede.

"Espere um instante. Deixe-me ver essa carteira de identidade. Que história é essa de Homicídios?", perguntou Cantabile.

"O que você estava pensando? Que eu ia deixar você me ameaçar e ficar parado? Depois que você me disse como ia me matar, fui falar com o procurador do Estado e consegui um mandado de prisão", disse Stronson. "Dois mandados de prisão. Um para este matador desconhecido, seu amigo."

"Será que você faz parte do esquadrão da morte da Máfia?", disse-me Thaxter, que raramente ria alto. Seu prazer mais profundo era sempre mais que um meio silêncio e seu prazer naquele momento foi exuberantemente profundo.

"Quem é esse matador?", perguntei, tentando sorrir.

Ninguém respondeu.

"Quem é que está te ameaçando, Stronson?", perguntou Cantabile. Seus olhos castanhos com ar desafiador estavam cheios de umidade, ao passo que seu rosto se tornou penosamente seco e pálido. "Você perdeu mais de um milhão de dólares para os caras da Troika e está acabado, garoto. Está morto! Por que alguma outra pessoa se meteria nesse assunto? Você não tem mais chances que uma ratazana de esgoto. Policial, este homem é irreal. Você quer ver a matéria do jornal de amanhã? A Empresa de Investimentos do Hemisfério Ocidental fechou as portas, faliu. O Stronson está querendo puxar algumas pessoas para o buraco junto com ele. Charlie, vá pegar o jornal. Mostre para o homem."

"O Charlie não vai a lugar nenhum. Todo mundo vai ficar quietinho e encostado na parede. Sei que você está armado e que o seu nome é Cantabile. Incline o corpo, gracinha... isso aí." Todos obedecemos. Sua arma estava debaixo do braço. As tiras do seu coldre rangiam. Ele tirou a pistola de Cantabile do cinto enfeitado. "Não é nenhum 38 comum, é um Especial de Sábado à Noite, é uma Magnum. Com isto aqui, dá para matar um elefante."

"Aí está, exatamente como falei para você. É a mesma arma que ele brandiu embaixo do meu nariz", disse Stronson.

"Deve ser uma coisa no sangue na família Cantabile, essa história de fazer bobagens com armas. Não foi o seu tio Moochy que apagou aqueles dois garotos? Nenhum pingo de classe. Uma gente meio apalermada. Agora vamos ver se está com um pouco de maconha também. Seria bem legal se houvesse alguma violação da condicional para juntar com isso. A gente vai te enquadrar direitinho, meu chapa. Bando desgraçado de assassinos de garotos."

Agora, Thaxter estava sendo revistado por baixo da capa. Estava de boca aberta e com o nariz acentuadamente torcido, reluzente na ponta, com toda a jovialidade, o júbilo daquela maravilhosa experiência de Chicago. Eu estava revoltado com Cantabile. Estava furioso. O detetive correu as mãos pelos lados do meu corpo, por baixo dos braços, apalpou de baixo para cima no vão entre as pernas e disse: "Vocês dois, cavalheiros, podem dar meia-volta. Você é chique para burro, hein? Onde foi que arranjou esses sapatos com os lados de lona?", perguntou a Thaxter. "Na Itália?"

"Na King's Road", respondeu Thaxter com satisfação.

O detetive tirou o jaleco cinzento de zelador — por baixo, vestia uma camisa de gola rolê — e derramou sobre a mesa o conteúdo da carteira de Cantabile, preta, comprida, feita de pele de avestruz. "E quem é o tal matador? O Errol Flynn de capa ou o de paletó xadrez?"

"O de paletó", respondeu Stronson.

"Eu devia era deixar você fazer papel de bobo e deixar que prendesse esse homem", disse Cantabile, ainda de cara para a parede. "Vá em frente. Será que já não basta tudo o que fez?"

"Puxa, será que ele é alguém importante?", disse o policial. "Será que é algum figurão?"

"Pode crer que é", disse Cantabile. "É um homem conhecido e respeitado. Olhe nos jornais de amanhã e vai ver o nome dele na coluna do Schneiderman: Charles Citrine. É uma personalidade importante em Chicago."

"E daí? Estamos mandando pessoas importantes para a cadeia às dúzias hoje em dia. O governador Kerner não teve sequer a malandragem de arranjar um testa de ferro." O detetive estava se deliciando com seu papel ali. Tinha uma cara simples e cheia de rugas, agora alegre, o rosto de um policial com vasta experiência no ramo. Por baixo da camisa vermelha, seu peito era gordo. O cabelo morto da sua peruca não combinava com sua cor humana saudável e carecia de simetria orgânica. Ela deixava a cabeça despida em pontos errados. A gente via perucas como aquela nos bancos alegres e de cores divertidas nas cabines para trocar de roupa no Downtown Club — pedaços de cabelo semelhantes a cães terriers de Skye, à espera dos seus donos.

"O Cantabile veio falar comigo esta manhã e fez umas propostas desvairadas", disse Stronson. "Respondi que não havia a menor possibilidade. Aí ele ameaçou me assassinar e me mostrou a sua arma. Ele é maluco de verdade. Depois falou que ia voltar com o seu matador. Descreveu como eu seria assassinado. O cara ia me seguir durante semanas. Depois ia partir a minha cabeça ao meio com um tiro, como se fosse um abacaxi podre. E os ossos seriam esmagados e os miolos e o sangue iam escorrer pelo meu nariz. Chegou a me dizer como a arma do assassino, a prova do crime, ia ser destruída, como o matador ia serrar a arma com uma serra de aço e ia esmigalhar os pedaços com uma marreta e jogar tudo em diversos bueiros espalhados pelo subúrbio. Tudo nos mínimos detalhes!"

"De um jeito ou de outro, você é um homem morto", disse Cantabile. "Vão te achar dentro de um bueiro de esgoto daqui a alguns meses e vão ter que raspar três centímetros de cocô da sua cara para poder ver quem é."

"Não tem licença de porte de arma. Ótimo!"

"Vamos logo, leve esses cara para fora daqui", disse Stronson.

"Vai processar todo mundo? Você só tem dois mandados."

"Vou processar todo mundo."

Falei: "O próprio sr. Cantabile acabou de dizer para o senhor que eu não tenho nada a ver com isso. O meu amigo Thaxter e eu estávamos saindo do Instituto de Arte e Cantabile nos obrigou a vir aqui para, supostamente, tratar de um investimento. Compreendo e apoio o sr. Stronson. Ele está apavorado. Cantabile está fora de si, ensandecido por algum tipo de vaidade, devorado pela arrogância, um violento blefe de egomania. Este é só mais um dos seus embustes originais. Talvez o policial possa lhe dizer, sr. Stronson, que não sou do tipo matador de aluguel à maneira de Lepke. Tenho certeza de que ele já viu alguns matadores ao vivo."

"Esse homem nunca matou ninguém", disse o policial.

"E eu tenho que viajar para a Europa e tenho uma porção de coisas para resolver."

Esse último ponto era o mais importante. O pior de toda aquela situação era que interferia em minhas preocupações mais prementes, em minha complicada subjetividade. Era minha guerra civil interior contra a vida aberta, que é algo elementar e fácil para todo mundo entender, além de ser característica deste lugar, Chicago, Illinois.

Na condição de leitor fanático, emparedado por seus muitos livros, habituado a olhar com desdém, da sua janela, para carros de polícia, caminhões de bombeiros, ambulâncias, um homem voltado para dentro que trabalhava a partir de milhares de referências privadas e textos, agora descobri a relevância da explicação que T. E. Lawrence deu para se alistar na Força Aérea Britânica — "Para me lançar cruelmente entre homens cruéis e procurar a mim mesmo…" Como é que continua mesmo? "…durante os anos que restam do apogeu da minha vida." Jogo desonesto, tumulto, obscenidades de alojamentos de soldados, destacamento incumbido de recolher o lixo. Sim, muitos homens, disse Lawrence, receberiam a sentença de morte sem dar um pio, só para escapar da sentença de vida que o destino traz em sua outra mão. Entendi o que ele queria dizer. Portanto estava na hora de alguém — e por que não alguém como eu? — enfrentar essa questão desconcertante e perigosa e fazer algo mais do que tinha sido feito por outros homens admiráveis que a enfrentaram. O pior naquele momento absurdo era que minha programação havia sido interrompida. Eu devia chegar às sete horas para jantar. Renata ia ficar aborrecida. Tinha vergonha de ficar de pé, esperando. Tinha um temperamento forte e seu temperamento sempre pendia para um lado; além disso, se minhas suposições estivessem corretas, Flonzaley andava sempre por perto. Substitutos vivem pairando à espreita na mente das pessoas. Até o indivíduo mais estável e equilibrado do mundo tem, em algum lugar, um substituto de reserva, escolhido em segredo, e Renata não era uma das pessoas mais estáveis do mundo. Já que ela muitas vezes formava rimas espontaneamente, certa vez me surpreendeu com a seguinte tirada:

Quando desaparece
O ente querido,
Outros prevenidos
Logo comparecem.

Duvido que alguém apreciasse o senso de humor de Renata mais profundamente que eu. Suas tiradas de espírito sempre abriam perspectivas de franqueza de tirar o fôlego. Mas Humboldt e eu havíamos concordado muito tempo antes em que eu era capaz de acreditar em qualquer coisa que fosse muito bem dita. E era verdade. Renata me fazia rir. Eu estava sempre disposto a deixar para depois a tarefa de encarar o terror implícito nas palavras dela, as nuas perspectivas reveladas de forma repentina. Por exemplo, Renata certa vez me disse: "Não só as melhores coisas da vida são grátis como a gente também não pode dar tão de graça assim as melhores coisas da vida".

Um amante encarcerado dava a Renata uma clássica oportunidade de prostituta para que ela adotasse um comportamento livre. Em virtude do meu hábito de elevar tais considerações rasteiras ao nível teórico, ninguém ficará surpreso de eu começar a pensar no desrespeito às leis praticado pelo inconsciente e em sua dependência das regras de conduta. Mas isso é apenas antinomianismo, e não liberdade. Segundo Steiner, a verdadeira liberdade vivia na consciência pura. Cada microcosmo tinha sido separado do macrocosmo. Na divisão arbitrária entre o Sujeito e o Objeto, o mundo se perdera. O eu do zero procurava diversão. Tornava-se um ator. Era essa a situação da Alma da Consciência, da forma como eu a interpretava. Mas então fui atingido por uma ânsia de insatisfação com o próprio Rudolf Steiner. Era algo que remontava a um trecho incômodo dos *Diários* de Kafka, que meu amigo Durnwald me mostrara, pois ele ainda achava que eu era capaz de produzir obras intelectuais sérias e queria me salvar da antroposofia. Kafka também sentira uma atração pelas visões de Steiner e julgara que os estados de clarividência que Steiner havia descrito eram semelhantes aos que ele mesmo experimentara, sentindo-se nas fronteiras remotas do humano. Kafka marcou um encontro com Steiner no Hotel Victoria na Jungmannstrasse. Está registrado nos *Diários* que Steiner vestia uma sobrecasaca ao estilo príncipe Albert, manchada e empoeirada, e que o homem estava com um resfriado terrível. O nariz escorria e toda hora, com os dedos, ele enfiava o lenço bem fundo nas narinas, enquanto Kafka, que observava aquilo com nojo, dizia a Steiner que era um artista atolado no ramo dos negócios. Saúde e caráter, disse ele, o impediam de seguir a carreira literária. Se à literatura acrescentasse a teosofia e o trabalho no ramo dos seguros, o que seria da vida dele? A resposta de Steiner não foi registrada.

O próprio Kafka, é claro, estava de saco cheio daquela ridícula, desesperadora e melindrosa Alma da Consciência. Pobre sujeito, a forma como expôs seu problema também não contou muito a seu favor. O homem de gênio aprisionado no trabalho no ramo dos seguros? Uma queixa demasiado banal, não chegava a ser melhor que um resfriado com coriza. Humboldt teria concordado. Ele e eu conversávamos sobre Kafka e eu conhecia suas opiniões. Mas agora Kafka, Steiner e Humboldt estavam juntos na morte, lugar onde, em breve, todo aquele povo ali no escritório de Stronson iria encontrá-los. Talvez para ressurgirem daqui a séculos num mundo, quem sabe, mais cintilante. Não teria de cintilar tanto assim para cintilar mais que este mundo. No entanto a descrição que Kafka fez de Steiner me deixou abalado.

Enquanto eu me encontrava envolvido nessas reflexões, Thaxter havia entrado em ação. Ele interveio sem maldade contra ninguém. Daria um jeito em toda a situação da maneira mais amável do mundo, sem se mostrar muito arrogante nem superior. "Não creio que o senhor queira, de fato, levar o sr. Citrine preso", disse, sorrindo com ar sério.

"Por que não?", retrucou o policial, com a pistola de Cantabile, a Magnum parruda, folheada com níquel, enfiada na cintura.

"O senhor admite que o sr. Citrine não parece um matador."

"Ele está cansado e muito branco. Devia passar uma semana em Acapulco."

"Uma farsa como esta chega a ser uma afronta", disse Thaxter. Estava me mostrando a beleza do seu trato com pessoas comuns, como ele compreendia bem e sabia lidar com seus compatriotas americanos. Porém era óbvio para mim que o policial achava Thaxter uma criatura exótica, sua elegância, seu ar de Peter Wimsey. "O sr. Citrine é internacionalmente conhecido como historiador. Na verdade, chegou a ganhar uma condecoração do governo francês."

"Pode provar isso?", perguntou o policial. "Por acaso não estaria com a sua medalha aí agora, não é?"

"As pessoas não andam com as suas medalhas no bolso", respondi.

"Bem, e que tipo de prova você tem?"

"Tudo o que tenho para mostrar é este pedaço de fita. Tenho o direito de usá-la presa na lapela."

"Deixe-me dar uma olhada", disse ele.

Puxei do bolso o insignificante e embolado fiapo de seda desbotada verde-limão.

"Isso?", disse o policial. "Eu não amarraria isso daí nem no pé de uma galinha."

Eu concordava inteiramente com o agente da lei e, como nativo de Chicago, ria por dentro, junto com o policial, daquelas pretensas honrarias estrangeiras. Eu era o Shoveleer, cheio de sentimento de ridículo. Os franceses bem que mereciam. Este não era um dos melhores séculos para eles. Estavam fazendo tudo errado. O que queriam dizer ao sair distribuindo por aí aqueles pedacinhos miseráveis de um cordãozinho verde e bizarro? Como, em Paris, Renata fez questão de que eu usasse aquilo preso na lapela, fomos expostos aos insultos de um *chevalier* de verdade que Renata e eu encontramos no jantar, o homem com a roseta vermelha, o "cientista sério", para usar a expressão que ele mesmo empregou. Ele deu uma espinafrada geral em minha vida. "A gíria americana é deficiente, não existe", disse ele. "O francês tem vinte palavras para 'bota'." Em seguida mostrou-se desdenhoso com as ciências do comportamento — tomou-me por um cientista comportamental — e foi muito rude com minha fitinha verde. Disse: "Tenho certeza de que escreveu alguns livros estimáveis, mas este tipo de condecoração é conferido a pessoas que contribuem para encher os cestos de lixo". Não ganhei nada senão aflição ao ser condecorado pelos franceses. Bem, aquilo ia acabar passando. A única distinção real naquele momento perigoso na história humana e no desenvolvimento cósmico não tem nada a ver com medalhas e fitas. Não pegar no sono é algo digno de nota. Todo o resto é bobagem.

Cantabile continuava de cara para a parede. O policial, fiquei contente ao perceber, estava com raiva dele. "Fique aí bem paradinho", disse ele. Pareceu-me que nós, naquele escritório, estávamos sob algo semelhante a uma imensa onda transparente. Aquela coisa enorme e transparente pairava erguida diante de nós, cintilando como cristal. Todos nós estávamos dentro dela. Quando ela quebrasse e explodisse, seríamos todos espalhados num raio de muitos quilômetros ao longo de alguma praia branca e remota. Eu quase desejava que Cantabile acabasse com o pescoço quebrado. Mas não, quando aquilo aconteceu, vi que todos nós estávamos a salvo, separados, numa praia nua e branca feito pérola.

Enquanto todos os personagens continuavam a representar seu papel — Stronson, atiçado pela evocação que Cantabile fizera do seu cadáver fisgado de dentro de um bueiro de esgoto, choramingava, com uma espécie de voz de porco soprano: "Vou cuidar para que *você* tenha o que merece!", enquanto Thaxter vinha se infiltrando, sorrateiro, tentando ser persuasivo —, eu simplesmente me desliguei do mundo e entreguei a mente a uma das minhas teorias. Certas pessoas abraçam seus dons com gratidão. Outras não sabem o que fazer com eles e só conseguem pensar em superar suas fraquezas. Só seus defeitos interessam e os desafiam. Assim, aqueles que detestam as pessoas podem ir à procura delas. Misantropos muitas vezes praticam a psiquiatria. Os tímidos se tornam atores. Ladrões por natureza procuram postos de confiança. Os assustados executam lances atrevidos. Tomemos o caso de Stronson, um homem que enveredou por esquemas arriscados a fim de tapear gângsteres. Ou tomemos a mim mesmo, um amante da beleza que insistiu em morar em Chicago. Ou Von Humboldt Fleisher, homem de vigorosos instintos sociais que se enterrou na lúgubre zona rural.

Stronson não tinha a força necessária para levar isso a cabo. Vendo que estava autodeformado, gordo, mas elegante, de pernas e coxas curtas, em sapatos de salto plataforma, com uma tendência para dar ganidos, e que forçava a voz a adotar um tom grave, eu tinha pena, ah, eu tinha uma enorme pena dele. Parecia que sua natureza autêntica o reclamava de volta rapidamente. Será que havia esquecido de fazer a barba naquela manhã ou o terror tinha feito sua barba crescer de repente? E cerdas compridas e horríveis sobressaíam do seu colarinho. Ele começava a ganhar o aspecto geral de uma marmota. A franjinha na testa estava escorrida por causa do suor. "Quero todos esses caras algemados", disse ele para o policial à paisana.

"Como, só com um par de algemas?"

"Bem, ponha as algemas no Cantabile. Vamos, ponha logo."

Em silêncio, eu estava plenamente de acordo com ele. Sim, algeme o filho da mãe, torça os braços do cara nas costas e prenda com força, até ferir na carne. Mas ao dizer essas coisas selvagens a mim mesmo, eu não desejava necessariamente que acontecessem.

Thaxter puxou o policial para o lado e disse algumas palavras a meia-voz. Mais tarde fiquei pensando se ele não teria transmitido ao policial alguma senha secreta da CIA. Com Thaxter, a gente nunca podia ter certeza de nada. Até hoje, jamais consegui saber se ele era ou não era um agente secreto. Anos atrás, Thaxter me convidou para ser seu hóspede em Yucatán. Mudei de avião três vezes para chegar lá e então fui recebido numa faixa de terra poeirenta por um camponês de sandálias que me levou num Cadillac até a casa de campo de Thaxter, apinhada de criados indígenas. Havia carros e jipes, uma esposa e filhos pequenos, e Thaxter já havia dominado o dialeto local e exercia sua autoridade sobre as pessoas em redor. Verdadeiro gênio linguístico, ele aprendia línguas novas com muita rapidez. Mas andava tendo problemas com um banco em Mérida e, por incrível que pareça, havia lá em seu bairro um clube campestre onde ele tinha feito uma tremenda dívida. Cheguei bem na hora em que ele estava completando o modelo invariável. No segundo dia, Thaxter me disse que estávamos indo embora daquele lugar maldito. Enchemos seus baús de viagens transatlânticas com casacos de pele e equipamentos de jogar tênis, tesouros de templos e aparelhos elétricos. Enquanto nos afastávamos em seu carro, eu segurava no colo um dos seus bebês.

O policial levou-nos para fora do escritório de Stronson. O financista berrou às nossas costas: "Vocês vão ter o que merecem, seus sacanas. Eu juro. Não importa o que possa acontecer comigo. Sobretudo você, Cantabile".

No dia seguinte, ele mesmo ia ter o que merecia.

Enquanto esperávamos pelo elevador, Thaxter e eu tivemos tempo de trocar algumas palavras. "Não, eu não vou ser fichado", disse Thaxter. "Lamento tudo isso, eu adoraria poder acompanhá-lo, sinceramente."

"Espero que você faça alguma coisa", falei. "Eu tinha a impressão de que o Cantabile ia forçar algum lance desse tipo. E Renata vai ficar muito zangada, essa é a pior parte. Não livre a sua cara e se esqueça de mim agora, Thaxter."

"Não seja absurdo, Charles. Vou acionar os advogados imediatamente. É só você me dar alguns nomes e os telefones."

"Primeiro é preciso ligar para Renata. Pegar o número do telefone do Szathmar. E também do Tomchek e do Srole."

Thaxter anotou a informação num recibo do American Express. Como era possível que ele ainda tivesse um cartão de crédito?

"Você vai acabar perdendo esse pedacinho de papel à toa", falei.

Thaxter respondeu-me com a maior seriedade. "Cuidado, Charlie. Você está agindo com fraqueza excessiva. Este é um momento crucial, não há dúvida. Justamente por isso é preciso estar ainda mais atento. Uma *raison plus forte*."

Quando Thaxter falava francês, a gente podia ter certeza de que estava falando sério. E assim como George Swiebel sempre gritava comigo para eu não abusar do próprio corpo, Thaxter vivia me prevenindo acerca do meu nível de ansiedade. Agora havia um homem cujos nervos eram fortes o bastante para a forma de vida que escolhera. E a despeito do seu fraco por expressões francesas, Thaxter nesse aspecto era um autêntico americano, como Walt Whitman, e se apresentava como um arquétipo. "O que eu admitir, você vai admitir." No momento, aquilo não ajudava grande coisa. Eu estava sendo preso. Meus sentimentos em relação a Thaxter eram os de um homem com muitos embrulhos nas mãos que tenta achar a fechadura da porta, atrapalhado pelo gato da casa. Mas a verdade era que as pessoas de quem eu esperava receber ajuda não eram nem de longe meus prediletos. Não se podia esperar nada de Thaxter. Eu até desconfiava de que seus esforços para ajudar podiam ser francamente perigosos. Se eu gritasse que estava me afogando, ele viria correndo e me jogaria uma boia salva-vidas feita de cimento maciço. Se pés estranhos requerem sapatos estranhos, almas estranhas exigem coisas bem esquisitas e as afeições chegam a elas por caminhos estranhos. Um homem que precisava de ajuda se enchia de afeição por alguém incapaz de ajudá-lo.

Suponho que tenha sido a recepcionista quem chamou o carro azul da polícia que estava à nossa espera. Era uma mulher muito jovem e bonita. Olhei bem para ela na hora em que saímos do escritório e pensei: Aqui está uma jovem sentimental. Bem-criada. Amável. Fica arrasada de ver pessoas sendo presas. Tem lágrimas nos olhos.

"Você vai no banco da frente", disse o policial à paisana para Cantabile, que, com seu chapéu na cabeça, de cara branca e com o cabelo espetado para os lados, entrou no carro. Naquele momento, desgrenhado, pela primeira vez ele pareceu genuinamente italiano.

"O principal é a Renata. Entre em contato com a Renata", falei para Thaxter quando entrei e sentei no banco de trás. "Vou ficar encrencado se você não fizer isso. Muito encrencado mesmo!"

"Não se preocupe. Não vão deixar que você desapareça para sempre", disse Thaxter.

Suas palavras, que pretendiam me consolar, acabaram provocando em mim o primeiro momento de aflição profunda.

De fato, ele tentou entrar em contato com Renata e com Szathmar. Mas Renata ainda estava no Merchandise Mart com sua cliente, escolhendo tecidos, e Szathmar já havia fechado seu escritório. De algum jeito, Thaxter esqueceu-se do que eu tinha lhe dito sobre Tomchek e Srole. Portanto, para matar o tempo, ele foi a um filme de Kung-Fu com atores negros na Randolph Street. Quando o filme terminou, ele encontrou Renata em casa. Thaxter disse que, já que Renata conhecia Szathmar tão bem, era melhor deixar que cuidasse do assunto sozinha. Afinal, ele era um estranho naquela cidade. O time Boston Celtics ia jogar contra o Chicago Bulls e Thaxter comprou com um cambista um ingresso para a partida de basquete. *En route* para o estádio, o táxi parou no Zimmerman's e ele comprou uma garrafa de Piesporter. Não conseguiu nenhuma que estivesse na temperatura ideal, mas mesmo assim combinou bem com os sanduíches de esturjão.

O vulto escuro de Cantabile ia à minha frente no banco dianteiro do carro da polícia. Direcionei meus pensamentos para isso. Um homem como

Cantabile tirava proveito da minha inadequada teoria do mal, não era isso mesmo? Preenchia as lacunas da teoria, dando o melhor da sua capacidade histriônica, com seus blefes e seus rompantes. Mas será que eu, na condição de americano, tinha uma teoria do mal? Talvez não. Assim, com suas ideias e seus caprichos, ele penetrou naquele território vindo do lado sem traços característicos e sem marcas fortes, onde eu era fraco. Aquela peste era um deleite para as senhoras, ao que parecia — ele agradava a Polly e, pelo visto, também à sua esposa, a aluna de pós-graduação. Meu palpite era que Cantabile era um peso-leve erótico. Mas, afinal de contas, é a imaginação o que mais conta para a maioria das mulheres. Portanto ele fez progressos na vida com suas refinadas luvas de equitação e suas botas de pele de novilho, e com as felpas acentuadamente lustrosas do seu tweed, e com a Magnum que levava no coldre de cintura, ameaçando de morte todo mundo. Ameaças eram o que ele mais amava. Tinha me procurado movido pelo direito de me ameaçar. As ameaças tinham afetado suas entranhas no dia anterior, na Division Street. Naquela manhã, havia ido ameaçar Stronson. De tarde, propôs, ou ameaçou, mandar Denise para o cemitério. Sim, Cantabile era uma criatura esquisita, com sua cara branca, seu nariz de cera comprido e eclesiástico provido de dutos escuros. Ele estava muito inquieto no banco da frente. Parecia estar tentando dar uma olhada em mim. Era quase flexível o bastante para virar a cabeça toda para trás e alisar as penas das próprias costas. Que significado poderia ter o fato de ele haver tentado me fazer passar por um matador profissional? Será que encontrou em mim mesmo a sugestão original para aquilo? Ou estaria tentando, à sua maneira, me desinibir, me trazer para o seio do mundo, um mundo do qual eu tinha a ilusão de que estava me afastando? No plano de julgamento de Chicago, eu o rejeitava como alguém pronto para ser levado ao manicômio. Bem, sem dúvida estava mesmo pronto para ingressar no manicômio. Eu era sofisticado o bastante para admitir que, no fato de ele ter proposto que nós dois transássemos com Polly, havia um toque de homossexualidade, mas não era nada muito sério. Eu torcia para que o mandassem de volta à prisão. Por outro lado, eu tinha a sensação de que ele estava fazendo alguma coisa por mim. Em seu cintilante traje de tweed, cuja aspereza sugeria urtigas, ele se materializou em meu caminho. Pálido e louco, com seu bigode de vison, Cantabile parecia ter uma missão espiritual para executar. Ele havia surgido a fim de me tirar do ponto morto. Como eu vim de Chicago, nenhuma pessoa normal e sensata poderia fazer nada desse tipo por mim. Eu não poderia ser eu mesmo com pessoas normais e sensatas. Vejam minhas relações com um homem como Richard Durnwald. Por mais que eu o admirasse, não conseguia me sentir mentalmente confortável com Durnwald. Tive um pouco mais de sucesso com o dr. Scheldt, o antroposofista, mas tive meus problemas com ele também, problemas naturais para quem é de Chicago. Quando ele me falava de mistérios esotéricos, eu tinha vontade de lhe dizer: "Não me venha com esse papo furado espiritual, meu chapa!". E, afinal de contas, minhas relações com o dr. Scheldt eram tremendamente importantes. As questões que eu levantava com ele não poderiam ser mais sérias.

Tudo isso vinha à minha cabeça, ou se derramava em minha cabeça, e me lembrei de Humboldt em Princeton, que citava para mim *"Es schwindelt!"*, as palavras de V. I. Lênin no Instituto Smólni. E agora as coisas estavam *schwindlando* mesmo. Será que era porque, a exemplo de Lênin, eu estava prestes a ir para uma delegacia de polícia? Aquilo era fruto de um fluxo ou de uma enxurrada de sensações, visões e ideias.

É claro que o policial tinha razão. Estritamente falando, eu não era matador coisa nenhuma. Mas, em mim mesmo, eu personificava outras pessoas e as devorava. Quando elas morriam, eu as lamentava com ardor. Dizia que eu tinha de prosseguir o trabalho delas e suas vidas. Mas não era também verdade o fato de que eu somava a força delas à minha? Como negar que eu tinha inveja delas em seus dias de glória e de vigor? E das mulheres desses homens também. Eu já conseguia discernir as linhas gerais das tarefas do purgatório da minha alma, quando ela entrasse no outro mundo.

"Tome cuidado, Charlie", Thaxter havia me prevenido. Ele estava com sua capa, segurava a pasta de executivo ideal e o guarda-chuva com cabo natural, bem como os sanduíches de esturjão. Tomei cuidado. Uma *plus forte raison*, tomei cuidado. E, atento, me dei conta de que, no carro de polícia, eu estava seguindo os passos de Humboldt. Vinte anos antes, nas mãos da lei, ele havia lutado com os guardas corpo a corpo. Eles o haviam obrigado a vestir uma camisa de força. Ele tivera diarreia no camburão da polícia, enquanto o transportavam para Bellevue. Estavam tentando ajudar, fazer algo de bom para um poeta. O que é que a polícia de Nova York sabia a respeito de poetas? Eles conheciam bêbados, assaltantes, conheciam estupradores, conheciam mulheres em trabalho de parto e drogados, mas com poetas ficavam perdidos. Então ele telefonou para mim de um telefone público no hospital. E eu atendi naquele vestiário encardido e descascado no Belasco. E ele berrou: "Isto é a vida, Charlie, não é literatura!". Bem, eu não suponho que os poderes, os tronos e os domínios, os *archai*, os arcanjos e os anjos leiam poesia. Para que leriam? Eles estão plasmando o universo. Estão ocupados. Mas quando Humboldt berrou "Vida!", ele não se referia aos tronos, aos *exousiai*, aos anjos. Referia-se apenas à vida realista, naturalista. Como se a arte escondesse a verdade e só os sofrimentos dos loucos pudessem revelá-la. Será que *aquilo* era uma imaginação empobrecida?

Chegamos e Cantabile e eu fomos separados um do outro. Deixaram Cantabile diante da escrivaninha e levaram-me para dentro.

Antevendo a tarefa que concebi para mim no purgatório, não julguei necessário levar a prisão muito a sério. Afinal de contas, o que era aquilo? Um tremendo alvoroço, e pessoas especializadas em criar um monte de encrenca para os outros. Fotografaram-me, de frente e de perfil. Muito bem. Depois da sessão de fotos de ficha policial, também pegaram minhas impressões digitais. Ótimo. Em seguida, eu estava esperando que fossem me levar para uma cela. Havia um policial de cara gorda à minha espera para me levar para a prisão. O trabalho burocrático deixa esses policiais obesos. Lá estava ele, com aquele ar doméstico, de pulôver e chinelo, armado e barrigudo, o lábio grande e meio espichado para fora, e dobras de gordura na nuca. Ele estava me levando para dentro, quando alguém falou: "Você aí! Charles Citrine! Para fora!". Voltei para o corredor principal. Tentei imaginar como Szathmar havia conseguido chegar ali tão depressa. Mas não era Szathmar que estava à minha espera, era a jovem recepcionista de Stronson. A linda garota disse que seu patrão tinha resolvido retirar sua queixa contra mim. Ia se concentrar em Cantabile.

"E Stronson a mandou aqui?"

Ela explicou: "Bem, na verdade, eu quis vir. Eu sabia quem era o senhor. Assim que vi o seu nome, eu soube. Expliquei para o meu chefe. Ele tem vivido em estado de choque ultimamente. O senhor não pode condenar o sr. Stronson, quando pessoas ficam toda hora dizendo a ele que vai ser assassinado e tudo isso. Mas consegui que ele compreendesse que o senhor é uma pessoa famosa e não um matador".

"Ah, compreendo. E você é uma garota excelente, além de linda. Nem posso dizer como sou grato. Não deve ter sido nada fácil explicar isso a ele."

"Na verdade, ele estava apavorado. Agora está deprimido. Por que as suas mãos estão tão secas?", perguntou ela.

"Tirei as impressões digitais. É a tinta que usam."

Ela se mostrou chocada. "Meu Deus! Tiraram as impressões digitais de um homem como o senhor!" Abriu a bolsa e começou a umedecer lencinhos de papel e esfregar a ponta dos meus dedos sujos de tinta.

"Não, obrigado. Não, não, não faça isso", pedi. Essas atenções sempre me deixam confuso e parecia fazer um tempo terrivelmente longo desde a última vez que alguém me fizera alguma gentileza carinhosa como aquela. Há dias em que a gente quer ir ao barbeiro não para cortar o cabelo (nem há tanto cabelo assim para cortar), mas só para receber o toque amigo.

"Por que não?", disse a garota. "Tenho a impressão de que sempre conheci o senhor."

"Dos livros?"

"Não dos livros. É uma pena, mas nunca li nenhum dos seus livros. Sei que são livros de história, e isso nunca foi do meu interesse. Não, sr. Citrine. Foi por meio da minha mãe."

"Eu conheço a sua mãe?"

"Desde que eu era pequena, soube que o senhor e ela foram namorados na escola."

"Sua mãe é a Naomi Lutz?"

"Sim. Nem posso lhe contar como ela e o Doc ficaram empolgados quando encontraram o senhor naquele bar no centro da cidade."

"Sim, o Doc estava com ela."

"Quando o Doc morreu, a mamãe ia ligar para o senhor. Ela agora diz que o senhor é a única pessoa com quem pode conversar sobre os velhos tempos. Há coisas que ela quer lembrar e não consegue situar direito no tempo. Outro dia mesmo ela não conseguiu lembrar o nome da cidade onde morava o seu tio Asher."

"O tio Asher morava em Paducah, no Kentucky. É claro que vou ligar para ela. Eu amava a sua mãe, senhorita…"

"Maggie", respondeu.

"Maggie. Você herdou as curvas dela, da cintura para baixo. Nunca vi

uma curva nas costas tão adorável, até este momento, e logo na cadeia. Você também tem as gengivas e os dentes iguais aos dela, os dentes um pouco curtos, e o mesmo sorriso. A sua mãe era linda. Perdoe-me por dizer isso, não é o momento adequado, mas eu sempre tive a sensação de que, se eu pudesse abraçar a sua mãe todas as noites por quarenta anos, como marido dela, é claro, a minha vida teria sido plenamente realizada, um sucesso... em vez disso que tenho hoje. Mas quantos anos você tem, Maggie?"
"Vinte e cinco."
"Meu Deus!", exclamei enquanto Maggie lavava meus dedos na água gelada do bebedouro. Minha mão é muito sensível ao toque feminino. Um beijo na palma da mão pode me deixar meio maluco.
Ela me levou para casa em seu Volkswagen, chorando um pouco enquanto dirigia. Ela estava pensando, talvez, na felicidade que a mãe e eu tínhamos perdido. E quando, pensei, eu afinal iria me erguer acima dessa história, do acidental, do mero fenomênico, do fortuito e esbanjadoramente humano, e estar apto a entrar em outros mundos?

Assim, antes de partir da cidade, fiz uma visita a Naomi. Seu nome de casada era Wolper.
Mas não fui vê-la imediatamente. Antes, tinha de cumprir mil tarefas.
Os últimos dias em Chicago foram atarefados. Como que para compensar as horas que o embuste de Cantabile havia me tomado em vão, cumpri uma agenda intensa. Meu contador, Murra, me concedeu uma hora inteira do seu tempo. Em seu escritório tranquilo, decorado pelo famoso Richard Himmel e com vista para a parte mais verde-clara do rio Chicago, contou-me que seus esforços para convencer a Receita Federal de que não havia motivo para me processar tinham fracassado. A conta dele mesmo era bem alta. Eu lhe devia mil e quinhentos dólares por não ter me levado a lugar nenhum. Quando saí do seu edifício, vi-me na soturna Michigan Avenue, na frente da loja de luzes elétricas perto da Wacker Drive. Sempre atraído por aquele lugar, com seus novos e engenhosos aparelhos, os matizes e os formatos das lâmpadas tubulares e em bulbos, comprei um refletor de chão de trezentos watts. Eu não tinha nada o que fazer com aquela mercadoria. Estava indo embora da cidade. Para que eu ia querer aquilo? A compra apenas exprimia

minha condição. Eu ainda estava mobiliando meu refúgio, meu abrigo, meu forte Dearborn, meu posto avançado no território indígena (materialista). Também estava dominado pelas aflições da partida — motores a jato iriam me arrancar do solo a dois mil quilômetros por hora, mas para onde eu estava indo, e para quê? As razões de uma velocidade tão tremenda continuavam obscuras.

Não, comprar uma lâmpada não adiantou grande coisa. O que de fato me trouxe grande consolo foi conversar com o dr. Scheldt. Indaguei-lhe acerca dos Espíritos da Forma, os *exousiai*, conhecidos na antiguidade judaica por outro nome. Aqueles plasmadores do destino deveriam, muito tempo antes, ter capitulado das suas funções e dos seus poderes em favor dos *archai*, dos Espíritos da Personalidade, que se situam mais próximos um grau do homem, na hierarquia universal. Mas alguns *exousiai* dissidentes, que desempenham um papel retrógrado na história do mundo, haviam recusado durante séculos permitir que os *archai* tomassem o comando. Eles obstruíram o desenvolvimento de uma espécie moderna de consciência. Os *exousiai* insubmissos, que pertenciam a uma fase mais antiga da evolução humana, eram os responsáveis pelo tribalismo e pela persistência da consciência camponesa ou tradicional, pelo ódio ao Ocidente e ao novo, e alimentavam atitudes atávicas. Eu me pergunto se isso não seria a explicação para a maneira como a Rússia, em 1917, pusera uma máscara revolucionária a fim de encobrir a reação; e se a luta entre essas mesmas forças não estaria também por trás da ascensão de Hitler ao poder. Os nazistas também adotaram o disfarce moderno. Mas não se podia condenar inteiramente aqueles russos, alemães, espanhóis e asiáticos. Os terrores da liberdade e da modernidade eram assustadores. E era isso o que fazia os Estados Unidos parecerem tão levianos e monstruosos aos olhos do mundo. E também fazia certos países parecerem, aos olhos dos Estados Unidos, desesperadamente, monumentalmente obtusos. Lutando para deter sua inércia, os russos produziram sua sociedade incomparavelmente maçante e assustadora. E os Estados Unidos, sob a jurisdição dos *archai*, ou Espíritos da Personalidade, produziram indivíduos autônomos modernos, com toda a frivolidade e o desespero dos livres, e infectados por cem doenças desconhecidas durante a longa era camponesa.

Depois de visitar o dr. Scheldt, levei afinal minhas filhas pequenas, Lish e Mary, à parada de Natal, graças às manobras ardilosas de Denise, que pôs as duas meninas aos prantos no telefone. Porém, inesperadamente, o desfile natalino acabou sendo muito emocionante. Eu adoro representações teatrais amadoras, com suas falas cortadas, suas deixas perdidas e seus figurinos fajutos. Os figurinos de qualidade estavam todos na plateia. Centenas de criancinhas entusiasmadas foram levadas até lá pelas mamães, muitas dessas mamães eram verdadeiras tigresas do tipo mais discreto que existe. Vestidas, perfumadas e enfeitadas a um ponto incrível! *Rip van Winkle* foi apresentado como uma mera introdução. Para mim, foi imensamente relevante. Estava muito bem pôr a culpa nos anões por terem feito Rip beber, mas ele também tinha suas próprias e boas razões para perder os sentidos. O peso da sensação do mundo é opressivo demais para certas pessoas e se torna cada vez mais pesado. Seus vinte anos de sono, vou lhes contar, eram uma coisa que acertava em cheio meu coração. Naquele dia, meu coração estava bastante sensível — a preocupação, os problemas que eu previa e os remorsos deixavam meu coração mais compassivo e vulnerável. Um velho devasso e cretino estava abandonando duas crianças para seguir uma pessoa obviamente interesseira rumo à Europa corrupta. Na condição de um dos poucos pais presentes na plateia, senti como aquilo estava errado. Eu me encontrava rodeado pelo julgamento feminino. A opinião de todas aquelas mulheres estava expressa de forma inequívoca. Eu vi, por exemplo, que as mães não gostaram do retrato que apresentaram da sra. Van Winkle, nitidamente a Piranha americana numa versão mais antiga. Eu mesmo repudio todas essas ideias sobre piranhas americanas. As mães, porém, ficaram aborrecidas, sorriam, mas se mostravam hostis. As crianças, contudo, eram inocentes e bateram palmas e gritaram vivas quando Rip soube que sua esposa havia morrido de apoplexia durante um ataque de raiva.

Fiquei pensando na significação mais elevada dessas coisas — naturalmente. Para mim, a questão de verdade era como Rip iria gastar seu tempo, se os anões não o tivessem posto para dormir. Ele tinha o direito humano americano comum, é claro, de caçar, pescar e perambular pelas matas com seu cão — muito parecido com Huckleberry Finn, nas Terras Adiante. A questão seguinte era mais pessoal e mais difícil: o que eu teria feito, se não estivesse adormecido em espírito durante tanto tempo? No meio da agitação, da gritaria, dos aplausos e dos sobressaltos da criançada, de rosto tão puro, tão cheirosas (até os pequenos gases liberados, inevitavelmente, por uma multidão de crianças são agradáveis, quando a gente os respira com espírito paternal), tão aptas a ser *salvas*, eu me forcei a parar e responder — fui *obrigado* a isso. Se acreditássemos num dos folhetos que o dr. Scheldt me dera para ler, esse sono não era um assunto frívolo. Nossa falta de vontade de sair do estado de sono era fruto do desejo de fugir de uma revelação iminente. Certos seres espirituais devem alcançar seu desenvolvimento por meio dos homens e nós os traímos e os abandonamos mediante esse absenteísmo, essa vontade de cochilar. Nosso dever, dizia um folheto fascinante, é colaborar com os anjos. Eles surgem dentro de nós (como o espírito chamado *Maggid* se manifestou ao grande rabino Joseph Karo). Guiados pelos espíritos da forma, os anjos semeiam dentro de nós as sementes do futuro. Inculcam em nós certas imagens, das quais "normalmente" não temos consciência. Entre outras coisas, eles querem que vejamos a divindade oculta em outros seres humanos. Eles mostram para o homem como ele pode atravessar, por meio do pensamento, o abismo que o separa do Espírito. Para a alma, eles oferecem a liberdade e, para o corpo, oferecem o amor. Esses fatos devem ser apreendidos despertando a consciência. Porque, quando está dormindo, o dormente *dorme*. Os grandes fatos do mundo passam em branco por ele. Nada é monumental o bastante para despertá-lo. Décadas de calendários soltam suas folhas sobre ele, assim como as árvores deixaram cair as folhas e os ramos sobre Rip. Mais que isso, os próprios anjos são vulneráveis. Seus objetivos devem se realizar e se cumprir na própria humanidade terrena. Já o amor fraternal que eles puseram dentro de nós acabou corrompido numa monstruosidade sexual. O que estamos fazendo uns com os outros na cama? O amor está sendo miseravelmente pervertido. Então, também, os anjos nos mandaram um frescor radiante e nós, mediante nosso próprio sono, tornamos tudo isso maçante. E na esfera política, podemos ouvir, mesmo estando semiconscientes, o grunhido dos grandes impérios suínos do mundo. O mau cheiro desses domínios suínos se ergue nos ares elevados e os escurece. É de admirar que chamemos o sono pesado para que venha depressa e sele nosso espírito? E, dizia o folheto, os anjos, contrariados com nosso sono durante as horas de trabalho, têm de fazer o que puderem conosco durante a noite. Mas então seu trabalho não consegue tocar nosso sentimento ou nosso pensamento, pois estes se encontram ausentes durante o sono. Só o corpo inconsciente e o princípio vital que sustenta, o corpo do éter, jaz na cama. Os grandes sentimentos e pensamentos se foram. Assim também de dia, meio sonâmbulo. Se não acordarmos, se a alma espiritual não puder ser levada a participar da obra dos anjos, iremos afundar. Para mim, o argumento decisivo era que os impulsos do amor mais elevado se corrompiam na degeneração sexual. Isso, de fato, me levava de volta às origens. Talvez eu tivesse razões mais elementares e mais fundamentais para ir embora com Renata, deixando para trás duas meninas pequenas na perigosa Chicago, do que eu tinha consciência e do que era capaz de exprimir de uma hora para outra. Talvez, apenas talvez, eu pudesse justificar o que estava fazendo. Afinal, o Cristão em *O peregrino* também foi embora e deixou para trás a família, a fim de buscar a salvação. Antes que eu pudesse fazer qualquer coisa boa para minhas filhas, eu teria de acordar. Aquela turvação, aquela incapacidade de me concentrar e dirigir a atenção de modo organizado, era algo muito penoso. Eu podia me ver tal como era trinta anos antes. Não precisava olhar no álbum de fotografias. Aquela fotografia incriminadora era inesquecível. Lá estava eu, um jovem boa-pinta debaixo de uma árvore, de mãos dadas com uma garota atraente. Porém eu podia perfeitamente estar de pijama de flanela, em vez de vestir o terno estilo jaquetão — presente do meu irmão Julius —, pois, na flor da minha juventude e no auge do meu vigor, eu estava inconsciente.

Sentado na plateia do espetáculo natalino, eu me permiti imaginar que existiam espíritos por perto, que eles queria nos alcançar, que sua respiração dava mais vida ao vermelho das roupinhas que as crianças estavam usando, assim como o oxigênio avivava o fogo.

Então as crianças começaram a gritar. Rip estava se levantando cambaleante do meio do monte de folhas que haviam caído em cima dele. Ciente do que Rip ia enfrentar, gemi. A verdadeira questão era se ele ia conseguir ficar acordado.

Durante o intervalo, topei por acaso com o dr. Klosterman, do Downtown Club. Foi um dos que me pressionaram a procurar um cirurgião plástico e fazer algo a respeito das bolsas embaixo dos meus olhos — uma operação simples para me dar o aspecto de uma pessoa muitos anos mais jovem. Tudo o que eu tinha para lhe oferecer era um frio aceno de cabeça, quando veio em minha direção com seus filhos. Ele disse: "Não temos visto você por lá ultimamente".

Bem, eu não tinha ido lá ultimamente. Mas só na noite anterior, inconsciente, nos braços de Renata, sonhei de novo que jogava *paddle ball* como um campeão. Meu voleio de sonho fazia a bola resvalar na parede esquerda da quadra, tirando faísca, e depois, com uma pontaria fatal, ela caía bem no canto. Venci Scottie, o campeão do clube, e também o insuperável quiroprático grego, um atleta magricela, muito cabeludo, com pés de pombo, mas um adversário temível contra quem, na vida real, eu não conseguia fazer nenhum pontinho sequer. Mas na quadra do meu sonho eu era um leão. Assim, em sonhos de atenção pura e de intensidade agressiva, eu superava minha inércia, meu alheamento e minha confusão mental. Em sonho, qualquer que fosse o caso, eu não tinha a menor intenção de desistir e ir embora.

Enquanto eu pensava nisso tudo no saguão, Lish lembrou-se de que havia trazido um bilhete da mãe para mim. Abri o envelope e li: "Charles, a minha vida está sendo ameaçada!".

Cantabile não ia parar nunca. Antes de sequestrar a mim e ao Thaxter no Michigan Boulevard, talvez no exato momento em que estávamos admirando a linda paisagem de inverno em Sandvika pintada por Monet, Cantabile estava falando ao telefone com Denise, fazendo aquilo de que ele mais gostava, ou seja, ameaçar os outros.

Certa vez, conversando a respeito de Denise, George Swiebel me explicou (embora eu mesmo pudesse ter formulado aquela explicação, ciente de como funcionava o sistema natural dele): "A luta da Denise contra você constitui toda a vida sexual que ela tem. Não fale com ela, não discuta com ela, a menos que você ainda tenha a intenção de deixá-la excitada". Sem dúvida, ele interpretaria as ameaças de Cantabile da mesma forma. "É assim que o filho da mãe consegue relaxar." Mas, afinal, não era perfeitamente possível que a fantasia de morte de Cantabile, seu papel imaginário de representante de mais alto escalão da própria Morte, tivesse igualmente o propósito de me despertar? "*Brutus, tu dormiste*" etc. Essa ideia me veio à cabeça dentro do carro de polícia.

Mas agora ele havia posto aquilo em prática de fato. "A sua mãe está esperando uma resposta?", perguntei à menina.

Lish olhou para mim com olhos iguais aos da mãe, aqueles largos círculos de ametista. "Ela não disse nada, pai."

Denise certamente havia comunicado ao juiz Urbanovich que havia um plano para assassiná-la. Isso iria pôr toda a questão nas mãos do juiz. Ele não confiava em mim, não ia com minha cara e acabaria confiscando meu dinheiro. Era melhor eu tirar logo aqueles dólares da cabeça, para todos os efeitos eles já não existiam. E agora? Com a pressa e a imprecisão habitual, comecei mais uma vez a somar meus recursos líquidos, mil e duzentos ali, mil e oitocentos aqui, a venda dos meus lindos tapetes, a venda da Mercedes, valores bem desvantajosos para mim, tendo em vista as condições precárias do carro. Até onde eu sabia, Cantabile estava trancado na esquina da rua 26 com a Califórnia. Eu torcia para que ele se ferrasse de uma vez por todas. Muita gente era assassinada na prisão. Quem sabe alguém dava cabo dele por lá? Mas eu não acreditava que ele fosse passar muito tempo atrás das grades. Sair da cadeia era muito fácil agora, e na certa ele conseguiria mais uma condicional. Hoje em dia, os tribunais distribuem condicionais com a mesma liberalidade com que o Exército da Salvação distribui rosquinhas. Bem, nada disso tinha grande importância. Eu estava de partida para Milão.

Então, como eu disse, fiz uma visita sentimental a Naomi Lutz, agora com o sobrenome Wolper. Aluguei uma limusine para me levar ao Marquette Park — para que economizar, naquela altura? Era um dia de inverno, chuvoso, com granizo, um bom dia para um garoto enfrentar o tempo ruim com sua mochila escolar e sentir-se destemido. Naomi estava em seu posto, detendo o trânsito enquanto as crianças atravessavam a rua, cambaleantes, dispersas, arrastando suas capas de chuva e metendo os pés nas poças de água. Debaixo do uniforme de polícia, ela vestia camadas de suéteres. Na cabeça, tinha um chapéu de guarda de trânsito e um cinturão fosforescente formava uma cruz na frente do peito — estava com tudo o que tinha direito: botas forradas de lã, luvas, um protetor de nuca de cor laranja preso ao chapéu, sua imagem meio obscurecida. Sacudia os braços molhados, cobertos pelo casaco que tolhia os movimentos, reunia as crianças à sua volta, parava o trânsito e depois, com as costas arqueadas, virava-se e andava devagar até o meio-fio, pisando com suas solas grossas. E aquela era a mulher pela qual eu me sentira absolutamente apaixonado um dia. A pessoa com quem eu deveria ter tido a chance de dormir durante quarenta anos em minha posição predileta (a mulher de costas para mim e com os seios em minhas mãos). Numa cidade como a brutal Chicago, como poderia um homem esperar, de fato, sobreviver sem tal intimidade, sem tal conforto privado? Quando me aproximei dela, vi a mulher jovem dentro da velha. Eu a vi nos dentes curtos e bonitos, nas gengivas atraentes, na covinha da bochecha esquerda. Pensei que eu ainda podia inspirar seu odor de mulher jovem, úmido e forte, e ouvi a ondulação e a lentidão da sua voz, uma afetação que ela e eu, no passado, tínhamos julgado absolutamente encantadora. E mesmo agora, pensei. Por que não? A chuva dos Setenta me parecia semelhante à umidade dos Trinta, quando nosso amor adolescente fazia brotar minúsculas gotas numa pequena faixa no meio do seu rosto, como uma máscara veneziana. Mas eu sabia que não convinha tocá-la, nem tirar o casaco da polícia e os suéteres e o vestido e as roupas de baixo. Nem ela queria que eu visse o que havia acontecido com suas coxas e seus seios. Isso não tinha problema para seu amigo Hank — Hank e Naomi tinham crescido juntos —, mas para mim era diferente, eu a conhecera naquele tempo. Não havia a menor perspectiva de que isso acontecesse. Não havia nenhuma indicação, sugestão, não era uma coisa possível. Era apenas uma dessas coisas que precisam ser pensadas.

Tomamos café na cozinha da casa dela. Naomi me convidou para o lanche e me serviu ovos fritos, salmão defumado, pão integral e mel puro. Eu me senti completamente em casa no meio das suas panelas e talheres antigos e com seus descansos de panela tricotados à mão. A casa era tudo o que Wolper havia deixado para Naomi, disse ela. "Quando vi como ele estava gastando o seu dinheiro rapidamente com os cavalos, fiz questão de que providenciasse logo a transferência da propriedade da casa."

"Bem pensado."

"Um pouco depois, quebraram o nariz e o tornozelo do meu marido, como um aviso de que ele tinha que pagar as dívidas. Até então eu não sabia que Wolper estava pagando para gângsteres, que ele era vítima de extorsão. Ele chegou do hospital com a cara toda roxa em volta das ataduras. Disse que eu não devia vender a casa para salvar a vida dele. Chorou e disse que não prestava para nada e resolveu sumir no mundo. Sei que você está surpreso de ver que eu moro neste bairro de tchecos. Mas o meu sogro, um velho judeu esperto, investiu em propriedades neste bonito e seguro bairro de tchecos e húngaros. E foi assim que fizemos a nossa vida aqui. Bem, Wolper era um homem alegre. Ele não me deu trabalho como você teria dado. De presente de casamento, me deu um carro conversível e uma conta na loja Field's. Era o que eu mais queria na vida."

"Sempre tive a sensação de que casar com você me daria vigor, Naomi."

"Não idealize tanto as coisas. Você era um garoto violento. Quase me matou estrangulada porque fui dançar com um jogador de basquete. E uma vez, na garagem, você pôs uma corda em volta do pescoço e ameaçou se enforcar se eu não fizesse o que você queria. Lembra?"

"Infelizmente eu me lembro, sim. Necessidades prementes demais estavam crescendo dentro de mim."

"Wolper casou-se de novo e tem uma loja de bicicletas no Novo México. Ele pode sentir-se mais seguro perto da fronteira. Sim, você me deixava entusiasmada, só que eu nunca sabia onde você ia parar com os seus Swinburne, Baudelaire, Oscar Wilde e Karl Marx. Rapaz, você foi em frente mesmo."

"Eram livros intoxicantes, eu estava empolgado com a beleza, alucinado com a bondade, o pensamento, a poesia e o amor. Mas isso não são apenas coisas da adolescência?"

Ela sorriu para mim e disse: "Na verdade, eu não acho. O Doc disse para a mamãe que toda a sua família era um bando de simplórios e excêntricos, emotivos demais, todos vocês. O Doc morreu no ano passado."

"A sua filha me contou."

"Sim, ele afinal não resistiu mais. Quando os velhos calçam duas meias no mesmo pé e fazem xixi na banheira, acho que é o fim."

"Sim, acho que é mesmo, infelizmente. Acho que o Doc levou longe demais o ânimo patriótico. Ser um Babbitt o inspirava quase da mesma forma como Swinburne fazia comigo. Ele morria de vontade de dar adeus ao judaísmo, ou ao feudalismo..."

"Faça-me um favor... Até hoje sinto um calafrio quando você usa palavras como feudalismo. Esse foi o problema entre nós. Você veio de Madison todo entusiasmado com aquele poeta chamado Humboldt Park ou sei lá o quê, pegou o dinheiro que eu tinha economizado e foi para Nova York num ônibus da empresa Greyhound. Eu te amava de verdade, Charlie, mas quando você foi embora de repente para ver aquele seu deus, voltei para casa, pintei as unhas e liguei o rádio. O seu pai ficou furioso quando eu lhe contei que você era um vendedor de escovas Fuller em Manhattan. Ele precisava da sua ajuda no comércio de madeiras."

"Bobagem, ele tinha o Julius."

"Puxa, como o seu pai era bonito. Parecia... como é que as garotas diziam mesmo?... O Espanhol que Arruinou Minha Vida. E o Julius?"

"O Julius está desfigurando a região sul do Texas, construindo shoppings e condomínios."

"Mas vocês dois se amavam. Eram realmente primitivos nesse aspecto. Talvez fosse por isso que o meu pai chamava vocês de simplórios."

"Bem, Naomi, o meu pai também se tornou americano, assim como o Julius. Pararam com aquele amor de imigrantes. Só eu persisti, do meu jeito infantil. A minha conta emocional estava sempre no vermelho. Nunca esqueci como a minha mãe chorou quando caí na escada e como ela apertava os galos na minha cabeça com a lâmina de uma faca. E que faca… era a sua faca de prata russa, com um cabo que parecia um porrete de polícia. E era assim. Quer fosse um galo na minha cabeça, a geometria do Julius, ou a maneira como papai poderia aumentar a renda dos aluguéis, ou as dores de dente da coitada da mamãe, tanto faz, era sempre a coisa mais importante do mundo para todos nós. Eu nunca perdi esse jeito intenso de viver… não, não é assim. Receio que a verdade é que eu perdi isso. Sim, não há dúvida, perdi mesmo. Mas eu ainda precisava disso. E esse sempre foi o problema. Eu precisava e, pelo visto, eu também prometia. Para as mulheres, quero dizer. Para as mulheres, eu tinha aquela aura de amor emocional utópico e lhes dava a sensação de que era um homem carinhoso. Claro, eu as tratava com carinho, como elas sempre sonharam ser tratadas."

"Mas era uma impostura", disse Naomi. "Você mesmo tinha perdido isso. Não era carinhoso."

"Eu tinha perdido. Embora alguma coisa igualmente apaixonada provavelmente sobreviva em algum lugar."

"Charlie, você trapaceou com muitas garotas. Deve ter causado uma tremenda infelicidade para elas."

"Eu me pergunto se o meu caso é tão excepcional assim no terreno dos corações carentes. É irreal, é claro, é perverso. Mas também é americano, não acha? Quando digo americano, me refiro a algo que não foi corrigido pela história do sofrimento humano."

Naomi suspirou enquanto me escutava e disse: "Ah, Charlie. Eu nunca vou entender como ou por que você chega a essas suas conclusões. Quando você me fazia essas suas preleções, eu jamais conseguia acompanhar o seu pensamento. Mas na época em que a sua peça estreou na Broadway, você estava apaixonado por uma garota, me contaram. O que aconteceu com ela?".

"Demmie Vonghel. Pois é. Ela também foi uma experiência fora de série. Morreu na América do Sul junto com o pai. Era um milionário de Delaware. Decolaram de Caracas num avião DC-3 e caíram no meio da selva."

"Que tristeza, que coisa horrível."

"Cheguei a ir à Venezuela para encontrá-la."

"Fico feliz de saber que tenha feito isso. É o que eu ia perguntar."

"Peguei o mesmo voo de Caracas. Eram aviões velhos e remendados. Índios viajavam de avião, com os seus bodes e as suas galinhas. O piloto me convidou a sentar na cabine. Havia uma grande rachadura no vidro do para-brisa e o vento chiava. Ao voar sobre as montanhas, tive medo de que também não fôssemos conseguir e pensei: Ah, meu Deus, permita que aconteça comigo da mesma forma que aconteceu com a Demmie. Olhando para aquelas montanhas, eu francamente perdi todo interesse pela maneira como o mundo era feito, Naomi."

"O que você quer dizer?"

"Ah, não sei. Mas a gente fica desgostoso com a natureza e com todos os seus milagres e as seus esplêndidas realizações, desde as subatômicas até as galácticas. As coisas jogam duro demais com os seres humanos. Batem duro demais. Elas entram à força nas nossas veias. Quando voamos sobre as montanhas, vi o Pacífico se contorcendo num ataque de epilepsia contra o litoral, e pensei: Então, que se dane. Não dá para a gente sempre gostar da maneira como o mundo foi feito. Às vezes, eu penso: Quem é que vai querer ser um espírito eterno e ter mais existências? Foda-se tudo isso! Mas eu estava te contando como foi o voo. Subimos e descemos umas dez vezes. Aterrissamos numa pista de terra. Faixas de terra vermelha no meio de plantações de café. Acenavam para nós embaixo das árvores, onde havia crianças nuas, com as suas barrigas marrons e os pintos curvados balançando."

"E nunca encontrou nada? Não foi procurar na selva?"

"É claro que procurei. Chegamos a encontrar um avião, mas não era o DC-3 desaparecido. Era um Cessna que caiu com alguns japoneses, engenheiros de minas. Flores e trepadeiras cresciam entre os ossos deles e só Deus sabe que espécies de aranhas e de outros bichos haviam transformado os seus crânios em tocas acolhedoras. Eu não queria descobrir a Demmie em tais condições."

"Você não gostou muito da selva, não é?"

"Não. Bebi uma grande quantidade de gim. Peguei gosto de tomar gim puro, como fazia o meu amigo Von Humboldt Fleisher."

"O poeta! O que aconteceu com ele?"

"Também morreu, Naomi."

"Tanta gente morreu. Que coisa, Charlie!"

"Tudo está sempre se desintegrando e se reintegrando o tempo todo, e a gente tem que adivinhar se é sempre o mesmo elenco de personagens ou uma porção de personagens diferentes."

"Suponho que você tenha, afinal, chegado à missão", disse Naomi.

"Sim, e lá havia uma porção de Demmies, umas vinte Vonghel. Eram todas primas. Todas tinham as mesmas cabeças compridas, os cabelos dourados, os joelhos um pouco virados para dentro e o nariz arrebitado, e também o mesmo estilo de falar. Quando contei que era noivo da Demmie e que vinha de Nova York, acharam que eu era uma espécie de maluco. Tive que assistir a missas e cantar hinos, porque os índios não entendiam que pudesse haver um visitante branco que não fosse cristão."

"Quer dizer que você cantou hinos religiosos, enquanto o seu coração sofria."

"Fiquei até contente de cantar os hinos. E o dr. Tim Vonghel me preparou uma tina de violeta de genciana para eu ficar de molho. Disse-me que eu estava com um caso grave de *tinia crura*. Portanto fiquei ali no meio daqueles canibais, na esperança de que Demmie aparecesse."

"E eles eram mesmo canibais?"

"Tinham comido o primeiro grupo de missionários que foi para lá. Enquanto a gente cantava na capela e via os dentes limados de alguém que na certa havia comido um irmão — o irmão do dr. Timothy foi comido, e ele sabia quem tinha feito aquilo —, bem, Naomi, é possível encontrar uma porção de méritos peculiares nas pessoas. Eu não ficaria nem um pouco surpreso se as minhas experiências na selva me pusessem num estado de espírito propenso a perdoar."

"Mas quem havia para perdoar?", perguntou Naomi.

"Aquele meu amigo, Von Humboldt Fleisher. Ele sacou um cheque meu enquanto eu estava quebrando a cabeça para encontrar a Demmie no meio da selva."

"Ele forjou a sua assinatura?"

"Eu dei um cheque em branco a Humboldt e ele o preencheu com a quantia de mais de seis mil dólares."

"Essa não! Mas você, é claro, não esperava que um poeta fosse agir dessa forma em relação a dinheiro, não é? Me desculpe por rir. Mas a verdade é que você sempre provocou as pessoas a agirem de maneira suja com você, ao insistir que elas deviam fazer o papel de santinhos. Lamento terrivelmente que você tenha perdido a sua garota na selva. Parece que ela era bem do seu tipo. Era como você, não era? Os dois juntos poderiam ter se saído bem de tudo isso e ter sido perfeitamente felizes."

"Entendo o que você está falando, Naomi. Eu não consegui entender o lado mais profundo da natureza humana. Até pouco tempo atrás, eu não conseguia suportar sequer pensar no assunto."

"Só você poderia se misturar com aquele palerma que ameaçou o Stronson. O tal italiano que a Maggie me descreveu."

"Talvez você tenha razão", falei. "E devo tentar analisar os meus motivos para me dar bem com pessoas do tipo de Cantabile. Mas pense só em como eu me senti ao saber que uma filha sua, aquela garota linda, veio me soltar da prisão, a filha da mulher que eu amei."

"Não fique sentimental, Charlie. Por favor!", disse ela.

"Tenho que dizer, Naomi, que eu te amei célula por célula. Para mim, você foi uma pessoa completamente conhecida, íntima. As suas moléculas eram as minhas moléculas. O seu cheiro era o meu cheiro. E a sua filha me fez lembrar de você: os mesmos dentes, o mesmo sorriso, o mesmo tudo, até onde eu sei."

"Não se deixe levar pelo entusiasmo. Você seria capaz de casar com ela, não é? Seu velho tarado. Está me testando, para ver se eu digo: vamos, pode ir em frente? É um autêntico elogio o fato de que você está disposto a casar com ela porque Maggie faz você se lembrar de mim. Bem, ela é uma menina maravilhosa, mas você precisa é de uma mulher com um coração do tamanho de uma máquina de lavar roupa, e a minha filha não é essa mulher. De todo modo, você ainda está com aquela moça que eu vi no bar — a tal que tem um tipo oriental deslumbrante, com corpo de dançarina do ventre, com grandes olhos escuros. Não está?"

"Sim, ela é mesmo deslumbrante, e continuo sendo o namorado dela."

"Namorado! Eu queria saber o que há com você, um homem importante, inteligente, para sair por aí passando de uma mulher para outra. Será que não tem nada mais importante para fazer? Rapaz, será que as mulheres não cansam de te vender gato por lebre? Acha mesmo que elas vão te dar o tipo de ajuda e de consolo de que você precisa e que está procurando? Do jeito que anunciam nos comerciais?"

"Bem, está nos anúncios, não é?"

"Com as mulheres, é uma questão de instinto", disse ela. "Você comunica a elas o que precisa receber e na mesma hora elas te dizem que possuem exatamente aquilo de que você precisa, embora nunca tenham ouvido falar do assunto até aquele exato momento. E elas não estão necessariamente mentindo. Elas têm apenas o instinto de que podem suprir tudo aquilo que um homem pode pedir, e estão prontas a atender qualquer formato, tamanho ou tipo de homem. Elas são assim. E então você sai em busca de mulheres que sejam que nem você mesmo. Um animal assim não existe no mundo. Nem mesmo a tal Demmie podia ser assim. Mas as garotas te dizem: 'Sua busca chegou ao fim. Pode parar aqui. Sou eu'. E então você fecha o contrato. É claro que ninguém é capaz de entregar o produto anunciado e todo mundo acaba infeliz feito o diabo. Bem, Maggie não é o seu tipo de mulher. Por que não fala a respeito da sua esposa?"

"Não ponha a tentação na minha frente. Apenas me sirva mais uma xícara."

"Que tentação?"

"Ah, a tentação? A tentação é me queixar. Eu podia te contar como a Denise age mal com as meninas, como ela as deprime sempre que pode, como faz a justiça me estrangular e faz os advogados me retalharem em pedacinhos e tudo o mais. Isso agora virou um processo na justiça. E um processo na justiça pode ser uma obra de arte, a versão bela da vida triste de uma pessoa. Humboldt, o poeta, gostava de processar Nova York inteira. Mas esses processos são, em regra, uma arte ruim. Que aspecto vão ter todas essas queixas quando a alma tiver fluído para o universo e olhar lá de cima para o espetáculo completo dos sofrimentos terrenos?"

"Você só mudou fisicamente", disse Naomi. "Era assim mesmo que você falava antigamente. O que significa 'a alma tiver fluído para o universo'? Quando eu era jovem e ignorante, e te amava, você punha as suas ideias à prova comigo."

"Quando ganhei a vida escrevendo as memórias pessoais dos outros, descobri que nenhum americano de sucesso jamais cometeu um erro de verdade, nenhum pecou ou teve nada para esconder, não existiu nenhum mentiroso. O método praticado é o encobrimento através da máxima candura para garantir a duplicidade com honra. O homem que o contratou submetia o escritor a um adestramento cerrado, até que ele mesmo acreditasse naquilo. Leia a autobiografia de qualquer grande americano — Lyndon Johnson, por exemplo — e você verá com que fidelidade os escritores submetidos à lavagem cerebral apresentam a defesa do biografado. Muitos americanos..."

"Deixe para lá os muitos americanos...", disse Naomi. Como ela parecia confortável de chinelos, sorrindo na cozinha, os braços gordos cruzados. Eu não parava de repetir que seria uma bênção ter dormido com ela durante quarenta anos, que isso teria vencido a morte e assim por diante. Mas será que eu conseguiria de fato suportar? A verdade era que, à medida que fiquei mais velho, fiquei também mais exigente. E assim, agora, a honra me obrigava a encarar a questão delicada: teria eu de fato conseguido abraçar e amar essa Naomi desbotada até o fim? O aspecto dela não era nada bom. Tinha sido varrida pelas tempestades biológicas (o corpo mineral é erodido pelo espírito em desenvolvimento). Mas era exatamente esse o desafio que eu poderia ter enfrentado. Sim, eu poderia ter sido capaz. Sim, teria dado certo. Molécula por molécula, ela ainda era Naomi. Todas as células daqueles braços parrudos eram ainda as células de Naomi. O charme daqueles dentes curtos ainda atingiam em cheio meu coração. Sua fala arrastada continuava com a mesma eficácia de sempre. Os Espíritos da Personalidade tinham feito um trabalho de mestre no caso dela. Para mim, a *anima*, como chamava C. G. Jung, continuava a existir. A alma correspondente, a metade que falta, descrita por Aristófanes no *Banquete* de Platão.

"Quer dizer então que você vai partir para a Europa com aquela jovem?", perguntou ela.

Fiquei surpreso. "Quem te contou isso?"

"Encontrei o George Swiebel."

"Seria bom que George Swiebel não andasse por aí contando os meus planos para todo mundo."

"Ora, deixe disso, a gente se conhece há séculos."

"Essas coisas acabam chegando aos ouvidos da Denise."

"E você acha que tem segredos para essa mulher? Ela é capaz de enxergar através de uma parede de aço e você não está nem de longe atrás de uma parede de aço. De resto, ela nem precisa imaginar o que você vai fazer, basta deduzir o que a tal mocinha quer que você faça. Por que você viaja duas vezes por ano à Europa com essa mulher?"

"Ela tem que descobrir quem é o seu pai. Há dois homens e a mãe não sabe qual deles... E na primavera passada eu tive que ir a Londres a trabalho. Por isso aproveitamos para ir a Paris também."

"Lá você deve se sentir em casa, não é? Os franceses fizeram de você um cavaleiro. Guardei um recorte do jornal."

"Sou um cavaleiro do nível mais inferior que existe."

"E a sua vaidade não fica excitada ao viajar com uma bonequinha bonita e vistosa? Como é que ela se sai quando você está com os seus amigos europeus da alta classe?"

"Sabia que o Woodrow Wilson cantava 'Ah, minha linda bonequinha' na sua lua de mel com a Edith Bolling? O cabineiro do trem Pullman viu o homem dançando e cantando de manhã, quando desembarcou."

"Esse é bem o tipo de fato que você gosta de guardar na memória."

"E ele foi o nosso presidente mais sério", acrescentei. "Não, a Renata não foi uma mulher de grande sucesso no exterior. Eu a levei para um jantar chique em Londres e a anfitriã achou-a tremendamente vulgar. O problema não foi o vestido de renda bege que deixava ver tudo o que havia do outro lado. Nem mesmo a cor maravilhosa da sua pele, as suas medidas, as suas emanações vitais. Acontece que ela era como o Sugar Ray Robson no meio de paraplégicos. Ela excitou o chanceler e o ministro da Economia. Ele comparou Renata a uma mulher no Museu do Prado, num quadro pintado por um dos mestres espanhóis. Mas as senhoras ficaram irritadas com ela e depois Renata chorou e disse que foi porque não era uma mulher casada."

"E aí, em troca, no dia seguinte, você lhe deu roupas no valor de milhares de dólares, eu aposto. Mas, seja lá o que você for, tive um prazer enorme de te rever. Você é um sujeito doce. A visita é um prazer maravilhoso para uma pobre velha. Mas será que você podia me fazer um favor?"

"Claro, Naomi, agora mesmo."

"Eu já estive apaixonada por você, mas casei com um homem comum de Chicago porque, na verdade, eu nunca entendia do que você estava falando. No entanto, eu tinha só dezoito anos. Muitas vezes me perguntei, agora que tenho cinquenta e três, se você faria mais sentido se eu o ouvisse hoje em dia. Será que podia me falar da maneira como fala com um dos seus amigos inteligentes?... Ou, melhor ainda, da maneira como fala consigo mesmo? Por exemplo, será que hoje você não teve um pensamento importante?"

"Pensei na indolência, em como eu tenho sido preguiçoso."

"Ridículo. Você trabalha muito. Eu sei disso, Charlie."

"Não existe nenhuma contradição real. Pessoas indolentes são as que trabalham mais."

"Fale sobre isso. E lembre, Charlie, você não vai abrandar ou simplificar. Vai falar comigo do jeito como fala consigo mesmo."

"Algumas pessoas acham que a preguiça, um dos pecados capitais, significa indolência comum", comecei. "Pachorra. Sonolência. Mas a preguiça tem que cobrir uma grande porção de desespero. Na verdade, preguiça é um estado ocupado, hiperativo. Essa atividade rechaça o maravilhoso repouso do equilíbrio, sem o qual não pode haver poesia nem arte nem pensamento — nenhuma das funções humanas mais elevadas. Esses pecadores preguiçosos não são capazes de se sujeitar à sua própria existência, como dizem alguns filósofos. Trabalham porque o repouso os apavora. A velha filosofia distinguia entre o conhecimento alcançado por esforço (*ratio*) e o conhecimento recebido (*intellectus*) pela alma ouvinte, capaz de escutar a essência das coisas, e que chega a compreender o maravilhoso. Mas isso requer um vigor de alma fora do comum. Ainda mais quando a sociedade exige o nosso eu interior de forma crescente e nos infecta com a sua inquietação. Ela nos arrasta para a distração, coloniza a consciência no mesmo ritmo em que a consciência avança. O equilíbrio verdadeiro, o da contemplação e da imaginação, repousa bem na fronteira do sono e do sonho. Agora, Naomi, enquanto eu estava deitado e esparramado nos Estados Unidos, decidido a resistir aos seus interesses materiais e esperançoso da redenção por meio da arte, caí num cochilo profundo que durou anos e décadas. Obviamente eu não tinha o que eles exigiam. Eles exigiam mais força, mais coragem, mais estatura. Os Estados Unidos são um fenômeno avassalador, é claro. Mas isso não serve de desculpa, de fato. Felizmente, ainda estou vivo e talvez ainda tenha algum tempo de sobra."

"Isso representa de fato uma amostra dos seus processos mentais?", perguntou Naomi.

"Sim", respondi. Não me atrevi a mencionar os *exousiai* e os *archai* e os anjos.

"Ah, meu Deus, Charlie", disse Naomi, com pena de mim. Tinha pena de mim de verdade e, estendendo o braço e respirando com brandura em meu rosto, ela me deu palmadinhas na mão. "É claro que você provavelmente se tornou ainda mais peculiar com o tempo. Vejo agora que foi uma sorte para nós dois nunca termos ficado juntos. Com isso só íamos conseguir desajustes e conflitos. Você teria que falar todas essas coisas bombásticas para si mesmo e todo dia derramaria em cima de mim uma xaropada incompreensível. Seja como for, o fato é que você já fez uma viagem à Europa com a sua senhora e não achou o pai dela. Mas quando você for embora, haverá mais duas meninas pequenas que também vão ficar sem pai."

"Eu já tive esse mesmo pensamento."

"George diz que a menorzinha é a sua predileta."

"Sim, a Lish é igualzinha à Denise. Na verdade, amo mais a Mary. Porém combato o meu preconceito."

"Eu ficaria muito admirada se você, à sua maneira amalucada, não amasse muito essas crianças. Como todo mundo, eu tenho as minhas próprias preocupações com os filhos."

"Não com a Maggie."

"Não, eu não gosto do emprego que ela arranjou com o Stronson, mas agora que ele está falido, ela vai arranjar outro emprego bem depressa, facilmente. É o meu filho que me preocupa. Por acaso você não leu os artigos que ele escreve no jornal do bairro a respeito dos seus esforços para largar o vício das drogas? Mandei para você ler e dar a sua opinião."

"Não li."

"Vou te dar outra coleção de artigos recortados do jornal. Quero que você me diga se ele tem talento. Pode fazer isso por mim?"

"Eu não recusaria nem em sonho."

"Você devia sonhar em recusar com mais frequência. As pessoas exigem demais de você. Eu sei que não devia fazer isso. Você está de partida da cidade e deve ter muita coisa para resolver. Mas eu quero saber."

"O jovem é que nem a irmã?"

"Não, não é. Parece mais com o pai. Você poderia fazer alguma coisa por ele. Como um bom homem que levou uma vida excêntrica, você talvez receba a atenção dele. Na verdade, ele já começou a desenvolver uma carreira de excêntrico."

"Portanto, o que falta é a bondade que supostamente eu possuo."

"Bem, você é um maluco, mas tem uma alma de verdade. O garoto cresceu sem pai", disse Naomi, com lágrimas nos olhos. "Você não precisa fazer grande coisa. Só deixar que ele te conheça. Leve-o para a África com você."

"Ah, George te falou sobre a mina de berilo, não foi?"

Era só isso que me faltava, para vir se somar às minhas outras aventuras e compromissos, a Denise e a Urbanovich, à busca do pai de Renata e ao estudo exploratório de antroposofia, e a Thaxter e à revista *A Arca*. A busca de minerais preciosos no Quênia e na Etiópia. Imagine só! Disse a ela: "Naomi, essa história de mina de berilo é pura lorota".

"Na verdade, eu não imaginei mesmo que fosse algo sério. Mas que maravilha seria para o Louie ir com você a um safári. Não estou imaginando nada do tipo das minas do rei Salomão ou coisa parecida. E antes de você partir, permita que eu sugira uma coisa, Charlie. Não se esgote tentando provar alguma coisa para essas mulheres colossais. Lembre, o seu grande amor foi por mim, só um metro e meio de altura."

A soturna Señora nos acompanhou até o aeroporto O'Hare. No táxi, ela orientou Renata aos sussurros e ficou conosco enquanto fazíamos o check-in e passávamos pela revista contra sequestradores. Por fim, decolamos. No avião, Renata me disse para não ficar preocupado por deixar Chicago. "Finalmente você está fazendo uma coisa para si mesmo", disse ela. "Isso é uma coisa engraçada em você. É um sujeito autocentrado, mas ao mesmo tempo não sabe nem o ABC do egoísmo. Pense nisso da seguinte maneira: sem um eu, não existe nem você nem nós." Renata era um verdadeiro prodígio nesse tipo de tiradas. Seu lema para Chicago era: "Sem o aeroporto O'Hare, é puro desespero". E certa vez quando lhe perguntei o que ela achava de outra mulher fascinante, respondeu: "Você acha que o Paganini pagaria para ouvir o Paganini tocar?". Muitas vezes eu gostaria que a anfitriã londrina que achou Renata uma mulher grossa, vulgar, pudesse ouvi-la quando estava inspirada. Quando o avião ficou na posição de decolar e de repente começou a correr, desprendendo-se da pista de decolagem com o barulho de uma fita adesiva,

Renata disse: "Adeus, Chicago. Charlie, você queria fazer algo de bom para essa cidade. Veja, esse bando de sacanas sem-vergonha não merecem ter um homem como você por aqui. Eles não sabem porcaria nenhuma do que é qualidade. Um monte de picaretas ignorantes está nos jornais. Os caras bons são ignorados. Só espero que, quando você escrever o seu ensaio sobre o tédio, você acerte um murro em cheio nos dentes dessa cidade".

Inclinamo-nos para trás quando o 727 subiu mais e ouvimos o trem de aterrissagem ser recolhido. A lã escura das nuvens e a névoa se interpuseram entre nós e as casas lá embaixo, as indústrias, o trânsito e os parques. O lago Michigan cintilou uma vez e tornou-se invisível. Disse a ela: "Renata, é gentileza sua me defender. A verdade é que a minha atitude em relação aos Estados Unidos, e Chicago é só uma parte dos Estados Unidos, também não tem sido uma coisa cem por cento. Eu sempre quis ter algum tipo de proteção cultural. Quando me casei com Denise, pensei que tinha uma aliada".

"Por causa dos títulos universitários dela, imagino."

"Acabou que Denise revelou ser a líder da Quinta Coluna. Mas agora entendo por que foi assim. Lá estava a linda garota esguia."

"Linda?", disse Renata. "Ela tem cara de bruxa."

"Uma garota linda esguia ambiciosa marcial estudiosa. Ela me disse que a mãe, certa vez, a viu tomando banho e deu um grito: 'Você é uma garota de ouro'. E aí a sua mãe desatou a chorar."

"Eu posso compreender a decepção dessa mulher", Renata disse. "É a situação padrão da classe média alta de Chicago, com as mães dominadoras. Desse jeito, o que se espera que aconteça com as filhas? Nem todas vão poder casar com John Kennedy ou com Napoleão ou com Kissinger, ou escrever obras-primas, ou tocar cravo no Carnegie Hall num vestido de lamê dourado com uma cortina roxa."

"E assim Denise se levantava de repente de noite, chorava e dizia que ela não era nada, ninguém."

"E você é quem devia transformá-la em alguém?"

"Bem, estava faltando um ingrediente."

"Você nunca o encontrou", disse Renata.

"Não, e ela acabou voltando para a fé dos seus pais."

"Quem eram os pais dela?"

"Um bando de cabos eleitorais e caras durões. Mas tenho que admitir que eu também não precisava ser assim uma plantinha tão sensível. Afinal de contas, Chicago é o meu próprio território. Eu deveria ter sido capaz de enfrentá-lo."

"Ela chorava de noite sobre a sua vida desperdiçada e foi isso que estragou tudo. Você precisava ter a sua noite de sono. Não podia perdoar uma mulher que o mantinha acordado por causa dos conflitos dela."

"Estou pensando nas plantas sensíveis nos Estados Unidos dos Negócios, porque estamos indo a Nova York para nos informarmos a respeito do testamento de Humboldt."

"Uma completa perda de tempo."

"E eu me pergunto: será que as preocupações com coisas materiais têm que fazer sofrer tanto assim?"

"Eu converso com você e, em troca, você me dá lições. Todos os nossos planos de Milão tiveram que ser modificados. E para quê? Ele não tinha nada para te deixar. Morreu numa pensão de quinta categoria, com a cabeça na lua."

"Antes de morrer, ele ficou são outra vez. Eu soube disso por intermédio da Kathleen. Não seja tão maledicente."

"Sou a pessoa com mais boa vontade que você já conheceu na vida. Você me confundiu com essa piranha reprimida que fica te arrastando para os tribunais."

"Vamos voltar ao nosso assunto. Os americanos tinham um continente vazio para subjugar. Não se podia esperar que se concentrassem em filosofia e arte também. O velho dr. Lutz, como eu lia poesia para a sua filha, me chamava de estrangeiro sem-vergonha. Debulhar milho num galpão no Loop era uma vocação americana."

"Por favor, dobre o meu casaco e ponha no porta-bagagens. Eu gostaria que as comissárias parassem de ficar fofocando e viessem pegar os nossos pedidos de bebidas."

"Sem dúvida, minha querida. Mas permita que eu termine o que eu estava dizendo a respeito do Humboldt. Sei que você acha que estou falando demais, porém estou agitado e além do mais sinto remorsos por causa das minhas filhas."

"Exatamente o que a Denise quer que você sinta", disse Renata. "Quando você parte e não deixa um endereço para contato, ela vem e te diz: 'Está bem, se as nossas filhas forem assassinadas você vai ficar sabendo pelos jornais'. Mas não precisa criar um clima trágico por causa disso, Charlie. As meninas vão ter um Natal bem divertido e tenho certeza de que o Roger vai passar momentos maravilhosos com os avós em Milwaukee. Como as crianças adoram essas caretices de família."

"Espero que tudo fique bem", falei. "Gosto muito do Roger. É um menino cativante."

"E ele também te adora, Charlie."

"Então vamos voltar ao Humboldt."

O rosto de Renata assumiu um ar de "você vai ver só o que é bom para a tosse" e então ela falou: "Charlie, esse testamento não passa de uma brincadeira de além-túmulo. Uma vez, você mesmo disse que isso devia ser uma pegadinha póstuma. O cara morreu doidão."

"Renata, eu li os manuais escolares. Sei o que os psicólogos clínicos dizem sobre maníacos-depressivos. Mas eles não conheceram o Humboldt. Afinal, Humboldt era um poeta. Humboldt era um nobre. O que é que a psicologia clínica sabe sobre arte e verdade?"

Por algum motivo, isso provocou Renata. Ela ficou melindrada. "Você não acharia que ele era tão maravilhoso se ainda estivesse vivo. Tudo isso é só porque ele está morto. O Koffritz vendia mausoléus, portanto ele tinha razões comerciais para a mania de morte. Mas o que você tem a ver com isso?"

Eu tinha em mente dar a seguinte resposta: "E quanto a você também? Os homens da sua vida eram ou são o Koffritz dos Mausoléus, Flonzaley, o Papa-Defunto, e o Citrine da Melancolia". Mas segurei a língua.

"O que você faz", disse ela, "é inventar relacionamentos com os mortos que nunca teve quando eles estavam vivos. Você cria vínculos que eles não aceitariam, ou não eram capazes de ter. Eu te ouvi dizer um dia que a morte era boa para algumas pessoas. Na certa você queria dizer que conseguia extrair alguma coisa da morte."

Isso me deixou pensativo e respondi: "Isso também passou pela minha cabeça. Mas os mortos estão vivos em nós, se resolvermos mantê-los vivos, e não importa o que você diga, eu amava o Humboldt Fleisher. Aquelas baladas me comoviam profundamente".

"Você não passa de um menino", disse ela. "Foi um momento glorioso da vida. Ele só escreveu dez ou quinze poemas."

"É verdade que não escreveu muita coisa. Mas na maioria de rara beleza. Para certas coisas, basta uma só. Você deveria saber disso. O fracasso dele é uma coisa para a gente refletir. Certas pessoas dizem que o fracasso é o único sucesso verdadeiro nos Estados Unidos e que ninguém que 'chegue lá' vai conseguir ser acolhido nos corações dos seus compatriotas. Isso põe a ênfase nos compatriotas. Talvez tenha sido aí que Humboldt cometeu o seu grande erro."

"Está pensando nos seus compatriotas?", perguntou Renata. "Quando será que vão trazer as nossas bebidas, afinal?"

"Tenha paciência e eu vou te distrair, até que eles tragam a bebida. Há algumas coisinhas que preciso tirar do peito, em relação ao Humboldt. Por que Humboldt se daria a tanto trabalho? Um poeta é o que ele é, em si mesmo. Gertrude Stein traçava uma distinção entre a pessoa que é uma 'entidade' e a pessoa que tem uma 'identidade'. Um homem importante é uma entidade. Identidade é aquilo que nos conferem socialmente. O nosso cachorrinho reconhece a gente, portanto temos uma identidade. Uma entidade, por contraste, é um poder impessoal e pode ser algo assustador. É como T.S. Eliot falou a respeito de William Blake. Um homem como Tennyson estava mergulhado no seu ambiente, ou encoberto pela crosta da opinião parasitária, mas Blake estava nu e via os homens nus, e do centro do seu próprio cristal. Nele, não havia nada da 'pessoa superior' e isso o tornava apavorante. Isso é uma entidade. Uma identidade é mais fácil em si mesma. Uma identidade serve uma bebida, acende um cigarro, procura prazeres humanos e evita condições rigorosas. A tentação de deitar é muito grande. Humboldt era uma entidade debilitante. Os poetas precisam sonhar e, nos Estados Unidos, sonhar não é uma coisa segura. Deus 'deu cânticos na noite', diz o Livro de Jó. Dediquei muito pensamento a todas essas questões e me concentrei arduamente na famosa insônia do Humboldt. Mas acho que a insônia do Humboldt dá testemunho, sobretudo, da força do mundo, do mundo humano e de todas as suas obras maravilhosas. O mundo era interessante, mas interessante de verdade. O mundo tinha dinheiro, ciência, guerra, política, angústia, doença, perplexidade. Tinha voltagem máxima. Quando a pessoa pegava o fio de alta voltagem e era *alguém*, um nome conhecido, não conseguia libertar-se da corrente elétrica. A gente ficava paralisado. Muito bem, Renata, vou resumir: o mundo tem poder e o lucro segue o poder. Onde estão o poder e o lucro dos poetas? Eles nascem em estados de sonho. E tais estados vêm porque o poeta é aquilo que ele é em si mesmo, porque dentro da sua alma soa uma voz que tem um poder igual ao poder de sociedades, estados e regimes. O sujeito não se torna interessante por meio da loucura, da excentricidade ou de qualquer coisa desse tipo, mas sim porque tem o poder de cancelar a distração do mundo, a atividade, o barulho, e assim nós nos tornamos aptos a escutar a essência das coisas. Nem posso te dizer como era terrível o aspecto dele na última vez que o vi."

"Você me contou."

"Não consigo tirar isso da cabeça. Sabe a cor dos rios que passam por dentro de cidades, o East River, o Tâmisa, o Sena? Ele estava dessa mesma cor cinzenta."

Renata não tinha nada a dizer a respeito disso. Em regra, suas próprias reflexões a satisfaziam plenamente, e Renata costumava usar minhas conversas como pano de fundo para desenvolver os próprios pensamentos. Tais pensamentos, até onde eu podia saber, tinham a ver com seu desejo de tornar-se a sra. Charles Citrine, esposa de um *chevalier* Pulitzer. Portanto eu lhe pagava na mesma moeda e usava os pensamentos dela como pano de fundo para meus próprios pensamentos. O Boeing cortava os mantos de nuvens, o angustiante momento de risco e morte terminou com um *bing* musical e penetramos na paz e na luz das alturas. Minha cabeça repousava no babador e no seio da poltrona e, quando trouxeram o Jack Daniel's, eu o fiz passar pelo crivo dos meus dentes irregulares e multicoloridos, encurvando meu dedo indicador por cima da borda do copo a fim de empurrar para trás os grandes cubos de gelo perfurados — sempre põem gelo demais no copo. O fio de uísque ardeu de maneira agradável por dentro da garganta e depois, a exemplo do sol lá fora, meu estômago começou a brilhar e o prazer da liberdade também começou a se expandir dentro de mim. Renata tinha razão, eu estava longe! De vez em quando, desperto com um choque num estado de vigília estimulante, me inclino, vejo o oceano e meu coração tomba de alegria — eu me sinto tão livre! Então tenho a ideia de que, assim como estou observando, também posso ser observado de fora e não sou um objeto à parte, mas sim incorporado ao resto, ao azul universal, safira e púrpura. Pois o que esse mar e essa atmosfera estão fazendo dentro dos vinte centímetros de diâmetro do meu crânio? (Não digo nada do sol ou da galáxia que também estão lá.) No centro do observador, deve haver espaço para o todo e esse espaço-nada não é um nada vazio, mas um nada reservado para tudo. Dá para sentir com enlevo a capacidade desse tudo-nada e de fato foi isso o que senti no avião a jato. Bebendo uísque devagarzinho, sentindo o calor radioso que aumentava por dentro, experimentei uma felicidade que eu sabia perfeitamente que não era uma loucura. Tomchek, Pinsker, Denise, Urbanovich, eles não conseguiram me pegar. Eu tinha escapado de todos eles. Não dava para dizer que eu soubesse na verdade o que estava fazendo, mas por acaso isso tinha tanta importância assim? No entanto sentia a cabeça limpa. Não conseguia notar nenhuma sombra de saudade, nenhum remorso, nenhuma angústia. Eu estava com uma garota linda. Ela era tão cheia de segredos e ardis quanto a corte de Bizâncio. E isso era tão ruim assim? Eu era um velho pateta que não podia ver um rabo de saia. Mas e daí?

Antes de partir de Chicago, tive uma longa conversa com George Swiebel a respeito de Renata. Tínhamos exatamente a mesma idade e aproximadamente o mesmo físico. George era esplendidamente gentil. Disse: "Agora você tem que cair fora. Saia da cidade, eu cuido dos detalhes para você. Trate de sentar naquele avião, tirar os sapatos, pedir um drinque e se mandar daqui. Pode deixar que vou ficar bem. Não se preocupe". Ele vendeu a Mercedes por quatro mil dólares. Incumbiu-se dos tapetes persas e me fez um adiantamento de mais quatro mil. Deviam valer quinze mil, pois a companhia de seguros havia feito uma avaliação de dez mil dólares. Porém, embora George trabalhasse no ramo das reformas de imóveis, era um homem absolutamente honesto. Não se podia encontrar nenhuma única fibra de trapaça em seu coração.

Bebemos uma garrafa de uísque juntos e ele fez um discurso de despedida acerca de Renata. Foi um discurso cheio do seu próprio tipo de sabedoria natural. Ele disse: "Muito bem, meu amigo, você está indo embora com essa garota maravilhosa. Ela pertence a uma nova geração liberada e, apesar de ser tão desenvolvida, pura e simplesmente ela ainda não chega a ser uma mulher adulta. Charlie, ela não sabe reconhecer a diferença entre um picolé e uma pica. A mãe dela é uma figura velha, lúgubre, sinistra, um verdadeiro monstro marinho. Não vou com a cara daquela mãe de jeito nenhum. Ela acha que você não passa de um velho caçador de boceta. No passado, você era um vencedor, tinha uma reputação tremenda. Agora está um pouco cambaleante e essa é a chance de casar com você, cravar as unhas num pedacinho de você, antes que a Denise tome tudo de uma vez. Quem sabe talvez até possa te reconstruir como um nome respeitado e capaz de ganhar dinheiro. Para pessoas desse tipo, você é um pouquinho misterioso, porque não existem muitas pessoas como você dando sopa por aí. Pois bem, para ela, a Renata é a vaca premiada com a grande medalha do festival do estado de Washington, uma perfeita nativa de Wenatchee, criada em condições científicas, e ela está decidida a fazer de tudo para arrancar algum dinheiro enquanto a filha estiver no seu auge".

Emocionado, George ficou de pé, uma figura larga, saudável, um homem rosado e vigoroso, o nariz curvado como o de um índio, e seu cabelo fino concentrado no meio como o tufo de um escalpo. Como sempre acontecia quando discorria sobre sua filosofia natural, ele começou a berrar. "Não se trata de uma xoxota comum. Ela é o do tipo que vale a pena arriscar. Muito bem, você talvez seja humilhado, talvez tenha que engolir um monte de sapo, talvez seja roubado e saqueado, talvez acabe doente, na cama, sem ter ninguém que cuide de você, pode ter uma crise coronariana ou até perder uma perna. Muito bem, mas você está vivo, uma pessoa de coragem instintiva, um sujeito feito de carne e osso. Você tem sangue nas veias. E eu vou ficar do seu lado. Mande um telegrama para mim e me chame, de onde quer que esteja, que eu irei até lá. Quando você era jovem, eu gostava de você, é verdade, mas nem de longe do jeito que te amo agora. Quando você era jovem, estava em formação. Talvez você não perceba, mas você era inteligente e esperto para cacete em relação à sua carreira. Mas agora, graças a Deus, você está num sonho de verdade, num delírio de febre a respeito dessa moça. Você nem sabe mais o que está fazendo da vida. E é exatamente isso o que é genial nessa história."

"Você faz tudo isso parecer romântico demais, George."

"Não tem importância", disse ele. "Agora esse papo do 'pai de verdade' da Renata é conversa fiada. Vamos raciocinar um pouco juntos. Por que é que uma perua como aquela precisa tanto assim achar o pai de verdade? Ela já tem a cafetina velha da mãe. Renata nem ia saber o que fazer com um pai. Ela já tem o pai de que precisa, um pai sexual. Não, todo esse papo furado não passa de uma armação para conseguir essas viagens à Europa. Mas isso é só a melhor parte da história. Vá em frente e torre a sua grana toda. Vá à falência de uma vez, e que toda essa turma do tribunal vá para o inferno. Escute, você me contou antes sobre uma viagem romântica que fez a Paris com a Renata, mas refresque a minha memória."

"É o seguinte", respondi. "Até fazer doze anos, ela achava que o pai era um tal de Signor Biferno, um comerciante de artigos de couro chiques da Via Monte Napoleone, em Milão. É a rua principal de lojas de artigos de luxo. Mas aos treze anos, mais ou menos, uma garota mais velha disse a ela que Biferno não podia ser o pai. A Señora e Biferno tinham ido esquiar em Cortina, ela quebrou o tornozelo, o pé ficou engessado, ela discutiu com Biferno e ele foi para casa, para a sua esposa e os seus filhos. Ela se vingou do sujeito transando com um jovem francês. Pois bem, quando a Renata tinha dez anos, a mãe a levou a Milão para encontrar-se com Biferno. As duas se arrumaram todas e fizeram uma tremenda cena em plena Via Monte Napoleone."

"Essa velha é mesmo uma encrenqueira de primeira classe."

"A verdadeira sra. Biferno chamou a polícia. E muito tempo depois, já em Chicago, a mãe disse para a Renata: 'Talvez o Biferno não seja mesmo o seu pai, afinal'."

"E aí você foi a Paris para encontrar o tal jovem francês, que a essa altura já é um velho francês, não é? É uma coisa tremenda para uma mãe dizer à filha que mal entrou na adolescência."

"De todo jeito, eu tinha que estar em Londres e ficamos no Ritz. Aí a Renata me disse que tinha que ir a Paris para encontrar o tal homem que talvez fosse o seu pai e queria ir sozinha. O seu plano era voltar três dias depois. Portanto a levei ao aeroporto Heathrow. Ela ia levar uma bolsa grande, que estava aberta. Bem em cima, havia um estojo de pó de arroz, que era sua caixa de diafragmas."

"Por que ela estava levando anticoncepcionais?"

"Nunca se sabe quando o acaso pode trazer a grande chance da vida."

"Tática, Charlie, só uma besteira tática. Só para você ficar desconfiado. Ela queria te deixar meio desequilibrado. Na verdade, acho que ela é correta. Só que faz algumas besteiras. Tem uma coisa que quero dizer, Charlie. Não sei quais são os seus hábitos, mas não deixe que ela faça sexo oral com você. Você ia morrer em um ano. Agora, me conte o resto dessa história de Paris."

"Bem, o homem era homossexual, idoso, maçante e tagarela. Quando ela não voltou para Londres no quarto dia, fui procurá-la no Hotel Meurice. Renata disse que ainda não tivera coragem de encarar o homem e tinha ido fazer compras, visitado o Louvre e visto filmes suecos, *I Am Curious* (*Yellow*) ou alguma coisa assim. O coroa se lembrava da mãe dela e ficou encantado ao saber que achavam que ele talvez tivesse uma filha, mas era um sujeito cuidadoso e o reconhecimento legal da paternidade era uma coisa absolutamente fora de questão. A sua família iria deserdá-lo. Mas, de todo modo, o pai não era mesmo ele. Renata disse que não havia a menor semelhança. Eu mesmo fui observar o sujeito e Renata tinha razão. É claro que não há jeito de saber como é que a natureza faz o seu trabalho. Uma mulher raivosa, com o tornozelo engessado, pega um esquiador gay e o convence a abrir uma exceção para ela e aí os dois concebem aquela filha linda, de pele perfeita, olhos escuros e com aquelas sobrancelhas incríveis. Pense numa beldade de El Greco erguendo as sobrancelhas até o céu. Depois substitua o céu por sexo. É esse o olhar piedoso da Renata."

"Bem, eu sei que você a ama", disse George. "Quando ela te deixou trancado do lado de fora da casa porque estava com outro homem e você veio me procurar chorando... se lembra do que eu falei? Um homem da sua idade que chora por causa de uma garota é uma pessoa que eu tenho que respeitar. Além do mais, você continua com toda a sua energia."

"Tinha mesmo que continuar, pois eu nunca a usei para nada."

"Certo, muito bem, você poupou a sua energia. Agora você está descendo a ladeira e está na hora de meter bronca. Talvez você devesse casar com a Renata. Apenas não desmaie quando estiver a caminho do cartório. Faça tudo como um homem. Do contrário, ela jamais vai te perdoar. Do contrário, ela vai te transformar num menino velho e sem rumo. Pobre e velho Charlie, que sai com os olhos cheios de água para comprar charutos para a sua esposa."

Nossa aproximação para aterrissar foi feita por cima da faixa de cor metálica formada pela água no entardecer e pousamos no aeroporto de LaGuardia, num pôr do sol castanho amarelado. De lá fomos ao Plaza, aprisionados nos bancos de um desses táxis novos de Nova York, que mais parecem carrocinhas de pegar cachorro. Eles fazem a gente ter a sensação de que mordeu alguém e está sendo levado para uma jaula, espumando com raiva, para ser abatido. Falei isso para Renata e ela pareceu ter a impressão de que eu estava usando minha imaginação para estragar seus prazeres, já um tanto estragados pelo fato de termos viajado, sem autorização, como um homem e uma mulher casados. O porteiro ajudou-a a sair do táxi na frente do Plaza e, em suas botas de cano alto, ela cruzou a calçada embaixo da marquise aquecida, enfeitada com hastes brilhantes e de cor laranja. Por cima da minissaia, ela vestia um comprido casaco polonês de camurça, forrado com pele de cordeiro. Eu o havia comprado de Cepelia. Seu chapéu de veludo lindamente maleável, inspirado por um pintor de retratos holandês do século XVII, foi retirado da sua cabeça. O rosto de Renata, de um branco puro e uniforme, se alargava na direção da base. Esse formato cheio que tinha algo de uma cabaça era seu único defeito. Seu pescoço era anelado ou enrugado muito de leve por conta de algum depósito feminino ornamental. Esse leve inchaço também aparecia em seu quadril e na parte interna das coxas. A primeira articulação dos dedos revelava os mesmos sinais de superabundância sensual. Eu caminhava em meu paletó xadrez, enquanto a seguia, a admirava e pensava. Cantabile e Stronson achavam, ambos, que o paletó me dava o ar de um assassino. Mas naquele momento eu podia parecer tudo, menos um assassino. Meu cabelo estava despenteado pelo vento, de modo que eu sentia o calor radiante que vinha da marquise e batia em cheio em minha careca. O ar de inverno varria meu rosto e deixava meu nariz vermelho. As bolsas embaixo dos meus olhos estavam pesadas. Os músicos do lanche em Palm Court tocavam sua música desfalecente, insinuante, puxa-saco. Registrei o sr. e a sra. Citrine com um endereço falso em Chicago e subimos no elevador com um bando de encantadoras alunas de faculdade em férias. Elas pareciam exalar uma maravilhosa fragrância de imaturidade, uma espécie de cheiro de banana verde.

"Com certeza você deve ter pego um monte dessas meninas encantadoras", disse Renata, no maior bom humor do mundo outra vez — estávamos num interminável corredor coberto por um tapete dourado, que repetia infinitamente seus arabescos e seus floreados, floreados e arabescos. Meu jeito de observar as pessoas a distraía. "Você é um observador muito voraz", disse ela.

Sim, mas durante décadas eu negligenciei minha maneira inata de fazer isso, meu jeito pessoal de olhar. Eu não via motivo para não retomá-lo agora. Quem é que ia se importar?

"Mas o que é isso?", disse Renata quando o mensageiro do hotel abriu a porta. "Que tipo de quarto é esse que eles nos deram?"

"São os aposentos que têm janelas de mansarda. Os melhores quartos do Plaza. A melhor vista do prédio todo", respondi.

"Na última vez, ficamos numa suíte maravilhosa. Que diabos estamos fazendo aqui no sótão? Onde está a nossa suíte?"

"Ah, vamos lá, deixe disso, minha querida. Qual é a diferença? Assim você até parece o meu irmão, o Julius. Quando o hotel não consegue o melhor quarto para ele, Julius fica num estado horrível, furioso, muito esnobe."

"Charles, por acaso você está tendo um dos seus ataques de pão-durismo? Não esqueça o que você disse um dia sobre o vagão de trem com janelas panorâmicas."

Naquela altura eu já estava arrependido de ter familiarizado Renata com a frase de Gene Fowler que dizia que dinheiro era uma coisa que devia ser jogada pela janela de trás de um trem. Aquilo era conversa jornalística da Hollywood da era de ouro, a exuberância etílica das boates dos anos 1920, a Síndrome do Grande Perdulário. "Mas eles têm razão, Renata. Isto aqui é o melhor lugar no hotel inteiro para ver a Quinta Avenida."

De fato, a vista, se a pessoa ligava para esse tipo de coisa, era sensacional. Eu mesmo era muito bom quando se tratava de chamar a atenção dos outros para a paisagem, quando queria ficar em segundo plano. Lá embaixo, a Quinta Avenida brilhava com as decorações natalinas e a luz dos faróis dos carros presos num engarrafamento, bem parado, entre as ruas Setenta e as ruas Trinta, e também com a iluminação das lojas, multicor e cristalina, semelhantes às células num vaso capilar observadas por meio de um microscópio, mudando de forma elasticamente, pulsantes e latejantes. Tudo isso eu vi num único instante. Eu era que nem uma garota esperta, que avalia com um só olhar abrangente todos os pares possíveis, numa pausa do baile, antes de recomeçar a música. Foi igual ao que havia acontecido com Renata na primavera anterior, quando pegamos o trem para Chartres: "Veja como está lindo lá fora!', disse ela. Olhei e, sim, era mesmo uma beleza. Bastou dar apenas um olhar. Desse jeito, eu podia poupar bastante tempo. A questão era o que fazer com os minutos ganhos graças a essa economia. Posso dizer que tudo isso se devia à atividade daquilo que Steiner define como a Alma Consciente.

Renata não sabia que Urbanovich estava prestes a determinar o bloqueio do meu dinheiro. Pelo movimento dos olhos dela, porém, eu percebia que Renata tinha em mente pensamentos sobre dinheiro. Suas sobrancelhas muitas vezes se inclinavam para o céu com amor, mas de vez em quando um olhar drasticamente prático varria seu semblante por completo, o que, no entanto, também me agradava muito. Mas aí ergueu depressa a cabeça e disse: "Já que está em Nova York, você podia ir falar com alguns editores e tentar negociar os seus ensaios. Thaxter te devolveu os textos?".

"Com relutância. Ele ainda espera publicar *A Arca*."

"Claro. Ele não passa de um animal."

"Thaxter me ligou ontem e nos convidou para uma festa de *bon voyage* a bordo do *France*."

"A mãe idosa do Thaxter também vai dar uma festa para ele? Deve ser uma senhora muito velha mesmo."

"Ela entende de estilo. Há gerações que ela organiza as festas de debutantes e tem boas relações com os ricos. Sempre sabe onde há uma casa de campo vazia para o seu filho, ou um chalé na montanha, ou um iate. Se ele se sente abatido, a mãe o manda para as Bahamas ou para o mar Egeu. Você ia gostar de conhecê-la. É esperta, magrinha e cheia de disposição, e me olha com raiva, acha que sou uma companhia inferior para o seu Pierre. Ela está sempre a postos para defender as famílias endinheiradas e o direito que essa gente tem de encher a cara até morrer, o seu direito ancestral de não darem em nada."

Renata riu e disse: "Me poupe dessa festa. Vamos resolver logo esse seu negócio com o Humboldt e voltar para Milão. Estou muito ansiosa com isso".

"Você acha que o tal Biferno é mesmo o seu pai? Melhor ele que o veado do Henri."

"Francamente, eu nem pensaria num pai, se fôssemos casados. A minha situação de insegurança me obriga a procurar terra firme. Você vai dizer que já fui casada, mas com Koffritz a terra não era lá muito firme. E agora tenho minha responsabilidade em relação ao Roger. A propósito, temos que despachar uns brinquedos para todas as crianças de F. A. O. Schwarz, e eu não tenho nenhum centavo. Koffritz está seis meses atrasado nos pagamentos da pensão. Diz que tenho um namorado rico. Mas eu não vou processar o Koffritz nem mandá-lo para a prisão. Quanto a você, já carrega tantos parasitas nas costas e eu não quero acabar virando mais um deles. No entanto, se me permite dizer uma coisa, eu pelo menos me preocupo com você e faço algo de bom para você. Se você cair nas mãos daquela filha do tal antroposofista, aquela peruazinha loura, você vai logo logo saber a diferença. Ela é um osso duro de roer."

"O que é que a Doris Scheldt tem a ver com essa história?"

"O quê? Você mandou um bilhete para ela antes de partirmos de Chicago. Li as marcas das letras na folha de trás do seu bloco de anotações. Não fique com essa cara de rei da honestidade, Charlie. Você é o campeão mundial da mentira. Eu daria tudo para saber quantas mulheres você tem de reserva no seu estoque."

Não fiquei indignado com sua espionagem. Eu já não fazia mais essas cenas. Agradáveis em si mesmas, nossas viagens pela Europa também serviam para me afastar da srta. Scheldt. Renata a considerava uma pessoa perigosa e até a Señora tinha me dado uma tremenda bronca por causa dela.

"Mas, Señora", retruquei, "a srta. Scheldt só entrou em cena depois do incidente com o Flonzaley."

"Escute, Charles, a história com o Flonzaley tem que ser deixada de lado. Você não é só uma pessoa provinciana de classe média, mas um homem de letras", disse a velha espanhola. "Flonzaley pertence ao passado. Renata é muito sensível, se magoa facilmente e, quando o homem ficou na maior agonia, o que você esperava que ela fosse fazer? Renata chorou a noite inteira em que ele ficou lá. É um negociante vulgar e não tem nem como comparar o sujeito com você. A Renata simplesmente teve a sensação de que devia certa consideração por ele. E como você é um *homme de lettres* e ele é um papa-defunto, a pessoa mais elevada é que tem que ser mais tolerante."

Eu não tinha como discutir com a Señora. Certa vez, de manhã, eu a vi antes de se maquiar, correndo para o banheiro, completamente desfigurada, claudicante, a pele como casca de banana amarela, sem sobrancelhas e sem pestanas, quase sem lábios também. O sofrimento daquela imagem bateu fundo em meu coração, nunca mais tive vontade de ganhar um ponto sequer da Señora. Quando eu jogava gamão com ela, trapaceava contra mim mesmo.

"O mais importante a respeito da srta. Scheldt", expliquei para Renata no Plaza, "é o pai dela. Eu jamais poderia ter um caso de amor com a filha de um homem que estava me ensinando tantas coisas."

"Ele te enche com um monte de besteiras", disse Renata.

"Escute, vou citar um texto para você: 'Embora digam que você está vivo, você está morto. Acorde e ponha alguma energia no que sobrou, do contrário pode vir a morrer'. Isso está no Apocalipse, mais ou menos assim".

Com um sorriso indulgente, Renata levantou-se e ajeitou sua minissaia, dizendo: "Você ainda vai acabar andando descalço no Loop, carregando um daqueles cartazes que perguntam 'Onde é que você vai passar a eternidade?'. Pelo amor de Deus, pegue o telefone e ligue de uma vez para aquele tal Huggins, o testamenteiro do Humboldt. E no jantar não tente me levar de novo ao Rumpelmayer's."

Huggins ia à inauguração de uma exposição na Galeria Kootz e me convidou para encontrá-lo lá, quando mencionei o assunto.

"Não sei se vale a pena tanto trabalho. Que história é essa de um legado?", perguntei.

"Acho que vale a pena sim", disse Huggins.

No final da década de 1940, quando Huggins era uma celebridade no Greenwich Village, eu era um membro sem nenhuma importância de um grupo que discutia política, literatura e filosofia no apartamento dele. Havia gente como Chiaromonte, Abel, Paul Goodman e Von Humboldt Fleisher. O que Huggins e eu tínhamos em comum era nosso amor por Humboldt. Não havia muito mais que isso. Em vários aspectos, nós nos irritávamos um com o outro. Alguns anos antes, na convenção do Partido Democrata em Atlantic City, aquele antigo cortiço do entretenimento, observamos Hubert Humphrey fingindo relaxar com sua delegação, enquanto Johnson o seduzia, e algo naquela desolação insignificante, as fibras retorcidas da alegria dos feriados, atiçou Huggins contra mim. Saímos pelo calçadão de madeira e, quando encaramos o horrendo Atlântico, ali domesticado na forma de uma calda de caramelo de água salgada e com a espuma igual a pipocas empurradas por escovas rolantes, Huggins tornou-se desagradável comigo. Sem medo de ninguém e ansioso para abrigar seus argumentos em sua branca barbicha de bode, fez comentários hostis sobre o livro a respeito de Harry Hopkins que eu havia publicado naquela primavera. Huggins estava fazendo a cobertura da convenção para a *Women's Wear Daily*. Um jornalista melhor do que eu jamais seria, ele também era um famoso boêmio, dissidente e revolucionário. Por que eu havia tratado o New Deal com tanta simpatia e visto tantos méritos em Hopkins? Eu ficava o tempo todo enfiando em meus livros elogios furtivos ao sistema americano de governo. Eu era um apologista, um porta-voz e um palerma, quase um Andrei Vishinsky. Em Atlantic City ou em qualquer lugar, ele se vestia de maneira informal, com calça desbotada e tênis, alto, rosado, barbado, gago e brigão.

Na verdade, eu podia ver a mim mesmo enquanto o observava no calçadão de tábuas. Em meus olhos havia pintinhas verdes e âmbar, nas quais ele podia ter visto eternidades inteiras de sono e de vigília. Se Huggins achava que eu não gostava dele, estava enganado. Eu gostava dele cada vez mais, sem parar. Agora estava bem velho e as forças grosseiras da hidrostática humana começavam a transformar seu rosto num saco enrugado e balofo, mas sua cor ainda era viçosa e ele continuava a ser o radical de Harvard do tipo de John Reed, um desses intelectuais americanos eternamente jovens, esbeltos e animados, fiel a seu Marx e a seu Bakúnin, a Isadora, Randolph Bourne, Lênin e Trótski, Max Eastman, Cocteau, André Gide, o Ballets Russes, Eisenstein — o belo panteão da vanguarda dos bons e velhos tempos. Ele não podia abrir mão do seu delicioso capital ideológico, assim como não podia renunciar aos títulos financeiros que herdara do pai.

Na Galeria Kootz, entupida de gente, ele falou com uma porção de pessoas. Sabia como entabular conversa num coquetel barulhento. O burburinho das vozes e a bebida o estimulavam. Talvez não estivesse com a cabeça lá muito clara, mas o que eu sempre admirava de fato era sua cabeça propriamente dita. Era comprida e alta, abafada por um cabelo prateado bem escovado, as pontas desiguais dos fios compridos davam um efeito eriçado à parte de trás. Por cima da sua barriga de homem alto, havia uma camisa com listras de Merrymount, de um roxo escancarado e de um púrpura diabólico, como as fitas usadas na festa popular do levantamento do mastro. Veio à minha memória que, mais de vinte anos antes, eu me vi numa festa na praia em Montauk, em Long Island, onde Huggins, nu, sentado na extremidade de uma tora, discutia acerca dos interrogatórios em torno do caso entre o Exército e o senador McCarthy, com uma senhora nua, diante dele, sentada a cavalo na mesma tora. Huggins falava com uma piteira metida entre os dentes, e seu pênis, que jazia à sua frente sobre a madeira alisada pela água, exprimia todas as flutuações do seu interesse. E enquanto ele dava baforadas e apresentava seus pontos de vista num gaguejar relinchante, seus órgãos genitais iam para a frente e para trás como a vara de um trombone. É impossível sentir animosidade por um homem de quem guardamos uma recordação como essa.

Ele sentia-se sem graça comigo na galeria. Percebia a peculiaridade da minha perspectiva. Eu também não estava orgulhoso dela. Sobretudo, eu dava mostras de uma amizade mais calorosa do que ele desejava. Se ele não tinha a cabeça lá muito clara, eu também não. Eu estava cheio de impulsos sem controle e pensamentos de transição e não julgava nada. De fato, eu lutava contra os julgamentos que eu mesmo fizera em meus tempos impetuosos. Falei a Huggins que estava contente de vê-lo e que ele tinha um aspecto excelente. Não era nenhuma mentira. Tinha uma cor viçosa e, apesar da crescente grossura do nariz, das deformações da idade e do inchaço nos quadris, que pareciam ter levado picadas de abelhas, eu continuava a gostar da sua aparência. Mas Huggins poderia passar muito bem sem a barba rústica de condestável no queixo.

"Ah, Citrine, te deixaram sair de Chicago? Está a caminho de algum lugar?"

"Vou para o exterior", respondi.

"Está com uma jovem muito bonita. Tremendamente atr-atr-atraente." A fluência de Huggins era reforçada, e não atrapalhada, por sua gagueira. As pedras grandes e redondas num córrego nas montanhas mostram para a gente como a água está passando depressa. "Então você veio apanhar o seu leg-leg...?"

"Pois é, mas primeiro quero que você me conte por que está tão pouco cordial. Afinal nós nos conhecemos há mais de trinta anos."

"Bem, exceto pelas suas opiniões políticas..."

"Quase todas as opiniões políticas são que nem jornais velhos roídos por vespas — clichês desbotados e zumbidos."

Huggins disse: "Algumas pessoas se preocupam com os caminhos da humanidade. Além do mais, você não pode querer que eu seja cor-cor-cor... quando você deixa tantos furos comigo. Você disse que eu era o Tommy Manville da esquerda e que eu me casava do mesmo jeito que ele casava com tudo quanto é mulher. Alguns anos atrás, você me insultou em plena Madison Avenue por causa dos broches de protesto que eu estava usando. Você disse que antigamente eu tinha ideias e que agora eu só tinha broches". Magoado, exaltado, encarando-me com desaforo, ele esperava ouvir o que eu pudesse dizer em minha defesa.

"Lamento dizer que você está me citando corretamente. Admito essa falha mesquinha. Lá na roça, longe da agitação do Eastern, inventei coisas maldosas para dizer. Humboldt me levou para conhecer o pessoal todo na década de 40, mas eu nunca me tornei parte da turma. Quando todo mundo estava com a cabeça em Burnham ou em Koestler, eu estava em outro lugar, longe daí. O mesmo vale para a Enciclopédia da Ciência Unificada, a Lei do Desenvolvimento Combinado de Trótski ou as opiniões de Chiaromonte sobre Platão ou de Lionel Abel sobre teatro ou de Paul Goodman sobre Prodhoun ou de quase todo mundo sobre Kafka ou Kierkegaard. Era que nem as queixas do pobre e velho Humboldt sobre as garotas. Ele queria fazer o bem para elas, só que as garotas não ficavam quietas e não deixavam. Eu também não ficava quieto. Em vez de me sentir agradecido pela minha oportunidade de penetrar na vida cultural do Village no seu melhor..."

"Você era reservado", disse Huggins. "Mas a questão é: Para que você estava se res-res-reservando? Você tinha a atitude de uma estrela, mas onde estava o br-br-brilho?"

"Reservado é a palavra certa", respondi. "Se outras pessoas tinham um conteúdo ruim, eu tinha um vazio superior. O meu pecado era que, em segredo, eu pensava que era mais inteligente que todos vocês, entusiastas de 1789, 1848, 1870, 1917. Mas vocês todos levavam uma vida muito mais divertida, com as suas festas e as suas discussões que varavam a noite. Tudo o que eu tinha era o prazer subjetivo e angustiado de pensar que eu mesmo era muito esperto."

"E por acaso não continua a pensar a mesma coisa?", perguntou Huggins.

"Não, não penso mais assim. Desisti disso."

"Bem, você foi morar lá em Chicago, onde as pessoas acham que a Terra é plana e a lua é feita de queijo. Você voltou ao seu lar mental", disse ele.

"Pense como quiser. Não foi por causa disso que vim falar com você. Ainda existe uma ligação entre nós, afinal. Ambos adorávamos o Humboldt. Talvez tenhamos mais alguma coisa em comum, somos ambos velhos cachorros amorosos. Não levamos um ao outro a sério. Mas as mulheres parecem nos levar a sério, ainda. Agora, me diga, que história é essa de um legado?"

"Seja lá o que for, se trata de um envelope com uma etiqueta que diz 'Citrine', e não li nada porque o velho Wald-Waldemar, o tio do Humboldt, o tomou de mim à força. Não sei como foi que virei o exec-executor do testamento."

"Humboldt também pegou um bocado no seu pé, não foi? Depois que você se juntou à turma em Bellevue e o Humboldt disse que eu roubei o dinheiro dele. Você talvez estivesse no Belasco quando ele fez um piquete na porta contra mim."

"Não estava, mas aquilo teve um certo ch-ch-charme infantil."

Rindo, Huggins deu uma baforada em sua piteira. Será que foi a velha atriz russa Uspénskaia que popularizou essas piteiras na década de 1930, ou foi Franklin Delano Roosevelt, ou John Held Jr.? Como Humboldt, como eu mesmo, aliás, Huggins era um entusiasta de filmes antigos. O piquete de Humboldt na porta do teatro e seu próprio comportamento na Casa Branca eram coisas que Huggins podia encarar como momentos de filmes de René Clair.

"Eu nunca achei que você tivesse roubado dinheiro dele" disse Huggins. "O que eu soube foi que ele surrupiou de você uns poucos milhares de dólares. Ele forjou um cheque?"

"Não. Um dia nós trocamos cheques em branco sentimentalmente. Ele usou o meu cheque", respondi. "Não eram poucos milhares, foram quase sete mil dólares."

"Eu cuidava das finanças dele. Convenci a Kathleen a ren-ren-renunciar aos seus direitos. Mas ele disse que eu levei uma propina. Era um cara muito estourado, dava patada para todo lado. Depois disso, nunca mais o vi, pobre Humboldt. Acusou uma velha recepcionista de um hotel de cobrir a sua cama com fotos de página inteira de mulheres peladas da *Playboy*. Pegou um martelo e tentou acertar a cabeça da velhota. Levaram Humboldt para o hospital. Mais terapia de choque! Só isso já faz a gente chorar, quando pensa na viv-viv-vivacidade, no frescor, na beleza, nas obras-primas que ele escreveu. Ah! Esta sociedade tem muitas dívidas a pagar."

"Sim, ele era formidável e generoso. Eu o adorava. Ele era bom." Estranhas palavras essas, para dizer no meio de um coquetel barulhento. "Ele queria, com todo o seu coração, nos dar alguma coisa de excelência, requintada. Exigia demais de si mesmo. Mas você disse que o tio dele, o tal que apostava nos cavalos, levou embora a maior parte dos seus documentos e escritos, não foi?"

"Além das roupas e dos objetos de valor."

"Deve ter sido um golpe duro perder o sobrinho, e na certa ficou assustado."

"Ele veio correndo lá de Co-co-coney Island. Humboldt o mantinha num asilo de idosos. O velho apostador deve ter imaginado que os documentos e papéis de um homem que recebeu um obituário tão comprido no *Times* deviam ter algum valor."

"E Humboldt deixou algum dinheiro para ele?"

"Havia um seguro de vida e, se ele não torrou tudo nos cavalos, vai ficar numa boa."

"No final, Humboldt voltou a ter a cabeça no lugar, não foi? Ou estou enganado?"

"Ele me escreveu uma carta linda. Cop-cop-copiou alguns poemas para mim, num papel de boa qualidade. O poema que fala do seu pai húngaro, andando a cavalo na cavalaria de Pershing para capturar Pancho."

"Os cavalos dentuços, as castanholas dos cascos no chão, os cactos rompidos e os estampidos das armas que disparam..."

"Você não está citando de maneira fiel", disse Huggins.

"E foi você que entregou para a Kathleen o testamento do Humboldt?"

"Fui eu, e agora ela está em Nova York."

"Está? Onde ela está? Eu adoraria vê-la."

"Está a caminho da Europa, como você. Não sei onde está hosp-hosp-hospedada."

"Tenho que descobrir. Mas primeiro preciso falar com o tio Waldemar em Coney Island."

"Talvez ele não te dê nada", disse Huggins. "É um sujeito cabeça-dura. Já escrevi e telefonei para ele. Não deu a menor bola."

"É provável que um telefonema não baste. Ele está contando com uma visita em carne e osso. A gente não pode condenar o velho, se ninguém der as caras por lá. Afinal, a mãe do Humboldt não foi a última irmã viva dele? Agora ele quer que alguém vá até Coney Island. Está usando os documentos e papéis do Humboldt como isca. Na certa aí ele vai entregar tudo para mim."

"Tenho certeza de que você vai se mostrar irre-irre-irresistível", disse Huggins.

Renata ficou muito aborrecida quando falei que ela teria de ir comigo a Coney Island.

"Que história é essa? Ir a um asilo de idosos? De metrô? Não me arraste para essa loucura, vá sozinho."

"Você precisa ir, eu preciso de você, Renata."

"Você está estragando o meu dia. Há uma coisa profissional que preciso fazer. São negócios. Asilos de idosos me deprimem. Na última vez que pus os pés num lugar desse fiquei histérica. Pelo menos me poupe do metrô."

"Não existe outro meio de transporte. E vamos dar uma colher de chá ao velho Waldemar. Ele nunca viu uma mulher como você e o homem era um esportista."

"Não banque o puxa-saco comigo. Não ouvi nenhum elogio quando a telefonista do hotel me chamou de sra. Citrine. Você ficou de bico calado."

Mais tarde, no calçadão de tábuas, ela continuava irritada e caminhava à minha frente em passadas largas. A viagem de metrô havia sido horrível, a sujeira, as pichações, uma coisa difícil de acreditar. Enquanto caminhava, Renata dava chutes nas abas do seu casaco comprido e as borlas de lã pingentes ondulavam para a frente. O chapéu holandês de copa alta tinha sido empurrado para trás. Henri, o velho amigo da Señora em Paris, o homem que obviamente não era o pai de Renata, ficara impressionado com sua testa. "*Un beau front!*", disse e repetiu mil vezes. "*Ah, ce beau front!*" Uma bela testa. Quem sabe o que estava por trás daquela testa? Agora eu não conseguia enxergar. Ela estava se afastando, com passadas largas, ofendida, magoada. Ela queria me punir. Mas na verdade eu não conseguia suportar ficar sem Renata. Sentia-me bem com ela, mesmo quando estava furiosa. As pessoas olhavam para ela, quando passava. Enquanto andava atrás de Renata, eu admirava o movimento dos seus quadris. Talvez não me importasse com o que acontecia por trás daquele *beau front*; e os sonhos de Renata poderiam até me deixar chocado, mas só seu cheiro já era um consolo enorme, de noite. O prazer de dormir com ela ia muito além do prazer comum de compartilhar uma cama. Só ficar deitado inconsciente a seu lado já era um acontecimento fora do comum. Quanto à insônia, a queixa de Humboldt, Renata também fazia disso algo agradável. Durante a noite, influxos energizantes, provenientes dos seus seios, penetravam em minhas mãos. Eu me permitia imaginar que tais influxos se infiltravam nos ossos dos meus dedos como uma espécie de eletricidade branca e se projetavam para cima, até alcançar as raízes dos meus dentes.

Um céu branco de dezembro recobria a melancolia do Atlântico. A mensagem da Natureza parecia ser a de que as condições climáticas eram ruins, que a situação estava ruim, muito ruim mesmo, e que as pessoas deviam se consolar umas às outras. Nesse ponto, Renata achava que eu não estava fazendo minha parte, pois quando a telefonista no Plaza a chamou de sra. Citrine, Renata baixou o fone e virou-se para mim, o rosto iluminado, e disse: "Ela me chamou de sra. Citrine!". Não consegui responder nada. As pessoas na verdade são muito mais ingênuas e têm um coração muito mais simples do que imaginamos em geral. Basta pouca coisa para que elas se enpolguem. Eu mesmo sou assim. Por que sonegar nossa gentileza para as pessoas, quando vemos o brilho surgir em seu rosto? A fim de aumentar a felicidade de Renata, eu devia ter dito: "Puxa, mas é claro. Você daria uma excelente sra. Citrine. E por que não?". O que teria me custado? Nada, a não ser minha liberdade. E, afinal, eu não estava fazendo grande coisa com essa preciosa liberdade. Eu supunha que ainda possuía mundo e tempo bastante para fazer algo com essa liberdade, mais tarde. E o que era mais importante, esse reservatório de liberdade sem uso ou a felicidade de ficar deitado de noite ao lado de Renata, o que tornava especial até a inconsciência, como uma forma prazerosa de estar tolhido? Quando aquela maldita telefonista chamou Renata de "sra. Citrine", meu silêncio pareceu acusá-la de ser uma mera prostituta, e não uma senhora. Isso deixou Renata possessa. A perseguição do seu ideal a deixava intensamente sensível. Mas eu também perseguia ideais — liberdade, amor. Eu queria ser amado por mim mesmo, apenas. Não de forma capitalista, digamos assim. Tratava-se de uma dessas exigências ou expectativas americanas das quais, como nativo de Appleton e filho das ruas de Chicago, eu estava impregnado. O que me causava uma certa dose de angústia era o fato de eu desconfiar de que já havia ficado para trás o tempo em que eu ainda poderia ser amado apenas por aquilo que eu mesmo era. Ah, com que velocidade as condições pioraram!

Eu havia dito a Renata que o casamento teria de esperar até que minha situação com Denise se resolvesse de todo.

"Ora, deixe disso, ela vai continuar a te processar mesmo quando você estiver em Waldheim, ao lado do seu pai e da sua mãe. Ela tem gás para brigar até o final do século", disse Renata. "Você tem?"

"É claro que a velhice solitária seria uma coisa horrível", respondi. Em seguida, me atrevi a acrescentar: "Mas será que você mesma pode se imaginar empurrando a minha cadeira de rodas?".

"Você não entende as mulheres de verdade", disse Renata. "A Denise queria fazer picadinho de você. Por minha causa, não conseguiu fazer isso. Não foi por causa daquela pálida gatinha Doris, com pinta de Mary Pickford. É tudo por minha causa. *Eu* mantive os seus poderes sexuais vivos. Eu sei como fazer isso. Case comigo e você vai continuar a transar aos oitenta anos. Aos noventa, quando não conseguir mais, ainda vou continuar te amando."

Assim estávamos caminhando pelo calçadão de tábuas em Coney Island. E assim como eu, quando menino, fazia soar estalos seguidos ao correr meu bastão pelos mourões das cercas, também Renata, ao passar pelo pipoqueiro, pelo vendedor de cachorro-quente e de milho caramelado, fazia todos eles erguerem os olhos para ela. Eu a seguia, idoso, mas em boa forma, enrugado, com desejos ainda sorridentes. Na verdade, eu me sentia invulgarmente animado. Não tenho nenhuma certeza do motivo por que me achava num estado tão glorioso. Não podia ser apenas o resultado do bem-estar corporal, de dormir com Renata, de uma química bem-sucedida. Tampouco de alguma atenuação temporária das dificuldades, que, segundo alguns especialistas sinistros, é tudo aquilo de que as pessoas precisam para ficar felizes e que, na realidade, constitui a única fonte de felicidade. Não, enquanto caminhava vigorosamente atrás de Renata, eu estava propenso a pensar que eu devia aquele bem-estar a uma mudança em minha atitude com relação à morte. Tinha começado a nutrir outras alternativas. Em si, era o bastante para me fazer decolar. No entanto mais prazerosa ainda era a possibilidade de que houvesse um lugar para onde decolar, um espaço não utilizado, negligenciado. Tudo isso enquanto a maior parte do todo estava ausente. Não admira que os seres humanos fiquem loucos. Pois suponhamos que nós — tal como nos apresentamos neste mundo material — somos a mais elevada das criaturas. Suponhamos que a série dos seres vivos culmine conosco e não exista mais nada acima de nós. A partir de tal suposição, quem poderá nos condenar por entrarmos em convulsão? No entanto suponhamos um cosmos e então teremos uma situação metafisicamente mais espaçosa.

Renata virou-se e disse: "Tem certeza de que o velho gagá sabe que você vai visitá-lo?".

"Claro. Está nos esperando. Telefonei para ele", respondi.

Entramos numa das ruas semelhantes a alamedas, onde antigamente trabalhadores de confecções passavam suas férias de verão, e encontramos o endereço. Um antigo prédio de tijolos. Em sua varanda de madeira, havia cadeiras de rodas e andadores para inválidos que tinham sofrido derrames e ataques.

Em outros tempos, eu teria ficado espantado com o que aconteceu em seguida. Mas agora que o mundo estava sendo reconstituído e as velhas estruturas, mortas por completo, não tinham mais solidez que uma lanterna japonesa, as questões humanas surgiam para mim com a maior nitidez, naturalidade e até com alegria — não devo deixar de lado a alegria. Até a mais triste das imagens teria essas virtudes. De todo modo, de fato éramos aguardados. Apoiado numa bengala, alguém nos observava entre a porta e a barreira protetora contra o mau tempo, do lado de fora da porta do asilo de idosos, e saiu gritando "Charlie, Charlie", assim que chegamos à escadinha da varanda.

Falei para esse homem: "O senhor não é Waldemar Wald, é?".

"Não, Waldemar está aqui dentro. Mas eu não sou Waldemar, Charlie. Olhe bem para mim. Escute a minha voz." Começou a cantar algo com uma voz de corvo em timbre de tenor. Segurou minha mão e cantou "La donna è mobile", no estilo de Caruso, mas terrivelmente mal, pobre e velho rapaz. Observei-o com atenção, examinei seu cabelo, outrora vermelho e ondulado, o nariz achatado e as narinas sôfregas, a papada, o pomo de adão, sua figura descarnada e curva. Então falei: "Ah, sim, você é o Menasha! Menasha Klinger! Chicago, Illinois, 1927".

"Isso mesmo." Para ele, aquilo foi uma coisa sublime. "Sou eu. Você me reconheceu!"

"Santo Deus! Mas que prazer! Juro que não mereço tamanha surpresa." Ao adiar minha busca do tio de Humboldt, parece que eu vinha me esquivando da boa sorte, de coisas maravilhosas, quase milagres. Imediatamente encontrei uma pessoa que eu amava em tempos muito remotos. "Parece um sonho", exclamei.

"Não", disse Menasha. "Para uma pessoa comum, até poderia ser. Mas quando a gente se transforma num personagem importante, Charlie, tem muito menos de coincidência do que a gente imagina. Em tudo quanto é canto você deve ter amigos e conhecidos feito eu, gente que te conheceu, mas que é tímida demais para se aproximar e evocar as suas recordações. Eu mesmo ficaria tímido também, se você não tivesse vindo ver o meu colega Waldemar." Menasha voltou-se para Renata. "E esta é a sra. Citrine", disse ele.

"Sim", respondi, fitando o rosto de Renata. "Esta é a sra. Citrine."

"Conheci o seu marido quando era menino. Fiquei morando na casa da família dele quando cheguei de Ypsilanti, no Michigan, para trabalhar na

Western Eletric, como operador da prensa de perfurar. Na verdade, fui lá para estudar canto. Charlie era um garoto maravilhoso. Era o garoto com melhor coração em toda a zona noroeste. Eu podia conversar com ele quando tinha só nove ou dez anos, e era o meu único amigo. Eu o levava ao centro da cidade aos sábados para acompanhar a minha aula de música."

"O seu professor de canto", comentei, "era Vsiévolod Kolódni, sala 816 no edifício das Belas-Artes. *Basso profondo* na ópera imperial em São Petersburgo, careca, um metro e meio de altura, usava cinta e saltos altos."

"Ele também me reconheceu", disse Menasha, infinitamente satisfeito.

"Você era um tenor dramático", falei. E bastou eu dizer isso para ver como na mesma hora ele se ergueu na ponta dos pés, apertou as palmas das mãos, calejadas de operar a prensa de perfurar, e começou a cantar "In questa tomba oscura". Lágrimas de ardor encheram seus olhos e sua voz, tão semelhante ao canto de um galo, com tanta emoção, com tanto choro, floreado e esperança — soou desafinada. Mesmo quando eu era só um garoto, já sabia que ele nunca chegaria ao estrelato. No entanto eu acreditava sinceramente que ele poderia virar cantor, se não tivesse acontecido de alguém na equipe de boxe da Associação Cristã de Moços de Ypsilanti ter acertado um murro em cheio em seu nariz e, assim, estragado todas as suas chances no caminho da arte. As canções cantadas através daquele nariz desfigurado nunca ficariam boas.

"Diga lá, meu rapaz, do que mais você se lembra?"

"Me lembro de Tito Schipa, Titta Ruffo, Werrenrath, McCormack, Schumann-Heink, Amelita Galli-Curci, Verdi e Boito. E que quando a gente ouvia Caruso cantar 'Pagliacci', a vida nunca mais era a mesma, não é verdade?"

"Ah, sim!"

O amor tornava inesquecíveis essas coisas. Em Chicago, cinquenta anos antes, éramos passageiros nos ônibus de dois andares e sem teto que passavam pelo Loop, no bulevar Jackson, enquanto Menasha me explicava o que era o bel canto e me falava, radiante, acerca de *Aida* e se imaginava em túnicas com brocados no papel de um guerreiro ou de um sacerdote. Depois da aula de canto, ele me levava ao Kranz's para tomar um sundae de chocolate com calda. Íamos ouvir a banda inflamada de Paul Ash, também escutávamos focas amestradas que, em espetáculos de vaudevile, tocavam "Yankee Doodle" apertando o bulbo de borracha de várias buzinas de carro. Nadávamos na praia de Claredon, onde todo mundo mijava na água. De noite, ele me dava lições de astronomia. Explicou-me a teoria de Darwin. Casou-se com sua namorada do colégio em Ypsilanti. O nome dela era Marsha. Era obesa. Ela sentia saudades de casa, deitava na cama e desatava a chorar. Certa vez eu a vi sentada dentro da banheira tentando lavar o cabelo. Pegava água nas mãos, mas seus braços eram gordos demais para levantar a água na palma das mãos até a cabeça. A querida jovem havia morrido. Menasha foi eletricista no Brooklyn durante a maior parte da vida. Do tenor dramático, nada restou a não ser os berros esganiçados de um velho, muito amado. Do seu lago de cabelo vermelho e duro, restara apenas aquela formação de nuvem do tipo cirro, de cor branca e alaranjada.

"Pessoas muito boas, os Citrine. Talvez não o Julius. Ele era bruto. O Julius continua o mesmo Julius de antes? A sua mãe era tão solícita com a Marsha. A sua pobre e gentil mãe... Mas vamos entrar e falar com o Waldemar. Sou apenas o comitê de boas-vindas e ele está esperando. O pessoal o mantém num quarto nos fundos, junto à cozinha."

Encontramos Waldemar sentado na beira da cama, um homem de ombros largos, com os cabelos molhados e escovados de um jeito muito parecido com o cabelo de Humboldt, a mesma cara larga e os olhos cinzentos e bem afastados. A uns vinte quilômetros de Coney Island, talvez, sugando e deslocando toneladas de água, esguichando vapor no alto da cabeça, havia uma baleia com olhos numa posição semelhante.

"Então quer dizer que você foi colega do meu sobrinho", disse o velho apostador.

"Este é o Charlie Citrine", disse Menasha. "Escute só, Waldemar, ele me reconheceu. O garoto me reconheceu na mesma hora. Puxa vida, Charlie, ainda bem me que me reconheceu. Afinal, gastei uma fortuna pagando refrigerantes e guloseimas para você. Tem que haver alguma justiça neste mundo."

Por meio de Humboldt, eu conhecia o tio Waldemar, é claro. Ele era o único filho homem, tinha quatro irmãs mais velhas e uma mãe coruja, era muito mimado, preguiçoso, vivia no salão de bilhar, largou os estudos, surrupiava as coisas das irmãs e roubava o que tivessem nas bolsas. No final, acabou alçando Humboldt também à posição de um parente mais velho. Tornou-se mais um irmão que um tio. O papel de criança era o único que ele compreendia.

Eu estava pensando que a vida era muitíssimo mais generosa do que eu jamais havia imaginado. Passava ligeiro por nós levando mais coisas do que nossos sentidos ou nosso juízo eram capazes de assimilar. Uma vida com seus casos de amor, suas ambições operísticas, seus dólares e suas corridas de cavalo, seus projetos de casamento e asilos de idosos, é afinal de contas apenas uma colherada rasa retirada de toda a sua superabundância. A vida também passa ligeiro vindo de dentro. Tomemos um quarto como o do tio Waldemar, com cheiro de salsichas cozidas para o almoço, com Waldemar meio acocorado na beira da cama, todo arrumado e vestido para receber uma visita, seu rosto, sua cabeça fatigadamente parecida com a de Humboldt, com o aspecto de um dente-de-leão que já deu flores, todo o amarelo já extinto e transformado em cinza; tomemos a camisa verde do velho cavalheiro, abotoada até o colarinho; tomemos aquele terno de boa qualidade pendurado no cabide de arame no canto (o velório dele ia ser elegante); tomemos as bolsas enfiadas embaixo da sua cama e as fotografias de cavalos e de lutadores de boxe pregadas nas paredes e a fotografia de Humboldt arrancada da orelha de um livro nos tempos em que Humboldt era incrivelmente bonito. Se é isso o que a vida é ao pé da letra, então a frase de Renata sobre Chicago acertou em cheio: "Sem o aeroporto O'Hare, Chicago é um desespero". E tudo o que o aeroporto O'Hare pode fazer é mudar o cenário para você e levá-lo de um desalento para outro, de um tédio para outro. Mas por que uma espécie de fraqueza tomou conta de mim no início daquela conversa com tio Waldemar, em presença de Renata e de Menasha? Foi porque em qualquer experiência, vínculo ou relacionamento, há muito mais coisas do que a consciência comum, a vida cotidiana do ego, consegue apreender. Sim. Veja, a alma pertence a uma vida maior, do lado de fora, uma vida que abrange tudo. Tem de ser assim. Como havia aprendido a pensar nessa minha existência como a mera existência presente, uma numa série, não fiquei de fato surpreso ao encontrar Menasha Klinger. Ele e eu obviamente éramos membros permanentes em alguma organização humana mais ampliada, mais vasta, e seu desejo de figurar no papel de Radamés e cantar em túnicas brocadas na ópera *Aida* era semelhante à minha ansiedade de ir mais longe, bem mais longe que meus colegas intelectuais da minha geração, que tinham perdido a alma imaginativa. Ah, eu admirava alguns daqueles intelectuais da minha geração. Sobretudo os príncipes da ciência, da astrofísica, da matemática pura e coisas assim.

Mas nada havia sido dito a respeito da questão principal. A questão principal, como Walt Whitman havia indicado, era a questão da morte. E a música me atraía para Menasha. Por meio da música, o homem afirmava que o que era irrespondível por meio da lógica era, de uma outra forma, respondível. Sons sem um significado determinado se tornavam cada vez mais pertinentes, quanto melhor fosse a música. Isso também era uma tarefa humana colossal. E apesar da letargia e da fraqueza, eu também estava ali por um motivo importante. De que motivo se tratava era algo em que eu iria refletir mais tarde, quando recapitulasse minha vida no século xx. Os calendários iriam se desintegrar sob o olhar fixo do espírito. Mas haveria uma data assinalada no mês de dezembro para uma viagem de metrô em vagões desfigurados por gangues de jovens e também uma mulher linda que eu seguia pelo calçadão de tábuas, enquanto ouvia os estampidos pipocantes das galerias de tiros e sentia o cheiro das carrocinhas de pipoca e de cachorro-quente, e pensava no sexo da figura dela, no consumismo das suas roupas e em minha amizade com Von Humboldt Fleisher, que me levara até Coney Island. Em meu purgatório reflexivo, eu veria tudo aquilo de uma perspectiva diferente e, talvez, entenderia como todas aquelas peculiaridades se combinavam — entenderia por que meu estuário emocional iria se abrir dentro de mim, quando eu pusesse os olhos em Waldemar Wald.

Waldemar estava falando: "Faz séculos que não recebo nenhuma visita. Esqueceram-se de mim. Humboldt jamais me enfiaria numa espelunca feito esta. Era uma coisa temporária. A boia é horrível e as ajudantes são brutas. Elas dizem: 'Cale a boca, seu velho gagá'. Todas elas vêm do Caribe. Os outros todos são alemães. Menasha e eu somos quase os únicos americanos aqui. Certa vez, Humboldt fez uma piada: 'Um é pouco, dois é bom, três é um bando de alemães!'".

"Mas foi ele que trouxe você para cá", disse Renata.

"Só por um tempo, até ele conseguir resolver alguns probleminhas. Na semana em que morreu, ele estava procurando um apartamento para nós dois. Uma vez nós moramos juntos durante três meses e foi um paraíso. De manhã, como uma família de verdade, ovos com bacon, e depois conversávamos sobre beisebol. Graças a mim, ele virou um verdadeiro fanático por beisebol, sabiam? Cinquenta anos atrás, comprei para ele uma luva de jogador de primeira base. Ensinei a ele várias jogadas. E com o futebol americano foi a mesma coisa. Mostrei a ele como fazer lançamentos na corrida. O apartamento da minha mãe tinha um corredor comprido, bem comprido mesmo, e ao longo dele ficavam as portas dos quartos e da sala. Nesse corredor a gente jogava. Quando o pai dele se mandou, ficou só uma mulherada dentro de casa e coube a mim transformá-lo num menino americano. Aquelas mulheres fizeram muito mal a ele. Olhem só o nome que me deram: Waldemar! A garotada me chamava de Walla-Walla. E ele também sofreu um bocado. O Humboldt! A minha irmã palerma escolheu o nome dele por causa de uma estátua que havia no Central Park."

Tudo aquilo eram coisas familiares para mim, por causa do encantador poema de Humboldt "Tio Arlequim". Waldemar Arlequim, nos velhos tempos na West End Avenue, depois que suas irmãs assalariadas iam para o trabalho, acordava às onze horas, ficava uma hora no banho, fazia a barba com uma gilete nova e depois almoçava. Sua mãe ficava ao lado dele para passar manteiga em seu pão, para tirar a pele e as espinhas do seu peixe, para servir seu café enquanto ele lia o jornal. Em seguida ele pegava alguns dólares com a mãe e ia para a rua. Na mesa de jantar, falava sobre Jimmy Walker e Al Smith. Na opinião de Humboldt, ele era o americano da sua família. Essa era sua função entre as senhoras e perante seu sobrinho. Quando as convenções nacionais dos partidos eram transmitidas pelo rádio, ele era capaz de falar a lista dos estados junto com o locutor — "Idaho, Illinois, Indiana, Iowa" — e lágrimas de patriotismo enchiam seus olhos.

"Sr. Wald, vim falar com o senhor a respeito dos documentos que Humboldt deixou. Expliquei ao senhor pelo telefone. Trago comigo um bilhete do Orlando Huggins."

"Sim, eu conheço o Huggins, aquele sujeito enjoado. Agora eu quero te perguntar sobre os tais documentos. Esse material tem algum valor ou não?"

"Às vezes a gente vê no *Times*", disse Menasha, "uma carta do Robert Frost ser vendida por oitocentos dólares. Se for do Edgar Allan Poe, aí nem se fala."

"O que são exatamente esses documentos, sr. Wald?", perguntou Renata.

"Bem, tenho que explicar uma coisa para vocês", disse Waldemar. "*Eu* nunca entendi nada dessas coisas. Não sou lá muito de ler. O que ele escrevia estava muito acima da minha capacidade. Humboldt era capaz de dar murros tremendos nos terrenos baldios. Com os ombros que tinha, imagine só a força da sua patada. Se as coisas tivessem corrido como eu queria, ele teria feito carreira na liga principal de lutadores de boxe. Mas ele começou a andar lá pelas bandas da rua 42, onde ficava a biblioteca, e entrou numa de bater papo furado com aqueles vagabundos na escada da frente do prédio. De repente eu soube que ele estava publicando uns poemas superintelectuais nas revistas. Quer dizer, essas revistas que não têm ilustrações nem nada."

"Deixe disso, Waldemar", disse Menasha. Seu peito estava estufado de emoção e sua voz foi ficando cada vez mais alta. "Eu conheço o Charlie desde menino e garanto que você pode confiar no Charlie. Muito tempo atrás, assim que pus os olhos nele, falei para mim mesmo: O coração desse garoto está inteirinho na cara dele. Pois agora ele também está ficando velho. Mas comparado com a gente ainda é um sujeito forte. Escute, Waldemar, por que você não para de enrolar e conta logo para ele o que tem na cabeça?"

"Nos documentos do Humboldt provavelmente não tem nada que valha muito dinheiro", falei. "A gente pode tentar vender para um colecionador. Mas talvez haja neles alguma coisa que ainda possa ser publicada."

"É mais uma questão de valor sentimental", disse Renata. "Como uma mensagem que um velho amigo mandou do outro mundo."

Waldemar olhou para ela, obstinado. "Mas suponha que tenha algum valor. Por que é que eu ia ficar para trás? Tenho o direito de conseguir alguma coisa com isso, não tenho? Quero dizer, por que eu tenho que ficar apodrecendo neste pulgueiro aqui? Na hora em que me mostraram o obituário do Humboldt no *Times*, puxa vida, imagine como aquilo me deixou! Como se fosse o meu próprio filho, o último da família, a minha carne e o meu sangue! Peguei o metrô o mais depressa que pude e fui lá no quarto dele. Metade das coisas dele já havia sido levada. Os guardas e o gerente do hotel estavam levando tudo embora. O dinheiro, o relógio de pulso, a caneta-tinteiro e a máquina de escrever tinham sumido."

"De que adianta ficar com essas coisas embaixo do braço e sonhar que vai ganhar a maior grana?", disse Menasha. "Entregue para alguém que conhece o assunto."

"Não fique me pressionando", disse Waldemar para Menasha. "Estamos juntos nisso. Vou ser honesto com você, sr. Citrine. Eu podia ter leiloado esses bagulhos muito tempo atrás. Se quer saber a minha opinião, tem um patrimônio de verdade nesse material."

"Então o senhor já leu", falei.

"Ora, é claro que li. O que mais eu podia fazer, afinal? E não consegui entender patavina do que está ali."

"Nunca passou pela minha cabeça enganar o senhor a respeito do assunto", eu disse a ele. "Se houver algo de valor, vou lhe comunicar com toda honestidade."

"E por que não chamamos um advogado e assinamos um documento legal?", perguntou Waldemar.

Ele era mesmo o tio de Humboldt. Eu me mostrei bastante persuasivo. Nunca me mostro mais sensato do que na hora em que quero muito alguma coisa. Sou capaz de convencer os outros de que eu ter aquilo que desejo é uma questão de mera justiça natural. "Podemos tornar as coisas legais o quanto você quiser", respondi. "Mas eu não deveria ler todo o material antes? Como é que vou saber o que fazer, se não puder examiná-lo?"

"Então leia aqui mesmo", disse Waldemar.

Menasha disse: "Você sempre foi bom de jogar, Charlie. Aceite a aposta".

"Nesse terreno, o meu desempenho não é grande coisa", disse Waldemar. Achei que ele ia começar a chorar, de tão trêmula que estava sua voz. A distância entre ele a morte era tão reduzida, entendem? No vermelho calvo do carpete puído, um pedaço pálido de uma fraca ternura de dezembro dizia: "Não chore, velho garoto". Inaudíveis tempestades de luz, a cento e oitenta quilômetros de distância, usaram um tapete puído de Axminster, um retalho de manufatura humana, a fim de enviar uma mensagem através da janela encardida de um asilo de idosos. Meu próprio coração se tornou emotivo. Eu queria comunicar alguma coisa importante. Tínhamos de atravessar os amargos portões da morte, eu queria lhe dizer, e devolver os minerais emprestados que nos comportam, mas eu queria lhe dizer, meu irmão Waldemar, que eu desconfio seriamente que as coisas não terminam aqui. A ideia da vida que estamos agora vivendo pode nos fazer sofrer tanto mais tarde quanto a ideia da morte nos faz sofrer agora.

Bem, afinal consegui enrolar Waldemar com meu bom senso e minha honestidade, então nos agachamos de joelhos e começamos a puxar uma porção de coisas que estavam embaixo da sua cama — chinelos, uma velha bola de boliche, um jogo de beisebol de brinquedo, cartas de baralho, dados de jogar, caixas de papelão, maletas e, por fim, uma relíquia que fui capaz de identificar — a pasta de papéis de Humboldt. Era a velha bolsa de Humboldt com as tiras gastas, aquela que vivia andando para lá e para cá, cheia de livros e frascos de pílulas, no banco de trás do seu Buick.

"Espere, tem uns arquivos meus aí dentro", disse Waldemar e remexeu seu interior. "Você vai bagunçar tudo. Deixe que eu cuido disso."

Renata, no chão junto conosco, esfregou a poeira com lenços de papel. Ela vivia dizendo: "Tome aqui um Kleenex", e oferecia lencinhos de papel. Waldemar removeu diversas apólices de seguro e uma porção de cartões de computador perfurados do Seguro Social. Havia várias fotografias de cavalos, que ele identificou como uma coleção quase completa dos vencedores do grande prêmio de Kentucky. Em seguida, como se fosse um carteiro meio cego, percorreu entre os dedos um monte de envelopes. "Mais depressa!", tive vontade de dizer.

"É este aqui", falou.

Havia meu nome escrito, com a caligrafia dura e corrida de Humboldt.

"O que tem aí dentro? Deixe-me ver", disse Renata.

Tomei o envelope da mão dele, um envelope desproporcional, de papel pardo.

"Você vai ter que me dar um recibo", disse Waldemar.

"Claro, pode deixar. Renata, pode fazer a gentileza de redigir um documento? Algo como: Recebi do sr. Waldemar Wald documentos deixados para mim por Von Humboldt Fleisher. Vou assinar."

"Documentos de que tipo? O que tem aí dentro?"

"O que tem nesses documentos?", repetiu Waldemar. "Uma coisa é uma carta comprida e pessoal para o sr. Citrine. Depois tem alguns envelopes lacrados que nunca abri, porque há instruções que dizem que, se forem abertos, alguma coisa vai dar errado com os direitos autorais. Seja como for, são duplicatas, ou duplicatas de duplicatas. Não sei dizer. A maior parte dessas coisas não faz sentido para mim. Talvez para você façam sentido. Seja como for, na condição de último membro da minha família, posso te dizer o que se passa na minha cabeça, os meus mortos estão espalhados por todo canto, uma sepultura aqui, um outro foi para o inferno, a minha irmã naquela espelunca que chamam de Valhalla para os judeus alemães e o meu sobrinho enterrado numa vala comum de indigentes. O que eu desejo de fato é unir de novo a família."

Menasha disse: "O Waldemar fica muito sentido porque o Humboldt foi enterrado num lugar ruim. No meio do nada".

"Se houver algo de valor nesse legado, o primeiro dinheiro que pintar deve ser gasto para exumar o garoto e levá-lo para outro lugar. Não precisa ser no Valhalla. Isso foi a minha irmã que fez, sempre tentando manter o mesmo padrão de vida dos vizinhos. Ela tinha um fraco pelos judeus alemães. Mas o que eu quero é juntar todos nós. Reunir os meus mortos", disse o velho apostador de cavalos.

Aquele tom solene foi uma coisa inesperada. Renata e eu olhamos um para o outro.

"Pode contar com o Charlie", disse Menasha.

"Vou lhe escrever contando o que encontrei nestes documentos", expliquei. "E assim que voltarmos da Europa, prometo que vamos cuidar de tudo. Você pode começar escolhendo um cemitério. Mesmo que estes documentos não tenham nenhum valor comercial, estarei perfeitamente às ordens para arcar com as despesas do sepultamento."

"Pronto, é o que eu te disse", comentou Menasha para Waldemar. "Um garoto feito aquele só podia mesmo ser um cavalheiro quando ficasse adulto."

Então fomos para o lado de fora. Segurei os dois velhos, cada um de um lado, pelos braços arruinados, pelas grandes protuberâncias dos cotovelos, onde o rádio e o cúbito se encontram, e prometi manter contato. Saracoteando atrás de nós, com seu rosto branco e seu chapéu grande, Renata era uma pessoa muito mais substancial que qualquer um de nós. Ela disse, de forma inesperada: "Se o Charles está dizendo que vai fazer, ele fará. Nós vamos partir e ele vai ficar pensando em você".

Num canto da fria varanda, estavam as cadeiras de rodas, brilhando, leves, tubulares, de aço inoxidável, com dobras que lembravam morcegos. "Será que alguém poderia fazer alguma objeção, se eu sentasse numa cadeira dessas", falei.

Sentei-me numa das cadeiras e disse para Renata: "Vamos dar uma voltinha".

Os velhos não sabiam absolutamente o que pensar quando me viram sendo empurrado para lá e para cá, perto da entrada, por aquela mulher grande, risonha, exuberante, com dentes formidáveis. "Não se comporte como uma tola. Assim você vai ofendê-los, Renata", falei. "É só empurrar."

"Esses punhos aqui em cima são gelados demais", disse ela.
Vestiu as luvas compridas com uma arrogância encantadora, tenho de admitir.

Na estrepitosa velocidade do metrô, que uivava e gemia, comecei a ler a carta comprida, o prefácio do legado de Humboldt, e fui entregando para Renata as páginas de papel-vegetal já lidas. Desinteressada depois de ter passado os olhos por algumas folhas, ela disse: "Quando chegar na história, me avise. Não tenho queda para filosofia". Não posso dizer que a critiquei por isso. Não era um precioso amigo *dela* que estava oculto na noite insondável da morte. Não havia motivo para Renata ficar comovida, como eu fiquei. Ela não fez o menor esforço para penetrar em meus sentimentos, nem eu queria que ela tentasse fazer isso.

"Caro Shoveleer", escreveu Humboldt. "Estou numa situação ruim, estou ficando mais são à medida que a minha fraqueza aumenta. Por força de um sistema peculiar, os lunáticos têm sempre energia para queimar. E se o velho William James tinha razão e a felicidade é viver no auge das energias, e se estamos aqui para buscar a felicidade, então a loucura é a maior felicidade e também a sanção política suprema." Esse era o tipo de coisa que Renata detestava. Concordo que não se tratava de um hábito mental repousante. "Estou morando num lugar ruim", prosseguia ele. "E as minhas refeições são ruins. Fiz sessenta ou setenta jantares seguidos em lojas de delicatessen. É impossível realizar alguma arte sublime com uma dieta como essa. Por outro lado, carne defumada e salada de batata com pimenta parecem nutrir um juízo sereno. Eu não saio para jantar. Fico no meu quarto. Existe um intervalo colossal entre a ceia e a hora de dormir, e então fico sentado junto a uma janela com a persiana baixada (quem consegue ficar olhando para fora dezoito horas por dia?), corrigindo alguns erros antigos. Às vezes me ocorre que eu talvez esteja solicitando que a morte dê um tempo porque estou mergulhado bem fundo em obras de valor. Será que estou tentando também manter o controle sobre a morte, assim como fazia no ato sexual? Faça isso, faça aquilo, segure, agora remexa, beije a minha orelha, arranhe as minhas costas com as unhas, mas não toque nos meus testículos. No entanto a morte, nesse caso, é uma festa empolgante."

"Pobre coitado, agora consigo entendê-lo. Eu compreendo esse tipo de gente", disse Renata.

"Portanto, Charlie, enquanto estes dias mais fracos e mais sãos vão chegando e indo embora, muitas vezes penso em você, e penso com uma lucidez de fim de linha. É bem verdade que fui injusto com você. Mesmo na hora em que eu bagunçava a sua vida de maneira tão feroz e meticulosa, eu sabia que você estava em Chicago tentando fazer algo de bom para mim, consultava pessoas pelas minhas costas para me arranjar empregos. Chamei você de vendilhão, judas, alcaguete, puxa-saco, carreirista, hipócrita. No início, eu tinha uma raiva profunda e negra contra você, e depois uma raiva vermelha e quente. As duas eram muito exuberantes. O fato é que eu não senti remorsos de descontar o cheque do irmão de sangue. Eu sabia que você estava de luto por causa da morte da Demmie Vonghel. Eu estava ofegante de tanta esperteza e passei a perna em você. Você era um Sucesso. E se isso não era o bastante e se você queria ser também uma grande figura moral, então que você fosse logo para o inferno de uma vez, aquilo ia ter que te custar alguns milhares de dólares. Tratava-se de uma cilada. Eu ia te dar uma oportunidade para me perdoar. Ao perdoar, você ia mentir doidamente para si mesmo. Essa bondade idiota ia avariar o seu sentido de realidade e, com o seu sentido de realidade avariado, você ia sofrer aquilo que eu sofri. Todo esse emaranhado maluco era desnecessário, é claro. Você ia mesmo sofrer, de um jeito ou de outro, porque estava dominado pela glória e pelo ouro. O seu voo estonteado pelo paraíso florido do sucesso e assim por diante! O seu sentido nato de verdade, no mínimo, ia te deixar com o estômago virado. Mas o meu 'raciocínio', em intermináveis fórmulas de química num quadro-negro do colégio, me levava a desfalecimentos de êxtase. Eu era maníaco. Eu estava trepidando inteiro, desde o topo poeirento da minha cabeça doida. Mais tarde fiquei deprimido e calado por dias e mais dias que não acabavam nunca. Fiquei dentro da jaula. Dias cinzentos de gorila.

"Pergunto a mim mesmo por que você figurava com tamanha proeminência nas minhas obsessões e fixações. Talvez você seja uma dessas pessoas que despertam emoções de família, você é do tipo filho-irmão. Veja bem, você quer despertar sentimentos, mas não necessariamente retribuí-los. A ideia é que a corrente deve fluir na sua direção. Você estimulou o juramento do irmão de sangue. Sem dúvida eu era muito louco, mas eu agia conforme uma sugestão que emanava de você. Entretanto, nas palavras do cantor, 'Apesar de todos os seus defeitos, eu ainda o amo'. Você é um pirado promissor. E pronto.

"Permita-me dizer algumas palavras sobre dinheiro. Quando saquei o seu cheque de irmão de sangue, não esperava que o banco fosse pagar. Eu o depositei ofendido, porque você não veio me ver em Bellevue. Eu estava sofrendo; você não me procurou, como um amigo amoroso devia fazer. Resolvi te castigar, ferir e penalizar. Você aceitou a punição e portanto aceitou também o pecado. Você tomou o meu espírito emprestado para pôr em Trenck. O meu fantasma era um astro da Broadway. Todo aquele delírio à luz do dia, rachado, arruinado e sujo! Não sei mais como definir. A sua garota morreu na selva. Ela não permitiria que você fosse me ver em Bellevue — isso eu entendi. Ah! O poder do dinheiro e o entrelaçamento entre arte e dinheiro — o dólar como a alma do marido: um casamento que ninguém teve a curiosidade de estudar.

"E sabe o que foi que eu fiz com os seis mil dólares? Com uma parte do dinheiro, comprei um Oldsmobile. Não consigo explicar o que eu achava que ia fazer com aquele carrão possante na Greenwich Street. Guardar o carro numa garagem me custava uma grana preta, mais que o aluguel do meu apartamento de quinto andar num prédio sem elevador. O que aconteceu com esse carro? Tive que ser hospitalizado e, quando saí, depois de um programa completo de tratamentos de choque, eu não conseguia mais lembrar onde havia deixado o carro. Não consegui achar o recibo do pagamento da garagem nem o registro. Tive que esquecer o assunto. Mas por um tempo o fato é que eu dirigi um senhor carro. Tornei-me capaz de observar alguns dos meus próprios sintomas. As minhas pálpebras ficavam de uma cor violeta bem forte devido à insônia maníaca. Tarde da noite, eu passava de carro pelo Teatro Belasco com alguns colegas e dizia: 'Ali está em cartaz o sucesso que financiou este carrão possante'. Declaro em alto e bom som que eu não conseguia te suportar, porque você achou que eu ia ser o grande poeta americano do século. Você baixou lá de Madison, no Wisconsin, e me disse isso. Mas eu não fui! E quantas pessoas estavam à espera desse poeta! Quantas almas aguardavam a força e a doçura de palavras visionárias para purgar a consciência da sua lama bolorenta, para aprender com um poeta o que aconteceu com os três quartos da vida que obviamente tinham desaparecido! Mas ao longo dos últimos anos eu nem sequer fui capaz de ler poesia, muito menos de escrever. Depois de abrir as páginas do *Fedro* alguns meses atrás, não consegui ler até o fim. Sucumbi. As minhas engrenagens estão travadas. O meu estofo está acabado. Tudo está em pedaços. Eu não tive a força necessária para suportar as belas palavras de Platão e comecei a chorar. O eu original e viçoso não existe mais. Mas aí pensei: Talvez eu possa recuperar. Se eu for bem esperto. Ser esperto significa tipos mais simples de prazer. Blake entendeu isso muito bem quando diz que o Prazer é o alimento do Intelecto. E se o intelecto não consegue digerir carne (*Fedro*), a gente cozinha a carne em fogo lento no leite quente e come com torradinhas."

Quando li essas palavras sobre o eu original e viçoso, eu mesmo comecei a chorar e a grande e benévola Renata balançou a cabeça quando observou isso, como se quisesse dizer: "Homens!". Como se quisesse dizer: "Que pobres monstros misteriosos. A gente abre caminho a duras penas pelo labirinto e lá no fundo acaba encontrando o minotauro com o coração partido por causa de uma carta". Mas eu vi Humboldt nos tempos da sua mocidade, coberto por vários arco-íris, proferindo palavras inspiradas, comovedoras, inteligentes. Naquele tempo, sua maldade era apenas um ponto preto infinitesimal, uma ameba. A menção às torradinhas me trouxe à memória também o *pretzel* que ele estava mastigando no meio-fio, naquele dia quente. Naquele dia eu dei um espetáculo bem triste. Comportei-me muito mal. Eu devia ter ido falar com ele. Devia ter segurado sua mão. Devia ter beijado seu rosto. Mas será verdade que esse gestos são eficazes? E ele se encontrava num estado medonho. A cabeça estava toda cinzenta, emaranhada, como uma moita tomada por uma praga. Os olhos estavam vermelhos e o corpo grande se sacudia dentro do terno cinza. Parecia um bisão velho que mal se aguentava sobre as pernas, e eu fugi correndo. Talvez tenha sido nesse mesmo dia que ele escreveu para mim essa carta maravilhosa.

"Agora chega, meu garoto", disse Renata, com bondade. "Enxugue os olhos." E me deu um lencinho requintadamente perfumado, como se ela não o guardasse dentro da sua bolsinha, mas sim entre as pernas. Levei o lenço ao meu rosto e, de um jeito bastante curioso, ele produziu um efeito em mim, deu-me um certo conforto. Aquela jovem tinha uma boa compreensão de certos fundamentos da vida.

"Hoje de manhã", prosseguia Humboldt, "o sol estava radiante. Para alguns seres vivos, o dia estava muito bom. Embora eu estivesse sem dormir havia várias noites, lembrava-me de como era tomar banho e fazer a barba e tomar o café da manhã e ir para dentro do mundo. Uma luz de cor limão, verde-clara, banhava as ruas. (Esperança para essa desvairada operação humana combinada chamada Estados Unidos?) Pensei em caminhar até a Brentano e dar uma espiada num exemplar das cartas de Keats. Durante a noite, eu havia pensado numa coisa que Keats dissera a respeito de Robert Burns. Como a imaginação luxuriante exaure a sua sensibilidade por causa da vulgaridade e de coisas atingíveis. Pois os primeiros americanos viviam cercados por florestas densas e depois passaram a viver rodeados por coisas atingíveis, e estas não eram menos densas. O problema tornou-se uma fé — uma fé na soberania igual da imaginação. De pé na Brentano, comecei a copiar essa frase, mas um vendedor se aproximou de mim e tomou as cartas de Keats das minhas mãos. Ele achou que eu vinha do Bowery. Por isso saí, fui para a rua, e foi o fim do belo dia. Senti-me como Emil Jannings num dos seus filmes. O ex-magnata arruinado pela bebida e pelas prostitutas chega em casa transformado num velho vagabundo e tenta espiar pela janela da sua própria casa, onde estão celebrando o casamento da sua filha. Aparece um guarda e manda o sujeito se afastar dali, e assim ele vai embora, em passos arrastados, enquanto um violoncelo toca a "Elégie" de Massenet.

"Escute, Charlie, volto às torradinhas e ao leite quente. Essas empreitadas grandiosas estão fora do meu alcance, obviamente, mas o meu senso de humor continua intacto, por estranho que pareça. Esse senso de humor, desenvolvido a fim de encarar as desgraças da vida, reais ou imaginárias, é como um companheiro para mim nesses dias. Fica ao meu lado e nós dois nos damos bem. Em suma, o meu senso de humor não desapareceu e agora que paixões ambiciosas maiores se esgotaram, ele tem surgido na minha frente com uma antiquada curvatura de reverência, saída de uma peça de Molière. Um relacionamento se desenvolveu.

"Você se lembra de como nos divertimos em Princeton com um roteiro de filme sobre Amundsen e Nobile e Caldofreddo, o Canibal? Eu sempre achei que daquilo ia sair um clássico. Entreguei o material para um sujeito chamado Otto Klinsky, no prédio da RCA. Ele prometeu levar o roteiro para a prima do cabeleireiro de Sir Laurence Olivier, que era irmã de uma faxineira na revista *Time and Life*, que era mãe da cabeleireira que fazia o cabelo da sra. Klinsky. Em alguma altura desses canais emaranhados, o nosso roteiro acabou se perdendo. Ainda tenho uma cópia. Você vai encontrá-la entre estes documentos." De fato, encontrei. Fiquei curioso de ler de novo o roteiro. "Mas o meu legado para você não é isso. Afinal, fomos coautores e seria uma picaretagem da minha parte chamar isso de um legado. Não, eu inventei uma outra história e acredito que deve valer uma fortuna. Essa pequena obra foi importante para mim. Entre outras coisas, me proporcionou horas de um prazer sadio, em certas noites, e trouxe alívio para outros pensamentos de colapso. A montagem das partes me deu o prazer de um bom enredo. A terapia do prazer. Eu te digo, como escritor — tivemos alguns corpos americanos esquisitos para vestir em trajes artísticos. A magia não tinha véus suficientes para essa monstruosa carne de mamute, para braços e pernas tão brutos. Mas este prefácio está ficando comprido demais. Na página seguinte, começa o meu Tratamento. Tentei vendê-lo. Ofereci a algumas pessoas, mas não se interessaram. Eu não tinha força para ir em frente. As pessoas não querem me ver. Você lembra como fui ver o Longstaff? Chega. Recepcionistas me dão as costas. Acho que estou parecendo aqueles mortos envoltos em lençóis que guinchavam e balbuciavam nas ruas de Roma. Pois bem, Charlie, você ainda está no meio da vida e tem muitos conhecidos. As pessoas vão dar atenção ao Shoveleer, o autor de *Trenck*, o cronista de Woodrow Wilson e Harry Hopkins. Isto só vai chegar às suas mãos se eu bater as botas. Mas há de ser um legado fabuloso e quero que você fique de posse dele. Pois ao mesmo tempo que você não tem nada de bom, é também um homem gentil.

"O bom e velho Henry James, sobre o qual a sra. Henry Adams disse que mastigava mais que mordia, nos diz que a mente criativa se dá melhor com sugestões do que com um conhecimento extenso. Eu nunca padeci de deficiência de conhecimento. O *donnée* para este tratamento provém das colunas de fofocas, que sempre li fielmente. *Verbum sapientiae* — acho que é no dativo. O original é aparentemente verdadeiro."

TRATAMENTO

I

Um sujeito chamado Corcoran, autor de sucesso, está improdutivo há muitos anos. Experimentou o mergulho submarino e o salto de paraquedas como temas, mas nada deu certo. Corcoran é casado com uma mulher de caráter forte. Uma mulher do tipo dela poderia ter sido uma pujante esposa para Beethoven, mas Beethoven não queria saber dessa história de esposa. Para representar o papel de Corcoran, tenho em mente alguém como Mastroianni.

II
Corcoran conhece uma jovem linda, com quem tem um caso. Se estivesse viva, a pobre Marilyn Monroe seria perfeita para o papel. Pela primeira vez em muitos anos, Corcoran experimenta a felicidade. Então, num acesso de iniciativa, criatividade, audácia, foge com ela para um lugar distante. Sua antipática esposa cuida do pai enfermo. Tirando vantagem disso, ele e sua garota escapam, não sei para onde. Para a Polinésia, Nova Guiné, Abissínia, com saltérios, lugares lindos e distantes. O local ainda se encontra extraordinariamente puro em sua beleza e seguem-se semanas fantásticas. Os caciques recebem Corcoran e sua garota. Há caçadas, danças, banquetes são servidos. A garota é um anjo. Os dois se banham juntos em lagoas, flutuam entre gardênias e hibiscos. De noite, as luzes do céu se aproximam. Os sensores se abrem. A vida se renova. O refugo e as impurezas evaporam.

III
De volta, Corcoran escreve um livro maravilhoso — um livro de tamanha força e beleza que não pode ser escondido do mundo. Mas

IV
Ele não pode publicar. Iria magoar sua esposa e destruir seu casamento. Ele mesmo tem mãe e poucas pessoas possuem personalidade suficiente para se desfazer das suas novas superstições a respeito de mães e filhos. Ele não teria nenhuma identidade, não seria nem mesmo um americano, sem essa angústia miserável. Se Corcoran não fosse escritor, não teria maculado o coração da sua garota angelical escrevendo um livro sobre sua aventura. Infelizmente, ele é um desses sujeitos que escrevem. É um mero escritor. Não publicar o levaria à morte. E sente um medo cômico da esposa. Essa esposa devia ser jovialmente franca, com aquela franqueza das matronas, um pouquinho dura, mas não de todo amedrontadora. Bastante atraente, à sua

maneira peculiar. Uma boa garota americana, direta, mandona. Acho que devia ser uma dessas mulheres que vivem fazendo dietas para emagrecer e bebem vitaminas e suplementos e comem geleia real. Você talvez consiga aproveitar essa ideia.

V

Corcoran leva o livro para seu agente, um grego americano chamado Zane Bigoulis. Esse é um personagem importantíssimo. Tem de ser representado por Zero Mostel. É um comediante genial. Mas, se não for contido, acaba estragando tudo. De todo modo, eu o tenho em mente para esse papel. Zane lê o livro e exclama: "Excelente".

"Mas não posso publicá-lo, porque iria liquidar meu casamento." Veja bem, Charlie, meu casamento! O casamento se transformou num dos ídolos da tribo (Francis Bacon), a fonte dessa comédia é a baixa seriedade que sucedeu à elevada seriedade dos vitorianos. Corcoran tem imaginação suficiente para escrever um livro maravilhoso, mas está escravizado por atitudes de classe média. Assim como os réprobos se evadem quando ninguém os acossa, também a classe média luta quando ninguém lhe dá combate. Eles clamaram por liberdade, e a liberdade caiu sobre eles numa enxurrada. Nada restou, senão alguns troncos de psicoterapia que flutuam. "O que devo fazer?", pergunta Corcoran. Eles deliberam. Então Bigoulis diz: "O que você pode fazer é repetir com Hepzibah a mesma viagem que fez com Laverne. Exatamente a mesma viagem, seguindo fielmente as etapas do livro, e na mesma estação do ano. Depois de reproduzir a viagem, você pode publicar o livro".

VI

"Não quero que mudem nenhuma palavra do livro", diz Corcoran. "Nenhuma impureza, nenhuma traição da Experiência." "Deixe isso por minha conta", diz Bigoulis. "Vou te preceder em toda parte, com transistores, meias-calças, computadores de bolso etc., e vou subornar os caciques. Vou convencê-los a repetir as mesmas caçadas e os mesmos banquetes e a duplicar as danças. Quando seu editor vir o manuscrito, vai ficar contente de pagar a conta." "É uma ideia de fato assustadora fazer tudo isso com a Hepzibah. E vou ter que mentir para Laverne. Ela pensa da mesma forma que eu a respeito do nosso mês milagroso na ilha. Há nisso algo de sagrado." Mas, Charlie, como mostra A *letra escarlate*, amor e mentira sempre andaram lado a lado neste país. A verdade é, na prática, fatal. Dimmesdale conta a verdade e morre. Mas Bigoulis argumenta: "Você quer que o livro seja publicado? Não quer que a Hepzibah te deixe e também quer continuar com a Laverne? De um ponto de vista masculino, isso faz todo o sentido. Portanto... vamos para a ilha. Posso dar um jeito na situação para você. Se você guardar este livro na gaveta, vou perder cem mil dólares em comissões, e talvez até mais, com os direitos para o cinema".

Estou vendo, Charlie, que agora transformei o tal lugar numa ilha. Pensando em A *tempestade*. Próspero é um Hamlet que se vinga por meio da arte.

VII

Assim, Corcoran repete com Hepzibah a mesma viagem que fez com Laverne. Ah, que diferença! Tudo agora é uma paródia, uma comédia cruel. Que deve ser padecida. Às modalidades mais elevadas do martírio, o século XX acrescentou o mártir farsesco. Veja, isso é o artista. Ao querer representar um papel importante no destino da humanidade, ele se converte num vagabundo e numa piada. Um duplo castigo é infligido sobre ele como pseudorrepresentante da beleza e do significado. Quando o artista-agonista aprender a viver naufragado e afundado, a abraçar a derrota e não afirmar nada, a atenuar sua vontade e aceitar sua designação para o inferno da verdade moderna, talvez seus poderes órficos sejam restaurados, as pedras voltem de novo a dançar, quando ele cantar. O céu e a terra talvez se unam outra vez. Depois de um longo divórcio. E com que alegria de ambas as partes, Charlie! Que alegria!

Mas isso não tem espaço em nosso filme. No filme, Corcoran e a esposa estão tomando banho numa lagoa coberta de hibiscos. Ela adora. Ele luta contra a depressão e reza para ter forças suficientes para representar seu papel até o fim. Nesse meio-tempo, Bigoulis segue adiante, preparando cada etapa, subornando caciques, contratando músicos e dançarinos. Na ilha, ele vê também, por conta própria, a grande oportunidade de investimento da sua vida. Já está fazendo planos de construir ali o maior resort do mundo. De noite, fica em sua barraca estudando um mapa e projetando uma catedral do prazer. Os nativos irão se transformar em garçons, cozinheiros, mensageiros e carregadores de tacos em seu campo de golfe.

VIII

Encerrada a terrível viagem, Corcoran volta para Nova York e publica seu livro. É um grande sucesso. Sua esposa o abandona e abre um processo de divórcio na justiça. Ela sabe que não é a heroína daquelas cenas carinhosas. Laverne fica ofendida quando descobre que ele repetiu com Hepzibah a mesma viagem, para ela sagrada. Diz que nunca poderá amar um homem capaz de tamanha traição. Fazer amor com outra mulher entre aquelas flores, ao luar! Ela sabia que ele era casado. Aquilo ela estava disposta a tolerar. Mas isso não, não a quebra da confiança. Ela não quer vê-lo nunca mais.

Portanto ele fica sozinho com seu sucesso, e seu sucesso é enorme. Você sabe o que isso significa...

"Charles, aqui está o meu legado para você. Vale cem vezes mais que aquele cheque que descontei no banco. Um filme como esse vai levantar milhões de dólares e encher a Terceira Avenida com filas durante um ano. Insista em ganhar um percentual da bilheteria.

"Você é capaz de produzir um bom roteiro a partir desse esboço, se você se lembrar de mim assim como eu continuei me lembrando de você, enquanto montei esse enredo. Você pegou a minha personalidade e a explorou quando escreveu o seu *Trenck*. Eu peguei você emprestado para criar esse Corcoran. Não deixe que as caricaturas saiam do controle. Permita-me chamar a sua atenção para a opinião de Blake acerca desse tema. 'Amo diversão', diz ele, 'mas diversão demais é a coisa mais asquerosa que existe. A alegria é melhor que a diversão e a felicidade é melhor que a alegria. Sinto que um homem pode ser feliz neste mundo. E sei que este mundo é um mundo de imaginação e visão... A árvore que leva alguns às lágrimas de alegria é, aos olhos de outros, apenas uma coisa verde que fica no meio do caminho. Alguns veem na natureza só o ridículo e a deformidade e não irei ajustar minhas proporções à luz disso.'"

Humboldt acrescentou mais algumas frases. "Expliquei por que escrevi este Tratamento. Na verdade, não fui forte o bastante para suportar os grandes fardos. Não me dei bem aqui, Charlie. Não chego ao ponto de dizer que fui o culpado do fracasso final do gosto. Digamos apenas que já estou um passo à frente do último estilo e olho para trás e te vejo lá longe, ainda trabalhando na lavoura dos campos do ridículo.

"Ajude o meu tio Waldemar o máximo que puder. Tenha certeza de que, se houver vida depois da morte, vou torcer por você. Antes de sentar para trabalhar nesse roteiro, toque alguns trechos de A *flauta mágica* na vitrola, ou leia A *tempestade*. Ou E. T. A. Hoffmann. Você é preguiçoso, deplorável, mais cabeçudo do que imagina, mas ainda não é um caso irremediavelmente perdido. Em parte, você é humanamente legal. Supostamente, temos que fazer alguma coisa pela nossa espécie. Não fique todo alvoroçado por causa de grana. Supere sua cobiça. Tenha melhor sorte com mulheres. Por fim — lembre: não somos seres naturais, mas sobrenaturais.
Afetuosamente, Humboldt."

"Então, agora entendo por que perdemos o Scala", disse Renata. "Tínhamos ingressos para esta noite. Todo aquele esplendor — a exuberante montagem de O *barbeiro de Sevilha* — uma chance de fazer parte da principal plateia musical da Europa! E nós sacrificamos tudo isso. E por quê? Para ir a Coney Island. Para voltar de lá trazendo o quê? Uma sinopse cretina. Eu tenho até vontade de dar risada", disse Renata. E de fato ela estava rindo. Renata estava de bom humor e poucas vezes estivera mais linda, o cabelo escuro puxado para trás e preso no alto da cabeça, dando a sensação... bem, uma sensação de resgate, algo sedoso e milagroso. As cores escuras combinadas com o vermelho eram as que caíam melhor em Renata. "Você não se importa de perder o Scala. Apesar de todas as suas credenciais, você na verdade não se importa muito com cultura. Bem lá no fundo, você é de Chicago, afinal."

"Vamos inventar uma outra coisa para fazer. O que estão apresentando no Metropolitan esta noite?"

"Não, é Wagner, e aquele 'Liebestod' me deprime. Na verdade, como todo mundo está falando do assunto, quem sabe a gente não podia ir ver *Garganta profunda*. Tudo bem, já percebi que você está se preparando para fazer um comentário sobre filmes de sexo. Não faça. Vou te explicar qual é a sua atitude. Quando se faz, é divertido, mas quando se vê, é uma coisa suja. E lembre que as suas piadinhas inteligentes não mostram nenhum respeito por mim. Primeiro eu faço coisas para você, depois eu me torno uma mulher de uma certa classe."

Apesar de tudo, Renata estava de bom humor, falante e extremamente afetuosa. Estávamos almoçando no Oak Room, longe dos feijões e das salsichas do asilo de velhos. Devíamos ter convidado aqueles dois velhotes para dar um passeio e almoçarem com a gente. Durante o almoço, Menasha teria me contado muitas coisas sobre minha mãe. Ela morreu quando eu era adolescente e eu queria muito ouvir um homem maduro falar sobre ela, se é que Menasha era um homem maduro. Minha mãe tornou-se uma pessoa sagrada. Julius sempre insistia em dizer que não conseguia lembrar-se dela, nem um pouco. Além do mais, ele tinha sérias dúvidas sobre minha memória. Por que tanta ansiedade (beirando a histeria) acerca do passado? Falando clinicamente, acho que o problema era histeria. Filosoficamente, eu me saía melhor. Platão associa a recordação ao amor. Mas eu não podia pedir a Renata que andasse bem devagarzinho ao lado de dois coroas caquéticos rumo a alguma espelunca que servia frutos do mar no calçadão de tábuas e passasse a tarde inteira ajudando os dois a ler o cardápio e a brigar com as ostras, tirando respingos de manteiga das calças deles, desviando os olhos quando suas pontes móveis dentárias saíssem do lugar, só para que eu pudesse conversar a respeito da minha mãe. Para ela, era esquisito que um sujeito idoso como eu se sentisse tão ansioso para ouvir recordações sobre a mãe. O contraste com aqueles caras muito velhinhos mesmo talvez me desse o aspecto de uma pessoa um pouco mais jovem, mesmo assim também seria possível que Renata embrulhasse nós três juntos em sua irritação. Assim Menasha e Waldemar acabaram privados de um convite para almoçar.

No Oak Room, ela pediu caviar Beluga. Disse que era sua recompensa por ter andado de metrô. "E depois", disse Renata para o garçom, "salada de lagosta. De sobremesa, o profiterole. O sr. Citrine vai comer omelete *fines-herbes*. Vou deixar que ele escolha o vinho." E escolhi mesmo, depois de ouvir o que ela queria. Pedi uma garrafa de Pouilly-Fuissé. Quando o garçom se retirou, Renata disse: "Notei que os seus olhos vão da direita para esquerda enquanto lê o cardápio. Não existe motivo para esse comportamento de garoto pobre. Você continua capaz de ganhar dinheiro, montanhas de dinheiro. Sobretudo se se aliar a mim. Prometo que seremos lorde e lady Citrine. Sei que a visita a Coney Island te deixou abatido. Portanto vou te mostrar uma vantagem. Olhe em volta nessa sala de jantar e observe as mulheres. Veja que tipo de bichos acompanham os grandes corretores, os executivos de empresas e os advogados de primeiro escalão. E depois compare comigo."

"Sem dúvida você tem razão. Morro de pena de todos eles."

O garçom dos vinhos chegou e fez os gestos fingidos de costume, mostrou o rótulo, curvou-se para a frente com seu saca-rolhas em punho. Em seguida, serviu um pouco de vinho para eu provar e me atormentou com cortesias superficiais, que tinham de receber um sinal de reconhecimento da minha parte.

"No entanto, foi certo vir para Nova York, agora eu concordo", disse Renata. "A sua missão aqui está concluída e no final valeu a pena, porque já era mais que hora de pôr a sua vida nos trilhos, e assim você varreu toneladas de lixo do seu caminho. As suas emoções e os seus sentimentos profundos podem contar a seu favor, mas você é como um bandolinista. Faz vibrar a mesma corda dez vezes. É gracioso, mas acaba sendo um pouco excessivo. Você ia dizer alguma coisa?"

"Sim, a estranheza da vida nesta Terra é muito opressiva."

"Você vive falando 'nesta Terra'. Isso me dá um calafrio. O tal velho professor Scheldt, o pai da sua gatinha fofa Doris, encheu a sua cabeça com esses elevados mundos esotéricos e quando você fala comigo sobre isso, sinto que nós dois estamos ficando malucos: conhecimento que não precisa de cérebro, audição sem ouvidos de verdade, visão sem olhos, os mortos estão entre nós, a alma deixa o corpo quando dormimos. Você acredita mesmo em toda essa conversa?"

"Levo essas afirmações a sério o bastante para examiná-las. Quanto à alma deixar o corpo quando dormimos, minha mãe acreditava nisso de forma absoluta. Quando eu era menino, ela me dizia isso. Não vejo nada de estranho. Só a minha cultura cerebral se opõe. O meu palpite é que mamãe tinha razão. Isso não pode me levar para o terreno da estranheza, pois eu já estou na estranheza. Pessoas inventivas e fecundas em desejos como eu, e também como os meus mestres maravilhosos, marcharam rumo à sua morte. E o que é a morte? De novo, *nessuno sa*. Mas a ignorância da morte está nos destruindo. E isso é a lavoura do ridículo em que Humboldt ainda me vê trabalhando. Nenhuma pessoa honrada pode recusar-se a dar o seu tempo, a sua mente, dedicar a sua alma a esse que é o problema dos problemas. A morte agora não enfrenta nenhum desafio sério da parte da ciência, da filosofia, da religião ou da arte..."

"Quer dizer que você acha que é melhor apostar em teorias estapafúrdias?"

Resmunguei alguma coisa para mim mesmo, pois ela ouvira aquela citação de Samuel Daniel antes e sua imagem de um bandolinista me impedia de repetir aquilo em voz alta. Era o seguinte: "Enquanto o conhecimento temeroso se detém em reflexões, a ignorância audaciosa já liquidou o assunto". Minha ideia era de que a vida nesta Terra era também tudo o mais, na realidade, contanto que aprendêssemos a apreendê-la. Porém, sem saber, ficamos oprimidos até o coração se partir. E meu coração estava se partindo o tempo todo, e eu estava enjoado e farto de tudo aquilo.

Renata disse: "Na verdade, o que me importa... Cultuar o que quiser é algo americano e fundamental. Só que, quando você abre os olhos, há uma espécie de brilho maluco dentro deles. Essa é uma palavra inventada. Aliás, adorei quando Humboldt escreveu que você era um maluco promissor. Adorei isso."

De minha parte, adorei a alegria de Renata. Sua rudeza e sua franqueza eram infinitamente melhores que seu tom amoroso e piedoso. Eu nunca engoli aquilo, nunca. Mas sua alegria enquanto punha caviar e passava o ovo e a cebola na torrada para mim me dava um consolo maravilhoso e extravagante. "Você só precisa parar de dar risadinhas feito um menino de dez anos", prosseguiu ela. "E agora vamos resolver de uma vez esse assunto do Humboldt. Ele achou que estava te deixando um patrimônio valioso. Pobre coitado. Que comédia! Quem é que vai querer comprar uma história como essa? O que tem demais? O sujeito teria que fazer tudo duas vezes, primeiro com a garota e depois com a esposa. Isso ia deixar a plateia doida. Os produtores estão em busca de algo que vá além de *Bonnie e Clyde*, ou *Operação França*, ou *O poderoso Chefão*. Assassinatos num trem do metrô. Amantes nus que se remexem para cima e para baixo, enquanto balas de metralhadoras estraçalham os seus corpos. Pessoas chiques em mesas de massagistas que levam tiros em cheio nos óculos." Implacável, absolutamente benévola, Renata riu, enquanto bebia Pouilly-Fuissé, consciente de como eu admirava seu pescoço e a sutileza feminina dos seus anéis brancos (ali, o véu de Maia se mostrava mais nítido que nunca). "Não é assim mesmo, Charles? E como o Humboldt vai competir com isso? Ele sonhava em enfeitiçar o seu público. Mas você também não conseguiu fazer isso. Sem o seu diretor, *Trenck* jamais teria alcançado uma grande bilheteria. Foi você mesmo que me disse. Quanto foi que você ganhou com a venda dos direitos de *Trenck* para o cinema?"

"O preço foi trezentos mil dólares. O produtor ficou com a metade, o agente ficou com dez por cento, o governo pegou sessenta por cento do que sobrou. Eu pus cinquenta na casa de Kenwood, que agora pertence à Denise…" Enquanto eu recitava as cifras e as porcentagens, o rosto de Renata se mantinha numa serenidade maravilhosa. "É assim que o meu sucesso comercial vai pelo ralo", falei. "E, concordo, eu jamais seria capaz de ganhar tanto dinheiro por mim mesmo. Foi tudo por causa do Harold Lampton e do Kermit Bloomgarden. Quanto ao Humboldt, ele não foi o primeiro homem a fracassar na tentativa de combinar sucesso mundano e integridade poética, fulminado pelo fogo poético, como diz Swift, e em consequência inapto para a Igreja, para o Direito ou para o Estado. Mas ele pensava em mim, Renata. O seu roteiro transmite a opinião que tinha a meu respeito — tolice, complicação, sutileza desperdiçada, um coração amoroso, um tipo de gênio desorganizado, uma certa elegância de construção. O seu legado é também a sua opinião afetuosa a meu respeito. E ele fez o melhor que pôde. Foi um gesto de amor…"

"Charlie, olhe lá, estão trazendo o telefone para você", disse Renata. "Impressionante!"

"É o sr. Citrine?", perguntou o garçom.

"Sim."

Ele ligou o aparelho e falei com Chicago. A ligação era de Alec Szathmar.

"Charlie, você está no Oak Room?", perguntou.

"Estou."

Ele deu um riso nervoso. Quando meninos, nós dois brincávamos de lutar boxe com luvas no beco, acertávamos um na cara do outro até ficarmos tontos e sem fôlego, e agora éramos homens e tínhamos subido na vida. Eu estava almoçando luxuosamente em Nova York e ele me telefonava de um escritório com as paredes forradas de lambris, em La Salle Street. Infelizmente, as mensagens que tinha para me dar não combinavam com aquela situação de luxo e conforto. Ou combinavam? "O Urbanovich acatou o pedido da Denise e do Pinsker. O tribunal diz que você tem que depositar uma fiança. A cifra é de duzentos mil dólares. É isso que acontece quando você ignora os meus conselhos. Eu te disse para esconder algum dinheiro na Suíça. Não, você tinha que ser correto. Não ia fazer nada indecente. Esse é o tipo de esnobismo que acaba ferrando com a gente. Você queria austeridade? Pois bem, você está duzentos mil dólares mais perto disso que estava ontem."

Um ligeiro eco me indicava que ele estava usando um amplificador. Minhas respostas eram ouvidas na caixa de som do seu escritório. Isso queria dizer que sua secretária, Tulip, estava ouvindo. Por causa do interesse carinhoso que aquela mulher tinha por minhas ações, Szathmar, sempre um apresentador de espetáculos, às vezes a convidava para ouvir nossas conversas. Era uma boa mulher, um pouco pálida e pesada, e se comportava no estilo austero, característico do antigo West Side. Era uma mulher devotada a Szathmar, cujas fraquezas ela conhecia e perdoava. Só o próprio Szathmar não tinha consciência de nenhuma fraqueza. "O que vai fazer para conseguir a grana, Charlie?", perguntou.

A primeira coisa a fazer era esconder os fatos de Renata.

"Não chega a ser um problema tão grande assim. Ainda tenho um pequeno saldo com você, não é?"

"Nós combinamos que eu ia reembolsar o empréstimo do condomínio em cinco prestações anuais e você já pegou o pagamento deste ano. Suponho que as décadas de conselhos legais gratuitos que te dei não adiantaram nada."

"Você também me levou para os braços do Tomchek e do Srole."

"As pessoas com as melhores relações domésticas de Chicago. Eles não podiam combinar com você. Ninguém pode."

Renata cobriu mais uma torrada com caviar, ovos ralados, cebola e creme de leite.

"Pois bem, já te dei a primeira mensagem", disse Szathmar. "A mensagem número dois é para telefonar para o seu irmão no Texas. A esposa dele está tentando falar com você. Não aconteceu nada. Não perca a cabeça. Julius vai fazer uma cirurgia cardíaca de peito aberto. A sua cunhada diz que vão fazer o transplante de algumas artérias por causa da angina. Ela achou que o único irmão dele devia saber. Eles vão para Houston para fazer a operação."

"O seu rosto está completamente transtornado, o que foi?", perguntou Renata quando desliguei o telefone.

"O meu irmão vai fazer uma cirurgia cardíaca de peito aberto."

"Oh-oh!", disse ela.

"Pois é. Tenho que ir para lá."

"Você não está pedindo para eu adiar essa viagem de novo, está?"

"Podemos partir do Texas para o exterior sem nenhum problema."

"Você tem mesmo que ir?"

"Claro, eu devo."

"Nunca vi o seu irmão, mas sei que ele é um sujeito bruto. Não ia cancelar os planos dele por sua causa."

"Escute Renata, ele é o meu único irmão e essas operações são perigosas. Pelo que sei, eles abrem o peito da gente, retiram o coração, põem em cima de uma toalha ou algo assim e mantêm o sangue circulando por meio de uma máquina. É uma dessas diabólicas modernidades tecnológicas. Pobre humanidade, estamos todos arremessados no mundo objetivo agora..."

"Ugh", disse Renata. "Espero que nunca façam de mim um quebra-cabeça como esse."

"Querida Renata, no seu caso o mero pensamento de tal coisa já é uma blasfêmia." Os seios de Renata, uma vez retirado o suporte das roupas, tombavam delicadamente para a esquerda e para a direita, devido a certa plenitude encantadora na base de cada um deles, talvez por causa da sua ligação com os polos magnéticos da Terra. Não dava para imaginar Renata como portadora de um peito no estilo humano comum — seguramente, não no estilo do peito do meu irmão, parrudo e com pelos grisalhos.

"Você quer que eu vá para o Texas com você, não é?", perguntou.

"Para mim, isso significaria muito."

"E para mim também, se fôssemos marido e mulher. Eu iria lá duas vezes por semana, se você precisasse de apoio. Mas não fique achando que vai me levar a reboque e me mostrar para um velho sujo como se eu fosse a sua piranha. Não se iluda com o meu comportamento de mulher solteira."

Essa última frase era uma referência à noite em que ela fechou a porta e me deixou do lado de fora e deitou-se com Flonzaley, o rei do necrotério. Ela havia chorado, pelo que dizia, enquanto eu telefonava freneticamente. "Case comigo", disse-me ela agora. "Mude o meu status. É disso que preciso. Serei uma esposa maravilhosa."

"É o que eu devia fazer. Você é uma mulher esplêndida. Por que eu haveria de discutir com você?"

"Não há mesmo o que discutir. Vou para a Itália amanhã e você pode se encontrar comigo em Milão. Mas vou entrar na loja do Biferno numa posição mais fraca. Na condição de mulher divorciada que anda por aí com um amante, não posso esperar que o meu pai se mostre entusiasmado e, falando em termos práticos, vai ser mais difícil para ele ter uma catarse emocional comigo do que se eu fosse uma garota inocente. Quanto a mim, ainda me lembro como mamãe e eu fomos postas no olho da rua — bem ali na Via Monte Napoleone, e como fiquei parada na frente da vitrine dele, com todos aqueles lindos artigos de couro, e comecei a chorar. Até hoje, quando entro na Gucci e vejo as malas de bolsas de luxo, me sinto à beira de um desmaio por causa da rejeição e do desgosto."

Algumas afirmações nasciam para ser esquecidas, outras, para ecoar. As palavras "meu comportamento de mulher solteira" continuavam a reverberar, como se a intenção tática de Renata fosse que elas reverberassem mesmo. No entanto era impossível casar com ela só para mantê-la numa situação honesta por alguns dias em Milão.

Subi ao nosso quarto de mansarda e pedi ao telefonista que fizesse uma ligação para meu irmão, em Corpus Christi.

"Ulick?", perguntei, usando seu nome familiar.

"Sim, Chuckie."

"Vou para o Texas amanhã."

"Ah, já te contaram", disse ele. "Vão me abrir ao meio na quarta-feira. Bem, venha para cá, se não tiver mais nada para fazer. Pensei que tinha ouvido dizer que você ia viajar para a Europa."

"Posso partir de Houston para o exterior."

É claro que ele ficou satisfeito por eu querer vê-lo, mas era desconfiado e imaginou se eu não estaria pensando num jeito de obter alguma vantagem. Na verdade, Julius me amava, mas afirmava e até acreditava que não. Meu vigor fraternal deixou-o lisonjeado. Mas ele tinha uma cabeça lúcida demais para se iludir. Não era um homem amável e, se ocupava um lugar importante em meus sentimentos, e tais sentimentos eram complicados e penetrantes, a razão era ou que eu era uma pessoa estranhamente imatura, incipiente, ou que, provavelmente sem saber o que estava fazendo, eu me envolvera em alguma tramoia. Ulick via maracutaias em toda parte. Sujeito parrudo, de cara dura, boa-pinta, olhos grandes, atentos e astutos. O bigode no estilo do falecido secretário Acheson mitigava a voracidade da boca. Era um homem empertigado pesado gracioso e ávido, que usava roupas xadrez e listradas, chamativo, mas arrumado com elegância. Em algum ponto entre a política e os negócios, um dia ele fez fortuna em Chicago, ligado ao submundo do crime, mas sem fazer parte dele. Porém se apaixonou e deixou a esposa por outra mulher. No divórcio, foi sugado até o tutano, perdeu seu patrimônio em Chicago. Todavia ganhou uma segunda fortuna no Texas e constituiu uma segunda família. Era impossível pensar nele sem sua riqueza. Para ele, era necessário estar envolto em dinheiro, ter dúzias de ternos e centenas de pares de sapatos, camisas além do que se pode calcular, abotoaduras, anéis no dedo mindinho, casas grandes, automóveis de luxo, uma vasta mansão de grão-duque que ele governava como um demônio. Assim era Julius, meu irmão mais velho, Ulick, que eu amava.

"Pela minha vida", disse Renata. "Não consigo imaginar por que você é tão apegado a esse seu irmão. Quanto mais ele te espezinha, mais você adora o chão que ele pisa. Permita-me lembrar algumas coisas que você me contou sobre ele. Quando vocês eram meninos e brincavam no chão com brinquedos, ele pisava nos seus dedos. Jogava pimenta nos seus olhos. Batia na sua cabeça com um bastão. Quando eram adolescentes, ele tacou fogo na sua coleção de livretos de Marx e Lênin. Ele trocava murros com todo mundo, até com uma senhora de cor."

"Sim, era a Bama, tinha um metro e oitenta de altura e lhe deu um murro tremendo no ouvido, e ele revidou."

"Ele se meteu em mil escândalos e processos na justiça. Dez anos atrás, deu tiros num carro que usou a entrada da sua casa para fazer uma manobra."

"Ele só queria furar um pneu."

"Sim, mas acertou nas janelas e estava sendo processado por agressão com arma de fogo com intenção de matar, não foi o que você me contou? Parece um desses malucos brutais que vivem se metendo na sua vida. Ou será que é o contrário?"

"O mais estranho é que ele não é nenhum bruto, é um sujeito encantador, um cavalheiro. Mas acima de tudo é o meu irmão Ulick. Certas pessoas são tão reais que chegam a derrotar as minhas faculdades críticas. Uma vez que essas pessoas existem — incontestáveis, indiscutíveis —, nada se pode fazer a respeito delas. A sua realidade importa mais que os meus interesses práticos. Acima de certo nível de vivacidade, eu acabo ficando apaixonadamente apegado."

Era óbvio que a própria Renata pertencia a essa categoria. Eu estava apaixonadamente apegado a ela porque era Renata. E também tinha um valor adicional — sabia um bocado a meu respeito. Eu tinha um interesse especial em Renata porque havia contado para ela muita coisa a meu próprio respeito. Era instruída acerca da vida e dos pontos de vista de Citrine. Não era preciso ter nenhuma instrução desse tipo sobre a vida de Renata. Bastava olhar para ela. E as condições eram tais que eu tinha de ganhar a consideração dela. Quanto mais fatos eu punha dentro de Renata, tanto mais eu precisava dela e mais aumentava seu valor. Na vida após a morte, não haverá nenhuma sujeição pessoal ou erótica desse tipo. Não teremos de subornar outra alma para que nos escute com atenção, enquanto explicamos o que somos, o que pretendemos fazer, o que fizemos, o que os outros fizeram etc. (No entanto, naturalmente, surge a questão: por que alguém deveria ouvir gratuitamente essa história toda?) A ciência espiritual diz que na vida após a morte as leis morais terão a prioridade e são tão poderosas quanto as leis da natureza no mundo corpóreo. É claro que eu era apenas um iniciante no jardim de infância da teosofia.

Mas eu levava aquilo a sério. Tinha uma intenção sincera de dar um salto estranho e mergulhar na verdade. Eu havia feito aquilo com a maioria das maneiras contemporâneas de filosofar. De uma vez por todas, eu ia descobrir se existia algo por trás dos incessantes sinais de imortalidade que não paravam de pipocar à minha frente. Além do mais, isso era a coisa mais revolucionária e inovadora que se poderia empreender, e do mais alto valor possível. Socialmente, psicologicamente, politicamente, a própria essência das instituições humanas era um extrato daquilo que supúnhamos acerca da morte. Renata disse que eu me mostrava furioso, arrogante e vingativo em relação a intelectuais. Eu sempre disse que eles estavam desperdiçando o tempo deles e o nosso também e que eu queria surrá-los e esmagá-los. É possível que sim, embora ela exagerasse minha violência. Eu tinha o estranho pressentimento de que a própria natureza não existia dessa forma, um mundo objetivo eternamente separado dos sujeitos, mas que tudo o que era exterior correspondia nitidamente a algo interior, que os dois reinos eram idênticos e intercambiáveis e que a natureza era meu próprio ser inconsciente. O qual eu podia chegar a conhecer mediante o trabalho intelectual, o estudo científico e a contemplação interior. Cada coisa na natureza era um emblema de algo em minha própria alma. Naquele momento, no Plaza, fiz uma rápida avaliação da minha posição. Eu estava com um leve sentimento do espaço cósmico. O quadro de referência era tênue e trêmulo à minha volta. Portanto era necessário ser firme e pôr a metafísica e a conduta de vida juntas, de algum modo prático.

Suponha, portanto, que depois da mais apaixonada vivacidade e a glória mais afetuosa, o esquecimento seja tudo o que nos resta esperar, o grande vazio da morte. Que opções se apresentam? A opção é preparar-se aos poucos para entrar no esquecimento de modo que não ocorra nenhuma grande transformação quando tivermos morrido. Outra opção é aumentar a amargura da vida de maneira que a morte seja uma libertação desejável. (Para isso, o resto da humanidade estará pronto para colaborar plenamente.) Existe uma outra opção, raramente escolhida. Essa opção consiste em deixar os elementos mais profundos em nós trazerem à luz sua informação mais profunda. Se não existe nada à nossa espera senão o não ser e o esquecimento, as crenças dominantes não nos enganaram, e estamos conversados. Isso me espantaria, pois as crenças dominantes raramente satisfazem à minha necessidade de verdade. Contudo essa possibilidade deve ser admitida. Suponhamos, porém, que *não* se trate de esquecimento. Então, o que foi que eu fiquei fazendo durante seis décadas? Acho que nunca acreditei que houvesse mesmo o esquecimento e, ao longo de cinco décadas e meia de distorções e absurdos, contestei e recusei a suposta racionalidade e finalidade da noção do esquecimento.

Eram esses os pensamentos que rodopiavam dentro da minha cabeça no último andar do Plaza. Renata continuava a criticar o quarto de mansarda. Eu sempre lhe ofereci tudo do bom e do melhor em Nova York, gastei de maneira majestosa, joguei meu dinheiro no lixo como um mineiro de Klondike. Urbanovich tinha certa base para afirmar que eu era um velho desmiolado, que eu estava torrando meu capital para impedir que meus inimigos pusessem as mãos nele, e o juiz Urbanovich estava querendo me conter. Mas afinal o dinheiro não era dele, certo? Todavia, a questão era muito excepcional, pois todo tipo de gente com quem eu tivera qualquer relação tinha uma ideia diferente sobre o assunto. Por exemplo, havia Pinsker, o advogado de Denise, o homem cabeludo que usava gravata de cor de omelete de queijo. Eu nem sequer conhecia o sujeito, nunca trocamos quaisquer palavras de modo mais pessoal. Então como é que ele metia a mão no meu bolso daquele jeito?

"Que providências teremos que tomar?", perguntou Renata.

"Para você, na Itália? Será que mil dólares bastam para você ficar lá uma semana?"

"Lá em Chicago, dizem as coisas mais terríveis a seu respeito, Charlie. Você devia saber qual é a sua reputação. É claro que a Denise está por trás disso. Ela até faz a cabeça das filhas, e elas também espalham as opiniões da mãe. Dizem que você é um sujeito insuportável. A mamãe ouve essa opinião em toda parte. Mas quando uma pessoa te conhece, vê que é um sujeito gentil — o mais gentil que já houve neste mundo. O que você acha de a gente fazer amor? Não é preciso tirar a roupa toda. Sei que você às vezes gosta de meio a meio." Ela tirou a parte de baixo das roupas, soltou o sutiã para facilitar o acesso e se instalou num canto da cama com toda a plenitude, a maciez e a beleza da sua metade inferior, seu rosto branco e as sobrancelhas arqueadas para cima com ar de piedade. Eu estava diante dela em fraldas de camisa. Ela disse: "Vamos fazer um estoque de consolo para abastecer a nossa separação".

Então, atrás de nós, na mesinha de cabeceira, a luzinha do telefone começou a piscar em silêncio, pulsando. Alguém tentava falar comigo. As pulsações de quem chegaram primeiro, essa era a questão.

Renata começou a rir. "Você conhece os cretinos mais talentosos do mundo", disse. "Eles sempre sabem a hora certa de te perturbar. Bem, vamos lá. Atenda. O momento já foi estragado mesmo. Você parece ansioso. Na certa está pensando nas suas filhas."

O telefonema era de Thaxter. Ele disse: "Estou no térreo. Você está ocupado? Pode ir ao Palm Court? Tenho novidades importantes".

"Continua no próximo capítulo", disse Renata, agora alegre. Vestimos nossas roupas e descemos para encontrar Thaxter. De início, não o reconheci, pois estava com uma nova indumentária, chapéu de caubói e calças de veludo com as bainhas enfiadas para dentro das botas de vaqueiro. "O que houve?", perguntei.

"A novidade boa é que acabei de assinar um contrato para aquele livro sobre os ditadores temperamentais", disse ele. "Qaddafi, Amin e os outros. E o melhor de tudo, Charlie, é que ainda podemos conseguir mais um contrato. Hoje. Nesta noite, se você quiser. E acho que você devia querer. Seria um bom negócio para você, sem dúvida nenhuma. E, sim, a propósito, na recepção ao meu lado havia uma senhora que também perguntou por você. É a viúva do poeta Fleisher, eu creio, ou a sua esposa divorciada."

"Kathleen? Para onde ela foi? Onde ela está?", perguntei.

"Eu disse a ela que tinha negócios urgentes para tratar com você e então ela disse que precisava mesmo fazer compras. Disse que você poderia encontrá-la em Palm Court daqui a uma hora."

"Você a mandou embora?"

"Antes que você se irrite, lembre que estou oferecendo um coquetel no *France*. Os meus horários estão muito apertados."

"E para que essa fantasia de caubói?", perguntou Renata.

"Bem, achei que seria uma boa ideia ficar com um aspecto mais americano, como um cara do interior. Achei que devia demonstrar que eu não tinha nada a ver com a mídia liberal e o sistema dominante da Costa Leste."

"Você vai fingir que leva a sério aqueles caras do Terceiro Mundo", falei, "e depois vai descrevê-los como vulgares, imbecis, chantagistas e assassinos."

"Não, a questão tem um aspecto sério", disse Thaxter. "Planejo evitar completamente o tom de sátira. Esse assunto tem o seu lado sério. Quero examiná-los não só como soldados demagogos e bufões criminosos, mas também como líderes que desafiam o Ocidente. Quero dizer algo sobre o seu ressentimento em relação ao insucesso da civilização na tarefa de levar o mundo para além da tecnologia e das finanças. Pretendo analisar a crise de valores..."

"Não deturpe o assunto. Mantenha distância dos valores, Thaxter. É melhor eu te dar alguns conselhos. Em primeiro lugar, não force muito a barra, não se intrometa demais nessas entrevistas e não faça perguntas compridas. Em segundo lugar, não fique andando para lá e para cá com esses ditadores, e fique longe de jogos competitivos. Se você jogar gamão, pingue-pongue ou bridge com eles, vai acabar perdendo o controle — vai se ferrar. A gente não conhece o Thaxter de verdade", expliquei para Renata, "senão depois de vê-lo com um taco de sinuca na mão, ou uma raquete ou um taco de golfe. Ele é sinistro, ele pula, zomba, fica com uma cara feroz, e é capaz de trucidar todo mundo sem a menor piedade, homem, mulher, criança... Mas você vai ganhar um bom adiantamento?"

É claro que ele já estava preparado para essa pergunta.

"Nada mau, levando em conta as circunstâncias. Mas existem tantas ordens de penhora contra mim na Califórnia que os meus advogados me recomendaram receber o pagamento em prestações mensais e não de uma vez só, portanto vou retirar quinhentos dólares por mês."

O Palm Court estava silencioso, os músicos estavam no intervalo de descanso. Renata, pondo a mão embaixo da mesa, começou a esfregar minha perna. Ela pôs meu pé em seu colo e tirou o mocassim, acariciando a sola e o dorso do pé. Logo depois apertou o pé contra si mesma, infatigavelmente sensual, fazendo amor em segredo comigo — ou com ela mesma, comigo. Aquilo já havia acontecido antes, em jantares e festas onde as pessoas a deixavam entediada ou irritada. Renata estava com seu lindo chapéu de veludo copiado de *Os síndicos da corporação de tecelões de Amsterdam*. Abaixo dele o rosto branco e sonhador, mais cheio na parte inferior, exprimia sua alegria, sua afeição, sua opinião sobre minhas relações com Thaxter, seu prazer em segredo. Como ela fazia tudo parecer fácil e natural — bondade, maldade, luxúria. Eu invejava isso em Renata. Ao mesmo tempo eu não acreditava de fato que fosse tudo tão natural ou fácil assim. Eu desconfiava... não, na verdade eu *sabia muito bem*.

"Pois bem, se você está pensando em pagamento, ainda não tenho nada para te dar por conta", disse Thaxter. "Em vez disso, vou te fazer uma coisa melhor. Estou aqui para fazer uma proposta prática. Você e eu devíamos escrever aquele guia cultural Baedeker da Europa. Essa é uma ideia que deixou o meu editor entusiasmado. Stewart se amarrou de verdade no projeto. Com toda franqueza, o seu nome é importante num negócio dessa ordem. Mas vou organizar o projeto no seu todo. Você sabe que tenho talento para isso. E você não vai ter que se preocupar com nada. Eu vou ser o sócio minoritário e você vai faturar cinquenta mil dólares só assinando. Tudo o que você tem que fazer é pôr o seu nome no papel e pronto."

Renata parecia nem ouvir nossa conversa. Deixou escapar por completo a menção aos cinquenta mil dólares. Agora ela havia nos abandonado, por assim dizer, e estava me apertando cada vez com mais força. Sua ansiedade era intensa. Ela estava indecente, exuberante, envolvente, e quando tinha de suportar a companhia de tolos, sabia que providências devia tomar para se compensar. Eu a amava por aquilo. Enquanto isso, a conversa prosseguia. Eu me sentia contente de ouvir alguém dizer que eu ainda podia pedir adiantamentos volumosos.

Thaxter não era um homem especialmente observador. Não percebia nem de longe o que Renata estava fazendo, a dilatação dos seus olhos e a seriedade biológica com que terminou sua requintada brincadeira. Ela passou da diversão à jovialidade e à felicidade e por fim ao clímax, seu corpo se estendeu na cadeira provinciana francesa do Palm Court. Quase desmaiou com um longo e belo estremecimento. Aquilo foi quase como o estremecer de um peixe, em sua delicadeza. Em seguida, seus olhos brilharam para mim, enquanto ela afagava meu pé, de modo gentil e calmo.

Enquanto isso, Thaxter dizia: "É claro que você se preocupa com a ideia de ter que trabalhar comigo. É claro que você tem medo de que eu fuja com a minha parte do adiantamento e você tenha que devolver a sua parte ou fazer o livro todo sozinho. Isso seria um pesadelo para um homem com uma personalidade ansiosa como é o seu caso".

"Eu teria como usar o dinheiro", falei, "mas não me peça para cometer suicídio. Se eu me visse oprimido por uma responsabilidade feito essa, se você desse no pé e eu tivesse que fazer o trabalho todo sozinho, a minha cabeça iria explodir como uma bomba."

"Bem, nesse caso você estaria inteiramente respaldado. Pode se proteger contratualmente. Ficaria estabelecido que a sua única responsabilidade contratual seria redigir o ensaio principal sobre cada um dos países. São seis países — Inglaterra, França, Espanha, Itália, Alemanha e Áustria. Os direitos de publicação desses textos seriam seus, completamente. Se você conduzir as coisas direito, só esses textos poderiam valer cinquenta mil dólares. Portanto a minha proposta é a seguinte, Charlie. Começamos pela Espanha, o país mais simples de todos, e vemos o que acontece. Agora, preste atenção no seguinte: Stewart diz que vai bancar para você um mês no Hotel Ritz de Madri. A título de experiência. Você não pode pedir nada mais justo que isso. Vocês dois vão adorar. O Museu do Prado fica a um quarteirão do hotel. O Guia Michelin faz uma lista de muito poucos restaurantes de primeira classe, como o Escuadrón. Eu vou marcar todas as entrevistas. Haverá uma enxurrada de pintores, poetas, críticos, historiadores, sociólogos, arquitetos, músicos e líderes do movimento underground que irão te visitar no Ritz. Você podia ficar o dia inteiro conversando com gente maravilhosa e comendo e bebendo esplendidamente e além do mais ganhando uma fortuna. No prazo de três semanas, você já poderia escrever um texto intitulado A *Espanha contemporânea, um panorama cultural*, ou alguma coisa assim."

Renata, de volta à consciência, agora escutava com interesse o que Thaxter estava dizendo. "Mas esse editor está mesmo disposto a bancar essa viagem? Madri parece uma ideia maravilhosa", disse ela.

"Você sabe como são esses conglomerados empresariais gigantescos", respondeu Thaxter. "O que alguns poucos milhares de dólares representam para o Stewart?"

"Vou pensar na proposta."

"Em geral, quando o Charlie responde que vai pensar no caso, quer dizer não."

Thaxter curvou-se na minha direção com seu chapéu de vaqueiro. "Posso acompanhar a sua linha de raciocínio", disse ele. "Está pensando que é melhor eu escrever o meu livro dos ditadores primeiro. Thaxter, *avec tout ce qu'il a sur son assiette*? Vai acabar metendo os pés pelas mãos. Mas é isso mesmo. Outras pessoas podem se enrolar nos próprios tentáculos, mas comigo quanto mais braços e coisas para fazer, melhor. Sou capaz de empacotar e despachar cinco ditadores em três meses", garantiu Thaxter.

"Madri parece maravilhoso", disse Renata.

"A velha terra natal da sua mãe, não é?", perguntei.

"Deixe-me fazer uma breve panorâmica sobre a situação internacional do Hotel Ritz", disse Thaxter. "O Ritz de Londres está no bagaço — sujo, malconservado. O Ritz de Paris pertence a bilionários árabes do petróleo, do tipo do Onassis, e a barões do Texas. Lá, nenhum garçom vai prestar atenção em você. Neste momento, com esses levantes que acontecem em Portugal, o Ritz de Lisboa não é um local repousante. Mas a Espanha continua conveniente e feudal o bastante para proporcionar o verdadeiro e antiquado tratamento do Ritz."

Thaxter e Renata tinham isto em comum: imaginavam-se europeus, Renata por causa da Señora, Thaxter por causa da sua preceptora francesa, as relações internacionais da sua família, seu bacharelado em francês no Olivet College, em Michigan.

Sem contar o dinheiro, Renata via em mim a esperança de uma vida interessante, Thaxter via a esperança de uma vida mais elevada, capaz de conduzi-lo talvez a um estágio superior. Estávamos bebendo chá, vinho xerez e comendo tortas geladas de cores lindas, enquanto eu esperava a chegada de Kathleen.

"Tentando ficar em dia com os seus interesses", disse Thaxter, "andei lendo textos do seu mestre Rudolf Steiner, e ele é fascinante. Eu esperava algo ao estilo da Madame Blavatsky, mas acontece que ele é um tipo de místico muito racional. Qual a visão que ele tem de Goethe?"

"Não comece com essa história, Thaxter", disse Renata.

Mas eu precisava de uma conversa séria. Estava sôfrego por isso. "Não se trata de misticismo", respondi. "Goethe simplesmente não se detém nas fronteiras traçadas pelo método indutivo. Ele deixa a sua imaginação atravessar os objetos. Um artista às vezes tenta ver até que ponto consegue se aproximar de ser um rio ou uma estrela, brinca de se transformar nisso ou naquilo — entra nas formas dos fenômenos pintados ou descritos. Alguém chegou até a escrever que um astrônomo que pastoreia rebanhos de estrelas, o gado da sua mente, é o pasto do espaço. A alma imaginativa opera desse modo e por que a poesia recusaria ser conhecimento? Para Shelley, Adonais na morte tornou-se parte da amabilidade que ele havia tornado mais amável. Portanto, segundo Goethe, o azul do céu era a teoria. Havia um pensamento no azul. O azul tornou-se azul quando a visão humana o recebeu. Um homem maravilhoso como o meu falecido amigo Humboldt ficava intimidado diante da ortodoxia racional e, como era poeta, provavelmente isso lhe custou a vida. Será que não basta ser uma pobre criatura nua e ludibriada e é preciso ser também um pobre espírito nu e ludibriado? Será que a imaginação tem que ser chamada a abrir mão do seu próprio vínculo, livre e pleno, com o universo — o universo tal como Goethe o definia, como o vestuário vivo de Deus? E hoje descobri que Humboldt na verdade acreditava que os seres humanos eram seres sobrenaturais. Também ele!"

"Pronto, começou outra vez", disse Renata. "Para que você foi provocar?"

"O pensamento é um constituinte real do ser", tentei prosseguir.

"Charlie! Agora não", disse Renata.

Thaxter, que normalmente era educado com Renata, retrucava em tom ríspido quando ela se intrometia naquelas conversas elevadas. Ele disse: "Tenho um profundo interesse na maneira como a mente do Charles opera". Estava fumando seu cachimbo, a boca aberta e escura embaixo da aba grande do chapéu de caubói.

"Então experimente viver com ela", disse Renata. "As teorias birutas do Charlie fazem umas misturas que ninguém seria capaz de imaginar, a forma como o Congresso americano faz o seu trabalho, Immanuel Kant, os campos russos do gulag, coleções de selos, fome na Índia, amor e sono e morte e poesia. Quanto menos a gente falar da maneira como a mente dele opera, melhor. Mas se você tiver mesmo que ser um guru, Charlie, não pare no meio do caminho — vista logo um manto de seda, ponha um turbante na cabeça, deixe a barba crescer. Você ficaria um líder espiritual bonito pra burro, com a barba grande e essas narinas que parecem feitas com as figuras abstratas daquelas estamparias indianas. Eu te deixaria com tudo em cima e faríamos um tremendo sucesso. Essa maneira como você se comporta, e ainda por cima de graça! Às vezes tenho até que me beliscar para acreditar no que estou vendo. Tenho a impressão de que tomei uns cinquenta valiums e estou ouvindo vozes."

"Pessoas de intelecto poderoso nunca têm completa certeza de que estão sonhando ou não."

"Bem, pessoas que não sabem se estão sonhando ou se estão acordadas não possuem necessariamente um intelecto poderoso", respondeu Renata. "A minha teoria é que você está me castigando com essa antroposofia toda. Você sabe do que estou falando. Aquela loura safada te apresentou ao pai dela e, desde então, tudo virou uma noite de assombrações."

"Eu gostaria que você terminasse o que começou a dizer", Thaxter virou-se para mim outra vez.

"Resume-se no seguinte, o indivíduo não tem meios de provar o que tem no coração — me refiro ao amor, à avidez pelo mundo exterior, ao aumento do entusiasmo com a beleza para a qual não existem termos de conhecimento aceitáveis. Presume-se que o verdadeiroo conhecimento é um monopólio do ponto de vista científico. Mas os seres humanos podem ter todo o tipo de conhecimento. Eles não precisam requerer o direito de amar o mundo. Mas, para ver o que acontece nesse terreno, basta tomarmos a carreira de alguém como Von Humboldt Fleisher..."

"Ah, lá vem esse cara outra vez", disse Renata.

"Será verdade que, à medida que o conhecimento em grande escala avança, a poesia deve ficar para trás e que o modo imaginativo de pensamento pertence à infância da raça? Um menino como Humboldt, cheio de coração e imaginação, que ia à biblioteca procurar livros, levava uma vida fascinante, balizada por horizontes encantadores, lia antigas obras-primas em que a vida humana tem o seu pleno valor, se enchia de Shakespeare, onde há um monte de espaço significativo em torno de cada ser humano, onde as palavras significam aquilo que dizem e os olhares e os gestos são também inteiramente plenos de significado. Ah, aquela harmonia e doçura, aquela arte! Mas termina aí. O espaço significativo definha e desaparece. O menino entra no mundo e aprende os seus truques sórdidos e cruéis, o encantamento cessa. Mas é mesmo o mundo que está desencantado?"

"Não", respondeu Renata. "Eu sei a resposta para essa pergunta."

"Foram antes as nossas mentes que se permitiram ser convencidas de que não existe nenhum poder imaginativo para ligar cada indivíduo à criação de forma independente."

Ocorreu-me de súbito que Thaxter, em sua indumentária de morador da roça, poderia perfeitamente estar na igreja, e que eu me comportava como se fosse seu pastor. Não era domingo, mas eu estava no púlpito de Palm Court. Quanto a Renata, sorrindo — os olhos escuros, a boca vermelha, os dentes brancos, o pescoço liso —, embora me interrompesse e fizesse apartes no meio desses sermões, se divertia um bocado com a maneira como eu os proferia. Eu conhecia muito bem a teoria de Renata. O que quer que dissessem, o que quer que fizessem, só servia para aumentar ou diminuir a satisfação erótica, e isso representava o teste prático para qualquer ideia. Será que aquilo produzia um grande estouro? "Poderíamos estar no Scala esta noite", disse ela, "fazendo parte de uma plateia exuberante, ouvindo Rossini. Em vez disso, sabe o que é que fizemos hoje, Thaxter? Fomos a Coney Island para o Charlie poder pegar a sua parte da herança deixada pelo seu velho companheiro Humboldt Fleisher. É sempre Humboldt, Humboldt, Humboldt, como Figaro, Figaro, naquela ópera. O tio do Humboldt, de oitenta anos, entregou para Charlie um maço de papéis e Charlie leu tudo e chorou. Bem, agora faz um mês que não escuto falar de outra coisa que não Humboldt e morte e sono e metafísica e como o poeta é árbitro da diversidade e Whalt Whitman e Emerson e Platão e o Indivíduo Histórico Mundial. Charlie é que nem Lydia, a Dama Tatuada, todo recoberto de informação. Você lembra aquela canção, 'You Can Learn a Lot from Lydia'?"

"Poderia ver esses papéis?", perguntou Thaxter.

"Viaje comigo para a Itália amanhã", disse-me Renata.

"Querida, vou encontrá-la daqui a poucos dias na Itália."

O Trio Palm Court, de volta, começou a tocar Sigmund Romberg, e Renata disse: "Puxa, são quatro horas. Não quero perder *Garganta profunda*. A sessão começa às quatro e vinte".

"Sim, e eu tenho que ir ao porto", disse Thaxter. "Você vai, não vai, Charlie?"

"Espero que sim. Tenho que esperar a Kathleen, aqui."

"Já tracei um roteiro para falar com os ditadores", disse Thaxter, "de modo que eu possa entrar em contato com você, caso resolva ir para Madri e dar início ao nosso projeto. Basta dizer uma palavra que eu organizo tudo. Sei que o pessoal está dando o maior aperto em você lá em Chicago. Tenho certeza de que você está precisando de uma montanha de dinheiro..." Olhou para Renata, que estava se preparando para partir. "E na minha proposta existe uma grana boa e real."

"Tenho que correr", disse Renata. "Vejo você mais tarde." Jogou a bolsa por cima do ombro e seguiu na frente de Thaxter ao longo do tapete comprido e luxuoso, parte de um cenário de festa de Natal, uma explosão dourada no meio do verde alvoroçado, e se foi pelas portas giratórias.

Em sua bolsa grande, Renata levou meu sapato. Só me dei conta disso quando olhei embaixo da mesa e não achei o outro pé. Tinha sumido! Com aquela brincadeira, ela me dizia como se sentia por ir ao cinema sozinha, enquanto eu fazia uma visita sentimental a uma velha amiga, viúva havia pouco tempo e possivelmente disponível. Agora eu não podia subir para o quarto, Kathleen ia chegar a qualquer minuto, por isso fiquei esperando, sentindo frio num dos pés, enquanto a música tocava. Renata, bem-humorada, tinha razões simbólicas para surrupiar meu mocassim; eu era dela. Será que, da mesma forma, ela era minha? Quando ela era proprietária, eu ficava incomodado. Sentia que, assim que ela estivesse segura de possuir um homem, ficaria livre para aspirar a um futuro com outro homem. E eu? Evidentemente, eu desejava ao máximo possuir ao máximo a mulher que me ameaçava ao máximo.

"Ah, Kathleen, estou contente de te ver", falei quando Kathleen apareceu. Levantei-me, meu pé peculiar desprovido do seu sapato peculiar. Ela me beijou — o afetuoso beijo na bochecha de uma velha amiga. O sol de Nevada não lhe dera a cor de quem vive ao ar livre. Seu cabelo bonito estava mais claro por causa da mescla de cinza. Ela não ficara corpulenta, mas estava mais carnuda, uma mulher grande. Esse era o único efeito normal das décadas, uma frouxidão e um relaxamento e um entristecimento das bochechas, uma atraente melancolia ou vazio. No passado, ele tivera sardas bem claras. Agora o rosto tinha pintas maiores. A parte superior dos braços estava mais pesada, as pernas mais grossas, as costas mais largas, o cabelo mais pálido. Seu vestido era preto e de chiffon, levemente enfeitado, com um acabamento dourado no pescoço.

"Que encanto te rever", falei, pois era verdade.

"E para mim também, Charlie."

Sentou-se, mas fiquei de pé. Falei: "Tirei um sapato para ficar mais à vontade e agora o desgraçado sumiu".

"Que curioso. Quem sabe o ajudante dos garçons pegou? Por que não tenta no departamento de Achados e Perdidos?" E assim, por mera formalidade, chamei o garçom. Fiz perguntas em tom muito distinto, mas depois falei: "Tenho que subir ao quarto e pegar outro par".

Kathleen se ofereceu para ir comigo, mas como as roupas de baixo de Renata estavam espalhadas por todo lado pelo chão, e a cama estava desfeita e embolada num canto, de um jeito que julguei tremendamente revelador, respondi: "Não, não, por que não espera por mim aqui embaixo? Essa música aguda e barulhenta está me deixando maluco. Vou descer num instante e então vamos sair para tomar um drinque. De todo modo, quero pegar o meu casaco também."

Então subi de novo na cela voluptuosa do elevador pensando em como Renata era atrevida e original e que luta contínua ela travava contra a ameaça da passividade, a ameaça universal. Se eu pensava naquilo, tinha de ser universal. Naquela época, eu não andava à toa. Aquela universalização geral estava me deixando biruta, desconfiei, enquanto eu calçava um outro par de sapatos. Esses eram leves, vermelhos, sem peso nenhum, da Harrods, um pouco apertados no dedão, mas admirados pelo engraxate negro no Downtown Club por sua leveza e seu estilo. Com aqueles sapatos, um pouquinho apertados, mas bonitos, desci outra vez.

Aquele dia pertencia a Humboldt, estava impregnado do seu espírito. Dei-me conta de como eu me tornava emotivo sob sua influência quando, ao tentar ajeitar meu chapéu, senti tremores incontroláveis nos braços. Quando me aproximei de Kathleen, um lado do meu rosto também se contraiu. Pensei: O velho dr. Galvani me pegou de jeito. Vi dois homens, maridos, em suas sepulturas, se decompondo. Os afetos daquela linda senhora não os salvaram da morte. Em seguida, uma imagem da sombra de Humboldt passou por minha cabeça na forma de uma nuvem escura e cinzenta. Suas bochechas eram gordas e o cabelo abundante estava amontoado em cima da cabeça. Caminhei na direção de Kathleen enquanto o conjunto de três músicos tocava o que Renata chamava de "música de chá com bolinhos". Agora tinham enveredado pela melodia de *Carmen* e eu disse: "Vamos a um bar silencioso e escuro. Principalmente silencioso". Assinei o estonteante cheque do garçom e Kathleen e eu caminhamos para um lado e para o outro por ruas frias, até acharmos um lugar agradável na rua 56 oeste, escuro o bastante para qualquer gosto e não muito enfeitado para o Natal.

Tínhamos muitos assuntos para pôr em dia. Em primeiro lugar, tínhamos de falar do pobre Tigler. Não consegui ter forças para dizer que homem bom ele tinha sido, pois de bom ele não tinha nada. O velho boiadeiro era capaz de bater os pés no chão como um duende infernal e tinha furiosos acessos de raiva quando era contrariado. Tinha um prazer especial em atazanar as pessoas e ferrar com suas vidas. Ele as desprezava mais ainda se fossem tímidas demais para protestar. Seus hóspedes, e eu fui um deles, não recebiam água quente. As luzes eram apagadas e eles ficavam no escuro. Se fossem se queixar com Kathleen, voltavam com sentimentos de pena e perdão, com ódio dele e com amor por ela. No entanto Kathleen não era uma dessas pessoas de que falei que saem ganhando com o contraste. Os méritos próprios de Kathleen eram bem claros, aquela mulher de braços e pernas grandes, pálida, sardenta e silenciosa. Seu silêncio era o mais importante. Enquanto Humboldt representava o personagem Turco Furioso, ela era a Cristã Cativa, lendo na sala do sítio abarrotado de livros, no ermo de uma roça onde só havia galinhas, enquanto o sol brutal insistia em tentar forçar as cores através das janelinhas sujas. Então Humboldt ordenava que ela pusesse um suéter e fosse para o lado de fora. Ficavam correndo atrás de uma bola de futebol americano como dois principiantes de belos cabelos. Andando de costas em passos claudicantes, apoiado nos calcanhares, ele fazia lançamentos por cima do varal e através dos bordos de outono. Minha recordação da cena era completa — quando Kathleen corria para receber a bola, sua voz ia diminuindo, ela estendia os braços e apertava contra o peito a bola ziguezagueante, e depois ela e Humboldt sentavam-se no sofá-cama e tomavam cerveja. Eu recordava isso de forma tão completa que via até os gatos na janela, um deles tinha um bigodinho de Hitler. Ouvia minha própria voz. Agora, já por duas vezes, ela fora a bela adormecida sob o feitiço de amantes demônios. "Sabe o que dizem os meus vizinhos roceiros?", perguntou Humboldt. "Tem que deixar as mulheres só de meias. Às vezes", disse ele, "penso em Eros e Psiquê." Ele se lisonjeava. Eros era lindo e andava para um lado e para o outro cheio de dignidade. Onde estava a dignidade de Humboldt? Ele havia confiscado a carteira de motorista de Kathleen. Escondia as chaves do carro. Não deixava que ela cuidasse do jardim porque, dizia ele, a jardinagem exprimia o impulso de melhoramentos típico da gente vulgar da cidade, quando compravam uma casinha bonita no campo. Alguns tomates cresciam perto da porta da cozinha, mas aqueles tinham nascido sozinhos, quando guaxinins reviraram as latas de lixo. Humboldt dizia, muito sério: "Kathleen e eu temos um trabalho mental para fazer. Além do mais, se tivéssemos frutas e flores, ficaríamos com um ar de ostentação lá na roça." Ele tinha medo de ladrões noturnos sorrateiros e de cruzes em chamas cravadas em seu terreno.

Eu sentia uma grande solidariedade em relação a Kathleen porque ela era uma dorminhoca. Eu ficava imaginando como seriam seus sonhos. Será que tinha nascido para ficar no escuro? Não chegar à consciência era um estado de êxtase de Psiquê. Mas talvez houvesse uma explicação mais econômica. As calças de brim apertadas de Tigler deixavam à mostra uma enorme protuberância sexual na frente e Humboldt, quando perseguia a amiga de Demmie até seu apartamento, entre cachorrinhos de pelúcia, havia berrado: "Sou um poeta, tenho um pau grande!". Mas meu palpite era que Humboldt tinha a personalidade de um tirano que queria que a mulher ficasse submissa e que a maneira dele de fazer amor era uma ditadura frenética. Mesmo sua última carta para mim confirmava essa interpretação. No entanto, como é que se pode saber? Além do mais, uma mulher sem segredos não é uma mulher. E provavelmente Kathleen resolvera casar com Tigler só porque a vida em Nevada era muito solitária. E chega dessa análise inventiva.

Em razão do meu fraco para falar às pessoas aquilo que elas querem ouvir, disse a Kathleen: "O Oeste combinou bem com você". Todavia era mais ou menos verdade.

"Você está com bom aspecto, Charlie, mas um pouco tenso."

"A vida é irritante demais. Talvez eu mesmo devesse experimentar viver no Oeste. Quando o tempo estava bom, eu bem que gostava de ficar deitado embaixo das árvores mais velhas lá no hotel fazenda de vocês, olhando para as montanhas o dia inteiro. De todo modo, Huggins disse que você arranjou algum emprego no ramo do cinema e que está a caminho da Europa."

"Sim. Você estava lá quando aquela empresa chegou ao lago Volcano para fazer um filme sobre os rincões da Mongólia e todos os índios foram contratados para montar os seus pôneis."

"E o Tigler era o consultor técnico."

"E o padre Edmund — você se lembra dele, o sacerdote episcopal que era um astro do cinema mudo — ficou muito empolgado. O pobre padre Edmund nunca foi ordenado. Ele contratou alguém para fazer a sua prova escrita de teologia e os dois acabaram sendo apanhados em flagrante. Foi uma pena porque os índios o adoravam e ficavam muito orgulhosos porque as roupas do padre Edmund eram aqueles roupões dos astros do cinema. Mas, sim, eu vou para a Iugoslávia e depois para a Espanha. Esses países são ótimos para produções cinematográficas, hoje em dia. É possível contratar soldados espanhóis nos regimentos e a Andaluzia é perfeita para filmar histórias de Velho Oeste."

"É estranho que você mencione a Espanha. Eu mesmo estava pensando em ir para lá."

"Estava? Bem, a partir do dia 1º de maio eu vou estar no Grand Hotel de Almería. Seria maravilhoso te encontrar lá."

"É uma boa mudança de ares para você", falei.

"Você me queria bem, Charlie. Sei disso", disse Kathleen.

"Este foi um grande dia do Humboldt, um dia importante, uma espiral em aceleração desde a manhã e me encontro num estado muito emotivo. No asilo de idosos onde está o tio Waldemar, para aumentar mais ainda a emoção encontrei um homem que conheci quando menino. E agora você está aqui. Estou todo comovido."

"Huggins me disse que você ia a Coney Island. Sabe, Charlie, houve ocasiões em Nevada em que eu achava que você exagerava o seu vínculo com o Humboldt."

"É possível, e tentei corrigir isso. Pergunto a mim mesmo: por que tanto entusiasmo? Como poeta e pensador, as realizações dele não eram tão relevantes assim. E não sinto saudades dos bons e velhos tempos. Será que é porque o número de pessoas que levam a Arte e o Pensamento a sério nos Estados Unidos ficou tão reduzido que mesmo aqueles que têm nota baixa ou foram reprovados se tornam inesquecíveis?" Agora estávamos próximos do verdadeiro assunto. Eu tinha a intenção de interpretar o bem e o mal de Humboldt, compreender sua ruína, traduzir a tristeza da sua vida, descobrir por que tamanhos dons produziram resultados irrisórios e assim por diante. Mas tratava-se de objetivos difíceis de discutir, mesmo quando eu estava no maior alto astral, cheio de afeição por Kathleen e de impulsos maravilhosos. "Para mim, ele tinha charme, tinha a velha magia", falei.

"Acho que você o amava", disse ela. "É claro que eu era maluca por ele. Fomos para Nova Jersey — e aquilo teria sido um inferno de todo jeito, mesmo que ele não tivesse aqueles ataques de loucura. O sítio, agora, parece fazer parte de uma conspiração sinistra. Mas eu seria capaz de ir com ele até o oceano Ártico. E a excitação das garotas da faculdade com a ideia de entrar na vida literária era só uma pequena parte da questão. Eu não dava a menor bola para a maior parte dos amigos literários dele. Eles vinham assistir ao espetáculo que Humboldt apresentava, o seu repertório fixo. Quando iam embora, e ele continuava inspirado, Humboldt partia para cima de mim. Era uma pessoa sociável. Sempre dizia como gostaria de poder circular em ambientes radiantes, ser parte do mundo literário."

"Essa é exatamente a questão. Nunca existiu esse mundo literário", falei. "No século XIX, houve diversos solitários do mais alto gênio, um Melville ou um Poe não tinham vida literária nenhuma. Para eles, era só a alfândega e a taverna. Na Rússia, Lênin e Stálin destruíram o mundo literário. A situação da Rússia agora parece a nossa — poetas, apesar de tudo estar contra eles, emergem de todo canto. De onde veio Whitman e onde ele foi arranjar o material que tinha? Foi W. Whitman, um indivíduo irreprimível, que tinha isso e fez isso."

"Bem, se existisse uma vida literária rica, e se ele fosse capaz de tomar chá com Edith Wharton e conversar com Robert Frost e T.S. Eliot duas vezes por semana, o pobre Humboldt se sentiria respaldado, admirado e recompensado pelo seu talento. Ele simplesmente não se sentia apto a preencher o vazio que enxergava à sua volta", disse Kathleen. "É claro que ele era um mágico. Fazia-me sentir tão lenta, tão lenta! Ele inventava as coisas mais mirabolantes para me acusar. Toda essa inventividade deveria ter ido para a sua poesia. Humboldt tinha uma quantidade excessiva de planos pessoais. Consumia gênio demais na elaboração desses planos. Na condição de esposa, eu tinha que sofrer as consequências. Mas não vamos ficar falando disso. Me deixe perguntar uma coisa... Certa vez você e ele escreveram um roteiro de cinema..."

"Era só uma bobagem para passar o tempo lá em Princeton. Você falou algo a respeito disso para aquela jovem, a sra. Cantabile. Como é a sra. Cantabile?"

"É bonita. É educada, de um jeito antiquado, à maneira de Emily Post, e manda bilhetes cordiais para agradecer o almoço delicioso. Ao mesmo tempo ela pinta as unhas com cores berrantes, usa roupas do tipo cheguei e tem uma voz rouca. Quando bate papo com a gente, grita. Parece a namorada de um chefe de quadrilha, mas faz perguntas de uma aluna de pós-graduação. De todo modo, agora vou entrar no ramo do cinema e tenho curiosidade de saber como era uma coisa em que você e o Humboldt trabalharam juntos. Afinal, fizeram um filme de sucesso baseado numa peça de teatro que você escreveu."

"Ah, o nosso roteiro nunca poderia dar um filme. O nosso elenco incluía Mussolini, o papa, Stálin, Calvin Coolidge, Amundsen e Nobile. O nosso protagonista era um canibal. Usávamos um dirigível e uma aldeia siciliana, W. C. Fields talvez adorasse, mas só um produtor maluco investiria um centavo no projeto. É claro que ninguém jamais soube nada disso. Em 1913, quem teria dado um segundo de atenção para um roteiro que previsse a Primeira Guerra Mundial? Ou se, antes de eu nascer, você tivesse me apresentado o relato da minha própria vida e me pedisse para viver segundo esse roteiro, eu não teria te jogado pela janela?"

"Mas e a sua peça de sucesso?"

"Kathleen, acredite em mim. Fui apenas o inseto que cuspiu o fio de seda. Outras pessoas criaram a roupagem da Broadway. Agora me diga uma coisa: o que foi que Humboldt deixou para você?"

"Bem, antes de tudo, ele me escreveu uma carta incrível."

"Para mim também. E uma carta absolutamente lúcida."

"A minha é mais misturada. É pessoal demais para eu te mostrar, mesmo agora. Ele esmiuçou todos os crimes que supostamente eu cometi. O seu intuito era me perdoar do que quer eu tenha feito, mas ele me perdoou nos mínimos detalhes, e continuou a falar daquela história dos Rockefeller. Mas há trechos de perfeita sanidade. Comovente de verdade, coisas verdadeiras."

"E isso foi tudo que ele te deixou?"

"Bem, não, Charlie, tem uma outra coisa que ele me deixou. Um documento. Outra ideia para um filme. É por isso que estou te perguntando a respeito do roteiro que vocês inventaram em Princeton. Diga, o que foi que ele te deixou, além da carta?"

"Espantoso!", exclamei.

"O que é espantoso?"

"O que Humboldt fez. Doente como estava, à beira da morte, decadente, mas ainda inventivo."

"Não compreendo."

"Diga-me, Kathleen, esse documento, essa ideia para um filme, é sobre um escritor? E o escritor tem uma mulher autoritária? E ele também tem uma amante linda? E os dois fazem uma viagem? E depois ele escreve um livro e não pode publicar?"

"Ah, isso mesmo. Já entendi. É claro. Aí está, Charlie."

"Que filho da mãe. Que maravilha! Ele duplicou tudo. A mesma viagem com a esposa. E o mesmo documento para nós dois."

Em silêncio, ela me fitou com atenção. Sua boca se mexeu. Ela sorriu. "Por que você acha que ele deu o mesmo legado para nós dois?"

"Você tem absoluta certeza de que somos seus dois únicos herdeiros? Ah, muito bem, vamos beber e brindar à memória desse louco. Era um homem precioso."

"Sim, era um homem precioso. E como eu desejo... você acha que tudo foi feito segundo um plano?", perguntou Kathleen.

"Quem era mesmo? Não era Alexander Pope que não podia beber uma xícara de chá sem traçar uma estratégia? Assim era Humboldt também. E até o fim ele não parava de sonhar com um dinheiro milagroso. Estava morrendo e mesmo assim continuava a querer que nós dois ficássemos ricos. Seja como for, se ele mantinha o seu senso de humor, ou vestígios disso, até o final, é uma coisa espantosa. E por mais louco que fosse, ele afinal escreveu duas cartas mentalmente sãs. Vou fazer uma comparação estranha — Humboldt teve que se desvencilhar do seu caso de loucura consolidada para fazer isso. Podemos dizer que ele havia emigrado para a sua loucura muito tempo antes. Lá, tornou-se um colono. Para nós, talvez, ele organizou uma visita à Terra Natal. Para ver seus amigos mais uma vez, quem sabe? E para ele pode ter sido tão difícil fazer isso como seria para alguém — para mim mesmo, por exemplo — ir deste mundo para o mundo do espírito. Ou, outra comparação estranha — ele fez uma fuga de Houdini das projeções consolidadas da paranoia, ou da síndrome bipolar ou seja lá o que for. Quem está dormindo um dia acorda. Exilados e emigrantes acabam voltando para a sua terra e gênios moribundos podem renascer. 'A lucidez do fim da linha', ele escreveu na sua carta."

"Não acho que no final ele tivesse força bastante para dar dois legados distintos, um para você e outro para mim", disse Kathleen.

"Ou encare desta maneira", sugeri. "Ele nos mostrou aquilo que ele possuía por excelência: trama, intriga e paranoia. Disso ele extraiu o máximo que é humanamente possível. Lembra a famosa intriga do Longstaff?"

"Você acha que ele podia ter alguma outra coisa em mente?", disse Kathleen.

"Uma só coisa?", perguntei.

"Uma espécie de teste de caráter póstumo", disse ela.

"Ele tinha certeza absoluta de que o meu caráter era um caso perdido. O seu também, talvez. Bem, ele nos deu um momento muito animado. Aqui estamos rindo, admirados, e como é triste. Estou muito comovido. Nós dois estamos."

Tranquila e grande, Kathleen sorria com doçura, mas a cor dos seus olhos grandes de repente mudou. Lágrimas brotaram deles. No entanto, continuou passiva. Essa era Kathleen. Não era adequado mencionar isso, mas provavelmente a ideia de Humboldt era a de nos aproximar. Não nos tornarmos marido e mulher, necessariamente, mas talvez combinar nossos sentimentos em relação a ele e criar uma espécie de monumento comum em sua memória. Afinal, depois que Humboldt morreu, nós dois iríamos continuar (por um tempo) a ser participantes ativos na vida, neste teatro humano de ilusões, e talvez fosse uma satisfação para ele, e atenuasse o tédio do túmulo, pensar que estávamos ocupados com seus projetos. Pois quando um Platão ou um Dante ou um Dostoiévski defendiam a imortalidade, Humboldt, um profundo admirador desses homens, não podia dizer: "Eles foram gênios, mas não precisamos levar suas ideias a sério". Mas será que ele mesmo levava a imortalidade a sério? Ele não disse. O que disse foi que éramos sobrenaturais, não naturais. Eu daria qualquer coisa para descobrir o que ele queria dizer.

"É muito difícil registrar o direito autoral desses roteiros ou tratamentos", explicou Kathleen. "E o Humboldt deve ter procurado conselhos profissionais a respeito de proteção legal... Ele lacrou uma cópia desse roteiro num envelope, foi ao correio, registrou e enviou para si mesmo como carta registrada. Portanto nunca foi aberto. Nós lemos duplicatas."

"Isso mesmo. Eu tenho dois envelopes lacrados."

"Dois?"

"Sim", respondi. "O outro contém a história que inventamos em Princeton. Agora eu sei como Humboldt se divertia naquele hotel sórdido. Ele preenchia o seu tempo trabalhando meticulosamente nesse projeto, em todos os detalhes, e com formalidades cerimoniais. Essa era a sua grande jogada."

"Escute, Charles, temos que fazer isso meio a meio", disse Kathleen.

"Quem dera: comercialmente isso é a mesma coisa que zero", falei.

"Ao contrário", disse Kathleen com firmeza. Olhei de novo para ela, ao ouvir aquilo. Não combinava com Kathleen, normalmente tímida, mostrar-se tão francamente contrária à opinião de alguém. "Apresentei esse material a gente do ramo e na verdade até já assinei um contrato e recebi um adiantamento de três mil dólares. Metade do dinheiro é sua."

"Quer dizer que alguém de fato te deu dinheiro por isso?"

"Tive que optar entre duas propostas. Aceitei a da Steinhals Productions. Para onde tenho que mandar o seu cheque?"

"No momento, não tenho endereço. Estou em trânsito. Mas, não, Kathleen, não vou aceitar nenhuma parte desse dinheiro." Eu estava pensando em como daria essa notícia para Renata. Ela havia ridicularizado a ideia de forma tão brilhante e, em nome da nossa geração em extinção, a minha e a de Humboldt, eu me sentira magoado. "Eles vão fazer uma versão mais desenvolvida do roteiro?"

"Estão analisando com toda seriedade a possibilidade de fazer o filme", disse Kathleen. De vez em quando sua voz se elevava num tom agudo juvenil. E engasgava.

"Que coisa interessante. Que loucura. Uma densa massa de coisas improváveis", falei. "Embora eu tenha sempre me orgulhado das minhas esquisitices pessoais, comecei a desconfiar de que elas podem ser apenas imagens pálidas de mil estranhezas reais, e muito mais poderosas, que circulam pelo mundo, em algum lugar... que talvez elas não sejam tão pessoais, afinal de contas, e que isso seja um estado geral. É por isso que a paródia burlesca de amor e de ambição do Humboldt e todo o resto daquelas palhaçadas podem parecer plausíveis para pessoas de negócios."

"Eu fiz consultas a bons advogados e o meu contrato com a Steinhals é para, no mínimo, trinta mil dólares, se eles confirmarem a opção de compra. Poderemos chegar a mais de setenta mil dólares, conforme o orçamento da produção. Vamos saber daqui a dois meses. No fim de fevereiro. E o que acho agora, Charlie, é que, como coproprietários, você e eu devíamos fazer um contrato à parte."

"Escute, Kathleen, não vamos aumentar a irrealidade das coisas. Nada de contratos. E eu não preciso desse dinheiro."

"Eu também pensei assim, antes de hoje, porque ouvia todo mundo falando da sua fortuna de um milhão de dólares. Mas antes de você assinar o cheque em Palm Court, você fez e refez a soma da conta duas vezes. O seu rosto chegou a ficar branco. E então eu vi como você hesitou na hora de dar gorjeta. Não fique sem graça, Charles."

"Não, Kathleen, nada disso, tenho muito dinheiro. É só um dos meus ataques de depressão. Além do mais, quanta tapeação naquela conta! Deixa indignada uma pessoa dos velhos tempos como eu."

"Mas sei que você está sendo processado. Sei o que acontece quando juízes e advogados resolvem pegar no pé de um homem. Não foi à toa que cuidei de um hotel fazenda em Nevada."

"Agarrar-se ao dinheiro é uma pedreira tremenda, é claro. É como segurar um cubo de gelo. E não podemos ganhar o dinheiro e depois simplesmente viver sossegados. Isso não existe. Foi o que Humboldt provavelmente não compreendeu. Eu me pergunto se ele achava que era o dinheiro que diferenciava o sucesso do fracasso. Se for isso, ele não compreendeu. Quando a gente ganha dinheiro, passa por uma metamorfose. E a gente tem que lutar contra forças terríveis, de dentro e de fora. Não há quase nada de pessoal no sucesso. O sucesso é sempre o sucesso do próprio dinheiro."

"Você está só tentando mudar de assunto. Sempre foi um tremendo observador. Durante anos observei como você olhava com uma espécie de astúcia para as pessoas. Como se você as visse, mas elas não o vissem. Agora, Charlie, escute aqui, você não é o único bom observador que existe."

"Por acaso você acha que eu estaria hospedado no Plaza, se estivesse falido?"

"Com uma jovem linda, sim, poderia."

Aquela mulher grande, mudada, mas ainda bonita, com a voz cortante que de vez em quando vacilava, bochechas curvadas para dentro com uma melancolia atraente, havia me observado com atenção. Seu olhar, embora um pouco oblíquo e esquivo devido ao longo hábito da passividade, era afetuoso e gentil. Fico rápida e profundamente comovido quando as pessoas se dão ao trabalho de perceber minha situação.

"Sei que você está a caminho da Europa com essa senhora. Foi o que Huggins me contou."

"É verdade", respondi. "É isso mesmo."

"Para...?"

"Para o quê?", falei. "Só Deus sabe." Eu podia lhe contar mais coisas. Podia confessar que eu não levava mais a sério questões que tanta gente séria levava a sério, questões de metafísica e de política, formuladas de maneira errada. Então existia algum motivo para eu ter alguma razão prática e precisa para viajar para a Itália com uma criatura linda? Eu estava em busca de uma ternura especial, estava em busca de amor e de prazer, por motivos que seriam adequados trinta anos antes. Como seria alcançar, aos sessenta e poucos anos, aquilo que eu havia desejado aos vinte? O que eu faria com aquilo, quando o alcançasse? Eu me sentia tentado a abrir meu coração para aquela mulher bacana. Eu acreditava ter visto sinais de que ela também estava saindo de um estado de sono espiritual. Podíamos conversar sobre um monte de assuntos fascinantes. Por exemplo, por que a letargia lacrava o espírito das pessoas, por que despertar era tão convulsivo, e se ela achava que o espírito podia se mover de forma independente do corpo, e se ela sentia que talvez existisse um tipo de consciência que não precisava de nenhuma base biológica. Eu me sentia tentado a lhe contar que eu, pessoalmente, tinha a vaga ideia de fazer alguma coisa a respeito do problema da morte. Pensava se devia discutir com ela a sério a missão traçada para os escritores por Walt Whitman, o qual estava convencido de que a democracia ia fracassar a menos que seus poetas lhe fornecessem ótimos poemas sobre a morte. Eu tinha a sensação de que Kathleen era uma mulher com a qual eu podia conversar. Mas a posição era embaraçosa. Um velho mulherengo que perdeu a cabeça por causa de uma linda palerma exploradora de velhotes, um romântico que ia realizar os sonhos da mocidade, de repente a fim de discutir a consciência suprassensível e o grande poema da democracia sobre a morte! Escute, Charlie, não vamos tornar o mundo mais esquisito do que já é. Era exatamente porque Kathleen era uma mulher com quem eu podia conversar que eu me mantive em silêncio. Por respeito. Achei melhor esperar até eu ter refletido sobre todos esses assuntos de maneira mais amadurecida, até eu saber mais.

Ela disse: "Estarei no Metropol, em Belgrado, na semana que vem. Vamos nos manter em contato. Vou mandar redigir um contrato, vou assinar e depois mando para você".

"Não, não, vamos deixar isso para lá."

"Por quê? Porque sou viúva e você não pode aceitar dinheiro de mim? Mas eu não quero a *sua* parte. Pense nisso desse modo."

Era uma mulher gentil. E percebia a verdade — eu estava gastando uma grana preta com Renata e estava, rapidamente, indo à falência.

"Minha querida, por que roubou o meu sapato?"

"Não consegui resistir", respondeu a grande Renata. "Como foi que você capengou num pé só até o quarto? O que a sua amiga achou disso? Aposto que foi a maior confusão. Charlie, o humor é um laço que nos une. Isso eu sei com toda a certeza."

O humor tinha uma vantagem sobre o amor, nesse relacionamento. Minha personalidade e minhas maneiras entretinham Renata. Esse entretenimento era tão extensivo que achei que aos poucos podia fundir-se com o amor. Pois em nenhuma circunstância eu me propunha a agir sem amor.

"Em Paris, você também tirou a minha bota debaixo da mesa."

"Sim, foi na noite em que aquele sujeito horrível te disse que sua condecoração da Legião Estrangeira era uma porcaria e te enfiou no mesmo saco dos catadores de lixo e dos criadores de porcos. Foi como uma vingança, um consolo, uma curtição, tudo ao mesmo tempo", disse Renata. "Você lembra o que foi que eu disse depois, que eu achei muito engraçado?"

"Lembro, sim."

"O que foi que eu disse, Charlie?"

"Você disse: debochar é humano."

"Debochar é humano, ficar pelado é divino." Toda maquiada, de cabelo escuro, com uma roupa de viagem muito vermelha, ela riu. "Ah, Charlie, desista dessa besteira de viajar para o Texas. Eu preciso de você em Milão. Não vai ser fácil para mim encarar o Biferno. O seu irmão nem quer a sua visita e você não lhe deve nada. Você o ama, mas ele te oprime e você não tem como se defender dessas ameaças. Você marcha na direção dele com o coração penalizado e ele sempre te dá um pontapé na bunda. Você sabe e eu sei o que ele vai pensar. Vai pensar que você viajou até lá num momento de emoção só para passar a perna nele e convencê-lo a te incluir num dos seus muitos negócios lucrativos. Me deixe perguntar uma coisa, Charlie, será que em parte ele estaria certo? Não quero me intrometer nos seus assuntos do momento, mas desconfio que você talvez precise de uma trégua nas finanças, neste exato momento. E tem mais uma coisa: vai ser uma luta pau a pau, entre você e a esposa dele, em torno da questão de quem tem o direito de ser o principal familiar de luto, caso aconteça alguma coisa, e por que ele iria querer encarar os seus dois principais familiares de luto quando está à beira de entrar na faca? Em resumo, você está desperdiçando o seu tempo. Venha comigo. O meu sonho é casar com você em Milão, com o meu verdadeiro nome de solteira, Biferno, com o meu pai verdadeiro me entregando para o meu noivo."

Eu queria alegrar Renata. Ela merecia que as coisas fossem feitas a seu modo. Estávamos agora no aeroporto Kennedy e, com seu chapéu incomparável e seu casaco comprido de camurça, sua echarpe da Hermès, suas botas elegantes, ela estava tão apta a ser mantida na privacidade e na discrição quanto a Torre de Pisa. E no entanto ela reclamava seus direitos de privacidade, o direito a uma identidade-problema, o direito a um pai, a um marido. Que bobagem, que queda! No entanto, olhando do degrau seguinte da hierarquia, e para um observador invisível, podia parecer que eu estava fazendo uma exigência semelhante em favor da ordem, da racionalidade, da prudência e de outras coisas de classe média.

"Vamos tomar um drinque na sala VIP. Não quero beber num lugar tão barulhento e onde os copos estão imundos."

"Mas eu não tenho mais direito de ir para a sala VIP."

"Charles", disse ela. "Tem aquele cara, o Zitterbloom, o tal que perdeu vinte mil dólares seus em poços de petróleo um ano atrás, quando você achou que ele ia pôr seu dinheiro num paraíso fiscal. Telefone para ele e mande dar um jeito. Ele mesmo sugeriu que podia fazer isso, no ano passado. 'Quando você quiser, Charlie.' Foi o que disse."

"Você me dá a sensação de que sou o pescador nos contos de fadas de Grimm, aquele cuja esposa o mandou à praia para pedir um palácio ao peixe mágico."

"Tome cuidado com a maneira como você fala, não sou nenhuma implicante", disse ela. "Nós temos direito de tomar uma última bebida com uma certa classe, sem sermos castigados por uma multidão nojenta."

Então telefonei para Zitterbloom, cuja secretária rapidamente resolveu o problema. Aquilo me fez pensar quanta coisa um homem pode resgatar das suas derrotas e perdas, se tiver firmeza de propósito. Com um tristonho espírito de despedida, sorvi meu bloody mary pensando no risco que estava correndo por causa do meu irmão e em como ele iria apreciar pouco aquele meu gesto. No entanto eu *tinha* de ter confiança em Renata. A masculinidade ideal exigia aquilo, e o juízo prático seria o de viver conforme a exigência da masculinidade ideal. Porém eu não queria que me pedissem, naquele momento, para prever no que tudo aquilo iria dar, pois se eu tivesse de prever, tudo iria desaparecer num redemoinho. "Que tal uma garrafa de Ma Griffe, sem impostos?", disse ela. Comprei para Renata uma garrafa grande, dizendo: "Vão entregá-la no avião e eu não estarei lá para sentir o cheiro".

"Não se preocupe, vamos guardar tudo para a hora em que nos encontrarmos. Não deixe o seu irmão te envolver com mulheres lá no Texas."

"Isso seria a última coisa que passaria pela cabeça dele. Mas e quanto a você, Renata, quando foi a última vez que falou com o Flonzaley?"

"Pode esquecer o Flonzaley. Estamos rompidos em definitivo. Até que é um sujeito legal, mas não consigo aguentar o ramo dos papa-defuntos."

"Ele é muito rico", falei.

"Ele é rico para as suas coroas de flores e para as suas almas penadas", disse ela, naquele estilo que eu adorava. "Como diretor, não precisa mais manipular cadáveres, porém nunca fui capaz de não pensar no seu passado de embalsamador. É claro que não concordo com aquele cara, o Fromm, quando diz que a necrofilia se infiltrou na civilização. Para falar absolutamente a sério, Charlie, com um corpo feito o meu, se eu não permaneço estritamente na área da normalidade, onde é que eu estou?"

Eu estava muito triste, todavia, pensando que parte da verdade ela estava me contando e até se ainda iríamos nos ver outra vez algum dia. Mas apesar das muitas pressões a que eu estava submetido, senti que espiritualmente estava fazendo progresso. Na melhor hipótese, separações e despedidas me irritavam e, naquela hora, eu experimentava uma grande aflição, mas sentia também algo confiável dentro de mim. "Então até logo, querido. Vou telefonar de Milão amanhã, para o Texas", disse Renata, e nos beijamos muitas vezes. Ela parecia à beira de chorar, mas não havia nenhuma lágrima.

Percorri o túnel da empresa aérea TWA que mais parecia um interminável esôfago feito em arcos, ou um corredor num filme expressionista, depois me revistaram em busca de armas e entrei num avião para Houston. Durante todo o trajeto para o Texas, li livros de ocultismo. Havia muitas passagens emocionantes, às quais voltarei em breve. Cheguei a Corpus Christi de tarde e me registrei num motel. Em seguida fui à casa de Julius, que era grande, nova e rodeada de palmeiras e jacarandás e nespereiras e limoeiros. Os gramados pareciam artificiais, como serragem verde ou papel de embrulho para presente. Carros caríssimos estavam estacionados nas vagas da garagem e, quando toquei a campainha, soou um grande gongo, sinos dobraram e cachorros latiram lá dentro. O aparato de segurança era sofisticado. Fechaduras pesadas foram abertas e depois minha cunhada, Hortense, abriu a porta larga, coberta com entalhes polinésios. Gritou para os cães se calarem, mas com uma afeição subjacente. Em seguida virou-se para mim. Era uma pessoa franca, decente, de olhos azuis e lábios carnudos. Um pouco cegada pela fumaça do seu próprio cigarro, que não tirava da boca, ela disse: "Charles! Como foi que chegou aqui?".

"Aluguei um carro da empresa Avis. Como vai, Hortense?"

"Julius está à sua espera. Está trocando de roupa. Entre."

Os cães eram só um pouco menores que cavalos. Ela os conteve e caminhei na direção do quarto principal, cumprimentando as crianças, meus sobrinhos, que nada responderam. Eu não tinha a menor segurança de ser um membro da família com plenos direitos. Ao entrar, vi Ulick, meu irmão, de cueca samba-canção com listras coloridas, estendendo as mãos para os joelhos. "Achei que devia ser você, Chuckie", disse ele.

"Pois é, Ulick, aqui estou", respondi. Ele não parecia bem. Tinha a barriga grande e os mamilos estavam duros. Entre eles, crescia uma profusa seda cinzenta. No entanto meu irmão tinha o controle absoluto da situação, como de costume. Sua cabeça comprida tinha um ar magistral, com seu nariz reto e o cabelo branco, liso e bem cortado, o bigode imponente e espirituoso, os olhos de brilho duro e empapuçados. Sempre usava calções surrados e bem largos, era a roupa que preferia. Os meus eram sempre mais curtos e mais apertados. Ele me dirigiu um dos seus olhares erráticos. Havia uma vida inteira entre nós. Comigo, era uma coisa contínua, mas Ulick era o tipo de homem que queria renegociar os termos do acordo mil vezes seguidas. Nada devia ser aceito de forma permanente. As emoções fraternais que eu trouxe comigo o embaraçavam e o deixavam perplexo, lisonjeavam-no e o enchiam de desconfiança. Será que eu era um bom sujeito? Será que eu era mesmo inocente? E será que eu servia mesmo para alguma coisa? Ulick tinha comigo as dificuldades de uma determinação final que eu mesmo tinha com relação a Thaxter.

"Se você tinha que vir para cá, devia ter ido direto para Houston", disse ele. "É para onde vou amanhã." Dava para ver que estava lutando contra seus sentimentos fraternais. Eles continuavam solidamente presentes. Ulick não havia, em absoluto, se livrado de todos eles.

"Oh, não me importei de fazer essa viagem extra. E eu não tinha mesmo nada de especial para fazer em Nova York."

"Bem, tenho que dar uma olhada numa propriedade nesta tarde. Quer ir comigo ou prefere nadar na piscina? A água está aquecida." Na última vez em que entrei naquela piscina, um dos cachorrões do meu irmão mordeu minha canela e tirou um bocado de sangue. E eu não tinha ido até lá para tomar banho de piscina, ele sabia disso. Meu irmão disse: "Bem, estou contente de você estar aqui". Virou o rosto pujante e olhou para outra direção, enquanto seu cérebro, intensamente adestrado em cálculos, agora calculava seus riscos. "Essa operação está fodendo com o Natal das crianças", disse, "e você não vai nem passar o Natal com as suas filhas."

"Mandei para elas um monte de brinquedos da F. A. O. Schwarz. Lamento dizer isso, mas não me lembrei de trazer presentes para os seus filhos."

"E o que você poderia dar a eles? Já têm tudo. É uma dificuldade do cacete inventar alguma coisa para dar para esses moleques. Estou pronto para a operação. Eles me obrigaram a ficar de cama para fazer todos os exames, lá em Houston. Fiz uma doação de vinte mil dólares para aquele pardieiro, em memória do papai e da mamãe. E estou pronto para a operação, exceto pelo fato de estar com alguns quilos acima do peso. Chuck, eles abrem a gente com uma serra e acho até que os sacanas suspendem o coração de dentro do peito da gente. A equipe deles faz esses troços no coração aos milhares. Espero estar de volta ao escritório no dia 1º de fevereiro. Você está com liquidez? Tem mais ou menos cinquenta mil dólares? Posso pôr você num bom negócio."

De vez em quando, Ulick me telefonava do Texas e dizia: "Me mande um cheque de trinta, não, ponha quarenta e cinco". Eu simplesmente preenchia o cheque e mandava para ele pelo correio. Não havia nenhum recibo. Às vezes, chegava um contrato, depois de um intervalo de seis meses. Invariavelmente, meu dinheiro duplicava. Ele ficava satisfeito de fazer isso por mim, embora também o irritasse o fato de eu não conseguir entender os detalhes daqueles negócios e de eu não dar valor à sua sutileza de negociante. Quanto aos meus lucros, eram confiados a Zitterbloom, pagavam Denise, subsidiavam Thaxter, eram tomados pelo imposto de renda, bancavam as estadas de Renata em Lake Point Towers, iam para o bolso de Tomchek e Srole.

"O que você tem em mente?", perguntei.

"Algumas coisinhas", respondeu. "Você sabe como são as taxas de juros bancários. Vou ficar surpreso se em pouco tempo elas não chegarem a dezoito por cento." Três aparelhos de televisão diferentes estavam ligados, aumentando o fluxo de cores do quarto. O papel de parede tinha estamparias douradas. O tapete parecia uma continuação do gramado deslumbrante. O exterior e o interior se interpenetravam através de uma janela panorâmica, jardim e quarto se misturavam. Havia uma bicicleta ergométrica azul Exercycle e também havia troféus nas prateleiras, pois Hortense era uma famosa jogadora de golfe. Armários imensos, feitos sob medida, estavam abarrotados de ternos, com dúzias de pares de sapato arrumados em prateleiras compridas, centenas de gravatas e pilhas de caixas de chapéu. Ostentoso, orgulhoso dos seus bens, em questões de gosto ele era um crítico exigente e examinava com rigor minha aparência, como se ele fosse o Douglas MacArthur do vestuário. "Você sempre foi um relaxado, Chuckie, e agora anda gastando dinheiro com roupas e vai a um alfaiate e tudo, mas continua o mesmo relaxado. Quem te vendeu esses sapatos vagabundos? E esse sobretudo que mais parece aquele trapo que se põe embaixo da sela dos cavalos? As prostitutas vendiam sapatos assim para os novatos, cinquenta anos atrás, com uma abotoadeira de brinde. Escute, fique com este paletó aqui." E jogou em meus braços um paletó preto de vicunha com gola Chesterfield. "Aqui está quente demais para poder usar isso. Tome, é seu. Os meninos vão levar o seu casaco para o estábulo, onde é o lugar dele. Tire logo, vista este aqui." Fiz o que ele mandou. Esse era o feitio que sua afeição tomava. Quando era necessário resistir a Ulick, eu o fazia em silêncio. Ele vestiu uma caça folgada feita de malha duplamente trançada, com um corte lindo, de bainhas reluzentes, mas não conseguiu fechar a cintura na barriga. Gritou chamando Hortense no quarto ao lado, reclamando da lavadeira, que tinha deixado a calça encolher.

"Ah, é, sei, foi a calça que encolheu", respondeu Hortense.

Esse era o estilo da casa. Nada de conversas em voz baixa de gente com diploma das melhores universidades, cheias daquelas ideias subentendidas.

Também ganhei um par de sapatos. Nossos pés tinham exatamente o mesmo tamanho. Assim também os olhos grandes e protuberantes e os narizes retos eram iguais. Não sei direito o que esses traços faziam de mim. No caso dele, davam um aspecto autocrático. E agora eu começava a pensar em cada uma das formas de vida terrenas como um elemento de uma série. Eu me intrigava com a carreira espiritual de Ulick. O que ele tinha sido antes? A evolução biológica e a história ocidental, em sessenta e cinco abomináveis anos, jamais poderiam criar uma pessoa como Ulick. Ele trouxera consigo para cá seus atributos mais profundos. Qualquer que tenha sido sua forma anterior, eu estava propenso a acreditar que nesta vida, como um americano rico e grosseiro, ele havia perdido alguns pontos. Os Estados Unidos eram uma dura provação para o espírito humano. Eu não ficaria surpreso se não fizessem todos voltar atrás. Certos poderes superiores pareciam estar em suspenso e a parte sensível da alma tinha tudo à sua maneira, com suas conveniências materiais. Ah, os confortos da criatura, as seduções animais. Pois bem, qual foi o jornalista que escreveu que existem países em que nosso lixo seria delicatessen?

"Quer dizer que você vai à Europa. Algum motivo especial? Vai a negócios? Ou está correndo, como de hábito? Nunca vai sozinho, está sempre com alguém. Que tipo de vadia está indo com você dessa vez?... Até que consigo me enfiar à força nestas calças, mas vamos andar um bocado de carro e aí não vou ficar confortável." Puxou as calças com raiva e jogou em cima da cama. "Vou te dizer aonde estamos indo. Existe uma propriedade que é uma maravilha, quarenta ou cinquenta acres de uma península no Golfo e pertence a uns cubanos. Um general que foi ditador antes do Batista arrematou a terra uns anos atrás. Vou te contar qual foi a jogada dele. Quando a moeda perdeu valor, as cédulas antigas foram empilhadas nos bancos de Havana e levadas de caminhão para ser destruídas. Só que esse dinheiro nunca foi queimado. Não senhor, foi embarcado num navio e levado para fora do país e acabou depositado na velha conta bancária do general. Com isso, ele comprou a propriedade nos Estados Unidos. Agora os descendentes estão de posse da terra. Eles não prestam, são um bando de playboys. As filhas e as noras vivem fazendo pressão nesses playboys para que comecem a se comportar como homens. E tudo o que eles fazem é beber, velejar, dormir, andar com piranhas e jogar polo. Drogas, carros velozes, aviões — você conhece a história. As mulheres querem que um construtor avalie a propriedade. Dê um lance. Vou ganhar milhões, Charlie, é uma península inteirinha, já pensou? Tenho alguns cubanos do meu lado, exilados que conheceram os herdeiros no seu antigo país. Acho que estamos numa posição muito vantajosa. Aliás, recebi uma carta sobre você do advogado da Denise. Você era dono de uma unidade nos meus Peony Condominiums e eles queriam saber quanto valia. Você tinha mesmo que contar tudo para eles? Quem é esse tal Pinsker?"

"Eu não tive escolha. Eles me intimaram na justiça a mostrar a minha declaração de renda."

"Ah, seu pobre maluco, seu bobo superescrupuloso. Você veio de uma boa linhagem e não nasceu bobo, foi você que se fez desse jeito. E se tinha que ser um intelectual, por que não podia ser do tipo durão, um Herman Kahn ou um Milton Friedman, um desses caras agressivos sobre os quais a gente lê no *Wall Street Journal*. Você, com o seu Woodrow Wilson e outros galinhas-mortas. Não consigo ler a porcaria que você escreve. Duas frases e já estou dando bocejos. O papai devia ter dado uns tabefes em você, como fazia comigo. Isso teria posto a sua cabeça no lugar. Ser o predileto dele não te fez bem nenhum. Aí você foi lá e meteu a cara, casou logo com aquela perua feroz. Ela combinaria muito bem com os terroristas simbioneses ou da Libertação Palestina. Quando vi os dentes afiados da mulher e a maneira como o cabelo dela ficava crespo nas têmporas, percebi logo que você estava com os dias contados. Você já nasceu tentando provar que a vida nesta terra não era viável. Muito bem, a sua tese já está na fase final da demonstração. Meu Deus, quem dera eu tivesse o seu estado de saúde. Continua a jogar com Langobardi? Puxa, dizem que ele agora é um sujeito chique pra burro. Me diga, como vai o seu processo na justiça?"

"Muito mal. A justiça me mandou fazer um depósito em fiança. Duzentos mil dólares."

A cifra deixou-o pálido. "Eles amarraram o seu dinheiro? Você nunca mais vai vê-lo outra vez. Quem é o seu advogado? Ainda é aquele amigo de infância, o Szathmar?"

"Não. É o Forest Tomchek."

"Conheci o Tomchek na faculdade de direito. O tipo de advogado picareta de porta de cadeia. É mais escorregadio que um supositório, só que os supositórios dele contêm dinamite. E o juiz, quem é?"

"Um cara chamado Urbanovich."

"Esse não conheço. Mas anda tomando decisões contrárias a você e para mim está tudo claro. Eles é que arrumaram esse juiz. Está cheirando a sujeira. Ele está te usando para faturar uma propina. Está devendo alguma coisa para alguém e quer acertar as contas com a sua grana. Vou dar uma conferida nesse assunto agora mesmo. Você conhece um cara chamado Flanko, em Chicago?"

"Solomon Flanko? É o advogado do Sindicato do Crime."

"Ele sabe das coisas." Rapidamente Ulick discou os números no telefone. "Flanko", disse ele quando foi atendido. "Aqui é Julius Citrine, estou falando do Texas. Tem um cara na vara de família chamado Urbanovich. Por acaso ele faz parte da caixinha?" Ficou escutando a resposta com toda atenção. Falou: "Obrigado, Flanko. Falo com você mais tarde". Depois que desligou, escolheu uma camisa esporte para vestir. Disse: "Não, Urbanovich parece que não faz parte da caixinha. Ele está é querendo chamar a atenção no tribunal. É muito ardiloso. É experiente. Se ele está na sua cola, você e aquele dinheiro vão ficar tão separados como a gema e a clara. Muito bem, risque essa grana da sua contabilidade. Vamos te fazer ganhar mais outro tanto em outro lugar. Você não guardou nada separado?"

"Não."

"Não tem nada num cofre? Nenhuma conta numerada em lugar nenhum? Nenhum laranja?"

"Não."

Meu irmão fitou-me com ar sério. E então seu rosto, enrugado pela idade, pelas preocupações e por atitudes insensíveis, relaxou em algum ponto e sorriu por baixo do bigode de Acheson. "E pensar que nós somos irmãos", disse ele. "Isso é sem dúvida alguma assunto para um poema. Você devia sugerir a ideia para aquele seu compadre, o Von Humboldt Fleisher. Aliás, o que foi que aconteceu com o seu poeta e parceiro? Peguei um táxi e levei vocês para uma boate em Nova York, um dia, na década de 50. A gente se divertiu pra burro no Copacabana, lembra?"

"Aquela noite na cidade foi sensacional. Humboldt adorou. Ele morreu", falei.

Ulick vestiu uma camisa de seda italiana azul fogo, uma roupa linda. Parecia ávida por um corpo ideal. Ele puxou-a por cima do peito. Em minha última visita, Ulick estava mais esguio e usava uma calça magnífica, de cintura baixa, com listras coloridas e ornamentada nas costuras com pesos mexicanos de prata. Ele havia conquistado aquela nova silhueta por meio de uma dieta radical. Mas até o chão do seu Cadillac vivia coberto de casquinhas de amendoim, e agora Julius tinha ficado gordo outra vez. Eu via agora o antigo corpo gordo que eu sempre conhecera e que me era absolutamente familiar — a barriga, as sardas nos braços indisciplinados e as mãos elegantes. Eu ainda via nele o garoto obeso, de aspecto sufocado, o garoto voluptuoso e conivente cujos olhos diziam o tempo todo que ele era inocente. Eu o conhecia de fio a pavio, como a palma da minha mão, até mesmo seu corpo, lembrava como ele cortou feio a coxa numa garrafa quebrada em Wisconsin, cinquenta caudalosos anos atrás, e que olhei espantando para a banha amarela, camadas e mais camadas de banha através das quais o sangue tinha de subir para poder sair. Eu conhecia a mancha nas costas do seu pulso, o nariz quebrado e refeito, sua feroz e falsa cara de inocência, seus roncos e seus cheiros. Vestindo uma camisa laranja de jogador de futebol americano, respirando pela boca (antes de ter dinheiro para pagar a cirurgia no nariz), ele me segurou sobre os ombros para que eu pudesse ver a parada militar no bulevar Michigan. O ano devia ser 1923. Ele me segurou pelas pernas. As pernas dele eram volumosas, enfiadas em meias pretas e reforçadas, e usava calções de golfe bufantes, que pareciam aqueles antigos calções esportivos das meninas. Depois ficou atrás de mim no banheiro masculino da biblioteca pública, os urinóis altos e amarelos semelhantes a sarcófagos abertos, ajudando-me a tirar meu peruzinho de criança pela braguilha complicada da cueca. Em 1928, ele se tornou carregador de malas no American Express. Depois trabalhou na rodoviária trocando os enormes pneus de ônibus. Usou a força bruta em brigas de rua e ele mesmo virou um valentão de rua. Conseguiu uma vaga no Lewis Institute, à noite, e fez a faculdade de direito. Ganhou e perdeu fortunas. Levou seu próprio Packard para a Europa na década de 50 e o transportou de avião de Paris para Roma, porque dirigir nas montanhas era uma coisa que o entediava. Gastava sessenta ou setenta mil dólares por ano só consigo mesmo. Eu nunca esqueci nenhum fato a respeito dele. Isso o deixava lisonjeado. E também o deixava triste. E se era com tanta afeição que eu me voltava para as recordações, o que isso provava? Que eu amava Ulick? Existem especialistas que acreditam que tamanha abrangência e minúcia da memória é um sintoma de histeria. O próprio Ulick dizia que não tinha nenhuma recordação de nada, exceto para transações e negócios.

"Então quer dizer que aquele seu amigo doidão, o Von Humboldt, morreu. Ele falava um bocado de palavrório vazio e andava mais malvestido que você, mas eu gostava dele. Sabia beber, não há dúvida disso. De que foi que morreu?"

"Hemorragia cerebral." Eu tive de contar essa mentira diplomática. Ataque do coração era um assunto proibido naquele momento. "Deixou-me um legado."

"O quê? Quer dizer que ele tinha grana?"

"Não. Só uns papéis. Mas quando fui ao asilo de idosos apanhá-los com o tio dele, sabe quem foi que encontrei lá? O Menasha Klinger."

"Não me diga. O Menasha! O tenor lírico, o ruivo! O cara de Ypsilanti que ficou hospedado com a gente em Chicago? Nunca encontrei na vida um sujeito tão maluco e tão iludido como ele. Era incapaz de cantar uma escala. Consumia o salário que ganhava na fábrica em aulas de canto e ingressos para concertos. A única vez que tentou fazer alguma coisa boa para si mesmo pegou gonorreia, e aí o médico dividiu o salário dele com a professora de música. Mas ele já está tão velho assim que tenha que ficar num asilo de idosos? Bem, estou com sessenta e poucos anos e ele era uns oito anos mais velho que eu. Sabe o que foi que descobri outro dia? A escritura do jazigo da família no cemitério de Waldheim. Ainda restam duas sepulturas vagas. Você não gostaria de comprar a minha, não é? Não vou ficar deitado embaixo da terra. Vou ser cremado. Preciso de movimento. Prefiro me misturar na atmosfera. Procure por mim nas previsões meteorológicas."

Ele também tinha uma cisma com sepulturas. Disse-me isso no dia do enterro do papai. "O tempo está quente e agradável demais. É terrível. Você já viu uma tarde tão bonita assim?" O tapete de grama artificial tinha sido enrolado pelos coveiros e, embaixo dele, a terra arenosa e cor de bronze era um adorável buraco frio. Nas alturas, muito além do ameno clima de maio, erguia-se algo semelhante a um penhasco de carvão. Ciente daquele penhasco de carvão que se debruçava sobre o cemitério florido — tempo de lilases! —, comecei a suar. Um motorzinho ia baixando o caixão apoiado em fitas de lona, que deslizavam com suavidade. Nunca houve no mundo um homem tão pouco disposto a baixar à terra, a passar pelos portões amargos como o papai Citrine — nunca houve um homem tão inapto a jazer imóvel. Papai, o grande atleta, o corredor em zigue-zague no futebol americano, agora levado para baixo da terra pelo contra-ataque brutal da morte.

Ulick queria mostrar-me como Hortense havia redecorado o quarto dos filhos, disse ele. Eu sabia que Julius estava à procura de barras de chocolate recheadas. Na cozinha, os armários eram trancados a cadeado e a geladeira ficava num local fora de alcance. "Ela está absolutamente certa", disse meu irmão. "Tenho que parar de comer. Sei que você sempre disse que era um apetite falso. Você recomendava que eu enfiasse o dedo na garganta e vomitasse, quando eu pensasse que estava com fome. Mas para que serviria um negócio desses? Inverter o movimento dos músculos do diafragma? Você sempre foi um cara de vontade forte e um atleta, sempre animado, indo a clubes de natação, malhando com halteres, dando socos em sacos de areia no quarto dos fundos, correndo em volta do quarteirão, pendurando-se nas árvores feito o Tarzan dos Macacos. Você deve ter um peso na consciência por causa do que fazia quando se trancava no banheiro. Você é um sacaninha erótico, a sua vida mental de primeira classe não tem a menor importância. Todo esse papo furado de arte! Nunca entendi a peça que você escreveu. Saí do teatro no segundo ato. O filme foi melhor, mas até o filme tinha partes chatíssimas. O meu velho amigo Ev Dirksen também teve uma fase literária. Sabia que o senador escreveu poemas e usou para distribuir como cartões de cumprimentos? Mas o velho não passava de um tremendo impostor — era um cara fora de série, alguém mais cínico que ele nunca existiu. Mas pelo menos avacalhava a própria conversa fiada. Escute, eu percebi que o país estava no caminho errado assim que começou a rolar muito dinheiro para a arte."

"Não sei nada a respeito disso", respondi. "Transformar artistas em capitalistas era uma ideia divertida e de uma certa profundidade. Os Estados Unidos decidiram testar as pretensões da estética aplicando a medida do dólar. Talvez você tenha lido a transcrição da fita do Nixon no ponto em que ele diz que não queria saber desse papo furado de arte e literatura. Isso era porque ele estava fora de passo. Ele perdeu contato com o espírito do Capitalismo. Não o compreendeu integralmente."Espere aí, espere aí, não vai querer me dar lições agora, vai? Você vivia vomitando umas teorias em cima da gente na mesa, na hora das refeições. Marx ou Darwin ou Schopenhauer ou Oscar Wilde. Se não era uma droga dessas era outra. Você tinha a maior coleção do bairro dos livros da Modern Library. E eu aposto cinquenta contra um que, neste exato minuto, você está mergulhado até o nariz numa teoria picareta qualquer. Você não consegue viver sem isso. Agora vamos embora. Temos que pegar dois cubanos no caminho e também um certo irlandês de Boston, que vai junto com a gente. Eu nunca tive saco para esse papo de arte, não foi?"

"Você tentou ser fotógrafo", respondi.

"Eu? Quando foi isso?"

"Quando havia missas fúnebres na Igreja Ortodoxa Russa, lembra? Aquela de estuque, com a cúpula em formato de cebola, na Leavitt, esquina com a Haddon. Eles abriam os caixões na escada da porta e tiravam fotografias da família com o corpo. Você tentou fazer um negócio com o padre para ser nomeado fotógrafo oficial da igreja."

"Eu fiz isso? Pobre de mim!" Ulick gostou de ouvir aquilo. Mas sorriu em silêncio, com uma fixidez branda, entregando-se a reflexões. Apalpou as bochechas flácidas e disse que tinha se barbeado demais naquele dia, sua pele estava macia. Deve ter sido uma dor que veio do peito que o deixou sensível quanto ao rosto. Minha visita, com suas sugestões de uma despedida, o perturbou. Admitia que eu fizera bem em ir visitá-lo, mas ao mesmo tempo me detestava por ter feito aquilo. Eu podia entender seu ponto de vista. Por que eu viera batendo as asas em volta dele como se fosse o anjo da morte? Eu não tinha a menor chance de me sair bem da situação, porque se eu não tivesse vindo, ele teria usado aquilo contra mim. Julius tinha de se sentir ofendido. Ele exultava na raiva, e sempre fazia as contas de tudo.

Durante cinquenta anos, de forma ritual, ele repetia as mesmas piadas, ria delas porque eram muito infantis e cretinas. "Sabe quem está no hospital? Um monte de gente doente." E: "Uma vez fiquei com o prêmio da melhor nota em história, mas eles me viram pegando o prêmio e me obrigaram a devolver". E na época em que eu ainda discutia com ele, eu dizia: "Você é um autêntico populista e ignorante, você renunciou ao seu cérebro russo e judeu em troca do patriotismo. Você é um ignorante que se fez por si mesmo e um verdadeiro americano". Mas fazia tempo que eu havia parado de dizer essas coisas. Sabia que ele se trancava em seu escritório com uma caixa de passas brancas e lia Arnold Toynbee e R. H. Tawney, ou Cecil Roth e Salo Baron, sobre a história judaica. Quando alguma coisa dessas leituras pipocava no meio da conversa, ele tomava todo cuidado para pronunciar de maneira errada as palavras-chave.

Julius dirigia seu Cadillac debaixo do sol radiante. Sombras que podiam ser projetadas por todos os povos do mundo esvoaçavam por cima do carro. Ele era um empreendedor e milionário americano. As almas de milhões de dólares adejavam como fantasmas por cima do polimento do vasto capô preto. Na remota Etiópia, pessoas com disenteria, de cócoras diante de pratos, debilitadas e à beira da morte, abriam exemplares da *Business Week*, abandonados por turistas, e viam o rosto dele, ou rostos iguais ao dele. Mas me parecia que havia poucos rostos como o de Julius, com o perfil feroz que trazia à mente a palavra latina *rapax* ou algum dos reis arbitrários, enlouquecidos e sanguinários de Rouault. Passamos por alguns dos seus empreendimentos, o Peony Condominiums, o Trumbull Arms. Demos uma geral em seus muitos projetos de construção. "O Peony quase me derrubou. O arquiteto me convenceu a pôr a piscina no telhado. A estimativa do concreto teve um erro de toneladas e toneladas a menos, sem falar que invadimos um metro do terreno vizinho. Ninguém descobriu até hoje e me livrei da porcaria toda. Tive que tratar de uma papelada enorme." Ele se referia a uma segunda hipoteca de grande monta. "Agora, escute aqui, Chuck, sei que você precisa de grana. A perua doida não vai ficar satisfeita antes de pegar o seu fígado e guardar no congelador. Estou espantado, mas espantado de verdade, por você não ter guardado nenhuma grana em segredo. Você deve ser um grande otário. As pessoas devem te passar a perna todo dia e faturar horrores nas suas costas. Você investiu uma bolada naquele tal Zitterbloom, em Nova York, que prometeu te dar cobertura, proteger as suas receitas do Tio Sam. Ele te deu a maior rasteira. Você nunca conseguiu arrancar um centavo dele. Mas outras pessoas na certa estão te devendo milhares de dólares. Faça propostas para essa gente. Aceite metade, mas em dinheiro vivo. Vou te mostrar como lavar seu dinheiro e aí vamos fazer toda a sua grana sumir. Depois você vai para a Europa e trate de ficar lá. Para que diabos você quer tanto ficar em Chicago? Será que ainda não está de saco cheio daquele lugar chato? Para mim, não era chato, porque eu ia para a rua e via a agitação. Mas você? Você acorda, olha para fora, está tudo cinzento, puxa a cortina e pega um livro. A cidade está rugindo, mas você nem ouve. Se isso não matou a porcaria do seu coração, então você deve ser um homem de ferro, e consegue viver desse jeito. Escute, tenho uma ideia. Vamos comprar uma casa juntos no Mediterrâneo. Os meus moleques precisam aprender um idioma estrangeiro, ganhar um pouco de cultura. Você pode ser o professor particular deles. Escute, Chuck, se você conseguir cavar cinquenta mil dólares, eu te garanto um lucro de vinte e cinco por cento, e com isso dá para viver no exterior tranquilamente."

Assim ele falava comigo e eu ficava pensando em seu destino. O seu destino! E eu não podia lhe revelar meus pensamentos. Não eram transmissíveis. Então para que serviam? Sua estranheza e idiossincrasia eram uma traição. Pensamentos deveriam ser reais. Palavras deveriam ter um significado definido e um homem deveria acreditar no que diz. Essa era a queixa de Hamlet para Polônio, quando disse: "Palavras, palavras, palavras". As palavras não são *minhas* palavras, os pensamentos não são *meus* pensamentos. É maravilhoso ter pensamentos. Podem ser sobre o firmamento estrelado e sobre a lei moral, a majestade de um, a grandeza do outro. Ulick não era o único que encarava muita papelada. Todos nós encarávamos a papelada, um monte de papelada. E eu não queria despejar nenhum palavrório em cima de Ulick, numa hora como aquela. Minhas ideias novas, sim. Elas tinham mais a ver com o momento. Só que eu não estava pronto para mencioná-las a ele. Deveria estar pronto. No passado, os pensamentos eram reais demais para ficar guardados como um currículo cultural, um patrimônio de títulos mobiliários e ações da Bolsa. Mas agora tínhamos recursos mentais. Todas as visões de mundo que quiserem imaginar. Cinco diferentes epistemologias numa única tarde. Façam sua escolha. Todas são simpáticas e nenhuma é coercitiva ou necessária ou tem força verdadeira ou fala direto à alma. Foi essa conversa de papelada, essa transferência de moeda cerebral que acabou por me despertar. Na verdade eu havia despertado aos poucos, com relutância. Portanto, agora, eu não estava pronto para dizer a Ulick nada de interesse genuíno. Eu não tinha nada a oferecer ao meu irmão, que buscava forças para enfrentar a morte. Ele não sabia o que pensar a respeito do assunto e estava furioso e assustado. Cabia a mim, na condição de irmão pensador, dizer alguma coisa a ele. E de fato eu tinha importantes sugestões para comunicar, na hora em que ele encarava o fim. Mas sugestões não serviam de grande coisa. Eu não tinha feito meu dever de casa. Ele diria: "O que você quer dizer? Espírito, imortalidade? É o que você quer dizer?". E eu ainda não estava preparado para explicar. Eu mesmo estava apenas começando a entrar naquele assunto a sério. Talvez Renata e eu pegássemos o trem para Taormina e lá eu poderia ficar num jardim, sentado, e me concentrar nisso, dedicando ao assunto toda a minha reflexão.

Nossos sérios pais do Velho Mundo certamente haviam produzido um par de palhaços americanos — um palhaço milionário demoníaco e um palhaço de espírito mais elevado. Ulick tinha sido um garoto gorducho que eu adorava, era um homem precioso para mim, e agora o litoral fatídico estava à vista, à frente dele, e eu queria dizer, enquanto meu irmão estava sentado ao volante com cara de doente, que essa coisa dolorosa brilhante estonteante dilaceradora (eu me referia à vida), quando chegava ao fim, concluía apenas aquilo que nós conhecíamos. Não concluía o desconhecido e eu desconfiava que algo mais viria a seguir. Porém eu não podia provar nada para aquele meu irmão de coração de pedra. Ele estava aterrorizado com o vazio que se aproximava, a conclusão do agradável dia florido de maio, com o monte de carvão ao fundo, o buraco frio e alinhado aberto na terra. Portanto tudo o que eu podia de fato lhe dizer, se eu falasse, seria o seguinte: "Escute aqui, lembra quando nos mudamos de Chicago para Appleton e fomos morar naqueles quartos escuros na Rice Street? E você era um menino obeso e eu um menino magricela? E a mamãe adorava você com os seus olhos negros e o papai teve um ataque porque você mergulhou o seu pão na xícara de chocolate? E antes de ele fugir para trabalhar no ramo das madeireiras, trabalhou feito um escravo na padaria, o único emprego que conseguiu arranjar, um cavalheiro, mas dando duro de noite? E chegava em casa e pendurava o macacão branco atrás da porta do banheiro, de modo que o banheiro ficava sempre com cheiro de padaria e a farinha endurecida caía em escamas? E ele dormia zangado e bonito, de lado, o dia inteiro, com a mão embaixo do rosto e a outra mão enfiada entre os joelhos dobrados? Enquanto a mamãe fervia a água para lavar a roupa no fogão a carvão, e você e eu sumíamos para ir à escola? Lembra de tudo isso? Bem, vou te dizer por que trago tudo isso de volta — há boas razões estéticas para que isso não seja eternamente varrido dos registros do mundo. Ninguém poria tanta emoção em coisas destinadas a ser esquecidas e desperdiçadas. Ou tanto amor. Amor é gratidão por existir. Esse amor seria ódio, Ulick, se tudo não fosse nada mais que uma trapaça". Mas um discurso como esse seguramente não era uma coisa aceitável para um dos maiores construtores do sudeste do Texas. Esses comunicados estavam proibidos pelas regras mentais em vigor numa civilização que comprovou seu direito de impor tais regras com os numerosos milagres práticos que executou, como me trazer de Nova York ao Texas em quatro horas, ou abrir a serrote o esterno de Julius e enxertar veias novas em seu coração. Aceitar o caráter definitivo da morte, no entanto, fazia parte daquele pacote. Não deveria restar nenhum vestígio de nós. Apenas uns poucos buracos na terra. Apenas a terra de tocas de toupeira abandonadas por criaturas extintas que, um dia, no passado remoto, escavaram por aqui.

Enquanto isso, Ulick dizia que ia me ajudar. Por cinquenta mil dólares, ele me venderia duas unidades no projeto já concluído. "Isso deve gerar um ganho aí por volta de vinte e cinco ou trinta por cento. Portanto, se você tiver uma receita de quinze mil dólares, mais o que você conseguir faturar com as besteiras que escreve, vai poder viver confortavelmente num desses países baratos como a Iugoslávia ou a Turquia, e aí vai poder mandar aquela gangue de Chicago se foder."

"Então me empreste cinquenta mil", falei. "Posso recuperar a quantia em um ano e então te reembolso."

"Para isso, eu mesmo terei que pedir dinheiro ao banco", respondeu. Mas eu era um Citrine, o mesmo sangue corria em nossas veias e ele não podia esperar que eu aceitasse uma mentira tão óbvia assim. Então falou: "Charlie, não me peça para fazer uma coisa tão contrária às normas dos negócios".

"Quer dizer que se você me adiantar a grana e não ganhar um pouquinho que seja comigo, seu respeito próprio vai sofrer um golpe."

"Com o seu dom para exprimir as coisas de forma sucinta, que maravilhas *eu* escreveria", disse ele, "já que sei mil vezes mais coisas que você. É claro que tenho que obter alguma pequena vantagem. Afinal, eu sou o cara que organiza tudo isso, toda essa enorme barafunda. Mas seria só o mínimo, o básico. Por outro lado, se você estiver cansado do seu estilo de vida, e seguramente deve estar, pode se estabelecer aqui no Texas e enriquecer também. Este lugar tem dimensões grandiosas, Charlie, tem escala."

Mas essa referência a escala, a dimensões grandiosas, não me encheu de ambições de negócios, apenas me fez lembrar uma palestra eletrizante de um vidente que eu havia lido no avião. Agora aquilo me impressionou de fato a fundo e eu tentava compreender. Depois que os dois cubanos e o homem de Boston entraram no Cadillac conosco e começaram a fumar charutos, a ponto de eu ficar enjoado com os movimentos do carro, pensar em vidência era uma coisa boa demais de se fazer. O carro atravessou a divisa da cidade, seguindo pelo litoral. "Ali adiante tem um lugar incrível para comprar peixe", disse Ulick. "Quero parar e comprar camarões defumados e marlim defumado para Hortense." O carro parou e compramos algumas coisas. Morto de fome, Ulick comeu pedaços de marlim antes mesmo de removerem as escamas do peixe. Antes que desse tempo para embrulhar o peixe, ele já havia arrancado o rabo.

"Não fique se empanturrando", falei.

Ele não prestou a menor atenção e tinha toda razão para isso. Empanturrou-se. Gaspar, seu parceiro cubano, pegou o volante e Ulick sentou-se atrás com seu peixe. Ele o guardou embaixo do banco. "Quero guardar esse pedaço para Hortense, ela adora", disse. Porém, naquele ritmo, não ia sobrar nada para Hortense. Não cabia a mim exorcizar uma vida inteira daquela gula extraordinária e era melhor eu deixar que ele se virasse sozinho. Mas eu tinha de depositar meus dois centavos fraternais naquela conta, transmitir a ele pelo menos aquela pitada de remorso que esperamos da família, na véspera de uma cirurgia de peito aberto, enquanto a gente se entope de peixe defumado.

Ao mesmo tempo eu me concentrava na imagem que o vidente havia descrito em detalhes tão impressionantes. Assim como a alma e o espírito abandonam o corpo durante o sono, eles também podiam ser separados do corpo num estado de plena consciência, com o propósito de observar a vida interior do homem. O primeiro resultado dessa separação consciente é que tudo fica invertido. Em vez de ver o mundo exterior como normalmente fazemos com os sentidos e o intelecto, os iniciados são capazes de ver o eu circunscrito de fora para dentro. A alma e o espírito se estendem sobre o mundo que normalmente percebemos de dentro — montanhas nuvens florestas mares. Não vemos mais esse mundo exterior, pois nós *somos* ele. O mundo exterior é agora o mundo interior. Videntes, estamos no espaço que antes observávamos. Dessa nova circunferência, olhamos para trás, rumo ao centro, e no centro se encontra nosso próprio eu. Esse eu, nosso eu, agora é o mundo exterior. Deus adorado, aí você vê a forma humana, sua própria forma. Você vê sua própria pele e o sangue por dentro, e vê isso como vê um objeto exterior. Mas que objeto! Seus olhos agora são dois sóis radiosos, repletos de luz. Seus olhos são identificados por esse esplendor. Seus ouvidos são identificados pelo som. Da pele vem um brilho. Da forma humana emana a luz, o som e as forças elétricas cintilantes. Isso é o ser físico, quando o Espírito olha para ele. E mesmo a vida do pensamento é visível dentro desse esplendor. Seus pensamentos podem ser vistos como ondas escuras que passam pelo corpo de luz, diz esse vidente. E com essa glória vem também um conhecimento de estrelas que existem no espaço onde antes sentíamos estar inertes. Mas não estamos inertes e sim em movimento junto com essas estrelas. Existe dentro de nós um mundo de estrelas que pode ser visto quando o Espírito se estabelece num ângulo de visão privilegiado, do lado de fora do seu corpo. Quanto à musculatura, trata-se de uma precipitação do Espírito e da assinatura do cosmos nele. Na vida e na morte, a assinatura do cosmos está dentro de nós.

Agora estamos andando de carro através de regiões pantanosas e cheias de rochedos. Ali, havia mangues. Aqui, as águas do golfo cintilavam ao longe. Havia também uma porção de entulho, pois a península era uma zona de despejo e um cemitério de carros velhos. A tarde estava quente. O grande Cadillac preto abriu as portas e saímos. Os homens, animados, partiram em todas as direções em largas passadas, observaram o terreno, avaliando a situação e já se debatendo com futuros problemas relativos à construção. Palácios grandiosos, torres assombrosas e deslumbrantes jardins de cristal se erguiam das suas mentes flamejantes.

"Rocha sólida", disse o irlandês de Boston, esfregando o chão com seu sapato branco feito de couro de bezerro.

Ele tinha me confidenciado que não era irlandês coisa nenhuma, era polonês. Seu nome, Casey, era uma abreviação de Casimirz. Como eu era irmão de Ulick, ele me tomava por um homem de negócios. Com um nome como Citrine, o que mais eu poderia ser? "Esse cara é um verdadeiro empreendedor criativo. O seu irmão, o Julius, é inventivo, um gênio da construção", disse Casey. À medida que falava, seu rosto flácido e sardento me oferecia o sorriso falso que varreu o país há mais ou menos quinze anos. Para alcançar tal sorriso, era preciso afastar dos dentes o lábio superior, enquanto o rosto fitava com charme seu interlocutor. Alec Szathmar fazia aquilo melhor que qualquer pessoa. Casey era um sujeito grande, quase monumental e de aspecto oco, que parecia um detetive à paisana de Chicago — o mesmo tipo. Suas orelhas eram surpreendentemente amarrotadas, como repolho chinês. Ele falava com uma cortesia pedante, como se tivesse feito um curso por correspondência produzido em Bombaim. Eu gostava muito daquilo. Vi que ele queria me induzir a dizer alguma coisa boa sobre ele para o Ulrick e eu entendi sua necessidade. Casey era aposentado, invalidez parcial, e estava em busca de um meio de proteger sua fortuna da depreciação inflacionária. Além disso procurava movimento. Movimento ou morte. Dinheiro não marca passo. Agora que eu andava comprometido com a investigação espiritual, muitos assuntos se apresentavam para mim sob uma luz mais clara. Por exemplo, eu via que emoções vulcânicas Ulick estava dissimulando. Ele se encontrava de pé, em cima de um monte de entulho, comendo camarões defumados dentro de um saco de papel, e fingia examinar friamente aquela península como um terreno para construir um condomínio. "É promissor", disse ele. "Tem potencial. Mas vai dar algumas terríveis dores de cabeça. Vai ser necessário começar dinamitando. A água vai dar um tremendo problema. O esgoto também. E eu nem sei como é que isto aqui está loteado."

"Bem, o que dava para fazer aqui é um senhor hotel de primeira classe", disse Casey. "Prédios de apartamentos dos dois lados, de frente para o mar, praias, um ancoradouro para iates, quadras de tênis."

"Parece fácil", disse Ulick. Ah, o astuto Ulick, meu querido irmão! Dava para ver que se encontrava num êxtase de astúcia. Aquele era o lugar que podia valer centenas de milhões de dólares e Julius se debruçava sobre o terreno da mesma forma que os cirurgiões amolavam seus bisturis diante dele. Um coração gorduroso, obstruído, machucado, ameaçava atirar Julius na cova, na mesma hora em que sua alma topava com a oportunidade mais formidável da sua vida. A gente podia ter certeza de que, quando estava no melhor do sonho, alguém ia começar a bater na porta — o famoso menino de entregas do açougue, de Porlock. Nesse caso, o nome do garoto era Morte. Eu compreendia Ulick e suas paixões. Por que não? Eu tinha sido um assinante de

Ulick a vida inteira. Portanto eu sabia que paraíso ele via naquele depósito de lixo — as torres na neblina do mar, a grama importada cintilante com o orvalho, as piscinas rodeadas por gardênias onde as garotas bronzeavam seus lindos corpos, e todos os atendentes mexicanos morenos, com suas camisas bordadas, dizendo toda hora "*Sí, señor*" — havia imigrantes ilegais de sobra atravessando a fronteira.

Eu também sabia como ficariam os balancetes de Ulick. Seria como ler o *Homero* de Chapman, páginas iluminadas, reinos de ouro. Se normas de zoneamento urbano interferissem naquela oportunidade, ele estava pronto a pôr em cena um milhão de dólares em propinas. Eu via isso escrito na cara dele. Julius era o pecador positivo e eu, o pecador negativo. Ele poderia muito bem estar com trajes de cores imperiais sufocantes. Eu podia estar com um macacãozinho de dormir de bebê. É claro que eu tinha uma grande tarefa à minha espera quando despertasse, um enorme desafio. Agora eu estava apenas começando a ferver, no entanto, e seria necessário pelo menos levantar a fervura até o fim. Eu tinha negócios que eram do interesse de toda a espécie humana — a responsabilidade não só de cumprir meu destino, mas também de dar sequência ao destino de amigos fracassados, como Von Humboldt Fleisher, que nunca puderam combater num estado de plena vigília. As pontas dos meus dedos ensaiavam como iriam operar as válvulas do trompete, o trompete da imaginação, quando eu estivesse afinal pronto para disparar as notas. Os repiques daquele metal seriam ouvidos além da Terra, no próprio espaço. Quando aquele Messias, a faculdade salvadora, a imaginação despertasse, finalmente poderíamos olhar de novo, de olhos abertos, para toda a terra brilhante.

A razão por que os Ulick deste mundo (e também os Cantabile) exercem tamanho poder sobre mim reside no fato de que conhecem seus desejos com clareza. Esses desejos podem ser vis, mas são perseguidos num estado de plena vigília. Thoreau viu uma marmota em Walden, seus olhos mais plenamente despertos que os olhos de qualquer fazendeiro. É claro que aquela marmota estava prestes a devorar a lavoura de algum fazendeiro zeloso. Para Thoreau, não havia nenhum problema em dar força para as marmotas e ter raiva dos fazendeiros. Mas se a sociedade é um fracasso moral em massa, os fazendeiros têm um bom motivo para adormecer. Ou para olhar para o momento presente. Ulick estava desperto para o dinheiro; eu, que sentia a ânsia de fazer o que era certo inflar meu coração, tinha consciência de que o bom sono liberal da infância americana havia durado um século. E mesmo agora, quando eu chegara a entender algo de Ulick — eu estava repassando em pensamento as condições da infância em que meu coração tinha sido inspirado. Vestígios do perfume daquele tempo revigorante, daquele precoce e doce tempo de bondade, semelhante a um sonho, ainda continuavam aderidos a ele. Mesmo na hora em que seu rosto (talvez) se voltava para seu sol final, eu ainda queria algo dele.

Ulick tratava seus dois cubanos com a mesma deferência com que o polonês Casey o tratava. Aqueles eram seus negociadores indispensáveis. Eles tinham ido à escola com os proprietários. Às vezes sugeriam que eram todos primos. Para mim, pareciam playboys do Caribe, homens fortes e gorduchos, fáceis de identificar, com caras redondas, azuis e frescas, olhos não especialmente simpáticos. Eram jogadores de golfe, praticantes de esqui aquático, equitadores, jogadores de polo, pilotos de carro de corrida, pilotos de aviões bimotores. Conheciam a Riviera, os Alpes, Paris e também Nova York, assim como as boates e os cassinos clandestinos das Índias Ocidentais. Falei para Ulick: "Esses caras são da pesada. O exílio fez deles uns caras bem durões".

"Sei que são da pesada", respondeu Ulick. "Vou ter que encontrar um jeito de incluir esses caras no negócio. Não é hora de bancar o modesto — meu Deus, Chuckie, dessa vez tem grana aqui de sobra para todo mundo", sussurrou.

Antes de ocorrer essa conversa, tínhamos feito duas paradas. Quando voltávamos da península, Ulick disse que queria parar numa fazenda de frutas tropicais que conhecia. Tinha prometido para Hortense trazer uns caquis. O peixe tinha sido comido. Sentamos ao lado dele embaixo de uma árvore, chupando as frutas do tamanho de peitos de mulher e cor de fogo. O suco respingou no pano da sua camisa esporte e, vendo que agora a camisa teria de ir para a lavanderia de qualquer jeito, ele aproveitava para enxugar os dedos no tecido. Seus olhos tinham se encolhido e se mexiam para um lado e para o outro bem depressa. Naquele momento, ele não estava propriamente conosco. Os cubanos pegaram a bolsa de golfe de Hortense que estava na mala do carro e começaram a se distrair lançando bolas para todos os lados do terreno. Eram jogadores de golfe tremendos e enérgicos, a despeito dos seus traseiros pesadões e das dobras de carne que se formavam embaixo do queixo, quando lançavam a bola. Revezavam-se e, com força elástica, davam cacetadas nas bolas elásticas — pá! — rumo ao desconhecido. Era agradável contemplar aquilo. Mas quando nos preparamos para ir embora, vimos que as chaves da ignição do carro tinham ficado trancadas dentro do porta-malas. Foi preciso pegar ferramentas emprestadas com o plantador de caquis e, em meia hora, os cubanos conseguiram arrombar a fechadura. É claro que danificaram a pintura do Cadillac novo, mas aquilo não era nada. "Nada, nada!", disse Ulick. Ele também estava puto da vida, é claro, mas aqueles primos Gonzalez não podiam agora ser objeto de um ódio franco. Ulick disse: "O que tem demais, afinal? Um toquezinho de pintura, um servicinho de lanternagem e pronto". Ele se levantou e disse: "Vamos dar uma parada em algum lugar e tomar uma bebida e comer alguma coisa também".

Fomos a um restaurante mexicano onde ele devorou um prato de peito de galinha com um molho temperado — um molho de carne apimentado feito com chocolate amargo. Eu nem consegui terminar o meu. Julius apanhou meu prato. Pediu uma torta de noz-pecã *a la mode* e depois uma xícara de chocolate mexicano.

Quando chegamos em casa, falei que ia para meu motel repousar; estava muito cansado. Ficamos ao lado um do outro, de pé, em seu jardim, por um tempo.

"Você pelo menos começou a ter uma ideia do alcance nos negócios naquela península?", perguntou. "Com aquela terra toda na mão, eu poderia fazer o negócio mais formidável da minha vida. Aqueles cubanos de bunda grande vão ter que me acompanhar. Vou arrastar aqueles sacanas comigo. Vou elaborar um projeto enquanto estiver em convalescença, vou mandar fazer um levantamento do solo, um mapa, e quando eu der a minha tacada para cima daqueles sacanas espanhóis preguiçosos da alta sociedade, já vou estar com tudo pronto, com as maquetes dos arquitetos na mão e com todo o meu esquema de financiamento montado. Estou falando sério, você sabe disso. Quer experimentar umas nêsperas?" Enfiou a mão com ar tristonho entre os galhos de uma das suas árvores e apanhou punhados de frutas.

"Agora estou com um pouco de azia", respondi. "Por causa de tudo que comi."

Ele continuou a colher e a comer, cuspia os caroços e a pele, o olhar fixo para além de mim. De vez em quando enxugava seu bigode de Acheson com a mão. Arrogante, cansado, estava repleto de pensamentos incomunicáveis. Esses pensamentos estavam escritos em letras pequenas e densas em cada centímetro da sua superfície interior. "Não vou te ver em Houston antes da cirurgia, Charlie", disse ele. "Hortense é contra isso. Diz que você vai me deixar muito emotivo, e ela é uma mulher que sabe do que está falando. Pois bem, o que eu quero te dizer é o seguinte, Charlie. Se eu morrer, case com Hortense. É a melhor mulher que você pode encontrar no mundo. É correta até a morte. Confio nela cem por cento e você sabe o que isso quer dizer. Ela se comporta com certa dureza, é verdade, mas tornou a minha vida uma coisa maravilhosa. Você nunca mais vai ter nenhum problema financeiro, posso te garantir."

"Você conversou sobre isso com Hortense?"

"Não, mas escrevi numa carta. Na certa ela deve adivinhar que eu quero que se case com um Citrine, se eu morrer na mesa de operações." Fitou-me com dureza e disse: "Ela fará o que eu mandar. E você também".

A luz da tarde pairava como um muro de ouro. E havia uma massa de amor entre nós, e nem Ulick nem eu sabíamos o que fazer com aquilo. "Bem, está certo. Até logo."

Ele me deu as costas. Entrei no carro alugado e fui embora.

Hortense, no telefone, disse. "Bem, ele conseguiu. Tiraram as veias da perna e prenderam no coração. Agora ele vai ficar ainda mais forte que antes."

"Graças a Deus. Está fora de perigo?"

"Ah, claro, e você pode falar com ele amanhã."

Durante a cirurgia, Hortense não quis minha companhia. Atribuí aquilo à rivalidade entre esposa e irmão, porém mais tarde mudei de ideia. Reconheci uma espécie de falta de limites ou histeria em minha afeição, a qual, no lugar dele, eu teria evitado também. No entanto, ao telefone, havia na voz de Hortense um tom que eu nunca tinha ouvido antes. Hortense cultivava flores exóticas e gritava para cães e homens — era seu estilo. Dessa vez, no entanto, senti que eu compartilhava aquilo que, em regra, ela reservava para as flores e minha atitude em relação a ela se modificou inteiramente. Humboldt muitas vezes me dizia, e ele próprio era um severo juiz da personalidade, que longe de ser gentil, na verdade eu era bruto demais. Meu aprimoramento (se houvesse algum) teria deixado Humboldt contente. Nesta época crítica, obediente à ciência (a rigor trata-se antes de ciência-fantasia, ficção científica), as pessoas acham que estão "isentas de ilusão" a respeito umas das outras. A lei da parcimônia torna a detratação mais realista. Portanto eu tinha minhas reservas em relação a Hortense. Agora eu achava que ela era uma boa mulher. Eu estava deitado na cama king-size do motel, lendo manuscritos de Humboldt e livros de Rudolf Steiner e dos seus discípulos e me encontrava num estado diferente.

Não sei o que eu esperava ver quando entrei no quarto de Ulick — manchas de sangue, talvez, ou pó de osso espirrado pela serra elétrica; haviam aberto à força a caixa torácica do homem e retirado seu coração; desligaram o coração como se fosse um motorzinho, puseram de lado e religaram de novo, quando estavam com tudo pronto. Eu não conseguia tirar isso da cabeça. Mas entrei num quarto cheio de flores e de luz do sol. Acima da cabeça de Ulick, havia um pratinho de bronze com os nomes do papai e da mamãe gravados. Julius estava com uma cor verde-amarelada, o osso do nariz protuberante, o bigode branco eriçado embaixo do nariz. No entanto seu aspecto era feliz. E sua impetuosidade continuava presente, fiquei contente de ver. Estava fraco, é claro, mas era de novo um homem de negócios por inteiro. Se eu lhe dissesse que parecia uma sombra do outro mundo, ele teria me ouvido com desprezo. Ali estava a janela de vidro limpo, ali estavam as rosas e as dálias vistosas, e ali estava a sra. Julius Citrine numa calça comprida de malha, as pernas carnudas, a bainha rente ao chão, uma mulher baixa, forte e atraente. A vida continuava. Que vida? Esta vida. E o que era esta vida? Mas não era hora de ser metafísico. Eu estava muito agitado, muito feliz. Todavia mantinha essas coisas embaixo do chapéu, como me era peculiar.

"Pois é, garoto", disse ele, a voz ainda escassa. "Está contente, não está?"

"Estou mesmo, Ulick."

"Um coração pode ser consertado como um sapato. É só pôr uma sola nova. Até os dentes da frente dá para trocar. Como fazia o Novinson na Augusta Street..."

Suponho que eu era o homem-nostalgia de Ulick. Aquilo que ele não conseguia lembrar sozinho, gostava de ouvir da minha boca. Chefes tribais na África tinham funcionários encarregados de ser sua memória; eu era a memória de Ulick. "Novinson tinha na janela suvenires das trincheiras de

1917", falei. "Tinha cartuchos vazios de metal e um capacete com furos. Na sua mesa, havia um desenho humorístico colorido feito pelo filho Izzie que mostrava um cliente com a cara respingada, pulando no ar e gritando: Ai! A mensagem era: Não se deixe esfolar para consertar os sapatos."

Ulick disse para Hortense: "Tudo o que você tem que fazer é deixá-lo excitado".

De pernas cruzadas, ela sorriu em sua cadeira estofada. A cor do seu conjunto de malha era rosa velha, ou tijolo novo. Tinha a cara branca como a de uma dançarina de *kabuki* empoada, pois, apesar dos seus olhos claros, o rosto era japonês — as maçãs do rosto e os lábios carnudos, pintados de vermelho vivo, davam esse efeito.

"Bem, Ulick. Vou embora, agora que você já está são e salvo."

"Escute, Chuck, tem uma coisa que eu sempre quis que você comprasse para mim na Europa. Uma linda paisagem marinha. Sempre adorei pinturas do mar. Mais nada, só o mar. Não quero ver uma pedra, nem um barco, nem ser humano nenhum. Só o oceano num dia terrível. Água, água por todos os lados: traga um quadro assim para mim, Chuckie, e eu te pago cinco mil, oito mil dólares. Me telefone se por acaso topar com um quadro como esse que aí eu te mando o dinheiro na hora."

Estava implícito que eu tinha direito a uma comissão — não oficial, é claro. Seria artificial da minha parte não tirar uma pequena vantagem. Era essa a forma que a generosidade dele às vezes tomava. Fiquei comovido.

"Vou visitar as galerias", respondi.

"Ótimo. E agora, quanto àqueles cinquenta mil dólares de que falei? Pensou na minha proposta?"

"Ah, bem que eu gostaria de poder aceitar a sua proposta. Estou precisando desesperadamente de dinheiro. Já passei um telegrama para um amigo, o Thaxter. Está a caminho da Europa a bordo do navio *France*. Disse a ele que eu estava com vontade de ir a Madri a fim de experimentar a sorte num projeto que ele elaborou. Um guia Baedeker cultural... Portanto agora estou de partida para Madri."

"Ótimo. Você precisa de projetos. Volte ao trabalho. Conheço você. Quando para de trabalhar, está encrencado. Aquela perua lá em Chicago, com os seus advogados, paralisou o seu trabalho. Ela sabe o que essas paradas fazem com você. Hortense, agora nós temos que cuidar do Charlie um pouquinho."

"Concordo", disse Hortense. A cada momento que passava, eu admirava e amava mais Hortense. Que mulher maravilhosa e sensível, realmente. E que versatilidade emocional a máscara *kabuki* ocultava. Sua aspereza me rechaçara. Porém, por trás da aspereza, quanta bondade, que jardim de rosas. "Por que não fazer mais um esforço ainda para ficar com a Denise?", perguntou Hortense.

"Ela não quer continuar casada", disse Ulick. "A Denise quer ver as tripas do Charlie dentro de um vidro, no consolo da sua lareira. Quando ele lhe oferece mais grana, ela aumenta ainda mais a sua exigência. Não adianta. Lá em Chicago, o cara está só mijando contra o vento. Ele precisa de mulheres, mas só escolhe mulheres que fazem dele gato e sapato. Portanto volte para os negócios, Chuck, e comece a pôr as máquinas para funcionar de novo. Se não puser o seu nome na frente do público, as pessoas vão achar que você foi embora e que elas não viram o seu obituário. Quanto você consegue faturar com esse negócio do guia cultural? Cinquenta? Finque o pé em cem. Não esqueça os impostos. Você também foi apanhado na Bolsa de Valores? Claro que foi. É um especialista em Estados Unidos. Você tem que experimentar aquilo que o país inteiro experimenta. Sabe o que eu faria? Compraria na Bolsa ações de antigas empresas ferroviárias. Algumas estão sendo vendidas a quarenta centavos de dólar. Só a ferrovia pode transportar o carvão e a crise energética está fazendo o preço do carvão subir muito. Também devíamos comprar alguns campos de mineração de carvão. Embaixo de Indiana e Illinois, o Meio Oeste inteiro é uma massa sólida de carvão. Pode ser esmigalhado, misturado com água e bombeado através de tubulações, só que isso não é econômico. Até a água vai se tornar uma mercadoria escassa", disse Ulick, desdobrando uma das suas fugas capitalistas. Quando se tratava de carvão, ele se transformava num poeta romântico, um Novalis falando dos mistérios da Terra. "Junte uma grana. Mande para mim que eu invisto para você."

"Muito obrigado, Ulick", respondi.

"Certo. Caia fora. Fique na Europa. Para que diabos você ainda vai querer voltar para cá? Mande-me uma pintura do mar."

Ele e Hortense voltaram para os projetos do seu empreendimento na península dos cubanos. Julius empenhou ferozmente seu gênio nos mapas e nos projetos, ao passo que Hortense telefonava para banqueiros em nome dele. Beijei meu irmão e sua esposa e fui para o aeroporto em meu carro alugado da empresa Avis.

* * *

    Embora eu estivesse cheio de alegria, sabia que as coisas não estavam andando nada bem em Milão. Renata me deixou perturbado. Eu não sabia o que ela andava aprontando. No motel na noite anterior, eu tinha falado com Renata pelo telefone. Perguntei o que estava acontecendo. Ela respondeu: "Não vou tratar desse assunto numa ligação transatlântica, Charlie, fica caro demais". Mas em seguida chorou durante dois minutos bem contados. Mesmo os soluços intercontinentais de Renata tinham mais frescor que os de outras mulheres ao vivo e ao alcance da mão. Depois disso, ainda chorosa, ela riu sozinha e disse: "Bem, cada lágrima saiu por vinte e cinco centavos, pelo menos. Está bem, vou te encontrar em Madri, pode apostar que vou".
    "O Signor Biferno é seu pai?", perguntei.
    "Pela sua voz, parece que o suspense está te matando. Imagine o que está fazendo comigo. Sim, acho que Biferno é meu pai. *Sinto* que é."
    "E o que ele acha? Deve ser um homem de uma beleza gloriosa. Nenhum homem inferior poderia gerar uma mulher como você, Renata."
    "Ele é velho e tem a cara toda encovada. Parece uma pessoa que esqueceram de tirar de Alcatraz. E nem chegou a falar comigo. Não aceitou."
    "Por quê?"
    "Antes de eu partir, a mamãe não me contou que tinha tudo prontinho para entrar com um processo contra ele na justiça. Os documentos da mamãe chegaram às mãos dele um dia antes da minha chegada. É um processo de paternidade. Indenizações. Pensão alimentícia."
    "Pensão alimentícia? Você tem quase trinta anos. E a Señora não te contou que estava planejando fazer isso?", perguntei.
    "Quando a sua voz parece incrédula, quando você adota esse tom de quem não está acreditando, já sei que está de fato com uma raiva furiosa. Você está chateado com a grana que esta minha viagem está custando."
    "Renata, por que a Señora precisa massacrar o Biferno com processos na justiça justamente na hora em que você está prestes a solucionar o enigma do seu próprio nascimento? Afinal, ela mesma deveria ter uma resposta para isso. Você se meteu em toda essa peregrinação por causa do seu coração, ou da sua identidade, você passou semanas aflita por causa da sua crise de identidade e então a sua própria mãe, sem mais nem menos, me vem com essa. Você não

pode me criticar por me sentir desnorteado. É uma loucura. Que planos de conquista a velha garota arquitetou. Todo esse bombardeio, essa vitória, essa rendição incondicional."

"Você não suporta ouvir a notícia de que uma mulher está processando um homem na justiça. Você não sabe o que eu devo à minha mãe. Criar uma garota feito eu foi um projeto muito árduo. Quanto às encrencas que ela me apronta, pare e pense um pouco nas encrencas que as pessoas aprontam com você. O tal Cantabile, que apodreça no inferno, ou o Szathmar ou o Thaxter. E preste atenção, tome cuidado com esse tal de Thaxter. Aproveite o mês no Ritz, mas não assine nenhum contrato com ele nem nada. Thaxter vai apanhar a grana e cair fora, deixando todo o trabalho por sua conta."

"Não, Renata, ele é diferente, mas é essencialmente uma pessoa confiável."

"Até logo, querido", disse ela. "Sinto saudades terríveis de você. Lembra o que você me disse uma vez a respeito do leão britânico erguido com a pata sobre o globo? Você disse que quando você punha a sua pata sobre o meu globo era melhor que possuir um império. O sol nunca se põe em Renata! Vou estar à sua espera em Madri."

"Parece que você sai de Milão derrotada", falei.

Ela me respondeu dizendo, como Ulick, que eu devia voltar a trabalhar. "Mas, pelo amor de Deus, não saia por aí escrevendo aqueles troços pedantes que anda despejando em cima de mim ultimamente", disse ela.

Mas aí pareceu que o Atlântico inteiro se levantou entre nós; ou talvez o satélite de comunicação tenha sido polvilhado com partículas cintilantes na estratosfera. De todo modo, a conversa se enrolou toda e terminou.

Mas quando o avião decolou, senti-me extraordinariamente livre e leve — carregado pelas pernas dobradas de águia do grande jato 747, erguido num voo pelas asas grandes, a máquina passava de um nível para o outro, em atmosferas cada vez mais radiosas, enquanto eu agarrava minha maleta entre os pés como um homem que monta um cavalo e minha cabeça repousava no seio do assento. No frigir dos ovos, eu achava que o pérfido e cretino processo na justiça aberto pela Señora melhorava minha posição. Ela se desacreditava. Minha bondade, minha paciência, minha sanidade, minha superioridade, me fariam ganhar posições aos olhos de Renata. Tudo o que eu tinha de fazer era ficar de boca fechada e manter-me quieto. Os pensamentos sobre ela vinham rápidos e numerosos — todo tipo de coisas, que iam desde a contribuição que as garotas lindas davam para o desdobramento do destino da democracia capitalista até, muito além disso, questões mais profundas. Vejamos se consigo esclarecer um pouco o assunto. Renata estava quase consciente, como muita gente está hoje em dia, de "levar uma vida na história". Na condição de uma beleza biologicamente nobre, Renata agora estava numa categoria falsa — a *Maja* de Goya fumando um cigarro, ou a concubina impaciente de Wallace Stevens que sussurrou "Pfu!". Ela queria desafiar isso e levar a melhor sobre a categoria na qual estava classificada, segundo a opinião geral. Mas ela também colaborava para isso. E se existe uma tarefa histórica para nós, é a de romper as categorias falsas. Desocupar a *persona*. Certa vez, sugeri a ela: "Uma mulher como você só poderá ser chamada de perua burra se o Ser e o Conhecimento forem coisas inteiramente separadas. Mas o Ser é também uma forma de Conhecimento, o nosso próprio Ser é a nossa própria realização em alguma medida...".

"Então, no final das contas, eu não sou mesmo uma perua burra. Não posso ser, pois eu sou linda. Isso é incrível! Você sempre foi gentil comigo, Charlie."

"É porque eu te amo de verdade, meu anjo."

Então ela chorou um pouco, porque, sexualmente, ela não era tudo aquilo que morria de vontade de ser. Também tinha seus grilos e inibições. Às vezes se acusava furiosamente, chorando: "A verdade! Eu sou uma fraude! Prefiro fazer embaixo da mesa". Eu lhe dizia para não exagerar. Explicava que o Ego havia se emancipado do Sol e tinha de padecer a dor da sua emancipação (Steiner). A moderna ideologia sexual jamais poderia neutralizar isso. Os programas de alegria natural desinibida jamais conseguiriam nos libertar da tirania universal do egoísmo. A carne e o sangue jamais conseguiriam sobreviver a tal cobrança. Etc.

Seja como for, estávamos erguidos numa altitude de nove quilômetros dentro de um enorme 747, uma caverna iluminada, um teatro, uma cafeteria, o Atlântico na pálida luz do dia imenso, lá embaixo. Segundo o piloto, os navios estavam sendo duramente castigados por uma tempestade. Mas, daquela altitude, as ondulações do mar pareciam não maiores aos nossos olhos que as rugas do céu da boca ao toque da língua. As aeromoças serviam uísque e macadâmias do Havaí. Mergulhávamos através das linhas longitudinais do planeta, esse local profundo que eu estava aprendendo a conceber como a escola das almas, o assento material do espírito. Mais que nunca, eu acreditava que a alma, com seus ocasionais vislumbres do Bem, não podia esperar que fosse chegar a nenhum lugar no tempo de uma só vida. A teoria da imortalidade de Platão não era uma metáfora, como alguns pesquisadores tentavam demonstrar. Ele estava falando em termos literais. Um único turno de vida só era capaz de levar a virtude ao desespero. Só um tolo tentaria reconciliar o Bem com a mortalidade definitiva. Ou, como diria Renata, minha querida menina: "Melhor nenhuma que só uma".

Numa palavra, eu me permitia pensar naquilo que me agradava e deixava minha mente seguir em todas as direções. Mas eu sentia que o avião e eu rumávamos na direção correta. Madri era uma escolha sagaz. Na Espanha, eu poderia começar a pôr os pingos nos is. Renata e eu adoraríamos curtir um mês sossegado. Deixei claro para mim mesmo — isso era pensar no nível do carpinteiro — que talvez nossas bolhas respectivas podiam ser atraídas de volta para o centro. Então as coisas que realmente satisfaziam, e satisfaziam de forma natural, todos os corações e mentes poderiam ser experimentados. Se as pessoas se sentiam como fraudes quando falavam sobre a Verdade e Deus, isso ocorria porque sua bolha estava perdida, sem rumo, porque elas acreditavam que estavam seguindo as regras do pensamento científico, do qual elas não compreendiam nem uma vírgula. Mas eu também não tinha motivo para ficar brincando com fogo, ou flertar com as únicas ideias revolucionárias que restaram. Falando em termos atuariais, só me restava uma década para compensar uma vida inteira desperdiçada, em larga medida. Não havia tempo a perder, nem mesmo com remorso ou penitência. Eu sentia também que Humboldt, lá na morte, ainda estava carente da minha ajuda. Os mortos e os vivos continuavam a formar uma comunidade. Este planeta ainda era a base de operações. Havia a vida bagunçada de Humboldt, e minha vida bagunçada, e cabia a mim fazer alguma coisa, dar uma guinada final e proveitosa no volante, transmitir a compreensão moral da terra, onde podemos obtê-la, para a próxima existência, onde precisávamos dela. É claro que eu tinha meus outros mortos. Não era só Humboldt. Eu também tinha uma importante suspeita de loucura. Mas por que minha receptividade deveria ficar sob tal suspeição? Ao contrário etc. Concluí: Iremos ver aquilo que veremos. Voávamos através das alturas sem sombras e, na pura luz superior, eu via que a linda bebida marrom dentro de meu copo continha muitos corpúsculos cristalinos e linhas térmicas de um fluido frio que gerava calor. Era assim que eu me entretinha e passava o tempo. Demoramos um bocado em Lisboa e chegamos a Madri com horas de atraso.

O 747, com sua corcova dianteira de baleia, abriu as portas e os passageiros se derramaram para fora, entre eles o ansioso Charles Citrine. Li na revista do avião que, este ano, os turistas superam a população espanhola em mais ou menos dez milhões de pessoas. Entretanto qual o americano que pode acreditar que sua chegada ao Velho Mundo não constitui um evento especial? Debaixo daquele céu, o comportamento significava mais que em Chicago. Tinha de ser. Aqui havia um espaço significativo. Eu não podia deixar de sentir isso. E Renata, também rodeada por um espaço significativo, estava à minha espera no Ritz. Nesse meio-tempo, meus compatriotas no voo charter, um grupo de velhos companheiros de Wichita Falls, arrastavam os pés cansados pelos corredores compridos e pareciam pacientes no ambulatório de um hospital. Passei por eles como um raio. Fui o primeiro no guichê do passaporte, o primeiro na esteira de bagagens. Só que minha mala foi a última de todas. O grupo de Wichita Falls havia ido embora e eu começava a pensar que minha mala, com seu guarda-roupa chique, suas gravatas da Hermès, seus paletós esportivos de velho paquerador etc., tinha sido extraviada, quando avistei a mala balançando, solitária, na comprida fila de esteiras. Ela veio em minha direção como uma mulher descalça saltitando em paralelepípedos.

Em seguida, no táxi para o hotel, me gratifiquei comigo mesmo mais uma vez e pensei que tinha agido muito bem ao chegar tarde, à noite, quando as ruas se encontravam desimpedidas. Não houve nenhum atraso; o táxi fez a viagem em furiosa disparada, eu poderia ir ao quarto de Renata imediatamente, tirar a roupa e ir para a cama com ela. Não por luxúria, mas por ansiedade. Eu estava cheio de uma ilimitada necessidade de dar e receber conforto. Nem posso lhes dizer a que ponto eu concordava com Meister Eckhart acerca da eterna juventude da alma. Do início ao fim, diz ele, a alma continua a mesma, tem sempre uma única idade. O resto de nós, porém, não é tão estável. Assim, deixando de lado essa discrepância, negar a decadência e sempre recomeçar a vida seguidas vezes não faz lá muito sentido. Aqui, com Renata, eu queria ter mais uma chance, jurava de pés juntos que eu seria mais carinhoso e que ela seria mais fiel e mais humana. Isso não fazia sentido, é claro. Mas não se deve esquecer que eu havia sido um completo idiota até os quarenta anos e um idiota parcial daí para a frente. Eu sempre teria alguma coisa de idiota. No entanto eu tinha a sensação de que havia esperança e entrei correndo no táxi ao encontro de Renata. Eu estava penetrando nas regiões finais da mortalidade, com a esperança de que justamente ali, na Espanha, ali no quarto, todas as coisas humanas certas — afinal! — iam acontecer.

Lacaios pomposos na recepção circular no saguão do Ritz pegaram minha mala e minha maleta e eu atravessei a porta giratória em busca de Renata. Certamente ela não estaria à minha espera numa daquelas cadeiras suntuosas. Uma mulher principesca não ficaria sentada no saguão, na companhia da equipe do turno da noite do hotel, às três da manhã. Não, ela devia estar acordada, na cama, linda, úmida, respirando serena, à espera do seu extraordinário e único Citrine. Existiam outros homens convenientes, mais bonitos, mais jovens, enérgicos, mas Charlie, eu, só existia um, e eu acreditava que Renata tinha consciência disso.

Por razões de respeito próprio, ela se opusera, no telefone, a se hospedar numa suíte junto comigo. "Em Nova York, isso não tem importância, mas em Madri, com nomes diferentes nos nossos passaportes, já é uma coisa de prostituta. Sei que desse jeito vai custar o dobro, mas é assim que vai ser e pronto."

Pedi ao homem da mesa telefônica para ligar para a sra. Koffritz.

"Não temos nenhuma sra. Koffritz hospedada no hotel", foi sua resposta.

"E com o nome de sra. Citrine?", perguntei.

Também não havia nenhuma sra. Citrine. Foi uma decepção terrível. Caminhei pelo tapete circular sob a abóbada rumo ao mensageiro do hotel. Ele me entregou um telegrama de Milão. PEQUENO ATRASO. BIFERNO EM ANDAMENTO. TELEFONO AMANHÃ. ADORO VOCÊ.

Então me levaram ao meu quarto, mas eu não estava em condições de admirar seus efeitos: suntuosamente espanhol, com baús entalhados e cortinados espessos, poltronas e tapetes turcos, banheiro de mármore e luminárias em estilo antigo, à maneira dos velhos e luxuosos vagões-leito. A cama se encontrava numa alcova rodeada por um cortinado e coberta de seda finíssima. Meu coração reagia muito mal enquanto eu ia nu para a cama e deitava a cabeça no travesseiro. Não havia nenhum sinal de Thaxter, tampouco, e àquela altura ele já devia ter chegado a Paris. Eu precisava entrar em contato com ele. Thaxter teria de informar Stewart, em Nova York, que eu tinha aceitado seu convite para ficar em Madri durante um mês, como convidado. Esse era um assunto de extrema importância. Eu estava reduzido a quatro mil dólares e não podia bancar duas suítes no Ritz. O dólar estava levando a maior surra, a peseta estava com um valor irrealisticamente alto e eu não acreditava que o negócio com Biferno ia dar algum resultado.

 Meu coração sofria em silêncio. Eu me recusava a pronunciar as palavras que ele teria dito. Eu condenava a situação em que me encontrava. Era vão, vão, vão. A muitos milhares de quilômetros da minha última cama no Texas, eu jazia tenso e infinitamente triste, minha temperatura corporal pelo menos três graus abaixo do normal. Eu havia aprendido a detestar a autopiedade. Fazia parte do aprendizado americano ser enérgico e positivo, um sistema de energia em expansão, um empreendedor, e como eu havia ganho dois prêmios Pulitzer, a medalha Zig-Zag e também um bocado de dinheiro (que me foi roubado por um Tribunal de Justiça), eu havia traçado para mim mesmo uma tarefa final e mais elevada ainda, a saber, uma indispensável revisão metafísica, um jeito mais correto de pensar sobre a questão da morte! E então lembrei de uma citação de Coleridge, mencionada por Von Humboldt Fleisher nos escritos que ele me deixou, acerca de opiniões metafísicas estranhas. Como era mesmo? Opiniões metafísicas estranhas, num momento de angústia, eram brinquedos junto à cama de uma criança mortalmente enferma. Levantei-me a fim de procurar na maleta os escritos e conferir como era a citação exata. Mas aí parei. Admiti que ficar com medo de que Renata estivesse me descartando era uma coisa muito diferente de estar mortalmente enfermo. Além do mais, diabo de mulher, por que ela me faria sofrer uma hora de angústia, por que me obrigaria a me debruçar nu em cima da maleta e revirar seu conteúdo em busca dos escritos de um homem morto, debaixo das luzes que vinham daquelas luminárias iguais às de um vagão-leito? Decidi que eu estava apenas cansado demais e que sofria os efeitos da mudança de fuso horário.

 Afastei-me de Humboldt e de Coleridge e passei para as teorias de George Swiebel. Fiz aquilo que George teria feito. Tomei um banho quente e fiquei de cabeça para baixo e com os pés para o alto, enquanto a banheira ia enchendo de água. Passei para a posição de ponte, apoiei todo o meu peso nos calcanhares e na nuca. Depois disso, fiz alguns exercícios recomendados pelo famoso dr. Jacobsen, o especialista em relaxamento e sono. Eu tinha estudado o manual que ele havia escrito. A gente devia soltar a tensão dedo por dedo, tanto dos pés como das mãos. Aquilo não foi uma boa ideia, pois me trouxe à memória o que Renata fazia com meus dedos das mãos e dos pés em momentos de inventividade erótica. (Eu nunca havia me dado conta dos dedos dos pés, antes de Renata me ensinar.) Depois de tudo isso, eu simplesmente voltei para a cama e rezei para que minha alma perturbada abandonasse meu pobre corpo por um tempo, por favor, para que o corpo tivesse algum repouso. Peguei o telegrama de Renata, fixei o olhar nas palavras ADORO VOCÊ. Observando aquilo com toda atenção, resolvi acreditar que ela estava dizendo a verdade. Assim que cumpri esse ato de fé, adormeci. Durante várias horas fiquei desacordado na alcova cortinada.

Aí meu telefone tocou. No negror das persianas e das cortinas fechadas, tateei em busca do interruptor. Não consegui encontrar. Peguei o telefone e perguntei à telefonista: "Que horas são?".

Eram onze e vinte. "Uma senhora está subindo para o quarto do senhor", disse a telefonista.

Uma senhora! Renata estava ali. Empurrei as cortinas para trás nas janelas, fui correndo escovar os dentes e lavar o rosto. Apanhei um roupão de banho, ajeitei o cabelo com a mão a fim de cobrir minha careca e estava me enxugando com uma das toalhas grossas e suntuosas, quando bateram na porta várias vezes, como o transmissor de um telégrafo, só que mais delicadamente, mais sugestivamente. Gritei: "Querida!". Abri a porta com um puxão para trás e descobri que à minha frente estava a velha mãe de Renata. Usava seu vestido preto de viagem, com muitos dos seus adereços peculiares, entre os quais o chapéu e o véu. "Señora!", exclamei.

Ela avançou com sua indumentária medieval. Exatamente na soleira da porta, estendeu a mão enluvada por trás do corpo e puxou o filho pequeno de Renata, Roger. "Roger!", exclamei. "Por que o Roger está em Madri? O que está fazendo aqui, Señora?"

"Pobre criança. Estava dormindo no avião. Tive que carregá-lo para fora."

"Mas e o Natal com os avós em Milwaukee... o que foi que aconteceu?"

"O avô dele teve um derrame. Pode morrer. Quanto ao pai, não conseguimos localizá-lo. Não pude ficar com o Roger, o meu apartamento é pequeno."

"E o apartamento da Renata?"

Não, a Señora, com seus *affaires de coeur*, não podia cuidar de uma criança pequena. Eu já havia conhecido alguns dos seus amigos cavalheiros. Era sensato não expor a criança à presença deles. Eu tinha por regra evitar pensar nos romances daquela mulher.

"E a Renata sabe?"

"É claro que ela sabe que vínhamos para cá. Falamos sobre isso por telefone. Por favor, peça o café da manhã para nós, Charles. Roger, querido, não gostaria de comer um pouco de flocos de milho açucarados? E para mim, chocolate quente e também alguns croissants e uma taça de conhaque."

A criança sentou-se curvada sobre o braço da alta poltrona espanhola.

"Venha, menino", falei. "Deite-se na minha cama." Tirei seus pequenos sapatos e levei-o para a alcova. A Señora observou enquanto eu cobria o menino e fechava as cortinas. "Então foi a Renata que lhe disse para trazer o menino para cá?"

"É claro. Você talvez fique aqui durante meses. Era a única coisa a fazer."

"Quando a Renata vai chegar?"

"Amanhã é Natal", disse a Señora.

"Ótimo. O que significa essa sua afirmação? Ela vai vir para cá no Natal ou vai passar o dia de Natal com o pai em Milão? Ela vai conseguir alguma coisa com ele? Como isso será possível, se a senhora está processando o sr. Biferno?"

"Ficamos dez horas no avião, Charles. Não tenho forças para responder às suas perguntas. Por favor, peça o café da manhã. E eu também gostaria que você fizesse a barba. Não consigo suportar o rosto de um homem com a barba por fazer do outro lado da mesa, na minha frente, no café da manhã."

Isso me fez pensar no rosto da própria Señora. Tinha uma dignidade maravilhosa. Mantinha-se sentada com seu véu de freira, que nem Edith Sitwell. O poder que exercia sobre a filha, de quem eu precisava terrivelmente, era muito grande. Havia uma secura de serpente em seus olhos. Sim, a Señora era pirada. Porém sua pose, com seu vasto conteúdo de irracionalidade furiosa, era algo inexpugnável.

"Vou me barbear enquanto a senhora espera o seu chocolate, Señora. Eu queria entender por que a senhora foi escolher justamente este momento para abrir um processo contra o Signor Biferno."

"Por acaso isso não é apenas da minha conta?"

"Mas não é da conta da Renata também?"

"Você fala como se fosse o marido da Renata", disse ela. "A Renata foi para Milão a fim de dar àquele homem uma chance de reconhecer a própria filha. Mas também existe uma mãe envolvida no caso. A qual criou a menina e a transformou numa mulher extraordinária, não foi? Que a ensinou a ter classe e lhe deu todas as lições importantes para uma mulher, não foi? É preciso reparar toda essa injustiça. O homem tem três filhas muito feias. Se ele quer essa filha deslumbrante que teve comigo, que acerte as suas contas, então. Não pense que pode ensinar uma mulher latina como se fazem essas coisas, Charles."

Sentei-me vestido no meu roupão bege de seda, não completamente limpo. A faixa da cintura era comprida demais e as borlas arrastaram pelo chão durante muitos anos. O garçom chegou, a bandeja foi descoberta com um gesto floreado e tomamos o café da manhã. Quando a Señora farejou seu conhaque, observei a granulação da sua pele, o toque de penugem em seu lábio, o nariz arqueado com suas narinas operísticas e o brilho peculiar de galinha em seus globos oculares. "Peguei as passagens da TWA com a sua agente de viagens, aquela senhora portuguesa que usa um turbante xadrez, a sra. Da Cintra. A Renata me disse para pôr na conta. Eu não tinha nenhum centavo." A Señora era como Thaxter, naquele aspecto — pessoas capazes de nos dizer, com todo orgulho, e até com deleite, que estavam completamente falidas. "E peguei um quarto aqui para mim e para o Roger. O meu instituto vai ficar fechado esta semana. Vou ter férias."

Ao ouvir a referência ao instituto, pensei num manicômio, mas não, ela estava falando da escola de secretariado onde lecionava espanhol comercial. Eu sempre havia desconfiado que ela, na verdade, era húngara. Mas, fosse como fosse, o fato é que as alunas gostavam dela. Não vale a pena estudar numa escola que não tenha excêntricos espetaculares e corações malucos. Mas ela teria de se aposentar em breve e quem iria empurrar a cadeira de rodas da Señora? Seria mesmo possível que ela agora enxergasse em mim essa capacidade? Mas talvez a velha senhora, a exemplo de Humboldt, sonhasse que poderia ganhar uma fortuna por meio de um processo na justiça. E por que não? Talvez existisse um juiz em Milão semelhante ao meu Urbanovich.

"Quer dizer que vamos passar o Natal juntos", disse a Señora.

"O menino está muito pálido. Está doente?"
"É só cansaço", respondeu a Señora.

No entanto Roger pegou uma gripe. O hotel mandou um médico espanhol excelente, formado no noroeste dos Estados Unidos, que trocou comigo reminiscências sobre Chicago e depois arrancou meu couro. Tive de lhe pagar honorários americanos. Dei à Señora dinheiro para comprar os presentes de Natal e ela comprou todo tipo de objetos. No dia de Natal, pensando em minhas próprias filhas, eu me sentia muito triste. Fiquei contente de ter Roger comigo e lhe fiz companhia, li contos de fadas para ele e usamos os jornais espanhóis para brincar de cortar e colar e fazer uma corrente de papel. No quarto, havia um umidificador que aumentava os cheiros da cola e do papel. Renata não telefonou.

Lembrei que eu tinha passado o Natal de 1924 num hospital para tuberculosos. As enfermeiras me deram balas de hortelã listradas em forma de bengalinhas e uma meia de tricô vermelha de Natal cheia de moedinhas de chocolate embrulhadas em papel dourado, mas era uma alegria deprimente e eu queria ver papai e mamãe e também meu irmão malvado e parrudo, Julius. Agora eu havia sobrevivido àquelas perturbações e melancolias e era um idoso fugitivo, uma presa da justiça, atolado em Madri, cortando e colando pedaços de folhas de jornal entre suspiros. O menino estava pálido por causa da febre, sua respiração tinha cheiro de chocolate e de cola, e ele estava concentrado nas colagens de papel em forma de corrente que já estavam dando duas voltas pelo quarto e tinham de ficar penduradas no candelabro do teto. Eu tentava ser bonzinho e calmo com ele, mas de vez em quando meus sentimentos faziam subir uma água suja (ah, que sentimentos torpes), como fica a água na hora em que uma barcaça de casco largo desatraca e os motores de popa giram revirando o lixo e as cascas de laranjas afundadas no mar. Isso acontecia quando meus mecanismos de controle falhavam e eu imaginava o que Renata podia estar fazendo em Milão, o quarto onde ela estava, o homem que estava com ela, as posições em que ficavam, os dedos dos pés do sujeito. Eu estava resolvido a não permitir, a não tolerar ser abandonado com uma mão na frente e outra atrás, largado na água como um náufrago para que as ondas me arrastassem para uma praia deserta. Tentei fazer uma citação de Shakespeare para mim mesmo — palavras que diziam que César e o Perigo eram dois leões nascidos no mesmo dia e César era o mais velho e o mais temível dos dois. Mas era mirar alto demais e não deu certo. Além disso o século XX não se impressiona facilmente com dores dessa natureza. Ele já viu tudo. Depois dos holocaustos, não se pode criticar o século XX por não ter interesse em dificuldades particulares desse tipo. Eu mesmo recitei uma breve lista das questões reais que o mundo enfrentava — o embargo do petróleo, o colapso da Grã-Bretanha, a fome na Índia e na Etiópia, o futuro da democracia, o destino da humanidade. Isso não trouxe mais proveito que a frase sobre Júlio César. Eu continuava pessoalmente entristecido.

Só quando me vi sentado numa poltrona estofada com brocado francês no cubículo particular do barbeiro do século XVIII no Ritz — eu não estava ali por precisar cortar o cabelo, mas, como acontecia tantas vezes, só porque queria desfrutar algum contato humano — foi que comecei a ter ideias mais claras a respeito de Renata e da Señora. Por exemplo, como foi que Roger já estava prontinho para viajar assim que o avô Koffritz sofreu um derrame e ficou com metade do corpo paralisada? Como foi que aquela velha perua conseguiu tirar um passaporte tão depressa para o garoto? A resposta era que o passaporte, como constatei quando o examinei com calma, havia sido tirado em outubro. As senhoras faziam planos muito meticulosos. Só que eu não conseguia prever as coisas. Por isso me ocorreu, naquele momento, que eu devia tomar a iniciativa.

Seria um lance sensato casar logo com Renata, antes que ela descobrisse que eu estava falido. Isso não devia ser feito apenas como retaliação. Não, apesar das suas travessuras, eu era doidinho por ela. Eu a amava, estava disposto a fazer vista grossa para certas bobagens. Ela me provocara ao fechar a porta e me deixar do lado de fora naquela noite, e também com a exibição ostensiva do equipamento anticoncepcional por cima das suas coisas na mala aberta, em Heathrow, no mês de abril anterior, quando estávamos nos despedindo para ficarmos três dias separados. Mas, afinal, será que essas coisas eram tão importantes assim? Por acaso queriam dizer algo mais que o fato de que nunca sabemos quando uma mulher vai encontrar um homem interessante? A pergunta séria era se eu, com meus pensamentos, ou por causa deles, seria um dia capaz de compreender que tipo de garota era Renata. Eu não era como Humboldt, dado a ataques de ciúmes. Eu lembrava muito bem como ele tinha ficado em Connecticut, quando citou para mim o rei Leontes, em meu jardim à beira-mar. "Tenho *tremor cordis*: meu coração dança; mas não de alegria, não de alegria." Essa dança do coração era o ciúme clássico. Eu não sofria de ciúme clássico. Renata fazia coisas vulgares, a bem da verdade. Mas talvez fossem táticas de guerra. Ela estava em campanha para me apanhar e seria diferente quando estivéssemos morando juntos e vivendo como marido e mulher. Não havia a menor dúvida de que Renata era uma pessoa perigosa, mas eu jamais ficaria muito interessado por uma mulher incapaz de fazer algum mal, por qualquer mulher que não me ameaçasse com perdas. Meu coração era do tipo que precisava superar a melancolia e libertar-se de muitas cargas deprimentes. O cenário espanhol era conveniente para isso. Renata estava agindo como uma Carmen e Flonzaley, pois provavelmente se tratava de Flonzaley, representava Escamilo, o *Toreador*, enquanto eu, com uma idade duas vezes acima da adequada para o papel, estava talhado para ser Don José.

Rapidamente, esbocei uma imagem do futuro imediato. Nesse país católico, provavelmente não existem casamentos civis. O enlace poderia ser selado na embaixada americana com a ajuda do adido militar, talvez, ou até por um tabelião, pelo que eu estava informado. Eu iria aos antiquários (eu adorava os antiquários de Madri) para procurar duas alianças de casamento e podia promover um jantar com champanhe no Ritz, sem fazer nenhuma pergunta a respeito de Milão. Depois que mandássemos a Señora de volta para Chicago, nós três poderíamos nos mudar para Segovia, uma cidade que eu conhecia. Depois da morte de Demmie, viajei loucamente, por isso tinha estado em Segovia antes. O aqueduto romano me seduziu, lembro que fiquei realmente encantado com aqueles arcos de pedra altos e nodosos — pedras cuja natureza era cair ou afundar se mantinham erguidas no ar cheias de leveza. Aquilo era uma proeza que não tinha paralelo — um exemplo para mim. Para fins de meditação, Segovia era insuperável. Podíamos morar lá *en famille* numa das ruas menores e, enquanto eu tentava ver se conseguia passar da consciência mental para a consciência do espírito, mais pura, Renata poderia se divertir percorrendo a cidade em busca de antiguidades que depois venderia para decoradores de Chicago. Talvez até conseguisse ganhar uma grana. Roger podia ir a uma creche e depois, quem sabe, minhas filhas pequenas podiam vir morar conosco, porque quando Denise ganhasse o processo na justiça e recebesse seu dinheiro, ela ia querer se livrar das garotas imediatamente. Eu havia guardado exatamente o dinheiro necessário para me estabelecer em Segovia e ajudar Renata a começar um negócio no comércio. Talvez eu até escrevesse o ensaio sobre cultura contemporânea espanhola que Thaxter havia sugerido, se isso pudesse ser feito sem muitas fraudes. E como Renata receberia meu fracasso? Ela o encararia como uma boa comédia, algo que ela prezava mais que qualquer outra coisa no mundo. E quando eu lhe contasse, depois do casamento, que estávamos reduzidos aos nossos últimos e poucos milhares de dólares, ela riria de forma exuberante, um riso maior que a vida, e diria: "Puxa, isso é que é uma tremenda guinada". Eu imaginava Renata rindo de forma exuberante porque eu, na realidade, estava passando por um grande ataque do problema que me acompanhou por toda a vida — o coração desejoso, inchado, a avidez dilacerante dos abandonados, a dolorosa agudeza ou a redução a proporções infinitesimais de uma necessidade não identificada. Essa condição aparentemente se estendera desde a mais antiga infância até as fronteiras da idade senil. Pensei: Diabos, vamos resolver esse assunto de uma vez por todas. Em seguida, para que os funcionários enxeridos do Ritz não começassem a fofocar, fui à agência central do correio em Madri, com seus salões ecoantes e seus campanários de aspecto sinistro (o gótico burocrático espanhol) e mandei um telegrama para Milão. IDEIA MARAVILHOSA, RENATA QUERIDA. CASE COMIGO AMANHÃ. SEU FIEL VERDADEIRO AMOROSO CHARLIE.

Depois disso, fiquei acordado na cama a noite inteira, porque havia usado a palavra fiel. Isso podia estragar tudo, com sua acusação implícita e a sugestão ou a sombra de um perdão. Mas eu não havia feito isso por mal, de verdade. Eu estava longe, em outra. Quero dizer, se eu fosse um hipócrita de fato, jamais teria dado aquele passo tão arriscado. Por outro lado, se eu fosse um inocente de fato, com o coração puro, não passaria a noite toda atormentado por causa da conduta de Renata em Milão ou da sua interpretação equivocada do telegrama. Mas eu perdi uma noite de sono à toa. O estilo da mensagem não tinha importância. Ela simplesmente não respondeu.

Portanto, naquela noite, no romântico salão de jantar do Ritz, onde cada garfada custa uma fortuna, falei para a Señora: "A senhora nunca poderia adivinhar quem é que anda no meu pensamento hoje". Sem esperar a resposta, sussurrei o nome "Flonzaley!" como se fosse um ataque de surpresa contra suas defesas. Porém a Señora era feita de uma matéria tremendamente dura. Pareceu nem notar. Repeti o nome. "Flonzaley! Flonzaley! Flonzaley!"

"Por que está falando tão alto, qual é o problema, Charles?"

"Talvez seja melhor a senhora me dizer qual é o problema. Onde está o sr. Flonzaley?"

"Mas por que seria da minha conta o paradeiro desse sujeito? Poderia fazer a gentileza de pedir que o *camarero* venha servir mais vinho?" Não era só porque ela era a dama e eu o cavalheiro que a Señora queria que eu falasse com os garçons. Ela era fluente em espanhol, é bem verdade, mas seu sotaque era totalmente húngaro. Disso não havia agora a menor dúvida. Eu havia aprendido algumas coisinhas com a Señora. Por exemplo: eu não achava que as pessoas que se aproximam da conclusão das suas vidas deviam sentir uma ânsia febril de acertar as contas com a própria alma? Sofri o diabo me preparando para conseguir pronunciar o nome de Flonzaley e aí, em troca, ela me diz para pedir mais vinho. E no entanto deve ter sido ela a responsável pela elaboração do plano de trazer Roger para Madri. Foi ela que tomou providências para que eu ficasse tolhido aqui, e assim impediu que eu fosse depressa para Milão encontrar Renata de surpresa. Pois Flonzaley estava lá, com ela, não havia a menor dúvida. Ele era doido por Renata e eu não podia criticá-lo por isso. Um homem que encontra mais pessoas na mesa do necrotério que em ocasiões sociais não pode ser criticado por perder a cabeça dessa maneira. Um corpo como o de Renata não se via com frequência entre os vivos. Quanto a Renata, ela se queixava do elemento mórbido na adoração de Flonzaley, mas como eu poderia ter absoluta certeza de que isso não era exatamente um dos atrativos dele? Eu não tinha certeza de nada. Fiquei tentando me embriagar com uma garrafa de vinho meio ácido, mas não consegui alcançar nenhum progresso contra minha sobriedade amarga. Não, eu não compreendia.

As atividades da consciência mais elevada não aprimoram necessariamente o entendimento. A esperança de alcançar tal entendimento era alimentada por meu manual — *O conhecimento dos mundos superiores*. Ele dava instruções bem específicas. Um dos exercícios sugeridos consistia em tentar entrar no desejo intenso de outra pessoa numa ocasião determinada. Para fazer isso, era preciso remover todas as opiniões pessoais, todos os juízos interferentes; a pessoa não podia ser nem contra nem a favor de tal desejo. Dessa maneira, seria possível aos poucos chegar a sentir aquilo que outra alma estava sentindo. Fiz essa experiência com minha própria filha, Mary. No último aniversário, ela quis ganhar uma bicicleta, do tipo com dez marchas. Eu não estava convencido de que ela fosse crescida o bastante para ter uma bicicleta dessas. Quando fomos à loja, já não havia mais nenhuma certeza de que eu devia comprar a bicicleta. Pois bem, o que era o desejo dela e o que ela experimentou? Eu queria saber isso e tentei desejar da mesma forma que ela desejava. Era minha filha, eu a amava e seria algo elementar descobrir o que uma alma, em seu estado carnal, desejava com tamanha intensidade. Mas não consegui fazer isso. Tentei com esforço, até começar a suar, humilhado, desonrado pelo próprio fracasso. Se eu não conseguia saber como era o desejo daquela criança, como poderia conhecer qualquer outro ser humano? Fiz a mesma experiência com um número maior de pessoas. E então, derrotado, perguntei afinal onde eu estava? E o que eu conhecia de fato a respeito de outras pessoas, quaisquer que fossem elas? Os únicos desejos que eu conhecia eram os meus próprios e aqueles de pessoas que não existem, como Macbeth e Próspero. Esses eu conhecia porque o discernimento e a linguagem do gênio os tornava claros. Comprei a bicicleta para Mary e depois gritei a ela: "Pelo amor de Deus, não suba no meio-fio, senão vai arrebentar a roda toda". Mas isso foi uma explosão de desespero por causa do fracasso da minha tentativa de conhecer o coração da criança. E no entanto eu estava preparado para conhecer. Eu estava plenamente apto para conhecer, nas cores mais vivas, com os sentimentos mais profundos e sob a luz mais pura. Eu era um selvagem, abarrotado de capacidades requintadas que não era capaz de usar. Não há a menor necessidade de entrar nessa seara de novo e beliscar dez vezes as mesmas notas do bandolim, como aquela minha querida amiga me acusava de fazer. A missão, de uma vez por todas, era desvencilhar-se da fatal autossuficiência da mente e concentrar minhas forças restantes na Alma Imaginativa. Como Humboldt também faria.

Não sei com quem os outros cavalheiros no Ritz estavam jantando, o cenário humano era demasiado prenhe e denso de complicações para mim naquele momento, e tudo o que posso dizer era que eu estava contente pelo fato de os objetivos da velha piranha safada que estava diante de mim, na mesa, serem meramente convencionais. Se tivesse vindo em busca da minha alma, ou daquilo que restava da minha alma, nesse caso eu estaria ferrado. Porém tudo o que ela queria era vender a filha no melhor momento. E eu era uma carta fora do baralho? Tudo estava acabado? Durante alguns anos, eu me diverti bastante com Renata — as festas com champanhe, a mesa com orquídeas, aquela beleza quente servindo o jantar vestida de penas e de tanga, enquanto eu comia e bebia e ria, até que engasgava com suas provocações eróticas, o burlesco e a grandeza amorosa dos heróis e dos reis. Adeus, adeus àquelas sensações maravilhosas. Comigo pelo menos a coisa foi para valer. E se com ela não foi, pelo menos Renata foi uma companheira compreensiva e leal. Em sua cama de percal. Em seu paraíso de travesseiros empilhados. Tudo isso provavelmente tinha chegado ao fim.

E o que se podia fazer no Ritz, senão ter um jantar bem organizado? A pessoa era atendida por serviçais e chefes de cozinha e maîtres e lacaios, por garçons e pelo pequeno criado, vestido como um mensageiro de hotel americano e que enchia os copos com água gelada e cristalina e também varria as migalhas da toalha de linho com uma larga espátula de prata. Entre todos, ele era meu preferido. Nas circunstâncias, não havia mais nada que eu pudesse fazer acerca do meu desejo, senão soluçar. Era minha hora de desgosto. Pois eu não tinha grana e a velha sabia muito bem disso. A Señora, aquele saco murcho de tunicado, estava a par das minhas finanças. Flonzaley, com seus cadáveres, nunca iria sofrer de escassez de dinheiro. O próprio curso da natureza agia a favor dele. Cânceres e aneurismas, coronárias e hemorragias, davam respaldo à sua riqueza e garantiam sua glória. Todos aqueles mortos, como a gloriosa corte de Jerusalém, cantavam: "Viva para sempre, Solomon Flonzaley". E assim Flonzaley estava comendo Renata enquanto eu cedia um momento à amarga autopiedade e me via muito velho, parado, atônito, no banheiro de alguma casa de cômodos. Talvez, como o velho dr. Lutz, eu calçaria duas meias num só pé e faria xixi dentro da banheira. Isso, como dizia Naomi, era o fim. Que sorte que a escritura daquelas sepulturas no cemitério de Waldheim tivessem aparecido na escrivaninha de Julius. Eu poderia precisar delas prematuramente. Amanhã, com o coração pesado, eu iria ao Prado ver as obras de Velásquez, ou talvez fosse uma pintura de Murilo que parecia com Renata — o quadro mencionado pelo ministro da Fazenda na Downing Street. Assim, fiquei sentado no meio daquele cenário de talheres de prata, chamas de conhaque e o brilho suntuoso das travessas aquecidas com uma pequena labareda por baixo.

"Telegrafei para Renata ontem e pedi que casasse comigo", falei.

"Foi mesmo? Que gentil. Devia ter feito isso muito tempo atrás", disse a implacável Señora. "Não se pode tratar mulheres orgulhosas desse jeito. Mas eu ficaria feliz de ter um genro tão ilustre, e o Roger te adora como se fosse o pai dele."

"Só que ela não me respondeu."

"O correio não está funcionando direito. Não viu a notícia de que a Itália está desmoronando?", disse ela. "Você telefonou também?"

"Tentei, Señora. Tive receio de ligar no meio da noite. De todo modo, nunca obtive resposta."

"Talvez ela tenha ido passar o feriado na casa do pai. Talvez Biferno ainda possua a casa nas montanhas Dolomitas."

"Por que não usa a sua influência ao meu favor, Señora?", perguntei. Essa capitulação foi um erro. Apelar para certos poderes peculiares é a pior coisa que se pode fazer. Esses corações fumegantes de enxofre apenas se tornam mais resistentes quando a gente implora sua piedade.

"A senhora sabe que estou na Espanha a fim de trabalhar num novo tipo de guia Baedeker. Depois de Madri, Renata e eu, se nos casarmos, iremos para Viena, Roma e Paris. Vou comprar uma Mercedes-Benz nova. Podemos contratar uma preceptora para o menino. Esse ramo de atividade dá muito dinheiro." Em seguida mencionei alguns nomes, fiz alarde dos meus conhecimentos nas capitais europeias, tagarelei um bocado e ela se mostrava cada vez menos impressionada. Talvez ela tivesse batido um papo com Szathmar. Não sei por quê, mas Szathmar adorava revelar meus segredos. Então falei: "Señora, por que não vamos ao cabaré Flamenco, aquele lugar, esqueci o nome, do qual fazem propaganda na cidade inteira? Eu adoro vozes fortes e dançarinos batendo com força com os saltos no chão. Podemos arranjar uma babá para ficar com o Roger".

"Ah, está muito bem", respondeu.

E assim passamos a noite com ciganos, torrei dinheiro de maneira ostensiva e me comportei como um homem cheio de grana. Conversei sobre anéis e presentes de casamento com a velha maluca em todos os intervalos da música de violão e das palmas fortes.

"Nas suas andanças por Madri, o que a senhora viu que pode impressionar Renata?", perguntei.

"Ah, as mais elegantes roupas de couro e de pelo. Casacos e luvas, bolsas e sapatos", respondeu. "Mas descobri uma rua onde vendem umas capas muito chiques e falei com o presidente da Sociedade Internacional das Capas, Los Amigos de la Capa, e ele me mostrou as peças de veludo verde-escuro mais assombrosas do mundo, com capuz e sem capuz."

"Amanhã vou comprar uma dessas peças para ela", falei.

Se a Señora tivesse feito o mais ínfimo gesto para me desencorajar, eu talvez percebesse o terreno em que estava pisando. Mas tudo o que ela fez foi me dirigir um olhar frio. Um piscar de olhos cruzou a mesa. Pareceu até vir do fundo do olho dela para cima, como a membrana que recobre os olhos das aves. Minha impressão foi de uma floresta e de uma clareira de onde uma serpente havia partido, assim que cheguei a ela, numa tarde seca e dourada de outono, impregnada do aroma das folhas secas caídas. Menciono isso a despeito do pouco que possa valer. Provavelmente não vale nada. No entanto, em todos os meus momentos livres, eu tinha andado pelo Prado, que ficava a um quarteirão do Ritz, em busca de alguns quadros estranhos, sobretudo as imagens burlescas de Goya e as pinturas de Hieronymus Bosch. Minha mente, portanto, estava preparada para quaisquer imagens que a visitassem e até para alucinações.

"Parabenizo o senhor por ter afinal feito algo razoável", disse a velha. Ela não disse, vejam bem, que eu havia feito isso no devido tempo. Ela disse: "Eu criei Renata para ser a esposa perfeita de um homem sério".

Otário nato, concluí disso que era eu o homem sério a que ela se referia e que aquelas mulheres ainda não tinham chegado a uma conclusão irrevogável. Comemorei a possibilidade bebendo uma grande quantidade de conhaque Lepanto. Em consequência dormi profundamente e acordei repousado. De manhã, abri as janelas altas e apreciei o rolar do tráfego sob o sol, a imponente *plaza* com o branco Palace Hotel na outra extremidade. Pãezinhos e café deliciosos foram trazidos com manteiga esculpida e geleia Hero. Durante dez anos, eu tinha vivido em grande estilo, bem vestido por alfaiates de primeira, com camisas feitas sob medida, meias de casimira e gravatas de seda, de forma esteticamente satisfatória. Agora esse esplendor tolo estava chegando ao fim, mas, com minha experiência da Grande Depressão, eu conhecia muito bem a austeridade. Tinha passado a maior parte da vida na austeridade. O duro não era morar numa casa de pensão, mas sim tornar-me mais um velho incapaz de inspirar na mente de senhoras bonitas cálculos de unir maio e dezembro e visões em que cabe a elas a posição de senhoras de um castelo, a exemplo da sra. Charlie Chaplin, e ter dez filhos de um marido de grande estatura, mas já no outono-inverno da vida. Será que eu conseguiria suportar viver sem produzir tal efeito sobre as mulheres? E quem sabe, apenas quem sabe, Renata me amasse o bastante para aceitar condições de austeridade? Com uma renda de quinze mil dólares, prometida por Julius caso eu investisse cinquenta mil com ele, era possível conseguir algum lugar muito bonito para morar em Segovia. Eu poderia até aturar a Señora pelo resto da sua vida. Que eu esperava que não fosse durar muito. Sem rancor nenhum, entendem? Mas seria simpático perdê-la em breve.

Tentei entrar em contato com Thaxter, que estava em Paris — o Hotel Pont-Royal era seu endereço lá. Fiz também uma ligação para Carl Stewart em Nova York. Queria conversar eu mesmo a respeito do Baedeker cultural com o editor de Thaxter. Também queria me certificar de que ele ia pagar minha conta no Ritz. Thaxter não estava hospedado no Hotel Pont-Royal. Talvez estivesse na casa da amiga da mãe, a princesa de Bourbon-Sixte. Não fiquei abalado. Depois de conversar com a telefonista acerca dos detalhes do telefonema que queria dar para Nova York, concedi-me dez minutos de tranquilidade junto à janela. Desfrutei o frescor do inverno e o sol. Tentei experimentar o sol não como uma pilha de gases e fissões termonucleares furiosos, mas como um ser, uma entidade dotada de vida e sentidos próprios, se é que vocês entendem o que quero dizer.

Graças à penicilina, Roger estava bem o bastante para ir ao Retiro com sua avó, portanto eu não tinha nenhuma responsabilidade por ele naquela manhã. Fiz trinta flexões de braço e depois plantei bananeira, com a cabeça apoiada no chão; em seguida fiz a barba, troquei de roupa e fui andar pela rua. Deixei os grandes bulevares e achei o caminho para as ruas secundárias da velha cidade. Meu objetivo era comprar uma linda capa para Renata, mas lembrei-me do pedido de Julius para comprar uma pintura marinha e, como eu tinha tempo de sobra, entrei em antiquários e em galerias de arte para dar uma olhada. Porém, em todo azul e verde, espuma e sol, calma e tempestade, havia sempre uma pedra, uma vela, uma chaminé, e Julius não queria saber de nada disso. Ninguém se dava ao trabalho de pintar o elemento puro, a água desumana, o meio do oceano, a profundidade sem forma, o mar que abarca o mundo. Eu continuava pensando em Shelley nos Montes Euganianos:

No profundo e vasto mar do Infortúnio,
Hão de existir, por força, muitas ilhas verdejantes...

Mas Julius não entendia por que tinha de haver alguma coisa no meio de qualquer mar. Como um Noé às avessas, ele mandou seu irmão-pombo, magnificamente paramentado, tremendamente encrencado, cheio de angústias por causa de Renata, descobrir para ele só água e mais nada. As vendedoras, as garotas, todas elas, de jalecos pretos, me traziam dos porões velhas paisagens marinhas, porque eu era um americano à solta, cheio de cheques de viagem no bolso. Eu não me sentia estrangeiro entre os espanhóis. Pareciam meus pais, meus tios e primos imigrantes. Separamo-nos quando os judeus foram expulsos em 1492. A menos que você fosse muito mesquinho com o tempo, não tinha sido tanto tempo atrás assim, na verdade.

E eu me perguntava até que ponto meu irmão Ulick era americano, afinal de contas. Desde o início, ele assumiu o ponto de vista de que os Estados Unidos eram uma terra materialmente feliz e bem-sucedida, que não precisava se preocupar à toa, e ele havia descartado a cultura dos refinados, bem como seus ideais e suas aspirações. Agora o famoso Santayana concordava com Ulick, de certo modo. Os refinados não conseguiram alcançar seus ideais e estavam muito tristes. Os Estados Unidos Refinados tinham sido prejudicados pela escassez da alma, pela estreiteza de temperamento, pela parcimônia de talento. Os novos Estados Unidos da juventude de Ulick apenas pediam consolo, velocidade e bom humor, saúde e bebidas, partidas de futebol americano, campanhas políticas, excursões e enterros animados. Porém esses novos Estados Unidos agora revelavam uma tendência diferente, novos rumos. O período de prazerosa exuberância de trabalho duro, de técnicas e ofícios práticos estritamente a serviço da vida material, também estava chegando ao fim. Por que Julius queria celebrar as novas veias enxertadas em seu coração pela miraculosa tecnologia médica comprando uma pintura de água? Porque mesmo ele já não era todo e só negócios. Agora, também ele experimentava impulsos metafísicos. Talvez ele tivesse aquilo junto com a sempre alerta alma prática americana. Em seis décadas, ele havia localizado todas as tramoias, farejado todos os trambiqueiros, e estava cansado de ser o mestre e senhor absoluto e nauseado do eu interior. O que uma paisagem marinha isenta de marcos e referências significava? Não significava a liberdade elementar, o desapego pelos caminhos cotidianos e pelo horror da tensão? Ah, Deus, a liberdade!

Eu sabia que se fosse ao Prado e perguntasse a alguém por lá, acabaria descobrindo um pintor capaz de pintar uma paisagem marinha para mim. Se ele me cobrasse dois mil dólares, eu podia pedir cinco para Julius. Mas recusei a ideia de ganhar dinheiro à custa de um irmão ao qual eu estava preso por laços de um cetim tão celestial. Olhei todas as paisagens marinhas naquela região de Madri e depois fui para a tal loja de capas.

Lá fiz negócio com o presidente da sociedade internacional Los Amigos de la Capa. Era moreno e baixo, meio torto, parecia um acordeom fechado, tinha problemas dentários e mau hálito. Em seu rosto moreno havia manchas brancas cor de plátano. Como os americanos não toleram tais imperfeições em si mesmos, pareceu-me que eu estava no Velho Mundo. A loja tinha o piso de madeira quebrado. Capas pendiam do teto em todos os lados. Mulheres munidas de varas compridas baixavam aquelas lindas peças de roupa, forradas de veludo e bordadas, e as ajeitavam para mim. A fantasia de carabineiro de Thaxter parecia uma droga em comparação com aquilo. Comprei uma capa preta forrada de vermelho (preto e vermelho — as cores prediletas de Renata) e tive de soltar duzentos dólares em cheques do American Express. Trocamos muitos agradecimentos e cortesias. Apertei a mão de todo mundo e não vi a hora de voltar ao Ritz com meu embrulho para mostrá-lo à Señora.

Só que a Señora não estava lá. Em meu quarto, encontrei Roger no sofá, os pés repousavam sobre sua bolsa já arrumada para viajar. Uma camareira tomava conta do menino. "Cadê a vovó?", perguntei. A criada me disse que, mais ou menos duas horas antes, a Señora recebera um chamado urgente. Telefonei para a recepção e me disseram que minha convidada, a hóspede do quarto 482, havia preenchido o registro de saída e que as despesas dela iriam vir em minha conta. Em seguida liguei para a portaria. Ah, sim, uma limusine levara a senhora para o aeroporto. Não, o destino da senhora era desconhecido. Ela não pediu aos funcionários do hotel que providenciassem suas passagens.

"Charlie, tem chocolate?", perguntou Roger.

"Tem, sim, garoto. Eu trouxe alguns aqui." Ele precisava de todos os doces que pudesse arranjar e eu lhe entreguei uma barra inteira. Havia neste mundo uma pessoa cujo desejo eu compreendia. Ele queria a mãe. Nós dois desejávamos a mesma pessoa. Pobrezinho, pensei, enquanto ele desembrulhava o papel laminado do chocolate e enchia a boca. Eu tinha um sentimento autêntico por aquele menino. Ele se encontrava naquele estado febril e belo de pálida infância, em que ficamos por inteiro palpitantes de pulsões — nada mais que um indefeso coração desejoso e insaciável. Eu me lembrava muito bem daquele estado. A camareira, quando viu que eu sabia um pouco de espanhol, perguntou se Rogelio era meu neto. "Não!", respondi. Já era ruim demais que tivessem largado o garoto em minhas mãos. Será que além disso eu ainda teria de ser o avô dele? Renata estava em sua lua de mel com Flonzaley. Como a própria Señora jamais foi casada, vivia louca para obter a respeitabilidade para a filha. E Renata, a despeito de todo o seu desenvolvimento erótico, era uma filha obediente. Talvez a Señora, quando elaborava seus planos em favor da filha, se sentisse mais jovem. Fazer-me de palhaço devia ter feito a velha sentir-se décadas mais jovem. Quanto a mim, agora eu via a ligação entre a juventude eterna e a burrice. Se eu não era velho demais para ir atrás de Renata, era jovem o bastante para sofrer um desgosto de adolescente.

Portanto respondi à camareira que Rogelio e eu não éramos parentes, embora sem dúvida eu tivesse idade suficiente para ser seu *abuelo*, e lhe dei cem pesetas para que cuidasse dele por mais uma hora. Embora eu estivesse em completa penúria, ainda dispunha de dinheiro para certas necessidades refinadas. Eu podia me dar ao luxo de sofrer como um cavalheiro. Só que agora eu não podia enfrentar o garoto. Eu tinha pressa para ir ao Retiro, onde podia me render aos impulsos, esmurrar o próprio peito, bater com os pés no chão, praguejar ou chorar. Quando estava saindo do quarto, o telefone tocou e eu o apanhei ligeiro, na esperança de ouvir a voz de Renata. No entanto era uma ligação de Nova York.

"Sr. Citrine? Aqui fala Stewart, de Nova York. Nunca nos encontramos. Eu conheço o senhor, é claro."

"Sim, eu queria lhe perguntar uma coisa. O senhor vai publicar um livro de Pierre Thaxter sobre ditadores?"

"Temos essa esperança", respondeu.

"Onde está o Thaxter agora? Em Paris?"

"Na última hora, ele mudou de ideia e viajou para a América do Sul. Até onde sei, está em Buenos Aires entrevistando a viúva de Perón. Muito interessante. O país está se despedaçando."

"O senhor sabe, eu suponho", falei, "que estou em Madri para explorar a possibilidade de escrever um guia cultural da Europa."

"É mesmo?", perguntou.
"Thaxter não lhe falou a respeito? Pensei que tínhamos a sua aprovação."
"Eu não tenho a menor ideia do que se trata."
"Tem certeza? Não lembra nada a respeito disso?"
"Do que se trata, sr. Citrine?"
"Para resumir", respondi, "farei só uma pergunta. Estou em Madri a convite do senhor?"
"Não que eu saiba."
"*!Ay, que lío!*"
"Perdão?"
Na alcova de cortinas fechadas, de repente fria, fui de rastros para a cama com o telefone na mão. E disse: "É uma expressão espanhola como *malentendu* ou *snafu* ou estou fodido de novo. Desculpe a ênfase. Estou sob tensão".
"Talvez o senhor pudesse me fazer a gentileza de explicar tudo isso numa carta", disse o sr. Stewart. "Está trabalhando num livro? Se for o caso, estamos interessados, o senhor sabe."
"Nada disso", respondi.
"Mas o senhor devia começar..."
"Vou lhe escrever uma carta", respondi.
Eu estava pagando o telefonema.
Agora, muito agitado, pedi à telefonista que tentasse ligar para Renata outra vez. Eu ia falar algumas palavras para aquela piranha, pensei. Mas quando a ligação foi feita, em Milão disseram que Renata havia ido embora e que não deixara nenhum endereço. Quando afinal cheguei ao Retiro, na intenção de me exprimir livremente, não havia mais nada para exprimir. Dei uma caminhada meditativa. Cheguei às mesmas conclusões a que havia chegado na sala de audiência do juiz Urbanovich. Que bem me traria dar um esporro em Renata? Discursos virulentos e refinados, de lógica perfeita, de juízo amadurecido, profundos em sua sabedoria raivosa, densos de poesia, ficavam muito bem em Shakespeare, mas não traziam nem um pingo de proveito no meu caso. O desejo de emissão ainda persistia, mas havia carência de recepção para meu discurso apaixonado. Renata não queria ouvi-lo, tinha outras coisas na cabeça. Bem, pelo menos ela me confiara Rogelio e, na hora que lhe fosse conveniente, viria buscá-lo. Ao me descartar daquela maneira, provavelmente Renata me fizera um favor. Pelo menos era assim

que ela veria a situação. Eu devia ter casado com ela muito tempo antes. Eu era um homem de pouca fé, minha hesitação era ofensiva e era muito bem feito que me deixasse com aquele pepino, cuidar do filho dela. Além do mais, suponho que as senhoras imaginaram que Rogelio fosse me deixar tolhido, e assim evitaria que eu me lançasse numa perseguição a Renata. Mas agora eu não poderia me dar a esse luxo. Para começo de conversa, a conta do Ritz era enorme. A Señora tinha feito muitos telefonemas para Chicago a fim de fazer contato com um certo jovem cujo ramo de atividade era fazer reparos em aparelhos de televisão, seu atual *affaire de coeur*. Além disso, o Natal em Madri, somando a doença de Roger e seus presentes, o jantar gastronômico e a capa de Renata, haviam reduzido meus recursos a quase um terço. Por muitos anos, desde o sucesso de *Von Trenck*, ou mais ou menos na época da morte de Demmie Vonghel, eu havia gastado com prodigalidade, tinha vivido intensamente, só que agora eu precisava voltar a viver no antigo padrão da casa de cômodos. Para ficar no Ritz, eu teria de contratar uma preceptora. De todo modo, era algo impossível. Eu estava a caminho da indigência. A melhor opção para mim era mudar-me para uma *pensión*.

 De alguma forma, eu tinha de me responsabilizar por aquela criança. Se eu me apresentasse como seu tio, acabaria levantando suspeitas. Se eu me dissesse seu avô, teria de me comportar como um avô. O melhor era ser um viúvo. Rogelio me chamava de Charlie, mas isso era normal entre crianças americanas. Além do mais o menino *era* órfão, em certo sentido, e eu, sem nenhum exagero, estava de luto. Fui à rua e comprei para mim lenços de luto e algumas gravatas pretas de seda muito bonitas, além de um terno preto para Rogelio. Fiz à embaixada americana um comunicado muito plausível do extravio de um passaporte. Por sorte aconteceu que o jovem que tratava de tais assuntos conhecia meus livros sobre Woodrow Wilson e Harry Hopkins. Estudante de história na Universidade Cornell, certa vez ele vira uma palestra minha num congresso na Associação Histórica Americana. Contei que minha esposa havia morrido de leucemia e que minha carteira tinha sido roubada num ônibus ali em Madri. O jovem amigo contou-me que a cidade sempre fora famosa por seus punguistas. "O bolso dos padres é alcançado por baixo da batina. Aqui, são mesmo muito sorrateiros. Muitos espanhóis se vangloriam dizendo que Madri é o centro mundial dos batedores de carteira. Mas, mudando de assunto, quem sabe o senhor não podia dar uma palestra para a USIA?"

"Estou deprimido demais para isso", respondi. "Além do mais, estou aqui para fazer uma pesquisa. Estou preparando um livro sobre a guerra entre a Espanha e os Estados Unidos."

"Houve casos de leucemia na minha família", disse ele. "Essas mortes demoradas deixam a gente esgotado."

Na *pensión* La Roca, expliquei para a proprietária que a mãe de Roger tinha sido despachada deste mundo por um caminhão, quando ela desceu do meio-fio para atravessar uma rua em Barcelona.

"Ah, mas que coisa horrível."

"Pois é", respondi. Eu tinha me preparado com rigor e consultara o dicionário de espanhol. Acrescentei com fantástica fluência: "A minha pobre esposa... o seu peito foi esmagado, o seu rosto foi destruído, os seus pulmões foram perfurados. Ela morreu em dores terríveis."

Achei que leucemia era bom demais para Renata.

Na *pensión* havia um certo número de pessoas sociáveis. Algumas falavam espanhol, outras falavam francês e a comunicação era possível. Um capitão do Exército e sua esposa moravam ali, bem como algumas senhoras da embaixada dinamarquesa. Uma delas, a mais vistosa, era uma loura manca de uns cinquenta anos. De vez em quando, um rosto severo e dentes salientes podiam ser aprazíveis, e ela era uma pessoa de aspecto muito agradável, embora a pele das têmporas tivesse ficado um pouco lustrosa (as veias) e ela fosse até um pouco corcunda. Mas sua personalidade era do tipo imperioso, que logo assume a liderança de uma sala de jantar ou de uma sala de estar, não porque tais pessoas falem muito, mas sim porque conhecem o segredo de como proclamar sua primazia. Quanto à equipe, as camareiras, que também faziam as vezes de garçonetes, eram extremamente gentis. O preto significa muito menos no Norte protestante. Na Espanha, o luto ainda tem muito peso. O pequenino terno preto de Rogelio produziu um efeito ainda mais eficaz que meu lenço bordado e minha braçadeira. Quando o ajudei a comer no almoço, fizemos a casa vir abaixo de emoção. Não era incomum da minha parte cortar o bife do menino. Eu fazia isso normalmente em Chicago. Mas por alguma razão, na pequena sala de jantar sem janelas da *pensión*, aquilo causou espanto — aquela inesperada exibição de hábitos maternais dos homens americanos causou uma grande impressão. Meus zelos com Roger devem ter sido algo insuportavelmente triste. As mulheres começaram a me ajudar. Pus as *empleadas del hogar* em minha folha de pagamentos. Num intervalo de poucos dias, ele já estava falando espanhol. De manhã, ele ia a uma creche. Depois, toda tarde, uma das senhoras o levava ao parque. Eu ficava livre para caminhar por Madri ou ficar deitado na cama e meditar. Minha vida estava mais calma. A quietude completa era algo que eu não podia esperar, nas circunstâncias.

Aquela não era a vida que eu imaginara no pequeno assento luxuoso do jato 747, voando sobre a profunda correnteza do Atlântico. Então, como eu havia dito a mim mesmo, a pequenina bolha no nível do carpinteiro poderia ser atraída de volta para o centro. Agora eu não tinha certeza nenhuma de que eu sequer tinha uma bolha. E além do mais, havia também a Europa. Para americanos instruídos, a Europa não era lá grande coisa, naquele tempo. Ela havia levado o mundo rumo ao nada. Era preciso ser uma espécie de pessoa retrógrada (uma perua vulgar, uma Renata — para não ficar de enrolação) para vir para cá com expectativas culturais sérias. O tipo de coisa propagada por revistas femininas de moda. Sou obrigado a confessar, no entanto, que eu também tinha vindo daquela vez com ideais piedosos, ou com os remanescentes de tais ideais. No passado, as pessoas fizeram coisas importantes ali, inspiradas pelo espírito. Havia ainda relíquias de santidade e de arte ali. Não era possível encontrar santo Inácio, santa Teresa, são João da Cruz, El Greco, o Escorial na rua 26 ou na Califórnia, ou no Playboy Club em Chicago. Mas também não existia nenhum pequeno grupo da família Citrine em Segovia, com o papai tentando obter a separação entre a consciência e seu fundamento biológico, enquanto a excitante e sensual mamãe trabalhava no comércio de antiguidades. Não, Renata havia me feito de bobo e fizera isso de tal modo que minha dignidade pessoal tinha sofrido um dano grave. O luto que eu usava me ajudava, de certo modo, no processo de recuperação. Roupas pretas me deixavam com sentimentos educados e cordiais em relação aos espanhóis. Um viúvo sofredor e um órfão pálido e estrangeiro comoviam os vendedores das lojas, sobretudo as mulheres. Na *pensión*, a secretária da embaixada dinamarquesa demonstrou um interesse especial por nós. Era muito pálida e sua palidez tinha origens bem distintas da palidez de Roger. A mulher tinha um aspecto seco, frenético, era tão branca que o batom deixava sua boca raivosa. Ela passava o batom depois do jantar com um efeito violento. No entanto suas intenções não eram ruins. Certo domingo, levou-me para dar uma volta, numa ocasião em que eu não estava num dos meus melhores momentos. Ela pôs um chapéu em forma de sino ou de balde e caminhamos bem devagar, pois a mulher sofria de uma enfermidade no quadril. Enquanto seguíamos os passos da multidão que passeava aos domingos, ela me fez um sermão sobre a dor.

"A sua esposa era bonita?"

"Ah, era muito bonita."

"Vocês americanos são tão complacentes com relação à dor. Há quanto tempo ela morreu?"

"Seis semanas."

"Semana passada o senhor disse que eram três semanas."

"Como pode ver, o meu sentido de tempo ficou abalado."

"Bem, mas agora o senhor precisa voltar a pôr os pés no chão. Há momentos em que a gente precisa cortar... cortar as plantas. Como é mesmo a expressão? Cortar o mal pela raiz. No meu quarto, tenho uma garrafa de bom conhaque. Vamos tomar um drinque quando o menino estiver dormindo. O senhor está tendo que dividir uma cama de casal com ele, não é?"

"Estão tentando arranjar duas camas de solteiro para nós."

"Ele não fica inquieto? Crianças costumam dar chutes enquanto dormem."

"Ele dorme sossegado. De todo modo, não consigo dormir. Fico deitado lendo."

"Podemos arranjar coisa melhor que isso para fazer de noite", disse ela. "De que adianta ficar remoendo as lembranças? Ela se foi."

Certamente, tinha ido mesmo. Agora isso estava inteiramente confirmado. Renata havia escrito para mim da Sicília. No sábado, um dia antes, apenas, quando dei um pulo no Ritz para perguntar se havia alguma correspondência, me entregaram uma carta de Renata. Era por essa razão que eu, no domingo, não estava num dos meus melhores momentos. Fiquei acordado a noite inteira examinando as palavras de Renata. Se eu não conseguia dar uma atenção maior àquela mulher manca e furiosamente pálida era porque eu estava sofrendo. Eu quase chegava a desejar que Roger não fosse um menino tão bem-comportado. Ele nem dava chutes enquanto dormia. Não me dava preocupação nenhuma. Era um menino adorável.

Renata e Flonzaley haviam se casado em Milão e foram passar a lua de mel na Sicília. Suponho que tenham ido para Taormina. Ela não especificou o lugar. Escreveu: "Você é a melhor pessoa para ficar com o Roger. Muitas vezes deu provas de que ama o menino pelo que ele é e nunca o usou para obter algo de mim. A mamãe está ocupada demais para cuidar dele. Você não pensa assim agora, mas vai superar isso e vamos ser bons amigos. Você vai ficar amargurado e triste e vai me chamar de piranha suja e traiçoeira — é assim que você fala quando fica de cabeça quente. Mas você tem justiça no coração, Charles. Você me deve uma coisa e sabe disso. Você teve a sua chance de ser correto comigo. E você perdeu a sua chance! Ah, perdeu mesmo! Eu não consegui fazer você dar o passo que devia dar!". Renata derramava suas lamentações. Eu havia estragado tudo. "O papel que você reservou para mim foi o de uma palerma. Eu era a sua maravilhosa palhaça do sexo. Você me fazia preparar o jantar de cartola e com a bunda de fora." Não foi assim, não foi assim, a ideia foi dela mesma. "Eu tive muito espírito esportivo e deixei você se divertir à vontade. Eu também me diverti. Não te neguei nada. Mas você me negou muitas coisas. Você não lembrava que eu era mãe de um menino. Você me exibiu para todo mundo em Londres como a vadia espetacular que você andava comendo em Chicago, aquela cidade cambaleante. O ministro da Economia me deu uma apalpada às escondidas. O sacana. Deixei para lá, por causa da antiga grandeza da Grã-Bretanha. Mas ele não faria isso se eu fosse a sua esposa. Você me pôs na posição de uma prostituta. Não acho que ninguém precise ser um professor de anatomia para estabelecer uma relação entre a bunda e o coração. Se você houvesse se comportado como se eu tivesse um coração dentro do peito, assim como sua excelsa alteza o *chevalier* Citrine, talvez tivéssemos conseguido alcançar alguma coisa. Ah, Charlie, nunca vou esquecer a maneira como você contrabandeou charutos cubanos para mim em Montreal. Você pôs neles fitas de cigarros cubano da marca Ciro, o Grande. Você era gentil e divertido. Acreditei em você quando disse que um pé peculiar precisava de um sapato peculiar e que nós dois éramos o pé e o sapato, o sapato e o pé juntos. Puxa, se você tivesse pensado a coisa mais óbvia do mundo! 'Essa é uma criança que cresceu em saguões de hotel e a mãe dela nunca foi casada', então você teria casado comigo em todas as igrejas e prefeituras dos Estados Unidos, e teria me dado certa proteção, afinal. O tal Rudolf Steiner, com o qual você me deixava maluca, diz, eu acho, que se dessa vez você é um homem, da próxima vez virá reencarnado como mulher e que o corpo etéreo (não que eu saiba com certeza o que vem a ser um corpo etéreo; é a parte vital que faz o corpo viver, não é isso?) é sempre do outro sexo. Mas se você, na próxima vida, for uma mulher, vai ter que aprender muita coisa até lá. De todo jeito, vou te dar algumas dicas. Muitas mulheres admitiriam, se forem honestas, que o que elas adorariam de fato seria um homem feito de muitos homens, um amante ou marido composto. Ela ama isso em X e aquilo em Y, e ainda uma outra coisa em Z. Então você é charmoso, encantador, comovente, em geral um prazer de companhia. Você podia ser o meu X e em parte o meu Y, mas era um completo fracasso no departamento do Z.

"Neste momento, sinto saudades de você, e além do mais Flonzaley sabe disso. Mas uma vantagem do ramo de trabalho do Flonzaley é que fez dele uma pessoa muito elementar. Certa vez você me disse que o ponto de vista do Flonzaley devia ser plutonista — seja lá o que isso quer dizer. Eu digo que o trabalho dele é sinistro, mas a sua personalidade é amável. Ele não insiste em que eu não devo amar você. Não esqueça que eu não fugi com um estranho. Voltei para ele. Quando nos despedimos em Idlewild, eu não sabia que ia fazer isso. Mas a minha paciência com você chegou ao fim. Há zigue-zagues demais no seu temperamento, Charlie. Nós dois precisamos de relações mais sérias."

Espere um minuto. Renata falou isso e falou aquilo, mas será que ela me descartou porque eu estava à beira da falência? Isso nunca seria um problema para Flonzaley. Na certa Renata soube que eu começava a pensar cada vez mais num estilo de vida mais austero. Não renunciei ao meu dinheiro por uma questão de princípio. Urbanovich estava tirando meu dinheiro de mim, e até aí não tinha nada demais. Porém eu começava a ver o impulso americano para o dólar por aquilo que ele era de fato. Havia assumido as proporções de uma força cósmica. Interpunha-se entre nós e as forças reais. Porém, bastou eu pensar isso e compreendi um dos motivos de Renata para me descartar — ela me dispensou porque eu tinha pensamentos como esse. À sua maneira, ela estava me dizendo isso.

"Agora você pode escrever o seu grande ensaio sobre o tédio e talvez a raça humana fique agradecida. Ela está sofrendo e você quer ajudar. É uma coisa maravilhosa ficar quebrando a cabeça por causa desses problemas profundos, mas pessoalmente eu não tenho a menor vontade de ficar por perto quando você faz isso. Admito que você é sabido. Por mim, tudo bem. *Você devia ser tão tolerante com os papa-defuntos como eu* sou em relação aos intelectuais. No que se refere a homens, os meus julgamentos são completamente humanos-femininos, a despeito da raça, do credo ou de condições prévias de servidão, como disse Lincoln. Parabéns, a sua inteligência é tremenda. Mesmo assim concordo com a sua antiga namorada Naomi Lutz. Não quero me envolver em toda essa história espiritual, intelectual, universal. Como uma mulher bonita, e ainda jovem, prefiro encarar as coisas como bilhões de pessoas fizeram ao longo da história. A gente trabalha, ganha a vida, perde uma perna, beija alguns caras por aí, tem um filho, vive até os oitenta anos e torra o saco de todo mundo, ou então se enforca ou se afoga. Mas não dá para passar anos e anos tentando descobrir um jeito de escapar da condição humana. Para mim isso é um tédio." Sim, quando ela falou isso, vi pensadores de gênio atirando emaranhados de crenças e de projetos em cima da cabeça da multidão. Vi-os molestando a raça humana com suas fantasias, seus programas e suas perspectivas mundiais. Não que a raça humana em si fosse inocente. Porém possuía incríveis capacidades de trabalhar, de sentir, de acreditar, que eram chamadas a se manifestar aqui e ali por aqueles que estavam convencidos de que sabiam o que era melhor e que molestavam a humanidade com projetos. "E você nunca me perguntou", prosseguia ela, "mas eu tenho as minhas próprias crenças. Acredito que vivo na natureza. Acho que, quando a gente morre, está morto e acabou-se. E é nisso que o Flonzaley acredita. Morto é morto, o trabalho dele é com defuntos e agora sou a sua esposa. Flonzaley executa um serviço prático para a sociedade. A exemplo do bombeiro hidráulico, do departamento de esgoto, da coleta de lixo, diz ele. Mas faz um bem às pessoas e então elas não viram as costas nem têm preconceitos contra ele. De certo modo, é como a minha própria situação pessoal. Flonzaley aceita o estigma ocupacional, mas paga um pequeno preço por isso e ele o acrescenta ao valor dos seus honorários. Algumas das suas ideias, Charlie, são mais macabras que o trabalho dele. Flonzaley mantém as coisas nos seus devidos compartimentos. A cor de um quadro não vaza para o quadro vizinho."

Nesse ponto ela não estava sendo justa. Aquela pessoa exuberante, a Renata, maravilhosa para mim porque era impura no sentido bíblico, tinha tornado minha vida mais rica com as emoções do desvio e da infração das leis. Se Flonzaley, por causa da poluição pelos mortos, era comparativamente maravilhoso para ela, por que ela não dizia apenas isso — eu deduzia que no departamento Z, e Renata nunca me disse o que era isso, Flonzaley era tudo aquilo que eu não era. Isso me magoou profundamente, fez meu coração sofrer. Para usar uma expressão antiga, ela cortou meu coração. Mas podia ter me poupado de comunicar as racionalizações de Flonzaley para poder arrancar até o último centavo das pessoas de luto. Eu conhecia os pensadores de negócio de Chicago, tinha ouvido muita conversa filosófica dos ricos de Chicago. Eu conhecia todo o pretenso humor ao estilo de Bernard Shaw que se podia ouvir em mesas de jantar na Lake Shore Drive: queriam tornar Flonzaley um intocável e um *chandalá*, um abutre, só que ele ia levar consigo para as trevas o ouro deles, e lá seria um Príncipe — o tipo de coisa que não me fazia a menor falta. Mesmo assim, Renata era maravilhosa. Naturalmente ela queria dizer coisas incríveis para mim e mostrar como havia se saído bem no final da história. Eu havia perdido uma mulher maravilhosa. Estava sofrendo por causa de Renata. Ela deu no pé, de armas e bagagem, por assim dizer, e deixou-me agoniado sem entender nada, nem o que nem como fazer. E tentando imaginar o que poderia ser o Z.

"Você sempre disse que a maneira como a vida transcorreu para você foi tão diferente que não tinha condições de julgar os desejos dos outros. É de fato verdade que você não conhece as pessoas por dentro nem entende o que elas querem — assim como não compreendia que eu queria a estabilidade —, e você nunca poderá conhecer. Revelou isso quando me contou como tentava penetrar às cegas nas emoções da Mary acerca da bicicleta de dez marchas, mas não conseguiu. Pois bem, estou deixando o Roger com você. Cuide dele até eu conseguir alguém para buscá-lo, e aproveite para estudar os desejos dele. É o Roger que você precisa compreender agora, não a mim. O Flonzaley e eu vamos para a África do Norte. A Sicília não está quente como eu esperava. Permita-me sugerir, uma vez que você está regressando aos fundamentos do sentimento, que dedique alguma reflexão aos seus amigos Szathmar, Swiebel e Thaxter. A sua paixão pelo Von Humboldt Fleisher acelerou a deterioração do seu relacionamento."

Ela não disse quando exatamente iria mandar alguém buscar o menino.

"Se você acha que está na terra com um propósito muito especial, não sei por que se aferra à ideia da felicidade com uma mulher ou de uma vida feliz em família. Isso é ou uma inocência tola ou se trata do suprassumo da excentricidade. Você é muito avançado e tem relações com uma pessoa que, à sua maneira, também está muito à frente das outras, e aí você diz para si mesmo que o que quer de verdade é um relacionamento simples e amoroso. Bem, você tem o charme e a ternura para me fazer pensar que me queria e precisava de mim. Sua amiga, sempre carinhosa." Ela escreveu até o fim da folha e a carta terminou.

Não pude deixar de chorar quando li isso. Na noite que Renata fechou a porta e me deixou do lado de fora, George Swiebel me disse a que ponto me respeitava por sofrer agonias de amor em minha idade. Ele tirou o chapéu para mim. Mas essa era a atitude vitalista e jovem que Ortega, um dos autores madrilenhos que eu andava lendo, desdenhava em *O tema de nosso tempo*. Eu estava de acordo com ele. Todavia, no quarto dos fundos daquela *pensión* de terceira categoria, eu não passava de um velho tolo que sofria igual a um adolescente. Estava mais careca e mais enrugado que nunca, e os cabelos brancos tinham começado a ficar compridos e desgrenhados em minhas sobrancelhas. Agora eu era um coroa abandonado fungando miseravelmente por causa de um desgosto causado por uma linda vadia. Eu estava esquecendo que podia ser também um Indivíduo Histórico Mundial (de certo modo), que talvez coubesse a mim difundir os disparates intelectuais de uma era ou que devesse fazer alguma coisa para ajudar o espírito humano a romper a tampa do seu caixão mental. Ela não dava grande importância a tais aspirações, não é verdade? Basta encarar sua fuga com Flonzaley, que lidava com defuntos, como a expressão de uma opinião. E mesmo enquanto eu chorava, olhava para o relógio e me dei conta de que Roger voltaria da sua caminhada dali a quinze minutos. Estava combinado de jogarmos dominó. De repente a vida tomou o rumo inverso. Eu estava de novo no primeiro ano da escola primária. À beira dos sessenta anos, é preciso começar do princípio e ver se a gente consegue entender os desejos dos outros. A mulher que eu amo está fazendo progressos maduros na vida, avança de forma independente em Marrakech ou sei lá onde. Não precisa de um caminho de rosas. Onde quer que ela pise, as rosas começam a brotar.

Renata tinha razão, é claro. Ao começar um relacionamento com ela, eu estava chamando a encrenca. Por quê? Talvez o propósito de tal encrenca fosse me levar mais fundo no reino do pensamento peculiar, mas necessário. Um desses pensamentos peculiares me ocorreu então. Foi a ideia de que a beleza de uma mulher como Renata não era algo inteiramente adequado. Era fora da estação. Sua perfeição física era do tipo da Grécia clássica ou da alta Renascença. E por que esse tipo de beleza era historicamente inadequado? Bem, ela remontava a uma época em que o espírito humano estava apenas começando a se desembaraçar da natureza. Até aquele momento, não ocorrera ao homem pensar em si mesmo de forma separada. Ele não distinguira seu próprio ser do ser natural, mas era parte dele. Porém, assim que o intelecto despertou, ele se tornou separado da natureza. Como indivíduo, ele olhava e via a beleza do mundo exterior, inclusive a beleza humana. Foi um momento sagrado na história — a época de ouro. Muitos séculos depois, o Renascimento tentou recuperar aquela primeira noção de beleza. Mas mesmo então já era tarde demais. O intelecto e o espírito tinham avançado. Um tipo diferente de beleza, mais interior, tinha começado seu desenvolvimento. Essa beleza interior, manifestada na arte e na poesia romântica, foi o resultado de uma união livre entre o espírito humano e o espírito da natureza. Portanto Renata era de fato um fantasma peculiar. Minha paixão por ela era uma paixão de antiquário. Ela mesma parecia ter consciência disso. Vejam a maneira como se comportava, fanfarrona e com um ar de galhofa. A beleza boticelliana ou ateniense não fuma charuto. Não fica de pé na banheira e faz coisas vulgares. Não para no meio de uma galeria de arte e diz: "Esse pintor tem colhão". Não fala desse jeito. Mas que pena! Como sinto falta dela! Que mulher encantadora era Renata, aquela sacana! Mas era uma remanescente de uma outra época. Eu não podia dizer que *eu* tinha o tipo novo de beleza interior. Eu não passava de um velho bobo e imbecil. Mas tinha ouvido falar daquela beleza, tinha recebido informações em primeira mão a respeito. E o que eu propunha fazer com aquela nova beleza? Ainda não sabia. Por ora eu estava à espera de Roger. Ele estava ansioso para jogar dominó. Eu estava ávido para poder ter um vislumbre da sua mãe no rosto dele, quando eu estivesse sentado à sua frente com as peças de dominó.

A esquálida senhora dinamarquesa, Rebecca Volsted, apareceu e foi andar comigo pelo Retiro. Eu caminhava devagar e ela mancava ao lado. Seu chapéu em forma de sino estava afundado na cabeça. Seu rosto, com seus lampejos amargos, era pálido e difuso. Ela me interrogou de maneira cerrada. Perguntou por que eu passava tanto tempo fechado em meu quarto. Sentia-se desprezada por mim. Não socialmente. Socialmente, eu era muito simpático. Eu só a desprezava... bem, essencialmente. Ela parecia me dizer que, se eu me embolasse furiosamente com ela na cama, ela poderia, com o quadril ruim ou não, me curar daquilo que me afligia. Ao contrário, a experiência me ensinara que, se acatasse sua sugestão, eu apenas iria adquirir mais uma dependente (e muito provavelmente louca).

"O que você fica fazendo no quarto o dia inteiro?"

"Tenho que pôr minha correspondência em dia."

"Suponho que o senhor tenha que avisar as pessoas a respeito da morte da sua esposa. Afinal, como foi que ela morreu?"

"Morreu de tétano."

"Sabe, sr. Citrine, eu me dei ao trabalho de procurar pelo seu nome no livro *Quem é quem nos Estados Unidos*."

"Mas por que foi fazer uma coisa dessas?"

"Ah, não sei", disse ela. "Um pressentimento. Para começar, embora o senhor tenha passaporte americano, não se comporta como um americano de verdade. Tive a sensação de que devia haver alguma coisa com o senhor."

"Quer dizer que descobriu que nasci em Appleton, Wisconsin. Assim como Harry Houdini, o grande artista da fuga judeu. Eu queria saber por que ele e eu escolhemos logo Appleton para nascer."

"E por acaso existe alguma escolha?", perguntou Rebecca. Em seu chapéu em forma de sino, pele pálida e quente, mancando ao meu lado pelo parque espanhol, ela apelava à minha racionalidade. Eu reduzia o passo para ela enquanto conversávamos.

Falei: "É claro, a ciência está do nosso lado. No entanto, é muito estranho, sabe? Pessoas que estiveram na terra por apenas dez anos, mais ou menos, de repente começam a compor fugas ou comprovam complexos teoremas matemáticos. Talvez a gente traga conosco, para cá, grandes poderes, srta. Volsted. As crônicas dizem que antes de Napoleão nascer a mãe dele gostava de visitar campos de batalha. Mas não é possível que o pequeno baderneiro, antes do seu nascimento, já não andasse em busca de uma mãe que adorasse carnificinas? E o mesmo vale para a família de Bach, de Mozart e de Bernoulli. Tais grupos familiares podem ter atraído almas musicais ou matemáticas. Como expliquei num artigo que escrevi a respeito de Houdini, o rabino Weiss, o pai do mágico, era um perfeito judeu ortodoxo húngaro. Mas teve que abandonar a velha terra natal porque travou um duelo de sabres e seguramente tinha um parafuso a menos. Além disso, como é que Houdini e eu, ambos de Appleton, Wisconsin, lutamos tanto com o problema da morte?".

"Houdini fez mesmo isso?"

"Fez, sim, Houdini desafiou todas as formas de restrição e confinamento, inclusive o túmulo. Ele fugia de tudo. Foi enterrado e conseguiu escapar. Foi confinado dentro de caixas e conseguiu fugir. Puseram-no numa camisa de força, com algemas, e o penduraram de cabeça para baixo preso pelo tornozelo num mastro de bandeira no Flatiron Building em Nova York. A Sarah Bernhardt veio assistir à cena e ficou sentada dentro da sua limusine na Quinta Avenida, olhando, enquanto ele se libertava e galgava a corda rumo à liberdade. Um amigo meu, um poeta, escreveu uma balada sobre isso intitulada 'Harry Arlequim'. Bernhardt já estava bem velha e a sua perna havia sido amputada. Ela chorou e soluçou com a cabeça no pescoço do Houdini, enquanto os dois iam embora no carro, e ela implorou que Houdini lhe trouxesse sua perna de volta. Ele podia fazer tudo! Na Rússia tsarista, a Okhrana deixou-o nu e trancou-o no furgão blindado que usavam para as deportações na Sibéria. Ele se libertou disso também. Fugiu das prisões mais seguras do mundo. E toda vez que chegava de volta depois de uma turnê triunfal, ia direto ao cemitério. Deitava-se no túmulo da mãe e, de barriga para baixo, através da grama, lhe contava em sussurros como havia sido a sua viagem, onde fora e o que tinha feito. Mais tarde, passou anos desmistificando os espiritualistas. Punha a nu todos os truques dos médiuns trapaceiros. Num artigo, certa vez especulei que ele talvez tivesse alguma premonição do holocausto e estivesse elaborando maneiras de escapar dos campos de morte. Ah! Quem dera os judeus europeus tivessem aprendido o que ele sabia. Mas então Houdini foi experimentalmente perfurado na barriga por um estudante de medicina e morreu de peritonite. Portanto, como pode ver, ninguém consegue sobrepujar o fato final do mundo material. A racionalidade deslumbrante, o flamejar da consciência, a habilidade mais engenhosa que existe — nada se pode fazer contra a morte. Houdini desenvolveu completamente uma linha de pesquisa.

Srta. Volsted, por acaso a senhorita recentemente olhou para dentro de uma cova aberta?"

"Nessa altura da sua vida, uma obsessão mórbida desse tipo é algo compreensível", disse ela. Ergueu os olhos, o rosto branco e ardente. "Só há uma coisa a fazer. É óbvio."

"Óbvio?"

"Não se faça de bobo", disse ela. "O senhor sabe a resposta. Você e eu podíamos nos dar muito bem, juntos. Comigo, o senhor estaria livre, nenhum laço. Poderia ir e vir como bem entendesse. Não estamos nos Estados Unidos. Mas o que é que o senhor faz no seu quarto? O *Quem é quem* diz que o senhor ganhou prêmios de biografia e de história."

"Estou me preparando para escrever sobre a guerra entre a Espanha e os Estados Unidos", respondi. "E estou pondo em dia a minha correspondência. Na verdade, tenho que mandar esta carta..."

Eu havia escrito para Kathleen, em Belgrado. Não mencionei dinheiro, mas esperava que ela não fosse esquecer minha parte do pagamento pela opção relativa ao roteiro de Humboldt. A quantia que ela havia mencionado era de mil e quinhentos dólares, e em breve eu ia ter necessidade do dinheiro. Em Chicago, estavam me cobrando — Szathmar me enviava minha correspondência. Aconteceu que a Señora tinha viajado para Madri na primeira classe. A agência de viagens estava me pedindo para fazer o pagamento com a máxima presteza. Eu tinha escrito para George Swiebel para perguntar se o dinheiro dos meus tapetes Kirman já tinha entrado, mas George não era um correspondente muito ágil. Eu sabia que Tomchek e Srole me mandariam uma conta descomunal por terem perdido minha causa e que o juiz Urbanovich deixaria que o Canibal Pinsker se servisse à vontade dos meus fundos bloqueados.

"Você parece ficar falando sozinho no seu quarto", disse Rebecca Volsted.

"Tenho certeza de que a senhorita não fica escutando na minha porta", falei.

Ela ficou vermelha — quer dizer, ficou ainda mais pálida — e respondeu: "A Pilar me contou que o senhor fica lá dentro falando sozinho".

"Leio contos de fada para o Roger."

"Não, faz isso quando ele está na escola. Ou talvez o senhor ensaie o papel do lobo mau..."

* * *

O que eu ficava falando sozinho? Eu não podia contar para a srta. Rebecca Volsted, da embaixada da Dinamarca em Madri, que eu fazia experiências esotéricas, que eu lia para os mortos. Eu já parecia esquisito de sobra sem isso. Um suposto viúvo do Meio Oeste e pai de um menino pequeno, eu me revelei, segundo o *Quem é quem*, um biógrafo e dramaturgo premiado, além de um *chevalier* da Legião de Honra. O *chevalier* viúvo alugava o pior quarto na *pensión* (em frente ao duto do exaustor da cozinha). Seus olhos castanhos estavam vermelhos de tanto chorar, vestia-se com extrema elegância, embora os cheiros da cozinha deixassem suas roupas sensivelmente rançosas, com uma vaidade insistente tentava pentear o cabelo ralo e grisalho por cima da calva no meio da cabeça e sempre ficava abatido quando se dava conta de que, sob a luz, seu escalpo reluzia. Tinha o nariz reto como o de John Barrymore, mas a semelhança parava por aí. Era um homem cujo arcabouço corporal estava desgastado. Começava a formar rugas embaixo do queixo, ao lado das orelhas e embaixo dos olhos tristes e afetuosos, que fitavam com ar inteligente na direção errada. Eu sempre contara de forma higiênica com o intercurso regular com Renata. Pelo visto, eu concordava com George Swiebel quando ele dizia que, se a pessoa descuidava de manter relações sexuais normais, ela estava no caminho de alguma encrenca. Em todos os países civilizados, esse é o credo básico. Existia, é claro, um texto que dizia o contrário — eu sempre tinha à mão um texto que dizia o contrário. Tratava-se de um texto de Nietzsche e apresentava a interessante opinião de que a mente era bastante revigorada por meio da abstinência, porque os espermatozoides eram reabsorvidos pelo sistema. Nada melhor para o intelecto. Fosse como fosse, tomei consciência de que eu estava adquirindo tiques. Tinha saudade das minhas partidas de *paddle ball* no Downtown Club — quanto à conversa dos meus colegas de clube, devo dizer que disso não sentia a menor falta. Para eles, eu jamais poderia dizer o que estava pensando de fato. Eles também não me revelavam seus pensamentos, mas aqueles pensamentos eram pelo menos dizíveis. Os meus eram incompreensíveis e ficavam ainda mais incompreensíveis a cada dia.

Eu ia me mudar dali quando Kathleen me mandasse o cheque, mas enquanto isso tinha de viver com um baixo orçamento. A Receita Federal,

Szathmar me informou, tinha reaberto minha declaração de rendimentos de 1970. Escrevi para dizer que agora isso era problema de Urbanovich.

Toda manhã eu era acordado por cheiros fortes de café. Depois vinham cheiros de amoníaco do peixe frito e também de repolho com alho e açafrão, e de sopa de ervilha cozida com osso de pernil de porco. A *pensión* La Roca usava um tipo de azeite pesado com o qual a gente demorava a se habituar. De início, o azeite percorria o interior do meu corpo rapidamente. O banheiro no corredor era imponente e muito frio, com um comprido puxador de descarga feito de uma correntinha de cobre esverdeado. Quando ia para lá, eu levava sobre o braço a capa que tinha comprado para Renata e, quando me sentava, a punha sobre os ombros. Sentar sobre a tábua gélida era uma espécie de experiência de são Sebastião. Ao voltar para o meu quarto, eu fazia cinquenta flexões de braço e plantava bananeira. Quando Roger estava na creche, eu caminhava pelas ruas secundárias ou ia ao Prado ou sentava em cafés. Dedicava longas horas à meditação de Steiner e fazia o melhor que podia para me aproximar dos mortos. Tinha sentimentos muito fortes a respeito disso e já não podia mais desdenhar a possibilidade de comunicação com eles. Quanto ao espiritualismo comum, eu o descartava. Meu postulado era que existe um elemento central do eterno em todo ser humano. Se isso fosse um problema mental ou lógico, eu o trataria de maneira lógica. Todavia não era esse o caso. Eu tinha de lidar com uma sugestão que me acompanhava desde o início da vida. Essa sugestão devia ser ou uma ilusão tenaz ou a verdade enterrada bem fundo. A respeitabilidade mental dos bons membros da sociedade culta era algo que eu passara a desprezar com todo o coração. Admito que eu era tomado pelo desprezo toda vez que os textos esotéricos me deixavam incomodado. Pois havia trechos em Steiner que me faziam rilhar os dentes. Eu dizia a mim mesmo: isso é loucura. Depois eu dizia: isso é poesia, uma visão grandiosa. Mas eu prosseguia, separando tudo o que ele nos dizia sobre a vida da alma depois da morte. Além do mais, tinha importância o que eu fazia comigo mesmo? Idoso, com o coração ferido, meditando entre odores da cozinha, vestindo a capa de Renata na latrina — por acaso alguém se importaria com o que uma pessoa assim fazia de si mesma? Quanto mais a gente resiste ao estranho da vida, mais forte ele nos pressiona para baixo. Quanto mais a mente se opõe ao sentimento de estranheza, tanto mais distorções ele produz. O que aconteceria se alguém, por uma vez, se rendesse a ele? Além disso eu estava convencido de que não havia nada no mundo material capaz de explicar os desejos e as percepções mais sutis dos seres humanos. Eu concordava com o moribundo Bergotte no romance de Proust. Não havia nenhuma base na experiência comum do Bem, da Verdade e do Belo. E eu era de um esnobismo singular demais para dar bola ao empirismo respeitável no qual eu havia sido educado. Tolos em demasia haviam dado seu apoio a isso. Além do mais, as pessoas não ficavam de fato surpresas quando a gente falava sobre a alma e o espírito. Que estranho! Ninguém ficava surpreso. Pessoas sofisticadas eram as únicas que exprimiam surpresa. O fato de eu ter aprendido a me manter distante das minhas próprias fragilidades e dos disparates do meu caráter talvez significasse que eu mesmo já estava um pouco morto. Esse distanciamento era o tipo de experiência que faz a gente pensar a sério. Às vezes eu ficava pensando em como o fato de ter atravessado os portões amargos devia levar os mortos a pensarem com seriedade. Não comer, não sangrar, não respirar. Sem o orgulho da existência física, a alma chocada seguramente ficaria mais sensata.

    Meu entendimento era de que os mortos não educados falavam bobagem e sofriam em sua ignorância. Sobretudo nos primeiros estágios, a alma ardorosamente apegada ao corpo, manchada de terra, de súbito cindida, sentia ânsias semelhantes às dos amputados que continuam a sentir as pernas cortadas. Os mortos recentes viam de ponta a ponta tudo o que havia acontecido com eles, o conjunto da vida lamentável. Ardiam de dores. As crianças, sobretudo os mortos quando ainda eram crianças, não podiam deixar seus vivos, mantinham-se invisivelmente perto das pessoas que amavam e choravam. Para tais crianças, precisávamos de rituais — algo para as crianças, pelo amor de Deus! Os mortos mais velhos estavam mais bem preparados e iam e vinham de modo mais sensato. Os falecidos trabalhavam na parte inconsciente de cada alma, e alguns dos nossos desígnios mais elevados eram, muito possivelmente, inspirados por eles. O Velho Testamento ordenava que não tivéssemos nada a ver com os mortos e isso, diziam os ensinamentos, era porque a alma, em sua primeira fase, penetrava numa esfera de sentimento ardente depois da morte, ou em algo semelhante a um estado de sangue e nervos. Impulsos elementares podiam ser mobilizados em contato com os mortos naquela primeira esfera. Por exemplo, assim que começava a pensar em Demmie Vonghel, eu recebia impressões violentas. Sempre a via bonita e nua, como tinha sido, com o aspecto que havia tido em seus momentos de clímax. Sempre eram convulsivos, uma série deles, e ela costumava ficar com o rosto violentamente vermelho. Sempre houve um traço de crime na maneira como Demmie fazia aquilo, e sempre houve um traço de subordinado em mim, colaborando maldosamente. Então eu estava inundado de associações sexuais. Tomemos Renata, nunca havia nenhuma violência com Renata, ela sempre sorria e se comportava como uma cortesã. Tomemos a srta. Doris Scheldt, ela era uma garotinha, quase uma criança loura, embora seu perfil indicasse haver um Savonarola entranhado em sua pessoa e que ela ia se tornar uma mulherzinha magistral. A coisa mais encantadora na srta. Scheldt era a maneira despreocupada como desatava seu riso na conclusão do ato sexual. O menos encantador era o temor sinistro da gravidez. Ficava preocupada quando eu a abraçava nua, temendo que um espermatozoide desgarrado arruinasse sua vida. No final, parece que não existe ninguém que não seja peculiar. Era por isso que eu me sentia ansioso para travar conhecimento com as almas dos mortos. Elas *deviam* ser um pouco mais estáveis.

Como eu estava apenas num estado de preparação, não era um iniciado, não podia esperar alcançar os mortos. Todavia achei que ia tentar, pois a dolorosa experiência de vida dos mortos de fato capacita certas pessoas a avançarem mais depressa no desenvolvimento espiritual. Portanto tentei me pôr num estado adequado para tal contato, concentrando-me especialmente em meus pais, em Demmie Vonghel e em Von Humboldt Fleisher. Os textos diziam que a comunicação efetiva com um indivíduo que havia morrido era possível, embora difícil, mas exigia disciplina, vigilância e uma aguda consciência de que os impulsos mais baixos podiam escapar do cerco e fazer o diabo com a gente. Uma intenção pura devia policiar tais paixões. Até onde eu sabia, minha intenção era pura. As almas dos mortos desejavam ardentemente a verdade e uma conclusão do seu purgatório. Eu, na *pensión* La Roca, enviava meus pensamentos mais intensos rumo a eles, com toda a afeição que eu tinha. E eu dizia a mim mesmo que, a menos que a gente conceba a Morte como um guerrilheiro violento e um sequestrador que rapta as pessoas que amamos, e se não somos covardes e não nos submetemos a tal terrorismo, como pessoas civilizadas fazem hoje em dia em todos os departamentos da vida, é preciso perseguir, inquirir e explorar todas as possibilidades e procurar em toda parte e tentar tudo. Questões verdadeiras para os mortos têm de ser imbuídas de um sentimento verdadeiro. Por si mesmas, abstrações não vão viajar. Devem atravessar o coração para ser transmitidas. A hora de pedir algo aos mortos é o último instante de consciência antes de dormir. Quanto aos mortos, eles nos alcançam mais facilmente na hora em que acordamos. Esses são instantes sucessivos no cronograma da alma, pois as oito horas de intervalo na cama são apenas biológicas. A única peculiaridade oculta com a qual eu não conseguia me habituar era o fato de que as perguntas que fazíamos tinham origem não em nós, mas sim nos mortos, a quem elas eram dirigidas. Quando os mortos respondiam, era na verdade nossa própria alma que falava. Tal imagem especular invertida era algo difícil de captar. Passei um bom tempo ponderando a respeito disso.

E foi desse jeito que passei janeiro e fevereiro em Madri, lendo textos úteis, *sotto voce*, para os falecidos, e tentando me aproximar deles. Vocês talvez tenham pensado que essa esperança de chegar perto dos mortos teria debilitado minha mente, se ela já não tivesse origem, a rigor, numa debilidade mental prévia. Não. Embora eu tenha apenas minha própria autoridade para dizer isso, minha mente pareceu ficar mais estável. Por um lado, eu parecia estar recuperando uma ligação independente e individual com a criação, com a hierarquia do ser em seu todo. A alma de uma pessoa civilizada e racional é tida como livre, mas na realidade fica muito confinada. Embora a pessoa acredite formalmente que em toda parte trilhe o caminho da liberdade perfeita, e isso é uma coisa e tanto, ela na verdade se sente totalmente insignificante. Porém, supor, embora de forma singular, a imortalidade da alma, estar livre do peso da morte que todo mundo carrega no coração, representa, como o alívio de uma obsessão (a obsessão com dinheiro ou a obsessão sexual), uma oportunidade tremenda. Imagine que alguém não pense na morte da maneira como todas as pessoas sensatas, em seu realismo mais elevado, concordaram em pensar. O primeiro resultado é um excedente, um transbordamento, para ser desfrutado. O terror da morte tolhe essa energia, mas quando ela é liberada podemos procurar o bem sem sentir o constrangimento de sermos a-históricos, ilógicos, masoquistamente passivos, de mente fraca. Portanto o bem não é nada como o martírio ou como certos americanos (vocês vão identificar a quem me refiro), iluminados pela poesia no ensino médio, e que depois dão testemunho da glória do seu bem (improvável, irreal) cometendo suicídio — em alto estilo, o único estilo para poetas.

Falido num país estrangeiro, eu sentia pouca ou nenhuma angústia. O problema de dinheiro era quase inexistente. O que me incomodava de verdade era eu ser um viúvo de mentira, grato às senhoras da pensão por sua ajuda com Rogelio. Rebecca Volsted, com seu rosto de uma brancura escaldante, andava bufando em minha nuca. Ela queria dormir comigo. Só que eu me limitava a dar continuidade aos meus exercícios. Às vezes eu pensava: Ah, aquela burra da Renata, será que ela não sabia a diferença entre um papa-defunto e um aspirante a vidente? Eu me enrolava na capa de Renata, um agasalho mais quente que a vicunha que Julius tinha me dado, e ia para a rua. Assim que saía ao ar livre, Madri era toda arte e pedras preciosas para mim, os aromas eram inspiradores, as perspectivas adoráveis, os rostos atraentes, as cores de inverno do parque verde enregelado e cheio dos traços verticais das árvores em profunda hibernação e dos vapores das bocas e dos focinhos das pessoas e dos bichos que eu via indo e vindo pelas ruas. O filhinho de Renata e eu caminhávamos de mãos dadas. Ele era um garoto notavelmente sereno e bonito. Quando vagávamos juntos pelo Retiro e todos os gramados estavam escuros e de um verde atlântico gelado, o pequeno Roger por muito pouco não me convencia de que, até certo ponto, a alma era o artista do seu próprio corpo e eu pensava poder senti-lo em operação dentro dele mesmo. De vez em quando a gente quase sente que está com uma pessoa que foi concebida por certos meios maravilhosos, antes de ser concebida fisicamente. No início da infância, esse trabalho invisível do espírito que concebe pode continuar em operação. Em pouco tempo, a construção primordial do pequeno Roger iria cessar e essa criatura extraordinária passaria a se comportar da maneira mais maçante e comum, ou perniciosa, como sua mãe e sua avó. Humboldt vivia falando de algo que chamava de "o mundo-lar", platônico, wordsworthiano, antes que as sombras da prisão caíssem. Muito possivelmente é aí que o tédio se instala, o ponto do advento. Humboldt tornara-se maçante, na roupagem de uma pessoa superior, no estilo da cultura elevada, com todas as suas abstrações convenientes. Muitas centenas de milhares de pessoas agora usavam aquela indumentária da infelicidade mais elevada. Uma raça terrível, os bobalhões instruídos, os maçantes mentais do mais grosso calibre. O mundo jamais vira coisa parecida. Pobre Humboldt! Que erro! Bem, talvez ele pudesse ter outra chance. Quando? Ah, daqui a algumas centenas de anos seu espírito poderia voltar. Nesse meio-tempo, eu poderia lembrar-me dele como um homem amável e generoso, um coração de ouro. De vez em quando eu remexia os papéis que ele havia deixado para mim. Humboldt tinha acreditado tanto no valor deles. Eu dava um suspiro cético, ficava triste e os enfiava de novo na pasta.

De vez em quando o mundo me dava notícias, chegavam informações de várias partes do globo. A carta que eu mais queria receber era de Renata. Desejava ardentemente ouvir a notícia de que ela estava arrependida, que estava entediada com Flonzaley e horrorizada com o que fizera, que ele tinha hábitos mórbidos de papa-defunto, e eu ensaiava mentalmente o momento magnânimo em que a receberia de volta. Quando eu me sentia menos gentil, deixava a piranha para lá um mês com seu embalsamador milionário. Quando eu me sentia raivosamente deprimido, pensava que, afinal de contas, frigidez e dinheiro, como todo mundo sabe desde a Antiguidade, faziam uma combinação estável. Acrescente a morte, o mais poderoso fixador do mundo, e o resultado será algo extraordinariamente durável. Àquela altura, eu imaginava que eles já teriam deixado Marrakech e curtiam a lua de mel no oceano Índico. Renata sempre disse que queria passar o inverno nas ilhas Seychelles. Minha convicção secreta sempre foi de que eu poderia curar Renata daquilo que a afligia. Então recordei, voltando a flecha da recordação contra mim mesmo, que Humboldt sempre queria fazer bem às garotas, mas elas não ficavam quietas e não deixavam, e como ela dissera a respeito de Ginnie, a amiga de Demmie, no Village: "É mel tirado da geladeira... E doçura gelada não espalha". Não, Renata não me escreveu. Estava concentrada em seu novo relacionamento e não tinha de se preocupar com Roger, enquanto eu estivesse cuidando dele. No Ritz, apanhei cartões-postais endereçados ao menino. Meu palpite foi correto. O Marrocos não reteve o casal por muito tempo. Os cartões de Renata agora traziam carimbos da Etiópia e da Tanzânia. O menino também recebia alguns do pai, que estava esquiando em Aspen e Vail. Koffritz sabia onde seu filho estava.

Kathleen escreveu de Belgrado para dizer que tinha ficado muito contente de receber notícias minhas. Tudo estava correndo de maneira excelente. Encontrar-se comigo em Nova York havia sido inesquecível e maravilhoso. Queria muito falar comigo outra vez e esperava passar por Madri em breve, a caminho de Almería, onde iria trabalhar num filme. Esperava ter coisas bem agradáveis para me contar. Não havia nenhum cheque anexado à carta. Obviamente ela nem desconfiava que eu precisava desesperadamente de dinheiro. Fui um homem próspero durante tantos anos que tal pensamento não passava pela cabeça de ninguém. Em meados de fevereiro, chegou uma carta de George Swiebel e ele, que conhecia muito bem minha situação financeira, não fazia também nenhuma referência a dinheiro. Era compreensível, pois sua carta vinha de Nairóbi, portanto ele não poderia ter recebido meus pedidos de socorro e minhas perguntas sobre a venda dos tapetes orientais. Ele estava no Quênia havia um mês, à procura de uma mina de berilo no meio da mata. Ou seria um filão? Eu preferia pensar que era uma mina. Se George encontrasse a tal mina, eu, na condição de sócio integral, estaria livre para sempre das aflições por causa de dinheiro. A menos, é claro, que a justiça encontrasse um meio de tomar também isso de mim. O juiz Urbanovich, por algum motivo, tinha resolvido tornar-se meu inimigo mortal. Ele estava disposto a me deixar com uma mão na frente e outra atrás. Não sei por que era assim, mas era.

George escreveu o seguinte: "O nosso amigão do Museu Field não conseguiu fazer esta viagem comigo. O Ben simplesmente não conseguiu se safar. Os subúrbios não lhe deram folga. Convidou-me para jantar num domingo para que eu pudesse ver com os meus próprios olhos que inferno era a sua vida. Não me parece tão terrível assim. A esposa dele é gorda, mas parece ter boa índole, e tem também uma criança bonita e uma sogra mais ou menos padrão, um buldogue inglês e um papagaio. Ele disse que a sogra sobrevive à base de rosquinhas de amêndoas e cacau. Ela devia comer à noite, porque ele nunca tinha visto a sogra pôr nada na boca durante quinze anos. Bem, pensei, ele está chorando demais à toa. O filho de doze anos é fã da Guerra Civil, e ele, o pai, o papagaio e o buldogue têm uma espécie de clube. Além do mais, ele tem uma profissão legal, cuida dos seus fósseis, e todo verão ele e o garoto fazem uma viagem, acampam e catam mais pedras. Então do que é que ele tanto reclama? Em nome dos velhos tempos, deixei que ele entrasse no nosso negócio, mas não foi ele que levei para a África oriental comigo.

"Para dizer a verdade, eu não queria fazer essa viagem comprida sozinho. Então Naomi Lutz me convidou para jantar e conhecer o seu filho, o tal que escreveu aqueles artigos para o jornal de Southtown sobre como ele conseguiu se livrar do vício das drogas. Li os artigos e fiquei muito interessado no jovem. Naomi disse: por que não deixar o rapaz ir com você? De todo modo, comecei a achar que ele seria de fato uma boa companhia."

Interrompo para observar que George Swiebel se julgava uma pessoa especialmente dotada para lidar com jovens. Eles nunca o viam como um velho gozado. Ele se orgulhava da sua rapidez para compreender. Tinha muitas relações especiais e privilegiadas. Era bem-aceito pelos jovens, pelos negros, por ciganos e pedreiros, pelos árabes do deserto e por membros de tribos em todo lugar remoto que visitava. Com os exóticos, ele era um sucesso, estabelecia um contato humano instantaneamente, era convidado a entrar em suas tendas e em seus porões e em seus círculos mais íntimos e privados. Assim como Walt Whitman fez com os carreteiros, os catadores de marisco e pessoas brutas, assim como Hemingway fez com a infantaria italiana e com os toureiros espanhóis, George sempre fazia no Sudeste da Ásia, no Saara, na América Latina ou onde quer que estivesse. Fazia suas viagens com a maior frequência que podia e os nativos eram sempre seus irmãos e ficavam loucos por ele.

Sua carta prosseguia: "Naomi queria muito que o rapaz ficasse com você. Lembra que nós íamos nos encontrar em Roma? Mas na hora em que eu já estava pronto para partir, o Szathmar ainda não tinha recebido notícias suas. O meu contato em Nairóbi estava à minha espera e, quando Naomi me implorou para levar o seu filho Louie — ele precisava de influências masculinas adultas, e o namorado da Naomi, com quem ela toma cerveja e vai assistir a partidas de hóquei, não era o tipo capaz de ajudar nesse sentido e, a rigor, era parte do problema do rapaz —, eu me senti solidário. De todo modo, achei que ia gostar de aprender alguma coisa a respeito do mundo das drogas, e o rapaz devia ter uma personalidade forte, sabe, se conseguiu se livrar das drogas, ou 'tirar o macaco das costas' (como diziam no nosso tempo), sem ajuda de terceiros. Naomi serve bem a mesa, havia comida e bebida de sobra, fiquei meio alto e falei para o tal Louie barbado: 'Está muito bem, garoto, me encontre no aeroporto O'Hare, voo da TWA etc., quinta-feira, cinco e meia'. Falei para Naomi que eu ia passar o rapaz para a sua jurisdição, Charlie, na viagem de volta. Ela é uma mulher bacana. Acho que você devia ter casado com ela trinta anos atrás. É uma pessoa do nosso tipo. Me deu um abraço de agradecimento e chorou um pouquinho também. Portanto na quinta-feira, no horário do voo, o tal rapaz magricela e barbado estava lá me esperando perto do portão, de tênis e em mangas de camisa. Perguntei: 'Cadê o seu casaco?', e ele respondeu: 'Para que preciso de um casaco se vou para a África?'. E: 'Cadê a sua bagagem?', perguntei. Ele respondeu que gostava de viajar bem leve. Naomi providenciou a sua passagem e mais nada. Eu o equipei com o que tinha na minha mochila. Em Londres, ele teria que comprar um casaco. Levei-o para uma sauna para se aquecer e lhe ofereci um jantar judaico no East End. Até aí, o rapaz foi uma boa companhia e me contou um bocado de coisas sobre o mundo das drogas. Tremendamente interessante. Fomos a Roma e de Roma fomos para Cartum e de Cartum para Nairóbi, onde o meu amigo Ezequiel iria, supostamente, me encontrar. Mas Ezequiel não apareceu. Estava no mato, em busca de berilo. Fomos então ao encontro do primo dele, o Theo, um negro alto e maravilhoso, com o corpo igual ao de um cachorro galgo, e preto, preto, preto bem fechado e reluzente. Louie disse: 'Vou conhecer melhor esse Theo. Vou aprender a falar o suaíli e bater uns papos com ele'. Muito bem, beleza. No dia seguinte alugamos um micro-ônibus Volks com a senhora da agência de turismo alemã com quem o Ezequiel trabalhava. Foi ela quem organizou a viagem que fiz com ele quatro anos atrás. Depois comprei roupas para andar no mato e até um par de botas de deserto feitas de camurça para o Louie e bonés de ferroviário e óculos de lente fumê e uma porção de outras coisas, e partimos para o mato. Para onde íamos, isso eu não sei, mas muito rapidamente criei um bom relacionamento com o Theo. Para dizer a verdade, eu estava feliz. Você sabe que sempre tive a sensação de que a África foi o lugar onde a espécie humana começou. Foi a sensação que me veio quando visitei o desfiladeiro de Oduvai e conheci o professor Leakey, na minha última viagem. Ele me convenceu de forma absoluta que foi de lá que veio o homem. Pela minha intuição, como uma sensação de volta ao lar, eu sabia que a África era meu lugar. E mesmo que não fosse, era sempre melhor que a zona sul de Chicago, e eu preferia topar com leões a usar o transporte público. Pois no fim de semana anterior à minha partida de Chicago houve registro de vinte e cinco assassinatos. Detesto pensar qual deve ser a cifra verdadeira. Na última vez que peguei o trem em Jackson Park, dois pilantras estavam cortando com navalhas o bolso da calça de um sujeito, que fingia estar dormindo. Eu era uma das vinte pessoas que presenciaram aquilo. E não podiam fazer nada.

"Antes de partir de Nairóbi, visitamos o parque de caça e vimos uma leoa pulando em cima de uns porcos selvagens. A coisa toda foi de fato maravilhosa. Mais tarde partimos de carro e, pouco tempo depois, estávamos chafurdando na poeira vermelho escura das estradinhas e passando por baixo das sombras de árvores grandes e maravilhosas, como se tivessem as raízes voltadas para o ar, e todas aquelas pessoas negras pareciam sonâmbulos caminhando, por causa das suas roupas, parecidas com roupões e pijamas. Entramos em algum povoado onde um bando de nativos estava trabalhando em máquinas de costura Singer, movidas a pedal, ao ar livre, e seguimos adiante entre formigueiros gigantes, iguais a mamilos, que cobriam toda a paisagem. Você sabe como adoro situações sociáveis, afetivas, e eu estava curtindo muito a companhia daquele negro maravilhoso, o Theo. Em pouco tempo, ficamos muito íntimos. O problema era o Louie. Na cidade, ele era suportável, mas assim que entramos no mato, virou uma outra pessoa. Não sei o que é que dá nesses garotos. Serão fracos, doentes, ou o quê? Os caras da geração dos 60, agora por volta de vinte e oito anos, já são uns inválidos e amputados. O Louie ficava todo mole o dia inteiro, parecia entorpecido. Cansados para cachorro, chegamos numa aldeia no micro-ônibus e o rapaz, que tinha ficado mijando e gemendo por duas horas, começou a chorar para tomar o seu leitinho. Sim, é isso mesmo. Leite americano engarrafado e homogeneizado. Ele nunca havia ficado sem o seu leite e isso o deixava histérico. Era mais fácil largar o vício da heroína que o leite. Parecia um troço bastante inocente, e até engraçado: por que um menino de Cook County, Illinois, ficaria sem tomar o seu leite nojento? Mas te digo uma coisa, Charlie, a situação se tornou desesperadora dois dias depois de deixarmos Nairóbi. Ele aprendeu com o Theo a palavra em suaíli para dizer leite e, quando chegávamos a qualquer aglomeraçãozinha de choupanas, ele metia a cabeça para fora pela janela e começava a gritar, pedindo leite. "*Mizuah! Mizuah! Mizuah! Mizuah!*", enquanto avançávamos pulando pelos buracos da estrada. Dava a impressão de que ele estava na maior agonia por causa da abstinência da sua droga. E o que os nativos sabiam sobre aquele seu maldito *mizuah*? Eles guardavam umas latinhas para o chá dos ingleses e não conseguiam entender o que ele queria dizer, nunca tinham visto um copo de leite. Faziam o melhor que podiam com um filete de um troço evaporado, enquanto eu agradecia — para dizer a verdade, eu me sentia humilhado. Aquilo não era jeito de se viajar pelas terras selvagens. Depois de alguns dias, aquela figura descarnada, com a cabeleira, a barba, o nariz pontudo e os olhos totalmente insensatos... simplesmente não havia nenhuma afinidade possível. Minha saúde começou a andar para trás. Passei a sentir pontadas terríveis no lado da barriga, de modo que não conseguia encontrar uma posição confortável para sentar nem para deitar. A minha cintura ficou toda inflamada, sensível — um horror! Eu tentava me relacionar com o ambiente natural e com a vida primitiva, os animais etc. Aquilo deveria ter sido um êxtase para mim. Quase dava para eu enxergar o êxtase à minha frente, como ondas de calor na estrada, mas não conseguia alcançá-lo. Eu tinha ferrado toda a minha experiência por querer bancar o bom samaritano. E isso só serviu para piorar as coisas. O Ezequiel tinha deixado recados pelo caminho e o Theo disse que iríamos alcançá-lo em poucos dias. Até ali, eu não havia visto nem sombra de berilo. O Ezequiel, teoricamente, estava fazendo uma turnê por todos os locais onde havia berilo. Não conseguiríamos chegar àqueles lugares no nosso micro-ônibus. Era preciso um jipe ou uma Land Rover. O Ezequiel tinha um jipe. Portanto fomos em frente daquele jeito mesmo e de vez em quando topávamos com um hotel de turistas onde o Louie logo pedia *mizuah* e se apoderava da melhor comida que houvesse. Se houvesse sanduíches, apanhava a carne e não me deixava nada senão queijo e carne de porco enlatada. Se houvesse um pouco de água quente, ele tomava banho primeiro e só me deixava a água suja. A visão daquela bunda ossuda enquanto ele se enxugava com a toalha me enchia de uma raiva ardente e total, uma vontade de lhe dar uma porrada no traseiro com um sarrafo e lhe dar um tremendo pontapé com a minha bota.

"A gota d'água aconteceu quando ele ficou no pé do Theo para que lhe ensinasse palavras em suaíli e a primeira que perguntou, é claro, foi como se falava '*mother-fucker*'.* Veja, Charlie, em suaíli, isso absolutamente não existe. Mas Louie não aceitava o fato de que, bem no coração da África, essa expressão não existe. Ele me disse: 'Cara, afinal de contas, isto aqui é a África. Esse Theo deve estar brincando com a minha cara. Será que é um segredo que eles não podem revelar para um homem branco?'. Jurou que não ia voltar para os Estados Unidos sem ser capaz de falar aquela palavra. A verdade era que Theo não conseguia sequer captar a ideia. Ele não tinha a

---

* Filho da puta. Literalmente: fodedor de mãe. (N. T.)

menor dificuldade com a primeira parte, o ato sexual. E é claro que entendia também a segunda parte, a mãe. Mas juntar as duas coisas era algo fora do seu alcance. Durante muitos e longos dias, Louie batalhou para conseguir arrancar dele a expressão. Então, certa noite, Theo afinal compreendeu. Pôs as duas coisas juntas. Quando a ideia ficou clara, ele se levantou com um pulo, agarrou o macaco de trocar pneu no micro-ônibus e sentou com ele na direção da cabeça do Louie. O golpe acabou batendo com toda força no ombro e deixou-o machucado. Isso me deu certa dose de satisfação, mas tive que intervir. Tive que empurrar o Theo no chão e prender os braços dele com os meus joelhos e segurar a sua cabeça com força, enquanto falava para ele recuperar a calma. Falei que era tudo um mal-entendido. No entanto, Theo ficou muito chocado e nunca mais falou com Louie, depois do choque daquela blasfêmia contra as mães. Quanto ao Louie, ficou segurando o ombro e se queixando de dores de tal modo que não pude continuar a seguir os passos do Ezequiel. Resolvi que devíamos voltar para a cidade e esperar por ele. Na verdade, estávamos andando num imenso círculo e agora estávamos apenas a cem ou cento e dez quilômetros de Nairóbi. Aquilo não me parecia nem de longe uma mina de berilo. Concluí que Ezequiel tinha andado apanhando ou até roubando berilo aqui e ali. Em Nairóbi, fizemos um raio X no rapaz. Não tinha nada fraturado, mas o médico prendeu o braço dele numa tipoia. Antes de levá-lo para o aeroporto, ficamos sentados num café ao ar livre, enquanto ele bebia algumas garrafas de leite. Louie já estava cheio da África. O lugar tinha se tornado uma impostura sob a influência dos civilizados e renegara a sua tradição. Ele disse: 'Estou muito abalado. Vou direto para casa'. Tomei de volta o equipamento que eu tinha comprado para ele usar na mata e dei ao Theo. Então Louie disse que tinha que levar suvenires africanos para Naomi. Fomos a lojas de turistas onde ele comprou para a mãe uma lança massai tremendamente feia. A sua chegada em Chicago estava prevista para as três horas da manhã. Eu sabia que ele não tinha dinheiro nenhum no bolso. 'Como vai fazer para ir do aeroporto O'Hare para casa?', perguntei. 'Ora, vou telefonar para a mamãe, é claro.' 'Não acorde a sua mãe. Pegue um táxi. Não vai conseguir pegar carona na Mannheim Road com a porra dessa lança massai.' Dei a ele uma nota de vinte dólares e levei-o ao aeroporto. Feliz pela primeira vez em um mês, observei Louie em mangas de camisa e com o braço na tipoia subir a escada para entrar no avião, levando a azagaia para a sua mãe. Então partiu para Chicago, a uma velocidade absoluta de mais ou menos mil e quinhentos quilômetros por hora.

"Quanto ao berilo, Ezequiel apareceu com um barril do mineral. Fomos falar com um advogado inglês cujo nome me fora indicado pelo Alec Szathmar e tentamos fechar um acordo. Ezequiel precisava de uns cinco mil dólares para comprar o equipamento necessário, uma Land Rover, um caminhão etc. 'Muito bem', falei. 'Temos um sócio, eu vou deixar esse cheque em garantia, e ele vai pagá-lo assim que você lhe der um título de posse da mina.' Não havia nenhum título de propriedade disponível, nem havia maneira alguma de provar que aquelas pedras semipreciosas tinham sido obtidas de forma legal. Agora vou para o litoral visitar as antigas cidades de escravos e tentar recuperar alguma coisa desse duplo desastre, do filho da Naomi e do negócio fracassado do berilo. Lamento dizer que algum tipo de trambique africano estava em andamento. Não creio que Ezequiel e Theo estivessem sendo sinceros comigo. Szathmar me mandou seu endereço, aos cuidados do colega dele de Nairóbi. Nairóbi está mais fascinante que nunca. O centro parece mais a Escandinávia que a África Oriental. Vou embarcar no trem noturno para Mombassa. Vou para casa, via Addis Abeba e talvez até Madri. Com o mais forte abraço."

Enquanto eu estava concentrado em tirar as espinhas de uma posta de merluza para Roger, Pilar entrou na sala de jantar e cochichou, inclinada sobre mim, com os peitos por trás de um avental alto, que um cavalheiro americano estava perguntando por mim. Fiquei encantado. Pelo menos, agitado. Ninguém tinha me visitado até então, já fazia dez semanas. Seria George? Ou seria Koffritz, que tinha vindo pegar Roger? Pilar também, com o avental bonito, o rosto branco e quente, os olhos grandes e castanhos, inclinada em minha direção com seu cheiro de talco, estava sendo extremamente discreta. Será que nunca havia acreditado na história de que eu era viúvo? Mas será que, mesmo assim, ela entendia que eu tinha uma razão boa, profunda e legítima para me vestir sempre de preto? "Devo pedir ao cavalheiro que entre para tomar um café?", perguntou Pilar, e moveu os olhos de mim para o menino e de volta para mim. Respondi que ia conversar com minha visita no salão, se ela pudesse ficar com o órfão para mim e convencê-lo a comer o peixe até o fim.

Em seguida fui ao salão, um cômodo raramente usado, e atulhado de objetos empoeirados e pomposos. Era mantido às escuras, como uma capela, e nunca antes eu tinha visto o sol ali dentro. Agora a luz se derramava pelas janelas, revelando muitos quadros religiosos e tesouros de quinquilharia decorativa nos lambris. No chão, havia uns tapetinhos vagabundos. No conjunto, dava a impressão de um período que desaparece junto com as emoções que a pessoa tinha a respeito daquele período e junto com as pessoas que haviam sentido tais emoções. Minha visita estava de pé junto à janela, ciente de que eu recebia a luz do sol, cheia de poeira, direto nos olhos e por isso não conseguia enxergar seu rosto muito bem. A poeira rodopiava no ar em toda parte. Eu estava tão unido àqueles ciscos de pó quanto um peixe no meio das bolhas de um aquário. Minha visita continuava empurrando a cortina para trás para que entrasse mais sol e com isso fazia baixar a poeira de um século inteiro.

"Você?", falei.

"Sim", respondeu Rinaldo Cantabile. "Eu mesmo. Você achou que eu estava na prisão."

"Achei, e desejei. E torci para isso. Como foi que me localizou aqui e o que você quer?"

"Você está magoado comigo, não é? Muito bem, admito que foi uma cena ruim. Mas estou aqui para compensar tudo aquilo."

"Foi esse seu propósito ao vir aqui? Pois o que pode fazer por mim é ir embora agora mesmo. É o que eu prefiro."

"Francamente, vim te fazer algo de bom. Sabe", disse, "quando eu era criança, a minha avó na Taylor Street ficava deitada numa sala como esta com uma tonelada de flores. Puxa, nunca imaginei que fosse ver outra sala tão atulhada de bagulhos antigos assim. Mas vamos deixar isso por conta de Charles Citrine. Olhe só essas ramagens de Domingos de Ramos de cinquenta anos atrás. A gente sente o fedor desde a escada, e olhe que você é um sujeito exigente. Mas devo concordar numa coisa. Aqui você parece estar bem... melhor, na verdade. Não está mais com aqueles círculos marrons embaixo dos olhos que tinha em Chicago. Sabe o que é que eu acho? Aquela história de ficar jogando *paddle ball* estava exigindo esforço demais de você. Aqui, você está sozinho?"

"Não, estou com o filho da Renata."

"O menino? E ela, onde está?" Não respondi. "Ela te deu o fora. Já entendi. Você está falido e ela não faz o tipo de mulher que ficaria numa pensãozinha pé de chinelo feito esta. Deu no pé com outro sujeito e te deixou para servir de babá. Você é o que os ingleses chamam de *nanny*. Isso é um motim. E para que essa braçadeira preta?"

"Aqui, sou um viúvo."

"Você é um impostor", disse Cantabile. "Disso eu gostei."

"Não consegui imaginar nada melhor para fazer."

"E não sou eu que vai te fazer mudar de ideia. Achei maravilhoso. Não consigo entender como é que você se mete nessas situações. Você é um cara superinteligente, de alto gabarito, amigo de poetas, uma espécie de poeta também. Mas bancar o viúvo numa espelunca feito esta aqui é no máximo uma brincadeira para durar dois dias, e você já está aqui faz dois meses, e isso é uma coisa que não consigo entender. Você é um cara do tipo dinâmico. Quando você e eu estávamos caminhando na ponta dos pés sobre as vigas de aço daquele arranha-céu em construção, enquanto o vento batia na gente a sessenta andares de altura, puxa, aquilo não foi mesmo demais? Francamente, eu não tinha certeza de que você teria tanta coragem."

"Fiquei com medo."

"Você entrou logo no espírito da coisa. Mas quero te dizer um troço um pouco mais sério... Você e aquele poeta, o tal Fleisher, vocês dois formavam mesmo uma equipe de alto nível."

"Quando foi que você saiu da prisão?"

"Está brincando com a minha cara? Quando é que estive na prisão? Você não conhece nem a cidade onde mora. Qualquer menininha polaca no dia de ser crismada sabe mais que você, com todos os seus livros e seus prêmios."

"Você arranjou um advogado esperto."

"A punição está fora de moda. Os tribunais não acreditam mais nisso. Os juízes acham que nenhuma pessoa realista e mentalmente sã anda por Chicago sem proteção."

Bem, lá estava ele. Tinha chegado numa espécie de torrente, como se o vento de popa que havia empurrado seu avião a jato tivesse entrado nele, sabe-se lá como. Estava eufórico, exuberante, ostentoso, e transmitia a sensação costumeira de falta de limites, de perigos volúveis — aleatoriedade, é como eu chamava. "Acabei de dar uma passadinha por Paris", disse ele, pálido, cabelo escuro, feliz da vida. Seus olhos aleatórios rebrilhavam embaixo das sobrancelhas semelhantes a punhos de adagas, seu nariz era farto na parte de baixo e branco. "Você conhece gravatas. Qual a sua opinião sobre esta aqui que comprei na rue de Rivoli?" Estava vestido com uma elegância esplêndida, com um tecido grosso e estriado, de fios duplos, e sapatos pretos feitos de couro de lagarto. Estava rindo, os nervos latejavam por trás das bochechas e das têmporas. Ele tinha só duas maneiras de ser: aquela e a ameaçadora.

"Você me localizou por meio do Szathmar?"

"Se Szathmar pudesse te meter num carrinho de mão, ele te venderia em fatias na Maxwell Street."

"Szathmar é um bom sujeito, à sua própria maneira. De tempos em tempos, falo palavras ásperas sobre o Szathmar, mas na verdade gosto dele, sabe? Você inventou toda aquela história sobre a garota cleptomaníaca."

"Foi, sim, mas o que é que tem? Podia ser verdade. Não, não consegui o seu endereço com ele. Lucy conseguiu com a viúva do Humboldt. Telefonou para ela em Belgrado para conferir alguns dados. Ela já está quase terminando a tese."

"Ela é muito tenaz."

"Você devia ler a dissertação dela."

"Nunca", respondi.

"Por que não?" Ficou ofendido. "Ela é inteligente. Talvez você até aprendesse alguma coisa."

"Pode ser."

"Só que você não quer mais ouvir nenhuma palavra sobre o seu parceiro, não é isso?"

"É mais ou menos por aí."

"Por quê? Porque ele chutou o balde, tirou o time de campo? Aquela figura espaçosa e alegre com tantos talentos enterrados, e no final foi só um fracassado de merda, um maluco e um zero à esquerda, portanto chega de falar desse cara, não é isso?"

Eu não queria responder. Não via sentido em discutir aquele assunto com Cantabile.

"O que você diria se eu te contasse que o seu amigo Humboldt alcançou o sucesso depois de morto? Eu mesmo falei com aquela mulher, a Kathleen. Tinha alguns pontos que eu precisava discutir com ela e achei que ela talvez tivesse algumas respostas. A propósito, ela é louca por você. Se você tem um amigo neste mundo, é essa mulher."

"Que história é essa de um sucesso depois de morto? Sobre o que você conversou com ela?"

"Sobre um certo roteiro de cinema. O tal que você resumiu para a Polly e para mim, antes do Natal, no seu apartamento."

"O polo Norte? Amundsen, Nobile e Caldofreddo?"

"Caldofreddo, é disso mesmo que estou falando. Caldofreddo. Você escreveu aquilo? Ou foi o Humboldt? Ou foram os dois?"

"Escrevemos juntos. Foi uma brincadeira. Uma onda humorística que a gente curtia antigamente. Coisa de criança."

"Charlie, escute bem. Você e eu precisamos chegar a um acordo preliminar, acertar os termos de um entendimento entre nós. Já assumi uma certa quantidade de responsabilidades, já pus dinheiro e esforço, já tomei providências. Tenho direito a dez por cento, no mínimo."

"Daqui a um minuto vou perguntar do que diabos você está falando. Mas primeiro me fale sobre o Stronson. O que aconteceu com ele?"

"Deixe o Stronson para lá, agora. Esqueça o Stronson", gritou Cantabile. "Foda-se o Stronson!" O grito deve ter sido ouvido na *pensión* inteira. Depois disso, sua cabeça balançou algumas vezes, como se vibrasse ou repercutisse o grito. Mas Cantabile se recompôs, puxou os punhos da camisa por baixo da manga do casaco e falou num tom de voz totalmente distinto: "Ah, o Stronson. Bem, houve uma verdadeira revolta no escritório dele, promovida por pessoas que se ferraram. Só que ele nem estava lá. A preocupação maior do Stronson devia ser algo óbvio para você. Ele perdeu um monte de dinheiro que era da Máfia. Eles estavam com o Stronson na mão. Ele tinha que fazer qualquer coisa que eles mandassem. Portanto, mais ou menos um mês atrás, eles cobraram a dívida. Por acaso você leu sobre o arrombamento e roubo de Fraxo em Chicago? Não? Bem, foi um roubo sensacional. E quem é que tinha que viajar de avião para a Costa Rica, logo depois, com uma bolsa, uma grande mala cheia de dólares, para esconder tudo?"

"O Stronson foi preso?"

"Os policiais da Costa Rica puseram o Stronson na prisão. Agora ele está preso. Charlie, você pode de fato provar que você e o Von Humboldt Fleisher escreveram de verdade aquela história sobre o Caldofreddo? Foi o que perguntei para a Kathleen. Você tem alguma prova?"

"Acho que sim."

"Mas você quer saber por quê. O porquê é um negócio meio estranho, Charlie, e você dificilmente vai acreditar. No entanto você e eu precisamos fechar um acordo, antes que eu explique a situação. É complicado. Eu tomei as rédeas desse assunto. Já tracei um plano. Tenho pessoas a postos. E fiz tudo isso sobretudo por amizade. Pois então, veja bem do que se trata. Preparei um documento que quero que você assine." Pôs uma folha de papel na minha frente. "Não tenha pressa", disse.

"Isto é um contrato comum. Não suporto ler essas coisas. O que você quer, Cantabile? Nunca li um contrato até o fim em toda a minha vida."

"Mas você já assinou contratos, não foi? Centenas deles, aposto. Então, assine este aqui também."

"Ah, meu Deus, Cantabile, você voltou mais uma vez para me aporrinhar. Eu estava começando a me sentir tão bem aqui em Madri. E mais calmo. E mais forte. De repente, você me aparece também aqui."

"Quando você entra nesse estado de nervos, Charlie, vira um caso perdido. Tente pôr a cabeça no lugar. Estou aqui para te fazer um favor muito importante, pelo amor de Deus. Não confia em mim?"

"Von Humboldt Fleisher me perguntou isso uma vez e eu respondi: Você acredita na corrente do Golfo ou no polo Sul magnético ou na órbita da Lua?"

"Charles" (para me acalmar, ele me tratou de maneira formal), "para que ficar tão nervoso? Pra começo de conversa, isto é um acordo simples, direto. Para mim, você concede a remuneração normal de um agente: dez por cento do seu bruto, até cinquenta mil dólares, quinze por cento dos vinte e cinco mil seguintes, e vinte por cento do restante, até o teto de cento e cinquenta mil dólares. Logo não posso ganhar mais de vinte mil com esse acordo, de todo e qualquer jeito. Não chega a ser uma fortuna colossal, chega? E estou fazendo tudo isso mais por você que por qualquer outro motivo, e também pela curtição, seu pobre miolo mole. O que você tem de tão formidável para perder? Você não passa de uma miserável babá numa pensão espanhola."

Naquelas últimas semanas, eu havia andando longe do mundo, olhando para o mundo de uma altitude considerável e de maneira bastante estranha. Aquele Cantabile, de nariz branco, ultranervoso, extrapolante, com sua força de vendaval, tinha me trazido de volta para o mundo, cem por cento. Falei: "Só por um instante, fiquei contente de te ver, Rinaldo. Sempre gosto de pessoas que parecem saber o que querem e se comportam com audácia. Mas fico feliz de te dizer, agora, que não vou assinar este documento."

"Não vai nem ler o que está escrito?"

"Definitivamente, não."

"Se eu fosse um cara mau de verdade, iria embora e deixaria você perder uma fortuna em dinheiro, seu cagão. Bem, vamos selar só um acordo verbal, então. Eu ponho na sua mão cem mil dólares. Organizo a transação toda e você, em troca, me dá dez por cento."

"Mas de quê?"

"Você nunca lê o *Times* ou a *Newsweek*, eu acho, a menos que esteja na sala de espera do dentista para fazer uma obturação no dente. Acontece que tem um filme sensacional em cartaz, o maior sucesso do ano. Na Terceira Avenida, a fila da bilheteria chega a três quarteirões, e em Londres e Paris é a mesma coisa. Sabe qual é o nome desse filme de sucesso? Se chama *Caldofreddo* e se baseia no roteiro que você e o Humboldt escreveram. Está faturando milhões."

"Mas é o mesmo? Tem certeza?"

"Polly e eu fomos assistir em Nova York e nós dois lembramos o que você nos contou em Chicago. Se não quiser, não precisa acreditar em mim. Vá ver você mesmo."

"Está passando em Madri?"

"Não, vai ter que pegar o avião para Paris comigo."

"Bem, Caldofreddo é o nome que demos ao nosso protagonista, é verdade. No filme, ele é um dos sobreviventes do acidente sofrido pelo dirigível do Umberto Nobile no Ártico?"

"E come carne humana! Apresentado pelos russos como um canibal! Volta para a sua aldeia na Sicília! Vendedor de sorvete!"

"Você quer dizer que alguém pegou e fez um filme com tamanha barafunda?"

Cantabile gritou: "Eles são bandidos, bandidos, bandidos! Os sacanas te roubaram na maior cara de pau! Fizeram um filme com a sua ideia. Mas como foi que a encontraram?"

"Bem", falei, "tudo o que sei é que Humboldt deu a sinopse para um homem chamado Otto Klinsky no prédio da RCA. Achava que ia conseguir um contato com o cabeleireiro de Sir Laurence Olivier por meio de um parente de alguma faxineira que vinha a ser a mãe de um amigo da sra. Klinsky. Será que chegaram a entrar em contato com o Olivier? É ele que faz o papel?"

"Não, é um outro inglês, alguém do tipo do Charles Laughton ou Ustinov. Charlie, é um filme bom para burro. Escute aqui, Charlie, se pudermos provar que você é o autor, a gente vai ter esses caras na palma da mão. Pois eu mesmo fui lá e falei bem na cara deles, você sabe, estou louco para fazer picadinho desses caras. Não tenho a menor dúvida que posso jogar os colhões deles num liquidificador."

"Em matéria de ameaças, você não tem concorrentes", falei.

"Bem, eu tinha que deixar os caras alvoroçados, se não estava a fim de enfrentar um processo demorado na justiça. Estamos querendo um acordo rápido. Que tipo de provas você tem?"

"O que o Humboldt fez", expliquei, "foi mandar para ele mesmo pelo correio uma cópia do roteiro, numa carta registrada. E o envelope nunca foi aberto."

"Você tem o envelope?"

"Tenho, achei no meio dos papéis que ele me deixou, com um bilhete que explica tudo."

"E por que ele não registrou a autoria da ideia?"

"Não existe outra maneira de fazer, nesses casos. Mas o método é perfeitamente legal. Humboldt sabia dessas coisas. Sempre teve mais advogados que a Casa Branca."

"Aqueles sacanas do cinema não me deram a menor bola. Agora é que nós vamos ver. O nosso próximo passo é o seguinte", disse ele. "Vamos de avião para Paris…"

"Nós?"

"Estou gastando adiantado o dinheiro das despesas."

"Mas não quero ir. Na verdade, eu nem mesmo deveria estar aqui, agora. Depois do almoço, costumo ficar sentado no meu quarto."

"Para quê? Fica sentado e só isso?"

"Fico sentado e recolhido em mim mesmo."

"Um troço tremendamente egoísta para se fazer", disse ele.

"Ao contrário, eu tento ver e ouvir o mundo exterior sem absolutamente nenhuma interferência interior, um recipiente vazio, e completamente silencioso."

"E o que é que isso vai trazer de bom para você?"

"Bem, segundo o meu manual, se a gente fica sossegado e silencioso o bastante, tudo no mundo exterior, cada flor, cada animal, cada ação, acabará revelando segredos nunca sonhados... estou citando."

Ele ficou me fitando com olhos temerários e sobrancelhas de adagas. Falou: "Inferno, você não vai se transformar agora num desses pirados transcendentais, vai? Você não curte essas coisas, não é, ficar parado, em silêncio, não é?".

"Aprecio profundamente."

"Viaje para Paris comigo."

"Rinaldo, não quero ir para Paris."

"Você deitou na cama errada e ficou passivo no lugar errado. Você entendeu tudo pelo avesso. Vamos para Paris e veja aquele filme. Vai levar só um ou dois dias. Pode ficar no George v ou no Meurice. Vai reforçar a nossa posição no caso. Contratei dois bons advogados, um francês e um americano. Vamos ter que abrir o tal envelope selado diante de testemunhas e sob juramento. Talvez seja melhor fazer isso na embaixada dos Estados Unidos e pedir a presença do adido comercial e do adido militar. Portanto, vamos lá, faça a sua mala, Charlie. Daqui a duas horas decola um avião."

"Não, acho que não vou. É verdade que não tenho mais dinheiro algum, mas estou vivendo melhor sem dinheiro do que vivia quando tinha. E além do mais não quero deixar o menino."

"Não fique bancando o vovô com esse garoto."

"De todo modo, não gosto de Paris."

"Não gosta de Paris? O que é que você tem contra Paris?"

"Um preconceito. Para mim, Paris é uma cidade fantasma."

"Você perdeu a cabeça mesmo. Devia dar uma olhada nas filas no Champs-Elysées à espera para assistir a *Caldofreddo*. E isso é uma conquista sua. Devia te dar a sensação de um poder secreto... uma força. Sei que está magoado porque os franceses fizeram de você um cavaleiro de araque e você recebeu isso como um insulto. Ou talvez você os deteste por causa de Israel. Ou por causa do desempenho deles na última guerra."

"Não fale bobagens."

"Quando tento adivinhar o que você está pensando, tenho mesmo que arriscar alguma bobagem. De outro modo, eu ia levar um milhão de anos para entender por que você acha que Paris é uma cidade fantasma. Você acha que os vereadores de Chicago iriam para uma cidade fantasma gastar a grana das suas propinas? Ora, deixe disso, Charlie, vamos comer pato moído esta noite no Tour d'Argent."

"Não, esse tipo de comida me faz mal."

"Bem, então me dê o bagulho para levar comigo: o tal envelope que o Humboldt mandou para si mesmo pelo correio."

"Não, Cantabile, também não vou fazer isso."

"Mas por que não, caramba?"

"Porque você não é confiável. Mas tenho um outro exemplar do roteiro. Esse você pode levar. E estou disposto a escrever uma carta. Uma carta registrada em cartório."

"Não vai servir."

"Se os seus amigos quiserem ver o original, podem vir a Madri."

"Você me deixa irritado até o tutano", disse Cantabile. "Estou a ponto de bater no teto." Transtornado, olhou fixamente para mim. Depois fez mais um esforço para se mostrar razoável. "Humboldt ainda tem alguma família, não tem? Perguntei para a Kathleen. Tem um tio velho em Coney Island."

Eu havia me esquecido de Waldemar Wald. Pobre velhote, também vivia num quartinho de fundos, no meio dos cheiros que vinham da cozinha. Precisava ser resgatado daquele asilo, sem dúvida. "Tem razão, existe um tio", respondi.

"E os direitos dele? O que será do velho, só porque você tem alguma esquisitice mental com Paris? Você pode pagar para uma babá tomar conta do garoto. Esse negócio é dos grandes, Charlie."

"Bem, talvez eu deva ir mesmo", falei.

"Assim é que se fala."

"Vou fazer a mala."

E lá fomos nós de avião. Na mesma noite, Cantabile e eu estávamos no Champs-Elysées esperando com nossos ingressos para entrar na vasto cinema perto da rue Marbeuf. Até para Paris, o tempo estava feio. Estava congelando. Eu me sentia vestido com roupas muito finas e tomei consciência de que as solas dos sapatos tinham furado de tão gastas e meus pés estavam ficando molhados. A fila era compacta, os jovens na multidão estavam bastante animados, mas Cantabile e eu estávamos ambos irritados. O envelope lacrado de Humboldt tinha ficado trancado no cofre-forte do hotel e eu estava com o número do cofre. Rinaldo tinha discutido comigo acerca da posse daquele disco de metal. Ele queria ficar com aquilo em seu bolso, como um sinal de que era meu representante legítimo.

"Dê para mim", disse ele.

"Não. Por que deveria?"

"Porque sou a pessoa naturalmente indicada para ficar com isso. É o tipo de coisa que me compete fazer."

"Eu mesmo tomo conta."

"Você vai tirar o seu lenço e vai perder esse disco", ele disse. Você não sabe o que está fazendo. Você se distrai."

"Vou segurá-lo."

"Você também foi muito teimoso com o contrato. Não queria nem ler", disse ele.

O gelo batia em meu chapéu e em meus ombros. A fumaça dos cigarros franceses me desagradava demais. Acima de nós, nas luzes, havia cartazes colossais de Otway como Caldofreddo e da atriz italiana, Silvia Sottotutti, ou alguma coisa assim, que fazia o papel da filha dele. Cantabile tinha razão, de certo modo, era uma experiência curiosa ser a fonte não reconhecida daquela atração pública e ficar parado no meio da rua — dava a sensação de ser uma presença fantasma. Depois de dois meses do que foi quase um retiro em Madri, dava a impressão de um retrocesso, estar ali, na neblina e no brilho do Champs-Elysées, debaixo daquelas pedradas de gelo. No aeroporto de Madri, peguei um exemplar dos *Diários íntimos* de Baudelaire para ler no avião e para me isolar da frenética conversa de Cantabile. Em Baudelaire, achei o seguinte conselho curioso: Toda vez que receber uma carta de um credor, escreva cinquenta linhas sobre um assunto extraterrestre e estará salvo. O que isso sugeria era que a *vie quotidienne* nos afasta do globo, mas a sugestão mais profunda era de que a vida real fluía entre *aqui* e *lá*. A vida real era a relação entre *aqui* e *lá*. Cantabile, mil por cento *aqui*, comprovava isso. Ele estava se exibindo. Estava exaltado comigo a respeito da guia do cofre do hotel. Ele brigou com a *ouvreuse* que nos conduziu aos nossos assentos. Ela ficou furiosa com a gorjeta miúda que ele lhe deu. Ela pegou a mão de Cantabile e bateu a moeda com força de volta na mão dele.

"Piranha!", berrou para ela e quis ir correndo atrás da mulher, pelo corredor entre as poltronas.

Segurei-o pelo braço e disse: "Calma!".

De novo, eu fazia parte da plateia francesa. No final de abril, Renata e eu tínhamos ido àquele mesmo cinema. Na verdade, eu havia morado em Paris em 1955. Aprendi bem depressa que não era lugar para mim. Preciso de um pouco mais de carinho das pessoas do que um estrangeiro provavelmente vai receber aqui e, na época, eu ainda sofria com a morte de Demmie. No entanto agora não havia tempo para pensar nessas coisas. O filme ia começar. Cantabile disse: "Ponha a mão no bolso. Verifique se ainda está com o número do cofre do hotel. Se você perder, estamos fodidos".

"Está aqui, sim. Calma, garoto", respondi.

"Me dê aqui. Me deixe apreciar o filme", disse ele. Eu o ignorei.

Então, com enormes explosões de música, o filme começou a rodar. Abria com tomadas dos anos 20, no estilo dos antigos cinejornais — a conquista do polo Norte feita por Amundsen e por Umberto Nobile, que voou num dirigível da Escandinávia até o Alasca. Os papéis eram representados por cômicos excelentes, altamente estilizados. Fiquei imensamente satisfeito. Eram deliciosos. Vimos o papa abençoando a expedição e Mussolini fazendo um discurso em sua sacada. A competição entre Amundsen e Nobile aumentou a hostilidade. Quando uma menina presenteou Amundsen com um buquê de flores, Nobile apanhou o buquê para si; Amundsen dava ordens, Nobile as contradizia. Os noruegueses brigavam com os italianos dentro do dirigível. Aos poucos, por trás do estilo E-O-Tempo-Foi-Passando daqueles eventos, reconhecemos a presença do velho sr. Caldofreddo, agora em sua antiga aldeia na Sicília. Os rápidos saltos no tempo se sobrepunham à existência cotidiana daquele amável e velho cavalheiro, o vendedor de sorvete, amado pela criançada, o carinhoso pai de Silvia Sottotutti. Em sua mocidade, Caldofreddo tinha servido ao lado de Nobile em dois voos transpolares. O terceiro, sob o comando isolado de Nobile, terminou em desastre. O dirigível caiu nos mares do Ártico. A tripulação se espalhou sobre blocos de gelo flutuantes. Tendo recebido sinais de rádio dos sobreviventes, o quebra-gelo russo *Krassin* veio salvá-los. Amundsen recebeu um telegrama falando do acidente na hora em que estava bebendo fartamente num banquete — segundo Humboldt, que tinha informações secretas a respeito de tudo, o homem havia bebido feito um gambá. Imediatamente, Amundsen declarou que ia organizar uma expedição para salvar Nobile. Tudo era apresentado da maneira como nós havíamos escrito em Princeton, muitos e muitos anos atrás. Amundsen alugou um avião. Discutiu asperamente com o piloto francês, que o advertiu de que o avião estava com um perigoso excesso de peso. Amundsen deu ordem para decolar assim mesmo. Caíram no mar. Fiquei chocado de ver como a interpretação cômica daquele desastre tinha um efeito eficaz. Lembrei-me então de que eu e Humboldt havíamos discordado sobre esse ponto. Ele insistira em dizer que seria uma coisa extremamente engraçada. E era mesmo. O avião caiu. Milhares de pessoas estavam rindo. Eu imaginei como ele teria adorado ver aquilo.

A parte seguinte do filme era toda minha. Fui eu que fiz a pesquisa e escrevi as cenas em que o resgatado Caldofreddo perde o controle de si mesmo a bordo do *Krassin*. O pecado de comer carne humana era demais para ele suportar. Para perplexidade da tripulação russa, Caldofreddo enlouquece, desanda a gritar disparates. Fez cortes numa mesa com um facão, tentou beber água escaldante, atirou o próprio corpo de encontro às anteparas do navio. Os marinheiros se atracaram com ele e o imobilizaram no chão. O desconfiado médico do navio esvaziou o estômago de Caldofreddo com uma sonda e, examinando no microscópio, encontrou tecidos humanos. Também fui o responsável pela grande cena em que Stálin ordena que o conteúdo do estômago de Caldofreddo seja exposto num vidro na praça Vermelha, embaixo de enormes letreiros que denunciavam o canibalismo capitalista. Acrescentei também a raiva de Mussolini com aquela notícia, a calma de Calvin Coolidge na Casa Branca, enquanto se preparava para fazer sua *siesta* diária. Tudo isso eu observava num estado de euforia. Era meu! Tudo aquilo tinha nascido em minha cabeça, em Princeton, Nova Jersey, vinte anos antes. Não era nenhuma proeza formidável. Não fazia dobrar os sinos do universo remoto. Não fazia nada a respeito da brutalidade, da desumanidade, não esclarecia grande coisa nem prevenia nada. No entanto havia alguma coisa ali. Estava divertindo centenas de milhares, milhões de espectadores. Claro, era dirigido com inventividade e George Otway, no papel de Caldofreddo, tinha um desempenho maravilhoso. Aquele tal Otway, um inglês de trinta e poucos anos, era muito parecido com Humboldt. Na hora em que se atira de encontro às paredes da cabine do navio, como eu tinha visto macacos enlouquecidos fazerem na jaula do zoológico, batendo nas divisórias com uma temeridade de cortar o coração, me senti atravessado pela lembrança de como Humboldt havia brigado com os policiais, quando o levaram para Bellevue. Ah, pobre sujeito, pobre brigão furioso chorão esporrento Humboldt. Suas flores abortaram em botão. As cores nunca vieram à luz, apodreceram dentro do seu peito. E a semelhança entre Otway na cabine do navio e Humboldt era tão incrível que comecei a chorar. Enquanto o cinema inteiro se sacudia de prazer, rindo aos berros, eu soluçava bem alto. Cantabile falou em meu ouvido: "Que filmaço, hein? O que foi que eu te disse? Até você está chorando feito um bezerro desmamado".

Sim, e agora Humboldt estava se propagando em outros lugares, sua alma estava em alguma outra parte da criação, existiam almas à espera de sustento que só nós, os vivos, podíamos enviar aqui da terra, da mesma forma como mandam cereais para Bangladesh. Pobres de nós, nascidos aos milhões, aos bilhões, como bolhas de uma bebida efervescente. Eu tive um relance vertiginoso, abrangendo o mundo inteiro, dos mortos e dos vivos, da humanidade, ou morrendo de rir enquanto uma comédia de antropófagos era projetada na tela, ou se extinguindo em vastas ondas de morte, em chamas e em agonias de batalhas, em continentes esfomeados. E então tive uma visão parcial de um voo às cegas através da escuridão e depois fazendo uma parada acima de uma metrópole. Cintilava no chão em gotas de gelo, longe, lá embaixo. Tentei adivinhar se estávamos aterrissando ou subindo. Subimos.

"Será que eles estão seguindo seu roteiro? Estão usando mesmo o texto?", perguntou Cantabile.

"Sim. Estão fazendo isso muito bem. Acrescentaram uma porção de ideias próprias", respondi.

"Tente não ser muito generoso com eles. Quero você em pé de guerra amanhã."

Falei para Cantabile: "Os russos provaram a sua tese, segundo a declaração do médico, não só extraindo o conteúdo do estômago de Nobile, mas também examinando os seus excrementos. As fezes dos esfomeados são duras e secas. O homem dizia que não havia comido nada. Mas estava bem claro que ele não tinha ficado sem fazer as suas refeições diárias, no bloco de gelo flutuante."

"Eles podiam ter posto isso no filme. Stálin não hesitaria em expor um pote de barro cheio de cocô na praça Vermelha. E hoje em dia se pode fazer isso num filme."

A cena mudara para a cidadezinha de Caldofreddo na Sicília, onde ninguém sabia do seu pecado, onde ele era apenas um velho divertido que vendia sorvete em sua carrocinha e tocava na bandinha de música da vila. Enquanto eu o ouvia tocar, senti que havia algo importante no contraste entre seus pequenos arpejos e a terrível complexidade moderna da sua posição. Sorte do homem que não tem mais nada a dizer ou a tocar senão melodias fáceis. Será que ainda existem pessoas assim circulando por aí? Também era desconcertante ver, na hora em que Otway bufava em seu trompete, um rosto tão parecido com o de Humboldt. E uma vez que Humboldt havia entrado no filme, também comecei a procurar por mim mesmo. Achei que algo em minha natureza podia ser visto na filha de Caldofreddo, representada por Silvia Sottotutti. Sua personalidade exprimia uma espécie de boa vontade dolorosa ou de feliz inquietação, que eu achava que eu também tinha. Não me importei com o homem que fazia o papel do seu noivo, com suas pernas curtas e seu queixo em ângulo aberto, cara achatada e testa meio baixa. Era possível que eu o identificasse com Flonzaley. Certa vez, um homem nos seguiu na Exposição de Móveis e devia ser Flonzaley. Houve uma troca de sinais entre ele e Renata... Aliás, calculei que, na condição de sra. Flonzaley, Renata ia ter uma vida social muito limitada em Chicago. Papa-defuntos não podiam ser anfitriões muito populares para festas e jantares. A fim de ficar livre daquela maldição ocupacional, Renata teria de viajar muito com ele, e mesmo numa viagem pelo Caribe, na mesa do capitão, eles teriam de torcer e rezar para que não aparecesse ninguém da sua cidade natal para perguntar: "Por acaso o senhor não é Flonzaley, da Funerária Flonzaley?". Assim a felicidade de Renata ficaria prejudicada, da mesma forma como o esplendor do céu siciliano ficou manchado para Caldofreddo devido à ação sombria que cometera no Ártico. Mesmo em sua maneira de tocar trompete, eu detectava isso. Achei que havia uma válvula em seu trompete que, quando pressionada, disparava em cheio no coração da gente.

Agora o jornalista escandinavo chegava à cidade, fazendo pesquisas para escrever um livro sobre Amundsen e Nobile. Localizou o paradeiro do pobre Caldofreddo e começou a incomodá-lo. O velho dizia: "Você está falando com a pessoa errada. Nunca fiz essas coisas". "Não, você é o mesmo homem", disse o jornalista. Tratava-se de um desses caras emancipados na Europa do Norte que baniram a vergonha e a escuridão do peito humano, um ator excelente. Os dois homens travaram sua conversa na encosta de uma montanha. Caldofreddo implorou que ele fosse embora e o deixasse em paz. Quando o jornalista se recusou, Caldofreddo teve um ataque semelhante ao que tivera no navio *Krassin*. Mas dessa vez, quarenta anos depois, foi um ataque de furor de um homem idoso. Continha mais força e maldade do espírito que do corpo. Naquele acesso de súplica e de raiva, de fraqueza e desespero demoníaco, Otway estava simplesmente extraordinário.

"Era assim que vocês escreveram no roteiro?", perguntou Cantabile.

"Mais ou menos."

"Vamos, me dê o disco com o número do cofre do hotel", disse ele. Enfiou a mão com força em meu bolso. Percebi que ele foi inspirado pelo ataque de Caldofreddo. Cantabile estava tão agitado que perdeu a cabeça. Mais para me defender que para guardar o disco, agarrei seu braço. "Tire a sua mão do meu bolso, Cantabile."

"Eu preciso tomar conta disso. Você não é uma pessoa responsável. Um homem que foi feito de gato e sapato por uma piranhazinha. Não pode estar com a cabeça no lugar."

Estávamos lutando abertamente. Eu não conseguia ver o que o maluco na tela estava fazendo por causa daquele outro maluco que tinha pulado em cima de mim. Como dizia uma das minhas autoridades, a diferença entre as palavras "comandar" e "convencer" é a diferença entre democracia e ditadura. Eis ali um homem que estava louco porque nunca tivera de se persuadir de nada. De repente, senti-me tão desesperado por ter pensado isso quanto por ter de me desvencilhar de Cantabile. Aquela ideia ia me deixar doido. Assim como na hora em que Cantabile me ameaçou com tacos de beisebol e eu pensei nos lobos de Lorenz ou nos peixinhos de rio chamados esgana-gatos, ou quando ele me forçou a entrar no compartimento da privada de um banheiro e eu pensei... Todas as ocasiões eram traduzidas em pensamentos e então os pensamentos me denunciavam. Eu ia acabar morrendo por causa daquelas evasivas intelectuais. As pessoas começaram a gritar atrás de nós. "*Dispute! Bagarre! Emmerdeurs!*" Bramavam: "*Dehors!...*" ou: "*Flanquez les à la porte!*".

"Estão chamando o segurança, seu idiota!", falei. Cantabile tirou a mão do meu bolso e voltamos nossa atenção para a tela outra vez, a tempo de ver Caldofreddo soltar um pedregulho na encosta da montanha de modo a atingir o jornalista que passava mais abaixo em seu carro Volvo, enquanto o velho, atônito consigo mesmo, dava gritos de alerta e depois caiu de joelhos e agradeceu à Virgem quando o escandinavo foi poupado. Depois dessa tentativa de homicídio, Caldofreddo fez uma confissão pública na praça do vilarejo. Por fim, foi julgado por um júri formado por gente da cidadezinha, num tribunal montado nas ruínas de um teatro grego, na encosta de um monte siciliano. Isso encerrava com uma cena coral de perdão e reconciliação — assim como Humboldt, tendo em mente *Édipo em Colono*, gostaria que fosse.

Quando as luzes do cinema acenderam e Cantabile virou-se para o corredor entre as poltronas, eu tratei de sair pelo corredor do outro lado, mais distante. Ele me alcançou no Champs-Elysées, dizendo: "Não fique magoado, Charlie. Tudo isso é por causa da raça de cachorro a que pertenço, mais nada. Tenho o impulso de proteger coisas como aquele número do cofre do hotel. Já pensou se você é assaltado ou surrupiado? Aí quem é que vai saber qual é o cofre onde está o envelope? E amanhã de manhã vão vir cinco pessoas para examinar a prova. Tudo bem, sou um cara cabeça quente. Mas só quero que tudo corra direitinho. E você ficou tão magoado com aquela perua que agora está cem vezes mais fora de órbita do que já estava em Chicago. É isso que eu quis dizer quando falei que você foi feito de gato e sapato por uma piranhazinha. Agora, por que a gente não pega duas piranhas francesas? Eu faço a negociação. Isso vai levantar um pouco o seu ego."

"Vou dormir."

"Estou só tentando fazer as pazes. Sei que é duro para alguém como você ter que dividir a terra com aloprados que nem eu. Bem, vamos tomar uma bebida, então. Você está abalado e confuso."

Só que eu não estava abalado nem confuso, na verdade. Um dia cheio e cansativo, ainda que repleto de absurdos, me absolve da falta de realizações, satisfaz minha consciência. Depois de quatro copos de Calvados no bar do hotel, fui para a cama e dormi profundamente.

De manhã, encontramos Maître Furet e o advogado americano, um homem tremendamente agressivo chamado Barbash, exatamente o tipo de representante que Cantabile podia escolher. Cantabile ficou profundamente satisfeito. Tinha prometido trazer a mim e as provas — agora eu podia ver por que ele tivera todo aquele ataque por causa do número do cofre do hotel —, e lá estávamos nós, como foi combinado, tudo maravilhosamente coordenado.

Os produtores de *Caldofreddo* sabiam que um certo Charles Citrine, autor de uma peça da Broadway, *Von Trenck*, mais tarde transformada num filme de sucesso, alegava ser a fonte do roteiro original em que se baseava o sucesso mundial que eles tinham produzido. Mandaram uma dupla com cara de ter saído da Harvard Business School para conversar com a gente. O pobre Stronson, agora na prisão em Miami, estava a muitos quilômetros de distância daqueles tipos. Aqueles dois jovens limpos, de fala bonita, instruídos, moderados, totalmente calvos, extremamente firmes, estavam à minha espera no escritório de Barbash.

"Os senhores estão plenamente autorizados a negociar?", perguntou-lhes Barbash.

"A última palavra terá que vir dos nossos clientes."

"Então tragam aqui os seus clientes, os caras que têm a faca e o queijo. Por que ficam desperdiçando o nosso tempo?", disse Cantabile.

"Calma, vá devagar", disse Barbash.

"Citrine é mais importante que os seus clientes de merda, nem se compara", berrou Cantabile para eles. "Aqui está um líder na sua área, ganhador do prêmio Pulitzer, cavaleiro da Legião de Honra, amigo do falecido presidente Kennedy e do falecido senador Kennedy, e do falecido Von Humboldt Fleisher, o poeta que era o seu parceiro e colaborador. Não venham com papo furado para cima da gente! Ele está muito ocupado com pesquisas importantes em Madri. Se ele pôde arranjar tempo para vir aqui, os seus clientes pé de chinelo também podem. Ele não anda por aí gastando o seu tempo à toa. Eu cuido disso para ele. Tratem de agir direito, senão vamos nos ver num tribunal."

Pronunciar essa ameaça aliviou maravilhosamente Cantabile de alguma coisa. Seus lábios (que raramente ficavam em silêncio) se estenderam num sorriso silencioso quando um dos jovens disse: "Conhecemos o sr. Citrine há muito tempo".

Nesse ponto, o sr. Barbash assumiu o controle da conversa. Seu problema, é claro, era atenuar Cantabile. "Eis os fatos. O sr. Citrine e o seu amigo, o sr. Fleisher, escreveram o esboço desse filme em 1952. Estamos aptos a provar isso. O sr. Fleisher mandou um exemplar pelo correio para si mesmo em janeiro de 1960. Temos essa prova aqui mesmo, num envelope lacrado, com carimbo do correio e recibo."

"Vamos para a embaixada dos Estados Unidos abrir o envelope na frente de testemunhas", disse Cantabile. "E façam os seus clientes arrastarem os traseiros até a Place de la Concorde também."

"O senhor viu o filme *Caldofreddo*?", perguntou-me Barbash.

"Vi ontem à noite. Excelente desempenho do sr. Otway."

"E se parece com a história original do senhor e do sr. Fleisher?"

Vi naquele momento que uma estenógrafa estava sentada no canto, diante do seu tripé, registrando aquela conversa. Sombras do tribunal de Urbanovich! Eu me transformei em Citrine, a testemunha. "A fonte não poderia ser outra", respondi.

"Então como foi que esses caras conseguiram o material? Roubaram", disse Cantabile. "Eles talvez tenham que encarar um processo por plágio."

Enquanto o envelope passava de mão em mão para ser examinado, uma pontada atravessou minhas entranhas. E se o distraído e pirado Humboldt tivesse enfiado no envelope cartas, contas velhas, cinquenta linhas de uma criação extraterrestre?"

"Admitem", perguntou Maître Furet, "que se trata de um objeto original, que não foi aberto? Isso vai ficar registrado como testemunho." Os tipos de Harvard concordaram que estava tudo direito. Então o envelope foi aberto — continha um manuscrito com o título: "Roteiro original de um filme — coautores Charles Citrine e Von Humboldt Fleisher". À medida que as páginas passavam de mão em mão, voltei a respirar. O caso estava provado. Não havia a menor dúvida sobre a autenticidade do manuscrito. Cena por cena, tomada por tomada, o filme seguia nosso roteiro. Barbash fez uma declaração minuciosa e esmerada para que ficasse registrada. Ele havia obtido um exemplar do roteiro do filme. Não havia quase desvios da nossa história.

Humboldt, Deus o abençoe, tinha agido direito dessa vez.

"Isso é absolutamente legítimo", disse Barbash. "Incontestavelmente autêntico. Suponho que os senhores estejam respaldados pelo seguro para cobrir os custos das indenizações, correto?"

"O que é que isso nos importa?", disse Cantabile.

Havia, é claro, uma apólice de seguro.

"Não creio que os nossos escritores jamais tenham falado qualquer coisa, de qualquer maneira que fosse, a respeito de um roteiro original", observou um dos jovens.

Só Cantabile tinha os nervos à flor da pele. Sua ideia era que todo mundo deveria estar febril. Porém, para pessoas de negócio, tratava-se apenas de uma coisa banal. Eu não esperava tamanha frieza e decoro. Os srs. Furet, Barbash e os pós-graduados de Harvard concordaram que deviam evitar demorados processos na justiça.

"E quanto ao coautor do sr. Citrine?"

Portanto isso era tudo o que o nome Von Humboldt Fleisher significava para aqueles MBA de uma das nossas principais universidades!

"Morto!", respondi. A palavra reverberou com emoção só para mim.

"Algum herdeiro?"

"Um, que eu saiba."

"Vamos levar a questão para os nossos clientes. Que tipo de cifra os senhores têm em mente?"

"Grande", respondeu Cantabile. "Uma porcentagem da arrecadação bruta."

"Creio que estamos em condições de solicitar uma demonstração de lucros", argumentou Barbash.

"Sejamos mais realistas. Isso será encarado sobretudo como uma reclamação de dano menor."

"O que você quer dizer com dano menor? É o filme todo", berrou Cantabile. "A gente pode matar o seu grupo inteiro!"

"Um pouco mais de calma, sr. Cantabile, por favor. Temos base sólida para um pedido de indenização", disse Barbash. "Gostaríamos de ouvir o que os senhores têm a dizer depois de uma séria ponderação."

"Será que os senhores teriam interesse", falei, "em outra ideia para um filme proveniente da mesma fonte?"

"Existe?", perguntou um dos homens de negócios de Harvard. Ele se dirigiu a mim com tranquilidade, sem surpresa. Não pude deixar de admirar seu admirável aprendizado. Não era fácil pegar um homem como aquele dando alguma mancada.

"Se *existe*? Você acabou de ouvir. É o que estamos dizendo", respondeu Cantabile.

"Tenho aqui comigo um segundo envelope lacrado", falei. "Contém outra proposta original para um filme. O sr. Cantabile, a propósito, não tem nada a ver com isso. Ele jamais sequer ouviu falar da existência disto aqui. Sua participação está limitada apenas a *Caldofreddo*."

"Vamos torcer para que você saiba o que está fazendo", disse Ronald, irritado.

Dessa vez, eu sabia muito bem o que estava fazendo. "Vou pedir ao sr. Barbash e a Maître Furet que me representem também nessa questão."

"Que *nos* representem!", disse Cantabile.

"Que *me* representem", repeti.

"Ao senhor, é claro", disse Barbash, rapidamente.

Eu havia perdido toneladas de dinheiro por nada. Havia manejado o linguajar dos negócios de forma tosca. E, como Julius tinha observado, eu era um Citrine de nascença. "Este envelope lacrado contém um roteiro do mesmo cérebro que concebeu *Caldofreddo*. Por que os senhores não perguntam aos seus clientes se gostariam de dar uma olhada no texto. O meu preço para olharem — só para olharem, vejam bem — é cinco mil dólares."

"É isso que nós queremos", disse Cantabile.

Mas ele foi ignorado. E eu me senti perfeitamente no comando da situação. Então isso eram negócios. Como eu disse antes, Julius vivia fazendo pressão para eu reconhecer o que ele gostava de chamar de Romance dos Negócios. Então seria aquilo o famoso Romance dos Negócios? Ora, não era nada além de agressividade, rapidez, audácia. A sensação que aquilo dava de fazer a coisa do nosso próprio jeito era superficial. Comparada com a satisfação de contemplar flores ou de algo realmente sério — tentar fazer contato com os mortos, por exemplo — não era nada, absolutamente nada.

Paris não estava no auge dos seus encantos quando Cantabile e eu caminhávamos à beira do Sena. A margem era agora um via expressa. A água parecia um remédio velho.

"Bem, eu peguei os caras direitinho para você, não foi? Prometi que eu ia cavar uma grana para você. O que é a sua Mercedes agora? Ninharia. Eu quero vinte por cento."

"Nós fechamos em dez."

"Dez, se você me enfiar no negócio com o outro roteiro. Achou que ia se livrar de mim, não foi?"

"Vou escrever para Barbash e dizer que quero que você receba dez por cento. Pelo *Caldofreddo*."

Ele disse: "Você é um ingrato. Nunca leu os jornais, seu babaca, e a coisa toda teria passado em brancas nuvens se não fosse por mim. Assim como o negócio com o Thaxter".

"Que negócio com o Thaxter?"

"Está vendo só? Você não sabe de nada. Eu não queria te assustar contando o que houve com o Thaxter, antes que as negociações começassem. Você não sabe o que aconteceu com o Thaxter? Foi raptado na Argentina."

"Não é possível! Por quem, terroristas? Mas por quê? Por que o Thaxter? Ele foi ferido?"

"Os Estados Unidos deveriam agradecer aos seus gângsteres. A Máfia pelo menos faz sentido. Esses caras da política não têm a menor ideia do que estão fazendo. Andam raptando e matando por toda a América do Sul, a torto e a direito. Como é que vou saber por que ele foi raptado? Na certa se comportou como se fosse algum figurão da alta sociedade. Deixaram que Thaxter mandasse uma carta e nela mencionou o seu nome. E você nem sabia que o seu nome andou por toda a imprensa do mundo."

"O que foi que ele disse?"

"Fazia um pedido de socorro ao historiador e dramaturgo mundialmente famoso Charles Citrine. Disse que você pagaria o resgate dele."

"Esses caras não sabem o que estão fazendo. Espero que não façam mal ao Thaxter."

"Eles vão ficar bastante chateados quando souberem que o Thaxter é um impostor."

"Não entendo. O que ele estava fingindo? Acharam que ele era quem?"

"Todos aqueles caras por lá são muito confusos", disse Cantabile.

"Ah, o meu velho professor Durnwald provavelmente tem razão quando diz que seria ótimo cortar o hemisfério Ocidental no istmo e deixar que o hemisfério Sul flutuasse à deriva. Só que agora são tantas as partes da terra para as quais essa ideia também é válida..."

"Charles, quanto maior a comissão que você me pagar, menos terá que deixar para aqueles terroristas."

"Eu? Por que eu?"

"Ah, vai ter que ser você mesmo", disse Cantabile.

O cativeiro de Thaxter nas mãos de terroristas me oprimia. Dava uma dor no coração só de imaginá-lo trancado nos fundos de um porão cheio de ratazanas, morrendo de medo de sofrer torturas. Afinal, era uma pessoa mais ou menos inocente. É verdade que não era totalmente honesto, mas boa parte das suas transgressões era simplesmente delírio. Inquieto, em busca de um pouco de movimento, dessa vez ele acabou caindo num espaço de pessoas ainda mais violentamente alucinadas, que cortavam orelhas, punham bombas em caixas de correio, sequestravam aviões e massacravam os passageiros. Na última vez que eu me dera ao trabalho de ler um jornal, reparei que uma empresa petrolífera, depois de pagar um resgate de dez milhões de dólares, continuava sem conseguir libertar um dos seus executivos das mãos de sequestradores argentinos.

Naquela tarde, escrevi do hotel para Carl Stewart, editor de Thaxter. Expliquei: "Soube que Pierre foi raptado e que no seu apelo de socorro mencionou o meu nome. Bem, é claro, darei tudo que tenho para salvar a vida dele. À sua maneira bem peculiar, ele é um homem maravilhoso e eu o amo de fato; tenho sido seu amigo fiel há mais de vinte anos. Suponho que você tenha feito contato com o Departamento de Estado e também com a embaixada dos Estados Unidos em Buenos Aires. A despeito do fato de eu ter escrito sobre assuntos políticos, não sou uma pessoa ligada à política. Digamos assim: durante quarenta anos, ao longo das piores crises da civilização, li os jornais fielmente e essa leitura fiel não fez nenhum bem a quem quer que fosse. Com isso, não se evitou nada. Aos poucos parei de ler as notícias. Agora me parece, no entanto, e digo isso na condição de um observador desapaixonado, que entre a diplomacia dos navios de guerra, num extremo, e a submissão a atos de pirataria, no outro extremo, deveria haver algum espaço intermediário para uma grande potência. Nesse aspecto, a frouxidão dos Estados Unidos é desalentadora. Será que só agora estamos assimilando as lições da Primeira Guerra Mundial? Aprendemos com Sarajevo a não permitir que ações terroristas precipitem guerras e, com Woodrow Wilson, que nações pequenas possuem direitos que as grandes devem respeitar. Mas é assim que são as coisas, estamos empacados mais ou menos seis décadas atrás e damos ao mundo um exemplo lamentável, quando permitimos que nos intimidem.

"Voltando à situação de Thaxter, porém, sinto-me tremendamente aflito por causa dele. Há apenas três meses, eu estaria em condições de oferecer um resgate de duzentos e cinquenta mil dólares. Mas isso me foi tomado de supetão por força de um litígio judicial desastroso. Agora, há mais dinheiro no horizonte. Em breve terei condições de oferecer dez ou até vinte mil dólares e estou disposto a propor essa quantia. Não vejo como eu possa ir além de vinte e cinco mil. Você terá que adiantar essa soma. Darei a você uma nota promissória. Talvez seja possível encontrar um modo de me reembolsar com os direitos autorais do Pierre. Se esses bandoleiros sul-americanos o libertarem, ele escreverá um relato incrível das suas experiências. Essa é a guinada que a vida deu. Antigamente, os infortúnios mais amargos da existência enriqueciam apenas os corações de canalhas ou tinham exclusivamente um valor espiritual. Mas agora qualquer evento assustador pode se transformar numa mina de ouro. Tenho certeza de que, quando e se o pobre Thaxter conseguir escapar, se eles o libertarem, vai faturar uma bolada escrevendo um livro. Centenas de milhares de pessoas que, neste momento, não dão a menor bola para o que acontece com ele, sofrerão intensamente. Suas almas ficarão compungidas, elas irão soluçar e chorar. De fato, isso é muito importante. Quer dizer, as forças da compaixão agora estão debilitadas em virtude de uma quantidade de exigências irrealizável. Mas não precisamos entrar nesse assunto. Eu ficaria muito agradecido de receber informações suas e pode encarar esta carta como um compromisso da minha parte de contribuir com uma certa quantia de dólares para a libertação de Thaxter. Talvez ele tenha contado vantagens demais, tenha se exibido com o seu chapelão de aba larga e as suas botas de faroeste, até deixar impressionados aqueles maoistas ou trotskistas latinos. Bem, suponho que se trate de uma dessas barafundas da história mundial, peculiares do nosso tempo."

Mandei essa carta para Nova York e depois peguei um avião de volta para a Espanha. Cantabile levou-me de táxi para o aeroporto de Orly, agora pedindo quinze por cento e começando a fazer ameaças.

Assim que cheguei à *pensión* La Roca, entregaram-me um envelope do Ritz. O remetente era a Señora. Escreveu: "Por favor, traga-me o Roger amanhã, às dez e meia, no saguão do hotel. Vamos voltar para Chicago". Entendi por que ela marcou o encontro no saguão. Eu não poderia agredi-la com minhas mãos num local público. No quarto dela, eu poderia pular em seu pescoço ou tentar afogá-la na privada. Portanto, de manhã, levando o menino, encontrei a velha senhora, aquela extraordinária condensação de preconceitos desvairados. No grande círculo do saguão do Ritz, embaixo do teto em abóbada, entreguei o menino a ela. Falei: "Adeus, Roger, querido. Agora você vai para casa".

O menino começou a chorar. A Señora não conseguiu acalmá-lo e me acusou de ter corrompido a criança, levando o garoto a ficar apegado a mim graças a chocolates. "Você subornou o menino com balas e bombons."

"Espero que a Renata esteja feliz na sua nova condição", falei.

"E está mesmo, sem dúvida alguma. Flonzaley é um homem do tipo nobre. O QI dele é uma coisa fora deste mundo. Escrever livros não prova nada sobre a sua inteligência."

"Ah, que grande verdade a senhora disse", respondi. "E afinal de contas as cerimônias fúnebres constituíram um importante passo à frente. Vico disse que houve uma época em que os cadáveres podiam ficar apodrecendo sobre a terra e cães, ratazanas e abutres comiam os nossos parentes. Não se pode deixar os mortos jogados por aí. No entanto, um membro do gabinete de Lincoln chamado Stanton manteve em casa o corpo da esposa defunta durante quase um ano."

"Você parece esgotado. Está com coisas demais na cabeça", disse ela.

A intensidade faz isso comigo. Sei que é verdade, mas detesto quando me dizem isso. O desespero aumenta. "*Adiós*, Roger. Você é um bom menino e eu te adoro. Vamos nos ver em Chicago, em breve. Tenha um bom voo com a vovó. Não chore, garoto", falei. Eu mesmo me sentia ameaçado por lágrimas. Saí do saguão e caminhei rumo ao parque. O risco de ser atropelado pelos carros em disparada, que atacavam em bandos vindos de todas as direções, me impediu de derramar mais lágrimas.

Na *pensión*, contei que tinha levado Roger para morar com os avós, até eu conseguir me organizar melhor. A dinamarquesa que trabalhava na embaixada, a srta. Volsted, continuou a postos para fazer um gesto humano por mim. Deprimido com a partida de Roger, eu estava desmoralizado quase a ponto de aceitar sua proposta.

Cantabile telefonava de Paris todo dia. Era de importância crucial para ele participar daqueles assuntos. Eu poderia até imaginar que Paris, com as numerosas oportunidades que a cidade oferecia para um homem como Cantabile, iria distraí-lo das questões de negócios. Nem de longe. Ele era só negócios. Continuava em contato com Maître Furet e com Barbash. Ele irritava Barbash tremendamente querendo passar por cima da minha autoridade e tentando negociar por conta própria. Barbash reclamou comigo, de Paris. Os produtores, contou-me Cantabile, agora ofereciam vinte mil dólares de indenização. "Eles deviam ter mais vergonha na cara. E que tipo de impressão o Barbash causou neles para que ofereçam uma proposta tão miserável e ofensiva? Ele não serve. O nosso preço é duzentos mil dólares." No dia seguinte me disse: "Agora subiram para trinta. Mudei de ideia de novo. Esse Barbash é mesmo um osso duro. Acho que ele está com raiva de mim, mas está descontando em cima deles. Afinal, o que são duzentos mil para esses caras, com uma bilheteria como a que conseguiram faturar? Uma espinhazinha na bunda, mais nada. Mas tem uma coisa: temos que pensar nos impostos, e se vamos receber o pagamento em moeda estrangeira. Sei que a gente pode ganhar mais em liras. *Caldofreddo* está faturando uma fortuna tremenda em Milão e Roma. Os sacanas estão enchendo os cofres. Eu só queria saber por que o canibalismo atrai tanto os italianos, criados comendo massa. Seja como for, se a gente receber em liras, vai conseguir mais grana. É claro, a Itália está desmoronando."

"Vou receber em dólares. Tenho um irmão no Texas que pode investir o dinheiro num bom negócio para mim."

"Sorte sua ter um irmão legal. Não está se sentindo meio nervoso aí na terra dos espanhóis?"

"Nem de longe. Me sinto em casa. Leio antroposofia e medito. Estou conhecendo o Museu do Prado centímetro por centímetro. E quanto ao segundo roteiro?"

"Eu não faço parte dessa transação. Por que está me perguntando?"

Respondi: "Não faz parte, não".

"Então não vejo motivo para eu te dizer qualquer coisa. Mesmo assim, vou te contar, por mera cortesia. Eles estão interessados. Estão interessados demais. Ofereceram ao Barbash três mil dólares em troca de uma opção de três semanas. Dizem que precisam de tempo para mostrar o texto ao Otway."

"Otway e Humboldt são muito parecidos. Talvez a semelhança física signifique alguma coisa. Algum elo invisível entre eles. Estou convencido de que Otway vai se sentir atraído pela história do Humboldt."

Na tarde seguinte, Kathleen Tigler chegou a Madri. Estava a caminho de Almería para começar a trabalhar num filme novo. "Lamento te dizer", disse-me ela, "que as pessoas a quem eu vendi a opção do roteiro do Humboldt resolveram não usá-lo."

"Como assim?"

"Lembra aquele resumo que o Humboldt deixou como herança para nós dois?"

"Claro."

"Eu devia ter mandado a sua parte dos três mil dólares. Um dos motivos por que vim a Madri é falar com você a respeito do assunto e assinar um contrato, um acordo com você. Na certa, você já se esqueceu de tudo, não foi?"

"Não, eu não esqueci", respondi. "Mas apenas me ocorreu que andei tentando eu próprio vender essa mesma propriedade a um outro grupo."

"Entendo", disse ela. "Vender a mesma coisa para dois clientes. Seria muito embaraçoso."

Durante todo o tempo, vejam bem, os negócios estavam se desenvolvendo. Os negócios seguem seu caminho o tempo todo, com a peculiar autonomia que têm os negócios. Gostemos ou não, pensamos com os pensamentos deles, falamos a linguagem deles. O que importa para os negócios que eu sofra uma derrota no amor ou que eu resista às investidas de Rebecca Volsted, com seu rosto premente e em chamas, que eu investigue as doutrinas da antroposofia? Os negócios, confiantes em seu poder transcendental, levam todos nós a interpretar a vida segundo seus padrões. Mesmo agora, quando Kathleen e eu temos de tratar de tantos assuntos particulares, assuntos da maior importância humana, ficamos discutindo acerca de contratos e opções de produtores e quantias de dinheiro.

"É claro", disse ela, "que você não poderia estar preso legalmente a um acordo que eu tivesse fechado."

"Quando nos encontramos em Nova York, conversamos sobre a sinopse de um filme que Humboldt e eu bolamos em Princeton…"

"Aquele sobre o qual Lucy Cantabile me perguntou? O marido dela também me telefonou em Belgrado e me azucrinou com uma porção de perguntas misteriosas."

"…para nos distrair, enquanto o Humboldt fazia articulações para conseguir obter uma cátedra de poesia na universidade."

"Você me contou que era tudo um absurdo e então não pensei mais no assunto."

"Ficou perdido por vinte anos, mais ou menos, e então alguém deu um jeito de surrupiar a nossa história original e transformou-a num filme intitulado *Caldofreddo*."

"Essa não! Foi daí que veio o *Caldofreddo*! De você e do Humboldt?"
"Viu o filme?"
"Claro que vi. O grande, o enorme sucesso do Otway foi criado por vocês dois? Não dá para acreditar."
"Pois é, de fato. Acabei de chegar de uma reunião em Paris na qual provei a nossa autoria para os produtores do filme."
"Eles vão fazer um acordo com você? Deveriam. Você está numa posição bem forte para processá-los, não está?"
"Posso morrer só de pensar que vou enfrentar um processo na justiça. Mais dez anos nos tribunais? Isso iria ter custas de quatrocentos ou quinhentos mil dólares para os meus advogados. Mas para mim, um homem à beira dos sessenta anos, rumo aos setenta, não iria sobrar nem um centavo sequer. Vou receber os meus quarenta ou cinquenta mil dólares agora e pronto."
"Como se fosse um simples pedido de indenização?", perguntou Kathleen, indignada.
"Como um homem que teve a sorte de poder desfrutar um subsídio para levar adiante por alguns anos as suas atividades elevadas. Vou dividir o dinheiro com o tio Waldemar, é claro. Kathleen, quando eu soube do testamento do Humboldt, pensei que eu era apenas o veículo póstumo para continuar tocando em frente aquelas mesmas bobagens comoventes. Porém as providências legais que ele tomou foram todas sensatas e, com mil diabos, ele tinha razão a respeito do valor dos seus escritos. Ele sempre teve uma esperança feroz de meter a mão numa bolada. E quer saber de uma coisa? Ele conseguiu! E não foi para a sua obra séria que o mundo encontrou um uso. Só para aquelas brincadeiras."
"Brincadeiras que também são suas", disse Kathleen. Quando ela sorriu em silêncio, surgiram muitas linhas miúdas em sua pele. Lamentei ver aqueles sinais da idade numa mulher de cuja beleza eu me lembrava tão bem. Mas dá para viver com essas coisas, se a gente olha do ângulo correto. Afinal de contas, aquelas rugas eram o resultado de muitos e muitos anos de amabilidade. Eram o tributo mortal pago por algo bom. Eu começava a compreender como é possível se reconciliar com tais alterações. "Mas o que você acha que Humboldt deveria ter feito para ser levado a sério?"
"Como é que eu posso responder a essa pergunta, Kathleen? Ele fez o que pôde e viveu e morreu de maneira mais honrada que a maioria das

pessoas. Ficar louco foi a conclusão da piada em que Humboldt tentou transformar a sua grande desilusão. Era um homem profundamente desiludido. A única coisa que um homem desse tipo pede de fato é uma chance de empenhar o seu coração numa obra elevada. Pessoas como o Humboldt exprimem uma ideia de vida, expressam os sentimentos do seu tempo e descobrem significados, trazem à tona verdades da natureza, usam as oportunidades que o seu tempo oferece. Quando tais oportunidades são importantes, então existe amor e amizade entre todos que participam da mesma tarefa. Como a gente pode ver no elogio que Haydn faz a Mozart. Quando as oportunidades são menores, existe rancor e ódio, insanidade. Fiquei ligado ao Humboldt durante quase quarenta anos. Foi uma ligação extasiante. A esperança de ter poesia — o júbilo de conhecer um homem do tipo que criava poesia. Sabe de uma coisa? Existe enterrada nos Estados Unidos a poesia mais extraordinária, uma poesia como nunca se viu, mas nenhum dos meios convencionais conhecidos da cultura são capazes de sequer começar a extraí-la. Porém a mesma coisa é válida para o mundo em seu todo. O sofrimento é profundo demais, a desordem é grande demais para empreendimentos de arte promovidos à maneira antiga. Agora eu começo a compreender o que Tolstói estava buscando quando apelava à humanidade para que cessasse a falsa e desnecessária comédia da história e começasse simplesmente a viver. Isso tem se tornado cada vez mais claro para mim, na loucura e no desgosto do Humboldt. Ele cumpriu todos os passos tormentosos desse programa. Tal desempenho não foi conclusivo. Não é possível continuar isso agora — está perfeitamente claro, hoje. Temos que escutar em segredo o som da verdade que Deus põe dentro de nós."

"E é isso que você chama de atividade mais elevada... e é isso que o dinheiro que vai ganhar com *Caldofreddo* vai subsidiar... Já entendi", disse Kathleen.

"A hipótese geralmente aceita é de que os fatos mais corriqueiros da vida só podem ser absurdos. A fé foi chamada de um absurdo. Mas agora a fé talvez mova as montanhas dos absurdos do senso comum."

"Eu ia sugerir a você que fosse embora de Madri e viajasse comigo para Almería."

"Entendo. Está preocupada comigo. Pareço estar mal."

"Não exatamente. Mas dá para perceber que você tem sofrido uma enorme tensão. Agora, no Mediterrâneo, vai fazer um tempo muito gostoso."

"O Mediterrâneo, sei. Como eu adoraria um mês de paz abençoada. Só que não tenho dinheiro suficiente para me virar."

"Está quebrado? Achei que estivesse cheio de dinheiro."

"Fui esvaziado."

"Então agi mal quando não te mandei aqueles mil e quinhentos dólares. Achei que para você seria uma ninharia insignificante."

"Bem, até alguns meses atrás seria mesmo. Será que você consegue arranjar alguma coisa para eu trabalhar em Almería?"

"Você não ia querer fazer isso."

"Não sei o que é 'isso'."

"Arranjar um trabalho no filme... *Memórias de um cavaleiro*. Baseado em Defoe. Tem cidadelas sitiadas e coisas assim."

"Eu usaria uma fantasia?"

"Não é coisa para você, Charlie."

"Por que não? Escute, Kathleen. Permita que eu fale em bom inglês por um momento..."

"Fique à vontade."

"Para apagar as faltas ou remediar os defeitos de cinco décadas, estou disposto a tentar qualquer coisa. Não sou tão bom para poder trabalhar no cinema. Você nem pode imaginar como eu ficaria satisfeito de ser um extra nesse filme histórico. Será que vou usar botas e um elmo? Um capacete ou um chapéu com plumas? Isso me faria um bem enorme."

"Não iria te distrair demais, mentalmente falando? Você tem... coisas para fazer."

"Se essas coisas que tenho que fazer não conseguirem atravessar essas montanhas de absurdos, é porque são um caso perdido mesmo. Sabe, não é como se a minha mente estivesse livre. Eu me preocupo com as minhas filhas e me preocupo terrivelmente com o meu amigo Thaxter. Ele foi sequestrado na Argentina, por terroristas."

"Eu estava mesmo pensando nele", disse Kathleen. "Li no *Herald Tribune*. É o mesmo sr. Thaxter que conheci no Plaza? Ele estava com um chapéu de vaqueiro e me pediu para voltar mais tarde. O seu nome foi citado na matéria. Ele pedia a sua ajuda."

"Isso me deixa transtornado. Pobre Thaxter. Se os roteiros gerarem de fato algum dinheiro, talvez eu possa até pagar o resgate dele. Não me importo muito com isso. O meu próprio romance com a riqueza terminou. O que pretendo fazer agora não é muito caro..."

"Sabe, Charles. Humboldt dizia coisas maravilhosas. Você me traz isso à memória. Tigler era muito divertido. Era uma pessoa ativa, envolvente. Íamos sempre caçar ou pescar, vivíamos fazendo coisas. Mas ele não era muito de conversar e faz muito, muito, muito tempo mesmo que ninguém fala comigo assim, e cheguei a ficar até sem o costume de ouvir. Adoro quando você se solta e desanda a falar pelos cotovelos. Só que, para mim, não está muito claro."

"Isso não me surpreende, Kathleen. É culpa minha. Falo demais comigo mesmo. Mas os seres humanos já foram longe demais nessa comédia falsa e desnecessária da história, em eventos, em desenvolvimentos, em política. A crise geral é verdadeira de sobra. Leia os jornais: toda a criminalidade e a sordidez, os assassinatos, a crueldade e o horror. Nunca ficamos saciados. Chamamos isso de a coisa humana, a escala humana."

"Porém o que mais existe?"

"Uma escala diferente. Sei que Walt Whitman nos comparava desfavoravelmente aos animais. Eles não se lamentam da sua condição. Entendo a posição dele. Antigamente, eu ficava um tempão observando os pardais. Sempre adorei pardais. Até hoje faço isso. Passo horas no parque observando os pardais saltitando para lá e para cá e tomando banhos de poeira. Mas sei que têm menos vida mental que os macacos. Os orangotangos são muito encantadores. Ficaria muito feliz se dividisse o meu apartamento com um amigo orangotango. Mas sei que ele compreenderia menos que Humboldt. A questão é a seguinte: por que devemos supor que a série termina conosco? O fato é, assim eu suspeito, que ocupamos uma posição numa vasta hierarquia que vai muito além de nós mesmos. As premissas vigentes negam isso. Sentimo-nos sufocados e eu não sei por quê. A existência de uma alma é algo que não pode ser provado à luz das premissas vigentes, mas as pessoas continuam, apesar de tudo, se comportando como se tivessem almas. Comportam-se como se tivessem vindo de outro lugar, de outra vida, e têm impulsos e desejos que nada neste mundo e nenhuma das nossas premissas atuais são capazes de explicar. Nas premissas vigentes, o destino da humanidade é um evento esportivo, extremamente bem planejado. Fascinante. Quando não se torna tedioso. O espectro do tédio anda rondando essa concepção esportiva da história."

Kathleen disse mais uma vez que sentiu falta de conversas desse tipo durante seu casamento com Tigler, o criador de cavalos. Certamente gostaria que eu fosse para Almería e trabalhasse como alabardeiro. "É uma cidade muito agradável."

"Também estou pronto para deixar a *pensión*. As pessoas não param de bufar no meu pescoço. Mas era melhor eu ficar em Madri para poder acompanhar as coisas: Thaxter, Paris. Talvez eu tenha até que voltar para a França por um tempo. Agora tenho dois advogados lá e isso é problema em dobro."

"Você não tem muita confiança em advogados."

"Bem, Abraham Lincoln era advogado e os advogados o veneravam. Mas agora ele não passa de um nome inscrito em placas de carro no estado de Illinois."

No entanto, não havia nenhuma necessidade de ir a Paris. Chegou uma carta de Stewart, o editor.

Ele escreveu: "Vejo que o senhor não tem acompanhado os jornais há algum tempo. É verdade que Pierre Thaxter foi sequestrado na Argentina. Como, por que ou se ele continua nas mãos dos sequestradores, eu não estou em condições de dizer. Mas afirmo, em caráter confidencial, uma vez que o senhor é velho camarada do Thaxter, que tudo isso me deixa desconcertado e às vezes me pergunto se é mesmo verídico. Veja bem, não estou querendo afirmar que se trate de um sequestro forjado, pura e simplesmente. Estou disposto a acreditar que as pessoas que sequestraram Thaxter, no meio da rua, estavam convencidas de que se tratava de alguém importante. Tampouco existem indícios de um rapto combinado de antemão, como provavelmente foi o caso da srta. Hearst e do Exército Simbionês de Libertação. Mas anexo a esta carta um recorte da página da seção de opinião do *New York Times* com um artigo do seu amigo Thaxter. O texto foi, supostamente, enviado do local secreto, ou calabouço, onde ele é mantido prisioneiro. Pergunto ao senhor: Como é que ele pôde escrever e enviar ao *Times* esse artigo sobre o próprio sequestro? Talvez o senhor note, assim como eu notei, que ele chega a propor a criação de um fundo para pagar o seu resgate. Eu soube que leitores solidários já enviaram cheques para a embaixada dos Estados Unidos na Argentina a fim de devolvê-lo ao convívio dos seus nove filhos. Longe de sofrer danos, ele está faturando muito alto e, se não estou enganado, a experiência também aguçou o seu estilo literário. Trata-se de uma publicidade de um valor inestimável. A suposição do senhor de que ele talvez tenha topado com uma mina de ouro é provavelmente correta. Se Thaxter não estiver com o pescoço quebrado, será um homem rico e famoso".

Thaxter escreveu, nos recortes em anexo: "Três homens apontaram pistolas para a minha cabeça na hora em que eu saía de um restaurante numa rua movimentada de Buenos Aires. Naqueles três canos de arma, enxerguei a futilidade de todas as estratégias mentais, que eu sempre havia levado a sério, para me esquivar da violência. Até aquele momento, eu nunca havia me dado conta de como é frequente que um homem moderno preveja esse momento crítico. A minha cabeça, agora talvez à beira de ser estourada a tiros, andou repleta de planos para me salvar. Quando entrei no carro que já estava à minha espera, pensei: estou acabado. Não sofri agressões físicas. Logo se tornou patente que estava em mãos de pessoas sofisticadas, munidas de ideias políticas avançadas e totalmente devotadas a princípios de liberdade e de justiça, tal como as entendem. Os meus captores acreditam que têm razões a apresentar para a opinião civilizada e me escolheram para ser o seu porta-voz, depois de se certificarem de que sou suficientemente conhecido como ensaísta e jornalista para obter a atenção". (Até naquelas condições, Thaxter dava uma valorizada em si mesmo.) "Como guerrilheiros e terroristas, eles gostariam que as pessoas soubessem que não são fanáticos desalmados e irresponsáveis, mas possuem uma tradição própria e elevada. Invocam Lênin e Trótski como fundadores e construtores que descobriram que a força era o seu instrumento indispensável. Eles conhecem os clássicos da sua tradição, desde a Rússia do século XIX à França do século XX. Tiraram-me do porão a fim de participar de seminários sobre Sorel e Jean-Paul Sartre. Essas pessoas são, à sua maneira, dotadas dos princípios mais elevados e sérios. Além disso têm aquela faculdade que García Lorca denominava com o termo *Duende*, uma força interior que queima o sangue como vidro em pó, uma intensidade espiritual que não sugere, mas sim comanda."

Encontrei Kathleen no café e mostrei os recortes de jornal. Havia outros no mesmo espírito. Falei: "Thaxter tem um fraco tremendo para propor teses grandiosas. Acho que prefiro simplesmente pedir que as três armas sejam apontadas para a minha nuca e que os gatilhos sejam disparados a ter que assistir a esses seminários".

"Não seja severo demais com ele. O homem está salvando a própria vida", disse ela. "Além do mais, é uma coisa fascinante, de fato. Onde é que ele fala do fundo para pagar o resgate?"

"Aqui... 'um valor de cinquenta mil dólares, e fui autorizado a aproveitar esta ocasião para solicitar aos meus amigos e aos membros da minha família que reúnam a soma por meio das suas contribuições. Na esperança de poder encontrar novamente os meus filhos pequenos' etc. O *Times* oferece aos seus leitores muitas emoções. É um público de fato mimado que lê a página de opinião."

"Não acho que os terroristas pediriam ao Thaxter que escrevesse um apelo à opinião mundial para depois darem cabo dele", disse Kathleen.

"Bem, isso não seria cem por cento coerente. Quem sabe o que esses caras vão fazer. Mas me sinto um pouco aliviado. Acho que ele vai ficar bem."

Kathleen tinha me interrogado de forma bem precisa, perguntando o que eu gostaria de fazer se Thaxter estivesse livre de apuros, se a vida ficasse mais tranquila e mais estabilizada. Respondi que provavelmente eu ia passar um mês em Dornach, perto de Basel, no Centro Steiner da Suíça, o Goetheanum. Talvez pudesse alugar uma casa lá, onde Mary e Lish poderiam passar o verão comigo.

"Você pode ganhar muito dinheiro com a turma do filme *Caldofreddo*", disse ela. "E parece que Thaxter está conseguindo se safar dessa história, se é que ele se meteu de verdade em alguma coisa. Pelo que a gente sabe, agora ele está livre."

"Pois é. Ainda tenho a intenção de dividir o dinheiro com o tio Waldemar e dar a ele toda a parte que seria do Humboldt."

"E quanto você calcula que renda esse acordo com os produtores?"

"Ah, uns trinta mil dólares", respondi. "Quarenta, no máximo."

Mas essa estimativa era conservadora demais. Barbash acabou conseguindo arrancar dos produtores oitenta mil dólares. Pagaram também os cinco mil para ler o roteiro de Humboldt e depois contrataram também uma opção para o roteiro. "Não podiam se dar ao luxo de ignorar o roteiro", disse Barbash, no telefone. Cantabile estava no escritório do advogado naquele momento, falando alto e nervoso. "Sim, ele está aqui comigo", disse Barbash. "É o filho da mãe mais difícil com que já tive que lidar. Não consigo entender esse cara, faz o maior esporro e ultimamente deu para fazer ameaças. É um verdadeiro pé no saco e, se não fosse um representante autorizado, sr. Citrine, eu já teria jogado o sujeito na rua muito tempo atrás. Permita-me pagar os dez por cento dele de uma vez e tirá-lo das minhas costas."

"Sr. Barbash, o senhor tem a minha autorização para desembolsar os oito mil dólares dele imediatamente", falei. "Que tipo de oferta foi feita quanto ao segundo roteiro?"

"Começaram com cinquenta mil. Mas argumentei que era óbvio que o falecido sr. Fleisher tinha alguma coisa de verdade. Algo contemporâneo, entende o que quero dizer? Exatamente o tipo de coisa que o público está ávido para ver hoje em dia. E o senhor mesmo pode entrar na negociação, sr. Citrine. Se o senhor me permite dizer, creio que o senhor não deve se afastar agora. Se o senhor quiser escrever o roteiro final para o novo filme, posso fazer um tremendo negócio para o senhor. Aceitaria dois mil dólares por semana?"

"Receio que eu não esteja interessado, sr. Barbash. Tenho outros planos."

"Que pena. Não pode pensar melhor e me responder depois? Eles pediram muitas vezes."

"Não, obrigado. Não, estou envolvido numa atividade muito diferente", respondi.

"E quanto a ser um consultor?", perguntou o sr. Barbash.

"Essa gente só tem dinheiro e ficariam contentes de pagar vinte mil dólares só porque a gente compreende a mente de Von Humboldt Fleisher. *Caldofreddo* está tomando conta do mundo."

"Não diga não para tudo." Agora era a voz de Cantabile, que havia tomado o telefone. "E escute, Charlie, eu devia ganhar uma fatia do outro negócio também, porque se não fosse por mim, nada disso teria começado. Além do mais, você me deve as passagens de avião, os táxis, os hotéis e as refeições."

"O sr. Barbash acertará as suas contas", respondi. "Agora vá embora, Cantabile, a nossa relação chegou ao fim. Vamos nos tornar estranhos novamente."

"Ah, seu ingrato, sacana, intelectual babaca", disse.

Barbash retomou o telefone. "Onde entraremos em contato? Vai ficar em Madri por um tempo?"

"Talvez eu viaje para Almería e fique lá uma semana, mais ou menos, e depois volte para os Estados Unidos", respondi. "Tenho mil coisas para fazer em Chicago. Tenho que ver as minhas filhas, e preciso falar com o tio do sr.

Fleisher. Quando tiver tratado desses assuntos necessários e tiver resolvido algumas pendências, vou voltar para a Europa. Onde quero levar um tipo diferente de vida", acrescentei.

Pergunte só um pouco que eu lhe explico tudo. Eu ainda continuava a me explicar em minúcias para pessoas que não davam a menor bola para nada daquilo.

Então foi assim que, num quente mês de abril, Waldemar e eu, com Menasha Klinger, enterramos de novo Humboldt e sua mãe lado a lado em novas sepulturas no cemitério Valhalla. Tive um prazer muito triste ao fazer isso de forma elegante, com todo estilo. Humboldt não tinha sido enterrado numa vala comum, mas bem longe, em Deathsville, Nova Jersey, um desses empreendimentos necropolitanos que Koffritz, primeiro marido de Renata, descrevera para o velho Myron Swiebel, na sala de vapor da sauna da Division Street. "Eles trapaceiam", disse, referindo-se àqueles lugares. "Eles roubam nas medidas, não oferecem o número de centímetros regulamentares. A pessoa fica lá dentro com as pernas encolhidas, a mortalha deixa os pés de fora. Será que não temos o direito de ter uma área mínima para a eternidade?"

Investigando, descobri que o enterro de Humboldt tinha sido providenciado por alguém da Fundação Belisha. Alguma pessoa sensível lá, subordinada a Longstaff, lembrando que um dia Humboldt havia sido empregado da fundação, retirou-o do necrotério e lhe deu uma cerimônia de despedida na Capela Riverside.

Portanto Humboldt foi exumado e trazido num caixão novo pela ponte George Washington. Dei um pulo para visitar os dois velhos em seu apartamento recentemente alugado em Upper West Side. Uma mulher ia cozinhar e fazer a faxina para eles, e os dois estavam instalados de forma adequada. Entregar uma grande quantia de dinheiro para o tio Waldemar deixou-me apreensivo e eu lhe disse isso. Respondeu: "Charlie, meu rapaz, escute aqui. Todos os cavalos que conheci se tornaram fantasmas anos atrás. E eu não saberia sequer como entrar em contato com um corretor de apostas. Agora o bairro todo é dos porto-riquenhos. De todo modo, Menasha está de olho em mim. Quero te dizer uma coisa, garoto. Poucos jovens teriam me dado a fatia toda da maneira como você fez. Se no final ainda sobrar alguma coisa, pegue de volta para você".

Esperamos dentro da limusine alugada no lado de Nova York da ponte estaiada, o rio Hudson diante de nós, até que o carro fúnebre cruzou a ponte e nós o seguimos rumo ao cemitério. Um dia tempestuoso poderia ser mais tolerável que aquele dia pesado, azul, sedoso e desbotado. No cemitério, avançamos entre árvores escuras. Já deveriam estar dando sombra, mas se erguiam esquemáticas e quebradiças entre as sepulturas. Para a mãe de Humboldt, também foi providenciado um caixão novo e já estava em posição, pronto para ser baixado. Dois funcionários estavam abrindo o carro fúnebre quando o contornamos até a porta detrás, andando devagar. Waldemar vestia todo o luto que pôde encontrar em seu guarda-roupa de apostador de cavalos. Chapéu, calça e sapatos pretos, mas os fios felpudos do paletó esporte, num xadrez de galo vermelho e grande, brilhavam na luz do sol de uma primavera tardia e muito quente. Menasha, triste, sorrindo, de óculos de lentes grossas, caminhava tateante pela grama e pelo cascalho, os pés muito cautelosos porque olhava para as árvores, no alto. Não podia estar enxergando grande coisa, alguns plátanos e olmos, passarinhos e esquilos que iam e vinham naquele seu jeito brusco e intermitente. Era um momento baixo. Havia uma ameaça de paralisação generalizada, como se pudesse ocorrer uma greve geral contra a natureza. O que aconteceria se o sangue parasse de circular, se a comida não fosse digerida, se a respiração não conseguisse inspirar e expirar, se a seiva não conseguisse vencer o peso das árvores? E a morte, morte, morte, morte, tantas punhaladas, assassinatos — a barriga, as costas, o peito e o coração. Foi um momento que mal tive forças para suportar. O caixão de Humboldt estava pronto para baixar. "Alguém quer segurar o caixão?", perguntou um dos funcionários do cemitério. Olhou para nós três. Não havia ali muita força humana. Dois velhos caindo pelas tabelas e uma criatura desatenta, não muito distante deles, na idade. Tomamos posições honoríficas junto ao caixão. Segurei uma alça — meu primeiro contato com Humboldt. Havia muito pouco peso lá dentro. É claro que eu já não acreditava mais que se pudesse associar qualquer destino humano a tais restos e futilidades. Os ossos eram, muito provavelmente, o sinal de poderes espirituais, a projeção do cosmos em determinadas formações de cálcio. Mas talvez até mesmo tais formas brancas e elegantes, as costelas, os dedos, o crânio, tivessem desaparecido. Ao exumarem, os coveiros talvez tivessem removido com as pás alguns farrapos e torrões fuliginosos de origem humana, não restara grande coisa do charme, da verve e da invenção febril de Humboldt, da loucura que criava calamidades. Humboldt, nosso camarada, nosso sobrinho e irmão, que amava o Bem e a Beleza, e uma de cujas invenções mais insignificantes foi entreter o público na Terceira Avenida e nos Champs-Elysées e ganhar, naquele momento, montanhas de dinheiro para todo mundo.

Os funcionários do cemitério tomaram o caixão em nosso lugar, puseram o caixão de Humboldt sobre as fitas de lona do pequeno elevador elétrico. Os mortos estavam lado a lado, agora, dentro das suas caixas volumosas.

"Você conheceu a Bess?", perguntou Waldemar.

"Eu a vi uma vez, na West End Avenue", respondi.

Talvez ele estivesse pensando no dinheiro que pegava da bolsa de Bess e perdia em corridas de cavalos muito tempo antes, e pensando nas discussões, brigas, xingamentos e cenas escandalosas.

Nos longos anos desde a última vez que eu havia comparecido a um enterro, muitos aprimoramentos mecânicos tinham sido incorporados. Havia uma pequena máquina amarela, compacta e baixa que, aparentemente, fazia a escavação e depois empurrava a terra de volta ao lugar. Era também equipada com um guindaste. Ao ver aquilo, veio-me uma reflexão do tipo que o próprio Humboldt me ensinara. A máquina, em cada um dos seus centímetros quadrados de metal, era fruto da colaboração de engenheiros e outros inventores. Um sistema construído com base nas descobertas de muitos espíritos brilhantes era sempre algo mais vigoroso que aquilo produzido pelo mero trabalho de uma mente isolada, que por si mesma pouco pode fazer. Assim disse o velho dr. Samuel Johnson, e acrescentou no mesmo texto que os escritores franceses eram superficiais porque não eram pesquisadores e tinham trabalhado com base no mero poder das próprias mentes. Bem, Humboldt havia admirado aqueles mesmos escritores franceses e também havia trabalhado, durante certo tempo, com base no mero poder da própria mente. Depois ele mesmo começou a observar os fenômenos coletivos. Enquanto era ele próprio, abrira a boca e proferira alguns versos encantadores. Mas depois seu coração fraquejou. Ah, Humboldt, que pena me dá. Humboldt, Humboldt... é nisso que nos transformamos.

O funcionário do cemitério disse: "Alguém quer fazer uma prece?".

Ninguém parecia ter ou saber alguma prece. Mas Menasha disse que gostaria de cantar alguma coisa. E fez isso. Seu estilo não havia mudado.

Anunciou: "Vou cantar um trecho da ópera *Aida*. 'In questa tomba oscura'". O idoso Menasha se preparou. Ergueu o rosto. O pomo de adão que assim ficou exposto não era o que tinha sido no passado, quando era jovem e operava uma prensa de perfurar numa fábrica em Chicago, mas continuava lá. Bem como a antiga emoção. Menasha cruzou as mãos, estendeu-se na ponta dos dedos dos pés e, tão comovido quanto ficava em nossa cozinha na Rice Street, com a voz mais fraca, ainda rouco e perdendo o tom, mas comovido, tremendamente comovido, cantou sua ária. Porém foi só um aquecimento. Quando terminou, declarou que ia cantar "Goin' Home", um antigo *spiritual* americano — usado por Dvořák em sua *Sinfonia do novo mundo*, acrescentou Menasha, como um comentário no programa de um concerto. Então, ah, meu Deus! Lembrei que Menasha sentia saudades de Ypsilanti e que ele havia definhado por causa da sua namorada, na década de 20, morrendo de saudades da sua garota, cantando *"Goin' home, goin' home, I'm goin' home"*, até que minha mãe dizia: "Então vá para casa de uma vez, pelo amor de Deus". E quando ele voltou com sua noiva obesa, gentil e chorosa, a garota que ficava sentada na banheira, os braços gordos demais para que seus esforços em levantar água até a cabeça tivessem sucesso, mamãe entrava no banheiro e lavava o cabelo para ela, e depois enxugava com a toalha.

Todos eles se foram, menos nós.

E olhar para covas abertas não era mais agradável agora do que tinha sido no passado. O barro marrom e torrões e pedras — por que será que tudo tem de ser tão pesado? Era peso demais, ah, muito mais do que se pode suportar. Observei, no entanto, outra inovação nos enterros. Dentro da cova, havia uma caixa de concreto aberta. Os caixões desceram e depois a máquina amarela avançava e o pequeno guindaste, emitindo um zumbido rouco, pegou uma laje de concreto e depositou-a por cima da caixa de concreto. Assim o caixão ficou isolado e o solo não foi posto diretamente sobre ele. Mas afinal, como é que a pessoa ia sair dali? Não saía, não saía, não saía! Ficava, ficava! Houve um estalo seco e ligeiro, como quando se bate numa peça de louça, uma espécie de barulho de açucareiro. Assim a condensação das inteligências coletivas e das inventividades combinadas, seus cabos girando em silêncio, tratou o poeta individual. O mesmo aconteceu com a mãe do poeta. Uma tampa cinzenta também foi ajustada em cima dela e depois Waldemar pegou a pá e, debilmente, cavou alguns torrões de terra e jogou um bocado dentro de cada cova. O velho apostador de cavalos chorou e nos viramos para poupá-lo. Ele ficou ao lado das sepulturas, enquanto a máquina começava seu trabalho de empurrar a terra de volta.

Menasha e eu caminhamos rumo à limusine. O lado dos pés de Menasha empurrava algumas das últimas folhas de outono e ele disse, olhando através das lentes grossas dos óculos: "O que é isso, Citrine? Uma flor de primavera?".

"É sim. Acho que, apesar de tudo, a primavera vai chegar. Num dia quente como este, tudo parece dez vezes mais morto."

"Então é uma florzinha", disse Menasha. "Antigamente contavam uma piada sobre um garoto que perguntava ao seu pai zangado, quando estavam andando pelo parque: 'Qual é o nome dessa flor, papai?'. E o velho é rabugento e grita: 'Como é que vou saber? Por acaso trabalho no comércio de chapéus?'. E aqui tem outra flor. Mas como você acha que se chama essa flor, Charles?"

"Sei lá", respondi. "Fui criado na cidade. Deve ser açafrão."

ESTA OBRA FOI COMPOSTA PELO GRUPO DE CRIAÇÃO EM ELECTRA E
IMPRESSA PELA RR DONNELLEY EM OFSETE SOBRE PAPEL PÓLEN SOFT
DA SUZANO PAPEL E CELULOSE PARA A EDITORA SCHWARCZ
EM JULHO DE 2013